VUELVE
A MÍ

VUELVE
A MÍ

JENNIFER L.
ARMENTROUT

Traducción de Laura Paredes Lascorz

Papel certificado por el Forest Stewardship Council®

MIXTO
Papel | Apoyando la
silvicultura responsable
FSC® C117695

Penguin
Random House
Grupo Editorial

Título original: *Stay With Me*
Primera edición: noviembre de 2023

© 2014, Jennifer L. Armentrout
Derechos de traducción acordados por Taryn Fagerness Agency
y Sandra Bruna Agencia Literaria, S. L.
Todos los derechos reservados
© 2023, Penguin Random House Grupo Editorial, S.A.U.
Travessera de Gràcia, 47-49. 08021 Barcelona
© 2023, Laura Paredes Larscoz, por la traducción

Printed in Spain – Impreso en España

ISBN: 978-84-9129-869-4
Depósito legal: B-15625-2023

Compuesto en Blue Action
Impreso en Rotativas de Estella, S.L.
Villatuerta, (Navarra)

SL98694

*Para los lectores, siempre. Sin todos vosotros,
esta historia no estaría ahora en vuestras manos*

I

La Brigada de los Tíos Buenos me rodeaba.

Mucha gente creía que la Brigada de los Tíos Buenos era un mito, una leyenda urbana del campus, más o menos como la historia sobre la reina de la fiesta de antiguos alumnos que se había tirado desde una de las ventanas de la residencia de estudiantes durante un viaje de LSD o de crack, o que se había caído en la ducha y se había partido la crisma o algo así. Vete tú a saber. La historia era diferente cada vez que la oía, pero, a diferencia de la supuesta difunta que embrujaba Gardiner Hall, la Brigada de los Tíos Buenos era algo completamente real; varias cosas para ser exactos.

Varias cosas muy sexis.

Hoy en día era poco habitual verlos juntos, razón por la que se convirtieron en una especie de leyenda, pero, madre mía, cuando se juntaban era un auténtico festival para la vista. Puede que fuera lo más cercano a la perfección que haya visto en mi vida, eso y el maquillaje milagroso llamado Dermablend, capaz de taparme por completo la cicatriz de la cara.

Estábamos todos apelotonados en el piso de Avery Morgansten. A juzgar por el pedrusco que lucía en el dedo anular, iba camino de cambiarse el apellido, y aunque no la conocía bien, en realidad no conocía a nadie más que a Teresa, me alegraba por ella. Siempre había sido encantadora cuando había coincidido con ella. Podía ser algo callada a veces, y parecía sumirse en sus propios pensamientos, pero por la forma en que se miraban el uno al otro, cualquiera podía ver que ella y su prometido, Cameron Hamilton, estaban perdidamente enamorados.

La miraba como si no hubiera ninguna otra mujer en el mundo aparte de ella. A pesar de que estaban sentados juntos, Cam en el sofá y Avery en su regazo, esos brillantes ojos azules no dejaban de mirarla mientras ella se reía por algo que había dicho Teresa, la hermana de Cam.

Si tuviera que clasificar la Brigada de los Tíos Buenos, diría que Cam era el presidente. No se trataba solo de su aspecto, sino también de su personalidad. Nadie se sentía extraño ni desplazado cuando estaba con él. Tenía una especie de calidez absolutamente contagiosa.

En el fondo, y es un secreto que me llevaría a la tumba, envidiaba a Avery. Apenas la conocía, pero deseaba lo que ella tenía: el espectacular tío bueno, que también era un buen chico y que, aun así, te hacía sentir cómoda a su lado. Eso era poco corriente.

—¿Te apetece otra bebida?

Incliné la cabeza hacia la izquierda y después hacia atrás, en dirección a la voz de Jase Winstead, y me quedé sin respiración. Él era lo contrario de Cam, de lo más guapo, pero no me hacía sentir nada cómoda cuando mis ojos se encontraban con los suyos, de un color gris oscuro. De tez morena, con el cabello castaño bastante largo y una pinta de modelo casi irreal, él sería el capitán de la Brigada de los Tíos Buenos. Era, de lejos, el que estaba más bueno de todos ellos y podía ser superdulce, como ahora, pero no era de trato tan fácil ni tan encantador como Cam, y por esa razón Cam ocupaba el puesto más alto.

—No, ya tengo. —Levanté la botella medio llena de cerveza de la que había estado tomando sorbos desde que había llegado ahí—. Pero gracias.

Sonrió y se alejó de mí para rodear la cintura de Teresa con los brazos. Ella recostó la cabeza hacia atrás en su pecho mientras le cubría los brazos con las manos. La cara de Jase se ablandó.

Sí, envidiaba un poquito a Teresa también.

Yo nunca he tenido una relación seria. No tuve citas en el instituto. La cicatriz de mi cara era mucho más marcada entonces, tanto que ningún maquillaje milagroso podía camuflarla, y los chicos podían ser implacables en lo que a defectos muy visibles se trataba. Y aunque alguien hubiera podido ver más allá de eso, tal como era mi vida por aquel entonces no había espacio ni tiempo para una cita, y mucho menos para una relación.

Entonces pasó lo de Jonathan King. Estaba en mi clase de historia de primero, era un chaval muy majo e hicimos buenas migas. Por razones obvias, yo fui reacia a salir con él cuando me lo pidió, pero, maldita sea, insistió y al final dije que sí. Salimos unas cuantas veces, pero a medida que la relación avanzaba y cuando él, que era un chico totalmente normal, me entró una noche que estábamos a solas en mi habitación de estudiante, creí como una idiota que si podía ver más allá de la cicatriz de mi cara, podría ver también más allá de todo lo demás.

Me equivocaba.

Ni siquiera nos besamos y, por supuestísimo, no volvimos a salir después de aquello y no le he hablado a nadie de él ni de esa noche nefasta. No he pensado en él. Nunca.

Bueno, excepto ahora, maldita sea.

Mientras contemplaba lo sexis que eran los de la Brigada de los Tíos Buenos, era plenamente consciente de que estoy loca por los chicos debido a mi falta de... bueno, de chicos en mi vida.

—¡Lo tengo!

Levanté de golpe la barbilla y vi que Ollie rodeaba el sillón seguido de su novia, Brittany, que sacudía la cabeza con los ojos tan en blanco que creí que iba a desmayarse.

Ollie se acercó a la mesita de centro y se agachó con una especie de acuario para tortugas en las manos. Arqueé las cejas al ver que el animalito movía las patas. ¿Pero qué…?

—No es una fiesta hasta que Ollie no saca la tortuga —soltó Jase, y mis labios esbozaron una sonrisa.

Cam se inclinó hacia Ollie desde detrás de Avery y suspiró.

—¿Qué coño estás haciendo con Raphael? —preguntó.

—Error —dijo Ollie dejando la tortuga en la mesa. Con una mano se colocó el cabello rubio, largo hasta los hombros, por detrás de una oreja—. Esta es Michelangelo, y creo que es muy jodido que ni siquiera sepas cuál es la tuya. Seguramente has hecho que Raphael se deprima.

—He tratado de detenerlo —aseguró Brit, cruzando los brazos. Los dos parecían dignos del Premio a la Perfecta Pareja Rubia—. Pero ya sabéis cómo es…

Todo el mundo sabía cómo era.

Sorprendentemente, Ollie estaba estudiando para ser médico, pero sus ocurrencias eran tan legendarias como la Brigada de los Tíos Buenos. Ollie sería el segundo del capitán. Tenía puntos añadidos por ir cada dos fines de semana a Shepherdstown a ver a su novia y por ser un auténtico payaso.

—Como veis, he diseñado una nueva correa. —Señaló lo que parecía un cinturón en miniatura atado alrededor del caparazón de la tortuga.

—¿Hablas en serio? —soltó Cam alzando los ojos hacia él.

—Así puedes sacarla de paseo. —Cuando procedió a demostrarlo arrastrando a Michelangelo por la mesa, no pude evitar preguntarme si Avery y Cam se lo tragaban—. Es mejor que una cuerda.

¿Pasear a una tortuga? Eso… eso tenía que ser peor que pasear a un gato. Me eché a reír como una tonta.

—Parece el cinturón de una Barbie —solté.

—Es una correa de diseño —me corrigió, con el gesto torcido—. Pero se me ocurrió cuando estábamos en un WalMart, echando un vistazo a la sección de juguetes.

—¿Qué hacíais en la sección de juguetes? —preguntó Teresa con el ceño fruncido.

—Sí —Jase arrastró la palabra—. ¿Hay algo que no nos estéis contando?

Brit abrió unos ojos como platos.

—Me gusta mirar juguetes —respondió Ollie, limitándose a encogerse de hombros—. Son mucho más guais ahora que cuando nosotros éramos pequeños.

Esa frase desembocó en una discusión generalizada sobre lo mucho que habían engañado a nuestra generación si teníamos en cuenta lo sofisticados y lo guais que eran los juguetes actuales. Tuve que esforzarme mucho para pensar en la clase de juguetes con los que yo había jugado. Había tenido Barbies; claro que había tenido Barbies, pero en lugar de coches Big Wheels y juegos de mesa, tuve fajas de satén y coronas relucientes.

Y después no tuve nada.

Cuando el grupo empezó a comentar sus planes para el verano, traté de prestar atención al lugar donde cada uno de ellos pensaba ir. Cam y Avery pasarían el verano en Washington porque Cam había logrado incorporarse al United. Yo nunca había estado en Washington, a pesar de que Shepherd no se hallaba demasiado lejos de la capital. Brit y Ollie iban a hacer algo de lo más descabellado. Se marcharían una semana después de acabar las clases rumbo a París y tenían planeado recorrer Europa en coche. Yo nunca me había subido a un avión, y mucho menos para ir al extranjero. Coño, ni siquiera había ido a la ciudad de Nueva York. Teresa y Jase estaban organizando una formidable estancia en las islas Carolinas con los padres y el hermano pequeño de él. Iban a alquilar un apartamento en la playa, y Teresa no hacía más que hablar de sumergir los dedos de los pies en el agua del mar. Yo tampoco había estado nunca en la playa, por lo que no tenía ni idea de lo que se sentiría al pisar la arena.

Necesitaba salir más y tener una vida. En serio.

Pero no pasaba nada, porque esas cosas, incluido lo de dar vueltas por Europa con un tío bueno, no formaban parte de mis objetivos: las tres efes.

Finalizar los estudios universitarios.

Forjarme una carrera en el ámbito de la enfermería.

Finalmente, recoger los frutos de llegar a completar algo.

Los objetivos eran buenos. Aburridos, pero buenos.

—Hoy estás muy silenciosa, Calla.

Me puse tensa, incapaz de controlarme, y noté el calor en la cara al oír la voz de Brandon Shiver. Bajé la botella entre mis rodillas y obligué a los músculos de mis hombros a relajarse. No es que hubiera olvidado que Brandon estaba sentado a mi lado, a mi izquierda. ¿Cómo iba a olvidarlo? Solo fingía que no estaba ahí.

Me humedecí los labios y levanté la cabeza de modo que una mata de pelo rubio me cayera hacia el hombro izquierdo y me tapara la mejilla.

—Lo estoy asimilando todo.

Brandon se rio entre dientes. Tenía una risa bonita. Y una cara bonita. Y un cuerpo bonito. Y un culo realmente bonito.

Y por último estaba Brandon. Suspiro enorme. En plan suspiro prolongado que se suelta en todo el mundo. Él le disputaría el puesto al segundo del capitán de la Brigada de los Tíos Buenos con su cabello castaño y sus anchas espaldas.

—Si está Ollie, siempre hay mucho que asimilar —comentó, mirándome por encima del borde de su botella—. Espera a que empiece a hablar sobre su idea de unos patines de ruedas para tortugas.

Solté una carcajada y me relajé un poco más. Brandon era sexy, pero también era un chico majo. Estaba a medio camino entre Cam y Jase.

—No me puedo imaginar a una tortuga con patines de ruedas —comenté.

—Ollie está como una cabra o es un auténtico genio. —Brandon se levantó de la otomana—. El jurado todavía está deliberando.

—Yo creo que es un genio. —Observé cómo Ollie recogía la tortuga y volvía a rodear el sofá hacia el estrafalario hábitat en el que vivía el hombrecillo verde—. Por lo que dice Brit, sobresale en todas las asignaturas. La facultad de Medicina no tiene que ser fácil.

—Sí, pero la mayoría de la gente realmente lista también está loca. —Sonrió cuando me reí entre dientes—. Dime, ¿ha terminado la batalla épica por las clases del próximo semestre?

Asentí con la cabeza y sonreí de nuevo entre dientes mientras me recostaba en el sillón papasan. A falta de solo un semestre y medio para obtener mi grado en Enfermería, apuntarme a las clases era como echarle un pulso a Hulk Hogan. Todo el mundo que conocía mi nombre, o que estaba lo bastante cerca de mí, sabía que había estado peleando con mis horarios desde lo que parecía ser una eternidad. Faltaba una semana para acabar el semestre y hacía casi un mes desde que el asesoramiento académico para el semestre siguiente había finalizado.

—Sí, por fin. Creo que tendré que vender un riñón para pagarme las clases, pero dispongo de todo lo que necesitaba. Debo reunirme con alguien para la ayuda económica el lunes, pero no debería haber problema.

Frunció el ceño cuando lo miré.

—¿Todo bien?

—Eso creo. —No se me ocurría por qué no iba a estar bien—. ¿Algún plan para el verano?

—No he pensado demasiado en ello porque este verano voy a tomar clases —respondió encogiendo un hombro.

—Suena divertido.

Resopló.

Iba a soltar alguna otra cosa nada inteligente porque se me estaba dando muy bien esa conversación mano a mano con Brandon, pero perdí el hilo de lo que quería decir cuando llamaron a la puerta. Seguí con la mirada a Ollie, que fue a abrir como si viviera ahí.

—¿Qué tal, preciosa? —dijo. Me incorporé apretando el cuello de la botella de cerveza con los dedos.

Una morena guapísima y menuda entró rápidamente en el piso con una bolsa Sheetz colgando de la punta de los dedos. Sonrió a Ollie y saludó discretamente con la mano a Brit.

No sabía su nombre.

Me negaba a saberlo porque, desde que conocí a Brandon hace dos semestres, había dejado de esforzarme por recordar a ninguna de las chicas con las que «quedaba» porque eran demasiadas y nunca estaban demasiado tiempo con él.

Pero esta chica, con su corte pixie castaño y su cuerpo de bailarina, era distinta. Compartían una clase ese semestre y habían empezado a quedar en marzo, aunque esta era la primera vez que la veía con Brandon fuera del campus.

De hecho, nunca la había conocido de verdad. Nunca había conocido realmente a ninguna de sus frecuentes chicas de paso, solo las había visto por la facultad y a veces en alguna fiesta, pero Brandon no salía de juerga desde… bueno, desde marzo.

—Aquí está. —Se le iluminaron los ojos verdes.

Oh, mierda.

Me costaba darme cuenta de las cosas.

Inspiré por la nariz y sonreí mientras ella se abría paso entre las parejas para acercarse a Brandon, que se enderezó en la otomana y abrió los brazos. Ella se situó entre ellos, se sentó en su regazo y le rodeo el cuello con los brazos. La bolsa Sheetz le golpeó la espalda y su boca fue como un misil termodirigido hacia Brandon, y no podía culparla por ello.

Se besaron.

Un beso enorme, húmedo y concienzudo; un beso de verdad. No un beso del tipo «nos estamos conociendo mejor» ni del tipo «solo nos estamos dando el lote», sino un beso del tipo «ya hemos intercambiado un montón de fluidos corporales».

Y, madre mía, los contemplé besarse como si intentaran comerse mutuamente la cara hasta que me di cuenta de que estaba elevando mi estatus de pervertida a un nuevo nivel. Me obligué a mí misma a desviar la mirada y mis ojos se encontraron con los de Teresa.

Una expresión compasiva asomó a su bonita cara antes de volverse entre los brazos de Jase porque ella sabía... Oh, Dios, ella sabía que yo estaba colgadísima de Brandon.

—Te he comprado un pretzel de queso —anunció la chica cuando pararon para tomar aire.

A Brandon le encantaban los pretzels rellenos de queso igual que a mí me encantaban los brownies con doble de dulce de leche.

—¿Te ha comprado un pretzel? —preguntó Ollie—. Ponle el anillo, tío.

Brit entornó los ojos mientras rodeaba la cintura de Ollie con los brazos.

—No cuesta demasiado impresionarte.

Ollie se retorció entre sus brazos para hundir su cabeza en la de ella.

—Tú sabes muy bien lo que me impresiona, nena.

Seguía esperando que Brandon se levantara pitando del asiento y huyera de la idea de poner un anillo en el dedo de una chica a la que conocía desde hacía solo un par de meses, pero, como no disfruté de la hermosa imagen de su trasero dirigiéndose hacia la puerta, me quedé mirándolo cuando sabía que no tendría que hacerlo. Pero era masoquista.

Brandon tenía los ojos fijos en la chica y sonreía de una forma que decía... que decía que era totalmente feliz.

Me tragué un suspiro.

Después él me miró, y antes de que pudiera ponerme nerviosa porque me hubiera pillado observándolo como una acosadora, su sonrisa se ensanchó hasta convertirse en deslumbrante.

—Todavía no has tenido ocasión de conocer a Tatiana.

Maldita sea. No quería saber su nombre, pero Tatiana era un nombre genial.

La chica movió la cabeza para dirigir sus ojos castaños hacia mí.

—No, es verdad.

—Esta es mi amiga, Calla Fritz —me presentó, acariciándole la espalda con una mano—. Fuimos juntos a clase de música el semestre pasado.

Esta era yo: Calla Fritz, amiga siempre y para siempre de la Brigada de los Tíos Buenos. Nada más. Nada menos.

Parpadeé para contener el estúpido torrente de lágrimas mientras agitaba los dedos en dirección a Tatiana.

—Es un placer conocerte.

No era mentira. En realidad, no.

El lunes salí de mi residencia de estudiantes bastante temprano para dirigirme hacia Ikenberry Hall, que estaba al final de una colina enorme que no me gustaba demasiado recorrer a pie. Era principios de mayo, pero las temperaturas ya llegaban a los veintisiete grados, y aunque llevaba el pelo recogido en un moño apresurado en lo alto de la cabeza, notaba que la humedad me impregnaba la piel y recorría mi cabello con sus molestos dedos.

Pronto, antes de acabar mis exámenes finales hoy, lo tendría encrespado.

Atajé por el camino lateral de Ikenberry e hice una mueca cuando tuve que abrir la puerta y entrar antes de que me cayera de la repisa que había sobre la puerta una telaraña de tamaño épico a la cabeza.

Envuelta en el aire frío del edificio, me puse las gafas de sol sobre la cabeza y recorrí el vestíbulo para acceder a las oficinas donde se gestionaban las ayudas económicas. Tras decir mi nombre, una mujer de mediana edad que parecía agotada por el exceso de trabajo me indicó que tomara asiento.

Solo tuve que esperar cinco minutos hasta que una mujer alta y esbelta con el cabello plateado peinado a la moda salió a buscarme. No entramos en uno de los cubículos en los que trabajaban los asesores. Oh, no, me llevó a una de las oficinas cerradas que había al final del pasillo.

Después cerró la puerta y se situó detrás de su escritorio.

—Siéntese, por favor, señorita Fritz.

Se me formaron varios nudos en el estómago al hacerlo.

Esto no me había pasado nunca. Normalmente, cuando me llamaban era porque faltaba información en el expediente o porque había que firmar algún documento. Después de todo, no podía ser nada importante. Solo usaba la ayuda económica para los gastos de mantenimiento que no cubría el asqueroso trabajo de camarera que tenía, y me vino realmente bien cuando lo dejé al comienzo del semestre para concentrarme más en mis estudios.

El programa de enfermería no era ninguna tontería.

Dejé despacio la mochila en el suelo entre mis piernas y ojeé su escritorio. En la placa ponía Elaine Booth, por lo que, a no ser que fingiera ser otra persona, era ella quien estaba sentada delante de mí. Había muchas fotos en su mesa. Imágenes de su familia, fotos en blanco y negro, en color, fotos de personas desde que eran bebés hasta llegar a mi edad, puede que incluso mayores.

Desvié la mirada mientras sentía una vieja punzada en el pecho.

—Dígame… ¿qué está pasando?

La señora Booth cruzó las manos sobre un expediente.

—La semana pasada nos comunicaron que su cheque para pagar el próximo semestre había sido devuelto.

Parpadeé una vez, y después otra.

—¿Qué?

—El cheque no pudo cobrarse —explicó, levantando la vista del expediente. Su mirada se posó en mi cara y después se alejó de mis ojos—. Por falta de fondos.

Tenía que estar equivocada. Era imposible que devolvieran ese cheque porque ese cheque estaba vinculado a una cuenta de ahorro que solo usaba para mis estudios, una cuenta en la que estaba todo el dinero que tenía para la universidad.

—Tiene que haber algún error. Debería haber dinero suficiente para el siguiente semestre y medio.

No solo eso; debería haber dinero suficiente en esa cuenta por si surgía alguna emergencia inesperada y para mantenerme por lo menos un par de meses después de graduarme mientras buscaba trabajo y decidía dónde quería vivir, si me quedaba allí o…

—Lo hemos comprobado con el banco, Calla. —Suprimió mi apellido, lo que, de algún modo, hizo que pareciera peor—. A veces tenemos problemas con los cheques debido a la cantidad o a un error al introducir el número de cuenta, pero el banco nos confirmó que no había fondos suficientes.

No me lo podía creer.

—¿Cuánto dijeron que había en la cuenta? —pregunté.

—Esa es una información privada a la que no tenemos acceso —respondió sacudiendo la cabeza—. Tendrás que hablar con el banco. Pero la buena noticia es que siempre has pagado a tiempo tus matrículas, lo que significa que estamos dentro de plazo para arreglar la situación. Lo solucionaremos, Calla. —Hizo una pausa y abrió mi expediente mientras la miraba como si el trasero se me hubiera quedado pegado a la silla—. Ya estás en el sistema para obtener ayuda económica, y lo que podemos hacer es adaptar las solicitudes para el próximo semestre y asegurarnos de que tus clases queden cubiertas…

El alma se me cayó a los pies mientras ella seguía hablando sobre aumentar las cantidades prestadas, solicitar becas Pell y un mogollón de becas más.

En aquel momento me la sudaba todo eso.

Aquello no podía estar pasando.

Era imposible que no hubiera dinero en esa cuenta. Era meticulosa a la hora de seleccionar qué cuenta usaba para pagar cada factura o necesidad, y jamás utilizaba esa cuenta salvo para las matrículas. Ni siquiera había activado la tarjeta de débito vinculada a ella.

Y entonces, mientras observaba cómo la señora Booth sacaba un formulario tras otro de unos estantes que había junto a su mesa y los amontonaba cuidadosa y tranquilamente, como si toda mi vida no se hubiera frenado de golpe, caí en la cuenta.

La sangre se me heló en las venas y traté de inspirar, pero el aire se me quedó estancado en la garganta. Podía ser que no se tratara de una cagada monumental del banco y la universidad. Era muy posible que estuviera pasando de verdad.

Oh, Dios mío.

Porque había alguien aparte de mí que disponía de los medios para acceder a esa cuenta, una persona que, a efectos prácticos, estaba muerta para mí, tanto que yo me comportaba como si lo estuviera, pero no me podía creer que fuera capaz de hacerme aquello. Era imposible.

El resto de la reunión con la señora Booth me resultó confuso. Aturdida, recogí los formularios FAFSA para solicitar la ayuda federal para estudiantes, salí de las gélidas oficinas y me sumí en la brillante luz del sol de una mañana de principios de mayo cargada de documentos.

Como todavía quedaba tiempo antes de mis exámenes finales, busqué el banco más cercano, me senté en él y guardé los papeles en la bolsa. Saqué el móvil con dedos temblorosos, busqué el número de la entidad bancaria de mi pueblo natal y llamé.

Cinco minutos después seguía sentada, sin ver nada más allá de los cristales oscuros de mis gafas de sol y sin sentir nada, lo que era algo positivo; la sensación hueca y vacía que tenía en la boca del estómago era buena, porque sabía que muy pronto se convertiría en una furia colérica, cegadora, mortífera y sanguinaria. No podía hacer eso. Tenía que conservar la calma. Mantener mis emociones a raya, porque…

Todo mi dinero había desaparecido.

Y sabía, todas las células de mi cuerpo sabían, que aquello era solo el principio, la punta del iceberg.

2

No alcanzaba a entender cómo mi vida había pasado de estar mayoritariamente bien, con la excepción de sentirme un poco sola a veces, a ser un desastre descomunal en el margen de una semana.

Estaba muy jodida, y no en el sentido divertido y sudoroso.

No era solo que me hubieran vaciado literalmente la cuenta de ahorro dos semanas antes de que hubiera emitido el cheque para pagar la matrícula. Oh, Dios, si solo fuera eso podría haberme vuelto a levantar. Hasta podría haberlo dejado pasar, porque ¿qué otra cosa podría haber hecho?

Después de todo, sabía que quien me había dejado pelada era alguien de mi propia sangre: mi madre; una madre puesta de pastillas hasta el culo y seguramente pedo que mis amigos más íntimos creían que estaba muerta. En cierto sentido, no era algo tan alejado de la realidad. Una mentira terrible, pero hacía siglos que no hablaba con ella, y el alcohol, las pastillas y sabe Dios qué más habían ido consumiendo a lo largo de los años a la madre cariñosa y divertida que recordaba de mi infancia.

Pero seguía siendo mi madre. De modo que lo último que quería hacer era involucrar a la policía, porque, a ver, su vida ya resultaba bastante penosa tal como era, y a pesar de todo el drama y la decepción, cuando pensaba en ella siempre salía inexplicablemente a la superficie un remolino de lástima.

Esa mujer tuvo que vivir cosas que ninguna madre debería experimentar jamás.

Pero no había sido solo mi cuenta de ahorro. A lo largo de la última semana, durante los exámenes finales, que de algún modo logré terminar a pesar de todo sin que se me fuera la puta olla, la punta del iceberg hundió el Titanic.

Consulté mi historial crediticio con la horrible sensación de que era peor. Y lo era.

Se habían emitido a mi nombre tarjetas de crédito que yo no había visto en mi vida y las habían utilizado hasta su límite. Un banco de renombre me había concedido también un préstamo de estudiante cuya existencia yo desconocía, y solamente eso costaba más que cuatro semestres en Shepherd.

En resumen, debía más de cien mil dólares, sin incluir la deuda que yo había contraído por mi cuenta con los pequeños préstamos de estudiante que había contratado ni el crédito para el coche que ahora no estaba segura de poder permitirme.

Se me hacía un nudo en el estómago y me daba un vuelco el corazón cada vez que pensaba en lo jodida que estaba, y tenía que poner todo mi empeño en evitar que se me fuera la pinza. Los fondos y las deudas marcan tu éxito o tu fracaso en este mundo. No podría conseguir un préstamo si alguna vez lo necesitaba. Peor aún, aunque lograra reunir el dinero para terminar los estudios, cualquier empleo al que me presentara podría solicitar mi historial crediticio y basar su decisión para contratarme en lo que este indicara.

El jueves, después de mi último examen, sufrí una ligera crisis nerviosa que conllevó muchas lágrimas, todavía más brownies con doble de dulce de leche y tal vez un poco de balanceo en un rincón. Me habría quedado allí durante un mes por lo menos, pero no lo hice, me negué a permitir que me arrebataran mi vida de nuevo.

Evidentemente, ninguno de mis amigos tenía ni idea de lo que estaba pasando ni sabía nada de mí. Coño, creían que mi madre estaba muerta, y Teresa estaba convencida de que yo era de la zona de Shepherdstown.

Todo mentiras.

¿Y cómo iba a contárselo a Teresa o, peor aún, a Brandon? «Oh, verás, tengo que volver a casa y, bueno, cometer un homicidio y estrangular a mi madre por haberme jodido la vida. Sí, mi madre, la que creías que estaba muerta, porque es que, además, soy una mentirosa asquerosa. ¿Podemos reunirnos en tu casa y tomar unas copas cuando vuelva?». Esa conversación era demasiado humillante para pensar siquiera en ella, porque entonces tendría que contarles lo de las drogas, el alcohol, el fracaso total que era mi vida, y después, la extraña separación de mis padres, que en realidad se resumía en la puta marcha de papá, y luego esa conversación me acabaría llevando al dolor y al incendio que había destruido a toda mi familia y casi me destruyó a mí.

No iba a pasar por eso.

De modo que les dije que pasaría el verano con algunos miembros de mi extensa familia y, con un poco de suerte, no acabarían leyendo sobre mí en las noticias después de que asesinara a alguien.

Nadie se cuestionó mis planes, porque el año anterior había fingido ir a casa durante las vacaciones cuando en realidad me había alojado en un hotel de Martinsburg, donde me gasté lo que no está escrito en el servicio de habitaciones. Como una fracasada.

Una fracasada total.

Así que…

Iba a dejar en suspenso las tres efes e iría a casa. Y con un poco de suerte, rezando a todos los dioses del universo, a mamá le quedaría algo del dinero que le habían concedido a ella, una suma considerable. Era imposible que se hubiera pulido todo su dinero y el mío. Tenía que arreglar las cosas de alguna forma.

Este era el Plan A.

El Plan B consistía solo en saber que, si ella no tenía ni un centavo a su nombre, al menos, de nuevo con un poco de suerte, tendría alojamiento gratuito durante el verano, unos meses que me pasaría rezando para que me concedieran la ayuda económica. Rezaba también para lograr superar las vacaciones en un pueblo en medio de la nada sin asesinar a mi madre y así poder utilizar la ayuda económica si la recibía.

Me temblaban las manos al aferrar el volante y enfilar la salida que conducía a Plymouth Meeting, una población a pocos kilómetros de Filadelfia. Pensé que iba a vomitar hasta la primera papilla cuando los frondosos robles y los nogales que rodeaban la carretera de dos carriles se hicieron menos densos y las colinas dejaron de ascender. El viaje no había sido largo, algo menos de cuatro horas desde Shepherdstown, pero se me hizo eterno.

En aquel momento estaba parada en un semáforo en rojo frente a una tienda de todo a un dólar en un pueblo al que nunca, jamás, había querido regresar. Apoyé la frente en el volante.

Fui a casa en primer lugar. Ningún coche. Ninguna luz encendida.

Levanté la cabeza unos centímetros y volví a dejarla sobre el volante.

Tras sacar una llave que nunca, jamás, habría querido volver a usar, entré en la casa. Estaba prácticamente vacía. Un sofá y una vieja pantalla plana en el salón. En el pequeño comedor solo había unas cuantas cajas sin abrir. Apenas nada en la nevera. El cuarto de abajo tenía una cama, pero sin sábanas. La ropa de mi madre estaba amontonada en el suelo, hecha un revoltijo, esparcida sobre papeles y cosas que no quise mirar con demasiada atención. Arriba, la habitación del desván que había sido la mía durante unos años estaba completamente cambiada. La cama había desaparecido, lo mismo que el tocador y el pequeño escritorio que mi abuela me había comprado antes de morir. Había un futón que parecía un poco limpio, pero no quería saber quién dormía allí. La casa no tenía pinta de estar habitada. Como si alguien, concretamente mi madre, hubiera desaparecido de la faz de la tierra.

Eso no presagiaba nada bueno.

Tampoco había ni una sola foto en la casa. Ningún marco en las paredes. Ningún recuerdo. Eso no me sorprendió.

Levanté la cabeza y volví a dejarla caer sobre el volante.

—Uf.

Al menos todavía había electricidad en la casa. Eso era algo bueno, ¿no? Eso significaba que mamá tenía algo de dinero.

Hice una mueca al golpear por tercera vez el volante con la cabeza.

Sonó un claxon detrás e inmediatamente me enderecé y miré por el parabrisas. Semáforo en verde. Uy. Mis manos aferraron el volante mientras soltaba el aire con decisión y seguía adelante. Solo podía estar en otro sitio.

Uf.

Otro lugar más que nunca, jamás, había querido volver a ver. Me obligué a respirar hondo varias veces. Recorrí la calle principal por debajo del límite de velocidad y molestando a todos los coches que tenía detrás, pero no podía evitarlo.

El corazón me latía con fuerza en el pecho al girar a la derecha y enfilar lo que se consideraba la avenida principal del pueblo, solo porque era donde todos los locales de comida rápida y los restaurantes de distintas cadenas rodeaban los centros comerciales. Unos quince kilómetros más abajo estaba el Mona's, delante de lo que parecía un club de estriptis bastante dudoso lleno de motos de aspecto rudimentario.

Madre mía.

Las calles estaban abarrotadas, pero cuando crucé para entrar en el aparcamiento cubierto de baches y vete tú a saber qué más que tan bien conocía, no había demasiados vehículos en él.

Aunque, por otra parte, era lunes por la noche.

Aparqué bajo el cartel parpadeante de neón situado al fondo del estacionamiento al que le faltaba una «a» en el nombre de Mona's, inspiré hondo unas cuantas veces más y repetí: «No voy a matarla. No voy a matarla».

Cuando estuve segura de que no iba a perder el control y saltarle a la yugular en cuanto la viera, salí de mi Ford Focus, tiré hacia abajo del dobladillo de mis vaqueros cortados y me recoloqué la blusa suave y amplia de manga larga color crema que sería más larga que mis pantalones cortos si no hubiera metido por dentro la parte delantera.

Mis chancletas retumbaban en el pavimento mientras cruzaba el aparcamiento sujetando la correa de mi bolso de un modo que indicaba que era capaz de usarlo como un arma mortífera.

Al acercarme a la entrada, enderecé los hombros y solté despacio el aire. El cristal cuadrado de la puerta estaba limpio, pero rajado. La pintura blanca y roja que en otro tiempo había sido tan viva y llamativa se estaba desconchando como si hubieran rociado las paredes con ácido. El gran escaparate tintado de negro y con un cartel chillón anunciando que estaba abierto también estaba rajado en la esquina, formando unas diminutas fisuras en forma de telaraña en el centro del cristal.

Si por fuera estaba así…

—Oh, Dios mío.

No quería hacer esto.

Desvié la mirada hacia el cristal oscuro de la puerta, y vi en el reflejo que mis ojos azules estaban demasiado abiertos y mi cara demasiado pálida, lo que hacía, además, que la cicatriz supersexy que me rasgaba la mejilla izquierda desde debajo de la esquina del ojo hasta la comisura de los labios fuera aún más visible.

Había tenido suerte. Eso era lo que los médicos, los bomberos y todo el mundo que opinó sobre ello había afirmado. Un centímetro más arriba y habría perdido el ojo izquierdo.

Pero estando donde estaba ahora no tenía la sensación de tener demasiada suerte. En realidad, estaba segura de que la señora Suerte era una arpía cruel que merecía morir.

Me dije a mí misma que podía hacerlo, sujeté el pomo rugoso de la puerta y tiré de ella para abrirla. Nada más entrar tropecé con torpeza y perdí una de mis chancletas mientras el conocido olor a cerveza, perfume barato y comida frita me envolvía.

Mi casa.

No.

Cerré el puño que tenía libre. Ese bar no era mi casa. O no debería ser mi casa. Daba igual que me hubiera pasado casi todos los días después del instituto escondida en una de sus habitaciones traseras, o que me hubiera asomado a hurtadillas a la sala para observar a mamá porque este era el único lugar en el que sonreía. Puede que fuera porque normalmente iba borracha cuando estaba aquí, pero bueno.

Todo parecía igual. Más o menos.

Unas mesas cuadradas y otras redondas altas con los tableros rugosos y gastados. Unos taburetes con respaldo y varias sillas altas. El ruido de las bolas de billar chocando entre sí captó mi atención y la dirigió hacia el fondo del bar, detrás de una pista de baile elevada que estaba vacía. Vi unas mesas de billar.

En el rincón, una gramola tocaba música country del estilo de «hay una lágrima en mi cerveza» mientras una mujer de mediana edad a la que nunca había visto antes salía como una bala por la puerta holandesa y cruzaba la pista de baile. Llevaba el pelo, tan rubio que estaba claro que no era natural, recogido en lo alto de la cabeza, y un lápiz detrás de la oreja. Iba vestida con unos vaqueros y una camiseta blanca. Parecía una clienta, aunque, por otra parte, el Mona's no ha sido nunca uno de esos bares en los que se va de uniforme. Cargó con dos cestas rojas abarrotadas de alitas de pollo fritas hacia una de las mesas que bordeaban la pared cercana a la gramola.

Había servilletas hechas una bola bajo las mesas y zonas del suelo con aspecto de estar muy pegajosas. Otras daban la impresión de necesitar directamente ser sustituidas. Con la tenue iluminación del bar, sabía que lo que estaba viendo no era nada.

El Mona's parecía una mujer a la que han maltratado y han dejado tirada. No estaba sucio, sino más bien casi limpio. Como si alguien siguiera librando desesperadamente una batalla perdida y lo hiciera lo mejor que podía.

Y ese alguien no podía ser mamá. A ella no le iba la limpieza, pero había sido mejor. Tenía recuerdos lejanos y borrosos de cuando era mejor.

Llevaba en la puerta el tiempo suficiente como para parecer idiota y, al echar un vistazo al local y no ver a mamá, decidí que sería buena idea, qué sé yo, moverme. Di un paso adelante y me di cuenta de que una de mis chancletas se había quedado en la puerta.

—Maldita sea. —Me volví y agaché la cabeza para ponérmela.

—Pareces necesitar un trago.

Me giré hacia el sonido de una voz masculina sorprendentemente grave, tan profunda y suave que se deslizó por mi piel como si estuviera envuelta en satén. Iba a mencionar que, obviamente, estaba en un bar, por lo que era probable que necesitara un trago, pero las palabras mordaces se me murieron en los labios al mirar la barra con forma de herradura.

Al principio, el chico tras el mostrador parecía haberse erguido, como si fuera a echarse atrás. Era una reacción extraña. Con esa luz tan escasa y la forma en la que yo estaba colocada era imposible que me viera la cicatriz, pero entonces lo miré bien y dejé de preocuparme por eso.

Santo cielo…

Tras la barra había un hombre, la clase de tío que jamás de los jamases habría esperado ver en el Mona's.

Guau, alerta máxima de barman sexy.

Madre mía, era guapísimo, imponente del modo en que lo era Jase Winstead, puede que todavía más, porque no podía recordar haber visto a alguien tan atractivo como él en la vida real, y eso que solo veía al Barman Sexy de cintura para arriba.

Tenía el cabello castaño, de un color que parecía rico y cálido bajo las luces brillantes de la zona de la barra. Lo llevaba muy corto a los lados y algo más largo en la parte superior. Ondulado, peinado hacia atrás desde la frente con un aspecto elegantemente informal que dejaba al descubierto sus pómulos anchos y altos. Su piel bronceada insinuaba algún tipo de antepasado extranjero y exótico. Con una mandíbula fuerte y marcada capaz de cortar una piedra, podría ser el chico del cartel de un anuncio de maquinillas de afeitar. Bajo una nariz recta y un tanto aguileña estaban los labios más carnosos y más pecaminosos que había visto jamás en un chico.

Caray, podría pasarme horas mirando esos labios, superando con creces el límite aceptable de tiempo y llegando a Villababosa, cuya población se reducía a Calla. Me obligué a mí misma a bajar la vista.

Sus cejas parecían estar arqueadas de forma natural sobre las comisuras de sus ojos, lo que atraía la atención hacia ellos.

Unos ojos castaños.

Unos ojos castaños que en ese momento me estaban repasando despacio y como si tal cosa, de un modo que parecía una caricia cálida. Separé los labios para inspirar.

Llevaba una camiseta gastada de color gris pegada a la ancha espalda y a un pecho increíblemente definido. Es decir, podía ver la silueta de su pecho a través de la camiseta. Por Dios, ¿quién diría que eso fuera posible? Por lo que podía ver hasta el inicio de la barra, tenía un abdomen igual de firme, y seguramente igual de despampanante.

Si este tío fuera a Shepherd destronaría a Jase como capitán de la Brigada de los Tíos Buenos. Y, sin lugar a dudas, el suspiro por el Barman Sexy sería compartido por las partes femeninas de todas las chicas alrededor del mundo.

Y, sin duda, por las partes masculinas de algunos chicos también.

Un lado de esos deliciosos labios se elevó. Sí, hasta tenía una sonrisa sexy que quitaba el hipo.

—¿Estás bien, cariño?

Usó la palabra «cariño» como si fuera natural en él. No era cursi ni falsa, sino una expresión afectuosa que me reconfortó por dentro.

Lo estaba mirando fijamente, como una idiota.

—Sí. —Encontré la voz para decir una palabra que casi grazné. Dios mío, quería que se me tragara la tierra mientras notaba que las mejillas me ardían.

Esa media sonrisa sexy se hizo un pelín más amplia y alargó un brazo mientras doblaba los dedos hacia él.

—¿Por qué no vienes aquí y te sientas?

Vale.

Mis pies avanzaron hacia él sin la menor participación de mi cerebro, porque, a ver, ¿quién no reaccionaría cuando el Barman Sexy agitaba así sus largos dedos hacia ti? Me encontré con el trasero aposentado en un incómodo taburete con el asiento rasgado.

Por todos los santos, de cerca era una auténtica obra maestra de la belleza masculina. Se me estaba haciendo la boca agua.

La media sonrisa no se desvaneció cuando apoyó las palmas de las manos en el borde de la barra.

—¿Qué vas a tomar?

Parpadeé muy despacio. Solo podía pensar en por qué coño estaría trabajando en ese tugurio. Podía salir en las revistas, o por la tele, o por lo menos trabajar en el asador que había calle abajo.

El Barman Sexy ladeó la cabeza mientras su sonrisa se extendía al otro lado de esa alucinante boca.

—¿Cariño...?

Contuve el impulso de apoyar los codos en la barra y mirarlo sin pestañear, a pesar de que prácticamente ya lo estaba haciendo.

—¿Sí?

Soltó una risita suave y se inclinó hacia delante, y quiero decir muy hacia delante. En un segundo estaba ocupando todo mi espacio personal, con la boca a apenas unos centímetros de la mía y los bíceps tensos tirando de la tela gastada de su camiseta.

Caramba, esperaba que la camiseta se le rasgara por los costados y se cayera al suelo.

—¿Qué te apetecería beber? —preguntó.

Lo que me apetecería era ver su boca moviéndose un poco más.

—Hummm... —Tenía el cerebro vacío.

Arqueó una ceja y dirigió la mirada de mi boca a mis ojos.

—¿Tengo que pedirte un documento de identidad?

Eso me sacó de mi estupor sensual.

—No. Qué va. Tengo veintiuno.

—¿Segura?

—Te lo juro. —El calor volvía a abrasarme la cara.

—¿Con el meñique?

Bajé los ojos hacia su mano, ahora extendida, y su dedo meñique.

—¿Hablas en serio? —pregunté.

Se le empezó a formar un hoyuelo en la mejilla derecha al esbozar una amplia sonrisa. Mierda, si tenía hoyuelos estaba metida en un buen aprieto.

—¿Tengo pinta de no hablar en serio? —soltó.

Tenía pinta de no estar tramando nada bueno en aquel momento. Había un brillo de lo más pícaro en sus ojos cálidos color cacao. Con labios temblorosos, alargué la mano y entrelacé mi dedo meñique con el suyo, mucho más grande que el mío.

—Juramento de meñiques —dije, pensando que era una forma alucinante de comprobar la edad.

—Ah —exclamó con esa deliciosa sonrisa suya—, una chica que jura con el meñique es de las mías.

No tenía ni idea de cómo responder a eso.

En lugar de soltarme, cuando aparté la mano deslizó los dedos alrededor de mi muñeca para sujetarme con suavidad, pero también con firmeza. Cuando se me empezaron a salir los ojos de las órbitas, se acercó aún más. Olía… bien. Una mezcla de especias y jabón que llegó directamente a mis ya mencionadas partes femeninas.

Me sonó el móvil en el bolso, tocando a todo volumen Brown Eyed Girl. Mientras lo buscaba, el Barman Sexy se rio.

—¿Van Morrison? —preguntó.

Asentí distraída con la cabeza mientras rodeaba el delgado móvil con los dedos. La llamada era de Teresa. Lo puse en silencio.

—Buen gusto musical.

Pestañeé mientras volvía a meter el móvil en mi bolso.

—Bueno…, me gustan más los temas de la vieja escuela que los que lo están petando ahora. Verás, entonces cantaban y tocaban música de verdad. Ahora solo se pavonean medio en pelotas y gritan o hablan en lugar de cantar. Ya ni siquiera se trata de música.

La satisfacción le iluminó los ojos.

—¿Juras con el meñique y escuchas música de la vieja escuela? Me gustas.

—No es demasiado difícil impresionarte, entonces.

Echó la cabeza hacia atrás y dejó al descubierto el cuello para soltar una carcajada. Válgame el Señor, era una carcajada estupenda. Grave. Intensa. Pícara. El sonido me derritió las entrañas.

—Los juramentos de meñique y la música son muy importantes —afirmó.

—Ah, ¿sí?

—Sí. —Su rostro reflejaba diversión—. Lo mismo que el juramento por su honor de los *boy scouts*.

El temblor en las comisuras de mis labios se convirtió en una sonrisa.

—Bueno, nunca he sido *boy scout*, así que...

—¿Quieres saber un secreto?

—Claro —respondí en voz baja.

—Yo tampoco —sentenció bajando el mentón.

Por alguna razón, eso no me sorprendió demasiado. Sobre todo porque me seguía sujetando la muñeca.

—Tú no eres de por aquí —anunció.

Ya no.

—¿Qué te hace pensar eso?

—Esto es un pueblo pequeño y al Mona's suelen venir los habituales, y no distracciones tan atractivas como tú, de modo que estoy bastante seguro de que no eres de por aquí.

—Antes... —Espera. ¿Qué? «¿Distracciones tan atractivas como tú?». Mis pensamientos habían descarrilado por completo.

Me soltó la muñeca, aunque no de golpe, y tampoco interrumpió el contacto visual. Oh, no, me deslizó despacio los dedos por la parte interior de la muñeca y siguió por la palma de la mano hasta la punta de los dedos, lo que provocó una oleada de escalofríos que me subió por el brazo e hizo después una rutina de jazz al bajar por la espalda.

Dios mío, era descabellado, pero tenía la sensación de que había chispa. Algo tangible que saltaba entre él y yo. Era una verdadera locura, pero me costaba respirar y entender mis pensamientos.

Sin apartar los ojos de mí, metió la mano en la nevera y sacó una botella de cerveza, la destapó y la dejó en la barra. Un segundo después me di cuenta de que había alguien de pie a nuestro lado.

Me giré y vi a un hombre joven y guapo con el pelo casi rapado. Hizo un gesto con la cabeza al Barman Sexy al sujetar el cuello de la botella.

—Gracias, tío —soltó.

Se marchó y volvimos a quedarnos solos.

—En fin —retomó el Barman Sexy—, ¿y si te preparo mi bebida especial?

Normalmente, si un chico se ofreciera a prepararme su «bebida especial» saldría huyendo despavorida sin mirar atrás, pero en esta ocasión asentí de nuevo con la cabeza, lo que consolidaba por completo la impresión de que yo era superficial y puede que algo tonta...

Y que no controlaba en absoluto una situación que estaba siendo una experiencia única para mí.

Observé cómo se giraba. Los músculos de su espalda se movieron bajo la camiseta cuando alargó la mano hacia los caros licores expuestos tras la barra. No vi qué botella cogía, pero se movió con elegancia y fluidez para hacerse con uno de los vasos que se usaban para los combinados y los tragos con hielo.

El hecho de recordar la clase de vaso hizo que me dieran ganas de golpearme la cabeza contra la barra. También resistí ese impulso, gracias a Dios. Mientras contemplaba cómo preparaba la bebida, traté de calcular su edad. Debía de tener al menos uno o dos años más que yo. En unos segundos dejó un combinado impresionante delante de mí.

La parte superior era roja, color que iba variando de tono hasta alcanzar el de una puesta de sol, y estaba decorado con una cereza. Cogí el vaso y le di un sorbo. Su gusto afrutado me provocó un orgasmo de sabor en el paladar.

—Ni siquiera se nota el alcohol.

—Lo sé. —Parecía encantado de conocerse—. Es suave, pero ve con cuidado. Bebe demasiado deprisa y demasiada cantidad y acabarás con tu precioso culo en el suelo.

Atribuí el comentario sobre mi precioso culo al encanto típico de un camarero y di otro traguito. No tenía que preocuparme por ir con cuidado. Nunca me excedía con el alcohol.

—¿Cómo se llama?

—Jax.

—Interesante —comenté arqueando las cejas.

—Oh, y tanto. —Cruzó los brazos en la barra y se inclinó hacia delante para dirigirme lo que, según estaba aprendiendo a marchas forzadas, era una media sonrisa devastadoramente sexy que te impedía concentrarte—. Y dime, ¿tienes planes para esta noche?

Lo miré fijamente. Eso es lo único que fui capaz de hacer. Además de que en solo unos minutos casi había olvidado por qué estaba ahí, que desde luego no era para alternar, ese chico no podía estar haciendo en serio lo que yo creía que estaba haciendo.

Ligar conmigo.

Invitarme a salir.

Simplemente, estas cosas no ocurren en Callalandia. A duras penas podía creer que les pasara a chicas de verdad sexis como Teresa, Brit o Avery, pero, desde luego, sabía que no me pasaban a mí.

El Barman Sexy desplazó su peso hacia delante, lo que provocó cosas asombrosas en los músculos de sus brazos. Entonces, esos ojos espectaculares se fijaron en los míos y por un segundo me olvidé de respirar. La curva que adoptaron sus labios en ese momento me indicó que era plenamente consciente del efecto que causaba.

—Por si necesitas que te aclare lo que acabo de decir, quiero saber si estás libre para hacer algo conmigo —sentenció.

3

Santo cielo.

Era una suerte que hubiera dejado la bebida en la barra, porque lo más probable es que se me hubiera caído.

—Ni siquiera sabes mi nombre —solté.

Bajó la mirada, lo que me permitió ver unas pestañas exageradamente largas.

—¿Cómo te llamas, cariño?

Lo miré boquiabierta, seguro que de una forma muy poco atractiva. No podía hablar en serio.

El Barman Sexy esperó mientras levantaba esas pestañas.

Oh, Dios mío, ¿de verdad hablaba en serio?

—¿Invitas a salir a todas las chicas que entran en este bar?

Echó un buen vistazo alrededor del bar. Si era así, tenía muy poco donde elegir. Salvo el chico que se había llevado la cerveza y que estaba sentado con dos chicos más, a la mayoría de personas que se encontraban en el local les faltaban pocos años para jubilarse.

Su media sonrisa se amplió aún más.

—Solo a las guapas.

Volví a mirarlo boquiabierta.

A una parte de mí no le sorprendió su respuesta. Tenía una

cara bonita. Siempre había tenido una cara bonita, desde que era un renacuajo vestida con peleles. Mamá solía alabar lo simétrica que era mi cara, su perfección. Cuando era más joven recordaba a una de esas muñecas de porcelana y me habían exhibido como tal. Cuando crecí, mis rasgos habían seguido siendo simétricos: labios carnosos, pómulos altos, nariz pequeña y ojos azules a juego con el cabello rubio natural.

Pero aquí las palabras clave eran «tenía» y «era», y aunque era muchas cosas, estúpida no se encontraba entre ellas.

Bueno, casi nunca.

En ese momento, mientras miraba a ese chico, tenía la sensación de ser tres clases distintas de estúpida.

—Rectifico —prosiguió el Barman Sexy, sonriendo hasta que le apareció el hoyuelo en la mejilla derecha—. A las chicas guapas con piernas preciosas.

Había que ver lo engreído que era.

—¡Estoy sentada! ¿Cómo puedes verme las piernas?

Soltó una risita grave, y que me aspen si no era un sonido agradable.

—Te he visto entrar en el bar, y en lo primero en que me he fijado ha sido en tus piernas, cariño.

De acuerdo. Lo cierto era que tenía las piernas realmente bonitas. Tres días a la semana fingía interesarme por mi forma física y salía a correr. Tenía suerte con las piernas. La grasa nunca se me depositaba en los muslos ni en las pantorrillas. Se me iba al trasero y a las caderas. Y sí, también había una sensación agradable que me recorría las venas como respuesta a sus palabras, pero yo...

Inspiré el aire con fuerza y sentí frío en mi interior.

El Barman Sexy y yo estábamos cara a cara, de frente, como habíamos estado todo el rato. Era imposible que no me hubiera visto la cicatriz de la cara, y ni una sola vez desde que había puesto los ojos en el Barman Sexy había pensado en la cicatriz. Me había pillado tan desprevenida que ni se me había pasado por la cabeza.

Pero ahora que pensaba en ella bajé de inmediato la barbilla y la giré hacia la izquierda mientras rodeaba el vaso con los dedos, de repente flácidos. Supe entonces que no podía hablar en serio, porque él formaba parte sin lugar a dudas de la Brigada de los Tíos Buenos, y yo era Calla, la amiga de la Brigada de los Tíos Buenos. No Calla, la chica con la que ligaban de forma descarada.

Puede que estuviera colocado.

Decidí ignorar lo que había dicho y me obligué a mí misma a recordar por qué estaba ahí.

—Esta bebida está genial. —Sin dejar de mostrarle la mejilla derecha, empecé a echar de nuevo un vistazo al bar. Ni rastro de mamá todavía—. Es bonita y está muy rica.

—Gracias, pero no vamos a hablar de la bebida. A no ser que hacerlo implique que tú y yo vayamos a tomar algo cuando salga —dijo, y mi mirada volvió a fijarse de golpe en él. Arqueó una ceja cuando hubo captado mi atención—. Entonces sí que estoy interesado en ello.

Me retorcí en el asiento con los ojos entrecerrados. Esto... esto era algo a lo que no estaba acostumbrada.

—¿Estás de guasa?

Arqueó ambas cejas, pero en lugar de echarse atrás hizo otra vez aquello que hacía con los ojos, recorrió despacio con ellos mi cara y los posó un momento en mis labios antes de fijarlos en los míos.

—No, cariño, hablo en serio.

—Ni siquiera me conoces.

—¿No suele ser ese el objetivo de ir a tomar algo juntos? Es la parte de conocerse el uno al otro.

Estaba alucinada.

—Acabamos de conocernos hace unos minutos.

—Ya te he explicado eso, pero te contaré algo más. Cuando quiero algo, voy a por ello. La vida es demasiado corta para vivir de otra forma. Y quiero conocerte mejor. —Las pestañas descendieron una vez más para dirigir la mirada hacia mis labios, como si fueran una especie de meca—. Sí, sin duda quiero conocerte mejor.

Toma ya.

Abrí la boca, pero no tenía ni idea de cómo responder a eso. Además, antes de que se me pudiera ocurrir una respuesta coherente y encomiable, me sobresalté al oír mi nombre.

—¿Calla? —bramó una voz grave, áspera—. Calla, ¿eres tú?

Mi atención se dirigió hacia la puerta holandesa. Me quedé boquiabierta al relacionar la voz familiar con un hombre grande, corpulento y calvo.

El tío Clyde, que no era mi tío pero que había estado ahí desde... bueno, desde siempre, se acercó a nosotros como un bólido. Una sonrisa enorme, dentuda, le iluminó la cara rubicunda.

—¡La madre que me parió, eres tú!

Lo saludé con los dedos y mis labios esbozaron una sonrisa. El tío Clyde no había cambiado nada en los tres años que yo llevaba fuera.

El Barman Sexy retrocedió en silencio, pero sabía lo que estaría pensando si se había dado cuenta de que era la hija de Mona.

Un segundo después tenía al tío Clyde encima. Ese gran oso me rodeó con sus inmensos brazos y me levantó del taburete. Los pies me colgaban en el aire mientras me abrazaba, lo que me obligó a doblar los dedos gordos de los pies alrededor de la fina cinta de las chancletas.

Pero no me importaba que se me cayeran los zapatos al suelo o que me estuviera costando respirar. El tío Clyde... Dios mío, había estado ahí desde el principio, como cocinero cuando papá y mamá inauguraron el Mona's, y se había quedado mucho después de que todo se hubiera ido a la mierda y más aún. Y seguía ahí.

Se me llenaron los ojos de lágrimas cuando logré rodear sus hombros enormes con los brazos e inhalé el tenue aroma a comida frita y colonia Old Spice. Extrañaba a Clyde. Era lo único que echaba de menos de aquel pueblo.

—Por Dios, hija, qué alegría verte. —Me estrujó hasta que gemí como un juguete—. Qué gran alegría.

—Creo que ya se ha dado cuenta —dijo con sequedad el Barman Sexy—. Porque la estás asfixiando de tanto apretarla.

—Cierra el pico, chaval. —Clyde me dejó en el suelo, pero mantuvo un brazo alrededor de mis hombros. Su altura y anchura me empequeñecían, como siempre—. ¿Sabes quién es, Jax?

—Va a ser que sí —respondió otra vez con brusquedad y una voz grave cargada de una nota de humor.

—Espera —solté volviéndome hacia el Barman Sexy—. ¿Te llamas Jax?

—En realidad, mi nombre es Jackson James, pero todo el mundo me llama Jax.

Repetí mentalmente su nombre. Desde luego, Jax era un apodo de lo más sexy, y me hacía pensar en cierto motorista sensual de ficción.

—Es como si pertenecieras a una *boy band*.

—Supongo que me he equivocado de profesión —replicó tras soltar una carcajada grave entre dientes.

—Coño. —El brazo de Clyde me sujetó con más fuerza el hombro—. Jax canta bien, hasta rasguea un poco la guitarra si le haces beber suficiente whisky.

—¿De veras? —Eso había despertado mi interés, básicamente porque no había nada más sexy que un chico con una guitarra.

Jax se recostó en el fregadero que había tras la barra y cruzó los brazos sobre el pecho.

—He tocado una o dos veces —confirmó.

—Bueno, ¿qué te trae de vuelta por aquí, chiquitina? —quiso saber Clyde. Era imposible no captar el significado subyacente de sus palabras: «¿Qué coño haces volviendo a este vertedero?».

Me volví despacio hacia él. A Clyde le entristeció que me fuera a la universidad, pero fue él quien me impulsó a dejar este pueblo y a alejarme de... bueno, de todo. Seguro que habría estado más contento si hubiera elegido una facultad en la otra punta del país, pero me había decidido por una más cercana por si acaso pasaba algo como esto.

—Estoy buscando a mamá.

Eso fue todo lo que dije. No quería explicar lo ocurrido delante de Jax. Ya era malo que me estuviera mirando como si me considerara algo más que una chica que había entrado por casualidad en el bar.

Algunas personas pensaban que de tal palo, tal astilla.

Y, a veces, yo misma me preguntaba si sería verdad.

No se me escapó la forma en que Clyde se puso tenso, o en cómo su mirada se dirigió enseguida a Jax antes de volver a fijarse en mí. La inquietud arraigó en mí y luego se retorció y se propagó en mi interior como las malas hierbas en un parterre.

Me concentré por completo en Clyde y me preparé para lo que fuera que me iba a caer encima.

—¿Qué? —pregunté.

Su enorme sonrisa menguó y, nervioso, dejó caer el brazo.

—Nada, chiquitina, es solo que...

Inspiré hondo y esperé a que Jax cogiera otra cerveza de la nevera y se la diera a un hombre mayor con una camisa de franela roja rasgada que ni siquiera llegó a pedir lo que quería, pero que se marchó arrastrando los pies con una sonrisa feliz y un tanto ebria.

—¿Está mamá aquí?

Clyde sacudió la cabeza.

—¿Dónde está? —pregunté con los brazos cruzados a la altura de la cintura.

—Bueno, verás, chiquitina, la verdad es que no lo sé —respondió Clyde, que pasó a mirar el suelo rayado que pedía a gritos una limpieza a fondo.

—¿No sabes dónde está? —¿Cómo era eso posible?

—Sí, bueno, Mona no está por aquí desde… —Se le apagó la voz y hundió el mentón en su enorme tórax mientras se pasaba una mano por la cabeza calva.

Se me formaron nuevos nudos en el estómago y tuve que apretármelo con la base de la mano.

—¿Cuánto tiempo lleva fuera?

Los ojos de Jax descendieron hacia mi mano y subieron de nuevo hasta los míos.

—Tu madre lleva fuera dos semanas por lo menos. Nadie sabe nada de ella, ni siquiera la ha visto. Se ha largado de la ciudad.

Tuve la sensación de que el suelo se había abierto bajo mis pies.

—¿Lleva dos semanas desaparecida?

Clyde no contestó, pero Jax se acercó más a la barra y bajó la voz.

—Vino una noche muy alterada y estuvo dando vueltas por el despacho como una loca, lo que, por cierto, es bastante habitual.

Me resultaba familiar.

—¿Y? —quise saber.

—Apestaba a alcohol —añadió con tacto, mirándome intensamente desde detrás de unas pestañas tupidas.

Lo que era otra cosa habitual.

—¿Y? —insistí.

—Y olía como si hubiera estado encerrada en una habitación, fumando hierba y tabaco varias horas.

Bueno, lo de la hierba era nuevo. Mamá solía ponerse de pastillas, muchas pastillas; un revoltijo de pastillas.

—Lo que tampoco era demasiado inusual el último año más o menos —prosiguió Jax sin dejar de observarme. Así me enteré de que llevaba allí algún tiempo—. De modo que nadie le prestó demasiada atención. Verás, tu madre…

—¿No hacía nada cuando estaba aquí? —Terminé la frase por él cuando tensó la mandíbula—. Sí, eso no es ninguna novedad.

Jax me sostuvo la mirada un momento y después elevó el pecho para inspirar hondo.

—Esa noche se fue hacia las ocho más o menos, y no hemos vuelto a saber nada de ella desde entonces. Como ha dicho Clyde, de eso hará unas dos semanas.

Oh, Dios mío.

Me dejé caer en el taburete.

—No te llamé, chiquitina, porque… bueno, no es la primera vez que tu madre desaparece de repente. —Clyde apoyó la cadera en la barra mientras me colocaba una mano en el hombro—. Cada dos meses se echa a la carretera con Rooster y…

—¿Rooster? —Arqueé las cejas de golpe. Dado que *rooster* significa gallo en inglés, ¿acaso tenía mamá un gallo como mascota? Por extraño que sonara, no me sorprendería. Se había criado en una granja, y cuando yo era pequeña tenía debilidad por las mascotas raras. Una vez tuvimos una cabra que se llamaba Billy.

—Rooster es… la pareja de tu madre —aclaró Clyde con una mueca.

—¿Se llama Rooster? —Oh, por favor.

—Ese es el nombre al que responde —dijo Jax atrayendo de nuevo mi mirada hacia él.

Dios mío, aquello era humillante en muchos sentidos. Mamá era una borracha adicta a las pastillas, nunca hacía nada en el bar del que era propietaria y se había pirado con un individuo que sin duda era de lo más elegante y que respondía al nombre de Rooster.

Uf.

Lo siguiente sería enterarme de que trabajaba a tiempo parcial en el club de estriptis al otro lado de la calle. Tenía que encontrar un rincón oscuro cómodo para mecerme en él.

—Hace unos meses estuvo fuera alrededor de un mes antes de volver a aparecer como si nada hubiera pasado —comentó

Clyde—. De modo que no hay nada de lo que preocuparse. Tu madre está por ahí y va a regresar. Siempre lo hace.

Cerré los ojos. No tenía que estar por ahí. Tenía que estar en casa, donde pudiera hablar con ella y averiguar si le quedaba algo del dinero que no debería tener, y donde podría gritarle y ponerme hecha una furia con ella y hacer algo con el caos en el que se había sumido mi vida por su culpa.

Clyde me apretó el hombro.

—Puedo llamarte cuando vuelva.

Eso me sorprendió lo suficiente como para abrir los ojos justo a tiempo de ver cómo Jax intercambiaba una mirada dura y larga con Clyde.

—No tienes que quedarte aquí, chiquitina. Me parece genial que hayas venido de visita, y estoy seguro de que ella...

—¿Quieres que me vaya? —Entrecerré los ojos y agucé el oído. Oh, ahí pasaba algo que yo no sabía.

—No —aseguró Clyde enseguida.

Al mismo tiempo, Jax dijo:

—Sí.

Lo miré con un hormigueo en el cuerpo.

—Me da que no tienes ni voz ni voto en esto, camarero.

La frialdad oscureció sus ojos castaños. Le palpitó un músculo de la mandíbula cuando le sostuve la mirada, retándolo a mostrar su desacuerdo. Cuando no dijo nada, me volví hacia Clyde, que estaba mirando a Jax. Pasaba algo, y con mi madre de por medio cualquier cosa era posible. Pero no pensaba marcharme, no podía, porque no tenía adónde ir. Literalmente. A diferencia del último par de semestres, no iba a apuntarme a ninguna clase ese verano, ya que no podía permitírmelo. Lo que significaba que tampoco podía quedarme en la residencia de estudiantes, así que, cuando hice las maletas para volver a mi pueblo natal, tuve que recogerlo todo.

Necesitaba la pequeña cantidad de fondos que quedaba en mi

cuenta personal para ir tirando hasta encontrar a mamá o hasta conseguir otro trabajo. En cualquier caso, no podía alquilar un piso o un hotel, y de ningún modo iba a molestar a Teresa para tener un lugar en el que quedarme hasta que las cosas se solucionaran.

Recorrí el destartalado bar con la mirada, me entretuve en los viejos letreros de la calle y en las fotos en blanco y negro enmarcadas en la pared que, por algún motivo, no había visto antes. Seguramente porque estaba demasiado ocupada concentrándome en el bombón que tenía delante, pero entonces sí las vi.

Detrás de la barra, bajo el letrero rojo que lucía el nombre del Mona's en una cursiva elegante, había una foto enmarcada.

El aire se me agolpó en la garganta.

Era una foto, alegre y llena de vida, de una familia… de una familia real. Un padre y una madre sonrientes, atractivos y felices. La madre cargaba en brazos a un niño de un año y tres meses. Otro niño, de diez años y cinco meses y vestido con un suéter azul, estaba al lado de una niña que acababa de cumplir los ocho y que llevaba un vestido acampanado, estilo princesa, de color azul, y que sonreía a la cámara preciosa como una muñequita.

Se me revolvió el estómago.

Tenía que salir de allí.

Me bajé del taburete y recogí el bolso de la barra.

—Volveré.

Jax frunció el ceño mientras me veía retroceder, pero también… parecía aliviado. El músculo de la mandíbula había dejado de moverse espasmódicamente, se le habían relajado los hombros y era obvio que le alegraba verme marchar cuando hacía unos minutos estaba intentando que tomara algo con él.

Sí. Tal como había pensado, no hablaba en serio.

Clyde alargó la mano hacia mí, pero lo esquivé con facilidad.

—Ven, chiquitina, ¿por qué no vamos al despacho y te sientas?

—No. Estoy bien. —Me giré, salí apresuradamente del bar y me sumí en el aire cálido de la noche antes de que Clyde pudiera continuar.

Noté una opresión en el pecho cuando la puerta se cerró detrás de mí y mis pies tocaron el pavimento. Había unos cuantos coches más en el aparcamiento, por lo que atajé entre ellos para dirigirme hacia el fondo.

«Concéntrate —me dije—. Concéntrate en resolver el problema que tienes entre manos».

Volvería a casa de mi madre, revisaría la porquería que tenía en su dormitorio y tal vez encontraría alguna pista de dónde diablos había ido. Era lo único que podía hacer.

Me quité de la cabeza la imagen de la foto familiar, rodeé una camioneta de un modelo antiguo que ya estaba en el estacionamiento cuando llegué y avancé hacia mi coche.

El aparcamiento estaba oscuro y la farola de aquella zona no funcionaba, por lo que mi pobre coche se hallaba envuelto en una penumbra espeluznante. Ignoré el escalofrío que me recorrió la espalda. Al alargar la mano hacia la manija de la puerta, vi que algo no estaba bien.

Cerré las manos, me aparté de la puerta y me acerqué a la parte delantera. Se me escapó un grito entrecortado de sorpresa.

El parabrisas había desaparecido.

Todo, salvo unos pedazos irregulares pegados al marco. A pesar de que estaba oscuro, pude ver un ladrillo en el salpicadero.

Alguien me había tirado un ladrillo al parabrisas.

4

¿Tienes un Ford «Folluus»?

Cerré los ojos y solté el aire con fuerza, frustrada. Había vuelto a entrar en el bar tras descubrir que mi parabrisas había tenido un encontronazo con un ladrillo. Aturdida, me había plantado delante de Jax y le había contado lo sucedido.

Aunque estaba impactada, me di cuenta de que no parecía sorprendido. La ira se había reflejado un momento en su atractiva cara, oscureciéndole los ojos, pero ¿parecía sorprendido? No. Casi como si se lo esperara.

Era raro, aunque no realmente importante en ese momento. Tenía que reponer un parabrisas que no podía permitirme.

Abrí los ojos y me volví hacia él. Cuando estaba tras la barra no me había fijado en lo alto que era, pero al estar de pie a su lado vi que medía unos treinta centímetros más que yo, es decir, casi un metro noventa. Tenía la cintura delgada y era evidente que se cuidaba.

—Es un Focus —lo corregí.

—Conocido también como «Folluus» —replicó, y se inclinó por encima del capó con los ojos entrecerrados—. Maldita sea.

Me puse nerviosa cuando metió la mano entre los cristales.

—¡Ten cuidado! —casi grité, puede que de forma algo melodramática, porque volvió la cabeza para mirarme con las cejas arqueadas. Retrocedí—. El cristal está afilado —añadí como una tonta.

—Sí, ya lo sé. Tendré cuidado —respondió con media sonrisa en los labios. Levantó el ladrillo y le dio la vuelta en su manaza—. Mierda.

Ni siquiera me permitía pensar en lo caro que sería arreglar el parabrisas, porque era probable que, si lo hacía, me faltara tiempo para encontrar un rincón en el que empezar a mecerme.

Jax tiró el ladrillo al suelo y se giró. Me cogió la mano con la suya, grande y cálida, y me acompañó de vuelta hacia el bar. El estómago se me subió a la garganta al notar el contacto. Ahora que iba un paso o dos detrás de él pude echarle un buen vistazo a su trasero.

Mierda. Hasta tenía un buen culo.

Tenía que priorizar.

—Haré que venga alguien a echarle un vistazo a tu coche —afirmó, mientras yo tenía que andar deprisa para seguirle el paso.

—No tienes que… —empecé a decir parpadeando a toda velocidad.

—Tengo un amigo en un taller a unos kilómetros del centro comercial. Me debe un favor —siguió diciendo como si yo no hubiera hablado. Abrió la puerta tanto y tan deprisa que temí que saliera disparada de las bisagras y entró como una exhalación sin dejar de tirar de mí.

—Quédate aquí —ordenó, dirigiéndome una mirada de advertencia.

—Pero…

Me soltó la mano, se volvió del todo hacia mí y se situó en mi espacio personal. Con las botas pegadas a los dedos de mis pies, su fragancia me envolvió. Bajó la barbilla. Por costumbre, giré la mejilla hacia la izquierda y solté un grito ahogado cuando noté que me rodeaba el mentón con los dedos para obligarme a volver otra vez la cara hacia él.

—Quédate aquí —repitió, mirándome a los ojos—. Solo tardaré un minuto. Como mucho.

¿Un minuto para qué?

—Prométemelo.

Desconcertada, me encontré a mí misma susurrando:

—De acuerdo.

Me sostuvo la mirada un instante más y se largó mientras yo solo podía pensar en lo que había dicho. «Sin duda, quiero conocerte mejor». Se dirigió con pasos largos y elegantes hacia las mesas de billar, rumbo a la zona de la cocina.

Me quedé ahí de pie.

Un minuto después, como mucho, reapareció con las llaves de un coche colgadas de los dedos. Se detuvo cerca de la camarera a la que había visto antes llevar las cestas y la sujetó con suavidad por el codo.

—¿Podrías encargarte del bar hasta que llegue Roxy? —le preguntó.

La mujer me miró y después fijó los ojos de nuevo en Jax.

—Claro, pero ¿va todo bien?

Jax la condujo hasta donde yo estaba plantada en el suelo. De cerca era guapísima, y aunque parecía tener más de treinta, no le vi una sola arruga en la cara.

—Te presento a Pearl Sanders. —Entonces alargó una mano hacia mí—. Y esta es Calla, la hija de Mona.

Pearl se quedó boquiabierta.

Vaya.

Acto seguido se lanzó hacia delante y me dio un abrazo rápido y fuerte que me dejó boquiabierta.

—Es un verdadero placer conocerte al fin, Calla. —Se giró hacia Jax y se sacó el boli de detrás de la oreja—. Cuida de ella, ¿entendido?

—Por supuesto —murmuró Jax, como si fuera lo último que quisiera hacer, lo que era una estupidez, porque yo no necesitaba que nadie cuidara de mí y, desde luego, no le había pedido que lo hiciera. ¿Y qué coño pasaba con eso de que quería conocerme mejor?

—Creo que tengo que…

—Vamos. —Jax me sujetó otra vez la mano. Antes de darme cuenta me hizo dar la vuelta y me sacó por la puerta, de vuelta a la oscuridad de la noche. Un segundo después estábamos al lado de la camioneta aparcada delante de mi pobre coche. Estaba abriendo la puerta del copiloto—. Arriba.

Me detuve.

—¿Qué?

—Arriba —repitió, tirándome del brazo.

Solté mi mano y me apoyé en la puerta del vehículo.

—No voy a ir a ninguna parte. Tengo que ocuparme de…

—De tu coche. —Terminó la frase por mí inclinando la cabeza hacia un lado. La luz plateada de la luna pareció encontrar sus elevados pómulos y acariciar las facciones de su cara—. Lo sé, y, como te he dicho, tengo un amigo que se encargará de eso por ti. Clyde ya se está poniendo en contacto con él, lo que es una suerte.

—¿Por qué? —El cerebro se me estaba cortocircuitando.

—Porque va a llover.

Lo miré fijamente. ¿Acaso era también meteorólogo?

—Puede olerse; una lluvia de finales de primavera, principios de verano. —Se inclinó hacia mí y mi cabeza se ladeó de inmediato hacia la izquierda—. Inspira hondo, cariño, y olerás la lluvia.

Por alguna puñetera razón, inspiré hondo y, sí, olí el aroma húmedo a almizcle. Gemí. No tener parabrisas significaba que la lluvia provocaría desperfectos.

—De modo que haremos que se encarguen de tu coche para que no esté aquí fuera cuando se ponga a llover —terminó.

—Pero…

—Y no creo que quieras conducir con tu precioso culo sentado sobre cristales y el viento soplándote en la cara.

—Sí, claro. Tienes razón, pero…

—Pero voy a sacarte de aquí. —suspiró, pasándose una mano por el pelo alborotado—. Mira, podemos quedarnos aquí y discutirlo los próximos diez minutos, pero vas a subirte a esta camioneta.

—Permíteme que te recuerde algo —solté con los ojos entrecerrados—. No te conozco. Podría decirse que en absoluto.

—Y yo no te estoy pidiendo que te desnudes y me ofrezcas un espectáculo privado. —Hizo una pausa y recorrió otra vez mi cuerpo con la mirada—. Aunque eso sería muy interesante. Una mala idea, pero muy interesante.

Pasó un segundo antes de que asimilara esas palabras y me quedara boquiabierta. Me rodeó sin dejar de murmurar entre dientes. Un momento después me puso las manos bajo las axilas y flipé con ese contacto. Sus manos eran increíblemente grandes, lo que significaba que las tenía supercerca del pecho. Las puntas de sus dedos me rozaron el contorno inferior de los senos. Una oleada intensa de escalofríos, fuerte e inesperada, me irradió desde las costillas.

Entonces me levantó del suelo. Literalmente. Con los pies en el aire y todo.

—Agacha la cabeza, cariño —ordenó.

Obedecí porque, en serio, no tenía ni idea de qué coño estaba pasando. Me encontré sentada en su camioneta y la puerta se cerró desde el otro lado. Jesús. Me pasé las palmas por la cara y bajé las manos justo a tiempo para verlo rodear al trote la parte delantera del vehículo. En un abrir y cerrar de ojos se había subido a la camioneta y había cerrado la puerta.

Una vez me hube puesto el cinturón de seguridad, le lancé una mirada y le dije lo primero que me vino a la cabeza.

—¿Tienes una Chevy?

—Ya sabes lo que dicen de las Chevys —respondió con una sonrisa satisfecha.

—Sí, ¿que es mejor empujar una que conducir un Ford? —dije entornando los ojos—. Porque eso tiene sentido.

Soltó una risita mientras quitaba la posición de estacionamiento. Salimos del aparcamiento y enfilamos la calle en silencio. Preguntarme el motivo por el que había estado ligando conmigo antes y preocuparme por una madre desaparecida en combate no era lo que tenía en la cabeza cuando empecé a mordisquearme el labio inferior.

—¿Cuánto crees que va a costarme reparar el parabrisas? —pregunté.

Me echó un vistazo cuando se detuvo en un semáforo cerca del centro comercial.

—Ciento cincuenta por lo menos, y como hay que cambiarlo del todo, es probable que más.

Sentí una opresión en el pecho al deducir mentalmente esa cantidad de lo que sabía que tenía en mi cuenta corriente y gemí.

—Genial.

Jax permaneció callado hasta que el semáforo se puso verde.

—Te quedarás en uno de los hoteles —anunció mientras avanzábamos hacia el cruce.

Gruñí. Sí. Como un cerdito.

—Uy, no. Sería demasiado dinero.

—¿Vas a quedarte en casa de tu madre? —Su tono de voz rezumaba incredulidad.

—Sí.

—Pero si ella no está —comentó mientras volvía a fijar la vista en la calzada.

—¿Y? Yo viví en esa casa. —Encogí un hombro y me puse la mano en el regazo—. Además, no voy a gastarme dinero en un hotel cuando puedo alojarme gratis en un sitio.

Aunque fuera el último lugar en el quisiera estar.

Jax estuvo un buen rato sin decir nada y, de repente, preguntó:

—¿Has comido algo?

Sacudí la cabeza apretando los dientes. No había comido desde esa mañana, y ya entonces habían sido solo Rice Krispies Treats. Estaba demasiado nerviosa para tomar nada más. Mi estómago empezó a rugir, cabreado al parecer porque acababa de prestarle atención.

—Yo tampoco —reconoció él.

Hicimos una parada en un local de comida rápida. Tenía hambre, así que pedí una hamburguesa y un té dulce. Cuando metí la mano en el bolso para sacar el limitado efectivo que llevaba encima, Jax ya había pagado el servicio por ventanilla.

—Tengo dinero —aseguré con la cartera en la mano.

Me dirigió una mirada inexpresiva y descansó un brazo en la ventanilla.

—Has pedido una hamburguesa y un té dulce. Diría que lo tengo controlado.

—Pero tengo dinero —insistí.

—Pero yo no lo necesito —replicó arqueando una ceja.

Sacudí la cabeza mientras empezaba a abrir la cartera.

—¿Cuánto ha cos…? ¡Oye! —Me arrebató el billetero y el bolso de las manos—. ¿Qué coño haces?

—Como te he dicho, cariño, lo tengo controlado. —Cerró la cartera, la dejó caer en mi bolso y lo metió detrás de su asiento.

—Eso no está nada bien —comenté mirándolo con los ojos entrecerrados.

—Pero un «gracias» sí estaría bien.

—No te he pedido que lo pagaras tú.

—¿Y?

Parpadeé.

Jax me guiñó un ojo.

Me recosté un poco. Él me guiñaba un ojo y mis partes femeninas soltaban un «guau» muy feliz, lo que seguramente era indicativo de que tenía que prestar más atención a dichas partes, porque empezaban a estar desesperadas.

Me sentía un poquito loca por los chicos, pero ¿quién podría culparme?

Un minuto después volvíamos a estar en ruta, y yo tenía una bolsa enorme de comida en el regazo y dos tés dulces traqueteando en un portavasos. No había prestado demasiada atención a lo que él había pedido, pero a juzgar por el peso de la bolsa caliente, que olía de maravilla, era la mitad de la carta.

—No te pareces nada a tu madre —dijo de pronto.

Eso era cierto. Mamá se teñía el pelo de rubio, o por lo menos solía hacerlo. No estaba segura, porque hacía tiempo que no la veía, pero la última vez que estuve con ella, el día que dejé Plymouth Meeting para ir a Shepherd, tenía… mal aspecto.

—Su vida… ha sido dura. Mi madre ha sido muy guapa. —Me oí decir a mí misma mientras miraba por la ventanilla y veía desaparecer la hilera de locales de comida rápida.

—Me lo imagino, si se parecía en algo a ti.

Mi mirada se volvió hacia él de golpe, pero no me estaba mirando. No sonreía en absoluto. Nada en él me habría llevado a pensar que no hubiera sido una frase sincera, pero yo no era guapa, y ese convencimiento no tenía nada que ver con una baja autoestima. Tenía una cicatriz que me rasgaba la mejilla izquierda. Eso suele arruinar las facciones.

No sabía qué tramaba Jax y no quería averiguarlo. Tenía cosas más importantes y más graves en las que concentrarme y de las que preocuparme.

Pero cuando vi que dejaba la calle principal para tomar una secundaria, un atajo, lo miré fijamente.

—¿Sabes dónde está la casa?

Gruñó lo que supuse que era un sí.

—¿Has estado ya allí?

—Unas cuantas veces —respondió sujetando con más fuerza el volante.

Una idea terrible me vino a la cabeza.

—¿Por qué has estado en su casa?

—Querrás decir «nuestra» casa, ya que viviste ahí, ¿no?

—Pues no. Puede que viviera allí cuando estaba en el instituto, pero nunca fue mi hogar.

Me dirigió una mirada rápida y volvió a poner los ojos en la calzada. Pasó un momento.

—La primera vez que tuve que ir a casa de tu madre fui con Clyde. Mona... había pillado una buena cogorza. Iba tan pedo que creímos que tendríamos que llevarla al hospital.

Hice una mueca.

—Después, un par de veces, cuando no se presentó durante unos cuantos días y nos preocupamos por ella. —Había dejado de aferrar con tanta fuerza el volante y le estaba dando golpecitos con los dedos—. Cada dos días, Clyde o Pearl iban a verla solo para asegurarse de que estaba bien.

—¿Y tú? ¿También ibas a verla?

Asintió con la cabeza.

Me mordí el labio inferior e ignoré la oleada turbia de culpa que amenazaba con llegarme a la garganta. Esas personas, con la excepción de Clyde, eran prácticamente unos desconocidos, y ahí estaba yo, una familiar, que no hacía viajes diarios, ni siquiera anuales, para asegurarme de que estuviera viva o para comprobar si había tomado una sobredosis. Después de todo sabía lo que significaba «ir a ver cómo estaba».

Traté de dominar la culpa, pero fracasé.

—No estoy muy unida a mi madre. Hemos...

—Calla, ya había deducido que no estabais unidas. Lo pillo —me interrumpió, dirigiéndome una sonrisa peligrosa. Y digo peligrosa porque él tenía que saber lo poderosa que era esa media curva de sus labios que esbozaba sin más, de cualquier manera—. No hace falta que me expliques nada.

—Gracias —susurré antes de lo pensado. Luego me sentí como una idiota. Él se limitó a asentir con la cabeza a modo de respuesta.

Hicimos el resto del trayecto hasta la casa de mi madre en silencio. Me sorprendió que aparcara la camioneta en el camino de entrada y me siguiera hasta la puerta con los dos tés dulces en la mano.

Abrí la puerta y lo miré.

—No hace falta que entres —comenté.

—Ya lo sé —dijo con una sonrisa burlona—. Pero preferiría no comer en la camioneta mientras conduzco. ¿Te parece bien?

Tenía en la punta de la lengua decirle que no, pero mi cabeza tenía vida propia. Asentí y abrí la puerta de par en par.

—Genial. —Jax pasó a mi lado y entró antes que yo.

—Como si estuvieras en tu casa —murmuré.

No me oyó porque se movía con sigilo, alargando la mano hacia los interruptores y encendiendo las luces. Examinó la casa con ojos intensos, precavidos, como si esperara que un trol saliera disparado de debajo del raído sofá. Lo seguí cuando se dirigió hacia la cocina. Luego me dijo que tenía que usar el cuarto de baño. Yo dejé la bolsa en la encimera y empecé a sacar las cosas.

Maldita sea, seguro que había estado antes aquí, porque no usó el cuarto de baño de la planta baja. Oí sus pasos en la escalera y me pregunté por qué habría elegido el de arriba, pero tenía el cerebro demasiado agotado como para darle vueltas. Para cuando regresó, había encontrado mi hamburguesa entre toda la comida que él se había pedido.

Jax puso una silla a mi lado y se dejó caer con gracia en ella a mi derecha.

—Bueno —dijo mientras desenvolvía un bocadillo de pollo—. ¿Cuánto tiempo piensas estar aquí?

Encogí un hombro, entretenida en quitar los pepinillos en vinagre a mi bocadillo.

—Todavía no lo sé —respondí.

—No será mucho, ¿verdad? Por aquí no hay nada que hacer, y como tu madre está a lo suyo, no hay demasiadas razones para que te quedes. —Hizo una pausa—. ¿Vas a comerte esos pepinillos? —Cuando sacudí la cabeza, los cogió con los dedos.

No contesté, y di dos mordiscos antes de que volviera a hablar.

—¿Vas a la universidad? ¿A Shepherd?

—¿Cómo lo sabes? —pregunté con las manos a medio camino de la boca.

Colocó los pepinillos que me había cogido debajo de la parte superior del panecillo y empezó a comerse la hamburguesa.

—Clyde habla de ti de vez en cuando. Y Mona también.

Todos los músculos se me agarrotaron y se me cerró el estómago. Nada de lo que mi madre tuviera que decir de mí podía ser bueno.

El silencio se extendió entre nosotros mientras él quitaba la parte superior de un emparedado y lo doblaba para formar un burrito.

—¿Qué estás estudiando?

—Enfermería —contesté, dejando la hamburguesa a medio comer en su envoltorio.

Arqueó las cejas y soltó un silbido suave.

—Caray, mis fantasías sobre enfermeras con faldas cortas blancas acaban de volverse mucho más ricas.

Lo miré con los ojos entrecerrados.

—¿Qué te hizo elegir enfermería? —preguntó con una sonrisa.

Concentrada en envolver la hamburguesa que había desechado en su envoltorio, me encogí otra vez de hombros. Sabía exactamente por qué, pero como la respuesta no era fácil de admitir, cambié de tema:

—¿Y tú?

—¿Quieres decir que qué hago aparte de trabajar de camarero? —Se terminó la hamburguesa y atacó las patatas fritas.

—Sí —respondí sin dejar de observarlo—. Además de eso y de comer mucho.

Jax soltó otra carcajada grave, sexy.

—Ahora mismo, solo soy camarero. Tengo otras cosas entre manos.

No dio más explicaciones, como yo, así que no lo presioné, pero eso nos dejó muy poco de lo que hablar.

—¿Patatas fritas?

Sacudí la cabeza.

—Venga. Es lo mejor de la comida rápida. No puedes rechazar una patata frita. —Sus ojos se volvieron más cálidos todavía—. Es toda grasas, hidratos de carbono y sal. Divina.

—No tienes pinta de comer demasiados hidratos de carbono —comenté con el gesto torcido.

—Corro todos los días —comentó levantando un hombro—. Voy al gimnasio antes de ir al bar. Así que como lo que quiero cuando quiero. La vida sería un asco si te pasaras la mitad del tiempo privándote de lo que quieres.

Dios mío, esa era una verdad como un templo y yo lo sabía muy bien.

De modo que cogí una patata frita. Y luego otra. Vale, puede que fueran cinco patatas fritas antes de levantarme a tirar los desperdicios en un pequeño cubo que, sorprendentemente, tenía una bolsa de basura nueva dentro. Mientras me lavaba las manos, Jax se levantó, se acercó a la nevera y soltó un silbido suave cuando la abrió. Yo no tenía ni idea de lo que estaba haciendo. La nevera estaba vacía, salvo por unos cuantos condimentos.

Cerró la puerta y apoyó la cadera en la encimera. Tras echar un vistazo a las paredes color ranúnculo que Clyde había pintado antes de que nos mudáramos allí, y a la superficie arañada de la pequeña mesa redonda en la que habíamos comido, inspiró hondo y se puso muy serio. Con la mandíbula tensa. Los labios apretados. Sus ojos adquirieron un tono castaño oscuro, casi caoba.

—No vas a quedarte aquí —anunció.

Parpadeé y me giré de modo que pudiera ver mi lado derecho.

—Creía que ya habíamos tenido esta conversación.

—No hay comida en la nevera.

—Sí, ya me había fijado. —Hice una pausa y crucé los brazos—. Tampoco habría comida en un hotel, y encima lo tendría que pagar.

Jax inclinó su cuerpo hacia el mío y yo bajé la vista. Una cintura y unas caderas estrechas. Sin duda, iba a correr.

—Aquí los hoteles no son tan caros.

Empecé a enojarme. Sabía que iba a tener que ir a la tienda de comestibles en algún momento. Planeaba quedarme, lo que significaba que necesitaba comida. También necesitaba mi coche para ser operativa, y vete a saber cuánto dinero me costaría eso. Sabía que cuanto más tiempo me quedara allí, antes se me acabaría el dinero, pero era mi única opción, en serio. No tenía adónde ir, por lo menos no hasta que las clases empezaran a finales de agosto.

Eso si me concedían una ayuda económica mayor.

¿Y si no la conseguía?

Tal vez encontrara un rincón en una habitación acolchada en el que mecerme.

Pero eran cosas que Jax no tenía por qué saber.

—Gracias por traerme aquí y por comprarme comida. De verdad que te lo agradezco, y si me dices con quién tengo que hablar por lo de mi parabrisas, sería genial. Pero ahora estoy cansada y…

De repente tenía a Jax justo delante de mí. Hacía un segundo se encontraba junto a la nevera y, antes de que pudiera darme cuenta, estaba ahí. Inspiré, sobresaltada, y me apretujé contra la encimera.

—Creo que no pillas lo que te estoy diciendo, cariño.

Obvio que no.

—Tu madre está fatal. Lo sabes muy bien.

Vale. Una cosa era que yo dijera que mi madre estaba jodida. Otra totalmente distinta que saliera de sus labios.

—Mira, mi madre…

—¿No va a ganar ningún premio a la madre del año? Sí, lo sé —dijo. Me apreté las palmas de las manos con los dedos—. Tampoco va a ganar el premio a la jefa del año. Pero seguramente ya lo sabías.

—¿Qué tiene que ver eso con que me quede aquí o no? —solté con brusquedad.

—No tienes que estar en este pueblo, y mucho menos en esta casa.

—¿Qué? —exclamé boquiabierta. No me esperaba que dijera eso.

—Tienes que pasar la noche en un hotel y, en cuanto tu coche esté a punto, tienes que sacar tu precioso culo de aquí, lo que, con suerte, será mañana por la tarde, y no debes regresar.

Muy bien. Se acabó. Ya estaba hasta las narices de todo y me daba igual que el Barman Sexy fuera el tío más bueno que había visto en mi vida o que fuera lo bastante amable como para llevarme a casa y comprarme comida. O que pensara que mi culo era precioso y le gustaran mis piernas.

Le planté cara, olvidando todo lo demás.

—Contéstame una pregunta.

—Dime —dijo fijando sus ojos castaños en los míos.

Mi voz rezumó dulzura azucarada al hablar.

—¿Quién coño te crees que eres para decirme lo que tengo que hacer?

Pestañeó una vez y, después, echó la cabeza hacia atrás y se rio.

—Tienes carácter. Ya lo creo. Eso me gusta.

Eso me cabreó todavía más y, además, también era algo retorcido.

—Puedes irte.

—No hasta que entiendas lo que está pasando. —Jax plantó las dos manos en la encimera, una a cada lado de mis caderas y se inclinó hacia mí, de modo que me dejó enjaulada—. Necesito que me escuches.

Me encerré en mí misma, incapaz de recordar la última vez que un chico estuvo así de cerca de mí.

—Calla —dijo, y me estremecí al oír lo profunda y suave que era su voz al pronunciar mi nombre—. Me da que no pillas lo mal que está Mona y lo que eso significa para cualquiera que la conozca.

—¿Cómo de mal? —El aire se me había detenido en los pulmones.

—No es agradable.

—Ya me lo imaginaba.

Me siguió sosteniendo la mirada al hablar.

—Esta casa ha sido un centro de fiestas estos últimos dos años. No de la clase de fiestas guais a la que alguien con dos neuronas quiera ir. La policía suele venir con regularidad. Este sitio se ha convertido básicamente en una narcocasa, y no me sorprendería que encontraras pipas de crack guardadas en alguno de los cajones de esta cocina.

Oh, Dios mío.

—¿La clase de personas con las que está? —siguió—. Son de la peor calaña. No se puede caer más bajo que ellos. Y no se puede ser más dudoso que ellos. Y eso ni siquiera es lo peor.

—Ah, ¿no? —¿Qué podía ser peor que el hecho de que mi madre tuviera un fumadero de crack? Supuse que un laboratorio de metanfetaminas podría ser peor.

—Ha cabreado a muchas de esas personas turbias —explicó, y se me cayó el alma a los pies—. Tengo entendido que también debe un montón de dinero. Y también Rooster, su pareja.

¿Debe dinero a más gente? Madre mía, qué mala noticia.

—A ver, sé que seguramente Clyde no quiere que sepas esto, pero no creo que protegerte de lo que está pasando sea lo correcto. Hay muchas malas personas que van a por Mona. La clase de gente a la que tu madre ha cabreado es de las que traen problemas. ¿El parabrisas?

—¿Qué tiene que ver el parabrisas con todo esto?

—Viniste primero aquí, ¿verdad? Lo más seguro es que alguien estuviera vigilando la casa, te viera y decidiera advertirte al antiguo estilo sureño. Puede que todavía no sepan que eres de su sangre, pero es evidente que la conoces, ya que estás aquí. Y, oye, lo del parabrisas podría ser una puta coincidencia, pero lo dudo. Esperemos que no se enteren de que eres su hija.

Joder, esto no era nada bueno. Inspiré con brusquedad y se me aceleró el pulso. Todo aquello había dejado de ser un marrón para pasar a ser una auténtica mierda.

—Sí, ya veo que empiezas a pillar —comentó en voz baja, casi con ternura—. Y solo irá a peor, sobre todo si no sale de su escondite. —Giré la cabeza hacia la izquierda mientras oía sus palabras. Un escalofrío me recorrió la espalda al asimilarlas. Dios mío, puede que un laboratorio de anfetaminas hubiera sido mejor.

«Oh, mamá, ¿en qué lío te has metido?».

Su vida, aquello en lo que se había convertido, me dolió como una punzada de verdad, y algo que creía muerto hacía mucho tiempo renació en lo más profundo de mi ser. Una necesidad por la que había sufrido muchos años, un impulso y un deseo de encargarme de ella, de encargarme de mamá.

Dos dedos se posaron en mi barbilla y obligaron con delicadeza a mi cabeza a centrarse. Mis ojos volvieron a abrirse como platos cuando entraron en contacto con los suyos.

—Podrían utilizarte para llegar a ella —dijo.

Mi cerebro desconectó de inmediato al oírlo. Todo aquello

era demasiado. Mamá me robó dinero y había unos locos sureños que se dedicaban a cargarse parabrisas y estaban empeñados en vengarse. Parecía el argumento de una película protagonizada por una estrella de acción acabada.

—Lo mejor que puedes hacer es dar media vuelta y largarte de la ciudad, cariño —repitió mientras sus ojos castaños dirigían una dura mirada a los míos—. Aquí no hay nada para ti. —Era como si eso lo decepcionara, y cuando volví a contener la respiración, su mirada se desvió por fin de la mía y descendió hacia mis labios separados. Cuando habló de nuevo, su voz era más grave, más áspera—: Nada salvo problemas.

5

No me fui al día siguiente como Jax me había ordenado hacer. No porque no dispusiera de mi coche ni porque él no fuera nadie para decirme qué hacer. En serio que no tenía más remedio que quedarme allí y... ¿y hacer qué? ¿Localizar a mamá, averiguar en qué clase de lío se había metido y, con un poco de suerte, recuperar mi dinero?

La idea de que no me quedara nada era algo en lo que no podía permitirme pensar, pero, llegados a este punto, o me quedaba allí durante el verano o vivía en mi coche. Cuando recuperara mi coche.

Pero era más que eso. Sí, lo del dinero era importante, estaba relacionado con mi vida, pero también se trataba de mamá. Siempre se trataba de mamá.

Cuando Jax se marchó la noche anterior quería que me fuera con él para poder dejar mi «precioso culo» en un hotel que hasta se ofreció a pagar, pero me negué, imaginando que lo último que necesitaba era deberle dinero a alguien. Me advirtió que me enviaría un taxi.

De hecho, tuvo la cara de decirme:

—Sé que no eres tan tonta, cariño, así que voy a darte cuarenta minutos para sobreponerte y, cuando un taxi se pare delante de tu casa, vas a poner tu precioso culo en él.

¿Qué coño?

Así que cuando el taxi se paró y tocó el claxon un minuto entero, lo ignoré hasta que se marchó.

Sí, fue amable de su parte ofrecerse a pagarme un hotel y enviarme un taxi, amable en un sentido de lo más extraño y autoritario. Pero su amabilidad dominante era algo en lo que no podía permitirme pensar demasiado.

Pasé una noche intranquila en el sofá y dediqué buena parte de la mañana a registrar la habitación desordenada de mi madre, sin encontrar absolutamente nada útil, ni siquiera una pipa de crack. Sin embargo, el armario contenía algunas cosas que desearía no haber visto.

Una era una foto enmarcada de mí cuando tenía unos ocho o nueve años. La otra era un trofeo, de unos sesenta centímetros de altura, todavía reluciente y rutilante. Eran recuerdos de un pasado que ya no podía reivindicar.

Dejé esos objetos en el fondo del armario, los tapé con unos vaqueros viejos y me preparé para ir al bar. Me la sudaba cómo iba vestida, pero me tomé mi tiempo con el maquillaje, aplicándolo con cuidado hasta que la cicatriz que me descendía por la mejilla pareció menos roja, más rosada y casi invisible a una distancia considerable. Podía salir de casa con unos pantalones de chándal andrajosos y una camiseta llena de agujeros, pero jamás sin una capa gruesa de maquillaje en la cara. Llamé a Clyde cuando terminé, consciente de que solo había otro lugar donde pudieran tener alguna información sobre cuentas bancarias o pistas de dónde podría haber huido.

Se presentó poco después de mediodía. Yo lo esperaba en la entrada. Me subí a su camioneta, una Ford mucho más vieja que la de Jax, y me abroché el cinturón de seguridad antes de que pudiera sacar su cuerpo corpulento del vehículo.

—Chiquitina...

—Como te he dicho por teléfono, tengo que ir al bar. No te habría llamado si tuviera mi coche.

—Jax se está encargando de tu coche.

Fruncí la nariz mientras me ponía el bolso en el regazo.

—Eso es tranquilizador —murmuré, lo que tuvo mala leche, porque a pesar de ser un poco mandón, Jax había sido atento.

Movió su voluminoso contorno para volverse hacia mí.

—Chiquitina —empezó de nuevo—, ¿de verdad vas a quedarte en esta casa?

Suspiré mientras me ponía las gafas de sol. Eran bonitas. De imitación, pero me parecía que me quedaban de lujo.

—¿En el famoso fumadero de crack? —solté—. Sí. No voy a alquilar una habitación en ningún hotel.

—Calla…

—Jax ya intentó llevarme a uno. ¡Hasta llamó a un taxi! —A pesar de que hice un gesto con la mano, no se me escapó la forma en que Clyde movía los labios—. Mi madre… me ha hecho una putada. Algo malo. Y supongo que lo que le está pasando también es malo.

—Lo es —corroboró Clyde con los labios fruncidos poniendo marcha atrás.

Me estremecí.

—¿Tanto como me dijo Jax? —Una pequeña parte de mí esperaba que Clyde me dijera que Jax tenía tendencia a exagerar.

Pero no.

Aunque no le di detalles, gruñó a modo de afirmación.

—No sé qué te dijo exactamente —añadió—, pero me imagino que no te lo contó todo.

Cerré los ojos y escuché el ruido de los neumáticos sobre el asfalto. Dios mío, ¿qué estaba haciendo? Tal vez tendría que haber ido al hotel, regresado a la facultad y llamado a Teresa. No. Me interrumpí a mí misma en ese punto.

Ella y Jase tenían muchos planes para el verano. Viajar. Playas. Sol y arena. No iba a arruinárselos cargando a Teresa con mis problemas, cargándolos a los dos con ellos. Además, dormir en el sofá de los amigos tenía un punto de desmadre que no podía manejar.

Pasaron unos minutos antes de que Clyde volviera a hablar.

—Esto es lo último que quería que hicieras.

No abrí los ojos.

—¿Volver aquí?

—Bueno, siempre he sido sincero contigo, chiquitina, y voy a seguir siéndolo.

El corazón se me iba a salir por la boca, solo pensaba en lo que Jax había dicho. Que ahí no había nada salvo problemas.

—Este es el último lugar en el que quiero que estés y, bueno, hay cosas que no es necesario que sepas, ni ahora ni nunca, pero hay algo que no ha cambiado, y eso eres tú, chiquitina.

Abrí unos ojos como platos.

—Eres buena hasta la médula. Siempre lo has sido, da igual lo que Mona te hiciera pasar, incluso antes del incendio.

Sentí una punzada en el pecho que me recorrió el cuerpo, se extendió por la cicatriz de la mejilla y resiguió por las demás cicatrices, las peores. Era como si hubiera pasado ayer. El incendio.

—Pero sabes que es imposible ayudar a tu madre.

—Ya lo sé —susurré con un nudo en la garganta—. No he venido aquí por eso. Me ha hecho una mala jugada, Clyde. No te miento.

—Lo sé y me lo creo —aseguró dirigiéndome una rápida mirada de complicidad—, pero también sé que estás aquí, y ahora que sabes que tu madre se ha metido en un lío, vas a querer ayudarla de algún modo.

Inspiré con fuerza.

—Pero no vale la pena —prosiguió—. Es imposible ayudar a Mona. No esta vez. Lo mejor que puedes hacer es regresar a esa facultad y no volver la vista atrás.

Un bol de kikos descansaba en una mesa de roble rayada en el despacho situado al final del pasillo que llevaba a los lavabos. Detrás del escritorio había dos archivadores, y apoyado contra la pared, un sofá de piel y que parecía sorprendentemente nuevo, mucho más que el sofá en el que dormí la noche anterior.

No fui capaz de dormir en el desván.

Nunca había llevado un bar antes y no era perfecta en lo que a números se refiere, pero tras revisar los extractos, los recibos y las facturas que había encontrado muy bien organizados, sabía dos cosas.

La primera, mamá no se había estado encargando de nada de aquello ni loca. Si buscabas el antónimo de organizada, encontrabas una foto de mamá sonriendo feliz. Otra persona llevaba los libros, y dudaba mucho que fuera Clyde. A él, que Dios lo bendiga, se le daba bien ser sincero, se le daba muy bien ser prácticamente el único modelo positivo que yo tenía, y era genial en la cocina, pero ¿ocuparse de la parte económica de un bar? Uf. No.

La segunda cosa que averigüé era que el bar no se estaba desangrando como si lo hubieran apuñalado varias veces cruelmente con un cuchillo de caza. Esta información me desconcertó. Imaginaba que si mamá se había pulido mi dinero, y posiblemente también el suyo, el bar sería lo siguiente de su lista. Además, no estaba en la mejor de las condiciones.

Aunque, bien mirado...

Eché un vistazo al bar cuando me quedé sola. Clyde se había ido a limpiar la cocina tras explicarme que mi coche, que ya no estaba en el aparcamiento, se encontraba en un taller calle abajo para que le sustituyeran el parabrisas.

No quería pensar siquiera en esa factura.

Tiempo atrás, antes de irme a la universidad, el Mona's era un desastre. La barra estaba siempre pegajosa, lo mismo que el suelo, pero el origen de esa pegajosidad era siempre dudoso. Se rompían espitas. Había barriles que tendrían que haberse sustituido hacía años. Se usaban limones de hacía días, se servía zumo de fruta caducado y se hacían un montón de cochinadas más. Mamá siempre contrataba a amigos suyos para atender el bar. Amigos que, básicamente, eran hombres y mujeres de mediana edad que no habían madurado y pensaban que trabajar tras una barra significaba bebida gratis. Así que la limpieza nunca ocupaba un lugar alto en su lista de prioridades.

Aunque el bar ya no tenía el aspecto de su mejor momento, sino que más bien estaba en su fase geriátrica, lo vi más limpio de lo que había creído el día anterior. Tras la barra, hacía poco que se había tirado el hielo y limpiado el pozo con agua caliente para impedir que proliferara el crecimiento asqueroso de bacterias. No había visto moscas de la fruta o excrementos de bichitos que, por desgracia, eran habituales en los bares. Las superficies estaban recién limpiadas y el suelo también estaba pulcro tras la barra; incluso las botellas aparecían bien puestas y organizadas.

Hasta las mesas dispuestas por el local estaban limpias, lo mismo que los ceniceros. O sea, aunque puede que el bar necesitara una reforma, alguien cuidaba sin duda de él, y sabía que ese alguien no era mamá.

Eché un vistazo a la hoja de cálculo impresa del mes anterior, que tenía tropecientos recibos grapados, y repasé las líneas. Como en las hojas de cálculo que había encontrado antes y que se remontaban hasta el mes de marzo del año anterior, todo estaba documentado: las facturas mensuales, como la de luz y otros servicios; los ingresos; los costes de la comida y la bebida, los desgloses y, lo más sorprendente de todo, las nóminas.

Las nóminas, coño.

La razón por la que mamá siempre tenía trabajando para ella a amigos a los que solo les interesaban las bebidas gratis era que nunca podía pagar nóminas. La idea de que el Mona's ganara dinero suficiente para pagar a sus empleados de forma regular era para partirse de risa. Pero no porque hiciera gracia, sino de modo histérico, en plan locura.

Pero el Mona's llevaba pagando nóminas desde hacía más o menos un año. No reconocí los nombres de los empleados excepto los de Jax y Clyde. Hasta había un tío que trabajaba en la cocina las noches de los fines de semana para ayudar a Clyde.

El Mona's había estado dando beneficios los últimos cuatro meses. Nada importante ni de lo que entusiasmarse en exceso, pero eran beneficios.

Me recosté en la silla y sacudí despacio la cabeza. ¿Cómo era posible? Si el Mona's estaba ganando dinero, ¿por qué mi madre estaba robando…?

—¿Qué coño haces aquí?

Solté un chillido y di un brinco con el mentón hacia fuera. Se me escapó todo el aire de los pulmones. Jax estaba en la puerta. Tenía que ser medio fantasma, medio ninja, porque no lo había oído acercarse. El suelo había crujido cada dos por tres cuando yo había recorrido el pasillo hacia el despacho.

Solo habían pasado unas horas desde que había visto a Jax, y no era que en ese tiempo se me hubiera olvidado lo bueno que estaba, pero, caray, no pude evitar quedarme mirándolo un momento.

Recién duchado, su cabello, rizado sobre la frente, era ligeramente más oscuro. La camiseta negra que llevaba parecía más ajustada que la de la noche anterior, lo que estaba segura de que la población femenina agradecía.

Pero no parecía nada contento de verme.

Con la mandíbula tensa y los labios apretados, me fulminó con la mirada mientras yo lo contemplaba estúpidamente como si fuera un cervatillo.

—¿Qué haces aquí, Calla?

Salí de mi ensueño a oír mi nombre. Dejé la hoja de cálculo y los recibos en la mesa y lo miré con los ojos entrecerrados.

—Bueno, si tenemos en cuenta que es el bar de mi madre, tengo todo el derecho del mundo a estar en este despacho.

—Es argumento bastante absurdo si tenemos en cuenta que llevo unos dos años en este bar y ayer por la noche fue la primera vez que vi tu precioso culo.

Noté que el calor me subía por las mejillas mientras inclinaba la silla hacia la izquierda.

—¿Puedes dejar de referirte a mi culo como precioso?

Sus ojos adquirieron el tono del chocolate oscuro.

—¿Preferirías que me refiriera a él como espectacular?

—No.

—¿Sexy?

—No. —Inspiré por la nariz.

—¿Qué tal con forma de corazón y firme?

—¿Qué tal de ninguna manera? —dije con los puños cerrados.

Sus labios se movieron y el humor lo abandonó cuando su mirada se dirigió al montón de documentos. Se acercó a la mesa.

—¿Estabas revisando los archivos?

—Quería ver cómo le iba al bar —respondí encogiéndome de hombros con una despreocupación fingida.

—Estoy seguro de que eso no es asunto tuyo.

¿Qué coño?

—Estoy segura de que sí.

Puso una mano en la mesa, justo encima de las hojas de cálculo.

—No me digas —soltó.

Giré la silla para orientar el lado derecho de mi cuerpo hacia él.

—Bueno, si tenemos en cuenta que este bar es lo único que mi madre va a dejarme algún día, tengo todo el derecho del mundo a mirar esos documentos.

Algo le cruzó el semblante.

—¿Dejarte este bar? —preguntó ladeando la cabeza.

—Mi madre ha hecho testamento. Lo hizo hace años. De modo que, a no ser que lo haya cambiado hace poco, lo que dudo que ocupara un lugar destacado en su lista de prioridades, si algo le pasara, Dios no lo quiera, el bar es mío.

De nuevo vi una extraña tensión en la piel que le rodeaba los ojos que no entendí. Pasó un instante.

—¿Es eso lo que quieres? ¿El bar?

Ni hablar. Yo no había dicho eso.

—¿Qué harías con este bar si acabara siendo inesperadamente tuyo? —preguntó.

Dije lo primero que se me pasó por la cabeza.

—Lo más probable es que lo vendiera.

Jax se apartó de la mesa para enderezarse por completo. Bajó hacia mí unos ojos que parecían fragmentos de cristal. El camarero bromista y ligón había desaparecido.

—Si este bar te la suda…

—Yo nunca he dicho eso. —No exactamente.

Pasó de mi objeción.

—¿Por qué estás aquí, entonces? ¿Por tu madre? Es una causa perdida y tú lo sabes. Y no pasaste la noche en ningún hotel, ¿verdad?

Su rápido cambio de tema me dejó aturdida. Había días en los que pensaba que era una causa perdida y otros en los que no podía permitirme pensar eso.

—Gracias por enviarme el taxi, pero…

—Dios mío, vas a ser un grano en el culo. —Se alejó de la mesa, pasándose los dedos por el cabello húmedo. Los músculos de la espalda se le contrajeron bajo la camisa.

Inspiré de golpe, notando que me sonrojaba otra vez.

—No soy un grano en ninguna parte de tu cuerpo, chaval.

Me miró y soltó una sonora carcajada.

—Ah, ¿no? Te conté la clase de marrón en el que se ha metido tu madre y que hay un montón de canallas que van a por ella y aquí sigues. Además de que te rompieran el parabrisas…

—Mira, ya sé que mi madre está metida en un buen lío y todo eso. Un notición, pero nada nuevo para mí. —Bueno, parecía que el lío era mucho más gordo de lo normal, pero llegados a este punto, qué más daba—. ¿Y lo de mi coche? Estuve en esa casa unos minutos. Es imposible que nadie me viera en tan poco tiempo. Por no hablar de que mi coche se encontraba en el aparcamiento de un bar con un club de estriptis al otro lado de la calle. Son cosas que pasan.

—No me digas. —Cruzó otra vez los brazos sobre su pecho—. ¿Sueles estar cerca de bares de estriptis?

—No —susurré.

Le palpitó un músculo de la mandíbula. Nos dedicamos una mirada intensa durante lo que pareció una eternidad antes de que Jax volviera a hablar.

—¿Por qué estás aquí, Calla? En serio. Aquí no hay nada para ti. Tu madre no está. No tienes familia aquí. Y hasta donde yo sé, has pasado el último par de años en la universidad sin hacer siquiera visitas breves. No te juzgo, pero no te ha importado en todo este tiempo. Así que, ¿por qué ahora?

Caray. Sus palabras me cayeron como una jarra de agua helada.

Jax empezó a retroceder hacia la puerta sin apartar ni un segundo los ojos de mi cara.

—Vete a casa, Calla. No estás…

—¡Toda mi vida está en el aire! —En cuanto las palabras salieron de mi boca… Joder, me di cuenta de lo ciertas que eran. Y eso era tan asqueroso como tragarse un frasquito de ácido. Ni siquiera sabía qué me había incitado a decirlas. Puede que fuera que la suavidad de su voz me había parecido lástima. No lo sé.

Tragué saliva con fuerza mientras él se detenía y me miraba fijamente.

—Toda mi vida está en el aire —repetí mucho más bajo. Acto seguido lo dejé salir todo en un caso extremo de diarrea verbal—. Mi madre me ha dejado pelada. Me ha vaciado por completo la cuenta de ahorro en la que tenía todo mi dinero: el que tenía para mis estudios y el que planeaba usar para emergencias y mientras buscaba trabajo. No solo eso, pidió un préstamo y tarjetas de crédito a mi nombre y no hizo un solo pago. Agotó el crédito, y ahora ni siquiera sé si podré optar a un préstamo de estudiante.

Se le desorbitaron un poco los ojos y levantó el brazo para pasarse la palma de la mano por el pecho, sobre el corazón.

—No tengo ninguno otro sitio donde ir —proseguí, sintiendo un extraño nudo en la garganta y cierto escozor en los ojos—. No puedo quedarme en la residencia de estudiantes porque no pude matricularme en ninguna clase este verano. Me ha dejado sin nada, salvo el poco dinero que tengo en mi cuenta corriente y una casa que, al parecer, es un fumadero de crack. Encima se ha largado con un individuo llamado Rooster. Y mi única esperanza, lo único que pido en este momento, es que tenga algo de dinero con lo que devolverme lo que me ha quitado. De modo que sí, soy consciente de que aquí no hay nada para mí y que soy un grano gigantesco en tu culo, pero de verdad que no tengo ningún otro sitio donde ir.

—Mierda. —Desvió la mirada con la mandíbula tensa.

Entonces caí en la cuenta. Era humillante. Cerré con fuerza los ojos. ¿Dónde estaban las grapas? Las necesitaba para la boca.

—Mierda —dijo de nuevo—. Calla, no sé qué decirte.

Me obligué a mí misma a abrir los ojos y lo encontré mirándome fijamente. No había lástima en su mirada, sino que volvía a ser más suave.

—No hay nada que decir —aseguré.

—Aquí no hay dinero, cariño. Nada que tu madre pueda darte —dijo escudriñando mis ojos—. No te estoy vacilando. Es una putada. Una auténtica putada, pero no hay nada. Ni un céntimo aparte del que este bar está empezando a ganar, que no es demasiado.

Me recosté en la silla soltando una respiración entrecortada. «No. No. No». Esa palabra estaba en bucle.

—Si se llevó tu dinero, ya no lo tiene. Y si tenía algún dinero propio, también hace mucho que desapareció. Créeme. —Bajó más la voz—. No pasa ni una semana sin que se presente alguien husmeando por el bar buscándola porque le debe dinero.

—Muy bien —solté desviando la mirada. Y, tras inspirar hondo otra vez, añadí—: Tengo que aceptar que no hay dinero y que no voy a recuperar ni un triste centavo. —No me respondió, lo que no importaba, porque estaba hablando básicamente conmigo misma—. Pues ya está. Estoy pelada. Lo único que puedo hacer es rezar para que me concedan la ayuda económica.

Noté un sabor a bilis en la garganta cuando asimilé mis palabras. Estaba del todo pelada. Mi vida estaba de verdad en el aire. También podría vomitar de verdad.

—Lo siento —susurró.

Me estremecí.

Jax había rodeado el escritorio y estaba más cerca de mí. No quería tenerlo tan cerca de mí. Nerviosa, me pasé las manos por los muslos de los vaqueros.

—Plan B —susurré.

—¿Qué?

—Plan B —repetí con voz temblorosa—. Tengo que encontrar trabajo y ganar todo el dinero que pueda este verano. —Eché un vistazo alrededor del despacho y, de repente, supe lo que tenía que hacer para recuperar el control. Quería deshacerme del nudo que tenía en el pecho, pero no sería fácil—. Puedo trabajar aquí.

Iba a hablar y, después, frunció el ceño.

—¿Trabajar aquí? Esta no es tu clase de lugar, cariño.

Le dirigí una mirada rápida.

—Tampoco parece que sea tu clase de lugar.

—¿Y eso por qué? —replicó.

—Mírate. —Describí un amplio círculo con la mano delante de él—. No tienes pinta de trabajar en un tugurio.

—Me gusta pensar que está un paso por encima de un tugurio —respondió con una ceja arqueada.

—Un pasito —murmuré.

—¿Dónde te parece que tendría que trabajar? —preguntó con una media sonrisa en los labios.

—No sé. —Me recosté, me aparté el pelo de la frente y suspiré—. Tal vez en un Tíos Buenos «R» Us.

Arqueó las cejas de golpe.

—Así que crees que estoy bueno.

—Estoy muy bien de la vista, Jax —dije entornando los ojos.

—Pues si crees que estoy bueno, ¿por qué pusiste tantas pegas a salir conmigo la primera vez que viniste al bar?

Lo miré, preguntándome cómo había ido a parar ahí la conversación.

—¿Importa realmente eso?

—Sí.

—No, para nada.

—Vamos a dejarlo así —comentó con los ojos brillando de diversión.

—No vamos a dejar nada —presioné y me detuve. No se había movido y no me dejaba espacio. No podía pasar—. Puedo trabajar aquí.

—La clientela que viene los fines de semana es difícil. Tal vez deberías probar en el Outback que está calle abajo.

—No me dan miedo los sureños duros —refunfuñé. Jax entrecerró los ojos para mirarme—. ¿Qué? —Levanté las manos—. Tampoco es que al bar no le venga bien mi ayuda. Es evidente que necesito dinero, y puede que trabajando aquí consiga algunas propinas y recupere algo de dinero, aunque sea un pequeño porcentaje.

—¿Con las propinas? —Dio otro paso adelante y me quedé atrapada entre él y la silla—. ¿Qué crees que harías aquí?

—Puedo atender la barra —respondí encogiendo un hombro.

—¿Lo has hecho alguna vez? —Cuando encogí de nuevo el hombro, soltó una carcajada. Ahora era yo quien lo miraba con los ojos entrecerrados—. No es tan fácil, cariño.

—No puede ser tan difícil.

Jax se me quedó mirando un buen rato, y entonces sucedió una de las cosas más fascinantes de ver. Todos sus músculos tensos se relajaron y una sonrisa de complicidad asomó despacio a sus labios.

El estómago me dio un gran vuelco.

—Bueno, no podemos tolerar eso, ¿verdad?

—¿Tolerar qué? —¿Se refería a que el estómago me diera un vuelco? Era imposible que lo supiera.

—Que no tengas ningún sitio donde ir. —Al ver que no respondía, ladeó la cabeza—. Muy bien, cariño, si es lo que quieres… adelante.

Por alguna estúpida razón, dio la impresión de que estaba hablando de otra cosa, y unas mariposas me revolotearon en el estómago.

—Estupendo —dije.

Su sonrisa se ensanchó hasta que vislumbré una hilera de dientes blancos.

—Fenomenal —respondió.

6

El bar abría a la una de la tarde, y como nadie había entrado, Jax me puso tras la barra a cortar limones y limas frescos con una advertencia.

—Por favor, no te cortes ningún dedo. Sería un asco.

Entorné los ojos sin molestarme en responder y trabajé en silencio hasta que los tuve todos cortados y listos para usar. Por lo general, estaba cómoda tras la barra mientras no prestara atención a la foto enmarcada que quería arrancar de la pared y tirar lejos.

Pero tenía mejores cosas que mirar.

Cada dos por tres le echaba una ojeada rápida a Jax. Él estaba apoyado en el otro extremo de la barra con los tobillos y los brazos cruzados. Tenía la cabeza levantada hacia la pantalla del televisor que colgaba del techo.

Cuando salimos del despacho, me explicó que yo trabajaría en su turno, de las cuatro de la tarde hasta la hora de cerrar. No tenía ni idea de por qué estaba hoy en el bar tan temprano. Él trabajaba las noches más concurridas: de miércoles a sábado por la noche, en turnos de diez horas.

Mucho más tarde de mi hora habitual y aburrida de acostarme, las once, pero podía hacerlo. Debía hacerlo. No tenía tiempo que perder intentando encontrar un trabajo en el Outback como él me había sugerido.

Mientras le seguía echando miraditas, intenté de nuevo deducir su edad. Podría habérselo preguntado, pero no estaba segura de que fuera asunto mío. No podía ser mucho mayor que yo, pero había algo en él que clamaba madurez. La mayoría de la gente de veintiún años o así que conocía a duras penas lograban levantarse de la cama por la mañana, incluida yo misma, pero él tenía ese aire de confianza y de saber hacer que, a mi entender, correspondería a alguien mayor, a alguien con muchas responsabilidades.

Eché un vistazo alrededor del bar, que seguía vacío, y entonces caí en la cuenta de algo que tenía delante de las narices. Volví a mirar a Jax, con el cabello ahora seco y sin peinar y las ondas castaño oscuro que le caían aquí y allá alrededor de la coronilla.

Estaba llevando el bar.

Tenía que ser él.

De acuerdo, solo había conocido a Pearl, pero había visto los horarios en el despacho y había dos camareros más, una tal Roxy y un tío llamado Nick. Otra camarera llamada Gloria que solo trabajaba los viernes y los sábados, y también estaba un tal Sherwood que ayudaba a Clyde en la cocina.

Puede que me equivocara y fuera uno de ellos, pero tenía el pálpito de que no, y no tenía ni idea de qué pensar al respecto. Pero sentía curiosidad. ¿Por qué dedicaría tanto esfuerzo al Mona's?

Fuera de control, mi mirada se desplazó desde su pelo bien recortado en la nuca al cuello de la camiseta, luego espalda abajo y por fin se entretuvo en sus vaqueros raídos y desteñidos.

Dios mío, tenía un buen culo. Una puta obra de arte. A pesar de que no llevaba unos vaqueros ajustados, la forma general…

Jax giró inesperadamente el cuello y me pilló mirándolo. Lo que se dice comiéndomelo con los ojos.

Esbozó media sonrisa.

Me había pillado.

Noté que me ardía la cara al desviar la mirada a toda prisa, hilando un montón de palabrotas. No lo estaba repasando con la mirada. No tenía por qué hacerlo. Quiero decir, me pasaba mucho rato repasando con la mirada a los chicos, porque hacerlo nunca conducía a nada.

Nunca podría.

—¿Y ahora qué? —pregunté carraspeando mientras me lavaba las manos para no terminar tocándome los ojos con los dedos empapados de zumo de limón.

—Nadie se encarga específicamente del almacén, por lo que tenemos que asegurarnos cada día de que el bar esté bien provisto. También tenemos que hacer recuento de las existencias. Hoy ya está hecho, pero puedo enseñarte cómo va. Estoy seguro de que ha cambiado desde que tú estabas aquí.

Habían cambiado muchísimas cosas desde que yo estaba ahí. Mientras me secaba las manos, me pregunté si mamá habría hecho alguna vez un recuento de existencias.

—¿Quién está llevando el bar? —pregunté.

Se le puso la espalda rígida y se volvió del todo hacia mí.

—Tengo que enseñarte dónde está todo. La cerveza se guarda fría, fuera de la cocina. Las bebidas alcohólicas están en el almacén. —Levantó la trampilla de la barra y salió, con lo que no me quedó más remedio que seguirlo pasillo abajo.

Cuando se detuvo delante de la puerta que quedaba cerca del despacho, me pasé el pelo por encima del hombro izquierdo.

—Sé que no es Clyde —aseguré.

—No sé muy bien de qué estás hablando, cariño —dijo sacando un llavero.

—¿Quién está llevando el bar? ¿Quién se encarga de todo? —insistí con el ceño fruncido mientras abría la puerta de par en par.

—¿Ves esa tablilla? —Señaló el lugar donde estaba colgada, al lado de los estantes llenos—. Todo lo que sale de aquí, se apunta. Todo. Es la misma hoja con la que hacemos el inventario.

Le eché un vistazo rápido. Parecía claro, meridiano.

—Lo mismo con lo que entra. Todo está bien ordenado aquí dentro, por lo que es fácil de encontrar. —Entonces se volvió y me guio fuera de la habitación, pero cuando iba a pasar delante de mí, me interpuse en su camino.

—¿Quién está llevando el bar, Jax? —pregunté otra vez. Sus ojos entrecerrados se movieron por encima de mí, confirmando mis sospechas—. Eres tú, ¿verdad?

No dijo nada.

—Has estado llevando el bar, y esa es la razón de que no sea un tugurio total.

—¿Total? —Sus ojos castaños se posaron en los míos.

Incliné el mentón hacia la izquierda.

—No tiene nada que ver con lo que era antes. Las cosas están organizadas y limpias. El Mona's está ganando dinero.

—No mucho.

—Pero está yendo muchísimo mejor en un solo año que en mucho tiempo —señalé—. Eso es por... —Las palabras se me quedaron atragantadas en la garganta cuando me puso las manos en los hombros. Tragué saliva con fuerza.

Agachó la cabeza y me habló en voz baja mirándome a los ojos.

—No es solo por mí. Tenemos un personal al que le importa, y a Clyde siempre le ha importado. Por eso nos va mejor. Ha sido un esfuerzo de equipo. Es un esfuerzo de equipo.

Nuestras miradas se encontraron y, como la noche anterior en la cocina de mi madre, su proximidad me dejó sin palabras. No me gustaba que nadie se acercara tanto como para verme a través del maquillaje.

—Ahora tenemos mejores clientes —prosiguió. Solo con su mirada impedía que apartara los ojos de él o me escondiera.

Y, maldita sea, era de lo más incómodo si tenemos en cuenta que yo era experta a la hora de esconderme. Bajó todavía más la voz—. Policías fuera de servicio. Alumnos del centro de estudios superiores local. Ni siquiera los motoristas que vienen causan problemas. Sin la mala gente que Mona tenía aquí, a pesar de que la clientela puede ponerse difícil a veces, la cosa ha mejorado.

—Obvio —murmuré.

Bajó sus pestañas increíblemente tupidas y yo hice lo mismo, justo hacia sus labios carnosos. Dios mío, ¿de dónde habría sacado una boca así? Apareció esa media sonrisa e hizo que me ardiera la cara.

—Interesante —dijo.

—¿Qué es interesante? —pregunté parpadeando.

—Tú.

—¿Yo? —Intenté retroceder, pero las manos que tenía en los hombros me sujetaron con más fuerza—. Yo no soy nada interesante.

—Sé que eso no es verdad —insistió ladeando la cabeza.

¿Por qué tenía la sensación de que el peso de sus manos en mis hombros era posiblemente lo más agradable que había sentido en mi vida? Aunque solo me tocaba ahí, notaba su exquisita pesadez por todo mi cuerpo.

Madre mía, eso era malo.

—Sí que lo es —susurré por fin, y entonces la diarrea verbal regresó como una auténtica venganza de Moctezuma—. Soy la persona más aburrida que ha existido jamás. Ni siquiera he ido a la playa o a Nueva York. Nunca he viajado en avión ni he estado en un parque de atracciones. Cuando estoy en la facultad no hago nada y… —Se me apagó la voz y solté el aire—. Que soy aburrida, vamos.

—Vale. —Arqueó una ceja.

Dios mío, tenía que encontrar hilo y aguja para coserme los labios.

—Pero tendremos que dejarlo estar también en este asunto. —La diversión se reflejó en sus cálidos ojos, y como estábamos tan cerca, me fijé en las motas de color marrón más oscuro cerca de sus pupilas.

Traté de separarme otra vez, pero no fui a ninguna parte. El pecho se me elevó de golpe al inspirar hondo.

—¿Por qué te preocupas tanto por este bar?

—¿Qué quieres decir? —Entonces le tocó a él pestañear.

—¿Por qué le dedicas tanto esfuerzo? Podrías trabajar en un lugar mejor, seguramente con menos estrés que llevar un bar que no es tuyo.

Me miró fijamente un momento y luego deslizó las manos por mis hombros hacia los brazos, lo que me dejó un rastro de escalofríos antes de que las bajara del todo.

—¿Sabes qué? Si me conocieras mejor, no tendrías que hacerme esa pregunta.

—No te conozco.

—Exacto. —Pasó a mi lado y regresó al bar, dejándome plantada en el pasillo, algo más que confundida.

Pues claro que no lo conocía. Nos habíamos visto por primera vez el día antes, así que ¿qué demonios? Solo era una pregunta. Me volví, me recoloqué el pelo por encima del hombro izquierdo e inspiré. Y después espiré.

Tenía un problema.

Bueno, tenía muchos problemas, pero también tenía uno nuevo.

Quería conocer mejor a Jackson James, Jax, y no debería quererlo. Eso tendría que ser lo último que deseara, pero no lo era.

El trabajo de camarero era duro.

Como básicamente había crecido en bares, los evité al irme de casa, y habían pasado años hasta que entré realmente en uno. En su día sabía preparar la mayoría de los combinados solo por haberlo visto hacer muchas veces, ¿pero entonces? Se me daba de pena. De auténtica pena. En casi cada combinado necesitaba seguir las instrucciones de la carta de cócteles que estaba en la zona de trabajo.

Por suerte, Jax no se portó como un capullo al respecto. Cuando entraba algún cliente, lo que empezaron a hacer hacia las tres, uno tras otro, y pedía una bebida que a mí me sonaba a chino, no me lo ponía difícil. Se acercaba a mí y me corregía con delicadeza si alargaba la mano hacia la mezcla que no era o si vertía demasiada o muy poca cantidad de un licor concreto.

Había trabajado como camarera, de modo que sabía salir de cualquier embrollo con una sonrisa. Con los hombres mayores y de ojos legañosos funcionaba todavía mejor.

—Tómate tu tiempo, cielo —dijo un tipo casi anciano cuando tuve que tirar su bebida porque no se me daba bien servir directamente de la botella y sin duda incluí la cantidad de licor suficiente para matarlo—. Lo único que tengo es tiempo.

—Gracias —dije, y esbocé una sonrisa mientras preparaba de nuevo la bebida, que era un sencillo gin-tonic—. ¿Mejor?

El hombre dio un sorbo y me guiñó un ojo.

—Perfecto —aseguró.

Cuando se marchó en dirección a una mesa cerca de una de los billares, Jax se me acercó por detrás.

—Ven. Deja que te enseñe a servir de la botella. —Me rodeó, cogió uno de los vasos más cortos y levantó la ginebra—. ¿Estás prestando atención?

Oh.

Estaba a mi lado, tan cerca de mí que sentía su puñetero calor corporal. Por lo que a mí respecta, podría estar hablando sobre las veces que Marte gira alrededor del Sol.

—Claro —murmuré.

—No usamos medidores, pero es bastante simple. Básicamente hay que contar. Cada vez que cuentas estás vertiendo un cuarto de onza. O sea que, si vas a verter una onza y media, tienes que contar hasta seis. Para media onza, tienes que contar hasta dos.

Parecía fácil, pero tras preparar un par seguía sin verter la misma cantidad cada vez que contaba, y lo único que hacía era gastar licores.

—Solo se mejora con la práctica —afirmó, apoyando la cadera en la barra—. Por suerte, a la mayoría de clientes les va la cerveza, tragos puros y algunos de los combinados más sencillos.

—Sí, pero va a venir alguien pidiendo un Jax especial y quedaré como una idiota —solté mientras limpiaba la bebida que se me había derramado en la barra.

—Ese solo yo lo preparo —respondió con una risita—, de modo que no tienes que preocuparte por ello.

Lo imaginé ofreciendo esa copa a chicas a las que quería tirarse y me perturbó al instante lo mucho que me desagradaba esa imagen.

—Bueno es saberlo.

—Lo estás haciendo bien. —Se separó de la barra, me puso una mano en la zona lumbar y se inclinó hacia mí hasta que sus labios quedaron peligrosamente cerca de mi oreja. Cuando habló, se me tensó el cuerpo al notar su aliento cálido bailando sobre mi piel—. Tú sigue sonriendo como hasta ahora y todos te perdonarán.

Me dejó con los ojos abiertos como platos y se largó hacia la otra punta de la barra, en la que se apoyó con los brazos cruzados cuando uno de los chicos que había al otro lado le dijo algo.

Creo que se me olvidó respirar mientras estaba ahí plantada, contemplando el cabello blanco rizado y escaso de alguien que se encontraba de espaldas.

No tenía la menor duda de que Jax sabía ligar. Me separé de la barra borrando de mi cara lo que esperaba que no fuera una estúpida sonrisa, y me aventuré a echar un vistazo al otro extremo de la barra.

Jax se estaba riendo. Tenía una risa profunda a la que daba rienda suelta levantando el mentón y soltando un sonido grave y sordo como si nada le preocupara. Ese sonido tiró de las comisuras de mis labios hacia arriba. El chico con el que estaba hablando tendría su edad, que todavía era un misterio. Era también atractivo, con el cabello castaño oscuro un poco más largo de lo que a mí me gustaba, pero no tanto como el de Jase. Por lo que podía ver, también era ancho de espaldas.

Los tíos buenos siempre se juntan; seguro que había alguna clase de prueba científica que lo corroboraba.

Roxy llegó al empezar el turno de tarde y fue una sorpresa más. Yo, con mi metro sesenta y cinco, no era la chica más alta del mundo, pero ella era diminuta. De poco más de metro cincuenta, tenía una buena mata de cabello castaño con mechas pelirrojas recogida en un moño en lo alto de la cabeza. Lucía unas gafas de montura negra a lo Buddy Holly que aumentaban la dulzura pícara de su cara y vestía de forma parecida a mí, con unos vaqueros y una camiseta. Decidí que me caía bien de inmediato, sobre todo porque llevaba puesta una camiseta de Sobrenatural en la que aparecían Dean y Sam.

Sus grandes ojos se fijaron en mí al cruzar el bar. Jax la vio enseguida y le hizo un gesto para que se acercara a donde él seguía apoyado en la barra. Lo que dijo a Roxy hizo que ella volviera la mirada en mi dirección.

Detestaba ser la nueva.

Cuando hubo acabado por fin con ella, se puso a hablar de nuevo con el otro tío bueno. Me obligué a mí misma a inspirar hondo para tranquilizarme. Conocer gente era… duro. Es probable que Teresa jamás viera ese aspecto de mí porque enseguida hicimos buenas migas gracias a nuestro desinterés mutuo por la apreciación musical, pero lo normal era que no se me diera bien conocer gente. Por triste que parezca, siempre me preocupaba que la cicatriz de mi cara les rayara, y sabía que era así, porque a mí me pasaría. Era humano.

Rodeó la barra sonriendo y me pregunté si la gente la vería detrás de ella.

—Hola —saludó, alargando una mano delicada—. Soy Roxanne, pero todo el mundo me llama Roxy. Por favor, llámame Roxy.

—Yo soy Calla. —Le estreché la mano con una sonrisa—. Encantada de conocerte, Roxy.

Se quitó el bolso del hombro.

—Jax dice que estás estudiando enfermería en la Universidad de Shepherd.

Mi mirada voló hacia donde él estaba. Maldita sea, trabajaba y hablaba rápido.

—Sí. ¿Vas tú al centro de estudios superiores local?

—Va a ser que sí. —Levantó una mano para ponerse bien las gafas—. Pero nada tan guay como enfermería. Quiero sacarme el título de diseño gráfico por ordenador.

—Eso es una pasada. ¿Y sabes dibujar también?

—Sí —asintió—. Dibujar y pintar es cosa de familia. No es la elección profesional más lucrativa, pero se trata de algo que me encanta hacer. Me imaginé que abrirme paso en el mundo del diseño gráfico sería mejor que elegir la vida de una artista muerta de hambre.

—Qué envidia —admití, pasándome el pelo por encima del hombro izquierdo—. Siempre he querido saber dibujar, pero ni siquiera puedo hacer un muñeco de palitos sin parecer medio tonta. Hay dos cosas de las que carezco en general: arte y talento.

—Estoy segura de que tienes talento para alguna otra cosa —aseguró soltando una carcajada.

—¿Cuenta hablar y no saber cuándo callar? —solté con la nariz fruncida.

Roxy volvió a reírse, y vi que Jax nos miraba.

—Eso es un verdadero talento. Voy a dejar el bolso. Vuelvo enseguida.

Cuando regresó, trabajamos juntas tras la barra y, como Jax, fue supergenial y paciente. A los clientes les encantaba su disparatado sentido del humor, lo que incluía garabatear las servilletas que daba y que, al parecer, tenía mucho que ver con su elección de camisetas. Me dio la impresión de que mucha gente se fijaba al entrar en lo que ponía su camiseta, antes incluso de pedir algo.

El bar no estaba demasiado concurrido, pero a medida que avanzaba la noche del jueves la zona con asientos se llenó, y, como yo iba lenta, salí de detrás de la barra.

Jax me sujetó por un brazo.

—Se te olvida algo —comentó.

—¿Qué?

La media sonrisa apareció cuando giró la mano alrededor de mi brazo y tiró de mí hacia él. Me mordí el labio inferior, tambaleándome hacia delante, sin tener ni idea de qué iba aquello. Me acerqué a él tanto que, cuando bajó la mano hacia una casilla, me rozó un muslo con el brazo.

—Tienes que llevar delantal cuando estás ahí fuera.

—¿En serio? —Miré el delantal con las cejas arqueadas.

Señaló a Pearl con la barbilla.

Suspiré al ver que llevaba uno atado a la cintura y le arrebaté de la mano el que él me alargaba.

—Pues vale.

—Te queda genial con la camiseta.

Puse los ojos en blanco.

—Deja que te ayude —dijo con una carcajada.

—Que yo sepa, puedo atarme un delantal sin…

Lo miré boquiabierta. De algún modo, el delantal había vuelto a su mano, y la otra se había posado en mi cadera.

—¿Qué estás haciendo? —pregunté, sobresaltada.

—Ayudarte. —Agachó la cabeza hacia mi oreja izquierda y yo giré de inmediato la mejilla—. ¿Nerviosa? —preguntó.

Sacudí la cabeza, porque no tenía ni idea de cómo formar sílabas, lo cual resultó ser muy embarazoso.

Sin decir una palabra, me dio la vuelta para tener mi espalda frente a él y deslizó un brazo entre su cintura y la mía. No me atreví a moverme.

—Puedes respirar, ¿sabes? —Su brazo me recorrió la parte inferior del estómago para extender el delantal, lo que me hizo estremecer.

—Estoy respirando —logré decir.

—¿Estás segura, cariño? —La diversión teñía su voz.

—Sí.

Pearl llegó entonces a la barra con una bandeja llena de copas limpias. Arqueó las cejas al vernos.

—¿Te has puesto manos a la obra, Jackie?

—¿Jackie? —mascullé.

—Hacer nudos es difícil —respondió Jax tras soltar una risita no demasiado lejos de mi oreja.

—Ajá —soltó Pearl.

—Y me gusta ponerme manos a la obra con ella —añadió Jax.

La cara me ardía como si hubiera estado tomando el sol cuando terminó, pasado un rato que, bien mirado, había sido exageradamente largo. Noté el último tirón para asegurar el nudo y me sujetó ambas caderas.

Rayos y centellas en una habitación llena de material inflamable.

—Perfecto. —Separó despacio las manos de mis caderas y me dio un ligero empujoncito hacia la sala—. Diviértete.

Giré la cabeza para lanzarle una mirada con los labios fruncidos y él soltó esa dichosa carcajada que decidí que en ningún caso me parecía atractiva. No. Para nada.

Era totalmente atractiva.

7

Ayudar a Pearl en la zona de las mesas, anotar pedidos para el bar y servir comida de la cocina no estaba mal. No estaba segura de cómo se traduciría eso en propinas, y como en realidad no me habían contratado y no cobraba por horas, esperaba que no fuera una mierda.

Era un trabajo mecánico, pero yendo a toda pastilla de aquí para allá no pensaba demasiado en nada y casi podía fingir que había elegido ese empleo por voluntad propia y no por necesidad. Lo único imposible de evitar era preguntarme dónde estaría mamá y si se encontraría bien. Esa preocupación me había obsesionado durante muchos años, hasta que prácticamente pude notar cómo se me formaban úlceras en el estómago. No iba a volver a hacerlo. Al menos eso era lo que me decía a mí misma, pero si era sincera, y quién querría serlo de manera regular, sabía que no sería así.

Deposité un plato de alitas en una mesa que, a juzgar por sus rapados militares casi idénticos, supuse que estaba llena de polis fuera de servicio. Y, madre del amor hermoso, había un montón de chicos que quitaban el hipo ahí sentados. El tío bueno con el que Jax había estado charlando antes se unió a ellos. Me acerqué algo nerviosa a su mesa porque estaba ocupada imaginándome a cada uno de los chicos con distintos uniformes y me gustaba lo que veía en mi mente.

—Gracias —dijo uno de los chicos cuando dejé un montón de servilletas en la mesa. De cerca tenía unos increíbles ojos azules.

—¿Necesitáis más bebidas o cualquier otra cosa? —pregunté con una sonrisa y las manos juntas.

—Estamos servidos —aseguró otro, sonriendo.

Asentí con la cabeza y volví deprisa a la barra para que Roxy pudiera hacer su pausa. No tenía ni idea de cómo lo hacía Jax para que pareciera que acababa de llegar, lleno de sonrisas y de energía, a pesar de que llevaba ahí tanto rato como yo. Moví el cuello para reducir la tensión y me dirigí hacia donde estaba esperando un chico no mucho mayor que yo. El día había sido largo y las chanclas no eran adecuadas para trabajar en un bar. Me dolían los pies, pero no quería quejarme.

El dinero que llevaba en el bolsillo del delantal me ayudaba a mantener los labios en forma de sonrisa.

—¿Qué quieres tomar?

Se pasó una mano por la pechera de la camisa blanca que le quedaba grande y desvió la mirada enseguida.

—Bueno, ¿qué tal una Bud?

—¿De barril o en botella?

—En botella. —Deslizó la mirada de nuevo hacia mí mientras se subía los vaqueros anchos.

—Enseguida te la traigo. —Me di la vuelta, pasé junto a Jax y cogí una botella. Cuando el Mona's se llenaba, tenía que ser una locura estar tras la barra, y a mí, sorprendentemente, me apetecía la perspectiva. Tenía que haber alguna clase de zen en el hecho de estar tan atareada. Regresé con el cliente, la abrí y sonreí cuando un poco de gas salió del cuello de la botella—. ¿Pagarás cada consumición o todo al final?

—Cada consumición. —Tomó la cerveza y, al incorporarse de la barra, murmuró—. Lástima.

—¿Lástima? —pregunté con una ceja arqueada. Dudaba mucho que fuera su nombre o algo así—. ¿Perdona?

El chico echó un buen trago a su cerveza antes de insistir con el ceño fruncido:

—Es una lástima.

Eché un vistazo a mi alrededor, sin saber muy bien de qué estaba hablando y preguntándome si ya estaba borracho. No había tenido que pararle los pies a nadie todavía y no tenía ganas de que llegara ese momento. Por el rabillo del ojo vi que Jax se detenía e inclinaba el cuerpo hacia nosotros.

—Lo siento —dije—. No te sigo.

Con la cerveza en la mano, describió un círculo en el aire alrededor de donde estaba mi cabeza.

—Tu cara —aclaró, y yo inspiré con fuerza—. Es una lástima.

Todos los músculos del cuerpo se me agarrotaron mientras miraba fijamente a ese tío. De algún modo, tal vez porque había estado tan ocupada corriendo de aquí para allá, había logrado lo imposible. Me había olvidado de la cicatriz. No era fácil. La cicatriz no solo me había rasgado la piel, sino que había calado más hondo y se había convertido en una parte muy tangible de mí. Sabía que era visible, a pesar de que con el Dermablend quedaba reducida a un corte fino, pero la había olvidado.

Dio otro buen trago a su cerveza antes de proseguir.

—Seguro que eras muy guapa en su día.

Esa frase me dolió. Ya lo creo, era como pisar un avispero cabreado. No tendría que molestarme la opinión de un gilipollas cualquiera, pero la punzada me recorrió el cuerpo. No sabía qué hacer ni cómo reaccionar. Había pasado mucho tiempo desde que nadie me hubiera hecho siquiera algún comentario sobre ella. Puede que porque siempre me rodeaba gente que me conocía y que no flipaba con la cicatriz cuando el maquillaje se desvanecía tras un largo día.

—Largo de aquí.

Me sobresalté al oír una voz grave gruñendo detrás de mí y me volví. Jax estaba allí de pie, con los ojos centelleantes y la mandíbula tensa, expresando dureza. Tontamente me pregunté por qué quería que me fuera. No había hecho nada, y tampoco era que él no se hubiera dado cuenta de que tenía la cara algo desfigurada.

Pero no estaba hablando conmigo.

Claro que no.

Obvio.

Jax estaba mirando al tío que se encontraba al otro lado de la barra y entonces avanzó. Golpeó la barra con una mano, se impulsó por encima y aterrizó ágilmente en el otro lado, a unos centímetros de ese individuo.

—Caray —susurré con los ojos desorbitados.

Jamás había visto a nadie hacer algo así. Ni siquiera sabía que fuera posible. Jax ni siquiera había rozado un taburete. Era como si saltara la barra a cada momento. A lo mejor es eso lo que hacía cuando no había actividad, sortear la barra de un lado a otro.

Pearl se detuvo en medio del local y miró a Jax. No parecía demasiado sorprendida, lo que me resultó extraño. Su compañero de mesa se levantó. Los demás se giraron en sus asientos con las caras tensas, pero no con curiosidad. Más bien estaban a punto de ponerse de pie de un salto.

Jax arrebató la botella de la mano del chico a la vez que le golpeaba el centro del tórax con la otra mano, empujándolo casi un metro hacia atrás.

—Oye, tío, ¿qué diablos te pasa? —preguntó Camisa Blanca, conteniéndose.

—Te he dicho que te largues, coño —le soltó Jax justo en la cara, lo que, como le sacaba una cabeza al otro tipo, resultaba bastante impresionante—. Ahora mismo, puto aspirante a gánster.

—¿Qué cojones? No he hecho nada malo —replicó Camisa Blanca—. Solo trataba de echar un trago.

—Me importa una mierda lo que intentabas hacer. —Los músculos de la espalda se le tensaron bajo la camiseta—. Lo único que me importa en este instante es que te largues cagando leches del bar.

—Te estás pasando, tío. —Camisa Blanca ladeó la cabeza como si fuera a presentar batalla, lo que, por las palabras y el aspecto de Jax, me pareció muy mala idea—. No puedes echarme por esa mierda.

Camisa Blanca me señaló.

El estómago me dio un nuevo vuelco y, antes de que me diera cuenta de lo que estaba haciendo, levanté la mano y me presioné con los dedos la línea ligeramente prominente de la cara. Aparté la mano de golpe.

Camisa Blanca no había acabado.

—¿Qué esperabas, tío? No es culpa mía que sea la hija de Mona. Tampoco es que puedas pasar por alto que su cara…

—Acaba esa frase y te joderé tanto la tuya que vas a ver doble el resto de tu vida, hijo de puta.

Dios mío, la cosa se estaba descontrolando. Me apoyé en la barra.

—Déjalo, Jax. No tiene importancia.

La cara de Camisa Blanca adoptó un tono rosa oscuro.

—Mira chaval, estás empezando a cabrearme.

Gracias a Dios que su amigo se había levantado y se había colocado entre los dos, porque Jax no parecía haberme oído.

—Venga, Mack —dijo el amigo de Jax, sujetando al otro tipo por el brazo y llevándoselo sin demasiada suavidad hacia la puerta—. Pírate de aquí ya, antes de que Jax te tumbe.

—¿Qué cojones? —explotó Mack, lo que hizo que volviera a sobresaltarme y se me tensaran los músculos del cuello y de la espalda—. No estás de servicio, Reece, así que puedes…

—De servicio o no, tal vez quieras pensarte mejor lo que vas a decir.

Ah, o sea que Reece, su amigo, era poli. Me pasé las manos temblorosas por los muslos con la esperanza de que esa escena se acabara pronto. Todos los presentes en el bar estaban escuchando por encima de la música mientras observaban cómo acababa el enfrentamiento. Eso lo empeoraba muchísimo.

Jax los siguió hacia la puerta con los puños cerrados con fuerza a cada lado de su cuerpo.

—La has cagado —aseguró Mack, que se detuvo en la puerta para poder tener la última palabra—. ¿Crees que tienes problemas? No has visto una mierda, tu madre…

—Joder, nunca aprenderéis —masculló Reece, que empujó a Mack hacia fuera. Antes de sumirse en la noche, Reece se volvió para mirar a Jax—. Me aseguraré de que este desgraciado se vaya de aquí.

—Gracias —murmuró Jax, y giró sobre sus talones. Su mirada se posó en mí

—¿Ha sido por Mona? —quiso saber Pearl en voz baja, lo que respondía a la pregunta de por qué no le había sorprendido que Jax saltara por encima de la barra—. ¿Ha…?

—No —gruñó, rodeando la barra—. Atiende la barra hasta que Roxy termine la pausa.

La confusión se reflejó en los labios de Pearl, pero asintió con la cabeza pasándose una mano por su cabello rubio.

—Hecho.

No me moví mientras veía cómo Jax seguía rodeando la barra hasta detenerse en la entrada.

—Ven aquí —dijo a la vez que me hacía un gesto para que acudiera.

El corazón me latía con fuerza y no quería ir hacia él, que tenía toda la pinta de estar cabreado, y no sabía si estaba enfadado conmigo. Había cedido deprisa a que yo trabajara ahí, pero eso no significaba que estuviera de mi parte. Si tenemos en cuenta que casi había estallado una pelea mi primera noche de trabajo, es probable que no me esperara nada bueno.

—Ven aquí —repitió Jax con una voz durísima—. Ya.

Con el aire aprisionado en algún lugar de la garganta, mis pies se movieron hacia él. Al pasar junto a ella al salir, Pearl me dirigió una mirada preocupada. Sabía que no había hecho nada malo pero, aun así, nada de aquello tenía buena pinta.

—Jax…

Me sujetó la mano para tirar de mí y que acabara de salir de detrás de la barra.

—Ahora no.

Me costó un mundo, pero cerré la boca mientras me llevaba pasillo abajo, hacia el despacho. Abrió la puerta y me hizo entrar. Cuando la cerró de golpe, noté que tenía el alma más o menos en los dedos de los pies. Intenté hablar de nuevo, pero cuando se giró hacia mí, sujetando todavía mi mano, todas las palabras se me quedaron en la punta de la lengua.

Nuestras miradas se encontraron una fracción de segundo, hasta que agaché la barbilla hacia la izquierda e inspiré hondo.

—Lamento lo que ha pasado ahí fuera. Yo…

—Joder, ¿te estás disculpando?

—Sí, supongo —respondí alzando los ojos hacia él—. A ver, ese tío era gilipollas, pero…

—¿Estás hablando en serio? —Tenía los ojos tan oscuros que me pregunté cómo podían cambiar así de color—. No hay ningún motivo para que te disculpes por lo de ese hijo de puta.

—Es mi primera noche y has tenido que echar a alguien.

—Me da igual si es tu primera o tu décima noche, si alguien se comporta así, se larga. No hay segundas oportunidades. —Me estaba mirando fijamente, y la expresión de sus ojos era tan intensa que pensé que podía verme el alma.

—¿No estás enfadado conmigo?

—¿Qué? —Abrió unos ojos como platos y deslizó la mano hacia mi codo—. ¿Por qué coño iba a estar enfadado contigo, Calla?

Sacudí la cabeza. Bien mirado, parecía una pregunta absurda.

—No puedes hablar en serio —insistió entrecerrando los ojos.

De repente, la desesperación por salir de esa habitación o, por lo menos, por cambiar de tema, me invadió con la fuerza de un maremoto.

—El tal Mack ha dicho algo sobre problemas. ¿Estaba hablando de mamá?

—Eso no importa ahora.

Yo creía que sí.

—Entonces ¿por qué me has traído aquí?

—Quería asegurarme de que estás bien.

Esas palabras se repitieron en mi cabeza. Quería asegurarse de que estaba bien y eso... era tierno.

—Tú no has hecho nada mal ahí fuera —prosiguió Jax mientras me apretaba el brazo con suavidad para tranquilizarme—. Estoy cabreado porque ha sido una auténtica gilipollez.

—Sí, bueno, es verdad, pero...

—Pero ¿qué? —dijo ladeando la cabeza.

Noté calor en la cara y retrocedí lo más lejos que pude con su mano sujetándome el codo.

—¿Qué, Calla? —recuperó el espacio hasta que las punteras de sus botas me rozaron los dedos de los pies.

Di otro paso hacia atrás y me topé con la pared, donde apoyé la espalda, y él seguía estando justo delante de mí. Todo mi cuerpo se estremecía con su presencia. Empecé a desviar la mirada, a girar la cabeza.

Como la noche anterior, dos dedos me cogieron el mentón y me obligaron a mirarlo directamente a la cara, que, como tenía la cabeza agachada, estaba cerca de la mía. Y sus labios..., a pocos centímetros de los míos.

—No creerás lo que ha dicho, ¿verdad? —Su voz era engañosamente baja, suave.

Se me secó la garganta.

Me soltó el brazo y apoyó la mano en la pared, al lado de mi cabeza, sin dejar de sujetarme el mentón con la otra.

—No me lo puedo creer.

—No es que tenga una baja autoestima —parpadeé—. Solo creo en la realidad… soy realista.

—¿Realista? —Frunció el ceño mientras vocalizaba otra vez las palabras en silencio.

—Sí —contesté y respiré hondo. Lo que iba a decir era verdad—. Sé lo que ve la gente cuando me mira. La mayoría no dice nada porque no tiene mala leche, pero sé lo que ve. Ha sido así desde que tenía diez años. Y eso no puede cambiarse.

Jax se me quedó mirando, con los labios carnosos ligeramente separados.

—¿Qué ve la gente, Calla?

—¿De veras tengo que explicártelo? —repliqué, irritada y frustrada y unas mil cosas más—. Creo que es bastante obvio.

—Sí, es obvio —Escudriñó mis ojos con la mirada.

A pesar de que era lo que había estado diciendo todo el rato, oírle estar de acuerdo fue como un puñetazo en las tetas. Quise desviar la mirada, pero Jax no iba a permitírmelo.

—Creo que tengo que regresar ahí fuera…

Sus labios se posaron en los míos.

Oh, Dios mío…

No hubo ninguna advertencia, nada que me hubiera alertado de lo que iba a hacer. Estaba hablando, y antes de que pudiera darme cuenta, su boca cálida estaba sobre la mía.

Jax me besó.

8

Mi cerebro cortocircuitó en cuanto cayó en la cuenta de que Jax me estaba besando; que, de hecho, tenía sus labios en los míos.

Y no era un simple piquito.

No. No es que fuera apasionado ni con lengua, nada que ver con los besos sobre los que había leído en las novelas románticas, esos besos húmedos que me daban algo de grima, aunque imaginaba que, si estaban bien dados, se me caerían los pantalones cortos como si no hubiera un mañana, pero ese beso… era real.

Sus labios estaban unidos a los míos y su contacto me asombró. Eran suaves, pero firmes, y no sabía que algo pudiera ser ambas cosas a la vez. Siguieron la curva de mis labios, como si Jax los estuviera explorando.

Yo tenía los brazos inmóviles a ambos costados, pero noté que mi cuerpo empezaba a inclinarse hacia delante, apartándose de la pared y acercándose al suyo. Aunque nuestros cuerpos no entraron en contacto, lo que seguramente fue positivo.

Estaba a apenas unos segundos de entrar en combustión.

Jax separó su cabeza de la mía, y entonces fui consciente de tener los ojos cerrados. Aun así pude notar su mirada en mis cálidas mejillas, en la punta de mi nariz… en mis labios.

—Me has besado —susurré. Sí, era una frase absurda, pero yo me sentía bastante absurda.

—Sí. —Su voz sonaba más grave, más ronca. Más sexy—. Te he besado.

Me obligué a abrir los ojos y me encontré mirando a un miembro no oficial de la Brigada de los Tíos Buenos.

Se agachó con el brazo apoyado en la pared soportando su peso y dejó de sujetarme el mentón con la mano.

—No beso chicas que no estén muy buenas o sean guapísimas. ¿Entiendes lo que quiero decir?

Tenía el cerebro lleno de bolas de pelusa.

—¿Me has besado para demostrarme algo?

—Me pareció que era la forma más rápida de hacértelo ver —dijo esbozando un amago de sonrisa.

Mira tú por dónde. No sabía si debería ofenderme que me hubiera besado para que viera lo que quería decir, lo que significaba que lo más probable era que no hubiera nada más tras ese beso, o si tendría que halagarme que, al besarme, pensara que estaba muy buena o era guapa.

No supe qué pensar o qué decir, así que me limité a recostarme de golpe en la pared mientras él se apartaba de ella. Con una media sonrisa en los labios, alargó la mano y abrió la puerta.

—Nunca volverá a pasar algo así en este bar —afirmó Jax, y se marchó.

Lo había dicho como si fuera una promesa... una promesa que era imposible que pudiera cumplir, pero fue otra... cosa tierna por su parte.

Cerré los ojos otra vez y solté el aire agachando la barbilla hacia el pecho. Hacía tres semanas vivía en Shepherdstown con mis tres efes, me faltaba poco para acabar mis estudios y ese bar ni siquiera formaba parte de mis pensamientos. Había concentrado mi vida en la consecución de objetivos: acabar mis estudios, encontrar un trabajo de enfermería y recoger los frutos de alcanzar el mencionado objetivo.

Eso era todo.

Unas semanas después todo había cambiado. Ahí estaba, en el Mona's, con una madre desaparecida en combate, sin dinero, con el futuro en el aire y un miembro no oficial de la Brigada de los Tíos Buenos me había besado.

No había planeado nada de eso y ninguna de esas cosas encajaba en mi elaborado plan de las tres efes.

Pero ese beso… Tanto si era para que viera lo que quería decir como si no, había sido importante. Realmente importante. Después de todo había sido mi primer beso de verdad.

Por más de un millón de motivos, agradecí que Pearl apareciera en el pasillo y me dijera que iba a acompañarme a casa. Aunque no soportaba que me llevaran de un lado a otro como si no tuviera ni voz ni voto en cuanto hacía, después de lo que había pasado, con Mack primero y con Jax a continuación, no estaba en contra de marcharme del bar y aclararme sobre lo que era desagradable y lo que no lo era tanto.

Cogí el bolso y me despedí de Clyde. Al salir, me dije a mí misma que no tenía que buscar a Jax, y conseguí hacer caso de esa orden unos dos segundos. En la puerta eché un vistazo a la concurrida barra. Jax estaba allí con Roxy. Los dos sonreían y reían mientras servían a los clientes.

Roxy levantó la mirada y me saludó deprisa y distraídamente con la mano, y yo le devolví el gesto.

Jax ni siquiera levantó la vista.

Una punzada de inquietud, y de algo mucho más molesto y ridículo, me sacudió el pecho. Aplasté la sensación mientras seguía a Pearl fuera y me concentré en recuperar mi coche lo antes posible al día siguiente.

Pearl no paró de charlar mientras me llevaba a casa, de nuevo sin que tuviera que darle ninguna indicación. Me caía bien. Tendría la misma edad que mamá, y no pude evitar imaginarme que mamá sería así si no hubiera decidido vivir rodeada de escoria.

Al llegar a casa, Pearl me detuvo antes de que bajara.

—Oh, casi se me olvida. —Alargó la mano hacia el asiento trasero de su viejo Honda y sacó algo de dinero en efectivo—. Los chicos que pidieron las alitas te dejaron propina.

Ah, la mesa de los polis. Sonriendo, cogí el dinero a sabiendas de que era demasiado para tratarse de una propina normal.

—Gracias —dije.

—Ningún problema. Ahora mete el culo en casa y descansa un poco. —Me dedicó una gran sonrisa.

—Conduce con cuidado —dije tras abrir la puerta.

Pearl asintió con la cabeza y esperó hasta que abrí la puerta y me metí en casa. Encendí la luz del recibidor y traté de ignorar la sensación de nostalgia que empezó a invadirme. Cerré los ojos y me transporté a los dieciséis años, cuando volvía a casa tarde después de pasar la noche con Clyde en el bar. No tuve que imaginar el sonido de la risa de mi madre. Su risa siempre fue estupenda, bulliciosa y gutural, la clase de risa que atraía a la gente, aunque lo malo era que no la prodigaba demasiado. Y cuando lo hacía, solía significar que volaba tan alto que podía lamer las nubes.

Aquella noche había sido horrible.

La casa estaba llena de amigos suyos, otros niños grandes que seguramente tenían hijos en casa y estaban más interesados en irse de juerga que en ser responsables.

Recorrí el pasillo viendo lo que estaba allí hacía cinco años. Algún desconocido inconsciente en el suelo del salón. Mamá en el sofá, con una botella en la mano; otro tío al que nunca había visto antes tenía la cara sepultada en su cuello y una mano entre sus piernas.

El desconocido del suelo no se había movido.

Mamá apenas se había dado cuenta de que yo estaba en casa. Fue el chico que estaba encima de ella quien se había fijado y me llamaron para que me uniera a ellos, para pasarlo bien. Yo subí al piso arriba y fingí que no estaban ahí.

Solo que el desconocido del suelo había seguido sin moverse durante una hora, y por fin alguien en la casa se había preocupado.

Dios sabe cuánto tiempo llevaba muerto.

Miré el lugar cerca del sofá y me estremecí; todavía podía ver al desconocido ahí. Descamisado. Con los vaqueros manchados. Yacía boca abajo y tenía los brazos dispuestos de un modo extraño a sus costados. Todos salieron pitando de la casa en menos que canta un gallo, y nos dejaron a mamá y a mí solas con un cadáver en el suelo del salón. Vino la policía. No había sido agradable. Hubo papeleo, pero no se presentó nadie de los servicios sociales. No vino nadie. No fue ninguna sorpresa.

Mamá había estado limpia después de eso… bueno, unos meses.

Fueron un par de meses buenos.

Sacudí la cabeza, dejé caer el bolso en el sofá y alejé de mí esos pensamientos. Me metí la mano en el bolsillo en busca de un coletero y me hice una trenza rápida en lo alto de la cabeza.

Como no quería pasar otra noche en el sofá y no tenía ánimos para dormir arriba, finalmente me rendí y quité las sábanas de la cama de la planta baja. Luego las metí en la lavadora con la manta que había encontrado en el armario de la ropa blanca del piso de arriba, resistiendo las ganas de rociar con Lysol el colchón como una loca. Lo único que me detuvo fue que el colchón parecía relativamente nuevo y no tenía ninguna mancha sospechosa ni desprendía ningún olor extraño.

Nerviosa y llena de energía en lugar de cansada, ordené el dormitorio de mi madre. Tiré todo lo que parecía basura en unas bolsas negras que había en la despensa y después las saqué al porche trasero. No encontré ninguna prenda en la cómoda y el tocador, y solo vi unos cuantos vaqueros y suéteres en el armario. Lo que hallé en el suelo no daba para un guardarropa completo.

Una prueba más de que mamá se había largado.

No sabía qué pensar ni qué sentir al respecto. Me había robado y, al hacerlo, me había arruinado la vida. Había robado a otras personas. Y estaba por ahí, alucinando o tan jodida que ni siquiera sabía lo que había hecho.

Saqué el dinero de mi bolsillo, conté treinta pavos y los añadí a los veinte dólares que me habían dejado los policías. Esa cantidad me pareció excesiva, y es probable que tuviera más que ver con la lástima que con mis servicios, pero cincuenta en propinas la primera noche no estaba mal. Metí el efectivo en el monedero después de llevar el bolso al dormitorio de la planta baja.

Suspiré cansada, hice la cama y guardé la ropa que había llevado conmigo. Me di una ducha rápida y me sequé en lo que mamá solía llamar su «acogedor» cuarto de baño. Acogedor, porque si alargabas las piernas y extendías los brazos casi podías tocar el lavabo, la bañera y el retrete.

Al girarme para regresar al dormitorio, el espejo empañado captó mi atención. No sé por qué hice lo que hice después. Habían pasado años desde que había considerado aunque fuera brevemente la idea, pero me incliné hacia delante y pasé la mano por el espejo para limpiarlo.

Puede que fuera el estrés por todo lo que estaba pasando. Puede que fuera lo que ese tío, Mack, había dicho en el bar. Puede que fuera Jax y su beso. Es probable que fuera el beso, pero eso daba igual, porque estaba haciendo lo que estaba haciendo.

Siempre había evitado mirarme, especialmente justo después, y luego, a través de los muchos injertos de piel que se sucedieron. Como he dicho, hacía años que no me miraba el cuerpo en el espejo. Simplemente era algo que no me permitía hacer.

Me mordí el labio inferior y me obligué a mí misma a mirarme bien. No un vistacito de nada, y mi siguiente respiración se quedó en algún punto entre el esternón y la garganta.

Mi clavícula estaba bien, tenía un aspecto lozano. Tenía un tono de piel fabuloso, perfecto para aplicarle maquillaje y lucirla. La parte superior de mi pecho era suave. Entonces bajé la mirada.

A partir de ahí todo parecía un cuadro de Picasso maltrecho. La misma clase de cicatriz que me destrozaba la cara se había apoderado de mi seno izquierdo y lo rajaba justo desde la parte superior, siguiendo por la aureola y esquivando por poco el pezón. Tuve suerte. Sería una mierda tener un solo pezón. Aunque tampoco era que nadie me viera los pezones, pero, aun así, no quería pensar en mí misma como en Calla, la de un pezón. Mi otro seno estaba bien. Los dos eran de un tamaño decente, a mi entender, pero la piel entre ambos estaba descolorida, era de un tono más claro. Quemaduras de segundo grado. Las cicatrices eran solo cambios de la pigmentación, pero también estaba mi estómago.

Tenía el aspecto de un viejo sofá que alguien había montado usando telas de distintos tonos de piel. En serio. Las quemaduras de tercer grado no son ninguna broma. Para nada.

Había pedazos de piel de color rosa oscuro, otras partes adoptaban un tono rosa más pálido y, por lo demás, suave, pero los bordes de las cicatrices que me recorrían el costado eran prominentes. Podía verlo en el espejo. Tenían el aspecto de una marca de nacimiento, pero cuando me giré y alargué el cuello, me vi la espalda. Desde la parte superior de mi trasero hasta los omoplatos era igual que la parte delantera, solo que las cicatrices eran peores, formadas por piel irregular y fruncida, casi arrugada en algunas zonas, y de un color mucho más oscuro, casi marrón.

No me habían puesto injertos de piel ahí.

Para entonces, papá se había largado, desapareciendo hacia lo desconocido carente de drama y de dolor. Cuando terminé la escuela secundaria, logré localizar a mi padre con la ayuda de Clyde.

Se había vuelto a casar.

Estaba viviendo en Florida.

No tenía hijos.

Y, tras una llamada telefónica, supe que no quería restablecer ningún vínculo entre padre e hija.

O sea, que ya no estaba cuando llegó el momento de ponerme injertos de piel en la espalda, y mamá... bueno, supongo que se olvidó de las visitas al médico o dejó de preocuparle o qué sé yo.

Me escocieron las cuencas de los ojos cuando solté el aire. El dolor de las quemaduras había sido lo peor que había vivido en mi vida, por lo menos físicamente. Muchas veces, a pesar de lo joven que era entonces, había deseado morirme durante las horas y los días posteriores. Las cicatrices no me dolían ahora. Solo tenían un aspecto detestable.

Cerré los ojos al girarme de nuevo, pero todavía podía verme. No había sido agradable. Podría haber sido peor. Durante mi estancia en la unidad de quemados había visto cosas peores. Niños pequeños que jugaban con fuego. Adultos en accidentes de automóvil en llamas. Piel literalmente derretida. Y también estaban las personas, los niños, que no sobrevivieron a un incendio, ya fuera por el fuego o por el humo. Así que sabía que podría haber sido peor, pero daba igual lo que hiciera, daba igual lo lejos que viajara o la cantidad de tiempo que estuviera fuera. La noche del incendio me había dejado huella, tanto física como emocionalmente.

Y había destrozado a mamá.

Besar.

Me mordí el labio inferior hasta que noté el sabor a sangre.

Besarse era estúpido. Mi enamoramiento de Brandon había sido una tontería. Besar a Jax Johnson era una tontería aún mayor. Todo era una tontería.

Me alejé rápidamente del espejo, me puse unos pantalones cortos de algodón para dormir con una camiseta de manga larga.

Por alguna razón, sin importar qué época del año fuera, la casa estaba siempre fría y podía volverse gélida por la noche, así que me puse unos calcetines largos para tener calientes los pies.

Me dirigí hacia la cocina. Me rugía el estómago, pero el trayecto carecía bastante de sentido porque lo único que había en la despensa eran galletitas saladas. Cogí la caja, prometiéndome a mí misma que fuera cual fuera el estado en que estuviera mi coche, iba a ir a la tienda de comestibles y me gastaría parte de esos cincuenta dólares en ramen instantáneo.

Cuando iba con el paquete de lo que esperaba que no fueran galletitas pasadas y el té que había sobrado de la noche anterior hacia el salón, me detuve sobresaltada al oír que llamaban a la puerta principal.

Dejé caer el paquete de galletitas en el asiento del sofá y me volví para echar un vistazo al reloj de la pared. Si marcaba la hora correcta, era casi la una de la madrugada, así que ¿qué demonios?

Petrificada, hice una mueca cuando llamaron de nuevo a la puerta. Me giré nerviosa y recorrí deprisa el recibidor estrecho y corto sin hacer ruido. Alargué el brazo hacia la mirilla y miré fuera.

Fruncí el ceño.

No había nadie. Apoyé las manos en la puerta y seguí mirando por la mirilla. El porche estaba vacío.

—¿Qué diablos? —murmuré.

Empezaba a pensar que me había vuelto loca. Me eché hacia atrás y giré la llave. Abrí un poco la puerta y, al instante, me di cuenta de mi error. El porche no estaba vacío. El individuo se había sentado y se levantó de golpe, lo que provocó que el corazón me golpeara dolorosamente las costillas.

Lo que podía ver del tipo con la tenue luz que había no era nada bueno. Alto y muy flaco, llevaba el pelo rubio hasta los hombros greñudo y grasiento. Tenía el rostro demacrado, y los labios, agrietados. Puaj. No quería ver nada más. Retrocedí unos centímetros, sujetando el pomo de la puerta para cerrarla, pero él la golpeó con una mano enorme.

—Tengo que ver a Mona —dijo con una voz seca y rasposa.

—N-no está aquí. Lo siento.

Empecé a cerrar la puerta otra vez, pero él interpuso una pierna y empujó y empujó con más fuerza de la que le creía capaz y me echó hacia atrás. Choqué contra la pared y me golpeé la parte posterior de la cabeza. Noté un ramalazo de dolor que enseguida se multiplicó cuando la puerta vino hacia mí y me dio en la frente.

—Joder —solté con voz entrecortada.

El individuo grasiento entró y echó un vistazo donde yo estaba aplastada como un bicharraco.

—Lo siento —gruñó, apartó la puerta de mí y la cerró de un puntapié con una bota desgastada de motorista—. Tengo que ver a Mona.

Parpadeé un par de veces mientras me presionaba el lado de la cabeza con la mano. Por un momento creí ver pajaritos.

—¡Mona! —gritó el hombre, cruzando el recibidor.

Con una mueca, dejé caer la mano y me enderecé justo cuando el individuo entraba en el salón, gritando todavía el nombre de mi madre como si fuera a aparecer mágicamente de la nada.

Crucé a toda prisa el recibidor, todavía algo aturdida.

—No está aquí —aseguré.

El Individuo Grasiento estaba delante del sofá con los hombros encorvados. Con algo más de luz, lo cierto es que no quería ver lo que veía. El hombre iba desharrapado, con la camiseta y los vaqueros sucios. Llevaba los brazos descubiertos y tenía el interior cubierto de unas visibles marcas rojas.

Mierda.

Marcas de pinchazos.

El Individuo Grasiento era un yonqui.

Mierda, mierda.

—Mona no está aquí —intenté decir de nuevo, con el corazón latiendo a toda velocidad, lo que hizo que el dolor de mi sien pareciera un martillo neumático.

—Está en deuda conmigo. —Se volvió hacia mí, moviendo la quijada.

Mierda, mierda y más mierda.

El Individuo Grasiento se giró hacia mí con sus ojos azul cielo desenfocados. Ni siquiera estaba segura de que me viera.

—Tiene caballo aquí. Sé que lo tiene.

Se me desorbitaron los ojos. Esperaba que no hubiera caballo en la casa.

Sin decir otra palabra, pasó a mi lado en dirección al dormitorio. El corazón me dio un vuelco en el pecho.

—¿Qué estás haciendo? —pregunté.

Fue directo hacia la cama y quitó las sábanas y las mantas limpias sin responder.

—¡Oye! —grité.

Siguió ignorándome mientras deslizaba las manos por debajo del colchón y le daba la vuelta. Al no encontrar nada, soltó una retahíla de tacos.

La cosa iba mal y se estaba descontrolando rápidamente.

Empecé a avanzar hacia él, pero alargó un brazo y gruñó, colocado:

—Apártate, coño.

Se me cayó el alma a los pies, y me aparté, coño, mientras se acercaba al tocador, sacaba mis prendas dobladas e iba después hacia el armario. Por algún pequeño milagro, no fue a por mi bolso después de arrasar la habitación que yo había ordenado.

Se detuvo entonces ante la entrada del cuarto de baño e irguió la espalda. Una extraña expresión le cruzó la cara.

—Maldita sea. —El Individuo Grasiento dio media vuelta y salió corriendo del dormitorio rumbo a las escaleras.

Oh, no. ¿Dónde diablos creía que iba? Con manos temblorosas, me giré y me puse delante de él, impidiéndole acceder a las escaleras.

—Lo siento, pero no está aquí. No sé dónde está ni qué estás buscando, pero tienes que...

Puso una mano en el centro de mi pecho para empujarme y me colocó la cara justo delante de las narices. Tenía los dientes amarillos, algunos podridos del todo, y el aliento le olía a basura. Noté el sabor a bilis en mi garganta.

—Mira, no sé quién eres y me importa un huevo. Pero no tengo ningún problema contigo —dijo—. Así que no hagas que tenga un problema contigo. ¿Vale?

Asentí como pude con la cabeza. No quería tener un problema con él.

—Vale.

Me miró un momento y entonces entrecerró los ojos al fijarlos en mi mejilla izquierda.

—Eres la hija de Mona, ¿verdad?

No contesté, porque no estaba segura de si eso significaba que tendría un problema con él.

—Vaya putada —dijo, y dejó caer la mano. El Individuo Grasiento subió las escaleras.

En contra del sentido común, lo seguí escaleras arriba hasta la habitación del altillo, mi viejo dormitorio. El Individuo Grasiento sabía lo que buscaba. Fue directo hacia el armario y abrió de golpe la puerta con tanta fuerza que me sorprendió que no la arrancara de las bisagras. Después se puso de rodillas y se inclinó hacia el espacio estrecho. Conteniendo el aliento, me agaché detrás de él, planteándome si tendría que coger la lámpara de la mesita de noche y dejarlo fuera de combate.

El Individuo Grasiento metió la mano y apartó cajas de zapatos. No podía ver qué hacía cuando gruñó y se echó hacia atrás. Tiró a un lado un trocito de pared, un trocito que estaba cortado y que seguramente ocultaba un escondrijo.

Oh, no.

—Sí, joder —dijo en voz baja el Individuo Grasiento mientras salía del armario y se ponía de pie tambaleante—. Toma. Toma ya, coño.

No quería mirar, pero tenía que hacerlo. El Individuo Grasiento sujetaba no una, sino por lo menos ocho bolsas con cierre en las manos, bolsas llenas de algo amarronado que me recordó al azúcar moreno.

—Oh, Dios mío —susurré.

El Individuo Grasiento no me oyó. Estaba mirando las bolsas que tenía en las manos como si estuviera a pocos segundos de rasgar una y hundir la cara en esa mierda.

Me flaquearon las rodillas. Había drogas en la casa, escondidas en un lugar secreto del armario de mi vieja habitación. No se trataba de maría ni de ninguna otra cosa relativamente inocua, sino de algo que me apostaría lo que fuera a que era muy malo y muy caro.

El Individuo Grasiento pareció olvidar que yo existía, lo que a mí me pareció muy bien. Bajó las escaleras y unos segundos después oí que la puerta principal se cerraba de golpe, lo que me hizo pegar un brinco.

No sé cuánto rato me quedé en el dormitorio, contemplando la puerta abierta del armario antes de obligar a mis pies a moverse. Bajé, fui hacia el dormitorio. Luego saqué el móvil del bolso. La mano me temblaba cuando llamé a Clyde.

Respondió al tercer timbre.

—¿Todo bien, chiquitina?

Era tarde, aunque seguramente él seguía en el bar.

—Ha estado aquí un hombre.

Hubo una pausa, y luego habló muy bajo y muy serio.

—¿Qué ha pasado?

Se lo conté todo a la carrera y él me dijo que me asegurara de que la puerta estuviera cerrada con llave, lo que era buena idea, y que no me moviera, que él venía para mi casa. Ya no había nada que pudiera hacer entonces, pero se lo agradecí. Tenía que admitirlo, estaba asustada. Muy asustada.

Me aseguré de que la puerta del armario del dormitorio de mamá estuviera cerrada, volví a ponerme el maquillaje, a pesar de que solo era Clyde, y me pasé aproximadamente los veinte minutos siguientes sentada en el sofá, sujetando el móvil contra mi pecho hasta que oí que llamaban deprisa y con fuerza a la puerta principal.

Volví a mirar por la mirilla, y esta vez vi a alguien ahí fuera, a alguien que llevó a mi corazón ya de por sí agotado a la zona del paro cardiaco.

Jax estaba al otro lado de la puerta.

9

En qué coño estabas pensando? —Fue lo primero que salió de los labios de Jax cuando abrí la puerta principal.

Yo tenía una pregunta mejor.

—¿Qué haces tú aquí? Yo he llamado a Clyde.

—Y Clyde me lo ha contado, por eso estoy aquí. —Entró sin preguntar, me arrebató la puerta de la mano, la cerró e hizo girar la llave—. No has contestado mi pregunta.

Sin haber asimilado todavía que fuera Jax quien estaba de repente en mi recibidor, parpadeé despacio.

—¿Qué pregunta? —dije.

—¿Por qué coño abriste la puerta en plena noche?

—Oh. Eché un vistazo por la mirilla antes, ¿sabes? —Jax se me quedó mirando—. Y no vi a nadie —añadí en mi defensa.

Cruzó unos brazos bien definidos sobre el pecho.

—A ver si lo he entendido. ¿Oíste que llamaban a la puerta, fuiste y, de hecho, usaste la mirilla, pero al no ver a nadie, pensaste: «Oh, qué coño, voy a abrir la puerta a ver qué tal»? ¿Ni siquiera se te ocurrió que podía haber alguien escondido?

Vaya, parecía y sonaba cabreado, pero podía irse a la porra.

—El hombre no estaba escondido. Estaba sentado.

—¿Sabías eso cuando abriste la puerta? —preguntó.

—Bueno, no, pero…

—Entonces ¿por qué coño abriste la puerta? —preguntó de nuevo, y sus ojos se oscurecieron.

—Mira, comprendo que abrir la puerta fue una estupidez. —Sujeté con fuerza el móvil; tenía ganas de golpearle el pecho con el otro puño—. Lo he hecho sin pensar.

—No me jodas —gruñó.

—Lo pillo —aseguré con los ojos entrecerrados—. No hace falta que me lo repitas.

—Por el amor de Dios, Calla. Te hablé de la clase de lío en el que estaba metida tu madre y te dije que no te quedaras aquí. Lo mínimo que podías hacer es no abrir la puerta en plena noche.

Inspiré hondo mientras alargaba la mano y me pasé el cabello todavía mojado por detrás de la oreja derecha.

—Entendido. Gracias por darme el mensaje en persona. Ya puedes… —Se me apagó la voz y abrí unos ojos como platos.

Con una expresión que daba miedo en los ojos, se plantó delante de mí, moviéndose como había hecho antes en el despacho esa tarde. Retrocedí, choqué con la pared y no tenía adónde más ir. Me tocó ligeramente la zona debajo de la sien derecha con la punta de dos dedos. Su mirada, preocupada y tormentosa, estaba clavada en esa parte.

El corazón me latía con fuerza, tan deprisa como cuando el Individuo Grasiento había entrado en la casa por la fuerza.

—¿Jax…?

Me miró a los ojos.

—¿Te ha pegado?

—No —susurré.

—¿Qué le ha pasado entonces a tu sien? Está roja e hinchada. —Su voz era gélida y dura.

—Ha sido la puerta. La abrió de un empujón. Digamos que yo estaba en medio. —La ira le centelleó en los ojos y se le tensó la mandíbula—. Pero no ha intentado hacerme daño, Jax. Solo quería lo que había en esta casa.

116

La tensión de su mandíbula no se suavizó y pasó un buen rato sin que tuviera la impresión de respirar una sola vez.

—¿Estás bien? —preguntó.

Nuestras miradas se fijaron la una en la otra.

—Sí. Es solo que… me ha dado un susto. No me lo esperaba. —Eso era una estupidez si tenemos en cuenta que él me lo había advertido—. No sabía que había ese tipo de mercancía en la casa.

—Lo sé. —Habló en voz más baja, más suave, y cuanto más me miraba, más mariposas tenía yo en el estómago, lo que disparó en mi interior unas cuantas alarmas contra incendios—. Clyde me ha dicho que ese tipo encontró droga.

—Sí —asentí con la cabeza—. Arriba, en mi viejo cuarto. En el armario.

—Mierda —murmuró, claramente indignado. Me recorrió despacio con los dedos el lado de mi cabeza y después se giró para adentrarse más en la casa.

Me quedé ahí quieta un momento, sujetando con la mano el móvil contra mi pecho. Después me obligué a mí misma a separarme de la pared. Sin tener todavía ni idea por qué había sido Jax quien había venido en lugar de Clyde, lo seguí. Él estaba ya a media escalera, y ninguno de los dos habló hasta que se puso en cuclillas delante del armario con el trozo de placa de yeso en la mano.

—¿Has visto qué se ha llevado exactamente? —preguntó.

—Eran varias bolsas de algo que parecía azúcar moreno. Supongo que no es lo que era.

—Joder —masculló, sonando distraído—. Parece heroína. ¿Bolsas pequeñas o grandes?

Heroína. Dios mío, ¿se estaba metiendo eso ahora mamá?

—¿Qué quieres decir con pequeñas? ¿Del tamaño de bolsas de bocadillo?

—No. —Reprimió una carcajada mientras se levantaba y se volvía hacia mí—. Una bolsa de bocadillo llena de heroína no sería pequeña. ¿Hablamos de así de pequeña? —Levantó el índice y el pulgar antes de cambiar unos centímetros el espacio los separaba—. ¿Qué tal así?

—Eran varias bolsas con cierre, Jax. Había unas ocho y estaban llenas. —El corazón se me paró un instante cuando su cara se volvió inexpresiva—. Eso... eso no es bueno, ¿verdad?

—Pues no. —Se pasó las manos por el pelo—. Da la impresión de que podría haber un kilo o más en esas bolsas. Y, por la forma en que la describes, parece alquitrán negro.

Sabía lo que era un kilo, pero no tenía ni idea de cómo se traducía eso en el mundo de las drogas.

—¿Alquitrán negro? —pregunté.

—Droga más cara, según tengo entendido.

—¿Cómo de cara?

—Mierda. Entre setenta mil y cien mil el kilo —explicó, inspirando hondo—. Lo cierto es que depende de lo pura que sea, si era droga de la mejor calidad o no. Podría valer incluso un par de millones.

—Oh, Dios mío. —Me flaquearon las rodillas—. ¿Cómo sabes todo esto?

—Me he movido por ciertos ambientes algunas veces —dijo tras posar su mirada en mí.

—¿Has consumido heroína?

—Joder, no. —No dio más explicaciones—. Dime qué aspecto tenía ese tío.

Cuando terminé de describir al Individuo Grasiento, Jax parecía más tenso todavía—. Dudo que la droga que se llevó fuera suya. Y no creo que fuera de Mona tampoco.

El estómago me dio un vuelco.

—¿Crees que... se la guardaba a alguien? —dije.

Asintió con la cabeza.

—Recemos para que este tío fuera la persona a quien se la guardaba. Si no...

Oh, Dios mío, no me hacía falta ser una señora de la droga para imaginarme lo que eso significaba. Si mamá guardaba droga así de valiosa, tarde o temprano el propietario vendría a buscarla, y ahora que la droga ya no se encontraba allí había pasado de estar con el agua al cuello a ahogarse. Solo me cabía esperar que, como Jax había dicho, esa mierda fuera del Individuo Grasiento. Parecía saber exactamente dónde estaba.

Mientras bajábamos la escalera, el móvil me sonó en la mano. Al levantarlo, vi que era Clyde.

—¿Sí?

—¿Todo va bien, chiquitina? —dijo en su voz grave y áspera.

—Sí.

—¿Está Jax ahí?

—Sí.

—Es un buen chico —aseguró tras exhalar el aire con fuerza—. Él te protegerá.

Fruncí el ceño, no solo por las palabras de Clyde, sino porque Jax estaba en el cuarto recogiendo las cosas que el Individuo Grasiento había desperdigado por ahí, lo que incluía un par de prendas íntimas.

—Mira, tío Clyde… tengo que dejarte.

—Lo digo en serio, chiquitina, te irá bien con él —prosiguió Clyde. Sus palabras hicieron que sintiera de nuevo esas mariposas en el estómago, con más fuerza incluso que antes—. ¿Me oyes?

—Sí —susurré—. Te oigo.

—Estupendo. Llámame por la mañana. ¿De acuerdo?

—Sí. —Colgué y entré despacio en el dormitorio con el corazón descontrolado en el pecho. Me detuve justo al cruzar la puerta—. Jax, ¿qué estás haciendo?

—¿Qué parece que estoy haciendo? —Colocó bien el colchón—. Dudo que esta fuera tu idea de reorganizar una habitación.

—No, pero puedo ocuparme yo. No tienes que…

—Te estoy ayudando, así que no me pongas pegas. —Se agachó, cogió una sábana y me la tiró—. Y pasaré aquí la noche.

La sábana cayó al suelo.

—¿Qué? —solté.

—Voy a quedarme aquí contigo. —Siguió poniendo la otra sábana en el colchón—. Puedo dormir en el sofá.

Levantó sus tupidas pestañas. Sus ojos volvían a ser de un cálido color castaño—. O puedo dormir aquí…

Me quedé sin palabras.

Cogió la última sábana del montón en el que estaban mientras yo me limitaba a quedarme ahí viendo cómo él terminaba de hacer la cama y se ponía otra vez a recoger la ropa esparcida por la habitación. Cuando se hizo con un puñado de prendas de seda de colores vivos, salí de mi ensimismamiento.

Me abalancé sobre él y le arrebaté mis prendas íntimas de la mano.

—No te quedarás aquí esta noche.

—Pues entonces vas a venir tú a quedarte conmigo.

Pasó un minuto antes de que pudiera asimilarlo.

—No.

—Entonces voy a quedarme yo. —Empezó a recoger las prendas que quedaban en el suelo mientras yo guardaba la ropa interior en un cajón—. Está claro que esta casa no es segura, sobre todo si te dedicas a abrir la puerta a cualquier matón que asome por aquí…

—¡No voy a volver a abrir la puerta! —grité.

Se detuvo al cerrar un cajón del tocador, se enderezó y, al hacerlo, sus labios esbozaron una media sonrisa.

—¿Qué llevas puesto?

—¿Qué? —Me miré a mí misma. La camiseta era negra, con sujetador incorporado, gracias a Dios, porque no quería hacer una exhibición de tetas, y los pantalones para dormir eran rosa pálido—. ¿Qué tiene de malo lo que llevo puesto?

—Nada. —Cerró el cajón con una sonrisa enorme—. Como los calcetines. Son adorables. Tú eres adorable.

Los calcetines eran a cuadros azules y rosas, y eran adorables.

—Gracias —murmuré, distraída por el zumbido agradable que invadía mis pensamientos. Lo que era malo. Muy malo. Pero que muy, muy malo, porque no tendría que haber ningún zumbido en absoluto. Lo acallé hasta la semana siguiente—. No vas a quedarte…

—¿Vas a venirte a mi casa, entonces? Genial.

—No voy a ir a tu casa —solté mientras las sienes empezaban a palpitar.

Jax se desplazó hacia los pies de la cama, cerca del montón de cojines. Esa era una costumbre que mamá nunca cambió. Siempre había cinco cojines como mínimo en la cama, y los cojines nunca tenían más de un mes.

—¿Eres siempre tan cabezota?

—¿Eres siempre tan mandón? —repliqué dirigiéndole una miradita.

—Todavía no me has visto siendo mandón, cariño —sonrió.

—Pues qué bien… —exclamé, y agité sin el menor entusiasmo las manos fingiendo alegría.

Con una sonrisa satisfecha, cogió dos cojines y rodeó la cama. Sus grandes zancadas lo situaron justo delante de mí. Se detuvo a solo unos centímetros de mi cara.

—Puedes decirme que no me quede aquí todo lo que quieras. Grita. Agita las manos. Da igual. Eso no cambiará nada porque dudo mucho que consigas echarme de esta casa. ¿Comprendes lo que te estoy diciendo?

Noté que los ojos se me salían de las órbitas. Sí, comprendía lo que me estaba diciendo y no me gustaba, así que me planteé darle una patada en los huevos para ver si eso lo ayudaba a él a comprender lo que yo estaba diciendo.

Agachó la barbilla y, al hacerlo, sus labios se situaron en el mismo espacio para respirar que los míos. A pesar de la irritación que me recorría el cuerpo como un ejército de hormigas rojas, el corazón me dio un brinco en el pecho.

—Muy en el fondo, sabes por qué estoy yo aquí en lugar de Clyde.

Bueno. De hecho no lo sabía. Iba a decírselo, pero prosiguió.

—Quiero asegurarme de que estés a salvo, ya que vas a quedarte… el tiempo que sea. —Se movió un poco y ladeó la cabeza al hacerlo. Pasado un instante, fijó sus ojos en los míos—. Y que estés aquí sola es peligroso, así que voy a hacer que estés a salvo.

Espiré entre los labios ahora separados. Me nació un impulso de la nada. Mi cuerpo quería acercarse al suyo. Maldita sea. Era una sensación muy extraña. Nunca antes había querido acercarme a un chico. Había leído sobre esa necesidad, aunque jamás había creído realmente en ella. Pero me sentiría a salvo si me pegara a él y lo tuviera cerca. El deseo era intenso, y peor aún, sabía que su cuerpo sería cálido y firme en los lugares adecuados e interesantes.

Madre mía, mis pensamientos iban por mal camino, la senda de la perversión, y no podía evitarlo. Jax era atractivo de un modo que parecía imposible, intocable, y también tenía unas cejas estupendas. En serio. Más oscuras que su pelo ondulado. Naturalmente delineadas. Impresionantes. Solo eran unas cejas, pero era preciosas.

Aunque era más que eso.

Santo cielo, podría haber cometido un pecado capital por el mero hecho de pensarlo, pero era una especie de Cam 2.0.

Porque, por lo que sabía, Jax era majo, muy majo, lo que, madre mía, hacía que fuera muy peligroso para mi bienestar mental, pero imaginaba que volverme loca por él sería una aventura divertida.

Solo que sabía que lo más probable era que jamás me repusiera de algo así.

Casi podía sentir sus labios en los míos. El beso de antes había sido breve y para que viera lo que quería decir, pero todavía podía sentirlos en ese momento.

Algo profundo y cálido asomó a sus ojos, y me pregunté si sabría lo que estaba pensando. Dios mío, rogué a un rechoncho niño Jesús que no fuera así. Bajó las pestañas y el peso de su mirada me provocó un cosquilleo en los labios.

—Sí, creo que estás empezando a entenderme —soltó y se dirigió pavoneándose hacia el salón.

—Necesito a un adulto —murmuré, y me giré despacio para verlo junto al sofá del salón.

—Oh, antes de que me olvide...

—¡No cambies de tema! —Golpeé el suelo con el pie y, además, me sentí muy orgullosa de ello.

Se volvió hacia mí con las cejas arqueadas.

—¿Acabas de dar un pisotón?

—Puede —gruñí con las mejillas acaloradas.

—Adorable —dijo Jax con una sonrisa.

—¡No es adorable! Y no vas a quedarte aquí, y yo voy a...

—Y tú vas a llevarme a casa en coche mañana por la mañana cuando vayas al bar —terminó, antes de pararse delante del sofá.

—No voy a... —mi alarido se apagó cuando asimilé sus palabras—. ¿Qué?

—Voy a necesitar que me lleves mañana —repitió, dejando caer los cojines contra uno de los brazos del sofá—. He venido hasta aquí en tu coche. Ya han arreglado el parabrisas.

Me lo quedé mirando tanto rato que seguramente pensó que me pasaba algo, y luego pasé ante él a toda prisa para acercarme a la ventana que había junto al televisor. Descorrí las cortinas y ahí estaba mi Focus, aparcado en el camino de entrada.

—Déjame que adivine. ¿Sin cable? —preguntó Jax.

—¿Qué? —Miré por la ventana con el corazón acelerado.

—El televisor. Supongo que Mona no pagaría la factura del

cable. —Lo que sonó al mando a distancia cayó sobre la mesita de centro—. En mi casa tengo cable. HBO. Starz. Solo lo digo.

Lo miré con un nudo en la garganta.

—¿Cuánto... cuánto te debo por lo del parabrisas?

—Nada.

—Tengo que pagártelo. No es lo mismo que dejar que me invites a comida rápida. No estoy tan pelada. Puedo pagar...

—Yo no he pagado nada. —Se paso los dedos por el pelo sin quitarme ojo—. Como te dije, ese tío, Brent, me debía un favor. Él se encargó del parabrisas. Gratis.

—¿Te debía un favor? —repetí como una tonta—. ¿Qué pasa, eres de la mafia o algo así?

Echó la cabeza hacia atrás y soltó una carcajada grave, estrepitosa, y al oírla noté un cosquilleo en la barriga.

—No —respondió.

Me gustaba su risa.

Me aparté unos centímetros de la ventana y, de repente, me sentí... no sé cómo me sentí. ¿Aliviada? ¿Tensa? ¿Anonadada? Me sentía todas esas cosas a la vez, pero sabía que a caballo regalado no había que mirarle el diente.

—Gracias —solté.

—No es nada del otro mundo —dijo levantando un hombro.

—Lo es.

—¿Estás cansada? —preguntó un momento después.

No. Estaba atacada, tan inquieta que tenía la sensación de que los huesos y los músculos iban a dejar mi piel, pero mentí y dije que sí, porque no creía que pudiera permanecer más tiempo en la misma habitación que él. Necesitaba controlar el ardor que sentía tras los ojos.

Sus ojos se cruzaron con los míos un segundo antes de dejarse caer en el sofá. No dijo nada más mientras me acercaba al pequeño armario de la ropa blanca y sacaba la otra manta que había visto antes. Fui hacia el sofá y la dejé en el brazo más alejado de Jax.

—Por cierto… —Jax me dedicó su media sonrisa, lo que hizo que se me encogieran los dedos de los pies dentro de los calcetines cuando me volví hacia él—. Esos pantalones cortos y esas piernas son la puta perfección.

Me tumbé boca arriba, con los ojos muy abiertos. Varias de las lamas de las persianas que cubrían la ventana del dormitorio estaban rotas, de modo que unas finas franjas de luz de luna se extendían como dedos jugando a esconderse por el techo.

Di vueltas lo que me parecieron horas, incapaz de desconectar mi cerebro. Cada vez que me movía, la cama crujía un poco. O puede que mucho. A mí me sonaba superfuerte, pero también lo hacía mi corazón, que latía con fuerza en mi oído.

Jax estaba acostado en el sofá, a pocos metros del cuarto. Y antes me había besado. Y había hecho que me arreglaran el parabrisas. Y me había dicho que mis piernas y mis pantalones cortos eran la puta perfección.

¿A qué venía su fascinación por mis piernas?

Me tumbé boca abajo y gemí en la almohada. Mis piernas deberían dar igual. Era evidente que no era importante, pero me tenía obsesionada que no dejara de fijarse en mis piernas. Había otras cosas de mí que eran más destacables, como mi cara, que llamaban la atención. No mis piernas.

Pero él me había besado y estaba en la habitación de al lado, ahí mismo. Notaba otra vez un cosquilleo en los labios. Mi primer beso… A los veintiún años había vivido mi primer beso. Por fin. Y ni siquiera estaba segura de que fuera un beso de verdad.

—Dios mío —gemí en la almohada.

Me volví de lado, decidida a no pensar más en Jax, porque no tenía ningún sentido. Así que lo siguiente en lo que pensé fue en heroína. En montones de heroína. Puede que por un valor de cientos de miles de dólares. ¿Cuánta heroína era eso? En la calle, quiero decir. ¿Cuántas vidas infectaría y arruinaría? ¿Cientos? ¿Miles?

Y había estado aquí, en casa de mamá.

Cerré los ojos cuando la inquietud se apoderó de mi estómago, propagándose como un humo nocivo. ¿Se estaba metiendo eso ahora?

Vale. Tampoco era nada bueno pensar en eso. Mi mente se quedó en blanco unos maravillosos instantes y, a continuación, me puse a pensar en los estudios. El pánico inicial sobre cómo pagaría la matrícula se había desvanecido un poco, convencida de que conseguiría ayuda federal. No sería un crédito, pero eso no lo solucionaba todo. Tendría que conseguir un trabajo de camarera cuando regresara, porque necesitaba dinero para pagar las facturas. Era una mierda, porque los últimos semestres de enfermería iban a ser de lo más difíciles. Y terminar los estudios no arreglaría el resto de la mierda: la deuda, el crédito malo y todo lo demás.

No sabía que iba a hacer y no quería pensar más en ello. Ya hacía todo lo que podía. Ese día había ganado cincuenta pavos, que era mejor que nada.

Cincuenta pavos.

Dios mío.

Me puse boca arriba. Aguanté en esa posición cinco minutos. Era una mierda, y me moví otra vez. Me quedé quieta sobre el otro costado, de cara al cuarto de baño.

Las viejas bisagras de la puerta del cuarto chirriaron al abrirse despacio. Contuve la respiración. Estaba de espaldas a la puerta, pero sabía que era Jax. Su presencia prácticamente absorbió el oxígeno de la habitación.

¿Qué estaba haciendo? ¿Lo había despertado al moverme tanto en la cama? Es probable, porque la puerta del cuarto no se cerraba del todo, de modo que quedaba un hueco entre ella y el umbral. Había algún problema con las bisagras. No sabía cuál y daba igual.

Las tablas del suelo crujieron bajo sus pies.

Oh, Dios mío.

—¿Calla? —Su voz no era fuerte, pero la sentí como si fuera un trueno.

¿Debería fingir que estaba dormida? Cerré los ojos, pensando que era una estupidez, pero decidida a intentarlo.

—Sé que no estás dormida.

Maldita sea.

Seguí sin decir nada; estaba bastante segura de que no podría hablar. Se me puso la piel de gallina al abrir despacio los ojos. Triste, pero cierto: jamás había estado antes en la cama con un chico en la misma habitación. Bueno, no del todo cierto. Jacob, un compañero de la universidad, estuvo una vez en mi dormitorio de la residencia de estudiantes, pero no había sido lo mismo que entonces.

El suelo no volvió a crujir, pero la cama se hundió de repente bajo su peso. Olvida lo de fingir estar dormida. Mi cuerpo no me lo permitió. Me incorporé apoyada en un codo y volví la cabeza hacia atrás con los ojos desorbitados. Bajo la luz plateada de la luna pude ver el contorno de los pómulos y la forma de su cuerpo. Fue más que suficiente.

—¿Qué estás haciendo? —Mi voz había adquirido un tono embarazosamente agudo.

Jax estaba recostado sobre su cadera, con la mano apoyada en la cama, cerca de la mía.

—No estabas durmiendo —dijo.

—Sí que estaba durmiendo.

Mentía fatal.

—Creo que me he pasado la última hora oyéndote dar vueltas en la cama.

No supe qué decir, pero mi corazón se había convertido en un tambor metálico.

—Y tengo que admitir que es bastante perturbador —añadió. Se acercó más a mí en medio de la penumbra y yo me puse tensa.

—Lo siento —solté.

—No tienes por qué disculparte —aseguró con una risita profunda y grave—. Era perturbador en el buen sentido.

Tras repetirme mentalmente esa frase, seguía sin tener ni idea de lo que quería decir.

—¿Te suele costar tanto dormirte?

—¿Cómo?

—Dormir —repitió. Pude oír la diversión en su voz—. ¿Te suele costar tanto conciliar el sueño?

¿Me solía costar tanto mantener una conversación? Me mordí la parte interior del labio y sacudí la cabeza.

—No hasta que regresé aquí.

Pasó un momento antes de que Jax respondiera:

—Te entiendo.

—¿En serio? —Estaba más que sorprendida.

—Sí. Cuando volví a casa… no aquí, sino a casa, me costó un montón conciliar el sueño y dormir toda la noche del tirón. Tenía demasiadas cosas dándome vueltas aquí arriba —dijo, llevándose una mano a la cabeza.

El sentido común me decía que tenía que pedirle que se largara de mi cama, o levantarme yo pitando y poner algo de distancia entre nosotros, pero la curiosidad me pudo.

—¿Volviste a casa de dónde?

Hubo otra pausa y se movió de nuevo para ponerse boca arriba, con la cabeza en la almohada de al lado. ¡Estaba boca arriba, a mi lado, en la misma cama que yo! ¿Qué diablos estaba pasando? Tenía la lengua pegada al paladar, mi corazón brincaba de un lado a otro y las mariposas de mi estómago empezaron a revolotear como locas.

—Estuve en el extranjero —respondió. Tardé un momento en recordar de qué me estaba hablando.

Mi cerebro lo analizó y solo obtuvo una breve respuesta:

—¿En el extranjero?

—¿Por qué no te acuestas y te lo cuento?

¿Acostarme? ¿En la cama? ¿Con él? De eso nada. De eso nada, monada. Estaba petrificada en aquella postura. No. No. No.

—Vamos —insistió en voz baja, con la clase de tono que provocaba cosas curiosas en mis neuronas, fundiéndolas entre sí como cuando pones mantequilla en el microondas—. Acuéstate, Calla. Relájate.

No sé qué tenía la forma en que lo dijo, pero mi brazo izquierdo cedió bajo mi cuerpo y antes de darme cuenta tenía la mejilla derecha pegada a la almohada.

Su voz era absolutamente mágica.

—Me alisté a los dieciocho años, en cuanto terminé los estudios —explicó—. Era eso o trabajar en una mina de carbón como mi padre y mi hermano mayor.

¿Minas de carbón? Madre mía.

—¿De dónde eres?

La cama se hundió de nuevo e imaginé que se había puesto de lado para mirarme.

—De Oceana, en Virginia Occidental.

—Oceana... —susurré con la mirada puesta en la pared pelada al otro lado de la cama—. ¿Por qué me suena ese nombre?

—Seguramente porque lo han apodado Oxiana y han rodado un documental sobre el pueblo —contestó Jax riendo entre dientes—. Hubo un problemilla con la oxicodona, la mitad del puto pueblo está colgado de ese analgésico.

Sí, eso me sonaba.

—Trabajar en las minas es muy duro, aunque hay quien piensa que está bien pagado, pero yo no quería eso. Había muchas cosas más por ahí y deseaba largarme de ese dichoso pueblo. —La repentina dureza de su voz hizo que un escalofrío me recorriera la espalda—. Me pareció que alistarme era la única otra opción.

—¿En... en qué cuerpo te alistaste?

—En los marines.

Vaya, los marines eran una pasada. Podía decirse que los más duros del ejército. El hermano de mi padre había sido marine, y recuerdo las historias que solía contar sobre su entrenamiento y lo extremo que era. No todo el mundo estaba hecho para ser marine pero, al parecer, Jax sí, y al recordar cómo saltó por encima de la barra y se encaró con Mack pude ver el marine que había en él.

Lo que resultaba bastante sexy.

Una imagen de Jax con uniforme de gala, como el que había visto en el armario de mi tío cuando era pequeña, me vino a la cabeza.

Vale. Muy sexy.

—Me alisté por cinco años, estuve dos años en servicio activo en un conflicto armado y me pasé casi tres en el desierto —explicó. Yo tragué saliva con fuerza. El servicio activo en un conflicto armado no era ninguna broma—. Cuando finalizó el periodo no estaba seguro de querer volver a alistarme. Y cuando regresé a casa, no podía dormir. No sabía qué iba a hacer con mi vida. En casa no había nada, y estar destinado no era lo mejor del mundo, ¿sabes? La vida allí es diferente, y te cambia. Las cosas que tienes que hacer. Las cosas que acabas viendo. Algunas noches solo lograba dormir unas pocas horas. Otras las pasaba en blanco. La cabeza no se me desconectaba, así que pasé muchas noches durmiendo fatal.

Quería darme la vuelta y mirarlo, pero no podía moverme.

—Y... ¿lamentas haberte alistado?

—Claro que no. —Su respuesta fue rápida y firme—. Me hacía sentir bien estar haciendo algo por el país y todo eso.

Algo cálido me invadió el pecho. Quería verlo, pero eso exigía esfuerzo y valor. Así que recurrí a las palabras, que eran lo único que podía ofrecer. Quería darle algo.

—Me parece asombroso —dije.

—¿Qué?

—Alistarse en los marines y combatir —respondí con la cara acalorada—. Es valiente, honorable y asombroso. —Tres cosas que yo no era, y tres cosas que, sinceramente, no podía decir de muchas de las personas que conocía, incluidos los miembros de la Brigada de los Tíos Buenos. Bueno, a excepción de Brandon. Él también había estado destinado en el extranjero.

Jax no respondió y el silencio se extendió entre nosotros.

—¿Cuánto hace que dejaste el ejército? —pregunté apretando los dedos.

—Hummm, la próxima primavera hará dos años. —Su voz sonó más cerca.

Hice un excelente cálculo mental y por fin encontré la respuesta a una de mis preguntas.

—O sea que... ¿tienes veinticuatro años?

—Sí, y tú, en realidad, tienes veintiuno, aunque solo aparentes diecisiete.

—No aparento diecisiete —protesté frunciendo los labios.

—Lo que tú digas —murmuró—. ¿Cuándo es tu cumpleaños?

—En abril, el día 15.

—¿En serio? —Soltó una carcajada profunda que me hizo fruncir más los labios—. El mío es el 17 de abril.

—Abril es un mes guay —dije con una sonrisa inmensa.

—Ya te digo.

A medida que me acostumbraba a tenerlo cerca, mi cuerpo se relajó.

—¿Cómo acabaste aquí?

—Conociste a Anders, ¿verdad? ¿En el bar?

—¿Anders? —pregunté con el ceño fruncido.

—Seguramente lo conociste como Reece.

Oh.

—¿El policía joven?

—De hecho, es ayudante del sheriff en el condado de Filadelfia. Lo conocí cuando estaba en el ejército. Lo dejó un año antes que yo, pero seguimos en contacto —explicó—. Él sabía que detestaba estar de vuelta en casa. Me ofreció un lugar donde dormir. Acepté su oferta y me vine aquí. Al principio estaba hecho más bien un lío.

Me mordisqueé el labio mientras contemplaba la penumbra.

—¿Cómo?

—Pues hecho un lío —contestó sin responder en realidad—. Una noche fui al Mona's, terminé con un trabajo, conseguí por fin mi propia casa y aquí estoy, en la cama con la guapísima hija de Mona. La vida es así de extraña.

Inspiré con suavidad. «¿La guapísima hija?».

—Eres... Dices cosas muy bonitas. —Era una estupidez decir eso, pero estaba cansada y el cerebro no me funcionaba como es debido.

—Digo la verdad.

Pasó un momento.

—¿Todavía tienes problemas para dormir?

No obtuve respuesta. El silencio se alargó hasta que lo interrumpí y susurré una preocupación:

—¿Crees que vendrá alguien a buscar esa droga?

—No lo sé, Calla —contestó inspirando hondo.

No le creí. Puede que tuviera que ver con las dudas que expresó antes sobre lo de que ese montón de heroína fuera del Individuo Grasiento y, sinceramente, ese tío no tenía aspecto de disponer de los medios para poseer esa cantidad de droga.

—Mamá... está metida en un buen lío, ¿verdad?

—Pues sí.

El corazón me dio un vuelco enorme.

—No es la clase de lío en el que tengas que involucrarte —añadió Jax en voz baja, con firmeza—. Y esta es la clase de lío que no vas a poder arreglar.

Dios mío, menuda mierda, porque sabía que era verdad, pero no sabía cómo era consciente de que, a lo largo de los años, me había pasado mucho tiempo solucionando los problemas de mamá. Era como un trabajo al salir de clase.

—De acuerdo —susurré, porque no sabía qué otra cosa decir.

Allí acostada, mientras intentaba reprimir un odioso y sonoro bostezo, recordé algo que había dicho cuando nos conocimos sobre que la vida era demasiado corta. Imaginé que tenía experiencia de primera mano con vidas acortadas cuando estaba en el ejército. Esa mentalidad solo la proporcionaba la experiencia. Estaba claro. Hasta podía entenderlo, pero había algo que no comprendía.

—¿Por qué? —pregunté.

Hubo una pausa.

—¿Por qué, qué?

Jax parecía cansado, y tendría que callarme o comentar que estaba cansada y quería dormir, por lo que podría marcharse. Pero no lo hice.

—¿Por qué estás aquí? No me conoces y... —Se me apagó la voz, no quedaba nada más que decir.

Pasó un minuto sin que hubiera respondido mi pregunta, y creo que, después, pasó otro minuto. No me importaba que no contestara, porque puede que ni siquiera lo supiera. O puede que estuviera aburrido y por eso estuviera ahí.

Pero entonces se movió.

Jax se apretujó contra mi espalda y el siguiente aire que inspiré se me quedó atravesado en la garganta. Abrí los ojos de golpe. La sábana y la manta estaban entre los dos, pero no parecían nada.

—¿Qué estás haciendo? —pregunté.

—Poniéndome cómodo. —Me rodeó con un brazo la cintura y todo mi cuerpo chocó contra el suyo—. Creo que es hora de dormir.

—Pero…

—No puedes dormir mientras hablas —comentó.

—No tienes que estar encima de mí —indiqué.

La risita que soltó a modo de respuesta me agitó el pelo de la nuca.

—No estoy encima de ti, cariño.

Quería discrepar con él en eso. Empecé a separarme, pero el brazo que me rodeaba la cintura me sujetó con fuerza y me lo impidió.

—No vas a ir a ninguna parte —anunció como si nada, como si no me estuviera reteniendo prisionera en la cama.

Vale. Puede que todo eso de ser prisionera sea algo melodramático, pero no me dejaba levantar. No cuando se estaba poniendo cómodo detrás de mí.

Dios mío, era la postura de la cucharita. Sin duda alguna, era la cucharita. Estaba haciendo la cucharita con un miembro honorario de la Brigada de los Tíos Buenos. ¿Me había despertado en un universo paralelo?

—Duerme —ordenó, como si esa única palabra tuviera tanto poder—. Duérmete, Calla. —Esta vez su voz era más baja, más suave.

—Bueno, no va así la cosa, Jax. Tienes una voz bonita, pero no tiene el poder de hacerme dormir cuando tú lo ordenas.

Rio entre dientes.

Puse los ojos en blanco, pero lo más ridículo fue que pasados un par de minutos, mis ojos se cerraron. De hecho… me acomodé contra él. Con su pecho contra mi espalda, sus largas piernas acunaban las mías y su brazo alrededor de mi cintura, me sentía segura. Más que eso, me sentía algo más… algo que no había sentido en años.

Me sentía cuidada, apreciada.

Lo que era una absoluta tontería porque apenas lo conocía, pero, con ese sentimiento cálido y ronroneante, me quedé dormida.

10

Estaba tan calentita y, por favor, tan a gusto cuando me desperté que no quería salir de la cama. Estaba en esa maravillosa burbuja acogedora y quise acurrucarme, acomodarme contra...

Abrí los ojos de golpe. Toda mi modorra desapareció y me desperté del todo.

No estaba sola.

Oh, no, ni mucho menos estaba sola en la cama. Sabía que no me había acostado sola, pero si no recordaba mal, no me había quedado dormida con la mejilla apoyada en el firme tórax de un hombre. Lo que era realmente extraño, porque yo era de esas personas que no se mueven en absoluto una vez se han dormido. Me quedaba en la misma postura toda la noche, por lo que aquello... aquello era raro y no me responsabilizaba de mi posición en aquel momento.

Por el amor de Dios, se me agarrotaron todos los músculos del cuerpo al ser plenamente consciente de cómo había estado durmiendo.

Mi mejilla no era lo único que tenía recostado en Jax. Mi hombro y mis pechos estaban apretujados contra su costado, en el sentido de que no había ni un centímetro de espacio entre nosotros. Tenía el brazo izquierdo extendido sobre su estómago, y cada vez que respiraba, notaba la dureza de sus abdominales, totalmente tensos. Todavía llevaba puesta una camiseta, gracias a Dios, porque es probable que yo hubiera entrado en combustión en caso contrario. Una de sus piernas estaba situada entre las mías, presionando una parte de mi cuerpo que no había tenido nada que no me perteneciera presionándola. Estábamos literalmente enroscadas.

Se movió un poco, y su pierna se movió entre las mías. Me mordí el labio inferior cuando el vientre se me tensó y una oleada de pinchacitos me subió por la columna vertebral. Su respiración no había cambiado, seguía siendo profunda y regular, pero la mano que me rodeaba la cadera había empezado a deslizarse.

Un escalofrío siguió su mano, y mi pecho se elevó contra su costado. Su mano descendió más.

Jax me cubrió una nalga con la mano.

Con total descaro, me cubrió una nalga con la mano.

Por todos los santos del cielo.

Tendría que haberme cabreado que me estuviera toqueteando en sueños, pero eso no era lo que sentía en absoluto. Un calor lánguido me invadió el cuerpo, se introdujo por debajo de mi piel y de mis músculos y se extendió por todas mis células. Ciertas zonas de mi cuerpo empezaron a vibrar ligeramente. Respiraba con inspiraciones cortas mientras mis caderas se apretujaban contra su muslo. Las sensaciones se intensificaron, y me recorrieron el cuerpo como lava fundida. La palpitación entre mis piernas aumentó.

Era algo malo, porque no era justo. No había motivo para permitirme excitarme tanto cuando no iba a pasar nada, así que tenía que salir de la cama. El pánico me envolvió como una tormenta de arena y se mezcló con la creciente excitación, cada vez más intensa.

Me eché hacia atrás y empecé a incorporarme, pero no llegué

demasiado lejos. La mano que Jax tenía en el trasero se desplazó hacia mi vientre y su brazo me sujetó con fuerza la espalda.

—¿Adónde vas? —preguntó con voz ronca por el sueño.

Bajé la mirada hacia él. Tenía los ojos medio cerrados y los labios separados. Una barba incipiente le cubría la mandíbula, lo que acrecentaba su aspecto absurdamente sexy al acabar de despertarse.

Giró la cabeza hacia un lado para mirar el reloj de la mesita de noche. Soltó un gemido.

—Es demasiado temprano. Vuelve a dormirte.

¿Demasiado temprano? ¡Eran casi las nueve! Desde luego, ser camarero significaba que la idea que tenía uno de cuándo era temprano y tarde era distinta a la de otras personas.

Al ver que no me movía, Jax tiró de mí hasta que acabé de nuevo medio tumbada sobre él.

—Jax...

—Duerme —gruñó.

—No voy...

—Hora de dormir.

¿Qué demonios? Logré apartarme lo suficiente para poner una mano entre los dos y empujé hacia atrás para levantarme.

—No voy a volver a dormirme y no creo que esto esté del todo bien. Tengo que... —Se me apagó la voz al mirarlo.

Oh, vaya.

Jax tenía la cabeza recostada en la almohada, dejando a la vista su cuello largo y bronceado, y se mordía el carnoso labio inferior con la punta de sus dientes blancos. La expresión de su rostro, como si se estuviera conteniendo para no hacer algo muy pícaro y divertido, me desconcertó.

Y entonces comprendí por qué.

Había puesto la mano en la parte baja de su vientre, y cuando digo baja, quiero decir muy baja, y le estaba presionando la entrepierna con mi muslo.

—Oh, Dios mío —susurré. La cara me ardía al apartar la mano de golpe.

Jax se movió a la velocidad de un rayo y me sujetó la muñeca con su mano.

—Tendrías que haberte vuelto a dormir.

Mi corazón se contoneó en mi pecho. Sí, literalmente se contoneó.

Jax se giró de repente, y antes de que pudiera inspirar de nuevo estaba tumbada boca arriba y él estaba sobre mí, rodeándome la muñeca con una mano y con la otra apoyada en la cama junto a mi cabeza, y el antebrazo sobre el colchón.

—¿Qué estás haciendo?

Sin darme ninguna pista, su cálida mirada castaña me recorrió la cara, ¡mi cara!, antes de fijarse en mis labios.

—¿Sabes lo que dicen sobre los tíos por la mañana?

Esbozó una media sonrisa y entonces lo pillé y me sonrojé a tope. Soltó una risita grave y ronca.

—Me alegra que no volvieras a dormirte. Esto es mucho más interesante.

Se me vació el cerebro.

La mano que me rodeaba la muñeca descendió por mi brazo y se detuvo en mi codo, donde se me clavaba en el costado.

—¿Sabes qué más me parece realmente interesante?

—¿Qué?

¿Por qué lo preguntaba? ¿Qué más me daba?

Agachó la cabeza hasta que noté que me rozaba la nariz con la suya. Me puse tensa.

—Es interesante lo mucho que me ha gustado despertarme con una mano en tu culo y una pierna entre las tuyas.

—¡Estabas despierto!

—Puede —sonrió de oreja a oreja.

Usé el otro brazo para empujarle el pecho con la mano.

—Córrete.

—Me encantaría.

—Bueno, no es eso lo que quería decir, imbécil —solté, irritada, con los ojos entrecerrados.

Sin inmutarse en absoluto, describió muy despacio un círculo con el pulgar por el interior de mi codo. Ese pequeño contacto, casi inconsciente, provocó una oleada de sensaciones por todo mi organismo. Hacía un segundo estaba a punto de atizarle un rodillazo en las pelotas y, antes de darme cuenta, estaba pensando en cosas más agradables que tenían que ver con sus mencionadas pelotas.

—¿Qué estás haciendo? —pregunté otra vez, con el corazón acelerado.

Expandió el pecho y rozó el mío. Los dedos de los pies se me encogieron.

—Algo mejor que dormir.

Eso no era ninguna respuesta, la verdad.

Bajó la cabeza y me rozó la mejilla derecha con la punta de la nariz.

—Me gustas.

Mi corazón dejó de contonearse e hizo una pirueta.

—¿Qué? —pregunté.

—Me gustas —repitió, bajando la voz hasta un susurro que se deslizó por mi piel.

—No me conoces —señalé por enésima vez desde lo poco que hacía que lo conocía.

—Me gusta lo que conozco de ti.

Era la respuesta perfecta. De verdad. Tragué saliva con fuerza.

—Pero...

—No le des más vueltas, cariño. La vida es demasiado corta para esa mierda —añadió, acariciándome la piel con sus labios. Cada uno de mis músculos se tensó deliciosamente mientras su pulgar seguía girando, provocándome un abanico de sensaciones—. Me gustas. Eso es todo.

—Pero no es posible. —Las palabras me salieron sin más.

Sus labios se quedaron inmóviles en mi mejilla antes de que alzara la cabeza. Nuestros ojos se encontraron. Quise desviar la mirada, pero no pude.

—Lo es —aseguró.

Jax descendió sobre mí, y la habitación se quedó sin aire. Su peso… nunca había sentido nada igual. Pesaba, pero era agradable, y tenía las caderas entre mis piernas y…

Madre del amor hermoso, no había confusión posible sobre lo que noté que me estaba presionando.

—¿Lo pillas? —me preguntó con una voz que prendería fuego a cien bragas.

No lo pillaba.

Le gustaba a Jax, aunque solo hacía unos días que me conocía. No tenía ningún sentido. Si tuviera el aspecto de Avery o Teresa, lo entendería. Ellas eran despampanantes a su única y casi inmaculada manera. Salían con miembros de la Brigada de los Tíos Buenos, y con razón. Pero yo era Calla, la Calla a la que seguramente ya se le habría derretido el maquillaje, mi Dermablend, de la cara y tendría la cicatriz muchísimo más visible. Tampoco era que fuera miss Personalidad Brillante y Maravillosa. Hasta donde Jax sabía, una piedra podía ser más lista que yo, coño.

Así que no lo pillaba y se lo dije.

—Me gustas, Calla. Sí, solo hace un par de días que te conozco, pero me has hecho reír —dijo sin apartar sus ojos de los míos—. También sé que eres simpática y dulce cuando quieres. Me pareces adorable y me la pones dura.

Guau. ¿En serio había dicho eso?

—Me la has puesto dura un par de veces estas últimas setenta y pico horas, y tengo que decir que no es nada malo —prosiguió—. Quiero follar contigo y, para querer hacer eso, lo único que necesito es que me gustes. No cuesta tanto ir del punto A al punto C, cariño.

Doble guau.

Me lo había expuesto directo al grano y con total crudeza, y eso me pareció muy sexy, lo que quizá quería decir que me pasaba algo raro. O tal vez fuera solo falta de experiencia en lo que se refiere a chicos diciéndome que querían hacer ñaca ñaca conmigo.

Sea como sea. Jooodeeerrr.

Se tomó mi estupefacción silenciosa como una aceptación, de modo que agachó la cabeza de nuevo, y esta vez no me asusté. Me deseaba y, la verdad, no sabía lo que eso me hacía sentir hasta… hasta entonces, y aluciné con el creciente calor que me recorría el cuerpo. Se me olvidó que la mayoría del maquillaje tenía que haber desaparecido durante la noche. Se me cerraron los ojos y los dedos de los pies se me encogieron una vez más. Iba a besarme, y yo no iba a detenerlo. Puede que esta vez fuera con lengua. Estaba muy interesada en explorar eso.

Jax no me besó.

No en los labios, por lo menos. Su boca se desvió hacia la izquierda en el último segundo, desplazándose por encima de mis labios hacia mi mejilla izquierda. Me besó la cicatriz.

Me besó la puta cicatriz.

Una emoción violenta y vigorosa luchaba en mi interior. Una mezcla de mil pensamientos y sentimientos confusos. Belleza. Miedo. Pánico. Lujuria. Frío. Calor. Repugnancia. Confusión. Lo sentía todo y era demasiado.

Le golpeé el pecho con las manos.

—Aparta.

—¿Qué? —Se quedó inmóvil.

—Por favor.

Jax se apartó. Tuvo que haber algo en mi voz, porque se giró para alejarse de mí, y yo me giré para salir de la cama y ponerme de pie. Retrocedí hasta chocar con la esquina del tocador, lo que me provocó una punzada de dolor en la cadera.

Él se incorporó y se desplazó por la cama con las dos manos en el colchón.

—Calla, nena, ¿me tienes miedo?

—No. Sí. Quiero decir, no. No te tengo miedo. —Cerré los ojos un momento—. No es eso.

—¿Qué es entonces?

Jamás follaríamos.

Ahí estaba. No podía decirlo en voz alta, pero ahí estaba. Nunca estaría desnuda con él. Nunca tendríamos tanta intimidad.

Dios mío, no tendría que resultarme tan decepcionante, pero lo que pasaba con Jax, estar en la cama, entrelazados y deseándonos el uno al otro, era normal. Y yo nunca podría tener nada normal, no con un chico como Jax. No cuando puede que se hubiera sobrepuesto a la desastrosa cicatriz de mi cara, pero no había visto ni tocado el resto de mí.

No era que tuviera la autoestima baja, que fuera inexperta o débil, ni que estuviera demasiado nerviosa porque tenía que perder diez kilos. Mi cuerpo estaba maltrecho. No tenía nada de atractivo.

Tras inspirar hondo varias veces, obligué a sofocar el dolor de mis ojos y del fondo de mi garganta.

—Es esto. ¿Vale? Esto no a pasar.

Arqueó sus cejas oscuras.

Maldita sea, tenía unas buenas cejas.

Me había vuelto a distraer.

—A ver, eres muy atractivo. No me malinterpretes. Y estoy segura de que lo sabes, porque es imposible que no lo sepas.

Las comisuras de sus labios empezaron a elevarse.

Dios mío, tenía que callarme.

—Y me halaga… esto, gustarte, pero esto… no puede pasar. ¿Entendido? Es imposible. No soy tu tipo de chica.

—¿Cómo sabes cuál es mi tipo de chica? —preguntó, y parecía sentir verdadera curiosidad.

—Lo sé. Créeme —respondí con los ojos casi en blanco—. Y no pasa nada. Tú eres majo y te agradezco todo lo que has hecho y estás haciendo por mí, pero esto… esto no va a pasar. ¿De acuerdo? ¿Lo pillas?

Me miró fijamente un momento, como si quisiera seguir hablando del tema, pero asintió despacio con la cabeza.

—Lo pillo —dijo Jax.

Y sonrió de oreja a oreja.

No me pareció que lo pillara en absoluto.

Jax vivía más cerca del bar, en una hilera ordenada y bien conservada de casas adosadas a poco más de kilómetro y medio de la ciudad. No entré cuando lo dejé ahí y no me quedé cuando bajó del coche. Despertarnos como lo habíamos hecho y el pánico que sentí después me había pedido a gritos algo de tiempo a solas.

Tiempo en el que pudiera entender lo que Jax quería y cómo podía ser que lo quisiera. No debería importarme. Nunca pasaría, pero Jax estaba buenísimo. Seguro que no le costaría nada conseguir mujeres que quisieran acostarse con él. Había mogollón de razones evidentes por las que yo no tendría que estar ni siquiera cerca de lo más alto de su «Lista de las chicas a las que me quiero tirar».

Dios mío, no había tiempo suficiente en el mundo para que llegara a ninguna conclusión al respecto. El caso es que tampoco había ido al bar después de dejar a Jax en su casa. Ese día me había cambiado al turno en el que él trabajaba y no tenía que ir hasta la tarde, así que fui a comprar unos cuantos comestibles que me hicieron creer que iba a seguir una dieta y regresé hacia casa. Era de día, de modo que no estaba demasiado preocupada por la presencia de yonquis ni de señores de la droga furiosos, lo que con toda seguridad fuera una estupidez, porque no se trataba de vampiros que solo salían en la oscuridad.

Simplemente, las cosas daban más miedo de noche, y después de mi turno del viernes, tras haberme ganado unas propinas bastante decentes, me habría aterrado regresar a casa si no hubiera estado tan cansada. Me habría quedado mientras Jax me enseñaba cómo cerrar el bar, incluido cómo cuadrar las cajas registradoras.

Durante todo el turno se había comportado como si nada hubiera pasado entre nosotros esa mañana, como si todo fuera normal. O, por lo menos, lo que yo creía que era normal con él. Fue encantador y flirteó. Por segunda noche consecutiva, quiso atarme el delantal cuando empecé a servir las mesas y sus manos se entretuvieron en mis caderas, lo que me hizo sonrojar, pero eso fue todo.

Acababa de llegar al coche cuando oí que alguien me llamaba. Me giré y el corazón me dio un brinco al ver a Jax.

—Estaré justo detrás de ti —comentó, deteniéndose junto a su camioneta.

—¿Para qué? —pregunté con el ceño fruncido.

Se sacó las llaves de la camioneta del bolsillo.

—Mientras vas a tu casa, nena.

Lo miré, convencida de haber escuchado mal.

—No vas a venir a la casa.

Eso inició una discusión sobre si iba o no a ir que duró sus buenos treinta minutos. Tenía más sueño que ganas de pelea, y acabé cediendo entre bostezos.

Así que Jax me siguió hasta la casa.

De hecho, se trajo una muda, por el amor de Dios, una puta muda.

Ya en casa, traté de ignorarlo mientras me preparaba una taza de té caliente, pero creí que sería una grosería no ofrecerle otra, ya que se había aposentado en el sofá y se había convertido en mi sistema de seguridad personal.

—Gracias —dijo cuando dejé la taza en la mesita de centro.

Cansada y nerviosa, me di cuenta de que me costaba mirarlo mientras sujetaba la taza entre las manos.

—Como no sabía si te gustaba con azúcar o con miel, no le he puesto demasiado de ninguna de las dos cosas. —Por el rabillo del ojo vi que había cogido la taza y le había dado un sorbo—. Si quieres, están en la cocina.

—Está perfecto —dijo, y tras una rápida pausa, añadió—: Has ido a comprar.

—Sí —respondí, cambiando, inquieta, el peso de un pie al otro.

—¿Por qué no te sientas conmigo un ratito?

—Estoy muy cansada. —Unas mariposas habían fijado su residencia en mi estómago.

—No estás acostumbrada a esos turnos, ¿eh?

Lo recorrí despacio con la mirada hasta descubrir un libro en su regazo. ¿Leía? Oh, Dios mío, los tíos que leían eran como los unicornios. Solo existían en los cuentos de hadas. Quise preguntarle qué estaba leyendo, pero no lo hice. Me limité a asentir con la cabeza.

Una parte de mí había esperado que protestara, que se mostrara encantador, pero lo único que hizo fue tumbarse en el sofá.

—Te veo mañana por la mañana, nena.

Me quedé ahí plantada un segundo, extrañamente decepcionada hasta que me obligué a mí misma a irme a mi cuarto, donde la puerta seguía sin cerrarse del todo. Tras lavarme y cambiarme, demasiado cansada para ducharme, me quedé dormida en unos minutos. Cuando me desperté, Jax estaba preparando huevos y beicon que había comprado en la tienda.

El sábado por la noche fue una repetición del viernes, salvo que conocí a Nick. Dada mi teoría anterior sobre el hecho de que los tíos buenos se juntan, no me había sorprendido ver que el barman alto, moreno y de ojos verdes podía aparecer en el calendario de camareros atractivos que tantas ganas tenía yo de hacer. La cantidad de dinero que obtendría solamente con Jax y con él…

Nick era distinto a Jax, más callado, más reservado. Cuando nos presentaron se me quedó mirando un buen rato, hasta que noté que me sonrojaba. Su cara había adoptado una expresión extraña, hubo un reconocimiento en su mirada que no comprendí, y me pregunté si sería de esa zona. Pero entonces me saludó y siguió con lo suyo. Puede que intercambiáramos un par de palabras durante ese turno. No era un maleducado, sino más bien la clase de chico que no hablaba a no ser que tuviera algo que decir. Parecía más bien melancólico.

Como la noche anterior, cerré el bar y Jax me siguió hasta la casa. Era un poco escalofriante pensar que él o cualquier otra persona creyera necesario estar allí por lo que pudiera pasar, así que traté de no pensar en ello.

Esa noche, después de preparar el té, no me fui directamente al cuarto. Me quedé en el salón y, al final, me senté en el brazo de la butaca. Jax volvía a tener el libro en su regazo.

—¿Qué estás leyendo? —pregunté, al contrario que la noche anterior.

—El libro en el que se basa *El único superviviente*.

—¿Eh…? —Había arqueado las cejas.

—Es la historia real de Marcus Luttrell, un miembro de las Fuerzas de Operaciones Especiales de la Armada, y su misión fracasada. No es una lectura alegre para irse a la cama, pero es buena.

—¿Solo lees no ficción? —La curiosidad iba a matar a Calla, pero no había podido contenerme.

—No. Me gusta David Baldacci, John Grisham y hasta Dean Koontz y Stephen King. —Había desviado la mirada al recostar la cabeza en el respaldo del sofá mientras yo empezaba a ver un patrón—. No leí demasiado durante la secundaria, pero en el ejército había periodos de tiempo en los que no tenía mucho que hacer. Me aficioné a leer, y eso impidió que se me fuera la olla por culpa del aburrimiento y…

—¿Y? —pregunté cuando no terminó la frase.

No contestó, y no tuve que usar mucho la imaginación para entender con qué lo había ayudado la lectura además de para vencer el aburrimiento. Pensé en su formación militar. Eso explicaba por qué era tan protector, pero seguro que había cosas mejores que podría hacer un sábado por la noche, porque no iba a enrollarse conmigo.

«Quiero follar contigo».

Sentí un calor casi asfixiante por todo el cuerpo al recordar estas palabras. Mi mirada deambuló por el salón apenas decorado antes de posarse en Jax. Él me estaba observando con una expresión indescifrable en la cara. Me embargó el miedo a que fuera finalmente a abordar lo que había pasado entre nosotros aquella mañana.

No titubeé. Me puse de pie.

—No hace falta que te quedes, ¿sabes?

—No empieces —respondió mientras abría su libro. Ya había acabado conmigo.

Poco después me acosté, recosté la cabeza en la almohada y fijé la mirada en la puerta del dormitorio. Me quedé dormida enseguida. Por la mañana, Jax no había preparado el desayuno y se había ido bastante temprano.

Libraba el domingo, así que pude charlar con Teresa, lo que me hizo sentir genial. La extrañaba, y también a Jase y la forma en que actuaban cuando estaban juntos. Faltaban pocos días para que se fueran a la playa, y sabía que Teresa estaba tan entusiasmada como nerviosa. Era su primer viaje juntos como pareja. Yo nunca había vivido algo así, pero podía entender que estuviera atacada.

—¿Y vas a quedarte ahí todo el verano? —preguntó Teresa, con la voz más aguda por la sorpresa.

Asentí con la cabeza, como una idiota, porque no podía verme.

—Sí.

—Nunca has hablado sobre tu familia… —A Teresa se le apagó la voz, pero lo que quedó por decir era obvio.

Nunca había hablado sobre mi familia por muchas razones, por lo que tenía que desconcertarle que, de repente, quisiera pasar tiempo con la susodicha familia, que era, en realidad, inexistente.

—Se me ocurrió hacer algo diferente este verano.

—Pero normalmente tomas clases —comentó. Oí que una puerta se cerraba en su lado de la línea, seguida de una grave voz masculina. Jase. El pibonazo de Jase.

—Sí, ya lo sé, pero estoy trabajando como camarera y ganando dinero…

—¿Trabajas de camarera? No sabía que supieras.

—Bueno… —balbuceé con una mueca.

Se oyó una refriega por teléfono y después:

—Espera, Jase. Madre mía, mis labios seguirán aquí dentro de cinco segundos, lo mismo que el resto de mi cuerpo.

Vaya por Dios.

—Oye, yo ya estoy.

—No. —Su respuesta fue inmediata—. Jase puede esperar —aseguró. Oí una risita ronca y esbocé una sonrisa. Entonces Teresa dijo—: Tengo la sensación de que toda mi vida ha sido una mentira.

—¿Qué? —Parpadeé mientras miraba por la ventana delantera.

—Tú. Nosotras. Nuestra vida juntas. Hay muchas cosas que no sé de ti.

—No hay mucho que saber —aseguré riendo.

—Eres camarera. No sabía eso. —Hubo una pausa—. Cuando Jase y yo volvamos de la playa, tal vez podamos ir a verte.

Abrí unos ojos como platos. No había sido una pregunta, sino más bien una afirmación, y estaba segura de que sería mala idea, pero no podía decirlo. Eso habría sido una grosería, así que mascullé que sí y colgué porque, al parecer, Jase necesitaba tener acceso a su boca o a otras partes de su cuerpo.

«Quiero follar contigo».

Caray, tenía que dejar de pensar en eso.

El pánico por la posible visita de mis amigos en un momento incierto del futuro me duró cinco minutos, hasta que el tío Clyde se presentó de repente. Me lo encontré en la puerta.

—¿Qué hay hoy en la lista, chiquitina? —preguntó, entrando con tranquilidad en la casa. Llevaba un jersey de los Philadelphia Eagles que, a pesar de su corpulencia, parecía quedarle dos tallas grande.

—Hummm... —Eché un vistazo a mi alrededor. No sabía que hubiera ninguna lista.

Clyde me sonrió enseñando mucho los dientes.

—Lo primero es lo primero, chiquitina. Tenemos que registrar esta casa de arriba abajo y asegurarnos de que no haya más droga en ella.

Oh.

Era una idea increíblemente buena. Clyde y yo escudriñamos la casa la mayor parte del domingo. Escudriñamos en el sentido de buscar más escondrijos llenos de droga. Era extraño hacer eso, pero me encantaba tener cerca a Clyde, y fue una especie de momento para estrechar lazos afectivos. Como si repitiéramos la historia, juntos en lo que a mi madre se refería. Y Clyde y yo habíamos sido los que nos habíamos ocupado de ella la mayoría de mi vida. Era más bien triste, pero me resultaba familiar, y en aquel momento, lo familiar me hacía sentir bien.

No encontramos más drogas, gracias a Dios, y Clyde terminó yendo a la tienda antes de que anocheciera y regresó con los ingredientes para preparar tacos.

Tacos.

Cuando Clyde puso la carne de hamburguesa en la encimera y buscó una sartén en los armarios, lo miré desde la puerta de la cocina con los labios temblorosos y las manos apretadas contra mi pecho.

Clyde estuvo casado una vez. Yo apenas recordaba a Nettie, su esposa, porque murió de repente de un aneurisma cerebral cuando yo tenía seis años, y de eso hacía mucho. Por lo menos quince años. Clyde jamás había vuelto a casarse. Ni siquiera estaba segura de que hubiera salido con nadie. Amaba a Nettie, y algunas noches, cuando yo vivía aquí, me había hablado de ella.

Creo que nunca había superado su pérdida.

Pero una de las cosas que recordaba que me había contado era el ritual de los domingos por la noche de ambos: preparar tacos desde cero. Unos tacos ricos. Pimientos rojos y verdes salteados con cebollas y cubiertos con queso fundido y lechuga cortada en juliana.

También se había convertido en un ritual de los domingos por la noche para Clyde y para mí, y a veces, cuando mamá estaba allí y tenía la cabeza clara, había participado.

Sonreí mientras veía cómo descargaba las bolsas. Todo me resultaba muy familiar y lo había echado de menos. Echaba de menos tener a alguien que fuera como de la familia, aunque no fueran de mi sangre.

En ese momento, algo se desató en mi pecho. No lo entendía pero, de repente, estaba incómoda. No por lo que estaba pasando entonces, sino por lo que había estado pasando el par de años anterior.

Las lágrimas me escocían en los ojos. No sabía por qué. Era una tontería. Una vez más, todo era una tontería.

—Sabes lo que hay que hacer, chiquitina, así que mueve el culo hacia aquí y empieza a cortar —dijo pasándome el cogollo de una lechuga.

Me acerqué a la encimera arrastrando los pies y conteniendo las lágrimas. «No lloraré. No perderé el control». Tenía las mejillas empapadas.

—No he comprado esa mezcla de queso mexicana. Vamos a hacerlo con... Ay, chiquitina. —Clyde dejó el pedazo de queso y giró su cuerpo enorme hacia mí—. ¿A qué vienen esas lágrimas? —preguntó.

—No lo sé —susurré levantando el hombro y secándome las mejillas.

—¿Es por tu madre? —Esas manos grandes me tocaron con cariño la cara, y sus dedos encallecidos tras años de trabajo atraparon las lágrimas—. ¿O es por los niños? ¿Kevin y Tommy?

Inspiré entrecortadamente. Nunca pensaba en ellos ni en aquella noche en que el mundo entero ardió en llamas de color naranja intenso y rojo. No por frialdad ni por indiferencia. Me resultaba demasiado difícil pensar en ellos porque apenas podía recordar su aspecto, pero sí recordaba sus ataúdes, en especial el de Tommy. De modo que me negaba a pensar siquiera en sus nombres, pero sus nombres venían a mí una y otra vez.

—¿O es por todo? —añadió con cariño.

Clyde me conocía bien. Cerré los ojos con fuerza y asentí con la cabeza.

—Por todo.

—Chiquitina —murmuró en lo alto de mi cabeza después de tirar de mí hacia él y envolverme en uno de sus fuertes abrazos—. Puede que todo te parezca demasiado, pero no lo es. Has visto y has pasado cosas peores, chiquitina.

—Lo sé —coincidí con él. Respiré con dificultad y me esforcé por dominar mis emociones—. Es solo que... esto me resulta tan familiar. Lo hicimos durante años, y nunca creí que volveríamos a hacerlo. O que estaría aquí y trabajaría en el Mona's. Iba a ser enfermera. Lo tenía todo calculado. —Y nada de eso incluía a un chico como Jax o preparar tacos con el tío Clyde, pero no se lo dije—. Ahora todo ha saltado por los aires.

Me dio unas palmaditas en la espalda como se hace con un bebé que tiene que eructar, pero me encantó.

—Calla, niña, tú eres muchas cosas, muchas cosas hermosas en una sola. Eres fuerte. Tienes una buena cabeza sobre los hombros. Todavía serás enfermera. Esta no va a ser tu vida. Lo sigues teniendo todo calculado.

Asentí con la cabeza, pero Clyde lo había entendido mal. La histeria no se debía a que estuviera decepcionada por el modo en que mi vida se había desviado muchísimo de su curso ni por aquella noche de pesadilla. No era que no prefiriera que algunos de los aspectos, en concreto la heroína y el lío en el que estaba mamá, fueran diferentes, pero no estaba llorando por eso.

Ese no era el motivo de mis lágrimas. Lloraba porque todo aquello era familiar y la familiaridad me había hecho feliz.

11

Había pasado una semana desde la noche en que el Individuo Grasiento se había presentado en casa de mi madre y se había largado con una fortuna en heroína. No había habido más visitas de ese tipo, lo que podía obedecer a que siempre había algún que otro hombre en mi casa. Vale. No era algún que otro hombre. Eran Clyde o Jax.

En mis días libres le tocó a Clyde, y cuando volví al trabajo el miércoles, fue Jax quien me siguió a casa, lo que me sorprendió un poco. Mientras estuve de fiesta no tuve noticias de él. Ni una sola vez. Sabía que tenía acceso a mi móvil, porque tuve que anotar el número en el despacho, junto a los de todos los demás, por si había alguna emergencia.

De acuerdo, yo tampoco había intentado ponerme en contacto con él, porque me dije a mí misma que sería inútil y tonto. Y estaba intentando evitar todas las tonterías, pero lo cierto es que me moría de ganas de volver al Mona's el miércoles, y eso era bastante tonto.

Así que fracasé a lo grande al intentar evitar las tonterías.

Los días que libré, Jax no existió, pero el miércoles, cuando fui a trabajar y entré en el despacho para guardar el bolso, él ya estaba allí, repasando recibos en el escritorio. Levantó la mirada, sonrió y me llamo cariño.

Y después se comportó como el domingo, la última vez que habíamos trabajado juntos, flirteando, encantador... y sobón. Pero, aun así, seguía actuando como si no me hubiera dicho que quería conocerme en el sentido bíblico de la palabra.

Puede que hubiera cambiado de opinión desde entonces, que ese día simplemente se hubiera despertado empalmado y hubiera querido echar un polvo.

No me importaba que hubiera cambiado de opinión.

En absoluto.

No era por eso por lo que me había esmerado al peinarme, al maquillarme y al vestirme de nuevo hoy. Era por las propinas.

Jax estaba ahí entonces, pero se encontraba otra vez en el despacho haciendo Dios sabe qué, y yo tenía la sensación de que tendría que estar ahí también, porque ese era el bar de mi madre, pero antes de que pudiera hacer algo al respecto, Reece se acercó a la barra. A veces, cuando veía a Reece pensaba en mi hermano Kevin. A él le fascinaban los bomberos y los policías. Era muy probable que si hubiera tenido ocasión de crecer, si el cielo no hubiera necesitado ángeles, habría sido policía o bombero.

Menos de un segundo después de que Reece llegara a la barra, Roxy se giró de golpe y fingió quitar el polvo a las botellas o algo así. No era la primera vez que lo hacía.

Cada vez que Reece estaba en el bar, que parecía ser siempre que no estaba trabajando, lo que también parecía ser a menudo, Roxy iba de un lado para otro como una pelota de goma. Y se notaba.

—Hola —me saludó Reece, aunque tenía los ojos puestos en la espalda de Roxy—. ¿Me pones dos cervezas?

—Claro. —Ladeé la cabeza hacia la izquierda al coger las botellas frías. Las destapé y se las di—. ¿Te las apunto?

—Perfecto. —Dirigió por fin la mirada hacia mí. Tenía unos bonitos ojos azules, animados y de una profundidad casi asombrosa—. ¿De modo que vas a quedarte?

Reece no me miraba como miraba a Roxy, que seguía de espaldas a él, por lo que no me sentía cohibida. Bueno, no del todo. Era como hablar con Cam, con Jase o con Ollie. Dicho de otro modo, con tíos buenos que solo tenían ojos para una mujer y no les importaba que yo pudiera tener el aspecto de la prima del Joker.

Por mí, bien.

—Sí, por lo menos hasta finales de verano. —Las palabras me sonaron extrañas y no supe muy bien por qué.

—Genial. —Se apoyó en la barra con la cabeza ladeada. Tenía una mandíbula y una estructura ósea maravillosas. Y yo me distraía con facilidad—. Este bar ha cambiado por completo desde que Jax llegó.

Tuve que darle la razón en eso.

—Cuando yo vivía aquí, mamá tenía… bueno, a verdaderos fenómenos trabajando en el bar.

Reece soltó una carcajada. Era una carcajada agradable.

—Estoy bastante seguro de que en las oficinas del sheriff tenemos archivos de los hijos de puta que trabajaban aquí.

—Es probable —solté haciendo una mueca.

Se le marcó un hoyuelo en la mejilla izquierda cuando sonrió.

—Te veo en un rato —se despidió.

Roxy esperó a acercarse a mí a que Reece hubiera vuelto a la mesa cerca de donde se estaba jugando una partida de billar que parecía bastante seria. La miré mientras tiraba los tapones a la basura.

—¿Puedo preguntarte algo? —dije.

—Claro.

—¿Por qué te vas cada vez que Reece se acerca a la barra?

Se quitó las gafas enormes, lo que debía de ser la primera vez desde que la conocí, y se limpió los cristales con el dobladillo de su camiseta de tirantes. Sin las gafas pude verle bien la cara. Era tan adorable como un montón de gatitos durmiendo juntos. Una nariz menuda y respingona, y unos labios de muñeca, acompañados de unos grandes ojos castaños. Frunció esos labios con arco de Cupido.

—A él no le sirvo —respondió mientras volvía a ponerse las gafas.

Antes de que pudiera ahondar más en esa frase, alguien gritó desde la puerta del bar:

—¿Calla Fritz? ¡Coño, es verdad que estás trabajando aquí! ¿Pero qué...?

Me volví hacia el lugar de donde procedía la voz y, al principio, no tuve ni idea de lo que estaba viendo ahí de pie.

Era una Barbie de tamaño natural.

Más o menos.

Si la Barbie tuviera las tetas más pequeñas y se vistiera como una estríper.

La mujer que se pavoneó hacia la barra llevaba una especie de vestido ajustadísimo de licra que le cubría desde las nalgas hasta las tetas, y nada más. Era como si alguien le hubiera puesto brillibrilli a tope a su vestido. Relucía tanto como una bola de discoteca en Nochevieja.

Llevaba el pelo rubio ahuecado y largo, y cuando corrió hacia mí con unos altísimos tacones transparentes, su cabello ondeó como si se estuviera contoneando por una pasarela.

Mientras se acercaba, su sonrisa se amplió todavía más y empecé a ver más allá del brillo de sus pómulos y sus párpados. La reconocí.

—¿Katie? —Puse las manos en la barra, estupefacta.

—¡Me has reconocido! —Se paró e hizo algo con esos tacones que, si lo hiciera yo, me partiría la crisma. Se puso a dar saltitos mientras aplaudía, entusiasmada—.

¡Nadie me reconoce!

Pude ver por qué. Katie Barbara era una chica callada en el instituto. Habría gente que hubiera dicho que era diferente. Siempre llevaba el almuerzo en una fiambrera de Hello Kitty, y lo hizo hasta el último curso. Siempre tenía la nariz metida en un libro y siempre llevaba sombreros flexibles que, en algún momento del día, algún profesor le obligaba a quitarse. Recordaba vagamente que una vez leyó una redacción en clase de inglés en tercera persona. Su pelo cambió muchas veces de color a lo largo de los años de estudio: rubio, castaño, negro, púrpura y rojo fuego. Pero el rosa había sido su favorito, y todavía lo era, porque entonces vi que llevaba las puntas teñidas de ese color, a juego con su vestido.

—Estás... distinta —comenté, sin saber qué decir.

—Pues claro. Me he reconciliado con mi cuerpo. —Se deslizó las manos por los costados del mencionado cuerpo a la vez que lo meneaba un poquito—. Le he hecho algunos retoques.

Roxy se rio como una tonta detrás de mí.

—Estás estupenda. —Los vestidos a lo bola de discoteca no eran lo mío, pero Katie estaba sexy. Sexy en el sentido de que seguramente los chicos hacían tonterías solo para estar cerca de ella. Nada que ver con lo que pasaba en el instituto, y me pregunté qué pensarían de ella ahora nuestros compañeros de clase.

—Tú estás igual. La cicatriz se te ha borrado mucho. Apenas se ve con maquillaje —aseguró. Roxy inspiró el aire con fuerza mientras Katie se dejaba caer en un asiento vacío delante de mí.

Me di cuenta de que no había cambiado del todo. Seguía siendo de lo más directa. No maleducada. Es que no tenía el menor filtro. Sonreí en lugar de dejar que el comentario me afectara, porque sabía que no llevaba mala intención.

—Sí.

Apoyó los codos bronceados en la barra y descansó la barbilla en la palma de su mano.

—No me puedo creer que hayas vuelto al pueblo y trabajes en el bar de tu madre. Creía que estabas lejos haciendo cosas más importantes y mejores.

Bueno, aquello era extraño. Era como la cría que va tanto de juerga que le va mal en la universidad y vuelve a casa con la cola entre las piernas.

—He venido a pasar el verano.

—¿A visitar a la madre del año?

Roxy inspiró de nuevo con fuerza y susurró:

—Mieeerda.

Una vez más, Katie era de lo más directa.

—Esa era mi intención, pero no está por aquí.

—Puede que, en el fondo, sea una suerte, chica. —Entornó sus ojos azules—. Me parece guay que hayas vuelto.

—Gracias. —Me mordí el labio inferior y miré a Roxy, que le estaba haciendo una mueca a Katie—. Y tú, ¿qué has hecho todo este tiempo?

Katie se echó hacia atrás en el taburete mientras agitaba las manos alrededor de su cuerpo.

—Hummm… ¿a ti qué te parece? No he estado trabajando en una oficina.

Pensé que daba la impresión de que era una estríper, pero la verdad es que no quería soltar eso por si no era el caso.

—Trabaja al otro lado de la calle —explicó Roxy, apoyándose en la barra—. En el club.

Oh. Doble oh. Sí que era estríper.

Katie soltó una risita y me miró agitando sus largas y tupidas pestañas.

—Me gusta muchísimo.

Triple oh.

—Te diré que a la mayoría de las chicas les encanta. ¿Sabes eso que dicen de que solo haces estriptis porque tienes problemas con tu padre? —Movió la muñeca con desdén—. Hago estriptis porque hay babosos que me pagan para que les enseñe algo de carne cuando podrían obtener lo mismo gratis en casa, y me gano un buen dinero haciéndolo.

Bueno, si era feliz haciéndolo, perfecto.

—Suena bien —comenté con una sonrisa.

—¿Pero tú? —Agitó de nuevo las pestañas—. ¿Trabajando en un bar? Creía que no bebías —dijo, bajando las comisuras de sus brillantes labios rosados, desconcertada—. ¿Te has emborrachado alguna vez?

Nunca me había emborrachado. Bueno, por lo de mamá. Noté los ojos de Roxy fijos en mí.

—Puedo tomarme una o dos cervezas, pero nunca me he emborrachado.

—¿Qué? —casi gritó Roxy.

Reece y los chicos alzaron la vista de sus mesas.

—Bueno —añadí bajando la voz con las mejillas encendidas—, es probable que esté bien que no beba, ya que trabajo en un bar.

—¿Nunca has vivido las maravillas de estar pedo? —me preguntó Roxy, boquiabierta.

—Achisparse es divertido… —A Katie se le apagó la voz cuando un hombre atractivo, de unos veintitantos, se acercó a la barra.

—Whisky. Solo —pidió, dirigió la vista hacia mí y, después, hacia Roxy, quien alargó la mano hacia el vaso corto.

Los ojos de Katie empezaron su recorrido en la puntera de las botas oscuras del hombre, subieron por sus vaqueros, su camiseta blanca y llegaron hasta su ondulado cabello rubio ceniza.

—Caray, me gustaría achisparme con eso.

El chico le dirigió una mirada larga, penetrante, una mirada puramente masculina que había visto lanzar muchas veces durante el poco tiempo que llevaba en el bar y que significaba que le encantaría verla desnuda. Sonrió y se volvió para dirigirse hacia la mesa en la que Reece estaba sentado.

—Verás, tu vida está a punto de cambiar —anunció Katie como si tal cosa. Dejó caer la barbilla de nuevo en la palma de su mano—. En serio.

Parpadeé una vez, y luego, otra, y logré ignorar el codo que Roxy me clavó discretamente en el costado.

—¿Perdona?

—Te lo aseguro. Tu vida va a cambiar —prosiguió Katie, y Roxy me dio un golpecito en la cadera con la suya—. Este verano va a ser una pasada.

No tenía ni idea de dónde iría a parar esa conversación.

—Bueno, podría decirse que mi vida ya ha cambiado.

—Oh, no. No te estoy hablando sobre lo que ya ha pasado. Me refiero a lo que va a pasar. —Katie se inclinó hacia la barra, y creí que las tetas se le iban a salir del vestido cubierto de lentejuelas y a limpiar la barra por mí. Eso sería tomarse la limpieza muy a pecho—. Tengo el don, ¿sabes?

¿El don de hacer estriptis?

—Ya. ¿Qué clase de don?

—Ay, madre —murmuró Roxy.

Katie se dio unos golpecitos en la sien con un dedo largo que lucía una manicura francesa.

—El don. Soy vidente. Médium. Como quiera que se llame ahora. Tengo presentimientos sobre las cosas y simplemente sé cosas.

Hummm…

No tenía ni idea de cómo responder a eso, y no estaba segura de que hablara en serio, pero Katie siempre había sido rara, así que iba a pensar que sí, y Roxy no me estaba ayudando nada. Miraba el techo desde detrás de las gafas con los ojos entrecerrados y apretaba los labios con fuerza.

—Esto, y… ¿ya tenías este don en el instituto? —pregunté.

—No —contestó Katie con una carcajada—. Tuve un accidente. Al día siguiente me desperté con el don.

—¿Qué… qué clase de accidente? —solté, preguntándome si tendría que saberlo o no.

—Ay, madre —murmuró Roxy.

—Me caí de la dichosa barra vertical.

Oh, Dios mío.

—¿La barra vertical?

Asintió con la cabeza mientras se pasaba la punta del dedo por la parte inferior del labio.

—Sí. Esas zorras se untan con aceites como si fueran a bañarse en pelotas en una freidora, de modo que a veces la barra vertical está resbaladiza si nadie la limpia. Y, créeme, tras la actuación de algunas de las chicas, hay que limpiar esa barra.

Con los ojos desorbitados, lo único que podía imaginar era una barra de estríper resbaladiza.

A Roxy se le escapó una breve risita que acabó en una tos forzada y fingida mientras cogía una botella y tres vasos de chupitos.

Oh, no.

—En fin, el caso es que me subí a la barra para una actuación. Una noche concurrida, para más señas. Un sábado, y yo estaba haciendo un movimiento en el que cuelgo cabeza abajo. —Katie se echó hacia atrás y alzó los brazos. Por un segundo creí que iba a recrear toda la situación y tuve la sensación de que iba a convertirse en un apocalipsis de tetas—. Era así. —Entrelazó los brazos y su rostro adoptó una expresión sensual bastante convincente—. Pero cabeza abajo, ¿sí?

—Sí —murmuré mientras Roxy vertía un líquido castaño en los tres vasos de chupito.

—Antes de darme cuenta, las piernas se me resbalaron barra abajo, y fue una especie de «¡Hombre caído!» o más bien «¡Estríper caída!».

Roxy soltó otra tos curiosa a la vez que dejaba con fuerza la botella en la barra. Me obligué a mí misma a inspirar hondo varias veces antes de murmurar:

—Oh, no.

—Sí —dijo—. Me partí la crisma contra el suelo. Se me abrió la cabeza como un melón.

¿Cómo un melón? ¿Pero qué me estaba contando?

—Y el resto es una historia de la serie *Una médium en casa*, pero sin ver a los muertos y sin el estupendo y voluminoso pelo rubio.

—¿En serio? —pregunté con voz entrecortada.

—De modo que tu vida va a cambiar —respondió asintiendo con la cabeza—. Y no será fácil, pero va a cambiar.

Me volví despacio hacia Roxy.

—¿Un chupito? Ofreció.

—¡Chupitos! ¡Chupitos! ¡Chupitosss! —gritó Katie, que cogió uno de los vasos moviendo los hombros hacia atrás y hacia adelante. Un segundo después ya se lo había bebido.

—Impresionante —solté.

Katie sonrió de oreja a oreja.

Cuando Roxy se hubo tomado su chupito, las dos chicas me miraron, pero yo sacudí la cabeza.

—Va a ser que no —aseguré.

—Te lo dije —comentó Katie.

—Quiero verte probar el alcohol por primera vez, y te he servido un trago de los buenos —dijo Roxy con el ceño fruncido.

Se me hizo un nudo en el estómago. La idea de beber a lo bestia, de no tener el control y... ni siquiera podía pensar en ello.

Con un suspiro, Katie alargó la mano y se hizo con mi chupito.

—El que no corre, vuela. —Se lo bebió y golpeó el vaso contra la barra—. Sí, acabo de decir eso. Y sí, tengo que marcharme ¡a ganar algo de dinero! ¡Hasta luego, chicas!

Vi cómo Katie giraba sobre sí misma como una bailarina con sus tacones y se dirigía hacia la puerta justo cuando se abría y entraban otras dos chicas. Una de ellas, una pelirroja pechugona, hizo una mueca al mirar a Katie y le susurró algo a su amiga, lo que hizo que esta soltara una risita tonta.

Entrecerré los ojos, y me di cuenta de que no me gustaba lo que había hecho.

Katie se detuvo, miró a la pelirroja directamente a los ojos y dijo:

—Me he quedado con tu cara.

Roxy se quedó boquiabierta.

Yo gruñí. Sí. Como un cerdo en una manta confortable.

La pelirroja palideció y la otra mujer se sonrojó.

—Y las chicas que están en la barra no os servirán, así que podéis ir a pasar el rato al Apple-Back, calle abajo. —Katie se giró para mirarnos—. ¿Cierto?

Como me imaginé que el bar era en cierto modo de mi propiedad, asentí con la cabeza.

—Cierto —confirmé.

—Adiós, zorras. —Prácticamente las acompañó hasta la puerta, no sin antes pararse para dirigirnos lo que parecía una especie de mensaje entre pandilleros—. ¡Nos vemos, amigas!

Roxy y yo estuvimos calladas un minuto largo y, después, la miré.

—Katie siempre ha sido un poquito diferente, pero me cae bien.

Asintió mientras recogía nuestros vasos de chupito con una sonrisa.

—Por extraño que parezca, ha acertado con algunas de sus predicciones. Una vez me dijo algo... —Frunció la naricilla—. Algo que tendría que haber escuchado.

—Me estás tomando el pelo, ¿verdad? —me sorprendí, boquiabierta.

—No —comentó—. Pero me cae muy bien esa chica. Siempre pasan cosas descabelladas cuando ella está aquí. Y me gustan sus sentimientos.

—Sentimientos...

—Como en la canción, «Feee-lings» —entonó Roxy lo bastante alto como para que la mesa de Reece se volviera otra vez hacia nosotras.

En concreto, Reece.

Tenía el gesto torcido mientras veía cómo Roxy se giraba como una bailarina gogó borracha y dejaba los vasos de chupito en la bandeja para limpiarlos. Se dirigió hacia mí y prosiguió:

—«Nothing more than...».

—«Feee-lings» —canté, igual de mal y de alto. Seguramente peor—. «Trying to forget my feee-lings...».

—«Ooof looove» —cantó a pleno pulmón Roxy mientras extendía los brazos y hacía una reverencia teatral.

La mesa de Reece empezó a aplaudir, y a nosotras nos dio la risa tonta justo cuando Jax rodeaba la barra. Se detuvo a poca distancia y me miró con una sonrisa en los labios.

—¿Se puede saber qué demonios está pasando aquí? —preguntó.

—Nada —cantó Roxy. Yo me lo quedé mirando un momento de más, pero es que estaba guapísimo con sus vaqueros, como siempre, y su camiseta gastada. Entonces se giró hacia mí—. ¿Así que no te has emborrachado nunca?

—¿Otra vez con eso? —Crucé los brazos. Prefería estar cantando.

La sonrisa de Jax se convirtió en una expresión de incredulidad.

—¿Qué? —soltó.

—¿Tan importante es eso? —comenté entornando los ojos.

—No se ha emborrachado nunca —le dijo Roxy a Jax, que me seguía mirando como si me hubiera quitado la blusa y estuviera sacudiendo las domingas hacia él—. Lo que se dice nunca.

—¿Pero bebes? —preguntó, avanzando hasta que de algún modo logró situarse en el minúsculo espacio que había entre Roxy y yo, lo que significaba que todo el lado izquierdo de su cuerpo presionaba el mío.

Traté de contener un escalofrío al sentir ese contacto y perdí.

—Bebo una o dos cervezas de vez en cuando. —Lo cierto era que nunca me había terminado una cerveza en mi vida.

Jax apoyó una mano en la barra e inclinó el cuerpo hacía mí, lo que alineó nuestras caderas e hizo que mi mirada quedara a la altura de la ajustada camiseta negra que le cubría el pecho. Caray. Podía verle los pectorales. El chaval tenía pectorales.

—¿Has bebido algo fuerte antes?

Sacudí la cabeza mientras le miraba el pecho.

—¿Ni una vez?

—No —susurré. Mirar el pecho de un chico como si fuera un pastel de chocolate era una tontería, pero era la clase de tontería que me gustaba—. Antes de esa copa que probé, nunca había bebido nada fuerte. —Roxy suspiró—. Nunca había estado borracha. Me había perdido muchas estupideces.

—Tendremos que cambiar eso. —Por el rabillo del ojo vi que Jax movía su otra mano. Levanté de golpe el mentón cuando me pasó un mechón de pelo detrás de la oreja izquierda—. Pronto.

Me eché hacia atrás cuando me quedó al descubierto la mejilla izquierda y me golpeé el trasero contra la nevera. Vi que Roxy nos observaba con las cejas arqueadas y una enorme sonrisa. Dios mío, tendría que haber más gente en este bar los jueves por la noche para que Jax tuviera menos tiempo para torturarme.

Y parecía que tenía ganas de torturarme con su encanto y su flirteo. Agachó la cabeza, y entonces supe que no solo nos observaba Roxy.

—¿Qué más no has hecho? Creo que me comentaste algo al respecto.

El aire se me atragantó en la garganta antes de salir de golpe. Que estuviera tan cerca me confundía.

—No he ido nunca a la playa.

Roxy sacudió la cabeza.

—Y… y… tampoco he ido a Nueva York ni he viajado en avión. Nunca he visitado un parque de atracciones —divagué, con el estómago dando brincos—. Hay muchas cosas que no he hecho.

Jax me sostuvo la mirada unos instantes y, después, retrocedió para dirigirse hacia el otro lado de la barra. Yo me quedé donde estaba y miré a Roxy.

Ella arqueó una ceja y vocalizó en silencio: «¿Qué?».

Sacudí la cabeza. Noté el calor en mi cara al volverme hacia Jax mientras ella sonreía. No tenía ni idea de lo que estaba pensando, pero estaba segura de que implicaba algo tonto. Me giré hacia el montón de vasos sucios y se me ocurrió que era un buen momento para ir a la cocina.

La puerta se abrió y noté el cambio en el ambiente antes de ver quién entraba. La tensión impregnaba el aire, chisporroteando tensión y rabia. Me mordí el labio inferior al ver cómo Jax se ponía tenso cuando me giré.

Oh, no.

Mack Attack estaba de vuelta, pero esta vez no venía solo. Lo acompañaba un tío igual de corpulento y con un aspecto igual de dudoso. Echaron un vistazo a la mesa de Reece y, acto seguido, la mirada de Mack se dirigió hacia la mía.

Esbozó una sonrisa satisfecha.

El estómago me dio un vuelco más.

—No eres bienvenido —dijo Jax. Cuando lo miré, vi que tenía la mandíbula tan apretada que podría cortar el hielo.

—Vaya por Dios —murmuró Roxy.

El colega de Mack soltó una risita sombría y un escalofrío me recorrió la espalda.

—No pienso quedarme —respondió Mack, sin apartar los ojos en ningún momento de los míos—. Solo he venido a transmitir un mensaje, un mensaje que me apetece muchísimo transmitir.

Jax se situó entre la barra y yo.

—Me importa una mierda, Mack. Lárgate de aquí antes de que te eche a patadas.

Vaya.

—Ya te lo dije una vez y te lo diré una segunda, no sabes con quién estás tratando. —Los ojos oscuros de Mack parecían dos pedazos de obsidiana.

—Sé exactamente con quién estoy tratando. —Jax se apoyó en la barra y habló en voz baja y peligrosamente tranquila, como el ojo de un huracán—. Un don nadie.

Dio la impresión de que Mack quería decir algo, pero su colega se movió y él se desplazó de modo que podía ver la figura tensa de Jax.

—Isaiah necesita hablar con tu madre. Con urgencia.

¿Quién diablos era Isaiah?

—Eso no es problema de ella —respondió Jax.

—Es la zorra de su madre, y como su madre no está aquí, es cosa de ella asegurarse de que su madre habla con Isaiah —espetó Mack.

¿La zorra de su madre? ¿Pero qué...?

La mesa de los policías había empezado a prestar atención. Supuse que, si el tal Isaiah estaba buscando a mamá, no sería honrado, por lo que Mack y su colega tenían que ser bastante idiotas para hacer eso delante de un puñado de polis fuera de servicio.

—Tiene una semana —añadió Mack mientras retrocedía hacia la puerta—. Antes de que Isaiah se impaciente.

Mack y su colega habían salido antes de que pudiera decir nada. El corazón me latía con fuerza cuando Jax se volvió hacia mí. Le palpitaba un músculo en la mandíbula.

—¿Quién es Isaiah? —pregunté—. ¿Una especie de mafioso amish?

Hizo una mueca y algo de la tensión desapareció de su cara. La mirada de sus ojos castaños se suavizó un poco.

—No exactamente. Pero se le acerca bastante.

Oh, no. No me gustó eso de que se le acercaba bastante.

—¿Qué ocurre? —Reece estaba en la barra sin apartar los ojos de Jax.

—Isaiah está buscando a Mona —contestó Jax.

Miré a Roxy, bastante sorprendida de que no se hubiera largado a escape fingiendo hacer algo.

—No sé quién es Isaiah y no sé dónde está mi madre —solté, porque tenía la sensación de que tenía que decirlo.

—Lo sé —aseguró Jax con voz impasible—. Reece también lo sabe.

Su amigo policía me miró.

—¿Estás segura de que quieres quedarte aquí?

Fui a abrir la boca.

—Eso ya está decidido —respondió Jax por mí—. Se queda.

Volví la mirada hacia él; me sorprendió que hubiera hecho eso. En el aspecto positivo, me alegró no tener que lanzarme a dar una explicación que no fuera embarazosa sobre el porqué. En el aspecto negativo... Bueno, no estaba segura de que hubiera un aspecto negativo.

Reece soltó el aire de golpe y se concentró en mí de nuevo.

—Si tienes algún problema con ese gilipollas o con cualquiera de esos gilipollas, dímelo.

Asentí con la cabeza.

—Me lo dirá a mí primero —corrigió Jax y, una vez más, me quedé boquiabierta—. Después te lo contaremos a ti.

—Mira, no sé qué está pasando aquí —dijo Reece con una ceja arqueada. Yo erguí la espalda—. Pero tienes que quedarte al margen de cualquier asunto con Isaiah.

—Ya estoy metido en problemas con Isaiah debido a este sitio, y tú lo sabes. —Jax levantó el mentón—. Y no son mis problemas los que me preocupan.

Oh, vaya.

—Muy bien. ¿Quién es Isaiah? —pregunté, convencida de que eso era lo más importante—. ¿Y por qué la palabra mierda sale mucho junto a su nombre?

—Es un poco problemático aquí. —Reece esbozó media sonrisa—. Normalmente se mueve por Filadelfia, pero su hedor ha llegado muy lejos.

—Drogas —añadió Jax en voz baja.

Pensé en la heroína. Oh, mierda.

—Haré que algunos de los chicos le hagan una visita —comentó Reece mirando a Jax—. Para asegurarnos de que comprenda que Mona no es problema de Calla.

—Te lo agradecería —respondió Jax, relajándose un ápice.

Y yo también.

—Gracias… creo.

Reece soltó una risita.

Jax levantó un brazo para pasarse los dedos por el pelo alborotado.

—Roxy, ¿podrías cerrar el bar esta noche?

—Claro —asintió ella.

—Yo estaré aquí —le solté, pero Jax sacudió la cabeza—. ¿Qué? Todavía me faltan unas horas para acabar el turno.

—Ya no. —Me cogió la mano y empezó a andar sin que me quedara más remedio que seguirlo. Al salir de detrás de la barra, cogió una botella de un licor castaño—. Esta noche vamos a acabar con una de esas cosas que nunca has hecho.

—¿Qué? —chillé.

La sonrisa de Roxy se ensanchó.

—Ya te digo —soltó.

12

Cabría pensar que el hecho de que Isaiah, que podía ser o no un señor de la droga, enviara a sus adláteres al bar sería el problema más acuciante que tendría entre manos, pero como estaba especializada en las tonterías, no lo era.

De pie, en la cocina de la casa, mi mirada se desplazó de la botella de José y los dos vasos de chupito que Jax había cogido también del bar, al que era entonces un enorme grano en mi culo.

Tenía la mitad de sus labios carnosos elevados formando una sonrisa perezosa que igualaba la expresión perezosa de sus ojos castaños. Estaba apoyado en la encimera, con los brazos bien definidos cruzados sobre el pecho.

Un atractivo grano en mi culo pero, aun así, un grano en mi culo.

—No —dije otra vez, la décima vez como mínimo. Habíamos regresado a la casa hacía unos cuarenta minutos, y a cada segundo él me había dicho que diera un trago y yo le había enumerado los motivos por los que no podía.

Ni una sola vez perdió la paciencia.

Ni una sola vez se enfadó.

Ni una sola vez me tomó el pelo porque no quisiera beber.

Ni una sola vez dejé de contenerme para no contarle la verdadera razón por la que no bebía.

Se me acababan las excusas, y mi mirada se dirigió de nuevo hacia los vasos de chupito llenos. Tragué saliva con fuerza, frustrada y... simplemente frustrada de verdad. No era que nunca quisiera beber. Quería. Quería experimentar lo que, al parecer, a todo el mundo le gustaba hacer. Ir pedo era algo totalmente desconocido para mí.

Muchas cosas me eran totalmente desconocidas.

Quería tirarme al suelo y revolcarme como una niña pequeña, como solía hacer mi hermano... Dejé de pensar en ello, sacudiendo la cabeza.

—Tienes que probarlo, cariño. Solo un trago.

Dirigí la mirada hacia él. Me gustaba cuando me llamaba nena o cariño, era como el glaseado en la tarta de las tonterías. Nuestros ojos se encontraron, y sus pestañas tupidas, sus ojos, sus cejas, y su cara.

Mierda.

Si que me distrajera un chico sexy con una cara atractiva hacía que fuera unidimensional, por lo menos reconocía que lo era.

—¿Es por Mona? —preguntó.

Vaya. La fuerza de que diera en el clavo me hizo retroceder un paso. Golpeé la silla que estaba junto a la mesa y sus patas arañaron el suelo.

—¿Qué? —susurré.

Se separó de la encimera y dejó los brazos a sus costados.

—¿Es por tu madre? ¿Por cómo es?

Por todos los cráteres de la luna, tenía los pies pegados al suelo cuando levanté la vista hacia Jax. Lo conocía hacía una semana y pocos días y lo había pillado. Tal cual. Puede que tuviera algo que ver con que conocía a mi madre mientras que nadie, ni Teresa ni Avery, la habían visto jamás ni habían tenido ocasión de vivir las maravillas de Mona.

Era por mi madre. Para mí no era ninguna sorpresa, pero oírle acertar así me dejó sin palabras.

Había visto a mi madre hacer cosas terribles, estúpidas, cuando estaba borracha o colocada. Había visto cómo le hacían cosas horribles y humillantes cuando estaba borracha o colocada. Nunca tuvo el menor control cuando estaba así. Bueno, nunca había tenido el menor control antes, pero todo empeoraba cuando bebía o tomaba pastillas. Ella era la razón por la que yo no hacía muchas cosas y por la que quería un control absoluto, porque...

Nunca quería ser como ella.

No era ella.

Nunca sería ella.

Mis pies se movieron antes de que el cerebro asimilara lo que estaba haciendo. Me acerqué a la encimera, pasé junto a Jax y noté que volvía la cabeza cuando alargaba la mano hacia el chupito. Me temblaron los dedos al rodear con ellos el vaso frío.

Me giré hacia Jax, con las manos más tranquilas.

—No soy mi madre —solté.

Y me llevé el vaso a los labios.

Solo un trago. ¡Ja! Famosas últimas palabras.

Cuatro tragos después estaba tumbada en el suelo, de costado, abrazada a la botella medio vacía. Tenía los ojos cerrados, una caliente manta eléctrica enrollada en la barriga y un zumbido agradable me recorría las venas. Hacía un buen rato que me había quitado los zapatos de un puntapié, y en aquel momento estaba decidiendo si quería quitarme o no la camiseta. Llevaba una de tirantes debajo, pero me pareció que incorporarme y levantar los brazos me exigiría demasiado esfuerzo.

Una caricia suave, un contacto ligero como una pluma, me recorrió la cabeza, lo que provocó que la manta eléctrica de mi barriga subiera de temperatura y el zumbido de mi sangre fuera más fuerte.

—El tequila... Jax, el tequila es... —Me quedé sin palabras, porque... bueno, me costaba pensar y unir las palabras.

—¿Formidable? —dijo apartando la mano.

Abrí los ojos y sonreí. Estaba sentado a mi lado, con las largas piernas extendidas delante de él y la espalda recostada en el sofá. Nos encontrábamos a pocos centímetros de distancia. Yo no recordaba cómo había acabado tumbada en el suelo, pero sí sabía que él se había acomodado a mi lado de inmediato.

—¿Calla?

—¿Hummm...? —Los ojos se me habían cerrado solos, así que los volví a abrir. Jax alargó la mano para darme unos golpecitos en la rodilla con los dedos y solté una risita—. Tengo poco aguante, ¿verdad?

—Como es la primera vez que te has emborrachado, tengo que decir que cuatro tragos está muy bien. —Su sonrisa se ensanchó.

—El tequila es como un amigo no demasiado molesto al que hace mucho que no ves. —Estrujé la botella entre mis brazos contra mi pecho—. Me gusta de veras el tequila.

—Ya veremos cómo te encuentras por la mañana. ¿Por qué no me das la botella?

—Pero me gusta —dije haciendo un mohín—. No puedes quitármela.

—No voy a hacerle daño a la botella, Calla —comentó Jax inclinándose hacia mí tras soltar una risita.

—Puede que quiera otro trago.

—No creo que eso sea buena idea.

Intenté adoptar una expresión de cabreo, pero creo que acabé poniéndome bizca. Suspiré con fuerza y dejé de aferrar la botella.

Me la quitó con cuidado y la dejó en la mesita de centro, fuera de mi alcance. Eché en falta al instante la botella dorada de la felicidad, y pensé que tendría que incorporarme para recuperarla, pero, una vez más, eso exigía un esfuerzo. Cuando me miró, su sonrisa hizo que sintiera un cosquilleo en el pecho y en la barriga.

Y en muchos otros sitios que me hicieron reír como una tonta.

—Así que volvamos a las cosas que no has hecho. —Se recostó en el sofá, evidentemente sin sentirse tan bien como yo. Habíamos repasado la mayoría de lo que no había hecho durante mis veintiún años de vida, una lista asombrosa de asuntos embarazosos, pero me daba igual. Me gustaba cómo sonreía cada vez que le decía lo que no había hecho y la expresión que lucía su atractivo rostro, como si se le ocurriera algo inteligente—. ¿Nunca has sentido la arena en los dedos de los pies? —añadió.

—Tengo planes —Sacudí la cabeza, convencida de ello—. Mis planes no incluyen esas cosas.

—¿Qué planes tienes?

—Las tres efes.

—¿Las tres efes? —Arqueó las cejas.

—¡Sí! —grité, y luego seguí en voz mucho más baja y mucho más seria—: Finalizar los estudios universitarios. Forjarme una carrera en el ámbito de la enfermería. Y finalmente recoger los frutos de llegar a completar algo. —Hice una pausa y torcí el gesto—. Aunque no estoy segura de lo de llegar a completar algo. Suelo completar la mayoría de cosas, pero no hay muchas cosas que empiecen con la letra F que conlleven planear, así que...

—¿Así que es eso? ¿Tus grandes planes consisten básicamente en terminar los estudios universitarios y encontrar trabajo? —preguntó con una sonrisa.

—¡Pues sí, pirulí!

—No es gran cosa, cariño —comentó con un asentimiento de cabeza.

Iba a decirle que lo era todo, pero entonces pensé en ello, y puede que fuera el tequila, porque me pareció que tenía razón.

—Tú me diste mi primer beso —solté entonces.

—Tenemos que... espera. —La sonrisa relajada y perezosa se desvaneció al instante de su cara—. ¿Qué?

Como al principio no había caído en la cuenta de lo que le había dicho, no tenía ni idea de por qué me estaba mirando como si le hubiera contado algo absurdo. Entonces me di cuenta de lo que había admitido y... sí, me dio igual haberle soltado ese detallito humillante.

El tequila era increíble.

—Nunca me habían besado antes —le expliqué.

—¿En absoluto? —Arqueó una ceja castaño oscuro.

Sacudí la cabeza. O más bien me contoneé en el suelo.

—Tienes veintiún años y nunca te habían... —comentó con los ojos castaños abiertos como platos. La expresión de su cara fue todavía mejor cuando su mirada se dirigió a toda velocidad hacia el techo, como si estuviera suplicando al cielo.

Ahora me sentía un poco rara allí tumbada y me obligué a mí misma a incorporarme. La habitación me dio vueltas un segundo y noté un vacío precario en el estómago. No me gustó esa sensación, eso de que todo me diera vueltas, pero se me pasó enseguida y fijé los ojos en Jax.

Dios mío, era tan... tan guapo. Cuanto más lo miraba, más cuenta me daba de que no era un atractivo convencional. Alguien podría pensar que sus labios eran demasiado carnosos o sus cejas demasiado espesas, pero a mí me gustaba. Hacía que deseara ser...

De veras que tenía que dejar de pensar en lo bueno que estaba, porque en la parte inferior de mi vientre se me empezaban a tensar los músculos y me notaba los pechos pesados.

Jax inclinó la cabeza hacia mí con una expresión extraña.

—Joder, cariño, ni siquiera fue un beso de verdad.

—Oh —susurré.

Oh.

Agaché la barbilla mientras lo asimilaba, y aunque no pude

hacerlo demasiado por culpa de la neblina del tequila, seguí sintiendo una punzada en lo más profundo de mi pecho, una sensación de que todo se situaba donde tenía que estar. Por supuesto.

—¿Qué? —preguntó Jax.

Lo había dicho en voz alta. Alcé la mirada y me concentré en su hombro. Me sentí un poco idiota por pensar que había sido un beso de verdad. A ver, entonces apenas me conocía, pero en aquel momento solo hacía unos días que me conocía. Y los chicos como él, los chicos que eran físicamente como él, que hablaban como él, que caminaban como él y que respiraban como él no besaban a chicas como yo. No a chicas que tenían un físico como el mío y que habían crecido rodeadas de chusma.

—Calla, ¿estás bien?

La preocupación en su voz agudizó la punzada en mi pecho.

—Me... Me sigue gustando el tequila.

Tras una pausa, Jax soltó una carcajada.

—Espera a probar el vodka.

—Hummm... Los rusos.

—Y no puedes olvidarte del whisky —sonrió Jax.

—¿Whisky? —pregunté con voz entrecortada mientras juntaba las manos bajo mi mentón con los ojos abiertos como platos. Empezaba a darme cuenta de que era un poco melodramática cuando bebía o se me estaba pasando la cogorza—. No. Whisky, no. Mamá solía beber whisky y eso hacía que... Bueno, estaba muy contenta o muy triste. —Levanté las rodillas y me pasé el pelo por encima de los hombros—. ¿Hace calor aquí?

—Se está bien. —Me rodeó la muñeca con la mano para que conservara el equilibrio—. A Mona le gusta el whisky.

Sí, obvio. Jax conocía a mamá. Nuestras miradas se encontraron, y pensé... que podía contárselo.

—Pensé... que sería como ella si bebía, ¿sabes? Que haría tonterías y... Vi que le hacían cosas cuando estaba borracha.

176

Jax pareció despabilarse, y puede que después, cuando no tuviera tanto tequila en mi organismo, me daría cuenta de que no estaba en absoluto cerca de estar tan pedo como yo.

—¿Qué clase de cosas? —preguntó.

Me eché hacia atrás de modo que tenía el trasero sobre las pantorrillas y supe que no debería explicarle las cosas que había visto. Nadie quería oír eso. Era desagradable. Era feo. No feo como las cicatrices de mi cuerpo, sino a un nivel más profundo y asqueroso.

Pero el tequila me había soltado la lengua.

—La primera vez, y era la primera porque pasó más de una vez, estaba dando una fiesta. Siempre daba fiestas, pero aquella noche era tarde y yo tenía sed. Tenía un resfriado o la gripe, no me acuerdo. Necesitaba beber algo. Tuve que bajar de mi habitación. Mamá me había dicho antes que no bajara cuando estaba dando una fiesta, pero me vi obligada a hacerlo.

—Lo pillo —dijo en voz baja—. ¿Cuántos años tenías?

Me esforcé por recordarlo.

—Doce, creo. No lo sé —dije encogiéndome de hombros—. Fue poco después de… bueno, el caso es que bajé y había gente inconsciente en el suelo, y oí a mamá. Estaba haciendo unos ruidos raros, no eran ruidos buenos, y la puerta de su cuarto estaba abierta. Eché un vistazo dentro y ella estaba en el suelo. Había un tío con ella. Estaba… —Sacudí despacio la cabeza, viendo mentalmente las imágenes vagas y borrosas—. Mamá me vio. Y ese tío también. Ella se puso nerviosa y yo subí corriendo la escalera. Aquella noche iba muy pedo.

El pecho de Jax se elevó de golpe.

—¿Alguno de esos tíos… te hizo algo alguna vez?

Lo miré un instante y me eché a reír. No era divertido. Distaba mucho de serlo, pero por aquel entonces… tenía peor aspecto que en ese momento.

—No —contesté.

—Eso no hace que sea mejor.

—No. Supongo que no.

—He visto a personas ponerse en situaciones estúpidas al beber y he visto a otras en situaciones de lo más precario —comentó con una expresión seria en sus ojos castaños—. No tienes que preocuparte por eso ahora. Puedes pasártelo bien sin ningún peligro.

—Gracias —dije, pensando que era necesario decirlo.

—Pero, por el amor de Dios, Calla… —Sus dedos me apretaron con suavidad la muñeca mientras su mirada se endurecía—. No tendrías que haber visto cosas así.

—Lo sé, pero lo hice y en la vida no hay vuelta atrás. —Se me apagó la voz mientras él sostenía mi mirada. Deseé que pensara que era guapa y que su beso hubiera sido de verdad—. Pero no era así. El tequila es mejor que el whisky.

—Quitaremos el whisky de la lista, cariño —comentó con una expresión más dulce.

—Estupendo. —Sonreí—. Esto… esto no ha sido como esas veces con mamá. —¿Por qué tenía tanto miedo? No le di ocasión de responder, porque me puse de pie de un salto y liberé así mi muñeca de su sujeción. El movimiento repentino hizo que me tambaleara y alargué los brazos para no caer—. Uf…

Jax se levantó sin problemas y sin balancearse.

—Calla, nena, tal vez tendrías que sentarte.

Eso de sentarme sonaba inteligente.

—¿Qué iba a hacer?

—No estoy seguro. Estabas hablando sobre tener miedo —respondió sonriendo de nuevo.

Fruncí la nariz y, entonces, caí en la cuenta.

—¡Oh! Quédate aquí. —Me largué antes de que pudiera detenerme.

—Calla…

Una vez en el dormitorio, me dirigí hacia el armario y cogí

mis objetos. Sujetándolos contra mi pecho, regresé tambaleándome al salón. Jax estaba junto al sofá con las cejas arqueadas.

Fui hasta donde él estaba y dejé el trofeo que había ganado en el concurso de Miss Sunshine, o un nombre así de estúpido, en la mesita de centro.

—Esto es mío.

Jax se sentó en la esquina del sofá con los ojos puestos en el trofeo. El metal y el plástico brillaban bajo la luz del salón.

—Antes participaba en concursos de belleza. —Una parte de mí, la pequeña parte que estaba en medio de la neblina de mi cabeza, no podía creer que le estuviera contando aquello. No se lo había contado a nadie—. Desde que era, yo qué sé, un bebé. No bromeo. Todavía no podía sentarme y mamá me llevaba a concursos de belleza. Podría haber salido en ese programa de la tele sobre este tipo de concursos, ya sabes, *Toddlers & Tiaras*. Yo fui así durante años.

Luego volvió a dirigir su mirada hacia mí, hacia la foto que sujetaba contra mi pecho. Una vez más lucía una expresión extraña al mirarme. De modo que levanté el marco y le di la vuelta para dejarlo de cara a él.

—Este es el aspecto que yo tenía. Vale, yo tenía ocho o nueve años en esta foto, o yo qué sé, pero este es el aspecto que tenía.

Jax bajó las pestañas tal vez una fracción de segundo.

Empecé a parlotear de nuevo:

—Gané trofeos, coronas, bandas y dinero. Había más, cientos de coronas y de trofeos, pero un día se me fue la olla. Tendría catorce o quince años… Bueno, estaba en el instituto y los tiré por la ventana. Se rompieron. Mamá se puso como una loca. Estuvo días de juerga. Fue terrible. No había nada de comer en casa ni detergente para lavarme la ropa.

Frunció el ceño al mirarme a mí, no a la imagen de mí por aquel entonces.

—¿Hacía eso a menudo?

Bajé la vista hacia mi foto. Llevaba el pelo lleno de tirabuzones rubios y lucía una sonrisa enorme, con unos grandes dientes blancos falsos… Eran de quita y pon, y detestaba su tacto y su sabor. Los dientes postizos me habían lastimado la boca, pero cuando me los ponía, mamá decía que estaba preciosa. Todos los miembros del jurado decían que estaba preciosa. Gané premios gracias a esos dichosos dientes. Papá… se limitaba a sacudir la cabeza.

—¿Qué?

—¿Te dejaba días enteros sin comida ni cosas básicas para cuidar de ti misma?

Sacudí la cabeza y me encogí de hombros.

—Clyde solía venir y se quedaba conmigo. O yo me quedaba con él. No era importante.

—Era importante, cariño —dijo en voz baja.

Mis ojos buscaron los de Jax, y ahí estaba otra vez, ese algo en su mirada que no comprendía pero que quería comprender. Levanté otra vez la foto y se la puse casi en la cara.

—Antes era muy guapa —susurré, compartiendo el secreto—. ¿Lo ves? Antes era…

—Nada de antes. —Me arrebató el marco de las manos, y me quedé boquiabierta cuando la tiró. La foto siseó por el aire, rebotó en un cojín y aterrizó inofensivamente en el sofá—. Ahora eres guapísima.

Abrí la boca y solté una verdadera carcajada. Puede que hasta resoplara.

—Eres tan…

—¿Qué? —preguntó con una mueca.

—Eres tan… majo. —Terminé la frase levantando los brazos en un gesto grandilocuente—. Eres majo. Y eres un mentiroso.

—¿Qué? —repitió.

Me dejé caer en el sofá, cansada y puede que algo aturdida de repente.

—No soy guapa —solté.

—Acabo de decirte que eres guapísima ahora —dijo mirándome fijamente—. De modo que eres muy guapa. Se ha acabado la puta discusión.

Abrí la boca para enumerar todas las razones por las que eso no era cierto, pero me encogí de hombros. Era un detalle por su parte. Lo aceptaría.

—Eres majo —afirmé de nuevo—. Esto ha sido agradable. Gracias por hacerlo conmigo. Porque estoy segura de que podrías haber estado haciendo mogollón de cosas más interesantes que ser mi canguro mientras me emborrachaba por primera vez.

—No tienes por qué darme las gracias —comentó ladeando la cabeza.

—Gracias —murmuré.

—Siempre que quieras beber, estaré aquí para ti. —Esbozó media sonrisa.

Bueno, eso también fue un detalle. De golpe se me formó un nudo en el pecho. Parecía húmedo y pesado.

—¿En serio?

Asintió con la cabeza.

—Como te he dicho, estás a salvo conmigo. Siempre. En serio. Sea lo que sea lo que quieras explorar, siempre estarás a salvo conmigo.

Esas palabras… Oh, Dios mío, esas palabras desataron algo en mí. No era que no me hubiera sentido segura. Bueno, las cosas no eran cálidas y acogedoras cuando vivía con mamá, y es evidente que se pusieron difíciles una o dos veces.

—De hecho, ¿sabes qué? Creo que puedo ayudarte a tachar algunas de esas otras cosas de tu lista —prosiguió, y esa media sonrisa se convirtió en una sonrisa entera que podría provocar infartos.

En realidad, no lo estaba escuchando, porque lo miraba mientras ese nudo me iba del pecho a la garganta y, sin lugar a dudas, era húmedo y pesado. Jax no era solo de lo más sexy. Era majo; más majo que Jase, más incluso que Cam y más que Brandon.

Había dicho que no corría peligro con él.

Y había dicho que era muy guapa.

Me levanté de un salto y me lancé hacia él. Ni siquiera me paré a pensar lo que estaba haciendo, pero estaba de pie y menos de un segundo después había rodeado el cuello de Jax con los brazos.

Mi movimiento repentino lo pilló desprevenido y se tambaleó hacia atrás un paso antes de recuperar el equilibrio. Pasado un instante, me envolvió con sus brazos y me rodeó con ellos la espalda.

—Gracias —dije. Mi voz sonó apagada en su pecho, un pecho muy firme—. Sé que has dicho que no te diera las gracias, pero gracias.

No respondió enseguida. En lugar de eso, uno de sus brazos dejó de sujetarme y su mano me subió por la columna vertebral hasta enredarse en las puntas de mi cabello. Una oleada de escalofríos siguió el recorrido de esa mano, y esos escalofríos se extendieron por mis brazos hasta las puntas de los dedos de mis manos y de los dedos de mis pies, y en todas las partes de entremedio, en especial en la parte de entremedio.

Dios mío, su pecho era realmente firme.

Separé la cara de su pecho y levanté las pestañas. Jax me estaba mirando con una sonrisa tierna en los labios. Su otra mano se desplazó hacia la parte inferior de mi espalda, avanzó hacia mi cadera, y hay que ver lo bien que me hizo sentir eso. Tan bien que ni siquiera me planteé qué habría notado él a través de mis dos camisetas.

El tequila era de lo más increíble.

Su cálida mirada color chocolate se posó en mi cara mientras su mano me sujetaba con fuerza la cadera, lo que provocó que muchos de mis músculos se me ablandaran.

—Me alegro de que volvieras a casa, Calla.

Se me paró el corazón. El puto mundo se detuvo.

—¿De veras? —me oí decir a mí misma.

—De veras —contestó.

Vale. Me daba igual que el tequila me hiciera oír cosas, y me daba igual que todo mi pecho se me hiciera papilla, y si eso me hacía parecer tonta o no, y me daba igual estar a punto de hacer algo que nunca había hecho, o que la habitación me diera vueltas despacio, como si estuviéramos en un tiovivo.

Me puse de puntillas mientras bajaba las manos hacia sus hombros y me abalancé hacia su boca. Iba a besarlo. Jamás había intentado besar antes a un chico, pero entonces iba a hacerlo. Iba a hacer diana con mis labios en su maravillosa boca, porque él había dicho que no corría peligro y que le alegraba que hubiera vuelto a casa, y eso era...

Jax echó la cabeza hacia atrás. De hecho, echó todo el cuerpo hacia atrás y mi boca no se posó en la suya, sino que más bien resbaló por su mentón y cuello abajo. Como yo tenía la boca abierta, noté el sabor de su piel.

Caramba, qué bien sabía su piel.

¿Quién lo diría?

Jax esquivó la mesita de centro para poner distancia entre nosotros. Con él a un lado, tropecé hacia delante. Sus manos me sujetaron la parte superior de los brazos para impedir que cayera y... y mantenerme a un brazo de distancia.

Desconcertada, lo miré. Tenía otra vez los ojos muy abiertos, sin atisbo de pereza y calidez. Oh, oh. Eso no era buena señal.

—Calla —empezó a decir en voz baja, con demasiada delicadeza. Con una delicadeza excesiva.

Oh, no. Eso era mala señal.

—Cariño, eso es...

El corazón empezó a latirme con violencia, apagando lo que Jax estaba diciendo. Era una cagada. Era una de esas cagadas de las que una no se recupera. Había intentado besar a Jax, al atractivo, encantador y tan jodidamente majo Jax.

¿De verdad había intentado besarlo?

Oh, Dios mío… el tequila era una mierda.

—Te he dicho que no corrías peligro conmigo. —Su voz era más grave, más baja cuando volví a enterarme de lo que estaba diciendo—. No te mentía.

¿Qué diablos tenía eso que ver con nada? ¿O con el tequila que se había vuelto contra mí como un adicto al crack con una cuchara oxidada? Había intentado besarlo y él me había hecho la cobra, se había apartado físicamente de mis labios.

La madre que me parió.

Había vuelto a notar esa bola húmeda y pesada, esta vez en mi estómago y en mi pecho, pero mezclada con otra cosa que era vil y crecía deprisa.

Oh, no.

Retrocedí para zafarme de él.

—Oh, Dios mío —solté con voz entrecortada—. No me puedo creer que haya intentado… —Contuve un hipido, un hipido malo—. Vaya.

—No pasa nada. ¿Por qué no nos sentamos? —ofreció, dando un paso hacia mí.

—El tequila es una mala puta.

Jax frunció el ceño, preocupado.

—Calla…

Me giré y eché a correr hacia el dormitorio. Podía notarla. Esa pesadez ya estaba casi ahí. Rodeé a trompicones la cama y me resbalé al llegar a la puerta del cuarto de baño, que golpeé con las manos. La puerta se cayó de la pared, dañando, sin duda, el yeso.

Caí al suelo de rodillas, delante del retrete. ¿Estaría limpio? Demasiado tarde. Me sujeté los costados mientras me venían unas arcadas enormes y vomitaba hasta la primera papilla.

El tequila era una puta mierda.

13

El tequila era la bebida del diablo, y nunca más volvería a consumirlo. Lo más desconcertante era que la gente siempre afirmaba no recordar lo que había hecho cuando estaba borracha. Yo digo que eso es una verdadera chorrada, porque yo lo recordaba; madre mía, me acordaba de todo, hasta los detalles más humillantes.

Le había contado a Jax todas las cosas que no había hecho, y algunas de ellas eran simplemente ridículas. Seguro que le habrían hecho pensar que crecí en un refugio antiaéreo o algo así.

Después había abrazado la botella. La había abrazado. Como si fuera un perrito. O un gatito. Qué sé yo. Algo peludo que no fuera una puñetera botella de una bebida alcohólica. También le había enseñado un trofeo y una fotografía mía engalanada como una muñeca y le había dicho que antes era guapa. Eso solo ya hacía que quisiera meter la cabeza en un horno, pero, oh, había habido más.

También le había explicado lo de mi madre, que era demasiado horroroso para repetirlo siquiera.

Y también había intentado besarlo.

Y después había vomitado como una loca mientras Jax me sujetaba el pelo y me acariciaba la espalda. Me había acariciado la espalda, caray, y creo que me había estado hablando todo el rato. No sé qué me había dicho, pero recordaba su voz, baja y tranquilizadora, en medio de las arcadas. Tenía que haber notado las cicatrices. La piel de mi espalda no era lo que se dice regular. Era áspera y prominente en algunas partes, y sabía que eso se notaba a través de la camiseta.

Una vez hube echado todo el tequila y lo que quedaba de mi orgullo, me tumbé en el suelo del cuarto de baño porque era frío, liso y perfecto. Él dejó que me quedara allí mientras cogía una toalla mojada y entonces, oh Dios mío, lo que todavía era más embarazoso, me había limpiado la cara. Y, como remate, me había cogido en brazos una vez se hubo asegurado de que no fuera a vomitarle encima y me había llevado hasta la cama, donde me hizo tragar dos ibuprofenos con algo de agua.

Me había quedado inconsciente tumbada de costado con Jax sentado a mi lado presionándome la cadera con su pierna, y cuando me desperté por la mañana, sintiéndome como si me hubiera pasado por encima un coche de bomberos lleno de bomberos guapos y musculosos, Jax todavía seguía ahí.

Estaba acostado detrás de mí, con la parte delantera de su cuerpo contra la parte posterior del mío y noté el peso de su brazo sobre mi cadera. Si no hubiera tenido la sensación de que me iba a estallar la cabeza, quizá habría disfrutado despertándome así. Pero, en lugar de eso, entré en pánico como si me hubieran pillado en la cama de la persona equivocada.

Me levanté de un salto, literalmente, y casi me la pegué. No tenía ni idea de cómo me hice con una muda y logré darme una ducha para quitarme los repugnantes restos del tequila, que parecían haberme penetrado la piel, sin sentarme en la bañera y echarme a llorar por el dolor que sentía y por todas las tonterías que había hecho y dicho la noche anterior.

Cuando salí arrastrando los pies del lavabo, Jax estaba despierto, lleno de energía, y se dirigió al cuarto de baño con su propio cepillo de dientes, que había guardado allí tras haber pasado la segunda noche en esa casa.

Cuando salió, con el pelo mojado tras haberse echado agua en la cara y la cabeza, yo estaba sentada en el sofá y desvié enseguida la mirada para fijar los ojos en el lugar del suelo en el que había abrazado la botella de tequila, que había desaparecido misteriosamente. Esperaba que hubiera regresado al agujero del que salió.

Había intentado besar a Jax y él me había hecho la cobra.

Dios mío, que alguien me pegara un tiro.

No podía mirarlo. No podía hacerlo. Ni siquiera cuando dijo mi nombre.

—¿Cómo estás? —preguntó cuando no le respondí.

Levanté un hombro mientras me examinaba el esmalte púrpura de las uñas de los pies.

—Hecha un asco —contesté.

—Tengo un remedio para eso.

¿Cuál? ¿Un arma semiautomática?

—Vamos a darnos el capricho de degustar el desayuno oficial de los campeones de las resacas.

Levanté la cabeza con el ceño fruncido. Me estaba sonriendo como si la noche anterior no hubiera cogido una cogorza de narices y hubiera intentado abusar de él.

—¿Qué?

—Waffle House.

Lo miré y parpadeé despacio antes de apartar los ojos de él. Noté que me sonrojaba debajo del maquillaje que llevaba puesto.

—No quiero comer. Ni siquiera me apetece pensar en comida.

—Eso es lo que piensas ahora, pero, créeme, la grasa le sentará de maravilla a tu estómago. Lo sé. He tenido mucha práctica en ello.

Me puse de pie sacudiendo la cabeza y me quedé mirando la ventana.

—Creo que solo necesito volver a la cama y echar un sueñecito de ocho horas antes de ir al bar esta noche. Y creo que tú tendrías que irte. No quiero ser maleducada…

—No hagas esto —pidió. Lo tenía justo a mi lado. Ni siquiera lo había oído moverse—. No lo hagas, Calla.

Mis ojos se posaron en su pecho. ¿Cómo podía estar tan guapo con la misma camiseta con la que había dormido la noche anterior? Quise gritar que no era justo.

—¿Que no haga qué?

—Estar avergonzada —comentó en voz baja.

—Para ti es fácil decirlo. —Cerré los ojos con fuerza y fruncí la nariz.

—Para mí no es fácil decir nada. No tienes ningún motivo para estar avergonzada. Ayer por la noche bebiste. Te lo pasaste bien, o por lo menos lo hiciste hasta que te pusiste a vomitar…

—Gracias por recordármelo —me quejé.

—Es normal. ¿Sabes cuántas veces me he encontrado abrazado a un retrete jurando que nunca volvería a beber? Joder, no querrías saber las historias de terror que podría contarte.

Pero me apostaría algo a que nunca intentó besar a una chica y fue rechazado.

—Calla, mírame.

Iba a ser que no.

—Como te he dicho, estoy muy cansada y me iría muy bien dormir un poco. —O hacerme una lobotomía—. De modo que, si pudiera hacerlo, sería genial.

—Basta, cariño. —Me cogió el mentón con dos dedos y me levantó la cabeza sin que yo me resistiera. Inspiré hondo, sintiéndome de nuevo algo aturdida, y me pregunté si todavía me quedaría algo de tequila en el organismo—. Como no vas a hacerme caso, es necesario adoptar medidas drásticas.

Abrí la boca, pero Jax retrocedió y me soltó el mentón. Acto seguido se agachó y, antes de que pudiera moverme o procesar lo que estaba haciendo, me pasó un brazo por detrás de las rodillas y el otro por la cintura, y de repente estaba en el aire, apretujada contra su pecho.

—¿Qué diablos? —grité, sujetándome a sus hombros mientras él se volvía—. ¿Qué estás haciendo?

Bajó la mirada hacia mí e inspiró hondo antes de hablar:

—Probé la cerveza por primera vez a los catorce años. Bebí demasiado en casa de un colega y me pasé toda la noche con la cara en el retrete.

—Vale. —Eché un vistazo al cuarto.

—Lo hice tantas veces cuando era un chaval que cabría pensar que aprendí la lección —prosiguió, observándome—. Pero cuando regresé de mi destino, había noches que lo único que me permitía cerrar los ojos unas horas era el whisky.

Mi cuerpo se puso todavía más tenso. Whisky. Madre mía, detestaba el whisky, pero lo cierto es que no estaba pensando en mi madre. No podía imaginar la clase de cosas que mantenían a Jax despierto por la noche.

—Incluso cuando vine aquí, era un whisky y... Bueno, a ver, la cuestión es que me he pasado muchos días y muchas noches lamentando lo que hice. Pero lo que tú hiciste ayer por la noche, a pesar de que ahora te sientes fatal, no es nada que tengas que lamentar.

El corazón se me contrajo en el interior del pecho cuando nuestros ojos se encontraron.

—¿Qué... qué más hiciste?

Vi algo en sus rasgos un instante, pero sacudió la cabeza.

—Vamos —soltó.

—¿Adónde? —pregunté con el ceño fruncido por el brusco cambio de tema.

—Te llevo a Waffle House.

—¡No tienes por qué llevarme a cuestas!

—Y tú no tienes por qué gritar —replicó con una sonrisa.

—¡Bájame! —chillé de nuevo, tanto que me dolieron las sienes.

Pasó de mí y se dirigió hacia la puerta, pero se detuvo y retrocedió hacia la cocina.

—Coge las llaves y las gafas de sol. Vas a necesitar ambas cosas.

—Venga, Jax. —Lo fulminé con la mirada y él me sonrió.

Agachó la cabeza y me habló en voz baja de un modo que hizo que se me encogieran los dedos de los pies.

—Discute y grita todo lo que quieras, cariño, que yo voy a llevarte igualmente en brazos hasta esa camioneta, te voy a subir en ella y vamos a ir a Waffle House, donde te comerás unos huevos fritos con beicon y un puñetero gofre.

Entrecerré los ojos. Madre mía, qué prepotente era.

—Y puede que hasta un pedazo de tarta de manzana si te portas bien y dejas de discutir conmigo —aseguró con un brillo en sus profundos ojos castaños.

—Nunca he comido tarta de manzana —solté.

De pie en medio de la cocina, llevándome en brazos como si no pesara nada, y no hay ninguna duda de que pesaba lo mío, se quedó con la boca abierta.

—¿Nunca has comido tarta de manzana?

—No.

—¿Por qué? —Arqueó las cejas.

—No lo sé. Pero nunca la he probado.

—Eso es tan... tan poco americano —dijo, y yo entorné los ojos—. ¿Acaso eres terrorista?

—Por Dios santo —murmuré, y empecé a revolverme para zafarme de él.

—Me dejas muerto, cariño —añadió, sujetándome con más fuerza—. Te lo digo en serio. Nunca te habías emborrachado. Nunca has ido a la playa. ¿Nunca has comido una tarta de manzana? Ya hemos tachado una de esas cosas y ahora vamos a tachar otra.

Pensé que no era un buen momento para hacerle saber que tampoco había ido nunca a un local de la cadena Waffle House.

Esbozó de nuevo una sonrisa, y había algo en ella que me desarmó por completo.

—No te separes de mí, nena, y te cambiaré la vida.

Me vinieron rápidamente a la cabeza las palabras de Katie: «Tu vida va a cambiar». Dejé de pensar, por lo menos un ratito, y de resistirme. Alargué la mano para coger las llaves y las gafas de sol. Me puse estas últimas.

Lo que Jax no sabía era que ya me había cambiado la vida, aunque solo fuera un poco, pero lo que sí hizo a sabiendas fue sacarme en brazos de la casa, subirme a su camioneta y llevarme a Waffle House.

—Cuenta, ¿te quitó Jax tu flor?

El margarita casi se me cayó de la mano al girarme hacia Roxy. Detrás de ella, Nick nos estaba mirando. Puede que fuera la primera vez desde que nos conocíamos que mostraba algún interés en Roxy o en mí. Pero, claro, cuando hablas de cosas como «quitar flores», sueles captar toda la atención de los demás.

—Oh, Dios mío, esta conversación es perfecta.

Con las mejillas ardiendo, me volví hacia donde Katie estaba sentada.

—Esto no es una conversación perfecta.

—¿Eras virgen? —preguntó con los ojos maquilladísimos abiertos como platos—. ¿En pasado?

El chico que se encontraba detrás de ella se giró y me miró. Yo estaba a escasos segundos de empezar a gritar.

—Roxy está hablando sobre ir pedo —aclaré—. Yo nunca me había emborrachado. Ayer por la noche fue mi primera vez. Jax me quitó…

—¿Qué te quité? —Jax apareció de la nada, coño.

191

Oh, Dios mío.

Katie se inclinó hacia delante, y las tetas casi se le salieron disparadas del vestido y me cegaron.

—¿Le quitaste la flor a Calla? —preguntó.

—Si le quité… ¿qué? —Jax parpadeó y me miró con la cabeza ladeada—. ¿Hay algo que no recuerde de ayer por la noche? Porque, cariño, para mí sería una decepción enorme que eso haya pasado y yo no me acuerde. Una verdadera putada…

—¡No! —chillé, lo que hizo que varias cabezas se volvieran de golpe hacia mí en el bar—. Está hablando de que nunca había bebido. No de mi… ya sabes…

—¿Flor? —sugirió Roxy mientras se ponía bien las gafas.

Madre mía…

Jax se me quedó mirando un momento con la mandíbula tensa y después se giró hacia Nick para decirle en voz baja algo que rogué que no tuviera nada que ver conmigo.

Me había costado mucho desayunar con él sin sentirme como una tonta por lo de la noche anterior, pero él no sacó el tema, y el pedazo de tarta de manzana que me había comido estaba realmente delicioso.

—Oh. —Katie pareció decepcionada. Lo mismo que el chico—. Bueno, mira, es igual. Tengo que volver a la barra vertical.

Vi cómo se levantaba del taburete de un salto y nos guiñaba un ojo antes de marcharse andando tan tranquila entre la gente del bar.

—Pero no fue la única flor que le quité —anunció Jax.

Oh, por favor…

Roxy giró la cabeza como un rayo hacia él, con una expresión ávida en su lindo semblante.

—Cuenta, cuenta.

Nick se volvió hacia nosotros otra vez.

—No —prosiguió Jax con una sonrisa perezosa y sexy en los labios—. Nunca había comido tarta de manzana. Hice que eso cambiara esta mañana.

—¿Nunca habías comido tarta de manzana? —exclamó Roxy.

—Ya estamos otra vez —murmuré.

Jax no había terminado. No, señor. En absoluto. Fijó sus ojos en los míos, y hubo algo en ellos que me provocó un escalofrío en la parte inferior de la barriga.

—También le he enseñado lo que es Waffle House.

—¿Cómo has sabido que nunca había estado antes en uno? —solté.

—Yo sé cosas, cariño. —Nuestras miradas se encontraron, y sí, ese escalofrío creció, porque estaba hablando de algo muy distinto que no tenía nada que ver con Waffle House, el tequila o las tartas de manzana.

Pero que, sin duda, tenía algo que ver con las flores.

—¿Ayer por la noche fue la primera vez que te emborrachaste? —preguntó Nick, dándome un susto de muerte.

Roxy asintió con la cabeza mientras se dirigía hacia una chica que le hacía gestos con una mano como si llevara ahí de pie diez minutos cuando solo hacía diez segundos que había llegado.

—¿Qué bebiste? —pregunto Nick.

—Tequila —contestó Jax, guiñándome un ojo—. Le gustó el tequila.

—Es una bebida fuerte —comentó Nick con los labios fruncidos.

—Bueno, nunca jamás volveré a beber —le dije mientras iba en busca de mi delantal. Como todos los camareros experimentados estaban tras la barra, tenía que salir a ayudar a Pearl a servir mesas, ya que Gloria estaba desaparecida en combate.

—Vale —asintió Nick.

—Nunca, nunca.

—Lo he pillado —confirmó con un ligero movimiento de los labios, como si estuviera a punto de sonreír.

Lo miré un momento, plantada en medio de la zona situada tras la barra, y me dirigí a Nick:

—El tequila es una mierda —le dije.

—Ya he oído eso antes —comentó tras soltar una risita grave, ronca.

Mis labios esbozaron una sonrisa.

La mano de Jax rodeó la mía.

—Tú te vienes conmigo.

Mis ojos se desplazaron de la cara de Jax al lugar en que su mano sujetaba la mía.

—¿Adónde?

No respondió, sino que tiró suavemente de mí más allá de donde estaba el delantal para salir de detrás de la barra. Con más curiosidad que enfado, le dejé llevarme pasillo abajo hasta el despacho. Me hizo entrar y cerró la puerta. Recordé la última vez que había hecho aquello. Me había besado, pero no había sido un beso de verdad.

Jax no me soltó la mano mientras se apoyaba en el escritorio, y no dijo nada.

Cambié el peso de un pie al otro y traté de apartar la mano, pero no me soltó.

—¿Qué?

—Quiero tener una cita contigo este domingo.

—¿Qué? —Eso no me lo esperaba. No.

Una sonrisa le iluminó la cara.

—Una cita. Tú y yo. El domingo por la noche. No para ir a Waffle House.

Los oídos me engañaban. Era imposible que estuviera diciendo lo que me parecía que estaba diciendo.

—Hay un asador nuevo en el pueblo. Solo lleva abierto uno o dos años, pero le encanta a todo el mundo —prosiguió sin dejar de observarme—. Puedo recogerte a las seis.

—Tú... ¿me estás pidiendo en serio una cita?

—Muy en serio.

En mi interior ocurrían dos cosas. Una era la oleada de calor que me llegaba a todas partes, encendiéndome por dentro. La otra era una incredulidad glacial. No entendía por qué me estaba pidiendo salir, a no ser que fuera una especie de cita por lástima.

El estómago me dio un vuelco.

Dios mío, era una cita por lástima.

—No —dije, tirando de mi brazo. Él no me soltó, pero tampoco iba a participar en aquello—. No voy a salir contigo.

Deslizó la mano hacia mi muñeca.

—Yo creo que sí.

—No. Va a ser que no.

—Te gustará la carne —continuó como si yo no hubiera hablado—. Tienen unos filetes excelentes.

—No me gustan los filetes —mentí. Me encantaba la carne roja, todas las clases de carne roja. Era una chica amante de la carne, carne y más carne.

Arqueó una ceja mientras me acariciaba el interior de la muñeca con el pulgar.

—Por favor, dime que te gustan los filetes. No sé si podemos ser amigos si me dices que no.

Casi me reí, porque aquello era ridículo.

—Me gustan los filetes, pero...

—Perfecto —murmuró, echando la cabeza hacia atrás—. ¿Has traído algún vestido? Me gustaría verte con un vestido.

Había llevado vestidos veraniegos y las toreras adecuadas para ocultar las cicatrices, pero eso no venía al caso.

—¿Por qué quieres salir conmigo?

—Porque me gustas.

El corazón me brincó en el pecho, y si hubiera tenido manos, habría aplaudido encantado.

—No puedo gustarte —aseguré.

—Te dije que quiero follar contigo. No puedes olvidar eso.

Mierda.

—Podría decirse que lo he borrado de mi mente.

Soltó una gran carcajada, evidentemente divertido.

—No puede sorprenderte gustarme.

—Follar y gustar son dos cosas distintas.

—Sí. Y no. —Clavó sus ojos en los míos—. ¿Me estás diciendo que no porque crees que no eres guapa?

Toma castaña.

—Es que lo sé.

Intenté zafarme de nuevo haciendo fuerza con los pies, pero su brazo me rodeó y me mantuvo en el sitio. El pánico hundió unas garras recubiertas de ácido en mi piel. El pecho se me elevó al inspirar hondo y obligué a mis ojos a entrecerrarse para dirigirle la mirada de mala leche más espantosa que pude, cualquier cosa para desviar la atención del hecho que había dado en el clavo sobre el motivo de mi negativa.

—Lo sé —repitió, tirando de mí hacia delante mientras separaba las piernas. Terminé entre la V que formaban sus muslos. Cerca, demasiado cerca de él.

Como no entendí esa frase, seguí dirigiéndole mi mirada malvada.

—Suéltame.

Me deslizó un brazo por la espalda y siguió acariciándome la parte interior del brazo con el pulgar. Ese contacto, su proximidad, todo ello le provocaba cosas extrañas a mi cuerpo. Me flaqueaban las rodillas a la vez que todos mis músculos se tensaban.

—Ya sabía lo de los concursos de belleza —dijo sin apartar sus ojos de los míos—. Antes de que me enseñaras la foto y el trofeo ayer por la noche, ya lo sabía.

Me quedé sin palabras.

—Tu madre nos ha hablado mucho de ello, nos contaba lo guapa que es su niña. No que era, sino que es.

Iba a matar a mi madre.

—Clyde también nos ha hablado de ello —prosiguió, sin tener ni idea de que yo acababa de añadir al tío Clyde a mi lista homicida, aunque tendría que acabar conmigo misma también por lo de la noche anterior, porque yo había hecho lo mismo—. Él no era fan de los concursos de belleza ni de la forma en que tu madre te exhibía por ahí. Y tu padre tampoco, ¿verdad?

Clyde detestaba los concursos de belleza, pero mi padre...

—No lo sé —me oí decir a mí misma—. Papá nunca le dijo nada a mamá.

—Creo que habló con Clyde. —Jax sonrió un poco—. ¿Recuerdas lo que dije ayer por la noche sobre lo de ser guapa? No estaba haciendo el gilipollas. Por eso te estoy pidiendo salir.

Entonces su brazo me rodeó con más fuerza aún, de modo que yo tenía el pecho contra el suyo. El contacto me provocó una oleada de sensaciones por todo el cuerpo. Agachó la cabeza hasta dejar sus labios a pocos centímetros de los míos. La mano que yo tenía libre acabó apoyada en su pecho.

No podía respirar.

Me daba igual.

—No me besaste ayer por la noche —susurré, y después quise darme un puntapié a mí misma en mis partes femeninas.

—Pues no, claro que no —dijo entrecerrando ligeramente los ojos.

—Entonces ¿por qué quieres salir conmigo? —pregunté notando una punzada de dolor en el pecho.

Jax me miró un momento, y después sus rasgos volvieron a adoptar la expresión perezosa y relajada que, de algún modo, era increíblemente sexy y estresante.

—No voy a hacer nada con una chica que va pedo, cariño, sobre todo si eres tú. Ni de coña. Cuando te dije que no corrías peligro conmigo, no estaba diciendo ninguna parida. Te lo repetí ayer por la noche.

—Ah, ¿sí? —Lo único que recordaba era a Jax echando el cuerpo hacia atrás, pero es verdad que hablaba mientras yo entraba en modo pánico y a punto de vomitar—. Oh.

—Oh —murmuró, y entonces sacudió mi mundo—. Y recuerdo que me dijiste que era tu primer beso. Lo que había pasado antes en el despacho no cuenta, voy a darte tu primer beso de verdad. Después de tener una cita contigo el domingo.

Estaba sorprendida. Había entrado de nuevo en pánico porque él había sabido lo de mis años como reina de los concursos de belleza, y yo necesitaba escapar porque me estaba excitando. Sí, me estaba excitando. Puede que fuera muy inexperta por motivos obvios, pero reconocía lo que le estaba pasando a mi cuerpo. Y no era bueno, porque era imposible que pudiera explorar nada de todo aquello con él, y no planeaba quedarme ahí lo suficiente como para darnos tiempo a ninguno de los dos.

—De hecho... —Agachó de nuevo la cabeza y me rozó la mejilla derecha con su barbilla—. Quiero besarte ahora.

Me estremecí.

Jax lo notó.

—Y creo que quieres que te bese —dijo—. Corrijo, sé que quieres que te bese.

Entonces temblé más, casi superada por la tirantez de mis pechos y por el intenso remolino de cosquilleos ahí abajo. Cerré el puño y le cogí la camiseta. No podía besarme. No podía salir con él. No estaba ahí por eso.

A ver, ¿por qué estaba ahí? Daba igual. Seguro que era por algún motivo tonto.

Emitió un sonido grave desde el fondo de su garganta que me privó deliciosamente de mis sentidos y empezó a deslizar los labios por mi mejilla siguiendo la curva del hueso, dirigiéndolos directamente hacia...

La puerta del despacho se abrió de golpe.

—Jax, ¿estás...? Vaya, esto no me lo esperaba.

Di un brinco al oír la voz del tío Clyde y quise separarme de Jax, que me permitió girarme pero no me soltó. Me siguió rodeando la cintura con el brazo.

Clyde me miró y dirigió después los ojos más allá de mi hombro. Noté el calor de Jax detrás de mí y Clyde volvió a mirarme.

Sonrió de oreja a oreja enseñando los dientes.

¡Sonrió!

—Esto no me lo esperaba —repitió, pasándose la mano por el delantal—. En absoluto.

Tenía que hacer control de daños. Ya.

—No es lo que...

—Vamos a salir el domingo —anunció Jax para mi incredulidad. Entonces tiró de mí otra vez hacia su pecho, hacia su calor, y casi me morí ahí mismo. Tal como se me aceleró el corazón, estaba segura de que era lo que iba a pasar—. Voy a llevarla al Apollo's.

¿El Apollo's?

—Buena elección, chaval, muy buena elección. —Clyde selló el comentario asintiendo con la cabeza a modo de aprobación.

¡Vaya tela!

Tenía que largarme de allí. Esta vez, cuando quise soltarme, Jax me dejó marchar. Me tambaleé hacia delante mientras me volvía para fulminarlo con la mirada.

Y él me guiñó un ojo.

¡Me guiñó un ojo!

Avancé pisando fuerte para pasar junto a Clyde, o eso intenté, pero él bajó la vista hacia mí y también me guiñó un ojo.

—Buena elección, chiquitina, muy buena elección —sentenció.

Me quedé simplemente sin palabras.

Regresé hacia la barra inspirando hondo varias veces. Con manos temblorosas, pasé de las miradas que Roxy y Nick me dirigieron mientras cogía el delantal. Me lo até y, a toda prisa, me fui a servir las mesas del local medio lleno antes de que Jax saliera.

Quería besarme.

Quería salir conmigo y llevarme a comer filetes al Apollo's.

Y el tío Clyde lo aprobaba.

«Oh, por todos los santos, ¿cómo diablos he acabado donde estoy?». Había hecho bien al largarme de esa habitación y hacía bien al no tener ninguna cita con Jax. Necesitaba que me rompieran el corazón tanto como que mi madre estuviera metida en un marrón mayor del que ya estaba.

Al pensar en eso vacilé y casi se me cayó la cesta de patatas fritas, que había recogido de la ventanilla de la cocina, sobre la cabeza del hombre a quien se la llevaba.

¿Que me rompieran el corazón?

El hombre alzó los ojos y se le formaron unas arruguitas en las comisuras.

—¿Todo bien, muchacha?

Asentí con la cabeza al reconocerlo. Tenía cerca de sesenta. Un habitual. Estaba en el bar cada noche que trabajaba, incluso las más concurridas en que los parroquianos eran más jóvenes, como esa noche.

—No sé dónde tengo la cabeza, Melvin.

—Conozco esa sensación.

Le dejé la cesta en la mesa con una sonrisa.

—¿Te traigo algo más? ¿Otra cerveza?

—No, preciosa, esto es todo de momento. —Cuando iba a marcharme, me detuvo poniéndome una mano en el brazo—. Me alegra verte aquí, haciendo lo que tendría que hacer tu madre.

Abrí la boca, pero no tenía ni idea de qué contestar ni de cómo sentirme por el hecho de que todo el mundo supiera quién era. Aunque, claro, tampoco era ningún secreto. Me dio unas palmaditas en el brazo y se concentró en sus patatas fritas, condimentadas con Old Bay Seasoning.

De acuerdo. La noche iba a ser rara. Mi vida era rara. Y tonta, no podía olvidar lo de tonta.

Al darme la vuelta, vi a Jax pavoneándose tras la barra. Parecía pagado de sí mismo. Satisfecho. Totalmente seguro. Lanzó una mirada en mi dirección.

Me giré enseguida para ir hacia la parte delantera a comprobar unas mesas que no hacía falta comprobar. El bar se llenó y solo me metí tras la barra para sustituir a Nick. Después almorcé; fue extraño almorzar por la noche. No tenía hambre, todavía me sentía llena tras el atracón de grasa y no quería estar en la barra ni en la cocina, si tenemos en cuenta que era probable que Clyde estuviera planeando ya mi boda.

Había llovido antes, pero cuando salí ya había parado. El aire todavía estaba cargado de humedad. Deambulé sin rumbo alrededor del edificio. Me levanté el pelo de la nuca y deseé poder hacerme una cola de caballo en noches como aquella.

«Me gustas».

«Te dije que quería follar contigo».

Las rodillas me flaquearon un poco y pensé lo absurdo que sería que me golpeara la cabeza.

Di dos pasos más. Las sombras apiñadas junto a los contenedores se separaron de ellos y se volvieron más densas, más compactas. El corazón me latió a trompicones cuando retrocedí un paso. El movimiento inesperado me había llenado de inquietud. Di media vuelta y regresé hacia la parte delantera del edificio. Es probable que fuera alguien que se estaba aliviando o haciendo alguna otra guarrada junto a los contenedores, pero aceleré el paso. Una cesta de patatas fritas me habría ido bien en aquel momento.

Casi había llegado a la esquina del edificio cuando se me pusieron todos los pelos de punta sin previo aviso. Escuché el sonido regular de unos pasos detrás de mí que se acercaban. Contuve la respiración. Todos mis instintos se dispararon.

Un segundo después me agarraron desde detrás y me lanzaron contra la pared de ladrillos a la vez que una mano mojada y caliente me rodeaba la garganta.

Y tuve a Mack delante mismo de mi cara.

14

Di una palabra que no quiera que digas y lo lamentarás —me amenazó. Por el rabillo del ojo derecho vi que algo reluciente y afilado centelleaba bajo la tenue luz que nos rodeaba—. Te igualaré la cara.

A pesar de la rabia que sentí, noté un frío glacial en la boca del estómago al mirarle los ojos oscuros. La dureza de su semblante y la mueca de desdén de sus labios me indicaron que no me amenazaba en vano. Lo único que fui capaz de hacer fue respirar superficialmente.

—¿Comprendes? Asiente con la cabeza si es que sí.

No quería asentir con la cabeza, porque no quería perder un ojo, pero hice lo que me ordenaba. Asentí con la cabeza.

Su mueca de desdén se convirtió en una sonrisa tensa, fría.

—Buena chica. Veamos, la otra noche intenté hacerte llegar un mensaje, pero ese capullo tuvo que entrometerse, y yo no voy a decirle a Isaiah que está jodido, ¿me entiendes?

No pillaba en absoluto lo de la última parte, pero asentí otra vez con la cabeza porque la verdad era que no quería otra cicatriz. Y además creía que Reece, o uno de sus compañeros policías, le iba a hacer una visita a Isaiah para explicarle que yo no tenía nada que ver en los chanchullos de mi madre. O bien nada de eso había pasado o no le había importado a Mack ni a Isaiah.

—Mona tiene algo menos de una semana antes de que Isaiah pierda del todo la paciencia —prosiguió. El cuchillo que sujetaba se movió. Se me quedó el aire atravesado en la garganta—. Si no se presenta antes del jueves que viene, será problema tuyo. También será problema del capullo.

Supuse que el capullo era Jax.

—No... no sé dónde está.

—Eso no es problema mío. Ni tampoco de Isaiah. —Mack se movió de modo que presionó la parte delantera de su cuerpo contra la mía. Era muy probable que yo volviera a vomitar—. Es problema tuyo. Y que no se te ocurra jugárnosla y largarte del pueblo. Sabemos dónde encontrarte y no creo que quieras que tus amigos de la facultad acaben metidos en esto. ¿Lo has pillado?

El corazón me latía con fuerza en el pecho cuando asentí con la cabeza por tercera vez.

—No te conviene estar a malas con Isaiah ni conmigo. Nosotros no nos andamos con contemplaciones. —Esta vez, cuando se apretujó contra mí contuve el poco aire que tenía en los pulmones. No había ningún espacio entre nosotros, pero no sentí nada parecido a lo que sentía cuando Jax estaba así de cerca. Entonces tenía la carne de gallina—. Si no se presenta, le enviaremos un mensaje. Y no querrás formar parte de ese mensaje.

No quería para nada formar parte del mensaje.

Sus ojos, pequeños y brillantes, me recorrieron la cara y se detuvieron en mi mejilla izquierda.

—¿Sabes qué? No tienes un aspecto tan jodido. Podría hacérmelo contigo al estilo perrito. Darte la vuelta. Follarte desde atrás.

Abrí unos ojos como platos y tuve la sensación de que mi piel quería abandonar mis huesos y huir muy lejos. Noté ardor en el estómago, propiciado por el pánico y por algo más que un poquito de miedo cargado de furia.

Mamá había provocado esto, había llevado toda aquella mierda asquerosa hasta mí.

—Sí —soltó con una sonrisa más vil todavía—, creo que tengo claro qué mensaje enviar. Y, lo que es mejor aún, servirá también para el capullo del bar.

Dios mío, eso no era bueno. Estaba apretujada contra la pared, totalmente horrorizada por lo que implicaba su amenaza. Sabía qué supondría ese mensaje.

Me dio un vuelco el estómago.

—Será mejor que mantengas la boca cerrada —añadió mientras retrocedía. El cuchillo desapareció un segundo y después noté la punta bajo mi barbilla, lo que me llevó a clavar los dedos en la pared que tenía detrás—. ¿Me has entendido?

—Sí —susurré, sin asentir con la cabeza esta vez.

Mack soltó una carcajada sombría y se separó de mí para cruzar el estacionamiento como si nada, como si no acabara de amenazarme con hacerme cosas asquerosas ni me hubiera puesto un cuchillo en la garganta. Se subió a un SUV y se marchó.

Entonces me moví.

Con las rodillas titubeantes, puse un pie delante del otro y entré de nuevo en el bar, aturdida. Pasé ante la barra y me pareció que alguien decía mi nombre, pero seguí andando. Entré en el despacho y me senté en el primer asiento disponible. La piel del sofá emitió un sonido curioso cuando me dejé caer en él. Me temblaban las manos cuando las subí hasta mi frente sudorosa, y me obligué a inspirar hondo unas cuantas veces.

Eso no era bueno.

—¿Calla? —dijo Roxy desde la puerta. Como una idiota, no la había cerrado—. ¿Estás bien?

No levanté la cabeza ni dije una palabra, porque estaba convencida de que si hacía alguna de esas dos cosas, se me iría la olla.

Me limité a sacudir la cabeza, sin saber muy bien si era un gesto positivo o negativo.

Roxy no volvió a hablar, y cerré los ojos con fuerza. ¿Qué diablos iba a hacer ahora? No tenía ni idea de dónde estaba mi madre ni de por dónde empezar siquiera a buscarla, y tenía esa horrible y angustiosa sensación de que acabarían enviando un mensaje, porque en el pasado nunca había sido capaz de encontrar a mi madre cuando desaparecía y no iba a ser distinto entonces.

Tal vez tendría que haberme ido, como Jax y Clyde me dijeron al principio.

—¿Calla? —Esta vez era la voz de Jax, y estaba más cerca que la de Roxy cuando me había hablado. Supe que se encontraba justo delante de mí, con la cabeza a la altura de la mía. Tenía que estar arrodillado, porque ese chico era del tamaño de Godzilla—. ¿Qué pasa?

Como no respondí de inmediato, porque intentaba pensar qué diablos podía decir, noté que me rodeaba las muñecas con las manos y me las apartaba con cuidado de la cara. Yo tenía razón. Estaba en cuclillas delante de mí. Sus bonitas facciones reflejaban preocupación.

Se arrodilló mientras me soltaba una de las muñecas y me cubría la mejilla derecha con una mano.

—Habla conmigo, cariño. Me estás empezando a preocupar.

Eso era verdad. Tenía los ojos más oscuros de lo normal y la mandíbula tensa. Nuestras miradas se encontraron y supe lo que tenía que hacer.

No iba a tener la boca cerrada, ni mucho menos.

Y una mierda.

Tener la boca cerrada era lo más tonto que podía hacer, porque no podía solucionar ese follón yo sola. Eso lo sabía. Era imposible.

—Mack ha estado aquí. Estaba fuera cuando he salido. Supongo que me estaba esperando.

Jax inspiró hondo a la vez que encorvaba los hombros y su mirada se volvía más penetrante.

—Se ha acercado a ti.

—Sí —confirmé con una carcajada sardónica.

Sus rasgos se endurecieron, indicio de que mi risa no le había parecido divertida. No lo era.

—Me ha dicho que tengo que encontrar a mi madre. Que su desaparición es problema mío. Y ha dicho que si mamá no se presenta antes del jueves, iba a ser realmente problema mío. —Jax mantuvo su cara de póquer mientras me escuchaba. No reflejaba ninguna emoción. Nada. Su expresión era insulsa, pero fría como una ráfaga de aire ártico—. Ha dicho que yo sería el mensaje que enviarían a mamá.

Le tembló un poco la mano cuando la bajó para levantarse deprisa. Dio un paso atrás. Un músculo le palpitó en la mandíbula.

—No quiero ser ningún mensaje —dije con un hilo de voz—. No quiero ser la clase de mensaje de la que estaba hablando.

Se me quedó mirando un momento, y en cuanto su rostro reflejó haberlo comprendido todo, el ambiente de la habitación cambió por completo. La tensión lo impregnó todo como la lluvia había hecho antes.

—Voy a encontrar a ese hijo de puta y a matarlo, coño.

Espera.

Me levanté con las manos en alto.

—Vale. No creo que esa sea la respuesta adecuada.

—¿Te ha amenazado? —replicó.

—Bueno, sí, pero...

—¿Te ha amenazado con lo que yo creo? —Aunque no se lo confirmé, y era una suerte no haberle explicado que a Mack le parecía que también sería un mensaje perfecto para él, Jax supo igualmente la respuesta—. ¿Y te ha amenazado en mi puto terreno?

No estaba segura de cómo podía considerarlo su terreno, pero bueno.

—Jax…

—¿Te ha tocado? —preguntó inspirando con fuerza.

—No. En realidad no —respondí sacudiendo la cabeza.

—¿En realidad no? —Su voz era grave, hasta casi alcanzar un tono que iba más allá de la calma.

—¿Va todo bien? —preguntó Nick, de repente en el umbral.

—Ahora no. —Jax escupió esas dos palabras de un modo que me habría hecho salir pitando de allí, pero Nick no se movió y nos miró primero a uno y luego al otro, captando sin duda que estaba pasando algo—. Calla.

Puede que contárselo a Jax no hubiera sido buena idea. Seguramente tendría que haber ido directa a la policía, porque daba la impresión de que quería impartir algo de la vieja justicia sureña. Tragué saliva con fuerza.

—Mack tenía un cuchillo.

—Joder —murmuró Nick.

Jax se puso tenso, con la espalda totalmente erguida.

—¿Te ha hecho daño?

—No —susurré—. Solo me ha amenazado. Ha dicho que iba a… —Miré a Nick, pero estaba igual que Jax, alerta y preparado. Bajé la voz—. Dijo que iba a igualarme la cara si gritaba.

Hubo un momento de silencio antes de que Jax explotara del todo. Como un petardo.

—¡Será hijo de puta! —gritó. Del brinco que pegué me levanté un par de centímetros del suelo—. Voy a matar a ese cabronazo.

—Jax, pasar tiempo en la cárcel no figura en tu plan de cuatro años —comentó Nick, y me pregunté como una tonta si Jax tendría de verdad un plan de cuatro años, y también me percaté como una idiota de que esa era la vez que había oído a Nick pronunciar más palabras juntas—. Sabías que esto iba a pasar.

Me volví de golpe hacia Nick. Ellos lo sabían. Clyde me había advertido. Jax me había advertido. Me habían dicho que mamá estaba metida en un lío muy grave y que ese lío me acabaría salpicando. No hablaban por hablar, pero no había creído que fuera algo así de malo; ni siquiera cuando vi la heroína me había dado cuenta de que fuera así. Me había preocupado más recuperar mi dinero y estar cabreada con mamá y compadecerme de mí misma.

Tendría que haber regresado a Shepherd. Tendría que haber llamado a Teresa y haberle preguntado si podía quedarme en su casa. Tendría que haberme ido pitando de Dodge.

Tendría. Podía. Debería.

Pero lo cierto era que, aunque hubiera sabido desde el principio que la situación era tan grave, no estaba segura de que me hubiera marchado sabiendo que mamá estaba metida en semejante lío. Es probable que hubiera intentado encontrarla el primer día que llegué si me hubiera dado cuenta de que era así de grave. Encontrarla, robar dinero y enviarla a cualquier parte lejos de aquí para que no volviera.

Jax se retorció y se pasó una mano por el pelo.

—Saber que esto iba a pasar y ver que pasa son dos cosas distintas, Nick.

—Lo sé —contestó en voz baja, muy baja.

Crucé los brazos alrededor de mi barriga y me estremecí otra vez. Tenía la sensación de que, en su mayor parte, estaba manejando todo aquello bastante bien. Quería darme palmaditas a mí misma en la espalda, pero cuando hablé, capté el temblor en mi voz:

—¿Qué voy a hacer? No tengo ni idea de dónde está mamá y ha dicho que, si trataba de largarme, sabían dónde encontrarme. Voy a terminar jodida de verdad...

De repente Jax estaba delante de mí, con sus manos a ambos lados de mi cara. Me tocó la cicatriz con el pulgar, pero la expresión de su cara era lo más aterrador que había visto en mis veintiún años de vida, y había visto muchas cosas aterradoras.

—No vas a ser ningún mensaje. No vas a ser nada para ninguno de ellos, ¿me entiendes? Nadie va a tocarte —aseguró, y lo dijo delante de Nick. Me tocó delante de Nick, me tocó la cicatriz—. Nos ocuparemos de esto y no te va a salpicar nada de toda esta mierda. ¿De acuerdo?

Lo creí.

Vaya. Realmente lo creí.

—De acuerdo —susurré.

Jax agachó la cabeza para rozarme la frente con los labios, y también lo hizo delante de Nick. Y eso desató algo en mi pecho, tiró con fuerza de él. Entonces Jax se volvió hacia Nick y, al hacerlo, me rodeó los hombros con un brazo para atraerme hacia él. Titubeé un momento, pero cedí. Me recosté en él, porque en aquel momento me pareció que necesitaba de verdad recostarme en alguien.

—Tenemos que llamar a la policía —sugirió Nick. Abrí la boca, pero prosiguió—: Vamos a tener que esperar y no hacerlo aquí.

—Tenemos que hacerlo en un lugar que no sea público —corroboró Jax, sujetándome la cintura con la mano—. Llamaré a Reece, le contaré lo que ha pasado. ¿Te encargas tú del bar esta noche?

—Ya lo hacía antes que tú —respondió Nick levantando el mentón en el lenguaje masculino universal.

—Cierto —reconoció Jax tras un breve silencio.

15

Clyde hizo algo más que cabrearse, le dio un soponcio cuando Jax le contó lo que había pasado. Yo no quería decírselo, pero, claro, tampoco podía ocultárselo.

—Voy a matarlo —gritó Clyde.

Mucha gente iba a matar a Mack.

Clyde me dio uno de sus grandes abrazos que me hacían sentir tan bien y me prometió que se encargarían de la situación. Lo hizo con una espátula en la mano.

Quería a ese hombre.

Esperamos una hora, y aunque no me apetecía nada, trabajé en el bar todo ese rato para guardar las apariencias. Jax me había advertido, lo mismo que Clyde y Nick, que era posible que alguien estuviera vigilando fuera, o que incluso podía haber gente dentro del bar. No acólitos de Mack, porque todo el mundo juraba que seguía siendo un aspirante a gánster de poca monta, sino de Isaiah, e Isaiah era cualquier cosa menos de poca monta, como me enteraría más tarde esa misma noche.

Faltaba poco para medianoche cuando Jax y yo salimos del Mona's. Detesté marcharme tan temprano un viernes, una de las mejores noches en lo que a propinas se refiere, pero el dinero, aunque parezca increíble, era el menor de mis problemas.

Fuimos a mi casa y Jax entró detrás de mí, sin separarse demasiado. No estaba muy hablador mientras me cambiaba deprisa para ponerme unos vaqueros limpios y una camiseta que no oliera a bar.

—Nos vamos a reunir con Reece. —Fue lo único que dijo antes de que entrara en el dormitorio.

Me retoqué el maquillaje por pura costumbre y un segundo después estábamos en la camioneta de Jax de regreso al pueblo. Cuando reconocí la calle en la que estaba su casa se me llenó el estómago de nudos.

—¿Vamos a tu casa? —pregunté.

Asintió con la cabeza sin apartar los ojos de la carretera.

—Reece se pasará por aquí. Con suerte, si te están vigilando, pensarán que ha venido a verme a mí. Todo el mundo sabe que somos amigos.

—¿Crees que me están vigilando? —pregunté doblando las manos hacia dentro.

Sujetó con más fuerza el volante.

—Es posible —contestó.

—Dios mío. —Inspiré y sacudí despacio la cabeza. Todo aquello... parecía irreal.

No hablamos mientras aparcaba el coche, bajó del vehículo y corrió para llegar a mi lado justo cuando acababa de abrir la puerta. Me cogió la mano, la sujetó con firmeza y me llevó hacia la fachada que lucía el 474 en números plateados.

No estaba segura de qué me esperaba al entrar en casa de Jax. No había estado en casa de demasiados chicos, por lo menos de chicos que no tuvieran novia, así que me la imaginaba desordenada, llena de cajas de pizza y latas de cerveza.

No fue eso lo que vi.

Justo al otro lado de la puerta había dos pares de zapatillas deportivas, muy bien puestas contra la pared. Uno de los pares me recordó a unas zapatillas de baloncesto, y me vino a la cabeza la imagen de un niño rubio corriendo por una casa con una pelota de baloncesto pegada al pecho.

Kevin.

Expulsé esos pensamientos de la cabeza y me quité las chancletas de un puntapié, pero Jax no se descalzó. Justo delante había una escalera que llevaba arriba y abajo, a lo que supuse que sería el sótano.

Lo seguí a una sala de estar muy masculina, con un sofá marrón oscuro y una butaca reclinable situados alrededor de un televisor del tamaño de un coche pequeño. Había un par de plantas con maceta delante de la ventana. Las persianas estaban cerradas. El comedor tenía una mesa pequeña de madera oscura y daba a una cocina que parecía acabada de limpiar. Con la disposición abierta, era bonita y espaciosa.

—Me gusta tu casa —dije, y me sonrojé, convencida de que soné como una idiota.

Se volvió hacia mí con una sonrisa mientras dejaba las llaves.

—Me va bien de momento, pero a la larga quiero una casa con jardín y sin vecinos encima de mí. De vez en cuando la pareja de al lado se pone a ello. Lo oigo todo. A veces es entretenido. Otras no tanto.

Por alguna razón noté que el estómago me daba un vuelco. Solo era unos años mayor que yo, pero ya tenía lo que quería entonces y sabía lo que deseaba en el futuro. Yo no sabía si me gustaría vivir en un piso, en una casa adosada o en una vivienda aislada. Nunca había pensado con tanta antelación e ignoraba por qué. Era algo de lo que acababa de darme cuenta en aquel instante mismo.

Mis tres efes no eran un gran plan.

—¿Estás bien?

Parpadeé despacio, y vi que Jax me estaba observando con curiosidad desde la cocina.

—Sí, es que tengo muchas cosas en la cabeza.

212

—Es comprensible. —Se movió hacia donde yo estaba, justo en la zona del comedor. Bueno, no se movió. Avanzó con la gracia de un bailarín. Se detuvo justo delante de mí, puso una mano a cada lado de mi cuello y me echó la cabeza hacia atrás con los pulgares debajo de mi mentón—. Todo va a ir bien.

El corazón hizo un pequeño redoble que, por más que quise, no pude impedir. Quería preguntarle por qué se estaba involucrando tanto, pero palabras como «Me gustas» y otras cosas que había dicho me vinieron a la cabeza. Y me había besado la frente delante de Nick.

Agachó la cabeza y me rozó la frente con los labios.

—¿Quieres tomar algo? Tengo refrescos. Agua. Zumo de manzana.

No me percaté de que tenía los ojos cerrados hasta que oí su risita grave y los abrí.

—Agua —dije tras carraspear—. Eso estará bien.

—Sí —comentó esbozando media sonrisa—, me apetece mucho esa cita del domingo.

Pero ¿qué diablos? Si recordaba bien, no había aceptado la cita. Me soltó y deslizó las manos por mi cuello, dejando un rastro de escalofríos tras ellas.

Dios mío, acababa de besarme otra vez la frente.

No sabía qué hacer ni cómo reaccionar. Las manos me temblaban de nuevo, pero por razones muy diferentes. Entré rápidamente en la sala de estar y me senté en el sofá. No me sentía como alguien de veintiún años. Catorce habría sido tirar largo.

—De hecho —grité, girándome hacia él. No podía ver dónde estaba en la cocina—. ¿Puedo tomar zumo de manzana?

Otra risita grave y sexy me llegó donde estaba sentada.

—Por supuesto.

Me mordí el labio inferior y me giré. Jax salió con un brik de zumo y la pajita ya puesta. Desvié la mirada de su cara al brik y de nuevo a su cara. No pude evitarlo. Una carcajada me llegó a la garganta y salió. Ahí estaba, aquel pibón que tenía un lado duro y sexy, y briks de zumo en su casa.

Me encantaba.

Mis labios esbozaron una sonrisa mientras recogía el brik de zumo.

—Gracias —dije.

Jax me miró. No sonreía a medias esta vez. Sonrió y, madre mía, su sonrisa era espléndida. Le llegaba a los ojos y los convertía en chocolate derretido.

—Tienes una risa fabulosa —comentó—. Y una sonrisa espectacular. Tendrías que hacerlo más a menudo. Ambas cosas. Sonreír y reír.

El brik de zumo casi se me resbaló de los dedos. Me había dejado otra vez sin palabras. No tenía ni idea de qué decir, y lo único que se me ocurrió fue:

—Gracias.

¿Acababa de darle las gracias por eso?

Sí.

Mi boca seguía parloteando, porque me puse en modo distracción.

—Tú sí que tienes una sonrisa preciosa. Quiero decir, prácticamente te quita el hipo, ¿y tu risa? Guau. Creo que es por tus labios; tienes unos labios estupendos…

¿Acababa de decir eso en voz alta, en serio? ¿Había dicho que tenía unos labios estupendos?

La sonrisa de Jax se ensanchó y, caray, parecía la única estrella del cielo por cómo deslumbraba.

Sí, había dicho eso en voz alta.

Dios mío, era idiota.

Por suerte sonó el timbre, lo que me ahorró decir más estupideces. Alargó la mano para pasarme el pulgar por debajo del labio inferior, lo que me dejó de piedra. Y después se fue a abrir la puerta.

Di un buen trago de zumo de manzana. Apenas me había recuperado cuando Reece entró en la casa y Jax cerró la puerta. Reece iba de uniforme. Estaba tan acostumbrada a verlo con vaqueros que me quedé boquiabierta con la pajita del brik de zumo apoyada en mi labio inferior. De algún modo sus espaldas parecían más anchas con el uniforme azul oscuro que llevaba ajustado al máximo, mostrando el vientre plano, las caderas estrechas y las piernas fuertes.

—Hola, Calla —saludó con una sonrisa.

Cerré la boca de golpe.

—Hola —murmuré y di otro sorbo.

La sonrisa de Reece aumentó un pelín al mirar a Jax.

—Lamento haber tardado tanto. He dejado el coche patrulla y he venido en mi coche particular por si había ojos en las calles.

Me estremecí al pensar que podía haber gente vigilando el bar, las calles e incluso la casa de Jax.

—Bien pensado —dijo Jax, que se sentó a mi lado en el sofá. Se sentó realmente a mi lado. Tenía todo el muslo en contacto con el mío—. Lo que quiero saber es cómo es posible que el puto adlátere de Isaiah vaya por ahí amenazando a Calla cuando se suponía que ibas a advertir a esos cabrones.

Oh. Vaya.

Reece lo miró con los ojos entrecerrados. Ya no era un chico sexy cualquiera que iba al bar o un poli que estaba bueno. Su actitud cambió. Se enderezó, su mirada se volvió penetrante y separó las piernas sin moverse de delante de la butaca reclinable.

—No hemos podido dar con ese gilipollas. No es que sea fácil de localizar, pero lo haremos.

—Haz que sea fácil —añadió Jax en voz baja.

—Jax —advirtió Reece.

Oh. Mierda.

—Tu trabajo es servir y proteger, ¿no? —replicó Jax con la mandíbula tensa—. Así que sirve y protege, coño.

Durante un tenso instante tuve la impresión de que iban a pelearse allí mismo, en la sala de estar, pero entonces Reece inspiró hondo.

—Tienes suerte de haberme salvado el culo en el desierto, si no, ya estaría pateando el tuyo.

¿Jax le había salvado el culo? Quería saber más detalles al respecto.

—Me gustaría verte intentarlo. —Le dirigió una mirada de satisfacción a su amigo—. Y la palabra clave de esa frase es «intentarlo».

Reece ignoró ese comentario y se sentó en el brazo de la butaca reclinable, fijando su atención en mí. Supe que no iba a enterarme de nada sobre lo de salvarle el culo.

—Necesito que me lo cuentes todo, Calla —me pidió.

Miré a Jax por alguna razón tonta que desconozco, y cuando él asintió con la cabeza, fui a beber un poco más de zumo de manzana, pero resultó que el brik estaba vacío, así que suspiré. Y se lo conté todo a Reece, empezando por el dinero que mamá me había robado y que era el motivo real de que estuviera ahí y de que trabajara en el bar. Mientras le explicaba eso, Reece dirigió a Jax una mirada curiosa que no supe interpretar, pero su atención se centró en mí cuando le hablé sobre el Individuo Grasiento, la heroína y lo que Mack me había dicho fuera del bar.

—Mierda —gruñó Reece cuando terminé, y pensé que eso lo resumía todo a la perfección—. No hay ninguna duda de que has acabado metida en algo muy jodido. No hace falta ser un genio para deducir que la heroína que había en la casa no era de tu madre. Es muy probable que se la guardara a alguien, y si tienes en cuenta la cantidad que había, seguramente era de Isaiah. Y solo Dios sabe con qué coño tiene ese tío pillada a tu madre para que ella esté dispuesta a guardar tanta droga. Es una responsabilidad enorme tener algo así a tu cargo.

El latido extraño de mi corazón indicaba lo poco que me gustaba cómo sonaba nada de todo aquello.

—¿Quién es ese tal Isaiah?

—Mueve droga, mucha droga, entre otras actividades ilegales. El caso es que, cuando ves a Isaiah, lo que no ocurre casi nunca, no tiene el aspecto de un traficante. Parece un puto empresario. —Jax hizo una mueca de desprecio—. Creo que la última vez que lo vi iba vestido de Armani, coño.

—Tiene negocios legales y es muy poderoso —añadió Reece. No me gustaba nada lo que estaba oyendo—. Tiene ojos y oídos en todas partes, y a mogollón de gente metida en el bolsillo, incluidos policías. Es la clase de persona a la que no quieres cabrear. Tu madre y los gilipollas con los que ella se junta no son el tipo de gente con los que él suele tratar. No entiendo cómo ha acabado involucrada con él.

—Eso no importa ahora —comentó Jax—. Mona se la ha liado parda a Isaiah y le debe dinero o, con la suerte que tenemos, un montón de heroína. —Jax se recostó en el sofá y extendió el brazo sobre el respaldo. Su mano aterrizó en mi hombro opuesto, lo que me sobresaltó—. Y eso ha salpicado a Calla.

—Entendido —se limitó a decir Reece.

Allí sentada, escuchándolos, pensé en la última noche que había pasado con mis amigos en Shepherd. Cam y Avery, Jase y Teresa, Brit y Ollie, e incluso Brandon y como se llamara. Habíamos hablado de los estudios, de ir a la playa y de viajar por el mundo. No de heroína y de un señor de la droga que seguramente tenía mucha experiencia en poner zapatos de cemento a la gente.

—Si sabes que trafica con droga, ¿por qué no está en la cárcel? —pregunté.

Los dos me miraron fijamente.

—Adorable. Es adorable —murmuró Jax.

Le dirigí una mirada que lo enviaba a saltar desde lo alto de un puente.

—Cuando he dicho que Isaiah es poderoso, no bromeaba. Los policías que no tiene metidos en el bolsillo han intentado atraparlo. Hasta los federales van a por él, pero las pruebas… bueno, nunca parecen ser suficientes —explicó Reece con cautela. Tuve la impresión de que había muchas cosas que no me estaba contando—. Existe un mundo ahí fuera que no se rige por el bien y el mal, y lo único que podemos hacer es minimizar los daños colaterales.

Daños colaterales. Vaya. Fue entonces, en ese momento, mientras me miraba los dedos de las manos, cuando comprendí que yo era un daño colateral. Y que el mundo de ahí fuera, esa pequeña parte de él que había conocido al crecer, era mucho más grande y mucho peor de lo que me había imaginado.

—Tenemos que encontrar a mi madre —dije alzando la vista—. No tengo ni idea de dónde puede estar, pero tal vez Clyde lo sepa. O, a lo mejor, puedo intentar hablar con Isaiah, explicarle que…

—No vas a acercarte a Isaiah —soltó Jax, apretándome el hombro con la mano—. Y hay algunos sitios a los que podemos ir a ver si está tu madre, pero son antros de mala muerte a los que tú tampoco vas a acercarte.

—¿Perdona? —Me volví hacia él y me lancé hacia delante, pero seguí con su mano en el hombro—. Que yo sepa, tú no eres mi jefe, tío. —Sí, no era una respuesta demasiado inteligente, pero daba igual—. Esto es problema mío.

—Es problema mío —aseguró Jax con los ojos clavados en los míos.

—No es problema tuyo —repliqué mientras un escalofrío me recorría la espalda.

—Y una mierda.

Apretujé el brik de zumo con la mano con tanta fuerza que aplasté el cartón.

—Puede que Mona sea tu jefa, pero es mi madre. Es problema mío.

—¿Jefa? —murmuró Reece.

Jax se inclinó hacia delante hasta poner su cara justo frente a la mía.

—Es problema mío porque es problema tuyo.

—¡Eso no tiene sentido! —exclamé con una mezcla de frustración y desconcierto—. Apenas me conoces, Jax. No hay ninguna razón para que te involucres en esto.

—Oh, ya empezamos otra vez con la mierda esa de que «apenas te conozco». No tengo que ser tu mejor amigo de siempre para involucrarme, cariño —soltó con los ojos castaños más oscuros que había visto—. Lo cierto es que ya hace tiempo que te conozco. Es solo que tú no me conocías.

Parpadeé, algo sobresaltada, pero me repuse enseguida.

—Que conozcas a Clyde y a mi madre no significa que me conozcas a mí o que puedas decirme lo que puedo o lo que no puedo hacer.

—Chicos… —suspiró Reece.

Nadie le hizo caso. De nuevo.

—Oh, no es solo eso. He dormido contigo. Eso te convierte en mi problema.

—Vaya —murmuró Reece.

—¡No has dormido conmigo! —exclamé boquiabierta.

—Oh, ya lo creo que hemos dormido juntos. —Chasqueó los labios—. Y sé muy bien que no lo has olvidado.

Madre mía.

—Ni tampoco despertarte conmigo —añadió con ojos afectuosos—. Sí, eso.

Madre mía de mi vida. Me giré como una bala hacia Reece.

—No quiere decir lo que crees que quiere decir —aseguré.

Reece levantó las manos como para pedir que no le metiera en aquello.

Me giré igual de rápido hacia Jax, que sonreía con aire de suficiencia, pero antes de que pudiera decir una palabra, y no tenía ni idea de qué decir después de todo eso, me rodeó la nuca con una mano y metió los dedos en mi pelo.

—Es problema nuestro —aseguró en voz baja—. ¿Entendido? Quieres encontrar a tu madre, y yo te ayudaré y estaré a tu lado, pero no vas a hacer esto sola.

Abrí la boca para argumentar que no necesitaba su ayuda, que me había pasado la mayor parte de mi vida sin necesitar ayuda, pero Reece intervino antes de que pudiera hacerlo.

—Has hecho bien al contarle a Jax lo que está pasando, Calla. Hay muchas personas que creen que pueden manejar solas situaciones chungas cuando, en realidad, hasta un alumno de primero sabe que necesitan ayuda. Sigue tratando este asunto con inteligencia. Aunque aquí la gente sea en su mayoría inofensiva, toda esta situación se está adentrando en terreno peligroso. Sé inteligente. Ten cuidado.

De algún modo, esas palabras lograron atravesar la irritación que me nublaba la mente. Sé inteligente. Ten cuidado. Dicho de otro modo, no seas tonta. Y una cosa era ser tonta en lo referente a Jax, y otra muy distinta serlo en lo referente a acabar herida o algo peor aún.

Así que asentí con la cabeza.

Jax me apretó con cariño la nuca y, después, me soltó.

—Buena chica —dijo.

Puse los ojos en blanco.

—Haré que algunos de mis hombres busquen también a Mona, y daremos un paso más poniéndonos en contacto con Isaiah. Mientras tanto, te sugeriría que te mantengas cerca de Jax o de Clyde. —Reece inspiró—. Y quiero hablar con Mack.

—No puedes hacer eso —comenté, tensa.

—No he dicho que vaya a hablar con Mack sobre ti. No me gusta que te haya amenazado, pero también voy a actuar con inteligencia al respecto.

—No puede haber represalias contra Calla —advirtió Jax.

—No las habrá. —Reece esbozó una sonrisa tensa—. Confía en mí, las próximas veinticuatro horas Mack hará algo que le valdrá una visita mía. Puedo desviar su atención hacia otra parte, por lo menos de momento.

—Parece un buen plan —afirmó Jax.

A mí nada de aquello me parecía realmente un buen plan, pero ¿qué sabía yo? Reece se levantó para marcharse después de asegurarnos que estaría en contacto, y Jax lo acompañó fuera. Me recosté de nuevo en el sofá, y justo cuando estaba soltando un bostezo horroroso, Jax regresó.

—¿Va todo bien? Me refiero a cuando has salido con Reece.

—Sí. De hecho, me ha hablado sobre algo que no tiene nada que ver con esto. Uno de nuestros amigos va a casarse. Formo parte del cortejo nupcial.

—Hala, qué guay. ¿Es uno de los chicos que viene al bar?

—Dennis —respondió asintiendo con la cabeza—. Reece quería asegurarse de que podía encargarme de la despedida de soltero, que será el fin de semana. —Me miró un momento—. ¿Cansada?

Lo estaba de verdad. El tequila de la noche anterior y los acontecimientos del día habían podido conmigo. Quería cerrar los ojos y olvidarme de todo un rato. Asentí con la cabeza y me puse de pie, imaginando que ya era hora de que Jax me llevara de vuelta a casa.

—Yo también lo estoy —dijo.

En lugar de coger las llaves que había dejado en la encimera, se desató las botas. No pillaba lo que estaba haciendo, porque no creía que fuera a conducir descalzo.

—¿No vas a llevarme a casa? —solté.

A continuación se quitó los calcetines, que dejó caer cerca de las botas.

—Me he estado quedando contigo. Lo mismo que Clyde. Eso no va a cambiar ahora, desde luego.

Me alegró que uno de ellos fuera a quedarse conmigo.

—Es tarde. No hay motivo para que volvamos a salir —prosiguió—. Puedes quedarte aquí.

El corazón me dio un salto mortal hacia atrás. Nunca me había quedado en casa de un chico.

—No creo que deba quedarme aquí.

—Puedes tomarte otro brik de zumo.

Eché un vistazo a la puerta principal con los costados agarrotados.

—No quiero más zumo de manzana —comenté mientras empezaban a sudarme las manos.

—También tengo ponche de fruta. No del corriente. Capri Sun.

¿Tenía un surtido de briks de zumos? Sacudí la cabeza. Eso no era importante. Era, sin duda, adorable, pero no importante.

—Aquí no tengo ropa limpia.

Jax rodeó el sofá y se acercó a mí sonriendo. Se me tensaron todos los músculos del cuerpo.

—Estoy seguro de que tendré algo que puedas ponerte. Y también tengo cepillos de dientes sin estrenar. No te faltará nada.

Maldita sea.

—Calla, no es distinto a cuando yo me quedo en tu casa.

Pero lo era. Se me aceleró el pulso mientras buscaba una razón lógica que no implicara que yo fuera tonta, pero no se me ocurrió ninguna válida.

—Vale. —Inspiré hondo.

Esa dichosa sonrisa apareció de nuevo en sus labios y mi estómago estaba dando volteretas.

—Pues… dormiré en el sofá —anuncié.

—Va a ser que no.

—Entonces ¿dormirás tú en el sofá? —pregunté esperanzada.

—Ni hablar. —Soltó una carcajada—. Ese trasto no es nada

222

cómodo. En ese sofá no duerme nadie que me caiga bien, aunque solo sea un poco.

Vaya por Dios.

—¿Tienes otra cama?

—Solo una, pero es grande. —Alargó el brazo hacia mí para cogerme la mano, y me dio vergüenza porque temía tenerla sudada—. De matrimonio, extragrande. Hay espacio suficiente para los dos y un San Bernardo.

—¿Tienes un San Bernardo?

—No —contestó soltando una risita.

Había sido una pregunta idiota.

—No creo que esté bien que durmamos juntos. A ver, la verdad es que… no sé, no es buena idea.

—Las mejores cosas de la vida rara vez son buena idea —replicó con una ceja arqueada.

Se me movieron los labios, pero los apreté con fuerza. ¿Cómo respondía a eso? Jax tiró de mi mano al darse la vuelta rumbo a la escalera y yo lo seguí en silencio, con el corazón latiendo a toda velocidad en mi pecho. No me quejé mucho mientras me conducía escalera arriba, porque estaba demasiado ocupada flipando.

Había un cuarto baño en el pasillo y dos habitaciones con las puertas abiertas. Jax había transformado uno de los cuartos en despacho y sala de entrenamiento. Había pesas junto a la pared, muy bien colocadas cerca de un banco. Pero no entramos ahí. Jax me llevó directamente a la otra habitación y encendió una luz.

Me costaba respirar.

Jax no parecía haberse dado cuenta. Rodeó la enorme cama y empezó a hurgar en un tocador de roble oscuro. Me quedé inmóvil.

Estaba en el dormitorio de Jax.

En plena noche.

Cuando se enderezó, los músculos se le flexionaron y se le marcaron bajo la camiseta. Deseé ser normal. No era la primera vez que lo deseaba, y lo había deseado por un montón de razones, pero si fuera normal estaría ahí de pie excitada en lugar de asustada y llena de desesperación. Estaría impaciente y no saboreando la amargura del miedo. Me estaría preocupando por la clase de ropa interior que me había puesto aquella mañana en lugar de pensar en las cicatrices.

Sería una chica en el dormitorio de un chico que le gustaba. Y había que ver cómo me gustaba Jax. Sí, no hacía demasiado que lo conocía, pero lo que sabía de él me gustaba.

—Esta camiseta seguramente te servirá de camisón. —Se acercó y me la dio mientras lo miraba—. Esa puerta de ahí da a un cuarto de baño. Hay cepillos de dientes nuevos en el cajón de debajo del lavabo.

Seguí mirándolo.

—Voy a comprobar que esté todo cerrado. ¿Vale?

Con la ropa prestada contra mi pecho, no dije nada ni me moví cuando Jax pasó a mi lado. Se paró, me puso una mano en la zona lumbar y se agachó para hablarme al oído. La calidez de su aliento me hizo sentir bien.

—¿Recuerdas lo que te dije?

Me había dicho muchas cosas.

—Me imagino que no has pasado la noche en casa de demasiados chicos.

Fruncí la nariz. ¿Tan obvio era? Uf.

—Me gusta eso de ti —prosiguió, y me pareció que era raro que a alguien le gustara eso—. Es adorable.

Él era raro.

Pero la emoción no me cabía en el pecho.

—Te dije que estabas a salvo conmigo. —Deslizó la mano hacia mi cadera y la apretujó tímidamente—. Eso no ha cambiado, Calla.

Solté despacio el aire. Me había dicho eso y había confiado en él. Había llegado el momento de actuar como una adulta. Iba a quedarme ahí, durmiendo en la misma cama, pero no tendría sexo con él.

—Te vas a quedar —dijo.

—Me voy a quedar —suspiré.

—Y no vas a dormir en el sofá. Ni yo tampoco.

El corazón me hizo una pirueta, suspiré otra vez y asentí de nuevo con la cabeza.

16

Cuando Jax salió de la habitación, entré prácticamente corriendo en el cuarto de baño y cerré la puerta. Como el resto de su casa, estaba limpio y ordenado. Las alfombrillas de baño azules del suelo hacían juego con la cortina de baño del mismo color. No había más decoración. Me desnudé deprisa, evitando mirarme en el espejo ancho y largo. Tenía que quitarme el sujetador. No podía dormir con él puesto, no sabía muy bien si por las cicatrices o simplemente porque era incómodo de cojones. Pero Jax estaba en lo cierto razón, la camiseta era tan grande y tan larga que me llegaba hasta la mitad de los muslos y no me quedaba ajustada. Además me había vuelto a poner la camiseta de tirantes, lo que me daba capas extra.

Mi ropa interior era adorable, unas braguitas de cintura baja color rosa fuerte con un lacito en el centro, pero eso daba igual, porque de ninguna manera iba a ver Jax mi ropa interior, por lo que era tonto pensar en ella o en el lacito.

Me quité el maquillaje de los ojos y cogí uno de los cepillos de dientes nuevos, intentando no pensar por qué tenía tantos en su cuarto de baño.

Una vez de vuelta en el dormitorio, lo crucé corriendo, apagué la luz, aparté las sábanas del lado más alejado de la puerta y me metí en la cama. Me giré de costado y me quedé mirando las puertas cerradas del armario unos veinte minutos más o menos, nada cansada de repente.

La cama olía bien. Olía a él, de hecho, una mezcla de su colonia y alguna clase de jabón. Inspiré y casi me atraganté. ¿Estaba en serio olisqueando su cama? Me pareció una forma totalmente nueva de caer bajo.

Entonces le oí subir la escalera.

Me costó lo que no está escrito quedarme quieta en lugar de girarme agitándome como una idiota. Acabé apretando los labios y las manos con fuerza cuando sus pasos llegaron a la habitación. Lo oí acercarse al tocador, y los ruidos que hizo después me hicieron desear haber tomado más aire antes de contener la respiración.

La bajada de una cremallera, que me puso los nervios de punta.

El crujido de la ropa.

Los pantalones que golpearon el suelo.

Hundí la barbilla, y aunque la habitación estaba a oscuras y solo podía distinguir el contorno de su figura, me esforcé por ver algo más. Puede que eso me convirtiera en una pervertida, pero, qué caray. Se estaba poniendo algo… la parte de abajo, pero no parecía llevar puesta ninguna camiseta cuando se volvió hacia la cama.

Habría dado un ovario por ver esos abdominales a plena luz.

La cama se hundió bajo su peso, y noté un ligero tirón cuando se tapó con las sábanas. Se movió, y aunque no estaba cerca de mí, noté su calor. No dijo nada, y pensé en lo que me había dicho antes, eso de que me conocía desde hacía más tiempo del que yo lo conocía a él. Eso no tenía sentido, porque se había sorprendido al darse cuenta de que Mona era mi madre.

No quería pensar en eso ni en nada, pero la cabeza me daba vueltas a toda velocidad, negándose a desconectar. Y aunque normalmente estaba cómoda de costado, de repente quise estar boca arriba, pero no quería moverme, porque tendría que dormirme ya. Agité las caderas, con la esperanza de ponerme cómoda y de que él se hubiera quedado dormido enseguida. La primera noche que pasó en la otra cama se había quedado dormido bastante deprisa.

—¿Calla?

Cerré los ojos con fuerza y contuve la respiración.

—Sé que estás despierta.

Joder.

—Estoy durmiendo —repliqué.

—Es increíble lo bien que contestas cuando estás durmiendo —comentó con una risita.

—Estoy hablando en sueños.

Se oyó otra carcajada sensual.

—Ahora no estás cansada, ¿verdad?

—Sí —mentí—. Estoy exhausta.

—¿Por eso no has parado de moverte desde que me he metido en la cama?

Abrí los ojos con un gran suspiro melodramático.

—¿Tú no estás cansado? —quise saber.

—Ya no —respondió y, madre mía, su voz adquirió ese tono grave que me hacía separar los labios—. ¿Lo llevas todo bien?

Mierda, la emoción no me cabía de nuevo en el pecho. Era muy tierno que me lo preguntara. Dios mío, era muy majo, y aunque no estaba bebiendo tequila, quería decírselo.

—Sí. Y no. Quiero decir, podría ser peor.

—Sí, supongo—. La cama se sacudió un poco, y supe que estaba más cerca de mí. Noté su calidez bajo las sábanas—. Sé de un par de lugares en los que podría estar tu madre. Podemos comprobarlos mañana antes de ir al bar.

—Eso… eso estaría bien —comenté asintiendo con la cabeza.

—Y Reece se asegurará de que Mack no esté por aquí durante una semana. No tienes que preocuparte por él.

—¿Tengo que preocuparme por Isaiah? —pregunté en voz baja.

La cama se movió otra vez cuando Jax se apoyó en un codo. Estaba cerca, sin tocarme, descamisado, y podía notar sus ojos en mí incluso a oscuras.

—Deberíamos encontrar a tu madre.

Obtuve mi respuesta sin que la pregunta hubiera sido contestada. Volvía a tener los labios apretados y se me hizo un nudo en la garganta. Mamá… ¿En qué se había metido? Tenía que concentrarme en otra cosa, así que pensé en cuando Reece había estado ahí.

—¿Le salvaste la vida a Reece?

Pasaron varios segundos, y Jax se acomodó detrás de mí, más cerca todavía. Casi podía notar sus piernas detrás de las mías.

—No es un buen tema del que hablar a la hora de dormir.

Ya me lo imaginaba.

—Quiero saberlo —insistí.

—¿De veras?

Me hice esa misma pregunta, y me di cuenta de que realmente quería saberlo, quería saber más cosas de él.

—Sí —respondí.

—Estuvimos juntos en Afganistán. Formábamos parte de un grupo de reconocimiento —explicó tras otra pausa—. Éramos por lo menos veinte, y lo habíamos hecho tantas veces que casi era una costumbre. Permanecíamos alerta, pero no estábamos preocupados. Eso es lo que tienen las costumbres. También pueden destruirte.

Me mordí el labio inferior, incapaz de imaginar la clase de mundo que él había visto.

—Estábamos en las afueras de un pueblecito, un pueblo que parecía uno más de los muchos que habíamos reconocido antes, pero era diferente. Resultó estar muy armado, y no todos ellos formaban parte de la causa. Había una bomba en la carretera.

Me estremecí. Dios mío, ¿una bomba? Si habías vivido en Estados Unidos la última década más o menos, conocías la destrucción que una bomba en la carretera, incluso las pequeñas, podía causar.

—Era una emboscada —añadió en voz baja, casi como si se le hubiera ocurrido después—. Estas cosas pasan mucho. Todo va como una seda y, antes de que te des cuenta, el mundo entero salta por los aires. Nuestro grupo quedó desperdigado. Reece recibió un disparo en el vientre. Yo lo saqué de allí.

Me sentí rara al respirar.

—¿Tú lo sacaste de allí?

—Sí.

Eso fue todo lo que dijo al respecto, pero yo sabía que tenía que haber más. No era tan sencillo sacar a alguien de allí mientras estallaban bombas y te estaban disparando.

—¿Era… era eso lo que te mantenía despierto por la noche?

Estuvo un buen rato sin contestar.

—Algunas noches soñaba que no llegaba a tiempo donde estaba Reece. Y otras, veía las cosas que salieron mal ese día. Es una locura cómo el cerebro se aferra a esa clase de imágenes.

Empezó a dolerme el pecho.

—¿El whisky te ayudaba con ello?

—A veces —murmuró—. Lo atenuaba todo, atenuaba los detalles.

Quería saber más, pero entonces me hizo una pregunta que me pilló desprevenida.

—¿Te gustaba hacer todo aquello de lo de la reina de belleza?

Abrí unos ojos como platos.

—Pues… —No quería responder, ni siquiera me gustaba pensar, aunque dudaba de que a Jax le gustara hablar sobre bombas o sobre ser tiroteado, así que se lo debía—. A veces.

Bueno. No era mucho, pero era algo.

—¿A veces? —insistió con suavidad.

Me sujeté el labio inferior entre los dientes y cerré los ojos.

—A veces resultaba divertido. Era pequeña y me gustaban los vestidos bonitos. Me sentía como la princesa de un cuento de hadas. —Solté una carcajada sardónica—. De modo que era como jugar a disfrazarme cada semana y hacía... hacía feliz a mi madre que fuera bien peinada y maquillada y que estuviera en el escenario. La hacía realmente feliz que ganara, sobre todo los títulos importantes.

—¿Qué clase de títulos? —me preguntó en la penumbra.

—El Grand Supreme, por ejemplo. —Tuve que abrir los ojos, porque podía verme a mí misma en el escenario, girando, lanzando besos al aire y poniéndome las manos bajo el mentón—. Cuando mamá era feliz, tenía la sensación de que me quería. Sé que me quería, pero entonces era como si realmente me quisiera —comenté moviendo las caderas otra vez para intentar encontrar la postura sin ponerme boca arriba—. Pero había veces en que quería ser... no sé, quería ser una niña. Deseaba jugar, pero tenía que practicar la forma de andar, o quería estar con mi padre, pero a él no le gustaba ir a esas cosas, y a veces quería pasar tiempo con... —Se me apagó la voz y cerré la boca.

—¿Pasar qué?

A veces quería estar en casa, pasando el rato corriendo detrás de Kevin. Él era mayor que yo, el hermano mayor, y cuando yo estaba en casa, era su sombra. Y también me gustaba estar con Tommy, porque era muy pequeño y muy mono, como un muñeco real con el que podía jugar.

Pero no lo hice, porque hacía años que no decía sus nombres en voz alta, y habían pasado años desde que alguien había dicho sus nombres hasta que Clyde lo había hecho durante el fin de semana.

—Estaba bien —proseguí a toda prisa—. Pero no creo que sea algo que yo hiciera si tuviera una hija.

—Yo tampoco. Creo que hace que las niñas se concentren en

algo equivocado, ya que todo gira en torno a su aspecto. Así que eso es algo en lo que estamos de acuerdo.

—Sí —susurré, notando que se me tensaba la tripa. Una cosa era estar acostada en la cama con Jax y otra muy distinta hablar sobre en lo que estábamos de acuerdo a la hora de educar a los hijos.

—¿Qué te gustaba hacer de niña que no tuviera que ver con lo de ser una reina de belleza? —preguntó.

Noté una opresión en el corazón. No podía contestarle sinceramente. Lo que más me gustaba era estar con Kevin. Así que le dije mi segunda opción:

—Jugar al baloncesto.

—¿Al baloncesto? —La sorpresa era evidente en su voz.

—Sí, ¿y a ti?

No vaciló. Ni lo más mínimo.

—Fingir que mi hermana pequeña me ponía de los putos nervios cuando, en realidad, me encantaba que me siguiera a todas partes, porque con ella siempre nos metíamos en algo.

Me quedé sin respiración, sin saber qué tenía que afectarme más, si que tuviera una hermana o que su relación con su hermana se pareciera mucho a la que yo tenía, o podría haber tenido, con Kevin.

—¿Tienes una hermana? —pregunté pasados un momento.

—Tuve.

—¿Tuviste? —pregunté notando una pesadez en el pecho nada agradable.

—Tuve —repitió.

Oh, no. Cerré los ojos con fuerza.

—¿Ya no está… entre nosotros?

—No.

Me puse boca arriba. Ni siquiera me paré a pensarlo y, cuando volví la cabeza, tenía la cara de Jax a unos centímetros de la mía.

—¿Qué pasó? —pregunté.

—Cuando tenía dieciséis años tuvo un accidente de coche

con su novio —respondió mirándome a los ojos—. El chico corría demasiado y la camioneta que conducía volcó. Él murió en el accidente y mi her... bueno, se rompió una pierna y una clavícula. Sufrió mucho dolor después del accidente, y no solo físico.

Oh, tuve un mal presentimiento sobre cómo iba a acabar la historia.

Sus labios carnosos esbozaron una ligera sonrisa llena de tristeza.

—Jena... era una chica genial, tenía más pelotas que muchos de los chicos que yo conocía. Esquiaba, practicaba salto base y paracaidismo y hacía que a nuestros padres les dieran infartos sin cesar, pero después del accidente cambió.

—¿Cómo? —susurré, pero el sabor amargo en el fondo de mi paladar me indicó que no estaba segura de querer saberlo.

Como le estaba mirando la cara, no vi que su mano ocupaba el pequeño espacio oscuro que había entre nosotros, pero la caricia de su pulgar en mi labio inferior me llegó a la punta de los dedos de las manos y de los pies.

—Le recetaron muchos medicamentos para el dolor. Empezó siendo todo legal, pero se volvió adicta. Creo que estar colocada la ayudaba a no gestionar su dolor, ¿sabes?

Madre mía, ya lo creo que lo sabía.

—Sí —susurré mirándolo sin pestañear.

—Al final los médicos se los quitaron, pero ella estaba enganchada. Como no quería abordarlo, se pasó a otras cosas: heroína y oxicodona. —Su pulgar se deslizó de nuevo por mi labio inferior, lo que me hizo estremecer—. Mis padres intentaron conseguirle ayuda, pero era imposible impedir lo que acabó pasando. Yo estaba en el campo de entrenamiento cuando nuestra madre la encontró en su habitación. Se había tomado una sobredosis. Había muerto durante la noche. —Inspiró hondo—. Durante mucho tiempo me culpé a mí mismo.

—¿Por qué? —pregunté con el ceño fruncido.

—Pensaba que, tal vez, si hubiera estado en casa, podría haberla detenido —respondió—. Una parte de mí todavía lo piensa, joder.

—No puedes ayudar a quien no quiere que le ayuden —le dije—. Créeme. Lo sé.

—Ya sé que lo sabes —respondió en voz baja—. Pero es una culpa que seguramente cargaré cierto tiempo, puede que siempre. Ella era… era mi hermana pequeña. Mi trabajo era protegerla.

—Oh, Jax —susurré. Se me había hecho un nudo mayor en la garganta—. Lo siento mucho —dije. Sonaba pobre, pero no sabía qué más decir.

Su pulgar hizo otra pasada y, luego, Jax apartó la mano.

—No tienes por qué sentirlo.

—Lo sé. —Pasó un instante, en el que inspiré hondo, y después me giré de costado para volver a mirar la puerta del armario. Me dolía el alma por él, por su familia y por una hermana que jamás tuvo la oportunidad de llegar a ser nada. No teníamos el mismo pasado. Ni de coña. Pero había similitudes. Mamá era quien era entonces porque no había logrado superar el dolor y la pena, y me pregunté si Jax sabría lo del incendio y lo de Kevin y Tommy, ya que sabía lo de los concursos de belleza—. Siento que perdieras a tu hermana y lo que viviste durante tu servicio en el ejército. Tienes… tienes que ser muy valiente.

—Creo que más bien se trató de no querer morir o ver morir a mis amigos que de ser valiente.

Era muy modesto por su parte decir eso. Como me había confiado tantas cosas, me pareció que yo tendría que confiarle algo que él desconociera por completo, pero era difícil. Me costó un poco conseguir que mi lengua formara las palabras:

—Soy una mentirosa.

—¿Qué? —dijo tras una pausa.

A pesar de que estaba oscuro, me sonrojé.

—Soy una mentirosa —repetí—. Mis amigos de Shepherd, Teresa y su novio Jase, y Avery y Cam. Cam es el hermano mayor de Teresa, y él y Avery son la pareja más adorable del mundo —divagué, nerviosa—. Cam tiene una tortuga como mascota, y le regaló una a Avery.

—¿Sus tortugas están enamoradas? —preguntó, y su cuerpo se sacudió al reír en voz baja.

—Sí. No puedes evitar sentir el amor cuando estás con ellos; ni siquiera las tortugas son inmunes a eso. —Y proseguí—: Teresa y Jase son la pareja más perfecta del mundo. En serio. Y después está Brandon.

Pasó otro instante.

—¿Brandon?

Seguramente no tendría que haberlo mencionado.

—Es otro amigo. Tiene novia —añadí enseguida y después continué hablando—. Bueno, son estupendos. Lo son de verdad, y los quiero, pero les he mentido. No saben nada sobre mí y les he contado mogollón de mentiras.

—Nena…

—No. En serio. Les he dicho que mamá estaba muerta. —Cuando se hizo el silencio, me hice una mueca a mí misma en la oscuridad—. ¿Lo ves? Es una mentira horrible. Pero nunca iba a darse la ocasión de que la conocieran y, en cierto sentido, está muerta, ¿sabes? La bebida y las drogas mataron a mi madre hace años.

—Comprendo —murmuró.

No estaba segura de que lo hiciera.

—Y creen que ahora estoy visitando al resto de mi familia.

—Eso no es mentira. Clyde es como de la familia.

Abrí la boca para corregirlo, pero tenía razón. Vaya.

—El semestre pasado le dije a Teresa que iba a volver a casa a pasar unos días y ¿sabes qué hice, Jax?

—¿Qué? —respondió con dulzura.

—Me alojé en un hotel y usé el servicio de habitaciones para comer. —Al ver que no respondía, añadí—: El servicio de habitaciones era buenísimo, eso sí.

—No eres ninguna mentirosa —comentó pasados unos instantes.

—Hummm…, ¿qué parte de esta conversación te has perdido? Les he mentido. A propósito. —Y ahora que lo había contado me sentía como una pringada.

—Tenías tus motivos, Calla. No estabas mintiendo por una cuestión de mala leche ni nada. No tuviste una infancia fabulosa y tu relación con tu madre es, en el mejor de los casos, inexistente. Estoy seguro de que tus amigos lo comprenderían si supieran la verdad. —Hizo una pausa—. Todo el mundo tiene secretos, nena. Nadie es siempre un cien por cien sincero en todas las situaciones. Y eso vale también para tus amigos.

Cerré los ojos mientras asimilaba sus palabras. Era innegable que me habían servido para sentirme un poco mejor sobre todo lo que les había ocultado a mis amigos.

—Gracias —susurré.

Estuvo unos instantes sin decir nada y después volvió a moverse. Sus piernas tocaban, sin lugar a dudas, las mías.

—¿Calla?

—¿Sí? —pregunté de nuevo sin respiración.

Pasado un brevísimo silencio, comentó:

—¿Crees de verdad que tengo unos labios estupendos?

—Madre mía —gemí. Había olvidado que lo había dicho antes. La risa de Jax me danzó por la piel, y así, sin más, sentí que todo estaba bien—. Te odio.

—No es verdad —dijo, riendo de nuevo.

Como la habitación estaba a oscuras, sonreí. Sabía que él no me veía, pero tuve la sensación de que sabía que estaba sonriendo y que tenía razón. No lo detestaba.

—¿Calla?

—¿Jax? —No tenía ni idea de qué iba a decir a continuación.

Me tocó el pelo, o eso me pareció. Fue un roce tan ligero y tan breve, que no estaba segura.

—Tú también tienes que ser muy valiente —dijo.

—¿Por qué lo dices? —pregunté tras inspirar con suavidad.

Jax no respondió y no insistí, porque tenía miedo de que se explayara, y ni siquiera estaba segura de por qué tenía miedo. Pasado un rato, oí que respiraba más profundamente y supe que estaba dormido. Permanecí acostada a su lado, sintiendo un nudo en el pecho. Pasó un buen rato antes de que mis pensamientos se calmaran después de lo que me había contado, lo que me había confiado y dicho. Y de todo lo demás que yo no le había contado.

17

La segunda vez que me desperté al lado de Jax James fue como la primera. Desde luego era de lo más mimoso cuando dormía.

Cuando por fin concilié el sueño, tenía sus muslos contra la parte posterior de los míos, pero había más. Toda su parte delantera estaba encajada en mi parte trasera, y no solo eso: tenía una de sus piernas entre las mías y me rodeaba la cintura con un brazo. Nuestras cabezas tenían que estar en la misma almohada, porque su aliento cálido me rozaba el pelo de la sien y me acariciaba la mejilla.

Estábamos otra vez haciendo la cucharita.

Y la sensación era igual de buena e igual de tonta que la última vez, pero era una clase buena de tontería. Una tontería con la que quería juguetear, porque el calor de su cuerpo había creado ese acogedor refugio del que no quería separarme. Entonces recordé lo que había pasado la última vez.

Inspiré hondo y empecé a separarme de Jax para salir de la cama, pero no pudo ser. En cuanto me moví, el brazo que me rodeaba la cintura me sujetó con más fuerza y, de repente, acabé boca arriba.

Jax pasó una pierna sobre las mías y se acercó; no, se arrimó a mí. Cuando habló, sus labios me acariciaron el lado del cuello, lo que hizo que se me pusiera la carne de gallina además de sonrojarme.

—¿Adónde crees que vas? —soltó.

Vaya por Dios. Su voz, profunda y áspera por el sueño, mezclada con el hecho de que sus labios me rozaban la piel al hablar, era de lo más seductora. El corazón se me paró un instante y luego se me aceleró el pulso.

—Iba… iba a levantarme.

—Hummm… —murmuró. Luego deslizó la mano hacia arriba por mi vientre hasta llegar justo debajo de mis pechos. Me mordí el labio inferior para acallar la sensación aguda que noté en mis entrañas. Tenía la mano muy cerca y, si alargaba los dedos, su pulgar tendría algo de acción—. No pillas el concepto de la hora de dormir.

Tenía los ojos abiertos como platos y clavados en el techo. Sabía que tendría que apartarle la mano. No creía que pudiera notar ninguna diferencia en mi piel a través de la camiseta que me había prestado y de la mía de tirantes, pero una energía nerviosa empezó a crecerme en el estómago, mezclada con un sentimiento que reconocí.

Nunca había echado un polvo, nadie me había excitado sexualmente ni nada por el estilo. Como era evidente. Pero sentía la misma curiosidad que cualquier chica que ha pasado por la pubertad y todas esas cosas, así que me había familiarizado con mi cuerpo bastantes veces y sabía qué era aquella crispación que me recorría las venas.

—¿Verdad? —dijo.

—Bueno… —Mi lengua dejó de moverse, porque entonces movió ligerísimamente la mano y abrió los dedos. Su pulgar me rozó la parte inferior del pecho izquierdo, y yo, de manera instintiva, di un respingo. No sé si tenía que ver o no con la cicatriz, pero mi pecho izquierdo era muy sensible.

Después de eso, su mano se quedó quieta. A la espera. La intuición me dijo que Jax sabía exactamente lo que había rozado su pulgar y estaba esperando mi reacción. O puede que estuviera medio dormido y no se diera cuenta.

Los labios de Jax me acariciaron por sorpresa un punto erógeno justo debajo de la oreja y mis pulmones se quedaron sin aire. Guau. Vale. Lo más probable era que no estuviera medio dormido y que supiera muy bien lo que estaba haciendo.

Tenía que apartarle la mano.

Tenía que salir cagando leches de aquella cama.

Pero no me moví.

Y fuera cual fuera la respuesta que estaba esperando, la obtuvo. Su pulgar deambuló por mi pecho y la garganta se me quedó seca. Pero qué barbaridad, ¿qué estábamos haciendo?

—Olvida lo de la hora de dormir —susurró, tocándome otra vez la piel del cuello con los labios—. Creo que me gusta que no lo pilles.

—¿En serio?

Ese pulgar ascendió unos centímetros y me mordí el labio inferior.

—Sí. Me gusta cuando te despiertas.

No tenía ni idea de cómo contestar, y mis pestañas estaban descendiendo lenta, pero firmemente, a pesar de que se me estaba acelerando el corazón y que el calor invadía mi cuerpo, aligerando la rigidez de mis músculos a la vez que crecía en mí otro tipo de tensión.

—Ya sabes qué está pasando aquí. —Su frase hizo que se me desorbitaran una vez más los ojos. Hubo una ligera pausa—. Por favor, dime que sabes lo que está pasando aquí abajo.

—Sí —susurré, y acto seguido, añadí—: No.

—¿Sí y no? —Su voz se había vuelto más grave, más áspera. Noté un cosquilleo en la punta de los pechos que me descendió hacia la barriga y más abajo, mucho más abajo—. ¿Te importa explicármelo?

—¿Por qué? —Fue lo único que pude decir.

Sus labios se deslizaron por el lado de mi cuello.

—¿Por qué, qué? —preguntó.

Me costaba formar los pensamientos. Jamás me habían tocado así, y apenas era un ligero roce, pero me hacía perder los sentidos.

—¿Por qué está pasando esto?

—Porque quiero. —Su pulgar se deslizó de nuevo.

Eso no era ninguna respuesta.

—Pero ¿por qué?

—Ya te lo he dicho. —Presionó sus labios en mi pulso, lo que me hizo soltar un grito ahogado, y entonces levantó la cabeza y apoyó su peso en el brazo que estaba junto a mi costado. Me miró con intensidad—. Es la misma razón por la que voy a llevarte a cenar mañana por la noche.

Tenía los ojos fijos en los suyos y el corazón me latía con fuerza, como si formara parte de un tambor metálico. Ese dichoso pulgar suyo volvió a moverse, provocando otra oleada de estremecimientos.

—Me gustas, Calla —dijo con una voz que apenas era un susurro.

Cambié mi siguiente pregunta.

—Pero ¿cómo?

Jax pestañeó.

El cambio de la pregunta me pareció patética hasta a mí, pero de verdad que no lo entendía. La mitad de mi cara estaba bien. La otra mitad, no. Jax ni siquiera había visto el resto de mí, y era la clase de chico del que escribías a tu madre, a tu padre y a todo el mundo al que conocías. Y no estaba segura de que me hubiera conocido el tiempo suficiente como para valorar qué clase de personalidad tenía o, Dios mío, no podía creerme que fuera a plantearme esto, si albergaba o no alguna clase de belleza interior.

—¿Qué? —dijo entrecerrando los ojos.

Sentí otra clase de calor en mis mejillas.

—Soy realista, ¿vale? —dije—. Lo he sido desde hace mucho tiempo. Tengo que serlo, y el hecho de que te guste, de que quieras tener una cita conmigo y hacer...

—Hacerte cosas realmente divertidas e interesantes —aportó.

—Sí, eso. —Me ruboricé.

—Cosas que te harán sentir muy bien —prosiguió Jax, y sus palabras y la forma en que las dijo me excitaron como nunca antes en mi vida—. Eso es lo que quiero hacerte.

—Muy bien —respiré—. Lo pillo.

—Genial —dijo con media sonrisa.

—Pero no tiene sentido —insistí mientras cerraba los puños alrededor de las sábanas—. Tú eres muy atractivo...

—Bueno, gracias.

Pasé eso por alto y traté desesperadamente de ignorar que su mano rodeaba casi por completo mi pecho izquierdo. No quería pensar en ello, porque me hacía pensar que, si no estuviera tapada, Jax no estaría haciendo lo que estaba haciendo. Inspiré hondo.

—Yo no lo soy. No soy...

No pude seguir hablando, porque Jax agachó la cabeza y sus labios rozaron los míos.

—Ya hemos tenido antes esta conversación —comentó, deslizando su boca sobre la mía—. Y te he dicho que no besaría a una chica que no me pareciera atractiva.

—Pero dijiste que no era un beso de verdad.

—No lo era. Este, sí.

Y entonces Jax me besó, en plan besarme de verdad. Sus labios presionaron los míos, moviéndose como si se estuviera familiarizando con su forma. Mis dedos soltaron las sábanas y se situaron en su tórax, justo debajo de su garganta, para apartarlo. Tenía la piel caliente, firme y áspera. Su tacto era diferente, pero antes de poder investigarlo, me atrapó el labio inferior entre sus dientes y me lo mordisqueó. Solté un grito ahogado al notar el mordisco inesperado y el torrente de sensaciones que me provocó. Él se aprovechó de eso y profundizó el beso, introduciéndome la lengua, y ya no pensé en apartarlo de mí.

El beso... era húmedo, apasionado y no era amable ni agradable. Era fantástico y todo lo que las novelas románticas afirmaban que eran los besos. Jax me saboreaba. No había otra palabra para describir esa clase de beso. No cuando inclinó la cabeza y me tocó la lengua con la suya. No cuando me tocó el paladar con la lengua y me arrancó un gemido gutural desde lo más profundo de mi ser.

Jax separó los labios de mí para decir:

—Me gusta ese sonido. Coño. Me encanta ese sonido.

Mantuve los ojos cerrados mientras notaba un cosquilleo en los labios.

—No... No sabía que podían besarte así —solté.

—Joder —gimió.

Me besó otra vez, y fue igual de fantástico que la vez anterior, pero ese... ese beso se convirtió en algo más. La mano que casi me rodeaba un pecho ahora lo estaba rodeando en serio, y mi cuerpo se movía por su cuenta. Se me arqueó la espalda y volví a emitir ese sonido, lo que pareció gustarle otra vez, porque soltó un gruñido fuerte de satisfacción. Entonces sus dedos se movieron en mi pecho, y ese dichoso y experto pulgar suyo encontró el pezón con una precisión desconcertante. Eché la cabeza hacia atrás en la almohada y su boca me siguió para mordisquearme y besarme mientras su pulgar me acariciaba el pezón endurecido.

La parte inferior de su cuerpo se movió bajo las sábanas y se situó sobre la mía. Con el muslo me separó las piernas y se deslizó entre ellas. Le jadeé en la boca cuando sentí una punzada aguda de placer que me recorrió el cuerpo, centrada en un lugar.

Se me desconectó el cerebro. No estaba pensando en nada, y entonces lo hice. Le devolví el beso. Deslicé una mano por la parte superior de su pecho y le rodeé la nuca. Le entrelacé los dedos en el pelo. Fui a por él, deseando saborearlo, y lo hice. Me dejó apoderarme de él tanto como él se apoderaba de mí, y me permitió descubrir la forma de sus labios y su boca. Mis caderas se movieron por sí solas, apretujándose contra su muslo por puro instinto.

—Madre mía, eres deliciosa —comentó antes de moverse y levantar un poco el cuerpo para dejar el espacio suficiente para que su mano descendiera por mi estómago—. ¿Sabes lo que quiero? Quiero hacerte sentir de una forma más deliciosa todavía.

¿Más deliciosa? Me costaba respirar; de hecho, jadeaba. Me notaba los labios hinchados, lo mismo que los pechos. La tensión de mi entrepierna me mareaba.

—¿Te has corrido alguna vez? —preguntó mientras alargaba la mano hacia el dobladillo de la camiseta, que tenía enroscada alrededor de las caderas.

Abrí los ojos de golpe. ¿Qué estaba haciendo? No podía dejar que metiera la mano por debajo da la ropa. El pánico pudo con el placer y bajé mi otra mano para sujetarle la muñeca.

Jax tenía los ojos abiertos, y eran del color del chocolate negro. Me hicieron estremecer y desear las cosas pícaras de las que estaba hablando.

—¿Te has corrido alguna vez? —volvió a preguntar.

—S-sí —tartamudeé, ruborizada—. Más o menos.

—¿Más o menos? —Movió el brazo, y como era mucho más fuerte que yo, no pude detenerlo. Tenía los dedos más abajo del dobladillo, pero no debajo de la ropa—. ¿Significa eso que nadie te ha hecho llegar al orgasmo? ¿Nadie aparte de ti misma?

Madre mía, no me podía creer que acabara de preguntarme eso, que aquella conversación estuviera teniendo lugar siquiera. El corazón me latía desbocado y me dolía todo, literalmente todo.

Jax bajó las pestañas hasta que apenas le vi los ojos.

—Sí, voy a ser el primero que te lo haga.

Dios, no podía creer que acabara de decir eso.

—Jax...

Un instante después volvía a tener sus labios sobre los míos y bajó todavía más la mano, muy por debajo del dobladillo de mi camiseta. Me rozó la parte interior del muslo con los nudillos y mi espalda casi se separó de la cama. Estaba subiendo la mano, y su ligero roce con la parte interior de mi muslo me hizo alucinar. Intenté cerrar las piernas, pero lo único que logré fue apretar las suyas con las mías.

—Voy a tocarte —anunció en mis labios. Se me hizo un nudo en el estómago. Otras partes del cuerpo se me tensaron, y me pregunté si sería posible que un chico te hiciera llegar al orgasmo solo con palabras—. Eso es lo único que voy a hacer, ¿vale?

¿Eso era todo? Antes de que pudiera preguntárselo me estaba besando otra vez mientras el dorso de su mano me estaba acariciando... el centro de mi entrepierna. Esta vez mi espalda sí se separó del todo de la cama y él emitió un sonido grave de aprobación. Mis dedos sujetaron con fuerza su cabello y mi otra mano se aferró a su muñeca. Entonces las puntas de sus dedos se deslizaron por mis braguitas y creí que iba a darme un infarto.

—Calla, nena... —Me besó la comisura de los labios—. Deja que te toque.

No podía. Ni de coña. Dejar que me tocara era una estupidez.

—Déjame —pidió, y su voz era como seda sobre mi piel.

Mi corazón se tambaleó, y la mano con que le rodeaba la muñeca se la soltó y le subió por el antebrazo hasta su bíceps flexionado.

Era realmente tonta.

—Esa es mi chica.

¿Mi chica? Una parte de mí gorjeó al oír eso, y toda mi sangre se puso a cantar cuando sus dedos hicieron un par de pasadas más sobre mis braguitas describiendo un círculo ocioso que se acercaba cada vez más y más, hasta que moví las caderas y me tocó el manojo de nervios, que presionó con dos dedos. Friccionó. Presionó. Friccionó.

—Dios mío —le grité entrecortadamente en los labios.

Noté que esbozaba una sonrisa, y su beso se volvió más apasionado mientras mis caderas se movían contra su mano.

—Así —me apremió, haciendo algo que parecía magia con los dedos—. Deja que te haga sentir más deliciosa.

Eché la cabeza hacia atrás, y su boca resbaló por mi mejilla mientras yo gritaba. Puede que dijera su nombre. No estaba segura. Estaba demasiado concentrada en cómo la tensión que notaba en lo más profundo de mi entrepierna se liberaba y me recorría el organismo con sacudidas breves e intensas.

Noté que Jax me observaba mientras las oleadas de placer amainaban y mi cuello se enderezaba. A una parte le pareció que tenía que sentirme avergonzada. Era la primera vez que había vivido algo así con alguien. Cuando la agradable neblina del clímax dejó mis músculos hechos papilla, no supe qué hacer aparte de quedarme allí tumbada. Le solté el pelo y deslicé mi mano hacia su cuello.

—Más deliciosa de lo que imaginaba —murmuró, besándome el lado del cuello. Entonces se giró para quedarse de costado, sacó despacio la mano de mi entrepierna y la dejó sobre mi pelvis—. ¿Sigues viva?

—No estoy segura. No me noto las piernas.

—Piénsalo —comentó con una risita—. Esto no es nada en comparación con lo que será cuando esté dentro de ti.

Abrí los ojos de golpe y los clavé en el techo. Sus palabras me habían dejado de piedra, y después pensé que yo me había corrido, sin lugar a dudas, pero él no, y me volví hacia él para hacérselo ver en lo que seguramente sería el comentario más incómodo de mi vida, pero solo pude quedarme mirándolo.

Estaba recostado de lado, con la cabeza apoyada en la palma

de su mano. Tenía las sábanas caídas hasta las caderas y los calzoncillos se le habían deslizado hacia abajo, dejando ver esas dos líneas sexis de cojones a cada lado de sus caderas y los músculos tersos de sus abdominales. Sí, mostraba su tableta de chocolate, y sí, al desplazar despacio mis ojos hacia sus pectorales, puede que babeara un poquito. O mucho. De lo que no había duda era de que tenía la boca abierta, pero por motivos diferentes.

Su cuerpo estaba perfectamente esculpido, en plan guau, pero su piel… era otro cantar. Había marcas, montones y montones, por todo su tórax y sus abdominales, y comprendí entonces por qué su piel me había parecido áspera.

Me incorporé y lo miré a la cara, con su media sonrisa relajada y sus cejas arqueadas, y después dirigí la vista de nuevo a su cuerpo. Las marcas eran como cráteres en algunas partes, donde había trozos de piel que habían desaparecido o estaban hundidos. Había otras marcas fruncidas, sanadas.

Sin pensarlo, alargué la mano hacia él, y su mano libre salió disparada como un rayo para sujetarme la muñeca. Tragué saliva con fuerza y levanté las pestañas.

—¿Qué te pasó? —me oí a mí misma preguntar, y entonces agaché el mentón maldiciéndome en voz baja. El cabello me resbaló por encima del hombro y cayó entre nosotros—. Perdona. Ha sido una pregunta de lo más grosera. Y yo tendría que saberlo.

—No pasa nada. —Condujo mi mano hacia delante hasta que las puntas de mis dedos rozaron una cicatriz—. La bomba de la carretera —me recordó—. La jodida metralla.

Madre mía…

Sabía que la noche anterior no me lo había contado todo. Levanté la vista.

—¿De modo que sacaste a Reece de allí, pero recibiste impactos de metralla?

—Sí —respondió como si no fuera nada del otro mundo.

Pero tenía que serlo, porque muchas de aquellas marcas estaban sobre su corazón y otros órganos vitales. Algunas eran muy profundas. Tenían que haberle dolido y sangrado mucho. ¿Y logró sacar de ahí a Reece? Qué barbaridad, no era solo valiente. Era la leche de valiente. Nuestras miradas se encontraron y de alguna manera eso hizo que mis labios se movieran:

—Fue la explosión de un cristal lo que me cortó la cara.

Jax no dijo nada, pero bajó la mano y me apretó los dedos con los suyos, contra su piel.

—Fue... fue lo que llaman efecto *backdraft* —expliqué—. Había un incendio y la presión aumentó en la habitación... —Mi mirada se liberó de la suya y se desplazó hacia su cuerpo, hacia el mapa de cicatrices. Nunca se lo había contado a nadie. Jamás—. Cuando abrí la puerta, entró oxígeno o algo así, y la ventana explotó.

—Tuviste suerte. —Se incorporó para sentarse y golpeó mis rodillas con las suyas al hacerlo. Bajó la cabeza y nos quedamos cara a cara—. Podías haber perdido un ojo.

O un pezón, pero no iba a decirle eso.

—Tú también tuviste suerte.

—Ya te digo.

Ninguno de los dos habló durante un buen rato, y después se levantó de la cama en un nanosegundo.

—Vamos a desayunar. Puede que al IHOP hoy —anunció mientras lo miraba fijamente—. Después iremos a buscar a tu madre. ¿Te parece bien el plan?

Parpadeé una vez, y luego otra.

—Vale.

—Tienes que salir de la cama. —Apareció esa media sonrisa.

Sí, me había convencido, pero...

—Espera. —Salí a trompicones de la cama, con las mejillas acaloradas mientras las palabras me salían sin querer de los labios—. ¿Y tú?

Se detuvo a los pies de la cama, con la cabeza ladeada y el calzoncillo tan bajo que podía verle la línea del vello del abdomen.

—¿Y yo qué? —preguntó.

—Ya sabes… Bueno, yo me he corrido y tú…

—¿No? —Su sonrisa se estaba ensanchando.

—Sí. Eso.

Echó la cabeza hacia atrás y soltó una carcajada.

—¿Qué es tan divertido? —quise saber con una mueca.

—Tú. Tú eres divertida. Eres adorable. —Avanzó y se plantó justo delante de mí—. Y eres de lo más deliciosa cuando te corres.

Oh. Vaya.

—Ya sé que yo no me he corrido, pero, cariño, tú nunca habías tenido antes a nadie salvo tus manos ahí abajo, entre esas bonitas piernas. —Bajó la vista hacia las susodichas piernas y yo me estremecí—. Es la primera vez que te pasaba eso y necesitaba que se tratara de ti. No de mí.

Oh. Dos veces vaya.

Lo miré boquiabierta cuando se volvió para ir al cuarto de baño. Empecé a derretirme por dentro, a hacerme papilla.

Entonces se detuvo y se giró hacia mí con una expresión algo pícara en los labios.

—Me encargaré de mí mismo en la ducha.

Mi mandíbula tocó el suelo.

Jax se mordió el labio inferior con sus dientes blancos y perfectos.

—Y estaré pensando en ti al hacerlo —sentenció.

18

Las cosas cambiaban después de que un chico te hiciera llegar al orgasmo. No era algo en lo que hubiera pensado antes, porque ningún chico me lo había hecho hasta entonces, pero lo estaba pillando muy deprisa.

Había vuelto a meterme en la cama mientras él se duchaba porque resultó que nos habíamos levantado muy pronto. Ni siquiera eran las ocho de la mañana. Procuré no imaginarlo ahí dentro tocándose, pero mis pensamientos no dejaban de volver a eso y a cómo tenía que ser, y eso me estaba… bueno, me estaba excitando, lo que era bastante alucinante si tenemos en cuenta que todavía no estaba segura de poder usar del todo mis piernas. Tenía que dejar de pensar en todo eso.

De modo que dediqué ese rato a hacer balance de mi vida.

Por fin había tenido un orgasmo no inducido por Calla, lo que era bastante épico. Una parte de mí estaba orgullosa de haber saltado por fin esa valla, a pesar de tener ya veintiún años. Pero no estaba segura de qué pensar al respecto. O sea, ¿qué había significado para mí? ¿Para Jax? ¿Para nosotros?

Dios mío, ¿había un «nosotros» ahora?

Se me aceleró un poco el corazón cuando me senté erguida en la cama, mirando la puerta cerrada del cuarto de baño y tapándome hasta la barbilla con las sábanas. Oía el ruido del agua en el cuarto de baño y entonces... lo oí a él. No gimiendo ni nada de eso, sino tarareando algo, o puede que cantando, pero parecía que tarareaba por culpa del agua. De repente, todo aquello me resultó tan íntimo que quise levantarme de un salto de la cama y salir de allí corriendo y agitando los brazos.

¿Qué estaba haciendo ahí?

No podía haber un «nosotros» que implicara orgasmos, duchas, canciones y desayunos. No planeaba quedarme ahí para siempre, tenía previsto regresar a la universidad en agosto, en cuanto obtuviera la aprobación para la ayuda económica, y eso era lo que quería, ¿verdad? No había futuro entre nosotros.

Parpadeé despacio.

Y tenía que concentrarme en encontrar a mi madre para no acabar cortada en pedacitos por un gánster de poca monta o, peor aún, conociendo a Isaiah en persona.

Más importante todavía: alguien como Jax no podía estar en mi vida. La piel de mi espalda tenía la consistencia de...

Estaba tan ensimismada que no había oído cerrarse el grifo y me sorprendí cuando la puerta del cuarto de baño se abrió y Jax entro en el cuarto.

Llevaba una toalla atada alrededor de sus caderas delgadas y el pelo empapado, peinado hacia atrás. Todo su cuerpo estaba a la vista.

Un regalo para los ojos, vaya.

Joder, qué bueno estaba. Lo bastante bueno como para que quizá hubiera vuelto a babear.

—¿Quieres ducharte antes de que nos vayamos? —preguntó acercándose a la cama como si no llevara solo una toalla.

—¿Qué?

—Ducharte. ¿Quieres ducharte? —Esbozó media sonrisa.

Me estaba comportando como una imbécil.

—Sí —chillé. Salté de la cama y cogí la ropa del tocador—.

Una ducha es una idea excelente —divagué mientras intentaba no mirarlo—. Qué listo eres.

Jax se giró de lado cuando pasé junto a él y me dio una palmada en el trasero.

Di un brinco y chillé, flipando; él soltó una risita. Me volví para fulminarlo con la mirada y entonces me di cuenta de que no me había dado una palmada.

Me había dado con la toalla que llevaba alrededor de las caderas.

Y no solo estaba viéndole la espalda musculosa, que, caray, era una espalda bonita, sino también el trasero musculoso.

—¡Madre mía! —grité—. ¡Estás desnudo!

Esa risita se convirtió en una carcajada y me volví a toda velocidad, prácticamente lanzándome en plancha hacia el cuarto de baño, pero era demasiado tarde. Tenía esos firmes globos grabados en la memoria.

¡Estaba desnudo! En pelota picada y le daba igual. Sin el menor pudor, y eso afianzaba todavía más que nunca podría haber un «nosotros». Yo tenía más pudor que una iglesia llena de monjas.

Usé el jabón que olía como él y el champú y acondicionador dos en uno. Hasta que no terminé de ducharme, de ponerme mi propia ropa y estaba haciéndome un moño con el pelo mojado ya peinado en lo alto de la cabeza no me di cuenta de que no llevaba maquillaje.

Nada.

El que me quedaba en la cara esta mañana casi había desaparecido, por lo que la cicatriz era muy visible. El Dermablend era muy bueno, pero no llevaba nada en la cara en ese momento.

Vaya tela.

Estudié mi reflejo. Mis ojos se veían de un azul muy fuerte gracias al sol de primera hora de la mañana que entraba por la ventana. Mi cara tenía ese color entre melocotón y crema sin el

Dermablend, un tono que ningún maquillaje en el mundo podía replicar. Si veía solo el lado derecho de mi cara, sabía que estaría mejor sin el maquillaje, pero no quería ir por ahí con solo media cara. Sin maquillaje, la cicatriz era de un tono fuerte de rosa que resaltaba mucho con mi piel. Nacía en la comisura de mi ojo izquierdo y llegaba casi hasta la comisura de los labios. Era lo único que podía ver.

—¿Calla?

Me puse tensa al oír la voz de Jax y me aferré al lavabo. No podía salir de ahí. Era ridículo, pero no podía dejar que me viera así.

—¿Estás bien? —dijo.

Me giré hacia la puerta conteniendo la respiración. ¿Sería demasiado obvio si salía con una toalla sobre la cabeza? Estaba siendo idiota. Lo sabía, pero Jax me había estado besando, había tenido sus manos en mí y me había tocado haciéndome sentir algo tan hermoso, y eso... eso era muy feo. No quería que él...

Un soplo de aire frío me recorrió el cuerpo e inspiré hondo varias veces con los ojos cerrados. Jax sabía que tenía esa cicatriz en la cara. Había estado en contacto íntimo con mi cara. Hasta había besado...

La puerta del cuarto de baño se abrió de repente con tanta fuerza que golpeó la pared. Al abrir los ojos, vi que Jax irrumpía en el cuarto de baño.

No había puesto el cerrojo.

Suspiro enorme.

Me examinó el cuerpo como si estuviera comprobando si me había hecho daño o algo.

—Dios —exclamó—. Creía que te habías caído y te habías quedado inconsciente o algo así.

Bueno, eso era bastante embarazoso, pero no era lo más apremiante entonces. Giré el cuerpo hacia la izquierda para que me viera el perfil derecho.

—No puedo ir a desayunar —anuncié.

—¿Qué?

—No puedo ir a desayunar. Tengo que volver a casa. —Sabía que sonaba irracional e idiota—. ¿Podemos volver a casa?

Jax se movió. Llevaba puestos unos vaqueros. Los pies descalzos le asomaban por debajo del dobladillo deshilachado de los pantalones.

—¿Por qué? —preguntó.

—Tengo que volver a casa. Si quieres ir pasando, puedo ir en mi coche y reunirme después contigo en el IHOP. Seguramente eso sería lo…

—Ni hablar.

Levanté el mentón de golpe y lo bajé hacia la izquierda.

—¿Perdona? —solté.

—No vamos a ir en coches separados cuando acabo de ponerte la mano entre las piernas y te has corrido diciendo mi nombre —comentó con los ojos centelleantes de ira.

Abrí la boca, pero a ver, ¿cómo se respondía a eso?

—Nos iremos de aquí juntos, comeremos una delicia grasienta y, después, vamos a ir a ese sitio en busca de tu madre —prosiguió—. Y cuando hayamos terminado, si tenemos tiempo antes de que empiece nuestro turno, podemos echarnos una siesta.

—¿Una siesta? —En serio, de todo lo que había dicho, ¿era con eso con lo que me había quedado?

—Juntos.

—¿Una siesta juntos?

—Sí. —Entonces bajó la voz—. Y si tenemos tiempo, puedo hacer que vuelvas a gritar mi nombre.

Madre mía, no podía haber dicho eso.

Entonces cruzó el umbral del cuarto de baño. Al ver que se acercaba a mí, retrocedí hasta chocar con el lavabo. Lo tenía encima, y cuando intenté volverme hacia la izquierda, me cubrió la mejilla derecha con una mano y me sujetó el lado izquierdo del cuello con la otra para que estuviéramos cara a cara. Caí en la cuenta de que no era la primera vez que había hecho eso.

—No soy idiota —dijo, acariciándome los huesos del cuello con el pulgar—. También soy de lo más observador cuando tengo que serlo.

—Vale —susurré—. Bueno, gracias por avisarme.

Hizo una mueca mientras me inclinaba la cabeza hacia atrás para que nuestras miradas se encontraran.

—Sé por qué te estás escondiendo en el cuarto de baño.

La leche.

—¿Porque me da miedo que me obligues a probar otra tarta que no he comido nunca?

—Ja. No. —Agachó la cabeza y yo tragué saliva con fuerza—. Yo no la noto.

El corazón me dio un vuelco, y decidí hacerme la tonta.

—¿Notar qué?

—Calla, nena, ya sabes de lo que estoy hablando. De esto. —Inclinó la cabeza y noté sus labios en la comisura de mi ojo izquierdo, justo debajo de ella. Inspiré con tanta fuerza que me dolió. Esto también lo había hecho antes, y me provocó el mismo torbellino de emociones, pero esa vez hizo más. Sus labios siguieron la cicatriz por mi mejilla hasta la comisura izquierda de mis labios, y entonces me besó. Fue un beso suave, tierno y largo. Puse las manos en su pecho y me apoyé en él.

Cuando separó su boca de mí y apoyó su frente en la mía, tenía un nudo en la garganta.

—No me importa, Calla. No pienso en ella —aseguró—. Ni siquiera la veo.

Cerré los ojos con fuerza mientras el corazón se me derretía. De entrada, no le creí, porque venga ya, coño, pero paré... simplemente paré. Paré de decirme a mí misma que sabía lo que Jax estaba pensando y que sabía lo que Jax quería y no quería. Paré. Porque no lo sabía; nadie sabía eso, con cicatriz o sin ella. Paré de decirme a mí misma que no tenía sentido, porque planeaba marcharme. Y lo único que tenía era lo que Jax me estaba diciendo y lo que me estaba mostrando. Así que paré todas las demás gilipolleces y me desprendí de toda esa mierda , y fue como quitarme el Dermablend de la cara por la noche, cuando por fin sentía que era yo. Puede que todo eso fuera tonto. Puede que fuera a lamentarlo más adelante, pero iba a ser tonta. Iba a ser la mejor tonta que pudiera.

Vaya.

Me tambaleé un poco y solté el aire por la nariz. Cuando hablé, la voz me temblaba y los ojos me escocían, pero seguí adelante.

—Muy bien. Hagámoslo. Y démonos prisa, porque me apetece mucho esa siesta.

Sus labios esbozaron una sonrisa en los míos.

—Esa es mi chica.

Cuando Jax salió de su casa, se estaba poniendo bien la parte posterior de la camiseta mientras bajaba el pequeño tramo de escaleras del porche delantero. Llevaba unas gafas de espejo, tipo aviador, como las de Jase, y estaba igual de guapo que él con ellas.

No hablamos demasiado mientras me llevaba al IHOP, lo que me iba bien, porque no me quitaba de la cabeza lo que podría pasar antes o después de la posible siesta. ¿Más orgasmos que no fueran autoinducidos? Me apunto. Iba a ir a tope con mi recién deseada tontería y dispuesta a no preocuparme por ninguna otra cosa mientras la exploraba.

Como cualquier chica fogosa normal, había pensado bastante en el sexo, pero no tanto como había hecho durante esa última hora más o menos. Mi cerebro se revolcó en el fango de las pasiones hasta que llegó el plato con el beicon, las galletas y algo que Jax había dicho que era sémola y que tenía que probar.

Me costó no pensar en el hecho de estar en público sin maquillaje, pero cada vez que mi mente volvía a ello o me parecía que alguien me estaba mirando, como cuando un niño se había girado para echar una ojeada por encima de su asiento o cuando la camarera me había sonreído, me obligaba a mí misma a quitármelo de la cabeza.

Mis pensamientos se centraron en Jax y en mí. Había algo. Como él mismo había dicho antes, había tenido su mano entre mis muslos y yo había dicho su nombre, por lo que había algo. Algo. Tenía poca experiencia en ese algo, y no estaba segura de lo lejos que ese algo iba a llegar, porque si me llegaba la ayuda económica, me iría de allí. ¿Qué clase de futuro tendría nuestro algo cuando yo estuviera en la universidad y él trabajando de lo más sexy en el bar?

¿Por qué estaba pensando siquiera en eso? Porque era tonta y ya había decidido que iba a ir a por ese algo, fuera lo que fuera y significara lo que significara el ir a por ese algo.

Pinché aquella bazofia grumosa de color blanco con el tenedor.

—¿Esto es sémola?

—Pruébala.

—Parece salida de una película de terror. —La pinché de nuevo—. Me da miedo que salte del plato y me cubra la cara.

Jax soltó una risita mientras añadía unas tortitas al río de sirope.

—No tiene gracia. Acabaré pariendo un bebé alienígena de sémola o algo así —murmuré—. ¿Y qué haríamos entonces?

Me miró con los ojos entrecerrados y una sonrisita divertida en los labios.

—Pruébala, va.

—¿A qué sabe? —me resistí.

—A sémola.

—Quiero detalles —dije mirándolo inexpresiva tras bajar el tenedor.

Soltó una carcajada mientras cortaba lo que parecían ser diez tortitas amontonadas.

—No se puede describir la sémola. Simplemente hay que disfrutarla.

Puse los ojos en blanco y probé un poco. Me aseguré de que llevaba queso y la saboreé con cautela. Jax me estuvo observando todo el rato, a la espera. Tragué la sémola, sin saber muy bien qué pensar, y probé un poco más.

—¿Qué tal? —preguntó.

—No sé. —Di otro bocado—. Todavía no me he decidido. Creo que sabe bien, pero se llama sémola, por lo que no estoy segura de poder admitir sin reparos que me gusta algo que se llama sémola. Tengo que pensármelo bien.

—Adorable —comentó Jax riendo.

—¿Dónde vamos a ir después? —Ataqué una loncha de beicon.

—A Filadelfia —respondió entre un bocado y otro—. Hay una casa en la que solía parar mucho. A lo mejor tenemos suerte y está allí o la han visto hace poco.

—Parece…

—¡Calla! ¡Y Jax! —chilló una voz conocida. Me giré en el asiento y vi a Katie. Venía trotando hacia nosotros. Literalmente trotando. Parpadeé, preguntándome si habíamos viajado en el tiempo de vuelta a los ochenta y no me había enterado.

Katie llevaba unas mallas de licra rosa chillón, unos calcetines holgados púrpuras, zapatillas deportivas y una camiseta negra sin hombros. Y un pañuelo; un pañuelo de topos rojos y azules, aunque estábamos en junio.

—Hola —la saludé con una loncha de beicon.

—Chica —Katie se detuvo ante nuestra mesa con una cajita de comida para llevar en las manos—, mírate. Te dije que tu vida iba a cambiar.

—Hummm…

Jax se metió un pedazo enorme de tortita en la boca, y pude ver que estaba intentando no sonreír.

—¿Qué haces levantada tan temprano? —preguntó, y siguió hablando antes de que pudiera contestar—. Yo he estado haciendo yoga. Lo hago todas las mañanas. Y todas las mañanas me pillo desayuno del IHOP, el Waffle House o el Denny's. Es una especie de compensación universal o alguna gilipollez por el estilo. Pero es bastante temprano para que haya camareros sexis y atareados desayunando. Juntos.

Dirigí la vista hacia Jax.

—Nos hemos despertado juntos —soltó, y no dijo nada más.

A Katie se le salieron los ojos de las órbitas, y yo casi grité que no era lo que estaba pensando, pero me di cuenta de que era exactamente lo que estaba pensando, así que me obligué a mí misma a no decir nada.

Una gran sonrisa iluminó su preciosa cara.

—Eso es genial. En serio. Si seguís juntos y os acabáis casando y teniendo un hijo, creo que tendríais que ponerle Katie.

—¿Qué? —exclamé, coloradísima.

—Bueno, podríais ponerle Katie a un niño, pero seguramente le tomarían el pelo en el cole, y no creo que queráis eso. Oh… ¿es eso sémola? —Cambió de tema sin tomar aliento siquiera—. Debes ponerle más queso. Tenéis que venir una mañana a mi casa. Preparo una sémola que te caes de culo.

—Suena estupendo —respondió Jax con soltura. Le brillaban los ojos—. Y tendremos en cuenta lo del nombre.

Le dirigí mi mirada de «¿qué coño estás haciendo?».

—Fantástico —dijo Katie con una risita—. Bueno, tengo que irme a casa con mis muffins y mis gofres. Hasta luego, chicos.

No tenía nada interesante que decir cuando Katie dio media vuelta y se marchó del restaurante, así que me decanté por la segunda mejor opción:

—¿Sabías que se cayó de una barra vertical, se golpeó la cabeza y ahora es vidente?

—Eso me han dicho.

Me mordí el labio inferior.

—Según Roxy, ha acertado bastante —solté.

—Katie —dijo alargando la palabra. Lo miré. Estaba sonriendo—. No me parecería mal ponerle Katie a una niña.

—Oh, Dios mío —exclamé.

Jax echó la cabeza hacia atrás y soltó esa carcajada grave y sensual, y no pude evitar sonreír.

No sonreía cuarenta minutos después, cuando nos adentramos en esa parte de la ciudad en la que uno no se arriesga a entrar de buen grado. No había demasiada actividad en la calle, ya que todavía no era mediodía siquiera.

Jax encontró un lugar en el que aparcar delante del destartalado edificio de piedra rojiza situado frente a un parque municipal que parecía salido de un film postapocalíptico.

Recorrí con los ojos algunos de los pisos con las ventanas y las puertas clausuradas con tablas.

—No estoy segura de esto —dije.

—Este es el último antro al que me gustaría llevarte, pero cuando lo hablamos, te pusiste de lo más estupenda con lo de que esto era problema tuyo y demás. —Apagó el motor y me lanzó una mirada que podría definirse como presuntuosa—. Y por eso estamos aquí.

Ahí le había dado, pero tampoco era que yo fuera a admitirlo.

—Lo que tú digas.

—No te separes de mí. ¿Entendido? —me pidió con una mueca—. Y déjame hablar a mí… No me mires como si acabaras de chupar algo amargo. Déjame hablar a mí. Si no estás de acuerdo con hacerlo así, nos largamos, te dejo con Clyde o con Reece y vuelvo aquí yo solo.

—No hace falta que te pongas tan mandón —respondí mirándolo con los ojos entrecerrados.

—Sí hace falta. —Se inclinó hacia delante y me besó la punta de la nariz. Fue algo rápido, pero me sobresaltó igualmente. Cuando se apartó de mí, sonreía de oreja a oreja—. ¿Estás de acuerdo?

Titubeé y, al final, suspiré. Tampoco era que yo fuera Rambo y pudiera entrar en el edificio yo sola exigiendo que me entregaran a mi madre o algo así.

—Oh, muy bien. Sí. Estoy de acuerdo.

Jax asintió con la cabeza y salió del coche. Yo me quedé sentada un segundo, elevé una pequeña plegaria y salí. No me separé de él mientras recorrimos la manzana y subimos después los peldaños medio desmoronados de un edificio de piedra rojiza que tenía dos ventanas entabladas en el segundo piso.

—¿Mamá solía venir aquí? —pregunté, rodeándome la cintura con los brazos.

—Sí —respondió bajando la vista hacia mí y asintiendo con la cabeza.

Apreté los labios, consciente de que no tendría que sorprenderme. No era ninguna novedad, pero ver aquel edificio e imaginar a mi madre en un lugar así me daba grima, sin importar la cantidad de caravanas de las que la había tenido que sacar siendo adolescente.

Jax llamó a la puerta con los nudillos. Pasaron unos minutos sin que nadie respondiera e imaginé que iba a ser una visita infructuosa, pero entonces Jax golpeó la puerta con el puño.

—Joder —murmuré, echando un vistazo a mi alrededor—. ¿Crees que eso es buena idea?

Pasó de mí y se apoyó en la puerta.

—Abre la puerta, Ritchey. Sé que estás ahí. Tu mierda de coche está aquí delante.

Abrí unos ojos como platos y me dio un vuelco el estómago.

Hubo un instante de silencio y, después, la puerta se entreabrió. No podía ver a nadie, pero oí una voz rasposa:

—¿Qué cojones quieres, Jackson?

Hummm...

Jax colocó la mano en el centro de la puerta de color rojo apagado.

—Tenemos que hablar.

—Hablar. —Fue la respuesta.

—No en el umbral de tu puñetero piso, Ritchey. Déjanos pasar.

Hubo una pausa.

—¿A ti y a quién más? —La puerta se abrió algo más y apareció la cabeza de un hombre. Retrocedí sin querer un paso al ver la cara sin afeitar, los ojos inyectados en sangre y la nariz bulbosa cubierta de vasos sanguíneos rotos—. ¿Quién coño eres tú?

Reconocí a ese hombre, a pesar de que él me miraba como si no me hubiera visto en su vida. Joder, era imposible olvidar esos ojos llorosos y esa nariz. Solía venir a casa a correrse juergas con mamá.

—Eso no es asunto tuyo, Ritchey, y no estoy aquí para hacer presentaciones. —El tono de Jax fue de lo más agresivo. La verdad es que lo miré alucinada—. Abre la puerta.

Ritchey no abrió.

Se oyó una palabrota, y entonces Jax se movió. Introdujo un pie en el hueco de la puerta y empujó con la bota y la mano. La puerta se abrió y Ritchey salió disparado hacia atrás.

—Hummm...

Jax me cogió de la mano para tirar de mí hacia dentro, y el olor... Dios mío, el olor fue lo primero que noté cuando cerró la puerta al entrar. La habitación, que contenía una tele a todo volumen y dos sofás que habían visto días mejores, olía a una mezcla de meado de gato y alcohol.

«Que mi madre no esté aquí, por favor».

Sabía que era un error pensar eso. Encontrarla acabaría rápidamente con mis problemas, pero no quería pensar en ella en un lugar así.

—Te has pasado, tío. —Ritchey retrocedió, rascándose el cuello con unas uñas mugrientas. Tenía la piel colorada—. Abrir la puerta de un empujón, como si fueras un puto poli o algo.

—No abrías —replicó Jax.

No pude evitar preguntarme si tendría mucha práctica irrumpiendo en casas con residentes… bueno, cuestionables, porque se le daba la mar de bien. Di un paso al lado cuando me di cuenta de que había un agujero en la tabla del suelo que tenía delante de mí, y entonces pude ver lo que había al otro lado del respaldo de uno de los sofás.

Se me encogió el corazón.

Había un niño pequeño, de unos cinco o seis años, acurrucado en el sofá bajo un edredón delgado. Un gato estaba acostado en el rezado del pequeño. Me enfermó verlo.

—¿Qué pasa? —preguntó Ritchey.

—Estamos buscando a Mona —respondió Jax con los brazos a los costados de su cuerpo.

—¿Mona Fritz?

—Como si hubiera otra Mona a la que fuera a venir a buscar aquí. Esta no es la primera vez que he venido aquí buscando a Mona —soltó Jax para mi sorpresa. Pero entonces recordé que me había contado que él y Clyde ya habían hecho esto antes—. No quieras colármela. Ya sabes cómo va la cosa.

¿Iba de alguna forma concreta?

Ritchey siguió escarbando en la piel del cuello, pero de repente percibí cierto brillo en sus ojos.

—Yo no tengo nada que ver en las mierdas de Mona.

Jax bajó el mentón y dio un paso adelante.

—Solo te lo preguntaré una vez, Ritchey…

—Tío, yo no…

—Una vez —le advirtió Jax.

Ritchey no contestó y Jax se abalanzó sobre él, le sujetó la pechera de la camiseta y lo levantó hasta que solo tocaba el suelo con las puntas de sus pies descalzos.

Madre mía, la situación iba a ponerse violenta.

Boquiabierta, avancé y le hablé en voz baja cuando llegué a su lado:

—Hay un niño durmiendo en el sofá, Jax.

—Mierda —murmuró él, pero sus manos no soltaron al tipo—. ¿Tienes a Shia aquí, en este tugurio?

—Su puñetera madre se ha pirado. Lo hago lo mejor que puedo.

—Sigamos en la cocina —comentó Jax flexionando los bíceps—, y compórtate. Por Shia, ¿entendido?

Seguimos en la cocina, o lo que podría haber sido la cocina. No tenía fregadero, solo un agujero abierto donde tendría que haber uno. Por el rabillo del ojo me pareció ver que algo marrón y asquerosamente grande corría a lo largo de la pared cerca de la nevera.

—Mona no está aquí —dijo Ritchey por fin.

—¿Te importa si lo compruebo?

—Adelante. —Ritchey se hizo a un lado y se apoyó en la encimera—. Pero te lo estoy diciendo. No está aquí, y no sois la primera persona que viene a buscarla.

—¿No? —Me quedé de piedra.

—¿Quién más ha venido a buscarla? —preguntó Jax sin moverse.

Los ojos llorosos de Ritchey se concentraron en mí.

—Tienes algo que...

—Mírame a mí, Ritchey. —Cuando lo obedeció, Jax no parecía más relajado. Noté que me invadía la inquietud—. ¿Quién ha venido a buscar a Mona?

—Unos tíos. Unos auténticos cabrones —respondió, cruzando los flacos brazos sobre su pecho debilucho. Me pareció que seguramente aquella no era la mejor conversación que podía tenerse en una habitación en la que había un niño durmiendo, pero prosiguió—. Unos tíos que trabajan para Isaiah.

Oh. Malas noticias.

—Eso ya lo sabemos —respondió Jax con calma.

—Hay rumores —comentó pasados unos instantes—. Mona está en un buen lío.

—Otra cosa que ya sabemos.

—Sí, pero ¿sabéis que era la intermediaria de cerca de tres millones en heroína para Isaiah? —soltó Ritchey con una mueca—. ¿Y que tenía que entregar esa mercancía hace más de una semana?

Casi gemí. Eso confirmaba mis peores sospechas. Las drogas pertenecían al megaseñor de la droga y no al Individuo Grasiento.

—En la calle se dice que alguien se ha hecho con la droga y que Isaiah quiere que ella misma le diga en persona que ya no tiene la droga. —Ritchey soltó una carcajada sardónica—. Si yo hubiera sabido que esa mierda estaba en su casa y que ella no estaba, habría ido yo mismo a buscarla, tío.

Genial.

Y siguió hablando.

—Es un cadáver con patas. Tú lo sabes, Jax. Menos mal que dio...

—Ya basta —lo interrumpió bruscamente mientras a mí se me caía el alma a los pies, en algún lugar de ese suelo tan asqueroso—. ¿Tienes alguna idea de dónde está? ¿O Rooster?

—¿Rooster? —Ritchey soltó otra carcajada—. Estará escondido dondequiera que esté Mona o, si es listo, se habrá ido lejos de donde está ella. Joder, Jax, ya sabes cómo era Mona. Se colocaba, se ponía a hablar y a actuar como si fuera la hostia porque hacía de mula para Isaiah, y se corría la voz. Mona no es lista. Tendría que haber entregado esa droga en lugar de guardarla.

—¿Por qué no lo hizo? —pregunté. Sentía los ojos de Jax puestos en mí—. ¿Has oído algo sobre eso?

—El imbécil de Rooster hablaba sobre intentar jugársela a Isaiah —comentó tras asentir con la cabeza—. En lugar de aceptar la parte que recibían por ir a recoger la droga, querían más antes de hacer la entrega. Así que la tenían guardada. Y eso dejó al gilipollas de Mack en mal lugar, porque se suponía que él tenía que recibir de ellos esa mierda y entregarla. Porque, ya sabes, Isaiah no quiere ensuciarse las manos.

Dios mío, eso era peor en quinientos sentidos distintos. No sabía qué decir.

—Y conociendo a Mona y a Rooster es probable que se quedaran un poco para ellos, la cagaron y entraron en pánico porque sabían que habían cabreado a Isaiah. La cosa no pinta bien. —Hizo una pausa y extendió los brazos—. Y ahora aquí estamos, y toda esa mierda rueda cuesta abajo, hacia Mack, Rooster y Mona.

Un músculo se tensó en la mandíbula de Jax.

—Mierda —exclamó.

—Sí. ¿Sabes quién podría tener idea de dónde están? —Ritchey ladeó la cabeza. Jax levantó un ápice la barbilla—. ¿Conoces a Ike?

—Lo he visto una o dos veces.

—Búscalo. —Ritchey asintió con la cabeza—. Está viviendo al norte de Plymouth, en el campamento llamado Happy Trails. No pasa desapercibido. Tiene una de esas camionetas trucadas. —Me echó otro vistazo—. Nos conocemos, ¿verdad? Porque me resultas familiar. No sé de qué. Espera... —Los ojos pálidos se le desorbitaron—. Joder, es verdad.

—Ritchey —le advirtió Jax en voz baja mientras se metía la mano en el bolsillo—. No me cabrees.

—Joder, tío, no quiero hacerlo. Me caes bien. Siempre me has caído bien, los dos hemos estado en la guerra. —Levantó las manos y entonces vi las marcas rojas en sus brazos—. Pero tienes que saber que en las calles se oye otro rumor sobre el hecho de que la hija de Mona está aquí. No me lo había creído. Será mejor que Isaiah no se entere de eso.

Bueno, era un poco tarde para ello.

—Deja de mirarla —le ordenó Jax, y Ritchey dejó de mirarme mientras Jax se sacaba un fajo de billetes del bolsillo y lo dejaba en la encimera—. Úsalo para comprarle a tu hijo algo de comida. Si me entero de que te lo has gastado en droga, volveré y no va a gustarte.

Contuve la respiración al ver el dinero. No era un montón, pero era una cantidad decente. Entonces miré a Jax. Le estaba dando dinero a Ritchey para su hijo. Creo que en ese momento Jax pasó de gustarme a situarse en el territorio del enamoramiento.

Después de dejar el dinero en la encimera, Jax le dijo a Ritchey que nosotros no habíamos estado ahí y me cogió de la mano para sacarme de la casa. Yo quería coger al pequeño y salir corriendo con él, pero teniendo en cuenta cómo me iban las cosas, dudaba que fuera a estar mejor conmigo.

—¿No tendríamos que haber mirado arriba? —pregunté cuando cerramos la puerta al salir.

Jax sacudió la cabeza.

—Ritchey no ha mentido. Mona no está ahí. Iremos a ver a Ike y averiguaremos si él tiene alguna idea.

Bajé la escalera dándole vueltas a la cabeza. Había regresado a casa pensando que podría recuperar el dinero de mamá, o por lo menos enfadarme con ella; cuando me di cuenta de que ninguna de esas dos cosas pasaría, traté de ganar algo del dinero que tanto necesitaba, pero al final me vi envuelta en una disputa por tres millones de dólares en droga.

Mamá.

Un suspiro.

—¿Estás bien? —preguntó en voz baja, apretándome la mano en cuanto llegamos a la acera.

Levanté los ojos hacia él y me di cuenta de otra cosa, de algo que seguramente era lo más inesperado de toda aquella situación. Había encontrado a Jax. Asentí con la cabeza y dije:

—No. Bueno, hacía tanto tiempo que no estaba cerca de toda esta mierda que se me había olvidado cómo era.

Jax tiró de mí hasta que comencé a andar con el cuerpo apretujado contra su costado y, después de soltarme la mano, me rodeó los hombros con el brazo. Fue algo genial. Brandon lo hacía a veces, pero nunca me hizo sentir así.

—Es una pena que tengas que recordar cómo era esto —comentó—. Que no pudieras simplemente olvidarlo. No quería que…

Unos neumáticos rechinaron con un gran chirrido, y el olor a goma quemada impregnó el aire. El ruido me erizó los pelos de todo el cuerpo mientras el brazo de Jax me sujetaba con fuerza los hombros. Se giró, manteniéndome cerca de él, justo a tiempo de ver que un SUV negro se abría paso entre dos coches estacionados y golpeaba uno de ellos. El metal crujió, gimió, y cedió para que el SUV se subiera a la acera.

El corazón se me paró y, después, se me aceleró.

El SUV venía directamente hacia nosotros.

19

Nos iban a atropellar en medio de la peor parte de Filadelfia, mientras buscábamos a la imbécil de mi madre.

Teníamos el SUV tan cerca que pude distinguir el puñetero emblema y el olor de los gases de escape. El aire se me quedó estancado en la garganta y tuve la impresión de que el corazón se me salía del pecho.

Jax entró en acción.

Me rodeó los hombros con un brazo y antes de que me diera cuenta me había pasado el otro brazo alrededor de la cintura y me había levantado del suelo. Estábamos volando, o eso fue lo que me pareció, porque me encontraba en el aire y nos movíamos deprisa.

Fuimos a parar a un arbusto seco. Las ramitas me arañaron los brazos y se me enredaron en el pelo, que llevaba recogido en un moño en la nuca. Jax se giró sobre sí mismo en el último instante, de modo que cuando golpeamos el suelo, caí sobre él. El impacto fue tan brutal que me quedé sin aire en los pulmones.

Jax rodó en el suelo para dejarme boca arriba y buscó algo en la espalda. Se incorporó para quedarse agazapado, protegiendo mi cuerpo con el suyo, y alargó el brazo derecho. Tenía algo negro y delgado en la mano.

El SUV dio un volantazo sobre la acera para regresar a la calzada y se marchó a toda velocidad, lanzando bocanadas de humo blanco al aire mientras los neumáticos chirriaban de nuevo. Jax se levantó con agilidad sin dejar de apuntar con el brazo al SUV, que se alejaba deprisa.

Yo me quedé en el suelo, totalmente estupefacta, con medio cuerpo en el arbusto y el otro medio en un pedazo de hierba amarilla quemada. A no ser que la destreza al volante de quienes vivían en Filadelfia hubiera caído en picado, alguien había intentado atropellarnos. Y Jax estaba sujetando un arma. No solo la sujetaba, sino que había llevado el arma todo el rato. Entonces recordé que al salir de su casa lo vi colocarse bien la parte posterior de la camiseta. Es más, por si eso no bastaba para estar flipando, se había movido y girado como un profesional y sujetaba ese arma como si supiera lo que hacía.

Se volvió hacia mí y se arrodilló al instante a mi lado para ponerme las manos en los hombros. Le temblaban.

—¿Estás bien?

—Sí.

—¿Seguro? —insistió, pálido, con el semblante tenso.

Asentí con la cabeza mientras el corazón me latía con fuerza por otra razón. Había pánico en su cara, un miedo absoluto.

—Estoy bien, de verdad.

—Cuando vi venir ese coche, pensé… —Sacudió la cabeza tras cerrar los ojos un instante—. La bomba de la carretera, no la vimos.

—Dios mío —susurré.

Sus ojos eran sombríos cuando volvió a abrirlos.

—Se me ha ido la olla un segundo —dijo.

—Es comprensible. ¿Estás bien ahora?

Asintió con la cabeza; le había vuelto el color a la cara. Maldiciendo en voz baja, se giró de golpe cuando una de las puertas de un edificio situado calle abajo se abrió y alguien gritó algo.

Me pareció que era Ritchey, que se estaba quejando por haberle metido en un follón de cojones, pero yo tenía la atención puesta en Jax.

Él bajó los ojos hacia mí.

—¿Te conozco realmente? —pregunté.

Arqueó una ceja mientras se llevaba un brazo a la espalda. Cuando volví a verle las manos, ya no sujetaba el arma.

—Me conoces.

Me incorporé parpadeando.

—Eso… eso ha sido impresionante. Lo que has hecho, ¿sabes?

—He practicado mucho esquivar peligros en el pasado, cariño.

Por supuesto. Instrucción militar. Obvio.

—¿Y el arma?

—Al trabajar en el Mona's he acabado cara a cara con personas con las que me siento un poco mejor charlando si sé que voy armado. —Bajó un brazo, me cogió las manos con la suya y tiró de mí para ponerme de pie—. Además, sujetar y disparar un arma no me resulta nada extraño.

Dos veces obvio. Instrucción militar.

—¿Qué… qué piensas que ha sido eso?

Una puerta, seguramente la de Ritchey, se cerró de golpe.

—Sin duda nada bueno. —Me sujetó los lados de la cara y me echó la cabeza hacia atrás—. ¿De verdad que estás bien? —preguntó una vez más.

Asentí con la cabeza respirando con dificultad. Aparte de algo dolorida y muerta de miedo, estaba bien.

—Alguien ha intentado atropellarnos.

—Lo ha intentado y no lo ha logrado —señaló.

—Pero lo ha intentado. —Y entonces caí en la cuenta. Ese alguien había intentado atropellarnos y Jax llevaba un arma por el Mona's, o lo que era más probable, por Mona, y alguien había intentado en serio atropellarnos.

Empezaron a temblarme las rodillas. Me sentía débil, pero es que, en toda mi vida, por más descabellada y terrible que se hubiera vuelto en determinados momentos, nunca me habían puesto un cuchillo en la cara y habían estado a punto de atropellarme en menos de veinticuatro horas. Daba miedo.

—Mierda —dijo Jax, y tiró de mí hacia delante, contra su pecho. Yo me recosté en él sujetándome a sus costados—. Cariño…

Cerré los ojos, absorbiendo su calidez y su fuerza, y me aferré a él.

No hubo siestas ni orgasmos por la tarde después de que casi nos atropellaran. Lo que era una putada por varias razones. Además de que tener orgasmos era fantástico, me habría ido bien una siesta tras la mañana y la tarde que había tenido.

Jax llamó a Reece en cuanto nos subimos a su camioneta y nos largamos de allí cagando leches. Acabamos prestando declaración ante un policía al que nunca había visto, un señor mayor con la piel oscura y los ojos cansados, pero con una sonrisa afable. Era el inspector Dornell Jackson, y parecía saber lo que estaba pasando, porque hizo muchas preguntas que tenían que ver con mi madre, con Mack e, incluso, con Isaiah. Luego nos habíamos reunido con Reece para que Jax le pusiera al corriente. Reece no pareció contento, especialmente cuando llegamos a casa de Jax y los dos vieron que yo tenía unos pequeños, y cuando digo pequeños quiero decir inofensivos, rasguños en el brazo.

Este hallazgo conllevó que me llevaran al aseo de la planta baja, que sacaran a toda prisa el agua oxigenada y me dieran unos toques con bolitas de algodón impregnadas en el brazo como si hubiera alguna posibilidad de que los rasguños se me infectaran y se me fuera a caer el brazo por eso.

La conclusión fue que alguien había estado vigilando la casa de Ritchey, lo más probable en busca de Mona, y que era así como habían estado a punto de atropellarnos, pero eso no explicaba por qué. Si me consideraban vital para entregarles a mi madre o para hacer que saliera de su escondite, ¿por qué intentar espachurrarnos a Jax o a mí con el coche?

Nadie tenía una respuesta para eso.

Antes de empezar mi turno, Jax me había llevado de vuelta a mi casa para que pudiera arreglarme. En lugar de irse, se quedó hasta que fue la hora. En algún momento había tomado la decisión inamovible de que él me iba a llevar al ir y al volver del trabajo.

—No creo que eso sea necesario —protesté.

Jax se dejó caer en el sofá con las cejas arqueadas.

—Quiero que estés a salvo, Calla. Y está claro que las cosas van mal. De modo que vas a mantenerte a salvo. Además, trabajamos literalmente en el mismo turno. Puedes ahorrarte dinero en gasolina.

Eso no podía discutírselo.

—Coge algo de ropa también, porque esta noche vas a quedarte conmigo —prosiguió, y al ver que abría la boca, añadió—: Calla, es por lo de mantenerte a salvo. Mi casa es mejor. No te ofendas, pero en la cocina no tengo solo ramen instantáneo, y dispongo de tele por cable.

Muy bien. Comida de verdad y tele por cable eran una ventaja.

—Eso es mucho, Jax. Verás, quedarme contigo es…

—Bueno —me interrumpió con una sonrisa—. Divertido. ¿Mejor que quedarte en esta casa?

Apreté los labios y entrecerré los ojos.

Él se inclinó hacia delante y apoyó las manos en sus muslos con un suspiro.

—Solo quiero asegurarme de que estás a salvo mientras nos encargamos de esta mierda, Calla, y tú sabes que esta casa no es segura, cariño. Nadie va a irrumpir en mi casa, pero en esta puede pasar cualquier cosa.

Aunque vacilé en la puerta del dormitorio, tuve que admitir que lo que decía era verdad y que tenía razón. Esa casa no era lo mejor. Estaría más segura en la suya, pero era su casa, y quedarme en su casa significaba algo, y...

Joder.

Sí que significaba algo. Ese era el tercer «obvio» del día. Jax quería que me quedara en su casa porque significaba algo para él, para nosotros, para nuestro algo.

—Veo que lo vas pillando —comentó, sobrado.

—Cállate —dije girándome de golpe.

Soltó una carcajada mientras yo entraba en el cuarto. Después de ponerme unos vaqueros oscuros más bien ajustados, elegí un par de zapatos planos muy monos, una camiseta de tirantes negra corriente y una camisa fina y holgada que tenía tendencia a resbalarse en un hombro, pero que no dejaba al descubierto la espalda. Cuando me solté el pelo, que se había secado formando ondas por el moño, alargué la mano hacia mi estuche púrpura de maquillaje.

Lancé una mirada al espejo. Me había lavado la cara antes de cambiarme y estaba fresca y limpia. Me sentía ligera, como siempre que no llevaba puesto el maquillaje.

Apreté los labios y bajé los ojos hacia el tubo de base. Había ido toda la mañana y la mayoría de la tarde sin nada de maquillaje y nadie, ni siquiera los asustadizos niños pequeños, había huido despavorido. Nadie se me había quedado mirando. Y, la verdad, no había pensado en ello. Puede que ver a Ritchey y que casi me hubieran atropellado tuviera algo que ver con eso, pero bueno.

Me dio un pequeño vuelco el estómago.

La mayoría de la gente no lo entendería, pero para mí resultaba una proeza devolver ese tubo al estuche sin usarlo. El maquillaje era como un escudo, y, literalmente, una máscara.

Con un nudo en la garganta y los dedos algo temblorosos, cogí la otra base que me ponía, una especie de crema BB que dejaba el cutis hidratado pero que no cubría demasiado las imperfecciones. Me la puse y la apliqué bien sobre la cicatriz ligeramente prominente. Tuve que parpadear un par de veces antes de pasar a los ojos y hacerme un sombreado ahumado, adecuado para trabajar en el bar. Me puse algo de brillo de labios y ya estuve lista.

Me alejé despacio del espejo.

Inspiré hondo, salí del cuarto de baño y recogí el bolso de la cama. Cuando entré en el salón, Jax alzó la vista y se inclinó hacia delante en el sofá con la cabeza ladeada. Entornó los ojos y su mirada recorrió despacio mi cara.

Sonrió.

Y el corazón me dio un vuelco, y no fue pequeño, sino grande.

La noticia sobre el SUV asesino dispuesto a todo y sobre Mack Attack viajó a la velocidad de la luz.

Clyde me atrapó en cuanto entré en la cocina para saludar y me dio uno de sus enormes abrazos.

—Jax me había dicho que ibais a ir a buscar a tu madre, pero esto no me gusta, chiquitina.

A mí tampoco me gustaba, pero no faltaba mucho para que fuera jueves, y teníamos que encontrar a mamá.

—Podría haber sido una coincidencia —dije en su inmenso pecho.

—Las coincidencias no existen. —Me estrujó de nuevo entre sus brazos; si hubiera sido un juguete, habría pitado—. No quiero que estés en peligro.

La cuestión era que yo tenía la sensación de hallarme en peligro, incluso cuando no estaba por ahí buscando a mamá, pero no se lo dije.

—Estaré bien. Te lo prometo.

Clyde se separó de mí y se restregó la cabeza con una mano.

—Me alegra verte aquí y ver que sonríes de nuevo, chiquitina... —dijo.

¿Sonreía de nuevo? ¿Cuándo dejé de sonreír? Bueno, cuando vivía allí antes no había mucho por lo que sonreír.

—Pero si para estar segura tienes que volver a la facultad, prefiero que estés segura.

—No puedo volver ahora —le dije, y le dirigí una sonrisa—. Ya lo sabes. —Pero omití que Mack me había amenazado con encontrarme si me iba—. Todo irá bien.

La inquietud se reflejó en su semblante y supe que no me creía. Se volvió, cogió la espátula con una mano y se frotó el pecho con la otra. Me quedé un momento en la puerta de dos hojas, deseando poder hacer algo para mitigar su preocupación, pero lo único que podía hacer era mantenerme a salvo.

De vuelta en la sala, apenas estuve un ratito sin recibir nuevas muestras de preocupación. En cuanto Nick llegó a trabajar se ofreció a hacerme de chófer, lo que me dejó de piedra, aunque ese ofrecimiento quedó descartado enseguida con una sola mirada de Jax. Pero me di cuenta de que si Jax no estaba en la sala mientras trabajábamos, Nick nunca andaba demasiado lejos.

No sabía qué pensar al respecto. Apenas conocía a Nick, y ese era un bonito gesto que me desarmaba un poco.

Roxy estaba preocupada y me ofreció su casa para que me quedara en ella, pero eso también fue rechazado cuando Jax anunció que yo me «estaba quedando» en su casa, antes de desaparecer en el almacén.

—¿Te estás quedando con Jax? —preguntó Roxy mientras estábamos en el estrecho pasillo—. ¿En plan quedarte en su casa?

—Supongo... por esta noche —Hice una pausa con el ceño fruncido—. Y ayer por la noche también.

Abrió unos ojos como platos tras las gafas.

—¿Pasaste la noche con él ayer? ¿Y te quitó la flor de la bebida la noche anterior?

—Bueno, sí…

—¿Estáis juntos? —preguntó con una sonrisa enorme.

No respondí, porque Jax había salido del almacén cargado con varias botellas. Nos miró con los ojos entrecerrados al pasar a nuestro lado, pero lucía una sonrisita en sus labios carnosos. Me guiñó un ojo.

Noté un cosquilleo en el estómago, porque mi estómago era tonto.

—Es un chico estupendo, ¿sabes? —dijo, como si yo no me hubiera dado cuenta ya de eso—. De la clase que te cubre realmente las espaldas. El año pasado, Reece… —dijo su nombre e hizo una pausa que me hizo arquear una ceja—. Se vio envuelto en un tiroteo cuando estaba de servicio. Fue algo totalmente legal, pero ya sabes, creo que disparar a alguien te deja algo tocado. Jax estuvo del todo ahí para él.

Ahora tenía las dos cejas en lo más alto de mi frente. Caray. No sabía qué decir.

Me cogió una mano y tiró de mí hacia el despacho.

—O sea, que estáis juntos.

—No. Quiero decir, no sé. —Cerré los ojos e inspiré—. Supongo que sí. Más o menos.

—¿Más o menos? —Arqueó las cejas por encima de la montura negra de sus gafas—. ¿O estáis juntos en plan relación exclusiva con normas?

—¿Normas?

—Sí, en el sentido de que solo salís el uno con el otro.

Oh. Era el cuarto «obvio» del día.

—No hemos hablado de eso.

—¿Entonces sois follamigos? —siguió preguntando.

Me ardían las mejillas.

—No creo que seamos eso tampoco —respondí. ¿O lo éramos? Porque, a ver, no era que le hubiéramos puesto ninguna etiqueta ni lo hubiéramos comentado ni nada.

—Vale. —Roxy me dio unas palmaditas en el brazo y alejé de mí los pensamientos sobre follamigos—. Ya veo que a ti no te va lo de los follamigos. De modo que eso lo deja en que estáis juntos, en plan salir y ver cómo os va.

—Me parece que sí. Mañana vamos a ir al Apollo's.

—Oh —exclamó dando una palmada—. Es un sitio muy bueno. Con unos filetes estupendos.

—Eso tengo entendido —murmuré.

—Los follamigos no se llevan al Apollo's. —Hizo una mueca—. Se llevan a sitios como el Mona's. Créeme, sé de lo que hablo.

Me fijé en que fruncía el ceño, pero prosiguió:

—El Apollo's es para los que salen en serio. Como cuando él sabe la clase de café que te gusta tomar por la mañana y cómo te gusta. El Apollo's es impresionante. ¿Y te he dicho que los filetes son estupendos?

De repente quería hablar con Teresa. Quería contarle lo que estaba pasando porque tenía la sensación de que, en realidad, no sabía qué estaba pasando. Pero era tarde, y Teresa se encontraba en la playa con Jase. Miré a Roxy y me mordí el labio inferior. No sabía si... oh, qué coño, a la mierda.

—Nunca he tenido novio —anuncié.

Roxy pestañeó despacio y dio un paso atrás. Levantó un dedo, se acercó a la puerta, la cerró y se volvió hacia mí.

—¿Ni un solo novio?

Sacudí la cabeza.

—¿Has tenido alguna vez un follamigo?

Sacudí la cabeza otra vez.

—Por lo que supongo que esa conversación del otro día sobre la flor dio en el clavo —comentó apoyándose en la puerta.

—Así es. —Me senté en la punta del escritorio y crucé los tobillos—. La flor está intacta.

—Vaya —murmuró.

—¿Qué? —dije con el ceño fruncido.

—No sé. Las vírgenes de veintiún años son como el Big Foot.

—Caramba. Gracias —solté encorvando los hombros.

—Ya sabes lo que quiero decir. —Se puso las gafas en lo alto de la cabeza—. Oyes hablar sobre el Big Foot, pero nadie lo ha visto en persona. Lo mismo pasa con las vírgenes de veintiún años.

Empezaba a pensar que no había sido buena idea confiárselo.

—¿Por qué? —quiso saber, y yo arqueé las cejas—. ¿Por qué no has tenido novio?

—¿En serio? —La miré fijamente ladeando la cabeza.

—En serio.

—¿Seguro que ves bien con las gafas? —solté cruzando los brazos sobre mi pecho.

—Veo muy bien —respondió con la nariz fruncida—. Y tú eres preciosa. Y eres maja. Tienes que ser inteligente para estar estudiando enfermería, ¿qué pasa entonces?

—¿Preciosa? —murmuré.

Parpadeó de nuevo y se separó de la puerta para acercarse a mí.

—Lo pillo. La cicatriz de tu cara no impide ver tu belleza. Tienes que saberlo. Y, mira, yo quería haberte dicho algo antes, pero me pareció que sería de mal rollo sacarlo a colación —prosiguió—. Pero esta noche estás guapa. Veo que no llevas demasiado maquillaje, y antes estabas muy bien, pero estás estupenda sin él.

El Dermablend no era ninguna broma; era un maquillaje denso que se usaba para cubrir al máximo y siempre supe que se notaba. Pero creía que tenía mejor aspecto con él.

—Mataría por tener tus labios —continuó Roxy, lo que hizo que me fijara en los suyos. Eran unos labios bonitos. Con arco de Cupido—. Y mataría por tener tus tetas. Tú las escondes, pero yo sé que están ahí, y son bonitas.

—No lo son —solté antes de poder detenerme.

—¿Qué quieres decir? —preguntó con el desconcierto reflejado en la cara—. ¿Llevas lo que sería el sujetador más espectacular de la historia de los sujetadores? Si es así, ¿podrías decirme de dónde lo has sacado? —Se puso la mano en su reducido pecho—. Porque a estas pequeñajas les iría bien algo de ayuda.

—No —sonreí con dulzura—. No es eso. Lo siento.

—Mierda —dijo con un mohín—. Pues ¿qué?

Nunca le había hablado a nadie sobre el aspecto que tenía en pelotas, y encontrar las palabras adecuadas me resultó más que difícil.

—La cicatriz de mi cara no es nada comparada con el resto de mi cuerpo. Tiene mala pinta. De verdad.

Roxy abrió la boca, pero era evidente que no sabía muy bien qué decir, así que seguí hablando a toda prisa.

—No tengo demasiada experiencia con los chicos, por lo que creo que estamos saliendo, y creo que… que me gusta.

—Jax te gusta —me corrigió con cariño.

Suspiré asintiendo con la cabeza.

—Sí. Me gusta. Y sé que es una estupidez por mi parte.

—No es una estupidez.

Continué como si no la hubiera oído:

—A ver, está bueno, está tan bueno y es tan majo que es la combinación perfecta, pero con todo lo que está pasando con mi madre, puede que ahora no sea el mejor momento para empezar algo con alguien.

—Sí, lo de tu madre es una mierda. —Cambió su peso liviano de un pie al otro—. Una buena mierda, pero, por otra parte, no tiene nada que ver con Jax, ¿sabes? Son dos cosas separadas.

Entendía lo que estaba diciendo.

—Tengo pensado volver a la facultad en agosto —comenté.

—¿Y? —dijo—. Shepherd está a unas tres horas de aquí. Vaya problema. Podéis seguir saliendo. No solo hay coches, también están esos aparatos estupendos que se llaman trenes.

—He oído hablar de ellos una o dos veces —aseguré con una carcajada.

—Le gustas —afirmó Roxy, y asintió con la cabeza para que lo asimilara—. Le gustas a Jax, Calla. Lo sé, créeme.

—¿De verdad?

Alzó y bajó el mentón otra vez, pero antes de que pudiera continuar se abrió la puerta y Nick asomó la cabeza en la habitación.

—Si habéis terminado con lo que estéis haciendo aquí, nos iría bien vuestra ayuda.

Miré a Roxy, que entornó los ojos.

—Hombres —bufó mientras se daba la vuelta—. ¿Qué harían sin nosotras?

No respondí, pero me dieron ganas de reírme como una tonta al ver la mirada que Nick le lanzaba. Salimos. El bar estaba abarrotado. Jax me detuvo, me ató el delantal, me dio una palmadita no demasiado discreta en el trasero y me envío a servir mesas.

—No sé qué pasa esta noche, chica, pero esto es de locos —comentó Pearl mientras recogía la libreta para apuntar las comandas.

Lo era.

Los clientes eran una mezcla de jóvenes y mayores. En cuanto Melvin me vio, me pidió con su dedo torcido que me acercara a su mesa. No estaba solo. Esa noche lo acompañaba un hombre que parecía igual de mayor.

—¿Qué es eso de que un coche casi os atropella a ti y a Jackson hoy? —preguntó Melvin, lo que me recordó, una vez más, lo rápido que viajaban las noticias.

Lancé una mirada a su amigo y no supe muy bien qué decir.

—Este es Arthur —presentó Melvin señalando a su amigo con la cabeza—. Ella es la hija de Mona.

A Arthur se le marcaron más el sinfín de arrugas de su cara cuando sus ojos oscuros se concentraron en mí.

—Encantado de conocerte, cielo.

Lo saludé con un gesto breve y algo incómodo con la mano, admití haber estado a punto de ser atropellada, pero lo reduje a un incidente con un conductor terrible porque no quería preocuparlos. Melvin no pareció demasiado convencido cuando me dio unas palmaditas en el brazo y me dijo que fuera con cuidado.

La concurrencia no menguó con el paso de las horas, y cuando sustituía a Nick para que hiciera una pausa, me alegraba estar detrás de la barra y no sirviendo las mesas como una loca.

Estaba preparando dos Jägerbombs cuando levanté la vista y los vi. Bueno, lo vi primero a él, y casi se me cayó el vaso más pequeño dentro de una forma que no debería al preparar un Jägerbomb.

El tío era inmenso, más corpulento y fuerte que Jax, incluso más alto. Llevaba una camiseta negra que le quedaba ajustada sobre un pecho y unos brazos bien definidos. Llevaba el cabello castaño rapado a los lados y algo más largo en la parte superior, donde le quedaba de punta. Supuse que sería rizado si se lo dejara crecer. Este tío tenía un rostro anguloso, de clara ascendencia hispana. Tenía una bronceada piel tersa, los pómulos altos y unas tupidas pestañas castañas le enmarcaban unos ojos oscuros. Tenía una cicatriz en forma de media luna bajo el ojo izquierdo y otra en el centro del labio que lo cortaba.

Parecía malo... lo que vendría a ser malote en el mejor sentido.

La chica que lo seguía de cerca podía haber sido Britney Spears en persona, la Britney colegiala católica. Tenía el pelo rubio ondulado y cortado a la perfección para enmarcar una cara en forma de corazón. Labios carnosos, unos ojos grandes y castaños y un cuerpo hermoso. ¿Cómo sabía que tenía un cuerpo hermoso? Porque la mayoría estaba al descubierto.

Vestía una camiseta de tirantes rayada que le dejaba el estómago a la vista y una falda tejana corta que permitía disfrutar de unas espectaculares piernas bronceadas. La chica tenía unas tetas envidiables y era un auténtico pibón.

Y no estaba prestando atención al chico corpulento y atractivo que tenía al lado. Miraba directamente a la barra. No a mí. No a Roxy. Su mirada estaba puesta en el lado de la barra más alejado de nosotras.

Miraba a Jax.

Yyy no solo lo estaba mirando.

—¿Sabes quién es ese? —preguntó Roxy, cogiendo hielo—. ¿Ese chico de ahí que está tan bueno?

Mi mirada se desvió de la chica hacia él.

—¿Cómo no iba a fijarme? —Serví los Jägerbombs con una sonrisa y cobré el importe—. ¿Quién es? —pregunté, cuando en realidad lo que quería saber era quién era ella y por qué estaba mirando a Jax como si formara parte de la cena.

—Brock —contestó Roxy, y empezó a abanicarse a sí misma—. El Brock.

—¿Hummm…? ¿Quién? —pregunté mientras me giraba hacía un chaval con edad de universitario—. ¿Qué te pongo?

—Es Brock Mitchell, La Bestia —dijo el chico en lugar de responder, y cuando yo parpadeé, añadió—: ¿No sabes quién es?

Dirigí la mirada hacia La Bestia y sacudí la cabeza.

—¿Debería saberlo?

El chico movió la cabeza ya resopló.

—Practica AMM, y se ve que es algo grande. O que va a ser algo grande. —Echó un vistazo con una expresión de asombro en la cara—. La verdad, no es la clase de persona a la que me gustaría cabrear. No sabía que estaba en el pueblo. En fin, tomaré una Bud.

Mientras cogía la cerveza, eché una miradita a Brock. Sabía qué eran las AMM, artes marciales mixtas, y supuse que por algo grande se refería a que luchaba como profesional en uno de esos circuitos con los que Cam y Jase estaban tan obsesionados. Sabía con certeza que ese hombre no era de allí. Habría recordado una cara así, aunque hubiera sido mucho más menudo cuando estábamos en el instituto.

—Genial —murmuré mientras le servía la cerveza.

En cuanto la cogió, el chico se olvidó de mi existencia y se dirigió hacia Brock como si fuera un imán.

—Oh, mierda. —Roxy se enderezó y vi que estaba mirando a la chica. Se giró y sus ojos se posaron en Jax—. Oh, mierda.

—¿Qué? —El corazón me dio un brinco en el pecho.

Roxy se volvió hacia mí con una mueca, como si hubiera probado algo en mal estado.

—Es Aimee; Aimee con dos «es» y una «i».

—Muy bien. —Ya era oficial. Estaba hecha un lío.

—No tengo ni idea de qué está haciendo con Brock. Bueno, sí, se me ocurren un par de ideas, pero no tengo ni idea de por qué está aquí con Brock.

Empezaba a tener una sensación realmente mala sobre aquello, sobre todo porque varios chicos se arremolinaron alrededor de Brock, y Aimee con dos «es» ni siquiera le prestaba atención. Estaba rodeando al grupo.

Roxy daba la impresión de acabar de quedar atrapada en una telaraña y estar a punto de retorcerse, y había gente a la que había que servir, pero mis ojos estaban siguiendo a Aimee, que ya había llegado a la mitad de la barra. Miré a Jax.

Apoyado en la barra, estaba sirviendo un par de combinados a un grupo de chicas que se reían como tontas. Al enderezarse y levantar la mirada pasó de largo a Aimee con una «i» y volvió hacia ella. Parpadeó, se irguió como si alguien le hubiera tocado el culo, y el estómago me dio un vuelco.

Oh, no.

—Oh, no —se hizo eco Roxy.

Aimee con dos «es» se abrió paso entre las chicas que se reían y un hombre mayor, apoyó las manos en la barra y estiró el cuerpo hacia arriba, lo que hizo que se le marcaran las voluptuosas tetas bajo la camiseta de tirantes.

Entonces habló con una voz grave, gutural:

—Jax, corazón, te he echado de menos.

20

J «ax corazón» miró un instante a Aimee y, después, le dirigió media sonrisa, no esa media sonrisa, sino una sonrisa torcida que me revolvió las entrañas. Dijo algo y ella echó la cabeza hacia atrás y se rio con voz ronca.

Me giré y me concentré en la gente que seguía esperando su bebida. No estaba demasiado segura de los minutos que habían pasado, y ni siquiera intenté impedirme a mí misma mirarlos, pero seguían charlando.

No tenía la menor importancia.

Cuando alcé la vista en busca de Brock, el chico con quien ella había venido, no lo vi por ninguna parte, pero un grupo enorme rodeaba las mesas de billar e imaginé que estaría allí.

Sintiéndome extraña y como si me hubiera tragado un puñado de pastillas energizantes, atendí a los clientes demasiado sonriente y demasiado contenta hasta que Nick regresó. Para entonces, ya estaba preparada para salir a servir mesas y pasé a toda velocidad al lado de Roxy, que me estaba lanzando miradas de «tenemos que hablar» a las que yo respondía con una mirada de «no tenemos que hablar».

Cuando me disponía a salir apresuradamente de detrás de la barra con los ojos puestos en Pearl, a quien el cabello rubio se le estaba escapando de la trenza, alguien me rodeó por la cintura y tiró de mí hacia un lado. Contuve un chillido cuando me giró, y me encontré entre Jax y el extremo de la barra, de cara a Aimee.

Hummm…

Aimee parecía tan desconcertada como yo mientras movía la mirada de Jax a mí, y finalmente la bajó hacia el brazo que me rodeaba la cintura.

—Aimee, no sé si has tenido ocasión de conocer a Calla —dijo Jax. Su brazo era como un hierro de marcar alrededor de mi cintura—. Es de aquí, pero estaba en la universidad. Ha vuelto para…

—Ya sé quién es —respondió. Su tono no era frío ni altanero, ni nada en realidad.

Arqueé las cejas. No tenía ni idea de quién era ella, y tenía la sensación de que si la conociera, lo sabría.

Aimee sonrió mientras se pasaba el pelo por encima del hombro.

—Es normal que no me recuerdes. Nos conocimos hace siglos.

Jax cambió el peso de un pie al otro y todo su costado presionó el mío.

—¿De qué la conocías? Creciste en otro condado.

No me importaba nada que Jax supiera que Aimee con dos «es» había crecido en otro condado.

—Fue hace mucho tiempo —insistió, levantando la voz cuando hubo una sonora aclamación en las mesas de billar—. Participamos juntas en algunos concursos de belleza.

Mierda.

Me la quedé mirando, tensa. «¿Aimee…? ¿Aimee…?».

—¿Aimee Grant?

Su sonrisa se ensanchó, y había que ver lo despampanante que era. Tenía los dientes perfectos, como si todavía llevara puestos los postizos.

—¡Sí! Sí que te acuerdas. Dios mío, Jax. —Sus ojos se volvieron hacia él y alargó la mano por encima de la barra para ponérsela en su otro brazo como si lo hubiera hecho un millón de veces—. Calla y yo prácticamente crecimos juntas.

Bueno, yo no habría dicho tanto. Es probable que coincidiéramos una vez cada dos meses en los concursos de belleza, y no éramos amigas. Si no recordaba mal, nuestras madres se odiaban con la pasión de todas las madres que llevan a sus hijas a este tipo de competiciones. Mi madre era considerada poco culta porque era la dueña de un bar, y la madre de Aimee era un ama de casa, casada con un médico, o por la pinta de esos piños perfectos, con un dentista.

—Ah, ¿sí? —Jax deslizó la mano hacia mi zona lumbar y yo apreté los labios. Había inclinado su cuerpo hacia el mío, echándose hacia atrás de modo que la mano de Aimee ya no descansaba en su brazo, y aunque yo no había tenido ninguna relación, sabía lo que Jax estaba diciendo con su cuerpo. Se lo había visto hacer a Jase. Se lo había visto hacer a Cam.

Tuve una sensación de felicidad.

Pero Aimee estaba ignorando el mensaje o no lo estaba pillando.

—Sí, es un mundo muy pequeño. No te había visto en años. —Su mirada se había concentrado en mí—. No desde que dejaste de participar en concursos de belleza.

Se me hizo un nudo en la boca del estómago, frío y pesado como el plomo, y por puro instinto, traté de retroceder, pero como Jax estaba tan cerca, no tenía dónde ir.

—Solía ganarme —prosiguió Aimee, y en el nudo de mi estómago empezaron a formarse carámbanos—. En cada concurso. Yo quedaba finalista y Calla era casi siempre la vencedora.

Los labios de Jax esbozaron una sonrisa mientras me contemplaba, pero lo único que yo quería era salir pitando y alejarme de él, de la barra y de Aimee.

Aimee se apoyó en la barra y ladeó la cabeza.

—No te había visto desde el incendio.

Dejé de respirar y se me erizó el vello de la nuca.

—Muchas de las organizaciones recaudaron fondos. Me acuerdo de eso —continuó alegremente—. Durante unos seis meses, las niñas que ganaban dinero en los concursos de belleza te donaban sus ganancias.

Madre mía.

Yo también recordaba eso; a papá diciendo algo al respecto mientras yo estaba en el hospital, y a mamá demasiado hundida para venir a verme al hospital siquiera.

—Fue terrible —siguió Aimee, que me miró parpadeando con sus grandes ojos—. Todo lo que os pasó a ti y a tu familia. ¿Cuánto tiempo estuviste en el hospital?

¿Quién hacía preguntas como esa? Pero sabía la respuesta. A lo largo de mi vida me había cruzado con completos desconocidos que metían las narices en mis asuntos y hacían preguntas que cabría pensar que no estaban sobre la mesa o que no eran adecuadas. La gente no pensaba o, simplemente, pasaba de todo.

—Meses —me oí decir a mí misma.

Jax me presionó la espalda con la mano, y noté que se le tensaban los músculos del cuerpo. Empezaba a picarme el cuerpo.

—Disculpad —dije con voz ronca, y me escabullí de Jax para salir de detrás de la barra—. Tengo que volver al trabajo.

Me marché sin escuchar lo que Aimee decía mientras yo cogía la bandeja redonda y me dirigía hacia las mesas en busca de copas y botellas vacías. Tenía tantos pensamientos dándome vueltas en la cabeza que no podía elegir solo uno para concentrarme en él.

Aimee era una sacudida inesperada e inoportuna del pasado. Ella formaba parte de unos recuerdos que, todos esos años después, no había aceptado y no estaba segura de poder aceptar jamás. No solo eso, sino que ella representaba todo lo que yo tendría que haber sido.

Volvía a tener un nudo en la garganta mientras recogía botellas vacías, ignorando el tenue olor a cerveza cuando las ponía en la bandeja. Más tarde, seguramente no diría que Aimee representaba nada, pero en aquel momento, si pensaba en ella, pensaba también en todo lo de antes del incendio. Pensé en lo que habría sido la vida para mi familia, para mamá, para Kevin y Tommy, y para papá y para mí, si el incendio no se hubiera producido.

Sin duda estaría justo allí.

Me paré, me costaba respirar mientras mis dedos rodeaban el cuello de otra botella vacía. Dirigí la mirada hacia delante, hacia las espaldas de los que estaban apiñados alrededor de las mesas de billar.

Y justo entonces caí en la cuenta, con tanta fuerza que noté un cosquilleo en los dedos de las manos y de los pies. Si ese incendio no se hubiera producido, lo más probable es que estuviera justo aquí. Me habrían preparado para encargarme del bar, porque habría sido un negocio exitoso, y era algo que mis padres habían creado para entregarnos a nosotros. Kevin dirigiría el local. Tommy estaría ahí. Y también mamá y papá.

Yo estaría justo donde estaba, y no tenía ni idea de cómo aceptar esa revelación. En absoluto. Mis pensamientos eran dolorosos como puñales que se me clavaban en la piel.

—Calla.

Erguí la espalda con una opresión en el pecho. No me volví.

—Tengo mesas que limpiar —le dije—. Muchas mesas.

Jax me puso una mano en el hombro y me giró hacia él. Nuestros ojos se encontraron y cuando habló supe, simplemente supe, lo que quería decir, y me quedé muerta.

—Lo sé —dijo acercando sus labios a mi oído.

Permanecí callada mientras íbamos a casa de Jax. Me pasé el trayecto en coche mirando por la ventanilla las casas oscuras y los escaparates. Estaba cansada, mental y físicamente, y lo único que quería era meterme en una cama, taparme con las sábanas hasta la cabeza y decir buenas noches.

Aimee se había quedado hasta la hora de cerrar y no se reunió ni una sola vez con Brock, que acabó marchándose mucho antes que ella. Roxy me contó que se había ido con otra chica, por lo que yo no tenía ni idea de lo que había entre él y Aimee, aunque ella no parecía haberse inmutado por ello. Y yo sabía por qué se había quedado. Quería irse a casa con Jax.

Pero eso no ocurrió.

Cuando avisamos de que era la hora de la última ronda, Aimee se quedó mirando a Jax. Roxy me contó que él le había preguntado, con mucha amabilidad y delicadeza, si tenía forma de volver a casa, pero antes de que le pudiera contestar ya le había dicho que le pediría un taxi.

Muy hábil.

Roxy me contó que Aimee se había quedado como si acabara de ver un fantasma, y aunque habría sido divertido verlo, me pregunté si Jax la habría llevado a casa si yo no hubiera estado allí. No tendría que importarme, pero lo hacía, porque era una chica y me estaba sintiendo especialmente extratonta.

«Lo sé».

Me quedé sin aliento cuando Jax enfiló la calle donde estaba su casa. Sabía que se refería al incendio. Había trabajado con mi madre y ella le había hablado sobre los días de los concursos de belleza, así que no hacía falta ser ningún genio para deducir que le habría hablado también sobre el incendio, pero ¿hasta qué punto? ¿Cuánto sabía cuando sus ojos se posaron en mí la primera vez que entré en el Mona's a mi vuelta?

En su casa llevé mi bolsa a la planta superior mientras Jax se dirigía hacia la cocina para hacer lo que parecía una costumbre, quitarse los zapatos de un puntapié y dejar las llaves en la encimera.

Me cambié y me puse una camiseta de tirantes debajo de la camiseta de manga larga y mis pantalones cortos para dormir. Luego me lavé la cara y me recogí el pelo en una cola de caballo. Cuando salí del dormitorio, saqué el móvil del bolso y encendí la lámpara de la mesita de noche. Un brillo tenue iluminó la larga habitación.

Había un mensaje de texto que Teresa me había enviado con una fotografía de ella y de Jase en la playa. Estaba entre sus brazos, levantaba los dedos en forma de cuernos y sonreía de oreja a oreja con sus excepcionales y preciosos ojos grises ocultos bajo la misma clase de gafas de sol que llevaba Jax. Unos pasos captaron mi atención al meter otra vez el móvil en el bolso, y allí estaba Jax, entrando en el dormitorio. Había perdido la camisa en algún momento entre la planta baja y la habitación, pero no me quejaba, porque era una delicia ver su piel ruda y llena de imperfecciones, especialmente cuando llevaba los vaqueros tan bajos en sus caderas delgadas.

Sujetaba una cerveza con una mano y un brik de zumo en la otra.

—¿Para mí? —Mi sonrisa se ensanchó un poquito.

—Me imaginé que te iría bien beber un ponche de fruta.

—Gracias. —Cogí el brik de zumo y me senté con las piernas cruzadas en la cama. La pajita volvía a estar puesta. Perfecto. Alcé la mirada y vi que él le daba un buen trago a la cerveza antes de bajar la botella y pasarse la otra mano por el pelo. Noté cierta inquietud en mi estómago al observar cómo su pecho se movía al respirar hondo—. ¿Va todo bien?

Parecía una pregunta tonta.

Desvió la mirada hacia la mía al llevarse la botella de nuevo a los labios. No dijo nada mientras se le movía la nuez de Adán y, madre mía, se acababa esa botella en el tiempo que yo solo había dado un sorbito a mi brik de zumo.

La inquietud creció hasta que se convirtió en una mala hierba floreciendo en un jardín. ¿Había cambiado de opinión sobre el hecho de que me quedara con él? No parecía demasiado contento. A lo mejor deseaba haber llevado a Aimee con dos «es» a casa. Dada su piel y su sonrisa perfectas y a que yo tenía una madre que seguía desaparecida en combate e involucrada con narcotraficantes, entendería muy bien que se replanteaba muchas cosas. Después de todo, casi lo habían atropellado y no había sido por su culpa.

«Ni siquiera tendría que estar en su casa, y mucho menos sentada en su cama, porque este no es mi sitio».

De repente, quería estar de vuelta en Shepherd, sentada con Teresa y observando a la Brigada de los Tíos Buenos desde una distancia prudencial. Allí me sentía segura. Nadie sabía nada sobre mí y tenía mis tres efes, y ya está, eso era lo que había y aquello con lo que me había obligado a conformarme.

Estrujé el brik de zumo hasta que casi explotó como un volcán y empecé a levantarme de la cama mientras la barriga se me retorcía de un modo horrible.

—Esta noche puedo dormir abajo y mañana…

—¿Qué?

Casi tenía los pies en el suelo de madera noble.

—He dicho que podría dormir abajo y que mañana puedo…

—Ya te he oído. —Dejó la cerveza vacía sobre el tocador sin dejar de mirarme.

—Estoy confundida —comenté echando un vistazo alrededor—. Si has oído lo que te he dicho, ¿por qué has dicho «qué»?

—Muy bien. Tal vez tendría que haber ampliado esa frase —corrigió, y con los ojos muy abiertos vi que se agachaba; después inspiré deprisa cuando me sujetó las caderas. Un fuerte estremecimiento me bajó por los muslos, porque, madre mía, ese hombre sabía cómo sujetar unas caderas—. ¿Por qué coño ibas a dormir abajo?

Levanté despacio mi zumo de fruta y le di un buen trago.

—Es que pensaba que después de... bueno, todo... —Se me apagó la voz mientras me levantaba hasta que mis pies dejaron de tocar el suelo.

—¿Qué pensabas? ¿Que no te querría aquí arriba conmigo? —Me acechó en la cama. No había otra palabra para lo que estaba haciendo. Tenía una pierna a un lado de la mía y la otra al otro lado. Sus manos seguían en mis caderas—. ¿Que no me había fijado en lo guapa que estás hoy? ¿Y que no has vuelto ni una sola vez la mejilla hacia la izquierda para esconder la cicatriz?

Dios mío.

Me olvidé del zumo.

—¿Creías que no querría dormir a tu lado otra vez? Pues, si es así, te equivocaste. —Sus dedos rodearon mis caderas, lo que hizo que una oleada de calor me recorriera las venas—. Me ha encantado dormirme a tu lado y despertarme a tu lado. Lo que, para mí, es una novedad. No suelo ser demasiado aficionado a eso, pero tú... sí, tú eres diferente.

Nunca en mi vida quise tanto ser diferente.

Sus manos se deslizaron por mis costados hacia arriba.

—¿O pensabas que no me fijaría en lo bien que has estado todo el día a pesar de lo que nos ha pasado por la mañana? Hemos ido a un tugurio y casi nos atropellan, pero, aun así, después sonreíste. Lo soportaste y fuiste a trabajar. Luego apareció Aimee.

Jax agachó la cabeza y me rozó los labios con los suyos.

—Aimee y yo nunca salimos juntos.

Se me agarrotaron los músculos mientras el cerebro me decía que aquello eran pamplinas.

—No creo que eso sea asunto mío.

—Ahora mismo estás en mi cama, ¿verdad? —Hizo un sonido grave de desaprobación.

—Pues sí.

—Y hace un momento tenía los labios sobre los tuyos, ¿correcto?

Asentí con la cabeza.

—¿Y mi mano ha estado entre esas preciosas piernas también?

Vaya por Dios. Ese calor se convirtió en un fuego ardiente que se situaba entre las susodichas piernas.

Apoyó su frente en la mía.

—Y después voy a llevarte a cenar. Así que dime, ¿por qué coño dices que una chica que aparece esta noche, no se separa de mí e insinúa que tenemos un pasado juntos no tiene nada que ver contigo?

—Vale —susurré—. Dicho así, supongo que sí.

—¿Supones? —Se separó de mí y sacudió la cabeza. Y después se sentó de nuevo con las piernas a cada lado de las mías y las manos puestas en mi cintura—. Entiendo que no has hecho esto antes.

Levanté el zumo de fruta y di otro sorbo con un cosquilleo en el estómago.

—Pero tienes que saber adónde lleva esto. Ya te he dicho que me gustas. Creo que lo he dejado muy claro. Y cuando acabemos con esta conversación, te lo voy a dejar más claro todavía.

No voy a mentir. A una gran parte de mí le gustaba cómo sonaba aquello.

—Aimee y yo quedamos un par de veces —prosiguió, y una sensación desagradable prendió en mi pecho a pesar de que eso ya lo había deducido—. Normalmente está en Filadelfia y supongo que sigue yendo a la universidad en el norte. No lo sé y, la verdad, no me importa. Las cosas eran informales entre nosotros. Ha estado en mi casa. Nunca ha pasado aquí la noche. Ni una sola vez. Y, desde luego, nunca jamás llegó a beber zumo de fruta en mi cama.

—Me alegra oír esta última parte —admití.

—Aimee es guapa —añadió, y una sonrisa le iluminó la cara—. Sabe divertirse, pero no es para mí. Nunca lo ha sido.

Volvía a sentir ese cosquilleo en el pecho.

Levantó las manos y ladeó la cabeza.

—Y sé que lo que te está rayando no es solo que apareciera de pronto una chica con la que he dormido en el pasado. Es lo que te ha dicho esta noche.

—Jax… —Volví a ponerme tensa.

Me puso un dedo índice sobre los labios para acallarme. Normalmente, si alguien me hacía eso, lo más seguro era que le arrancara el dedo de un mordisco, pero el asunto que estábamos tratando me parecía demasiado intenso para hacer eso.

—Lo sé —dijo en voz baja—. Lo sé todo sobre el incendio.

No podía respirar. Apoyé una mano en la cama mientras me apartaba de él, pero su mano me sujetó con más fuerza la cintura. No llegué demasiado lejos. No podía hacer eso. Noté que estaba perdiendo el poco control que me quedaba.

—Mona hablaba de ello de vez en cuando, y Clyde me acabó de contar lo que ella omitía —prosiguió en esa voz baja y paciente—. Sé cómo sucedió.

El corazón empezó a latirme con fuerza en el pecho. Luego hablé con voz ronca.

—No quiero hacer esto.

—Lo sé. —Jax se acercó más de algún modo y dejó su pelvis sobre la mía, aunque soportaba el peso con sus piernas. Estaba cerca, demasiado cerca para eso—. El bar tenía mucho éxito. Siempre estaba abarrotado. Ganaba mogollón de dinero. Tus padres decidieron construir la casa de sus sueños.

Dejé de mirar sus ojos castaños y hundí mi mano libre en el edredón.

—No quiero hacer esto —repitió en un susurro.

Bajó la cabeza y me plantó un beso rápido en el centro de mi mejilla izquierda. Se me entrecortó la respiración.

—Era la clase de casa en la que tus padres soñaban con formar una familia —prosiguió—, con espacio suficiente para todos vosotros, sobre todo para Kevin y Tommy.

Madre mía.

El aire frío me rasgó el pecho y sacudí la cabeza.

—No puedo hacer esto.

Jax siguió hablando.

—Lo que tus padres no sabían es que habían contratado un electricista que no era del todo legal. Que hacía de todo para embolsarse más dinero. Lo estaban investigando por una chapuza en la casa en la que había trabajado antes. Lo que tus padres no sabían cuando se mudaron allí con vosotros y lo celebrabais y estabais felices era que el electricista no había seguido las normas de instalación en el regulador de intensidad de luz del pasillo del piso de arriba, donde estaban los dormitorios de todos los niños.

Bajé el mentón y cerré los ojos. Fue una mala idea, porque pude ver con claridad esa noche. Hasta el día de mi muerte sería capaz de ver esa noche, despertarme en mi habitación ardiendo, con sus paredes rosas y mi nombre deletreado con letras mayúsculas pegado a la pared, llena de humo. Nunca olvidaría que el primer aire que inspiré me abrasó el interior de la garganta y del pecho. Ni el pánico que me invadió cuando me levanté tambaleando de la cama y vi que la pintura rosa se desconchaba de las paredes, el terror que sentí cuando abrí la puerta del cuarto de baño y todo el mundo explotó. El humo se había vuelto amarillo y marrón, recuerdo eso, un momento antes de que todo ocurriera. Habían volado pedazos de cristal por el aire y me habían cortado la piel. Había llamas por todas partes, parecían arrastrarse por el suelo y lamer el techo y las paredes. Fue como un fogonazo gigantesco. Hubo gritos. Unos gritos espantosos que ninguna película de terror podría reproducir jamás, y algunos de esos gritos eran míos. Otros eran de Kevin.

—Hacía mucho calor. La pintura se estaba ampollando. No había aire y… —Inspiré temblorosa y no me di cuenta de que había hablado en voz alta hasta que sus labios volvieron a posarse en mi sien.

—Sé que tuviste la suerte de sobrevivir —dijo, acariciando los lados de mi cintura con los pulgares—. Tu padre llegó hasta ti primero y te sacó de la casa. Después, él y tu madre intentaron volver a entrar para subir otra vez, pero todo estaba envuelto en fuego. No pudieron subir... era demasiado tarde para tus hermanos.

Me retorcí de nuevo, pero Jax no me soltó. El hielo que notaba en el pecho se estaba extendiendo y convirtiéndose en un dolor real, tangible.

—Tommy no llegó a despertarse —recordé haberle oído decir a mamá una vez. Que después de haberle hecho la autopsia se demostró que había muerto por inhalación de humo. Y no hay mal que por bien no venga, porque para cuando habían extinguido el incendio su habitación no era nada más que cenizas y madera calcinada—. Kevin... estaba despierto.

—Lo sé. —De nuevo, en voz baja.

Abrí despacio los ojos y noté que tenía las pestañas mojadas.

—Sus ataúdes —susurré, volviendo a cerrar los ojos con fuerza y viéndolos—. Eran muy pequeños. Más de lo que imaginarías que hacen los ataúdes, ¿sabes? Y, aun así, sé que los hacen todavía más pequeños, pero, Dios mío, eran tan pequeños...

Sus labios me rozaron la comisura del ojo derecho y supe, a pesar del terrible dolor en el pecho, supe que me había besado una lágrima, y el frío glacial que sentía en el pecho y que me invadía el estómago y el alma menguaba un poquito.

—No tuvieron la menor oportunidad —murmuré inspirando hondo otra vez—. El incendio se inició justo fuera de sus habitaciones, en el techo y las paredes. Se propagó muy deprisa.

Jax se quedó callado, y pasaron unos instantes antes de que yo volviera a hablar.

—Nuestra familia recibió una gran cantidad de dinero cuando se averiguó que el incendio... se había debido al cableado defectuoso. Papá puso una parte en un fondo universitario para mí.

Ese… ese es el dinero que mamá se ha pulido. Ella tenía mucho dinero, cientos de miles. —Mis dedos dejaron de sujetar con tanta fuerza el edredón—. Papá se largó antes de un año. No pudo soportarlo.

—Cabrón —murmuró Jax.

Abrí unos ojos como platos, lista para defender a mi padre, pero me contuve. Sí, era un cabrón. Lo había aceptado hacía mucho tiempo. La siguiente vez que inspiré no me costó tanto.

—Nunca había hablado con nadie de esto. Ni siquiera con mis amigos en casa. No es que no lo haya… superado, porque lo he hecho. Era joven cuando todo esto ocurrió y todavía extraño a mis hermanos. Es algo muy triste.

—Sí.

Nuestras miradas se encontraron y el corazón me dio un gran vuelco en el pecho. Sabía que Jax no había terminado.

—Sé que eso no es lo único. —Levantó una mano y me recorrió la cicatriz con un dedo—. Sé que tienes otras cicatrices.

No pude desviar la mirada. Que me cayera muerta si no quería hacerlo, pero su mirada me inmovilizó. Sus ojos eran cálidos, estaban centrados.

—Y sé que sufriste quemaduras, Calla. —Al oírlo noté una opresión en el pecho debido a una mezcla de vergüenza y de alivio—. Sé que te sometieron a cirugías y sé que esas cirugías cesaron antes de lo que deberían.

—Mamá… ella…

—Se hundió en su propia mierda. Se olvidó o no pudo soportarlo —me confirmó—. Nunca me contó realmente por qué, y sé que eso no mejora las cosas, pero se sentía muy culpable por ello. Eso era evidente.

Pues no, eso no cambiaba nada. Nunca lo haría. No sabía si eso me convertía en una arpía sin sentimientos o no, pero había cosas que no se olvidaban con facilidad. No estaban concebidas así.

—Yo nunca… nadie ha visto nunca las cicatrices —comenté con una voz que apenas era un susurro—. No son agradables.

—Son parte de ti.

Asentí despacio con la cabeza. Mis pensamientos volvían a ser un torbellino mientras buscaba su mirada con la mía. Jax había sabido desde el primer día que escondía muchas cicatrices. Joder, gracias a mi madre y a Clyde, lo había sabido antes de verme. No sabía muy bien qué pensar del hecho que se lo contaran a alguien que era un total desconocido para mí, pero no podía enfadarme por ello entonces. No podía emocionarme más al mirarlo.

—Te gusto.

—Menuda novedad, cariño —dijo con una mueca—. Me gustas, a sabiendas de que las cicatrices son parte de ti.

—Pero ¿por qué? —No era la primera vez que se lo preguntaba.

—Ya te he contado por qué. —Volvía a tener las dos manos en mi cintura, y me quedé sin respiración—. Creo que ya es hora de que te lo enseñe.

—¿Que me lo enseñes? —pregunté arqueando las cejas.

—Sí, que te lo enseñe.

Me puso las manos bajo las axilas para levantarme. Yo sujeté con más fuerza mi bebida. Me movió hasta colocarme más cerca de la cabecera, justo en medio de la cama. Alargó la mano para cogerme el zumo de fruta y lo dejó en la mesita de noche.

Y pasó a dejarme muy claro que estaba interesado en mí.

21

La luz de la mañana se colaba por la gran ventana cuadrada cuando abrí los ojos parpadeando. Me desperté con una boca que se deslizaba por mi garganta dándome besos ardientes.

Guau. Esbocé una sonrisa y solté un grito ahogado cuando me acarició con la lengua el punto sensible situado justo debajo de mi oreja. La espalda se me arqueó sola cuando su mano se desplazó desde mi abdomen hacia la curva de mi cadera por encima de la camiseta.

Era una forma espléndida de despertarse.

La noche anterior fue, bueno, fue literalmente orgásmica, y aunque no habíamos dormido demasiadas horas, me desperté con la sensación de haberlo hecho un año seguido. Aunque dudaba que el orgasmo que me había provocado con su hábil mano tuviera nada que ver con eso. Era más bien porque la noche anterior había pasado algo. Me había quitado una pequeña parte del peso que llevaba encima. Ya no había un muro entre nosotros.

¿Lo hubo alguna vez?

Lo curioso era que puede que nunca hubiera habido ningún muro, por lo menos por su parte. Sabía lo del incendio, lo de mis hermanos y el dinero, lo de las cicatrices y lo horrible que había sido todo. Lo había sabido antes de verme cara a cara. Y no le importaba. No acababa de entenderlo. Es probable que nunca lo entendiera, pero cuando la noche anterior se empeñó en demostrarme que yo le interesaba con todos aquellos besos y caricias, supe que iba a dejar de intentar comprenderlo, como ya había decidido antes.

Mis pantalones cortos yacían olvidados en algún lugar del suelo del dormitorio de Jax, y cuando me pasó la mano por debajo de la fina cinta de mis braguitas y la deslizó por mi piel desnuda, me mordí el labio inferior. Su otra mano descendió por la parte superior de mi muslo y me rodeó la parte posterior de la rodilla. Jax me levantó la pierna y situó mi trasero en el hueco de su regazo.

Noté algo más que un cosquilleo entre las piernas al sentir que se apretujaba contra mí desde atrás. Volvía a notarme los pechos tensos y, en cuanto me dio un beso apasionado y sensual en el pulso, me sentí mojada y me costó un mundo no empezar a retorcerme al instante.

La noche anterior Jax no… no se había corrido. Después de haberme hecho lo suyo, tiró de mí hacia él, con mi espalda contra su pecho, y eso había sido todo. Yo me había preguntado entonces cómo podía dar y no obtener nada a cambio, pero estaba demasiado confundida por todo como para preguntarlo, y un poquito extasiada para moverme, y no había tenido el valor de ponerle remedio. Básicamente porque tenía una idea general de lo que había que hacer para corregir ese problema, pero era probable que se necesitara una curva de aprendizaje.

Pero entonces era otro día y estaba dispuesta a echarle algo de ovarios a partir de aquel momento. Me puse boca arriba y Jax se me quedó mirando con aspecto somnoliento y sexy. Antes de que pudiera decir o hacer nada tenía sus labios en los míos e iniciaba un beso lento y tierno. La ligera barba de su mejilla me hizo cosquillas en la palma de la mano cuando se la deslicé por la cara. Se situó encima de mí, con una pierna entre las mías y presionando con su muslo la parte más delicada de mí. Al notar su firmeza en mi bajo vientre, me quedé sin respiración.

—Buenos días —murmuró en mis labios separados.

—Hola.

Esbozó media sonrisa.

Se me empezó a acelerar el corazón por diversas razones. Para empezar, volvía a tener sus labios en los míos, y ese beso fue mucho más intenso. Su lengua se estaba moviendo contra la mía, y también estaba lo de su mano derecha. Se encontraba en movimiento, y tuve la sensación de que se dirigía hacia donde estuvo la noche anterior. Hacia mis pechos. Me puse tensa, como había hecho antes, y debí obligarme a mí misma a no sujetarle la mano, como había hecho antes. Esta vez no lo hice, porque sabía que no tenía sentido. Si quería tocarme, me tocaría.

Y volvió a tocarme.

Su mano me cubrió el pecho izquierdo. Supe que notaba las cicatrices que tenía en él, pero la caricia no titubeó al concentrarse en el pezón ansioso. Jax era bueno… tan bueno que, incluso a través de la camiseta y la prenda de tirantes que llevaba debajo, hizo que mi pezón se irguiera con el contacto de su pulgar y su índice, y el estremecimiento que me provocó me recorrió desde los pechos hacia la parte inferior del torso. Jadeé con ese beso apasionado, arqueé la espalda, y no me decepcioné cuando pasó a mi otro pecho.

—Joder, me encanta ese ruidito que haces —gimió en mi boca. Me besó de nuevo—. Quiero volver a oírlo.

Así que me hizo emitir ese ruidito otra vez, y harta de no moverme, quise tocarlo. Sabía que tenía que actuar entonces, porque si no lo hacía volvería a dirigir su mano hacia abajo y entonces podía pasar cualquier cosa.

Separé la mano de su nuca, la deslicé por la piel áspera de su tórax y casi se me olvidó lo que iba a hacer cuando imaginé cómo sería el contacto de nuestra piel si no hubiera nada entre nosotros. Tampoco era que eso fuera a pasar nunca, así que volví a concentrarme en mi camino, desplacé mi mano por su costado y, después, por la parte superior de su abdomen.

—¿Qué estás haciendo? —preguntó con voz ronca.

—Nada.

Levantó el cuerpo hasta dejar un espacio entre nosotros; me encantó la forma en que sus abdominales se tensaron al moverse. Arqueó una ceja.

—¿Nada?

Sacudí la cabeza y, mordiéndome el labio inferior, le rodeé el ombligo con los dedos y llegué a la cinturilla de sus bóxer negros. Inspiré hondo y metí los dedos por debajo.

—¿Quieres tocarme? —preguntó tras sujetarme la muñeca.

Noté calor en la cara, y una clase diferente de ardor me recorrió las venas.

—Sí. —Me obligué a mí misma a mirarlo a los ojos—. Quiero darte... lo que tú me has dado.

Un escalofrío me recorrió la espalda cuando vi la avidez en su mirada.

—Me gusta. Quiero. —Agachó la cabeza y me dio un beso rápido en el labio inferior—. Te propongo un trato.

—¿Un trato?

—Sí —respondió recorriéndome la mandíbula con sus labios—. Un trato. Puedes tocarme. —Movió mi muñeca unos pocos centímetros para bajarme la mano por encima del vello corto y rizado—. Pero tienes que quitarte la camiseta.

—¿La camiseta?

—Sí. —Me besó la sien—. La camiseta. Tienes que quitártela.

El corazón me latió con fuerza y me puse tensa. Quitarme la camiseta no significaba quedarme en pelotas. Llevaba la camiseta de tirantes debajo, pero dejaría al descubierto las cicatrices de la parte superior de mi pecho y algunas de mi espalda. Aunque estaba boca arriba, así que no iba a ver esas.

—Quiero que me toques —me dijo Jax, y me estremecí de nuevo—. Muchísimo. Y tú también lo quieres. —Me pasó los dientes por el lóbulo de la oreja—. Solo la camiseta.

No sabía si podría hacerlo, pero asentí con la cabeza y susurré:

—Vale.

Jax actuó deprisa. Me apartó la mano de él y sujetó el dobladillo de mi camiseta. Deslizó la otra mano hacia mi zona lumbar y me levantó lo suficiente para subirme la camiseta y, en un segundo, pasármela por la cabeza.

Volví a recostarme con los ojos desorbitados y el corazón desbocado. Su mirada se encontró con la mía cuando dejaba caer la camiseta al suelo y, después, descendió despacio por mi cara, por mi cuello y más abajo. Se entretuvo en mi pecho, y el miedo se apoderó de mí. Me moví para cruzar los brazos.

—Ni se te ocurra —me ordenó con cariño—. No hay nada que tengas que ocultar.

Noté una opresión mientras me recorría el pecho con la mano. Fue entonces cuando me di cuenta de qué era lo que estaba mirando. No era la pequeña franja de piel visible entre mis senos ni la raja que tenía sobre el pecho izquierdo.

Era otra cosa.

Mis pezones, erectos y duros, se marcaban bajo la fina tela de la camiseta de tirantes. Se me entrecortó la respiración al soltar algo que era medio carcajada, medio sollozo. Su mirada volvió rápidamente a posarse en mis ojos, y no la apartó mientras agachaba la cabeza.

Puso primero su boca en la piel entre mis pechos y me besó ahí; la situó luego en uno de mis pezones y también me besó ahí, a través de la ropa, y succionó con fuerza, lo que provocó que se me arqueara tanto la espalda que se separó de la cama mientras una profusión de sensaciones me recorría vertiginosamente el cuerpo.

Dios mío, jamás había sentido aquello.

—¿Te gusta? —preguntó.

—Sí —jadeé como pude.

Se desplazó a mi otro pecho y fue increíble. Apenas pude respirar cuando intervino su mano, y casi se me olvidó para qué me había quitado la camiseta, porque no tenía ni idea de lo sensible que podía ser esa zona, pero entonces él alzó la cabeza. Cumplió su parte del trato, y lo hizo deprisa. Bajó la mano, metió los dedos por debajo de la cinturilla de sus bóxer y se los bajó.

Fue la primera vez que lo veía entero.

Guau.

Eso también era increíble.

Jax era... clavé la mirada en él, apreciando el grosor y la longitud, y sí, me quedé realmente sin palabras.

—Me da igual que me mires así, pero, si sigues haciéndolo, la cosa se habrá terminado antes de que llegues a tocarme siquiera.

—¿En serio? —Lo miré a los ojos.

—En serio —respondió con una sonrisa.

—No sabes cómo me gusta eso —admití.

Tras una pausa, echó la cabeza atrás y soltó una fuerte carcajada.

—Ya te digo —respondió.

Antes de perder el valor, alargué el brazo entre nosotros y se lo rodeé con la mano. Su carcajada se transformó en un gemido masculino y sacudió las caderas cuando se lo recorrí con la mano.

No tuve que toquetearlo con torpeza para averiguar qué le gustaba, porque puso una mano sobre la mía para marcar el ritmo y la presión. Hasta hizo esa cosa con mi pulgar, que pasó por su punta, y por la forma tan intensa en que me besó a continuación supe que le gustaba. Así que después de hacer otra pasada desde la base hasta la punta, volví a hacérselo.

—Joder —gruñó, hundiendo su cabeza en mi cuello; besarlo, lamerlo y tocarlo ya había provocado que mi cuerpo excitado se pusiera a tope. Cuando Jax puso una mano entre nuestros cuerpos, me abrí de piernas para él sin dejar de hacer lo que estaba haciendo—. Dios mío.

Llevó un dedo hacia el centro de mis braguitas y, después, metió los dedos por debajo. Grité al notar el primer contacto de su piel en la mía, y cuando dije su nombre, él soltó otro «joder».

Movió la mano y me levantó las caderas para bajarme las braguitas por las piernas. Mi mano se lo sujetó con más fuerza al empezar a quedarme sin respiración. Abrí los ojos, y la tensión se me acumuló en la boca del estómago.

Lo que vi fue como una sacudida para mis hormonas. Mi mano se lo envolvía, y lo tenía hinchado, rosado y duro. Pero, además, yo tenía las braguitas por debajo de los muslos, casi en las rodillas, con las piernas separadas y su mano entre ellas.

Entonces me introdujo un dedo, y mi cuerpo reaccionó. Mis caderas se elevaron, y eché la cabeza hacia atrás.

—Calla, nena, qué estrecha eres. —murmuró, y por el tono de su voz deduje que era algo bueno. Movió un dedo despacio, mucho más despacio y con mucha más suavidad que lo que yo estaba haciendo, y entonces dejé de hacerlo del todo, porque él aceleró el ritmo—. Creo que esto va a gustarte.

—Yo... —No sabía qué decirle, pero sabía que quería más. Lo quería a él. El dedo era fenomenal, pero quería más. No dejaba de pensar dónde estaba llevando yo todo aquello—. Te quiero a ti.

—Lo sé.

Entrecerré los ojos y él soltó una risita cuando se lo sujeté con más fuerza. Notaba su pulso en la palma de mi mano.

—Quiero esto —le dije con una voz que apenas se oía—. Quiero esto dentro de mí.

Empujó con las caderas cuando yo estaba hablando, y volvió a hacer ese sonido grave que me encogía los dedos de los pies. Apoyó su frente en la mía, y el siguiente beso fue dulce y enternecedor, una clase distinta de beso. Cuando ese beso se transformó en algo mucho más sensual, añadió otro dedo.

—Madre mía —le jadeé en la boca.

—No hay nada que desee más que estar dentro de ti. Dios mío, podría correrme solo de pensarlo. —Se movió despacio, alargando los pies—. Pero tienes que quitarte esto.

Sus palabras me despejaron la mente.

—¿La camiseta de tirantes?

—Sí, nena, tienes que quitártela. —Recorrió con la lengua el contorno de mis labios—. ¿Estás preparada para eso?

Vale. Hoy era un día diferente, pero no tan diferente, y había cosas que jamás cambiarían. Podía quitarme la camiseta, aunque nunca jamás me quitaría la de tirantes de debajo.

—No —susurré.

—Ya lo suponía. —Me besó la punta de la nariz—. Pero tienes que entender algo, cariño. No voy a penetrarte hasta que estemos piel con piel.

El pulso me latió con fuerza al oír sus palabras, pero la mirada que le lancé decía que ya lo veríamos, y él me respondió con una risita divertida y otro beso húmedo, de lo más ardiente. Movió su mano entre mis piernas para ponerme el pulgar justo encima de la parte más sensible de mi ser. Enseguida empecé a mover las caderas contra su mano, siguiendo el ritmo que él marcaba y, después, el mío propio. Me dio todo el placer que podía con esos dos dedos entrando y saliendo de mí a la vez que me presionaba el manojo de nervios con su pulgar.

—Muy bien. —Acercó sus labios a los míos e inclinó la cabeza para besarme apasionadamente cuando la tensión llegó a cierto punto—. Monta mi mano.

En cualquier otro momento, lo más probable es que me hubiera muerto de la vergüenza al oír esas palabras, y puede que después me importara, pero ¿entonces? Hice lo que me pedía. Monté su mano mientras movía la mía por su pene. Y solo hubo una sutil advertencia, como una palpitación, antes de que esa tensión se liberara, desatándose en mi interior, y grité su nombre cuando me corrí. Él siguió, prolongando la sensación hasta que me flaquearon las piernas.

Entonces sacó despacio los dedos de mí y me cubrió la mano con la suya. Lo miré, nos miré, con los ojos medio cerrados. Había algo de lo más íntimo en aquello, algo que anidó en mi pecho e hizo estancia en él. Su cuerpo se movía maravillosamente, lleno de gracia masculina. Los músculos de las caderas se contraían y se relajaban mientras empujaba contra mi mano.

Sus labios estaban sobre los míos cuando se corrió, y eso tenía que ser lo más fabuloso de todo. Sentir el estremecimiento de su cuerpo, el gruñido que se quedó atrapado en mi lengua cuando llegó al clímax y la forma en que sus caderas dejaron poco a poco de moverse. Pero lo más asombroso fueron los minutos inmediatamente posteriores.

Jax se quedó conmigo unos momentos, con la mitad de su peso sobre mí, y los besos volvieron a ser algo dulce y tierno que significaban más, y que prolongó la presencia de ese sentimiento en mi pecho. Cuando se levantó, se pavoneó hacia el cuarto de baño luciendo su magnífica desnudez y regresó enseguida con una toallita húmeda. Limpió lo que había dejado detrás y me subió las braguitas, pero no había terminado todavía.

Me rodeó las muñecas con las manos, tiró de mí para sentarme y, cuando me di cuenta de que así me quedaba al descubierto la espalda y que él podía ver todo lo que no tapaba la camiseta de tirantes, fue demasiado tarde.

El pánico me explotó en las entrañas y quise meterme bajo las sábanas, pero Jax fue rápido, y el muy cabrón era inteligente. Se situó detrás de mí, con la espalda apoyada en la cabecera, y me rodeó la cintura con los brazos. Tiró de mí y me colocó entre sus piernas separadas, recostada en su pecho, con la espalda totalmente en contacto con su pecho.

Sabía que notaba las cicatrices más marcadas de mis omóplatos, porque la camiseta de tirantes era una de esas puñeteras de espalda cruzada. Y también sabía que las había visto antes de tirar de mí hacia él. Puede que no le hubiera dado tiempo a mirar con detenimiento, pero tenía que haberlas visto.

Con los músculos tensos, me concentré en la ventana que había al otro lado de la habitación mientras él me rodeaba la cintura con los brazos y me apoyaba el mentón en el hombro.

—¿Te he hablado de cuando conocí a Clyde? —comentó.

—No —susurré sacudiendo la cabeza.

—Fue un domingo en el bar. Acabó preparándome tacos. —Hizo una pausa y me soltó una risita tenue al oído—. Dijo que era la tradición si iba a formar parte de su familia.

Inspiré hondo cuando sentí que me había quitado de encima un poco más de ese peso asfixiante.

Más tarde, ese mismo día, Jax estaba acabando de ducharse antes de llevarme de vuelta a casa para que pudiera arreglarme para nuestra cita.

Nuestra cita.

Vaya.

Se me hacía raro tener una cita con todo lo que estaba pasando, pero Jax se regía por su mentalidad de que la vida es corta, así que no parecía demasiado sorprendida por ello. Y, a pesar de toda la locura y de mis complejos, la idea de la cita me hacía sentir muy bien, igual que lo de esa mañana y lo nuestro.

Llamé a Teresa mientras él seguía ocupado; y me hizo mucha ilusión que respondiera al tercer tono.

—Hola —saludó con alegría—. Estaba pensando en ti.

—¿De veras? —Me senté en la punta del sofá de Jax.

—Sí. Me preguntaba si seguirías trabajando de camarera, y si es así, si podrías encargarte de prepararnos los combinados cuando regreses a Shepherdstown.

—No sé si querríais eso —comenté con una carcajada—. Aquí la mayoría de gente pide cerveza de barril, en botella o chupitos, lo que es una suerte, porque a mí no se me da demasiado bien preparar combinados.

—Todavía no me creo que trabajes en un bar.

Estaba segura de que había muchas cosas que Teresa no se creería de mí.

—¿Qué tal la playa? —pregunté.

—Es lo más. —El suspiro de Teresa fue sonoro—. Tengo un bronceado formidable, y a Jack le encanta estar aquí. Es la primera vez que viene a la playa.

Jack era el hermano pequeño de Jase, con quien estaba muy unido.

—Tendrías que verlos juntos en la arena. No hay nada que te ponga más contentos los ovarios que ver a un chico sexy con un niño —explicó, y sonreí de oreja a oreja al imaginarme a Jax con un niño. Noté que me estremecía en algún lugar ahí abajo—. En fin —prosiguió—, nos vamos en un par de días, pero te juro que podría vivir en la playa.

Realmente tenía que ir a la playa algún día.

—Bueno, cuéntame cosas del gran estado de Pensilvania. ¿Va todo bien?

—Sí, bueno, las cosas han sido... han sido fantásticas —le dije mirando la escalera—. He... he conocido a un chico.

Hubo un silencio.

Y más silencio.

—¿Estás ahí? —pregunté con el ceño fruncido.

—Sí. ¡Sí! Es que me has pillado desprevenida. Has pasado de decir que las cosas van bien a decir que hay un chico, y estaba esperando a que dieras más detalles. —Casi gritó la última palabra—. Muchos detalles.

Le hablé de Jax y de nuestra cita de esa noche sin dejar de vigilar la escalera.

—De modo que sí, estoy bastante segura de que le gusto —dije para terminar mi confesión improvisada.

—Obvio. Pues claro que le gustas. ¿Y el sitio se llama Apollo's? Espera un segundo —dijo, y su voz sonó entonces más lejana—. Oye, Jase, busca el Apollo's, en las afueras de Filadelfia. ¿Qué? Tú hazlo.

Vaya por Dios.

—De vuelta a eso de que le gustas. ¿Por qué iba a sorprenderte gustarle? A Brandon le gustabas mucho, pero tú...

—¿Qué? —la interrumpí—. No le gustaba.

—Oh, sí, ya lo creo. Era algo adorable. Tú te quedabas muy callada cuando empezó a venir con nosotros y él siempre te estaba mirando, pero después tú no le prestabas la menor atención. Tuve la impresión de haberte malinterpretado y que no te interesaba.

Teresa fumaba crack.

—¿Te gusta ese chico? —preguntó de repente—. Porque Jase acaba de buscar el Apollo's... y, por cierto, te manda saludos.

—Dile hola de mi parte —murmuré.

—¡Dice hola! —le gritó, y añadió—: Dice que ese sitio parece muy elegante. ¿Te gusta ese chico, Calla?

Cerré los ojos y asentí con la cabeza.

—Sí, me gusta. De verdad.

—Genial. Me muero de ganas de conocerlo. Y de verte. Pero lo que de verdad quiero es conocerlo. —Se rio como una tonta cuando solté una carcajada—. Estoy feliz por ti. En serio.

Suspiré y admití algo que asustaba un poco.

—Yo también estoy feliz.

Colgué después de prometerle que le contaría los detalles, y cuando me pasé el cabello por detrás de la oreja, lo noté... tuve la seguridad de que no estaba sola.

Oh, no.

Me mordí el labio inferior y, al darme la vuelta, vi a Jax al pie de la escalera, vestido para nuestra cita. Unos vaqueros oscuros con una camisa blanca. Estaba guapísimo.

También esbozaba una sonrisita engreída.

—¿Así que te gusto? ¿De verdad?

—Cállate —gemí con las mejillas ardiendo.

Jax echó la cabeza hacia atrás y se rio. Tenía suerte de tener una risa tan espléndida.

El brillo de labios era casi el último toque. Me alegré de haber acabado de arreglarme. Me crujía el estómago, y confiaba en que a Jax le gustaran las chicas con un buen apetito, porque tenía la sensación de que iba a atiborrarme de comida.

Me había ondulado el pelo y peinado con la raya a un lado. Había vuelto a prescindir del Dermablend y a optar por un look suave con los ojos ahumados. Cuando vine tuve que traerme toda mi ropa, así que pude elegir. Me había puesto un vestido veraniego bonito y coqueto de tirantes color azul oscuro que quedaba ajustado en el pecho y la cintura. Puede que también me ciñera un poco las caderas, pero la falda tenía vuelo y llegaba hasta la mitad del muslo. Lo combiné con unas sandalias de tacón bajo. El toque final era el cárdigan de manga japonesa azul celeste que acababa justo debajo de mis pechos y que también era ajustado.

Me miré en el espejo, y tuve que reconocer que estaba muy guapa.

Hice un gesto de aprobación con la cabeza a mi reflejo como una idiota y me dirigí al salón. Mientras me arreglaba, Jax se dedicó a remolonear por la casa y ahora se había instalado en el sofá, donde estaba leyendo su libro.

Al contemplarlo de perfil, con el mentón bajo y la concentración reflejada en su rostro, tuve que admitir que era sexy. Pero cuando alzó los ojos y me vio, todavía lo era más.

—Estoy lista —anuncié, y acto seguido, añadí—: Para ir a cenar.

Sí. Era oficial. Era superimbécil.

Su mirada se ensombreció y se intensificó. En un segundo se había puesto de pie y lo tenía delante de mí. Me rodeó la nuca con una mano y me puso la otra en la mejilla. Me recorrió la parte inferior del labio con el pulgar, lo que hizo que el estómago me diera varios vuelcos.

—Estás preciosa —dijo.

Me sentí preciosa cuando lo dijo.

—Gracias. Tú también lo estás.

Arqueó una ceja oscura.

Uf.

—Estás masculinamente precioso —corregí, lo que sonó más estúpido todavía—. Bueno. Eso ha sido tonto. Estás muy guapo.

Soltó una risita al acercarse a mí para rozarme el pómulo con los labios. Me besó otra vez la cicatriz y yo me puse tensa, pero era por una razón distinta de la habitual, porque sus labios se habían deslizado hacia debajo de mi oreja.

—Estoy muy guapo y te gusto —murmuró—. Es mi día de la suerte.

—Cállate.

Otra risita grave y su boca se apoderó de la mía. Me gustaba, no, me encantaba cómo besaba Jax. Empezaba despacio y después se transformaba en algo completamente distinto, desde luego, nada lento, y mucho más intenso y apasionado. Antes de darme cuenta tenía las manos apoyadas en su tórax y las estaba subiendo hacia sus hombros.

—A cenar. —Me besó de nuevo y sus labios se entretuvieron con dulzura—. Vamos a llegar tarde.

Hundí los dedos en su camisa, prácticamente aferrándome a

él. No tuve ocasión de responder, porque me estaba besando otra vez, esta vez de un modo que me hizo sentir devorada.

—A cenar —repitió, y sus labios rozaron los míos—. He hecho una reserva.

Bajé las manos por su tórax, eché la cabeza hacia atrás y abrí los ojos.

—Sí. Comida.

—Filetes. —Me sujetó con fuerza—. Unos filetes excelentes.

El estómago me crujió y me separé de él mientras se carcajeaba.

—Cállate —dije de nuevo.

—Es adorable. —Bajó las manos a mis caderas, por lo que no llegué demasiado lejos.

Entorné los ojos.

—Es más bien que mi estómago tiene hambre. No es adorable. De modo que si no...

Me interrumpió el golpe de algo pesado delante de casa. Contuve un grito sobresaltado, di un brinco y me giré.

—¿Qué coño ha sido eso?

Cuando Jax iba hacia la puerta, oí chirriar los neumáticos de un coche que se alejaba a toda velocidad por el camino de entrada. El corazón casi se me salía por la boca al seguir a Jax.

—Quédate ahí —me ordenó al ir a abrir la puerta.

No le hice caso.

Los músculos de sus hombros se tensaron cuando abrió la puerta principal.

Me tapé la boca con las manos y retrocedí horrorizada. Jax maldijo y se volvió para ocultar lo que nos aguardaba en el porche delantero, pero era demasiado tarde. Resultaba imposible no ver el cuerpo pálido e inmóvil ni el agujerito carmesí que tenía justo en medio de la frente.

22

La cena en el Apollo's quedó cancelada.

Era lo que tenía que te lanzaran, literalmente, un cadáver delante de casa. El cuerpo seguía ahí fuera, justo donde había aterrizado, mientras la policía hacía las pruebas forenses que consideraba oportunas.

Me enteré de que el cuerpo tenía un nombre, uno que me hizo sentir un miedo y un pavor inmensos.

El cadáver pertenecía a un tal Ronald R. Miller, también conocido por el apodo de Rooster, y del que se rumoreaba que era el novio de mi madre.

Eso no era bueno.

Había oído a Reece hablar con otro agente. Rooster tenía una bala en el centro de la frente y sus vaqueros estaban manchados de hierba en las rodillas. No hacía falta ser ningún genio para imaginar que estaba arrodillado cuando habían apretado el gatillo.

Al estilo de una ejecución clásica.

¿Dónde estaba mamá? Me repetía esa pregunta una y otra vez, porque todo el mundo decía que se había largado con Rooster.

Que ahora tenía una bala en la cabeza.

Me estremecí al concentrar mi mirada en Jax. Estaba de pie junto a la ventana, con la espalda tensa y la mandíbula contraída. No había dicho gran cosa desde que todo aquello sucedió. Ya habíamos prestado declaración, que no fue demasiado extensa.

Clyde alargó el brazo y me apretó la mano.

—¿Estás bien, chiquitina?

Asentí con la cabeza. Había aparecido más o menos una hora después que la policía. No tenía ni idea de cómo se había enterado de lo que había pasado, pero llegó en su decrépita camioneta, gritando y bramando que lo dejaran entrar en la casa para estar con su «chiquitina» durante esa experiencia «traumática» que «no estaba bien» y un puñado de cosas que incluían palabrotas. No lo dejaron acercarse al porche delantero por motivos obvios y le impidieron el paso, pero chilló hasta que se salió con la suya y entró por la puerta trasera, que daba a la cocina.

—¿Cuánto más tiempo crees que...? —Me detuve, tragando con fuerza para contener unas náuseas repentinas—. ¿Crees que tardarán en llevárselo?

—Poco —dijo Clyde con aspereza—. Faltará poco.

Dirigí la mirada hacia él y me fijé en la fina capa de sudor que le brillaba en la calva.

Jax se volvió desde la ventana y se acercó hasta donde yo estaba sentada con Clyde. No dijo nada al apoyarse en el brazo del sofá. Un segundo después oí que se abría la puerta principal y entró Reece con un inspector que llevaba unos pantalones de vestir marrones y una camisa blanca como la de Jax, pero que complementaba con una corbata a juego con los pantalones.

Por algún motivo extraño, pensé en lo que Roxy me había contado sobre que Reece se había visto envuelto en un tiroteo. Era lo último en lo que tendría que estar pensando, pero me pregunté si le molestaría ver a Rooster como... como estaba. Aunque, claro, seguramente vería escenas similares muchas veces. Enseguida se me olvidó el nombre del inspector. No era mucho mayor que nosotros, puede que tuviera veintitantos o treinta y pocos. Era atractivo, y mucho, con el cabello castaño muy bien cortado y los ojos azul claro.

—Ya estamos terminando —dijo mientras nos recorría a los tres con la mirada—. Tenemos varios sospechosos y vamos a averiguar quién lo hizo.

—Muy bien —dije asintiendo con la cabeza—. Esto... ¿gracias?

—Bueno, el agente Anders me dijo que ustedes dos estaban buscando a la señora Fritz —comentó con una mueca.

¿El agente Anders? Parpadeé despacio hasta comprender que estaba hablando de Reece. Miré a Reece y después al inspector Anders. Espera un segundo...

—¿Son familia?

—Hermanos —contestó Jax.

—Yo soy el guapo —intervino Reece con una sonrisa.

El inspector Anders ladeó la cabeza hacia el que, evidentemente, era su hermano pequeño.

—El inteligente no, desde luego.

Hermanos policías. Sexy.

Suspiro.

Necesitaba hacerme mirar la cabeza.

—Bueno —prosiguió el inspector—. Me ha dicho que han intentado encontrar a su madre y que tuvieron ciertos problemas ayer, en la ciudad. Sé lo que ha estado pasando.

Jax entrecerró los ojos, y a mí se me cayó el alma a los pies. Fuera lo que fuera, si la policía ya sabía lo que pasaba, estaba metida en un lío. En un buen lío.

Reece le sostuvo su mirada con una expresión que decía «lo siento, tío, pero he tenido que hacerlo».

—Sabe lo de Mack —explicó—. Y ese maleante es nuestro principal sospechoso.

—Es evidente que esto ha sido una advertencia para Calla

—respondió Jax con la voz entrecortada—. Pero no tiene sentido. Si Mack encontró a Rooster, ¿cómo no encontró a Mona?

—Puede que Rooster decidiera que quería salir de ese lío —intervino el inspector Anders cruzando los brazos sobre el pecho—. Puede que regresara, y si lo que sus... fuentes dicen es cierto, si volvió sin la droga y sin el dinero correspondiente a la cantidad que estaban guardando, le dieran una cálida bienvenida.

Sí, acabó con una bala en la cabeza. Mamá no tenía la droga. Y, desde luego, no tenía el dinero.

Tenía que haber sido Mack porque, como Ritchey había dicho, la mierda corría cuesta abajo, y esa mierda había alcanzado a Mack.

—También estamos buscando al hombre que coincide con la descripción del que entró en su casa y se llevó la droga. Vamos a encontrarlos —aseguró el inspector Anders—. Pero necesitamos que no hagan nada. Déjennos hacer nuestro trabajo. No queremos que estén cerca de ninguna de estas personas.

Yo no quería estar cerca de ninguna de esas personas, pero solo me quedaban unos días para encontrar a mi madre. No respondí porque no deseaba oír cómo intentaban disuadirme de lo que había que hacer.

Teníamos una pista.

Ike.

Y, hasta donde yo sabía, Jax no había mencionado a Ike a la policía ni a Reece. Otro agente asomó la cabeza en la habitación para anunciar que el porche delantero estaba despejado, y yo solté un suspiro de alivio. Jax salió detrás de Reece y su hermano mayor cuando la conversación terminó ahí dentro.

Clyde se frotó el tórax con una mano.

—Menudo follón.

—Ya lo sé —suspiré—. Mamá... ¿crees que tiene idea del lío en el que está metida?

—Creo que sí —respondió asintiendo con la cabeza—, y creo que si es lista, ya estará viviendo en México.

Caray, sería una mierda que se marchara lejos y no volviera a verla nunca, pero si mamá era lista, eso es lo que tendría que hacer. Era imposible que pudiera volver alguna vez al pueblo.

—Si no vuelve… ¿qué pasará con el bar? —pregunté, concentrándome en lo menos urgente, porque era mejor que hacerlo en todas las cosas más importantes. Sabía que el bar iría a parar a mis manos si ella… si ella fallecía, pero no tenía ni idea de lo que pasaría si, simplemente, desaparecía.

—No tienes que preocuparte por eso, chiquitina. —Se puso de pie y respiró hondo, con dificultad—. El bar estará bien.

—¿Estás bien? —pregunté con el ceño fruncido de preocupación.

—Sí, estoy bien. No tienes que preocuparte por mí.

No estaba segura de eso, pero Jax regresó sin los hermanos policías sexis. Se acercó directamente a mí, me cogió la mano y me ayudó a levantarme.

—¿Quieres salir de aquí? —preguntó.

Asentí con la cabeza. Lo que más quería en el mundo era salir de ahí.

Clyde vino hacia mí y, sin que Jax me soltara la mano, me dio un enorme abrazo.

—Me gusta que no te quedes aquí sola. Eso es bueno. Muy bueno.

No quería dejarlo ir cuando se separó de mí.

—Todo irá bien —le dije, porque tuve la sensación de que necesitaba decir eso en voz alta.

Me dirigió una sonrisa dentuda y su mirada se desplazó hacia Jax.

—Sí, chiquitina, todo irá bien.

Cuando Clyde se marchó, metí en la bolsa más ropa y objetos personales y fuimos hacia la camioneta de Jax. Resultó difícil cruzar el porche sin imaginar el cadáver en él.

—¿Estás bien? —me preguntó Jax una vez en la camioneta.

Me lo pensé un instante.

—Todo lo bien que puedo estar.

Alargó la mano hacia mí con una ligera sonrisa para pasarme el pulgar por el labio inferior.

—Toda esta mierda con Rooster y Mack y con tu madre no está bien. Es grave. No es normal. Y no pasa nada si no estás bien con nada de esto.

—Lo sé —susurré.

—Como he dicho, eres valiente. —Esbozó media sonrisa.

Noté un calorcito en el pecho y, en lugar de negarlo, sonreí un poco.

—¿Podemos parar de camino a tu casa para comprar algo de comer?

—Lo que sea por ti, nena.

Me gustaba cómo sonaba eso. Y mucho.

Era demasiado tarde para cenar en cualquier sitio, así que tocaba comida rápida. Llegados a este punto, habría comido carne de caballo, por lo que no me quejé cuando se detuvo en una hamburguesería. No serían los mejores filetes del estado, pero me valía.

Ninguno de los dos habló durante el trayecto hasta su casa ni mientras devorábamos la cena. Hasta que recogimos la cocina y yo tiré el refresco a la basura no comprendí que teníamos que hablar de ello.

O que yo tenía que hablar de ello.

—¿Crees que mamá está bien? —pregunté.

Jax estaba en la mesa situada junto a la puerta que daba a una pequeña tarima en un jardín trasero diminuto. Se volvió hacia mí con la cabeza baja.

—No lo sé.

Cerré los ojos, embargada de emoción.

—Detesto decir esto, pero tengo que ser sincero contigo.

—Te lo agradezco.

—Ya lo sé —afirmó. Sentí que estaba más cerca y abrí los ojos. Lo tenía justo delante—. Si Rooster volvió, seguramente es que notaba el peligro. Eso significa que tu madre todavía está ahí fuera.

Porque no estaba en el porche al lado de Rooster.

—Pero eso no es bueno —terminó.

Lo mismo que había dicho Clyde.

—Es imposible que pueda solucionarlo. Aunque pillen a Mack por lo que le pasó a Rooster, está el tal Isaiah. Era mucha droga y mucho dinero. No puede irse de rositas.

—No. No, no puede.

Se me hizo un nudo en la garganta.

—Esta vez se ha lucido. De verdad que se ha lucido, Jax. Esto no tiene arreglo. No hay modo de solucionarlo. Y me ha arrastrado con ella, lo que te ha arrastrado a ti. Y lo siento mucho. No necesitas esto. No tendrías que haber visto a Rooster hoy.

—Cariño —dijo en voz baja, rodeándome las mejillas con sus manos. Me echó hacia atrás la cabeza—. Nada de esto es culpa tuya. Y lo sabes. No tienes por qué disculparte. Tú no lo buscaste ni lo provocaste.

Lo que decía era verdad, pero no podía evitar sentirme algo responsable, porque, después de todo, era mi madre. Puse mis manos en sus costados e hice algo que no había hecho antes. Me incliné hacia él y apoyé mi mejilla en la suya.

—¿Qué vamos a hacer?

Esa pregunta era importante y difícil de hacer, porque estaba preguntando por «nosotros» como si estuviera esperando no tener que hacerlo yo sola. Era un paso enorme y aterrador.

Jax me rodeó con los brazos.

—Todavía tenemos que hablar con Ike. Si podemos encontrar a tu madre…

—Entonces ¿qué? —pregunté—. No podemos entregarla. Ya hemos visto lo que le hicieron a Rooster.

—No estaba sugiriendo entregar a tu madre, cariño. Si la encontramos antes que ellos, nos aseguraremos de que sepa la clase de lío en el que se ha metido y entonces... bueno, ya veremos qué hacemos.

Ver qué hacíamos significaba asegurarnos de que comprendiera que las probabilidades de poner un pie en Pensilvania sin recibir un disparo eran muy pocas.

—Pero ¿y Mack?

—No va a acercarse a ti. —Se separó de mí para mirarme a los ojos—. Puedes estar segura de eso. Ni tampoco lo hará Isaiah.

Quería creérmelo. Casi me lo creí, porque lo dijo de tal modo que era como si pudiera controlar esas cosas.

Puso su frente en la mía.

—Menuda putada lo de la cena.

—Sí —dije con una mueca—, me apetecía mucho probar esos filetes.

—Siempre hay un mañana. Joder, siempre está el próximo domingo.

Cerré los ojos, encantada al oírlo planear con tanta antelación. Era solo una semana, pero una semana me parecía mucho tiempo. Lo siguiente que dije me salió sin más:

—Es la segunda vez que veo un cadáver.

—Nena...

—No vi a mis hermanos. Sus ataúdes estaban cerrados, y yo no... No los vi cuando los sacaron de casa. Pero he visto un cadáver antes. —Hice una pausa e inspiré, temblorosa—. Había un puñado de personas de juerga con mamá. Supongo que ese tío se tomó una sobredosis o algo, y todos los demás estaban demasiado colocados para darse cuenta. Yo entré en el salón y lo vi tumbado boca abajo, sin moverse ni respirar.

Noté que el tórax de Jax se elevaba contra el mío.

—Joder, nena, no sé qué decir. No tendrías que haber visto algo así.

—No quiero ver más cadáveres.

Se hizo el silencio entre nosotros.

—No es algo que te acostumbres nunca a ver —admitió—. Yo vi muchos en la arena, en el desierto. A veces eran insurgentes, otras veces eran civiles inocentes atrapados en el fuego cruzado y...

—¿Y a veces eran tus amigos? —pregunté en voz baja.

—Sí —respondió—. Jamás olvidaré ninguna de sus caras.

Me mordí el labio inferior con fuerza. Comprendía muy bien lo que estaba diciendo. Había cosas que no podías olvidar en la vida.

Tenía muchas cosas en la cabeza. Mack. Mamá. Cadáveres con heridas de bala en la frente. Clyde frotándose el pecho, evidentemente preocupado y estresado por todo. Espléndidos filetes en cenas que nunca tuvieron lugar. Volver aquí. Irme de aquí. La forma en que Jax me había abrazado aquella mañana con la espalda contra su pecho.

No quería pensar más.

Levanté la mirada y fijé mis ojos en los suyos.

—No quiero pensar.

Jax no preguntó ni comentó nada al respecto. Vi la llama de algo apasionado y excitante en sus ojos, y entonces acercó sus labios a los míos y me besó con dulzura; la clase de beso que iba más allá de los apasionados y sensuales. Significaba algo, y yo me abrí a él, a sentirlo, a creer en él.

Y eso era de lo más espectacular.

Abrí la boca cuando el beso se volvió más apasionado, y en cuanto nuestras lenguas se tocaron, me puso las manos en las caderas. Tiró de mí hacia él, y noté que se apretaba contra mi estómago. Recordé esa mañana, mi mano rodeándolo, su potente cuerpo temblando al llegar al clímax. Esos recuerdos me abrasaban la piel, pero no fue nada comparado con los besos que me dio a lo largo de la mandíbula, hacia la oreja y más abajo por la garganta. Eché la cabeza hacia atrás mientras hundía los dedos en su suave pelo.

—No vas a pensar —me aseguró dándome unos pícaros mordiscos—. Ni un puto segundo.

—Genial —dije.

Soltó una risita en mi garganta mientras sus manos se deslizaban por mis caderas para abrirse paso enseguida por debajo de mi vestido. Me gustaba mucho el rumbo que estaba tomando aquello, en especial cuando metió los dedos por debajo de la cinturilla de mis braguitas.

La prenda cayó al suelo en un nanosegundo.

—¿Preparada para esto? —preguntó Jax.

Asentí con la cabeza y abrí los ojos.

Sonrió abiertamente, me besó deprisa y me sujetó las caderas. Me levantó del suelo y me sentó en la encimera de la cocina.

Sí.

Tenía el culo desnudo en la encimera de la cocina.

Y eso era inadecuadamente excitante.

Jax me pasó las manos por el interior de las piernas. Cuando llegó a las rodillas, me las separó con cuidado. Aguanté la respiración. El instinto me exigía que cerrara las piernas, pero él alzó sus tupidas pestañas y unos ojos apasionados se posaron en los míos.

—No las cierres, nena. —Su voz era grave y me retumbó por todo el cuerpo.

No las cerré.

Cuando me las separó un poco más, noté cómo el aire fresco me corría por la piel. El calor de mis mejillas se transformó en un ardor que me bajó por la garganta hasta el tórax. El corazón me latió con fuerza cuando Jax agachó la cabeza y me besó con suavidad mientras sus manos seguían subiendo por mis muslos. Y, a medida que se desplazaban hacia arriba, se llevaban con ellas el dobladillo de mi vestido. Me mordí el labio inferior cuando la falda terminó remangada alrededor de mis caderas y mi cintura. Apreté el borde de la encimera con las manos.

—Precioso —murmuró.

Dios mío. No tenía ni idea de qué hacer o decir. Estaba totalmente expuesta. En plan despatarrada, y él miraba intensísimamente mis partes femeninas. Aunque sabía que lo que iba... lo que íbamos a hacer no era nada anormal, era del todo impresionante y nuevo para mí.

Entonces sus manos empezaron a moverse de nuevo por la parte interior de mis muslos, empezando en las rodillas para subir despacio y tortuosamente.

—Eres preciosa, Calla. No lo dudes nunca. Es imposible que puedas dudarlo, coño.

Se me hinchó tanto el corazón que no me cabía en el pecho. Con todos los sentidos agudizados, noté un cosquilleo en la piel cuando él se separó de mí.

—¿Confías en mí? —preguntó.

Madre mía, se me hinchó todavía más el corazón.

—Sí —respondí.

Esbozó una sonrisa torcida y me puso las manos en las caderas. Me arrastró por la encimera, una encimera que jamás volvería a ver con los mismos ojos, hasta que tuve la sensación de que no iba a resbalarme de ella.

No me tocó ni perdió el tiempo. Me estaba sonriendo y, antes de que me diera cuenta, flexionó las piernas y tuvo los labios puestos en mí. Ese beso íntimo me hizo estremecer, y sentí que un calor me recorría las venas.

Lo que hizo fue húmedo, excitante y apabullante de un modo que me volvía loca. Jax sabía lo que estaba haciendo. La forma en que movía la boca sobre mí, la forma en que usaba la lengua para provocarme, me excitó tanto que golpeé los armarios de la cocina al echar la cabeza atrás y mis caderas se levantaron de la encimera para seguir el ritmo de sus lengüetazos.

Las sensaciones que inundaron mi cuerpo eran crudas, primarias y hermosas.

Jax estaba haciendo lo que le había pedido. Ya no pensaba en todas esas cosas horribles. No. Mi cerebro había desconectado y mi cuerpo había tomado las riendas. Jadeaba y soltaba unos ruiditos que ni siquiera sabía que era capaz de hacer. Entonces él aumentó la intensidad, la fuerza, la velocidad. Creí que se me iban a romper los dedos de lo mucho que estaba apretando la encimera.

—Jax —susurré.

Mi cuerpo se retorcía cuando abrí los ojos. No pude seguir teniéndolos cerrados. Quería ver cada momento de aquello. Agaché el mentón y lo único que pude ver fue la parte superior de su cabeza color bronce entre mis muslos.

Inspiré. El aire no me llegó a ninguna parte.

Verlo me llevó al clímax.

Grité, y él gruñó sin apartarse de mí. El éxtasis me recorrió el cuerpo, y me quedé aturdida mientras se me deshacían todos los huesos y el remolino de sensaciones hacía vibrar todo mi ser.

Jax siguió hasta que curvé la espalda y respiré más despacio. Entonces se levantó y apoyó su boca en mi cuello.

—Me encantan los ruiditos que haces, cariño. Mejor aún, cuando has dicho mi nombre de esa manera… Sí, eso me ha vuelto loco del todo.

Bajé la mejilla hasta apoyarla en la suya.

—Esto… esto ha sido increíble.

—Tú eres increíble.

Esas tres palabras eran tan sencillas y dulces que atravesaron algo profundo y confuso en mí. Fue como cuando el sol se abre paso tras un mes seguido de lluvias intensas. Pero era más que esas tres palabras.

Levanté la cabeza, solté la encimera y puse mis manos en sus hombros. Lo empujé hacia atrás y él cedió, aunque solo porque, al parecer, lo había pillado desprevenido. Me bajé de la encimera y noté que el vestido se me volvía a colocar bien alrededor de los muslos.

Era muchísimo más que esas tres palabras.

Eran las semanas que había pasado conociéndolo. Eran las cosas que yo le había confiado y las que él me había confiado a mí. Era el hecho de que él me veía, entera y más allá de la piel, y sabía lo que había en mí y dentro de mí, y no solo lo físico.

—¿Calla? —Ladeó la cabeza al decir mi nombre en voz baja.

Dios mío, sus labios brillaban de mí, y eso fue como recibir un golpe en el pecho, en el mejor sentido. Comprometerme con alguien en aquel momento en que todo estaba en el aire y era una locura no resultaba inteligente, sino una estupidez.

Pero era la clase correcta de estupidez.

Mientras contemplaba sus ojos castaños que hacían que me derritiera por dentro tiré las tres efes por la ventana al levantar las manos, coger las puntas del cárdigan que llevaba puesto y quitármelo de los hombros para que se deslizara por mis brazos. Lo dejé caer al suelo.

Su mirada siguió el cárdigan y, después, volvió volando a mi cara.

Me deshice de mi timidez, me llevé las manos al costado para bajar la cremallera de mi vestido y no impedí que la prenda se me aflojara por todo el cuerpo.

Su atractivo rostro adoptó una expresión, una rigidez, que me tocó el corazón.

—Calla... —La forma en que dijo mi nombre era diferente. Y mientras cogía los finos tirantes y me los pasaba por los brazos, me permití admitir que no solo me gustaba. Cuando el vestido me rodeó las caderas y, luego, con un ligero contoneo, cayó al suelo, me dije a mí misma que me había enamorado de él.

Estaba de pie delante de él, en la cocina, a plena luz, con nada más que mis zapatos de tacón, y, madre mía, estaba asustada. Estaba cagada de miedo, y me noté la piel entumecida al darme cuenta de que no era porque estaba prácticamente desnuda delante de alguien por primera vez en mi vida, sino porque estaba enamorada de él.

Estaba enamorada de Jax.

23

Temblaba como una hoja ahí de pie, delante de Jax. Incluso movía nerviosamente los dedos a mis costados. Lo quería. Estaba enamorada de él. No tenía ni idea de cuándo había pasado, pero había pasado y era un sentimiento increíble y aterrador, pero, caray, también era esperanzador, porque, a pesar de que en el pasado había habido chicos que me habían gustado e incluso algunos a los que había deseado, nunca había estado enamorada de ninguno y no había creído posible llegar a conocer lo suficiente a un chico como para enamorarme de él.

Pero lo había hecho.

Jax tenía los ojos puestos en mi cara, y dio la impresión de haber visto algo en mi expresión porque emitió un sonido gutural que hizo que me estremeciera hasta lo más profundo de mi ser.

Y, entonces, se abalanzó hacia mí.

Me tomó las mejillas con las manos para echarme la cabeza hacia atrás y puso sus labios en los míos. El beso fue intenso y conmovedor. Me deleité con su sabor y con el regusto salado que sabía que me pertenecía, lo que me alteró los sentidos. Su lengua se movía con la mía y, después, me tocó el paladar antes de profundizar más en mi boca. Todo lo que necesitaba sentir estaba en ese beso.

—¿Estás segura de esto? —preguntó.

Inspiré, pero el aire no me llegó a los pulmones.

—Estoy aquí desnuda. Estoy segura.

Jax soltó una risita, y el sonido me danzó sobre la piel.

—Esperaba que fuera así, cariño, pero no has hecho esto antes y quiero asegurarme de que estás al cien por cien conmigo.

Noté una opresión en el pecho al asentir con la cabeza.

—Estoy segura, Jax.

Emitió de nuevo ese sonido antes de besarme.

—No tienes ni puta idea de lo que me alegra oír eso. —Me cogió entonces la mano y me la puso en su tórax, sobre su corazón—. Puedes confiar en mí.

Confiaba en él.

Me llevó de la mano cuando salimos de la cocina, dejando atrás la luz brillante, cruzamos el salón más oscuro y subimos las escaleras. El corazón me latía acelerado al subir los peldaños y se detuvo al llegar a su dormitorio, delante de su cama.

Jax me soltó la mano y lo vi acercarse a la mesita de noche. Abrió un cajón y sacó lo que parecía ser un puñado de condones. Arqueé las cejas. Qué barbaridad, ¿cuántos iba a necesitar? Sonrió de oreja a oreja al ver mi expresión y tiró unos cuantos sobre la cama. Entonces me miró.

Con los ojos puestos en los míos, se quitó la camisa antes de llevarse las manos al cinturón que llevaba puesto. Tras quitárselo, desabrochó el botón y bajó la cremallera. Se desprendió de los vaqueros a los que, poco después, siguieron los bóxer.

Ya estaba tan desnudo como yo.

Era imponente. Cada centímetro de él. Desde lo alto de su alborotado cabello color bronce, pasando por sus pómulos anchos y los labios carnosos, por su cuello, por sus pectorales bien definidos y su terso abdomen. Más abajo era todavía más espléndido. Los músculos a cada lado de sus caderas captaron un instante mi atención y, a continuación, mi mirada recorrió el vello ralo hasta la parte más dura de él.

Dios bendito.

Me mordí el labio inferior y noté un cosquilleo agradable en mis venas.

Jax no andaba escaso en ese aspecto.

—Ven aquí —dijo esbozando media sonrisa.

Con el corazón latiéndome con fuerza en todos mis puntos de pulso, me dirigí hacia donde él estaba, junto a la cama. Me puso las manos en los hombros y me hizo bajar hasta quedar sentada en la cama. Entonces se arrodilló y me pasó los dedos por la parte exterior de las piernas, desde los muslos hasta los tobillos. Una vez llegó a la correa de mis sandalias, me las desabrochó con destreza.

—La próxima vez quiero que lleves este calzado —dijo, mirándome a través de sus tupidas pestañas—. ¿Entendido?

Madre mía. Asentí con la cabeza.

—Esa es mi chica —murmuró, pasando a la otra sandalia. Una vez me la quitó, sus manos hicieron el viaje de vuelta por mis piernas mientras él se levantaba. No se detuvo. Las deslizó por mi abdomen, por las curvas exteriores de mis pechos hasta llegar por fin a mis mejillas, donde se paró.

Sus labios estaban otra vez en los míos, moviéndose despacio, saboreando y provocando hasta que me recorrió con la lengua el contorno de la boca. La abrí para él y noté de nuevo esa premura, ese calor embriagador. Mientras me besaba, bajó sus manos hacia mis brazos y las situó en mis axilas. Me levantó y me dejó más en el centro de la cama, donde se subió con las piernas a cada lado de mí.

Respiré entrecortadamente mientras me recostaba sobre la espalda hasta que, de repente, tuve que alzar la vista para verlo. Los nervios me explotaron en la boca del estómago. ¿Y si se me daba de pena? ¿Y si no me gustaba? No todas las mujeres se lo pasaban de coña durante el sexo. Lo sabía. Y si...

—Podemos parar en el momento que quieras. ¿Vale? —dijo con una voz atronadora que hizo que se me encogieran los dedos de los pies—. Si te duele, avísame. Si no te está gustando lo que pasa, dímelo. ¿Vale?

—Vale. —Respiré, y me obligué a mí misma a relajarme.

Sonrió y sus labios se posaron en los míos. Ese beso fue diferente, más intenso, más abrumador. Su boca se movió en la mía hasta que me quedé sin aliento y le puse las manos en los hombros. Se me calmaron los nervios cuando sus labios se alejaron de los míos y me recorrieron el cuello y la línea de la clavícula con una serie de pequeños besos apasionados y lengüetazos.

Dios mío, sabía usar esa boca suya.

Cerré los ojos cuando sus labios pasaron a mis pechos, se situaron sobre mis cicatrices y terminaron en un pezón. Arqueé tanto la espalda cuando me succionó intensamente que dejé de tocar la cama, y el repentino sonido agudo que se escapó de mí me abrasaría los oídos después. Jugueteó con mi pezón ansioso mientras ponía los dedos en mi otro pecho. Cada succión de su boca, cada tironcito de sus dedos me enviaban un ramalazo de placer por todo el cuerpo y hasta lo más profundo de mi ser, donde la tensión empezó a acumularse de nuevo.

Desplazó su boca hacia mi otro pecho y repitió esos actos sensuales, haciendo que el pulso me latiera con fuerza en varios lugares de lo más interesantes. Mis caderas se inclinaban, inquietas, hacia las suyas, empujando suavemente su duro miembro, y solté un grito ahogado cuando un estallido de sensaciones me recorrió el cuerpo.

Su boca siguió lamiendo, succionando, tirando y provocando mientras movía el cuerpo para pasarme una mano entre los muslos. Pude notarlo ahí abajo, tocándome, y mis caderas reaccionaron por instinto, apretándose contra él.

Levantó la cabeza de mi pecho y me introdujo un dedo. Arqueé de nuevo la espalda e inspiré hondo cuando añadió otro.

—¿Todo bien? —preguntó.

—Sí —susurré y asentí con la cabeza por si no me pillaba.

Su sonrisa se volvió pícara cuando agachó la cabeza y empezó a succionarme el pezón a la vez que me penetraba con los dedos. La doble sensación era lo más. Un fuego prendió en mi sangre y hundí los dedos en sus hombros. Noté un cosquilleo en mi interior, palpitando alrededor de sus dedos. Movió la mano y presionó el manojo de nervios con su palma, lo que hizo que meneara descaradamente las caderas contra su mano. Me acerqué en un instante al clímax, y cuando lo alcancé, eché la cabeza atrás y grité con voz ronca cuando el éxtasis me invadió todo el cuerpo por segunda vez esa noche.

Jax se separó enseguida en busca de un condón de la cama. Unas pequeñas oleadas de placer se seguían precipitando hacia mis terminaciones nerviosas cuando se situó encima de mí, alineando sus caderas conmigo. Lo sentí contra mi piel húmeda y abrí los ojos de golpe.

Yo apenas respiraba cuando lo miré a los ojos.

—¿Estás segura? —preguntó otra vez con los brazos temblorosos apoyados a cada lado de mi cabeza—. Dime que lo estás, cariño.

—Lo estoy.

Cerró los ojos un instante antes de bajarlos hacia mí.

—Gracias a Dios. Te deseo tanto que estoy en un puto sinvivir, coño.

Me habría reído, solo que descansó todo su peso en un solo brazo para alargar el otro entre nosotros e introducirme su pene. El primer punto de presión me quitó el aire y pegué un respingo. No podían haber sido más que unos centímetros, pero me pareció una enormidad. Tuve una sensación ardiente que no estaba segura de si me gustaba o no. Me mordí el labio inferior.

Me sostuvo la mirada mientras me ponía una mano en la mejilla.

—¿Sigues conmigo?

Asentí con la cabeza porque no estaba segura de poder hablar. Me recorrió el labio inferior con un pulgar y me lo apartó así de entre los dientes. Movió las caderas, un ligero vaivén que le hizo profundizar más. Mis muslos se cerraron sobre él cuando el ardor se extendió y aumentó, teñido de algo que no era demasiado doloroso, sino más bien una presión.

El brazo que tenía al lado de mi cabeza le temblaba por el control que estaba ejerciendo.

—Eres muy estrecha. Joder, Calla, me estás matando.

Tenía una disculpa en la punta de la lengua, pero su pelvis volvió a moverse y mis palabras se transformaron en un grito ahogado.

Se quedó inmóvil y me cubrió la mandíbula con una mano.

—Tengo que oír que estás preparada, cariño. Tengo que oírte decirlo.

Tenía la boca seca, pero me obligué a mí misma a hablar.

—Estoy preparada.

Jax me sostuvo la mirada un momento y, después, me besó. Llegados a este punto, tenía los labios cerrados, pero él jugueteó con ellos hasta que los separé para él, y cuando el beso se intensificó, empujó hacia delante, hasta el fondo. El beso apagó el grito que solté al sentir un ramalazo de dolor irradiarme desde las piernas, seguido de un ardor intenso. Jax estaba dentro de mí, sin moverse, y en ese mismo instante supe que ya no era virgen. Sí. Ya lo creo.

—¿Estás bien? —preguntó con voz gutural.

—Sí —respondí después de tragar saliva con fuerza.

Y era verdad. El dolor había cesado. El ardor seguía ahí. No era molesto. Simplemente estaba ahí.

—Bueno, voy a hacer que pase de ser algo que está bien a algo fenomenal —me dijo en los labios, aunque yo no acabé de creérmelo.

Pero mientras volvía a besarme, empezó a moverse, retirándose despacio hasta la mitad y volviendo a empujar hacia dentro. Sentirlo totalmente dentro de mí me resultaba extraño. Una vez más, no era doloroso, sino algo más, algo que cada vez que se movía hacia atrás y hacia delante, notaba en todo mi cuerpo.

Jax mantuvo un ritmo lento y regular hasta que esa presión ardiente ya no fue nada dolorosa, sino algo muy diferente. Ese ardor se transformó en un calorcito de placer que aumentaba con cada vaivén.

Como me sentía más cómoda, le recorrí los costados con las manos hasta ponérselas en las caderas y moví las mías la siguiente vez que empujó.

—Dios —gimió, y enseguida descubrí que moverme a la vez que él era algo bueno, algo realmente bueno, así que lo hice otra vez, y otra, y la siguiente palabra que soltó en mis labios sonó ronca—: Joder.

Moví las caderas al ritmo que él me dejó establecer y volví a sentir en mi interior esa sensación, cada vez mayor. Moví las piernas para rodear con ellas sus caderas y, de algún modo, profundizó más. Sus besos se volvieron apasionados y su lengua empujaba a la vez que lo hacían sus caderas, donde le clavé las uñas.

—Más —me oí susurrar a mí misma. No tenía ni idea de dónde había salido esa palabra, pero él me contestó.

Me dio más.

Mucho más.

Aceleró el movimiento y situó la cabeza en el espacio entre mi cuello y mi hombro. La presión en lo más profundo de mi ser era todo lo que sentía. Cualquier resto de dolor había desaparecido hacía rato. Nuestros movimientos se volvieron frenéticos y el ritmo que pudiera haber se perdió por completo. Él me gruñó en el oído cuando arqueé la espalda mientras mis manos tiraban de él hacia abajo.

—Dios mío, Calla, me encanta sentirte —me susurró al oído—. Noto cómo aprietas. Es la hostia.

Me quedé sin respiración. Estaba al borde de que algo importante, algo hermoso y poderoso le ocurriera a mi cuerpo, y él pareció saberlo, porque empezó a golpearme las caderas con las suyas al empujar. La fricción era intensa, arrolladora. Susurré su nombre mientras lo sujetaba con más fuerza. La tensión aumentó y, al fin, explotó, con una onda de placer vigoroso, nada parecido a las otras veces. Era más profundo, más concentrado.

Sus labios se encontraron de golpe con los míos, y cualquier pretensión de control desapareció cuando sepultó su cabeza en mi hombro. Empujó, profundizando más, y entonces se quedó quieto un instante antes de que sus caderas se estremecieran. Mi nombre sonó ronco contra mi piel cuando llegó al clímax. Me aferré a él, conmovida más de lo que jamás habría creído posible por el sexo, y cerré los ojos con fuerza mientras él respiraba profundamente.

Tardó lo que me pareció una eternidad en moverse, y lo hizo levantando la cabeza lo suficiente para plantarme un beso en un lado del cuello, justo debajo de mi pulso lento.

—¿Estás bien? —preguntó.

—Sí —susurré—. Ha sido… —No había palabras para describir lo que sentía. Ninguna en absoluto.

Se apoyó en los antebrazos y hundió su boca en la mía. Todavía dentro de mí, me besó despacio.

—Ha sido… jodidamente perfecto.

—Sí que lo ha sido. —Abrí los ojos—. No…

—¿Qué? —preguntó cuando no terminé.

—No sabía que pudiera ser así —admití, sintiéndome un poco idiota—. De verdad que no creía que pudiera ser así.

Una sonrisa engreída le asomó a los labios, y volvió a besarme antes de salir de mí. Noté una ligera incomodidad y una sensación extraña al dejar de tenerlo dentro.

Mi cuerpo estaba aletargado cuando se levantó de la cama y se dirigió al cuarto de baño. Cuando regresó, se había deshecho del condón y llevaba una toallita húmeda. Se sentó en la cama a mi lado y limpió con cuidado la prueba de lo que acababa de pasar. Flipé con lo íntimo que era ese momento. De algún modo, parecía más que lo que acabábamos de hacer. Tenía un nudo en la garganta cuando se marchó para dejar la toallita en el cuarto de baño.

No dije nada cuando volvió a meterse en la cama conmigo y nos tapó con la sábana. Me colocó de cara a él y me pasó un brazo por encima de la cintura. Nuestras rodillas dobladas se tocaban entre sí. Jugó con mechones de mi pelo, enroscándoselos en los dedos. El silencio se prolongó tanto rato que empezó a preocuparme que no le hubiera gustado tanto como a mí, que no estuviera tan conmovido como yo.

—Gracias —dijo entonces.

—¿Qué? —me sorprendí, y parpadeé.

—Gracias por confiarme esto —respondió con una curiosa sonrisita en los labios.

Me quedé boquiabierta.

—Es algo muy importante. —Levantó los ojos hacia los míos—. Lo que hemos hecho. Era tu primera vez. Es un honor.

¿Era real?

—Así que gracias.

Jax eliminó la distancia que había entre nosotros para unir nuestros labios en lo que sería el beso más dulce posible, y me di cuenta de que era real. No se trataba de ninguna alucinación inducida por el orgasmo, y no parecía nada extraño que me hubiera enamorado de él.

Hundí los dedos en el tórax de Jax mientras echaba la cabeza atrás y gritaba su nombre. Sus manos me rodearon los pechos y sus caderas aumentaron la presión mientras yo prácticamente me desplomaba contra su pecho. Sus brazos me rodearon cuando se corrió y yo me concentré en respirar, porque era difícil cuando notaba cómo su cuerpo se estremecía a mi alrededor.

Me sentía saciada y liviana mientras una de sus manos me rodeaba la nuca y presionaba mi mejilla contra su pecho. Su corazón latía tan rápido como el mío. Cerré los ojos y sonreí.

No tenía ni idea de cómo había logrado convencerme de hacerlo así, conmigo arriba. Seguramente empezó al despertarme el lunes por la mañana con su boca en mi pecho, mordisqueándolo y lamiéndolo. Eso había derivado en él penetrándome mucho más despacio que la noche anterior, si eso era posible. Y puede que hubiera tenido algo que ver con la forma en que me desnudó de cintura para abajo el lunes por la noche en su cocina, donde habíamos recreado lo que habíamos hecho la noche anterior, pero con su pene en lugar de con su lengua.

Nunca jamás volvería a mirar la encimera de esa cocina con los mismos ojos.

O puede que hubiera sido la tarde del martes, después de que fuéramos al camping donde se suponía que estaba Ike y nos diéramos de bruces con la realidad. No estaba ahí. Hacía días que nadie lo había visto. Se había ido, como cenizas en un huracán. Resultó frustrante, porque yo esperaba que fuera una buena pista, pero esa frustración desapareció en el trayecto de vuelta en la camioneta.

Jax podía hacer multitareas como el que más, y conducir con una mano en el volante y la otra en mis pantalones. Y yo se lo devolví cuando llegamos a su casa, arrodillada encantada en el salón. Había algo increíblemente travieso en eso.

Puede que fuera la noche del martes lo que permitió que me convenciera de estar arriba esa tarde, porque después de la noche anterior estuve bastante segura de saber de primera mano lo que «follar como locos» significaba y hacía sentir.

Hacía sentir bien.

También podía haber sido esa mañana, porque no había duda de que a Jax le iba el sexo matinal. Fue entonces cuando nos llevó más tiempo a los dos y se convirtió en una aventura sexual épica.

Pero fue cuando me interceptó de camino a la ducha y acabé en su cama, con él tumbado boca arriba y yo sentada a horcajadas sobre él.

Estaba nerviosa. Si él estaba arriba, no pensaba en el estado de mi cuerpo. Así podía verme totalmente la parte delantera, pero había funcionado. Muy bien. En plan que creo que es probable que estar arriba será mi nueva postura favorita de todos los tiempos.

—Tenemos que arreglarnos para ir a trabajar —dijo.

—No quiero moverme.

—Yo tampoco quiero que lo hagas, pero… —replicó riendo.

—¿No podría quedarme aquí, así, para siempre? —suspiré.

Eso provocó otra carcajada antes de que me diera una palmadita en el trasero. Me quejé entre dientes, rodé sobre mí misma para separarme de él y aterricé hecha polvo en la cama, a su lado.

—Dúchate tú primero. Voy a echar una cabezada.

Se puso de costado y me pasó los dedos por la curva de mi cadera.

—Podemos ducharnos juntos.

—No nos ducharíamos —resoplé.

—¿Por qué no? —flirteó, dándome un beso en el hombro.

—Vamos a acabar haciéndolo, y no estoy segura de poder aguantar otro orgasmo sin perder algunas valiosas neuronas.

Soltó una carcajada contra mi piel.

—Tienes razón —dijo, y movió la cabeza hasta encontrar mis labios y besarlos—. No tardaré nada.

—Ajá.

Jax se daba unas duchas más largas que ninguna chica que haya conocido jamás. No dejaba de asombrarme que quedara algo de agua caliente cuando sacaba el culo de ahí. Pero bueno. Una ducha fría podría estar bien al ritmo que íbamos.

Así que me quedé ahí tumbada, dormitando, dejándome llevar a ese lugar cálido y confuso en el que admitía sin reparos que estaba loca, profunda y tal vez tontamente enamorada de él. Pero bueno. Durante la dicha posterior al sexo no iba a preocuparme por un posible desengaño amoroso que sería apocalíptico y desgarrador.

Cuando Jax salió por fin de la ducha, me costó un poco más de lo normal arreglarme. Iba a paso de tortuga. Mientras me secaba el pelo, lacio hasta el aburrimiento porque pasaba de dedicarle el menor esfuerzo, me pregunté cómo sería el trabajo ahora que lo había hecho del todo. Muchas veces. Por toda la casa. En plan explosión sexual.

Eso me tenía un poco atacada durante el trayecto hasta el Mona's. Estaba haciendo lo imposible por no preocuparme por eso cuando oí que el móvil me sonaba en el bolso. Feliz por la distracción, metí la mano para sacarlo y vi que tenía un correo electrónico de mi asesora de ayuda económica de Shepherd.

El corazón me dio un vuelco.

—Dios mío —exclamé.

—¿Qué? —preguntó Jax, mirándome mientras enfilaba la calle principal.

—Tengo un correo de mi asesora económica. Tiene que ser por los préstamos de estudiante, si mi solicitud llegó a tiempo —le expliqué.

—¿Y bien? —Volvió a poner los ojos en la calzada.

—Me da miedo leerlo.

—¿Quieres que lo lea yo? —se ofreció.

Podría haberlo abrazado y besado en ese mismo instante.

—Sí, pero estás conduciendo, y si son malas noticias no quiero morir en un choque en cadena de cincuenta coches.

Resopló.

Inspiré hondo, abrí el correo y esperé a que el dichoso mensaje se descargara. Por supuesto, tardó lo indecible y estuve a esto de golpearme la cabeza con el salpicadero mientras esperaba, pero por fin apareció el mensaje. Lo leí en diagonal, en busca de las palabras clave. Cuando encontré la palabra «felicidades» entre otras cosas como el importe del préstamo, solté un grito entusiasta y me giré tan rápido hacia Jax que casi me estrangulé con el cinturón de seguridad.

—Supongo que son buenas noticias —dijo con una enorme sonrisa en sus labios carnosos.

—¡Las mejores! Me lo han concedido. Es suficiente dinero. La ayuda va a continuar y a permitirme seguir con mis clases —le explique, prácticamente brincando en mi asiento.

Alargó el brazo para ponerme la mano en la rodilla y apretármela con cariño.

—Es una noticia excelente, cariño.

Lo era.

—Me quita una tensión gigantesca de los hombros. Al menos ahora sé que podré acabar los estudios. Es genial.

—Sí que lo es. Estoy contentísimo por ti.

Por el tono de su voz y la sonrisa de su cara supe que de verdad se alegraba por mí, y eso me hizo sentir de lujo hasta que me di cuenta de que significaba que definitivamente me iría en agosto para regresar a la facultad y que Jax se quedaría allí.

Mierda.

¿Cómo podía haberme olvidado de eso?

Algo de mi felicidad cayó en picado y, aunque no fue mucha, bastó para cabrearme conmigo misma por permitirle hacerlo y frustrarme porque, de repente, sentía que necesitaba definir qué éramos exactamente y qué significaría que volvieran a empezar las clases.

Para cuando entramos en el Mona's y estuve tras la barra, cortando limas y algunas hierbas aromáticas frescas tipo menta, había logrado encontrar un feliz punto medio entre ambos sentimientos. Iba a disfrutar lo que tenía entonces y a no preocuparme por lo que me deparara el futuro, porque había muchas cosas todavía desconocidas en mi futuro. Como el hecho de que tenía que encontrar a mi madre antes del día siguiente por la noche.

Y no tenía pinta de que eso fuera a pasar.

Que Jax me hubiera besado delante de Nick y de Clyde antes de irse al despacho puede que tuviera algo que ver en que no me estresara por el montón de cosas que no podía controlar.

—Ese es mi chico —fue todo lo que Clyde dijo antes de entrar tranquilamente en la cocina.

Sacudí la cabeza sonriendo mientras apartaba la tabla de cortar. A fin de cuentas, las cosas iban bien, o al menos eso suponía. Ya no era virgen. Estaba de enamorada del chico con quien había perdido la susodicha virginidad y estaba bastante segura de que le gustaba. Mucho. Me habían concedido la ayuda económica.

Y había llegado al miércoles por la tarde sin que nadie nos atropellara, sin que nos tiraran más cadáveres en el porche delantero y sin ponerme Dermablend.

Decidí que habían sido tres días fabulosos.

Había poca gente en el bar y solo estábamos Nick y yo tras la barra cuando entró una pareja joven. Gracias al tiempo que llevaba allí, al observarlos mientras ocupaban dos taburetes vacíos supe que no eran habituales.

Eran una pareja adorable: ella era bajita, del tamaño de la menuda Roxy, y él era superalto, con un alborotado cabello castaño. La chica tenía unos preciosos ojos azules que contrastaban muchísimo con su cabello oscuro.

—¿Qué os pongo? —pregunté.

—Una Coca-Cola, por favor —pidió la chica, pasándose una mano por una camiseta de la Universidad de Maryland.

—Y la carta —añadió el chico, con los codos en la barra—. Y otra Coca-Cola.

—Marchando. —Les serví sus bebidas y les pasé una carta plastificada para que la miraran—. Las patatas fritas están riquísimas. Y también las alitas de pollo si sois fans del Old Bay Seasoning.

A la chica se le iluminaron los ojos.

—Me encanta el Old Bay. Creo que es un requisito para ir a la universidad en Maryland —bromeó.

La Universidad de Maryland no estaba demasiado lejos de Shepherd.

—¿Estáis de paso?

—Hemos ido a pasar el día en Filadelfia —respondió el chico—. Syd no había estado nunca.

—¿Os lo habéis pasado bien?

Syd asintió con la cabeza.

—Me ha llevado a mi primer partido de los Phillies, pero no he pedido nada para comer y ahora estoy muerta de hambre.

El chico examinaba la carta.

—Creo que pediremos patatas fritas y alitas. Con hueso. Dieciséis —decidió.

Me fui pitando a pasar la comanda. Cuando regresé, el viejo Melvin me esperaba en la barra.

Oh, no.

Le sonreí, a pesar de que tenía toda la pinta de que iba a darme la turra, pero mi sonrisa flaqueó en cuanto se abrió la puerta y entró Aimee con dos «es». Recorrió el bar con la mirada y, al no ver a Jax, se acercó al extremo más alejado de mí de la barra, frente a un Nick de aspecto enfadado.

Dejé la cerveza sobre una servilleta delante de Melvin sin preguntarle, con la esperanza de que eso lo disuadiera de algún modo.

No funcionó.

—¿Qué es esto que me han contado de que tiraron el cadáver de Rooster en la puerta de tu casa? —preguntó, rodeando la botella con una mano.

El chico se puso tenso y a la chica se le desorbitaron los ojos.

—Es una verdadera pena lo que esos yonquis le están haciendo a este pueblo —prosiguió Melvin, ajeno a los ojos que estaban clavados en él. Dio un trago enorme a su cerveza—. Este era antes un buen pueblo, un buen lugar. Y ahora los tenemos aquí, cayéndose muertos con una herida de bala en la cabeza. Una puta pena.

—Kyler —susurró la chica despacio—. ¿Qué...?

Él se limitó a mirarme sin decir nada. Antes de que pudiera hablar, Melvin decidió que no había terminado.

—Aunque no puedo decir que sea una pena lo que le ha pasado a Rooster. ¿Había alguien que no imaginara que iba a tener un final así? No era más que un miserable y...

—¿Va a querer alitas o patatas fritas hoy? —pregunté, esperando distraerlo antes de que la pobre pareja saliera huyendo del bar.

Distraído por mi pregunta, acabó pidiendo alitas. Cuando fui a pasar esa comanda, las alitas y las patatas fritas de la pareja ya estaban listas. Al volver, di gracias al Señor porque había llegado el amigo de Melvin y los dos se habían ido de la barra.

—Siento lo que ha pasado —dije, dejando las cestas en la barra—. Normalmente no tenemos esa clase de problemas.

—¿De verdad había un cadáver en tu porche? —preguntó el chico, inclinándose hacia mí.

—Sí. Es una larga historia —respondí con una mueca.

—Caray —murmuró, enderezándose.

Oí que la puerta volvía a abrirse y vi a Katie entrar tranquilamente. Supe el momento exacto en que la chica la vio, porque abrió todavía más sus enormes ojazos. Puede que tuviera algo que ver con que Katie llevara un vestido de malla rosa fuerte sobre lo que parecía ser un biquini. O pezoneras. No quise mirarla el tiempo suficiente para averiguarlo.

Se acercó donde estaba yo con una sonrisa.

—Hoy estás muy guapa, amiga. A pesar de que te caen cadáveres encima.

Oh. Dios. Mío.

—De hecho, tienes el aspecto de alguien que ha echado un

polvo hace poco —prosiguió. Me quedé boquiabierta—. Sí, señora. Ya lo creo.

Empezaba a plantearme en serio si era cierto que tenía superpoderes de estríper o algo. Pero no hablaría de aquello con unos completos desconocidos sentados a nuestro lado.

—¿Estás en un descanso, Katie?

—No. Entro a trabajar ahora. Se me ha ocurrido pasarme para asegurarme de que no estuvieras meciéndote en un rincón, susurrándote a ti misma para superar el trauma o alguna mierda de esas.

—Estoy la mar de bien —le dije—. Gracias por venir a interesarte. —Y lo dije en serio.

Fue a decir algo, pero Jax apareció al final del pasillo, procedente del despacho. Me miró y me guiñó un ojo. Noté que mis labios esbozaban una sonrisa estúpida.

—Te la ha metido entre las piernas, fijo —me dijo en voz baja, pero no lo suficiente. El chico casi se atraganta con una alita de pollo.

Jax se marchó, y antes de que pudiera decidir cómo manejar esa frase, Aimee se volvió hacia nosotras, girando con elegancia el cuello.

—Está buenísimo, ¿verdad? —comentó, pestañeando en mi dirección—. Jax, quiero decir.

Nick entornó los ojos, se apartó de ella y se acercó a las botellas que había detrás de la barra.

Yo abrí la boca, pero Katie fue más rápida que yo.

—Tú flipas, zorra. Porque estoy segura de que ese tío buenísimo llamado Jax acaba de guiñarle un ojo a Calla y ni siquiera ha visto que tú estabas sentada ahí. Que lo sepas.

Apreté los labios con tanta fuerza que creí que se me iban a partir. Aimee se ruborizó y, tras mirar un momento a Katie, se giró a toda velocidad y salió disparada hacia donde Jax estaba recogiendo vasos y cestas vacíos de una mesa.

Suspiré.

Katie se volvió hacia mí.

—Un día de estos la echaré de este bar, *yippie ki yay,* hija de puta. Recuerda lo que te digo, te lo juro y todo eso.

¿Por qué de repente me vino Bruce Willis a la cabeza?

Entonces se marchó indignada en dirección contraria, hacia la puerta.

Dirigí la vista hacia donde estaba sentada la pareja joven, con los ojos desorbitados y algo boquiabierta. Ambos me miraron a la vez.

—Bienvenidos al Mona's —comenté con ironía.

24

Roxy estaba tras la barra el sábado por la noche, con los esbeltos brazos cruzados sobre su pecho y las piernas separadas. Tenía las gafas de montura negra sobre la cabeza, justo debajo del moño perfectamente revuelto.

Tenía los ojos tan entrecerrados que apenas se le veían, y la forma en que adelantaba la barbilla para mostrar su mala leche era adorable. Se lo había contado hacía unos minutos, al llegar a la barra en busca de cervezas para el grupo de chicos del fondo, y no le había gustado nada, lo que hacía que mostrara más mala leche.

Y que fuera más adorable.

La víctima de su mirada asesina era Aimee con dos «es». Por cuarta noche consecutiva Aimee estaba en el bar, sentada en la barra con una amiga cuya piel era más bien naranja. Roxy la había apodado Umpa Uno.

No pude evitar sonreír, porque las miradas asesinas eran por mí. De hecho, Aimee era muy simpática con Roxy e incluso conmigo, pero dejaba claro por qué estaba ahí y a Roxy eso no le parecía demasiado bien.

Cada vez que Jax aparecía detrás de la barra, Aimee monopolizaba su atención cuanto podía. Y como todas las noches anteriores, él debía de ser de lo más gracioso, porque no pasaba ni un minuto sin que Aimee se riera a carcajada limpia. O se pasara el pelo por encima del hombro. O se inclinara sobre la barra, ofreciendo a Jax, y a veces a Roxy, una vista perfecta de su tetamen.

Y de vez en cuando, como los cuatro días anteriores, Jax captaba mi atención, me dirigía una miradita y a mí me la sudaba que Aimee estuviera sentada a la barra, haciendo todo lo posible para que su coqueteo fuera correspondido.

Aunque, claro, pensaba que Jax podría poner fin a las tentativas de Aimee diciéndole que no estaba disponible. A ver, no nos habíamos puesto ninguna etiqueta, pero estábamos juntos en todos los sentidos en los que podíamos estarlo.

Y... y yo lo quería, así que bueno. Estábamos juntos.

Él no había pronunciado esas palabras, pero yo tampoco lo había hecho. Y no iba a pensar en eso entonces ni a darle demasiada importancia. A pesar de todo, estaba feliz, era sábado y no había rastro de Mack.

No iba a arruinar eso.

Llevé la comanda de alitas de pollo con Old Bay a la mesa de Melvin y le sonreí cuando dejé la cesta entre los dos amigos.

—Aquí tienen. ¿Algo más?

—Estamos bien así. —Se le formaban unas profundas patas de gallo cuando sonreía—. Siempre y cuando nos dediques otra de esas sonrisas.

—Qué zalamero es usted —reí.

Soltó una risita mientras cogía una alita de pollo.

—Si tuviera veinte años menos, tú y yo estaríamos dándolo todo en esa pista de baile.

Arqueé una ceja. ¿Veinte años? Yo diría que tendría que ser el doble, pero lo que dijo me hizo sonreír y también decir:

—Si alguna vez quiere bailar, no tiene más que decírmelo.

Apenas podía creer lo que había dicho, pero a él le brillaron los ojos apagados.

—Así lo haré —aseguró.

Le dediqué otra de «esas sonrisas», me volví para dirigirme hacia otra mesa cuyos vasos parecían vacíos y le eché una ojeada a la barra.

Roxy echaba chispas mientras ejercía de camarera. Agitaba una coctelera con tanta fuerza que pensé que el contenido saldría volando por el bar. Desvié la mirada hacia donde Aimee estaba sentada y se me desorbitaron los ojos.

¿Pero qué coño...?

Aimee estaba prácticamente sentada en la barra, tenía las manos puestas en las mejillas de Jax, ¡en sus mejillas!, y se las rodeaba con las manos. La rabia me aguijoneó, pero se me formó además algo pequeño, gélido y feo en la boca del estómago, y ese algo pequeño, gélido y feo me oprimió el pecho de una forma muy desagradable. Porque, a ver... ¿por qué demonios lo estaba tocando así y por qué... por qué coño se lo permitía Jax?

Antes de darme cuenta me encaminaba hacia la barra. No tenía ni idea de lo que iba a hacer cuando llegara, pero desde luego no sería nada bonito y puede que lo lamentara después, pero a la mierda...

—Ey, hola.

Me detuve en seco al oír esa voz conocida. Flipaba. No podía ser. Aquello me había pillado tan desprevenida que aparté los ojos de Aimee y de Jax y me giré. Me quedé boquiabierta.

Jase Winstead me guiñó un ojo.

Jase Winstead estaba en el puto bar.

Jase, miembro de la Brigada de los Tíos Buenos, estaba ahí plantado, delante de mí.

—¡Sorpresa! —Teresa asomó la cabeza desde detrás de él, bronceada y espléndida.

Dirigí la mirada de Teresa a Jase y, después, detrás de ellos, y casi me quedé muerta. No estaban solos. Cameron Hamilton, el presidente de la Brigada de los Tíos Buenos, estaba con ellos.

Y también Avery. Él le rodeaba los hombros con un brazo para tenerla pegada a su costado de aquella forma suya tan ridículamente adorable.

—Creo que la hemos dejado muda —rio Jase.

—Oh, Dios mío —exclamé, parpadeando un par de veces—. Y tanto que sí. No tenía ni idea.

—Por eso es una sorpresa. —Teresa se volvió para mirar a su hermano mayor y a su novia—. Hemos decidido venir de improviso. ¡Te he echado de menos!

Se abalanzó hacia mí y me abrazó. Yo también la había echado de menos y estaba encantada de que todos estuvieran ahí, pero cuando nos separamos y Teresa empezó a decirle a Jase que no sabía que yo supiera servir cerveza de barril y mucho menos preparar combinados, me di cuenta de que realmente no sabían nada de mí. Al menos nada que fuera verdad.

Madre mía, el castillo de naipes de mis mentiras estaba a punto de desmoronarse sobre mi cabeza. Lo único que me salvaba era que Jax conocía las trolas que había contado. Seguramente sería lo bastante consciente como para no delatarme.

Pero, aun así, era una mentirosa, y las mentiras tienen las patas cortas.

Se me aceleró el corazón. Aparte del hecho de que creían que mi madre estaba muerta, aquello podía ser desastroso si me lanzaban algún cadáver más o si alguien decía algo delante de ellos. Pensé en la adorable pareja del miércoles que oyó sin querer todo lo relativo a la muerte de Rooster.

De repente, quise correr por el bar chillando a grito pelado.

—Teresa nos ha hablado de que has estado saliendo con un chico —comentó Avery.

—¿Qué? —Tenía la cabeza en otra parte, imaginando todavía cuerpos que caían del techo, junto con bolsas de heroína. Una lluvia de cadáveres y drogas.

—Un chico —intervino Teresa, rodeando la cintura de Jase

con el brazo—. Dijiste que se llamaba Jax. ¿Fuisteis a cenar? ¿Trabaja aquí? ¿Te suena lo que te digo?

—Oh. Sí. —Parecía idiota. Me llevé la mano a la cabeza y me pasé el pelo por detrás de la oreja. Me fijé en que Teresa parpadeó al verme hacerlo—. Está aquí. Esto, es... —Me giré hacia la barra.

Oh, no.

Roxy había pasado de echar chispas a ser un arma de destrucción masiva que escupía fuego. Jax seguía tras la barra, y Aimee con una «i» y dos «es» ya no estaba en la barra, sino que tenía las manos puestas en el tórax de Jax y le estaba tocando el pecho como si le palpara los pectorales.

—¿El chico al que le están haciendo una mamografía? —preguntó Jase.

Tragué saliva con fuerza, pero tenía la garganta tan seca como un desierto a mediodía.

Cam avanzó sin separarse de Avery.

—No es él, ¿verdad?

Cielo santo, mis amigos estaban ahí y querían conocer a Jax, y Aimee Grant, miss Poconos infantil, lo estaba acariciando en ese momento.

Teresa miraba a su alrededor en busca de otro chico, pero solo estaba Roxy y ella no tenía pinta de tío, así que...

Mientras contemplábamos la barra, Jax retrocedió fuera del alcance de Aimee y dijo algo que la hizo reír como si fuera la segunda venida de Tyler Perry.

—Ese es Jax —dije con una voz extraña.

Jase me miró, ladeó la cabeza y volvió a dirigir la vista hacia donde estaba Jax.

—¿En serio?

Oh, no.

El tono de su voz indicaba que, de algún modo, el hecho de que ese chico fuera Jax lo cambiaba todo.

Me pregunté si quedaría muy raro que me metiera debajo de una mesa y empezara a mecerme.

Entonces Jax echó un vistazo al bar y sus labios esbozaron una sonrisa cuando sus ojos se encontraron con los míos. Pero esa sonrisa no duró demasiado, porque Jase me puso una mano en el hombro y, cuando miré detrás de él, Teresa ya no lo estaba sujetando como si fuera un pulpo sexy.

Jax entrecerró los ojos.

Todo iba a ir de mal en peor.

Jax salió de detrás de la barra, lo que hizo que Aimee y su amiga se giraran como si fueran el plato de un tocadiscos, pero él pasó junto a ellas como si no existieran.

Lo que, cualquier otro día, me habría parecido de lo más irónico.

Se detuvo delante de mí, pero tenía los ojos puestos en Jase.

—¿Todo bien por aquí, Calla?

No podía ver a Jase, pero me imaginaba que tendría una sonrisa satisfecha en los labios.

—Sí, este es Jase. —Me giré un poco—. Y esta es Teresa. Estos son Cam y Avery. Son...

—Tus amigos de la universidad —dijo, demostrando que sí me escuchaba cuando divagaba. Se relajó y alargó la mano a Jase—. Encantado de conocerte.

Jase me quitó la mano del hombro y estrechó la de Jax.

—Igualmente.

Bueno, eso no había sonado sincero. Y la situación era incómoda.

—Verás, han venido por sorpresa.

—Eso es genial —respondió Jax, que ladeó la cabeza al dirigirse a Teresa—. Calla os echa mucho de menos, chicos.

—Eso es porque somos increíbles —dijo Teresa—. Y nosotros la queremos a ella. De verdad. Todos nosotros. Mucho. Y somos muy protectores con ella.

Jax se la quedó mirando.

En ese momento no me habría importado nada que me tiraran un cadáver a la cabeza y, por extraño que parezca, me pregunté quién estaría cuidando de Raphael y Michelangelo, las tortugas que Cam y Avery tenían como mascotas, ya que los dos estaban ahí.

Cam se puso tenso de repente.

—¿Pero qué…?

Supe a quién había visto en cuanto él y Jase se transformaron en unos adolescentes.

—La leche —soltó Jase en voz baja.

—Y que lo digas.

A pocos metros detrás de Jax estaba Brock sujetando un taco de billar. Era evidente que Cam y Jase lo estaban mirando boquiabiertos. Él se lo tomó con calma y los saludó con la cabeza.

—¿Quién es ese? —murmuró Teresa.

—¿Quién es ese? —repitió Jase, mirándola con los ojos como platos—. Creo que no puedo seguir contigo.

—Ya te vale —respondió Teresa, dándole un manotazo en el brazo.

—¿Queréis conocerlo? —se ofreció Jax, guiñándome un ojo. El corazón me dio un pequeño brinco, porque la verdad es que guiñaba muy bien el ojo.

Jase y Cam olvidaron por completo la existencia de sus novias y siguieron a Jax como si fuera el puto flautista de los luchadores de la UFC.

—¿En serio? —Teresa cruzó los brazos—. ¿Quién es ese?

—Es un ninja experto en artes marciales mixtas o algo así. Lucha en la tele —expliqué—. Se entrena en Filadelfia.

—Oh —exclamó Avery asintiendo con la cabeza—. A Cam le van mucho esas cosas.

Teresa seguía sin parecer demasiado impresionada.

—¿Queréis tomar algo?

—Un refresco estaría bien —contestó Avery. Entonces recordé que Teresa no era lo bastante mayor como para estar legalmente en el bar, pero llegados a ese punto me importaba un auténtico pito. Las acompañé hasta la barra y pasé detrás para servirles dos refrescos.

—¿Amigas tuyas? —preguntó Nick.

Asentí con la cabeza.

—Tómate un descanso. Ya nos ocupamos nosotros de la barra.

—Eso no es…

—Tómate un descanso, Calla —repitió, muy serio—. Tranqui. Roxy y yo nos ocupamos de la barra.

—Muy bien. Gracias. —Asentí con la cabeza y le sonreí.

Saqué las bebidas de la barra y las llevé donde estaban las dos chicas juntas, detrás de los taburetes ocupados. Roxy estaba atareada sirviendo bebidas, y me recordé a mí misma que tenía que presentársela.

Les pasé las bebidas y me recosté en la pared, cerca de la foto enmarcada de un chico que parecía pertenecer a los Ángeles del infierno. Avery me observaba de un modo extraño y sonrió tímidamente cuando nuestras miradas se encontraron.

—Se te ve realmente bien, Calla.

—Gracias. Es… esto, es el maquillaje. —Me sonrojé y me sentí como una imbécil por haber dicho eso—. Bueno, quiero decir que no llevo demasiado.

—Me gusta. —Agitó la muñeca para poner el brazalete de plata en su sitio.

—Estás estupenda —ratificó Teresa y, tras morderse el labio inferior, fue directa al grano—. ¿Quién es esa chica?

Quise gritar. Quise golpearme la frente con la barra del bar y gritar.

—Es una chica con la que él se enrolló tiempo atrás.

—¿Tiempo atrás? —Teresa no le quitaba ojo a Jax mientras él

seguía con los chicos, de cara a nosotras. Su tono expresaba duda, y yo me arrojé ante un camión en marcha.

—Sí —susurré, inspirando hondo cuando Jax miró en mi dirección. Su sonrisa se desvaneció. Desvié la mirada para fijarla en mis amigas y sonreí porque estaba encantada de que estuvieran ahí conmigo—. En fin, me alegra que estéis aquí. ¿Cuánto tiempo vais a quedaros?

—Nos hemos instalado en un hotel que no está demasiado lejos de aquí. —Avery se pasó el pelo por encima de un hombro. Era preciosa, con su cabello rojo y sus tenues pecas—. Mañana iremos a visitar la ciudad.

—Tú libras, ¿verdad? —preguntó Teresa.

—Sí, puedo ir con vosotros —asentí—. Será divertido. —O, por lo menos, esperaba poder ir con ellos, visto lo visto.

—Estupendo. Avery no ha estado nunca en Filadelfia —explicó.

—No he estado prácticamente en ninguna parte. —Rio Avery.

Avery y yo… sí, éramos como una especie de almas gemelas, a pesar de que no la conocía tan bien como a Teresa.

—Yo tampoco he estado en casi ningún lado, así que no pasa nada —le dije sonriendo.

Su sonrisa se ensanchó y le llegó a los ojos, que dirigió hacia los chicos justo en el mismo momento en que Cam la miraba. Él también esbozó una sonrisa.

Madre mía, eran tan adorables como un libro romántico.

Abrí la boca, pero entonces se abrió la puerta y entró Katie, brillando como un hada. Relucía desde lo alto de su cabeza rubia hasta las uñas de los dedos pintadas de rosa chicle que le asomaban de los zapatos de plataforma dorados. Su vestido era más bien una blusa o una camiseta de tirantes demasiado larga. Se le aferraba a los pechos y las caderas, pero era suelto en la cintura y le llegaba hasta medio muslo. Lo lucía a tope.

Y hasta llevaba alas.

Unas alas translúcidas de color rosa pero no de ángel, sino de hada, sujetas a la espalda, y también las lucía a tope.

Teresa abrió la boca y, acto seguido, la cerró de golpe. Me entraron ganas de reír al ver cómo se ponía bizca.

Katie echó un vistazo alrededor del bar y entrecerró los ojos al ver a Aimee y a su amiga, pero entonces los dirigió hacia donde estábamos nosotras. Una enorme sonrisa le iluminó su preciosa cara. Se nos acercó trotando.

—Tengo un descanso, amiga. Tú tienes un descanso. ¡Evidentemente! —soltó con alegría—. Nuestros descansos estaban destinados a coincidir.

—Ya te digo —respondí, sonriendo—. Katie, quiero presentarte a...

—¿Tus amigas de la universidad? —Juntó recatadamente las manos delante de su cintura.

No tenía ni idea de cómo había adivinado que eran mis amigas de la universidad, pero no quise preguntárselo, porque tuve la sensación de que respondería que era porque se había caído de la barra vertical. Así que lo dejé pasar.

—Sí. Estas son Teresa y Avery.

—Hola. —Avery la saludó moviendo los dedos con timidez.

—Tienes un pelo fabuloso. ¡Te queda supermegabien! —Katie alargó la mano para levantar un mechón rojo—. Una vez intenté teñirme de pelirroja y acabé pareciendo una zanahoria.

¿Supermegabien? Caray. Inspiré el aire con tanta fuerza que acabó con un atractivo resoplido.

—Y en mi profesión, tener pinta de zanahoria no paga facturas —prosiguió Katie, que dejó de jugar con el pelo de Avery y se volvió hacia Teresa—. Y, oh, Dios mío, tú eres despampanante. Tanto que podría plantearme cambiar de acera.

¡Ja!

—Me lo tomaré con un cumplido —sonrió Teresa.

—Ganarías mucho dinero bailando —comentó Katie ladeando la cabeza.

—Oh. De hecho, antes bailaba. Y Avery también.

Oh, no.

Los ojos de Katie se posaron en Avery antes de volver a fijarse en Teresa, que estaba sorbiendo su refresco.

—Me destrocé la rodilla —añadió Teresa—. Pero estuve años bailando.

—Dudo mucho que fuera la clase de baile que hago yo. En ninguno de los dos casos —explicó Katie sin la menor pizca de vergüenza. Me encantaba por eso—. Trabajo aquí enfrente.

Avery frunció el ceño intentando recordar el exterior, y en cuanto cayó en la cuenta, se le desorbitaron los ojos.

—Tú…

—¿Me quito la ropa? —dijo Katie con una carcajada—. Enseño lo que tengo de vez en cuando, pero es más elegante que lo de poner tus partes en la cara de alguien.

No pude evitarlo. Solté una carcajada, pero Teresa seguía estando seria.

—Eso tiene que ser molesto.

—O cuando es un pene —respondió Katie.

Me dolió la mandíbula de lo mucho que tuve que apretar los labios, y Avery se rio entre dientes tras su vaso.

—¿Sabes qué? Siempre he querido hacer eso, estriptis, al menos una vez —anunció Teresa con aire pensativo. A mí casi se me salieron los ojos de las órbitas—. Da la impresión de que tiene que ser muy divertido.

—¡Yo podría ayudarte con eso! —soltó Katie con el entusiasmo reflejado en su rostro.

Hummm… Tuve la sensación de que a Jase no le haría tanta gracia, ni tampoco a su hermano. De hecho, me gustaría estar delante cuando Teresa anunciara que quería tachar hacer un estriptis de su lista de cosas que hacer antes de morir.

Pearl iba arriba y abajo como una loca, y yo empezaba a sentirme mal por estar ahí parada charlando.

—Tengo que ir a ayudar, chicas. Lo siento, pero…

—No pasa nada —dijo Teresa con un gesto de la mano mientras sonreía a Katie—. No te preocupes. Nos quedaremos aquí un ratito.

—Muy bien. —Di un paso adelante las besé a las dos en la mejilla—. Portaos bien.

Teresa soltó una risita mientras yo abrazaba a Katie y me marchaba a escape, confiando en que a mi regreso Teresa no estuviera al otro lado de la calle calentando una barra vertical. Rodeé a los chicos, pero antes de que hubiera avanzado un metro siquiera tuve de repente a Jax a mi lado. Me rodeó los hombros con un brazo y en un periquete me llevó por el pasillo hacia el despacho y el almacén.

Una vez allí, se detuvo ante la puerta y me miró. Agachó la cabeza y me habló en voz baja:

—¿Qué pasa?

—Nada.

—A ti te pasa algo —aseguró.

En ese momento me estaban pasando muchas cosas, pero no me apetecía comentarlas con Jax.

—Estoy bien. Es probable que mañana pase el día con ellos, van a ir a la ciudad.

—Tú no estás bien —insistió Jax. Un músculo le palpitó en la mandíbula—. Y me estás vacilando, fijo.

—¿Y eso? —Crucé los brazos delante del pecho.

—Estabas ahí fuera, hablando con tus amigos como si alguien hubiera lanzado a tu cachorro de un puntapié a una calzada con mucho tráfico.

—No hablaba como si alguien hubiera dado un puntapié… —Mi pecho se elevó al inspirar hondo y entonces me dije «a la mierda», y me dispuse a soltarlo todo, porque ¿qué sentido tenía mentir y guardármelo dentro? Lo miré a los ojos—. ¿Sabes qué? No estoy bien. Y puede que sea porque le hablé de ti a Teresa.

—Ah, ¿sí? —La frustración desapareció de su expresión, y empezó a sonreír—. Genial.

Iba a pegarle.

—No es genial. Porque ella se lo contó a Jase, quien, a su vez, se lo dijo a Cam, quien entonces se lo explicó a Avery, quienes, por cierto, son la pareja más adorable del mundo, y todos ellos han venido aquí para darme una sorpresa, pero también sé que tienen una agenda oculta, que es ver qué tal eres, porque abrí la boca y les hablé de ti.

—Son buenos amigos —dijo, y se le ensanchó la sonrisa—. Eso me gusta.

Estaba a punto de darle un puñetazo en la garganta.

—Bueno, me alegro mucho de que te gusten, pero la primera vez que te han visto había otra mujer manoseándote.

Jax retrocedió y se enderezó.

—Sí. Eso —continué. Ahora que no le estaba vacilando, estaba lanzada—. Te vieron a ti y vieron a Aimee antes de que hubiera tenido la ocasión de presentaros, y eso…, bueno, fue una mierda.

—Nena…

—No me llames nena —espeté, retrocediendo un paso—. Sé que no hemos puesto ninguna etiqueta a lo que hay entre nosotros y que no hace tanto que nos conocemos, y tal vez esto sea algo pasajero para ti, pero me habría gustado que la primera vez que mis amigos te veían no fuera cuando Aimee te estaba sobando las tetas.

—¿Algo pasajero? —repitió, y me pregunté si había oído algo de lo que le había dicho—. ¿Es esto algo pasajero para ti?

Iba a decir que sí, porque…, bueno, porque quería ser una bruja, y porque volvía a tener esa fea sensación gélida en el estómago. Estaba dolida y avergonzada, y quería jugar a ese juego, pero no fue eso lo que dije, porque no tenía ni idea de cómo jugar a ese juego.

—No. Esto no es pasajero para mí. En absoluto.

Su expresión se suavizó al avanzar hacia mí.

—Tampoco lo es para mí, nena, y me flipa que puedas pensar que lo es.

—Ah, ¿sí?

—Cariño, cada señal, cada gesto y palabra que te he transmitido desde el primer día dice que esto no es pasajero para mí —dijo, apoyando la cadera en la pared—. Sé que no tienes demasiada experiencia con las relaciones y no pasa nada, pero la verdad es que no sé cómo más demostrártelo. ¿Y toda esa gilipollez de las etiquetas? —prosiguió mientras me rodeaba la barbilla con los dedos—. Creo que tú sabes lo que somos.

El caso era que no lo sabía. Puede que lo supusiera el domingo por la noche, cuando me había quedado en braguitas y él había adorado mi cuerpo como si fuera una especie de diosa, y lo había hecho cada vez desde entonces, pero ¿verlo con Aimee? Sí, era inexperta en cuanto a las relaciones, pero no tonta ni idiota.

Y tampoco era que lo hubiera pillado montándoselo con ella o que él supiera que mis amigos iban a presentarse de repente, pero seguía estando el hecho de que, cada noche que él trabajaba, Aimee estaba en el bar. Y cada noche que él trabajaba, Aimee le tiraba la caña. Y cada noche que él trabajaba, hasta donde yo sabía si era sincera conmigo misma y a no ser que Aimee fuera la chica más cortita del mundo, él no hacía nada para pararle los pies.

Y le dejaba tocarlo.

Repetidas veces.

Y eso no molaba.

Me escocían los ojos, porque eso era todo. Lo que estaba pasando no era gran cosa, pero sí impropio. Por el amor de Dios, yo trabajaba allí mismo. Y realmente no sabía qué decir en aquel momento, porque no me parecía bien.

—Mira —solté inspirando hondo—, tengo que salir a la sala. Hay mucho trabajo.

—No hemos terminado de hablar.

—Sí. Por ahora, ¿vale? Podemos hablar de ello después. —Me giré y su mano me soltó la barbilla.

—No pensaba que fueras celosa.

Mis pies se detuvieron en seco, me volví hacia él y lo fulminé con la mirada. Caray, no debió decir eso.

—No soy celosa —repliqué.

Jax arqueó una ceja.

—Muy bien —continué—. Puede que lo sea. ¿Tan sorprendente es? Porque acabo de decirte que esto… —Agité la mano entre nosotros como si me estuviera dando un ataque—, no es algo pasajero, de modo que sí, no me gusta ver a una chica tirándote la caña noche tras noche. Especialmente una chica con la que ya te habías enrollado.

Ladeó la cabeza con la mandíbula tensa.

—No hay nada por lo que tengas que estar celosa, Calla.

—¿En serio? —Solté una carcajada sardónica.

—Sí, en serio. Y aquí la cuestión es que tienes que confiar en mí. No en ella. Sino en mí. Y si confiaras en mí, no estarías celosa.

Lo miré boquiabierta. Una parte de eso tenía sentido. Se necesitan dos para bailar el tango y todo eso, pero ¿en serio?

—Y para que lo que hay entre nosotros funcione, vas a tener que confiar en mí —prosiguió, y eso, lo de «para que lo que hay entre nosotros funcione», hizo que se me cayera el alma a los pies—. Porque como te han concedido la ayuda económica y volverás a la facultad en agosto, estaremos a algunos kilómetros de distancia y lo único que vamos a tener es la confianza. ¿Comprendes lo que te estoy diciendo?

Comprendía supermegabien lo que estaba diciendo. La mitad de mi corazón pegó un saltito y un chillido porque Jax estaba haciendo planes para cuando yo volviera a la facultad, y eso era fenomenal, pero la otra parte de mi corazón estaba totalmente desencajada. Confiar en él era una cosa, pero esto no estaba bien. Podía confiar en él todo lo que quisiera, pero eso no significaba que tuviera que parecerme bien que dejara que las chicas lo manosearan y lo achacara a que yo era celosa.

Necesitaba tiempo para pensar en ello.

—Calla… —suspiró.

Retrocedí sacudiendo la cabeza.

—Tengo que trabajar.

Esa vez, cuando me giré, Jax no me detuvo. Regresé al bar y me costó lo que no está escrito no abalanzarme sobre la luminosa cabeza rubia de Aimee como un mono araña rabioso.

Sí, estaba celosa.

También era humana.

Jase y Cam estaban con las chicas, y Brock, con ellos. No había ni rastro de Katie, y me pregunté si Teresa iba a explorar una nueva profesión. Quería charlar con ellos, pero cuando vi a Pearl, era ella la que parecía un mono araña rabioso.

Le dirigí una mirada a modo de disculpa y empecé a atender las mesas y a llevar las comandas de la cocina a la sala. Poco después, lo único que había en mi cerebro eran pedidos de bebida y de comida, y eso era perfecto. Aunque necesitaba tiempo para pensar en lo que había pasado, no quería hacerlo en aquel momento.

Cuando acababa de servir unas patatas fritas con queso y carne de cangrejo, plato con el que yo misma había planeado deleitarme durante el descanso, a una mesa que estaba junto a la pared, cerca de la puerta, volví la cabeza hacia las mesas redondas agrupadas alrededor de las mesas de billar y noté que una mano me sujetaba el brazo justo por debajo del codo. Entonces oí una voz que no reconocía en mi oído.

—Si montas un pollo, abro fuego en el bar.

Todas las moléculas de mi cuerpo se quedaron petrificadas. Lo único que se movía era mi corazón.

—Buena chica —dijo el hombre, que me sujetó el brazo con más fuerza—. Vamos a salir del bar. Pórtate bien y nadie resultará herido. ¿Me entiendes?

Se me secó la boca, y di un respingo al notar que algo me presionaba la zona lumbar. ¿Una pistola? El susto me sacudió el organismo, impidiéndome entender lo que estaba pasando. El hombre que tenía detrás empezó a llevarme hacia la puerta, e imaginé que para todos los que nos rodeaban debía de dar la impresión de que nos conocíamos. Bueno, aparte de la expresión horrorizada en mi cara, pero llegamos a la puerta en cuestión de segundos.

El bar se hallaba muy concurrido. Roxy, Nick y Jax estaban sirviendo bebidas, y había tanta gente que ni siquiera pude ver a Aimee ni a mis amigos cuando el hombre alargó la mano desde detrás de mí y abrió la puerta.

Nadie nos vio.

Nadie nos detuvo.

25

Secuestrada!

¡Estaba siendo secuestrada!

Esas cosas no pasaban en la vida real. Puede que en los libros y en las películas, pero no a personas de verdad.

Pero estaba pasando, a no ser que estuviera sufriendo una alucinación total. Mi corazón se iba adentrando en territorio cardiaco mientras era arrastrada por el costado del Mona's hacia el aparcamiento trasero, que limitaba con árboles y almacenes vacíos y donde probablemente iba la gente a morir.

La mano en mi brazo era fuerte, se me clavaba en la piel, aunque ya no sentía que me presionara la espalda lo que sospechaba que era una pistola. Me temblaban tanto las piernas que me sorprendió ser capaz de andar o mantenerme siquiera de pie, pero entonces vi el SUV oscuro aparcado cerca de los contenedores, con el motor en marcha.

—Joder, date prisa, Mo —retumbó una voz desde el interior oscuro del vehículo después de que la ventanilla del conductor bajara.

Madre mía, había dos hombres. Empecé a pensar que iba a acabar como Rooster.

Todas las mujeres del mundo saben que nunca hay que dejar

que un secuestrador te lleve del sitio en el que estabas inicialmente. Que el riesgo de resistirte y terminar con un agujero inesperado en tu cuerpo era mucho menor que el de dejar que te llevara a donde fuera.

Esta información, que había recibido hacía siglos, me sacó de mi estupor.

Me lancé hacia delante, y el movimiento pilló desprevenido a mi secuestrador, que se tambaleó y me sujetó con más fuerza hasta que grité. Me retorcí hacia él y vislumbré una cara desconocida. Abrí la boca para chillar más fuerte que en toda mi vida. Solté un pequeño chillido antes de que el hombre maldijera y me tirara violentamente del brazo. De repente tenía la espalda contra la parte delantera de su cuerpo y me tapaba la boca con la mano.

Olí a cigarrillos y a alguna especie de desinfectante antibacteriano para manos. El pánico me invadió al instante, pero al intentar respirar por la nariz me di cuenta de algo importante. Que tuviera una mano en mi boca y me asiera con la otra la cintura significaba que no estaba sujetando ninguna pistola ni ninguna arma blanca, a no ser que tuviera un tercer brazo.

Así que le mordí la mano hasta que noté que le abría la piel. Sentí náuseas, pero seguí mordiendo.

—¡Mierda! —explotó Mo, apartando la mano de golpe. Me soltó un segundo, que aproveché para apartarme de él y girarme y colocarme de cara. Vi que levantaba la mano, y esa fue la única advertencia.

Noté un dolor intenso en la mandíbula y la boca, y me tambaleé hacia atrás. Vi las estrellas mientras el dolor me bajaba por el cuello.

—¿Qué coño pasa? —preguntó el hombre del SUV antes de soltar una sarta de palabrotas.

—¡La muy puta me ha mordido! —gritó Mo—. Estoy sangrando, cojones.

—Eres un cagado. Por Dios. Métela en el puto coche y...

No oí el resto; tenía la tensión arterial por las nubes, lo que apagaba cualquier sonido. Me giré rápidamente y eché a correr.

Los zapatos planos que llevaba no eran los más adecuados para escapar, pero ignoré la gravilla que se me clavaba a través de las finas suelas. Corrí hacia la parte delantera del edificio y solté un grito desgarrador que adquirió un tono agudo cuando me golpearon por detrás. Caí hacia delante y mis rodillas chocaron con el suelo.

Un brazo me rodeó la cintura para levantarme, lo que no era nada bueno. Era malo. Muy malo. Mo se giró y me llevó a cuestas hacia el SUV, que tenía la puerta del conductor abierta.

Luché como una gata a la que van a sumergir en una bañera. Pataleé y moví los brazos como si fueran las aspas de un molino de viento mientras Mo forcejeaba conmigo. Lo que yo hacía le restaba velocidad. No dejé de vociferar en todo el rato.

—¿Qué diablos está pasando? —gritó una voz detrás de nosotros.

Oír esa voz me dio esperanza.

—¡Clyde! —grité, dándolo todo para lanzar todo mi peso hacia un lado empujando la acera con los pies—. ¡Clyde!

La puerta del conductor se cerró de golpe, y el hombre que me sujetaba me insultó al oído y me soltó, dejándome caer al puto suelo. No era que me quejara, pero me golpeé las rodillas y las palmas de la mano.

—Joder —jadeé, intentando controlar la respiración mientras me incorporaba y buscaba la figura pesada de Clyde, que trotaba hacia mí—. Joder.

Me temblaban las manos cuando las levanté y me aparté el pelo de la cara. Vi entonces que había más gente fuera, cerca de la esquina de la fachada del Mona's.

Cuando Clyde llegó a mi lado, el SUV salió pitando del aparcamiento, lanzando una nube de gravilla que acribilló al grupo de personas cerca de la parte delantera. Hubo gritos. Alguien le tiró algo al SUV. Se oyó el ruido de cristales rotos.

—Calla —resopló Clyde—. ¿Estás bien?

Estaba bastante segura de que estaba a unos segundos de darme un ataque en toda regla, pero aparte del dolor en la quijada y del daño que me había hecho al golpear el suelo, estaba viva.

—Estoy bien —respondí.

—¿Segura? —resolló, y ese sonido hizo que me olvidara de lo que había pasado. No era la clase correcta de sonido; era un ruido que un ser humano no tendría que hacer.

Me recosté en las pantorrillas, preparada para levantarme.

—¿Te encuentras bien, Clyde? —pregunté.

Sacudió la cabeza, y no lo tuve nada claro.

—Os he visto… salir. No he… reconocido a ese hombre. No… estaba seguro. Con todo lo que está pasando…

Entonces noté unas manos en mis hombros. Jax estaba ahí, arrodillado a mi lado. Tenía el semblante pálido, tenso como el día que casi nos atropellan.

—¿Qué cojones está pasando? La gente dice que alguien ha intentado llevársete.

—Alguien lo ha intentado. —Mis palabras sonaron raras mientras contemplaba a Clyde.

—¿Qué demonios estabas haciendo aquí fuera? —pregunto Jax, sujetándome los hombros con más fuerza.

—No he salido porque me apeteciera. Ese tío estaba dentro. Me ha amenazado con cargarse el local si montaba un pollo —conté, y volví a mirar a Clyde. Parecía algo mejor. Un poco pálido, pero ya no resollaba—. Me ha parecido que llevaba una pistola.

—Joder. Mierda —murmuró Jax. Me rodeó el cuello con una mano y me inclinó la cabeza hacia atrás. Mis ojos se encontraron finalmente con los suyos e inspiré con fuerza. Tenía la furia y la preocupación grabadas en la cara, hasta que la ira las desplazó—. Te ha pegado.

No era ninguna pregunta, y era algo innegable.

—Le mordí.

—¿Y él te pegó? Joder, nena. —Jax agachó la cabeza para ponerme los labios en la frente y después se apartó para sostenerme la mirada.

—Tenemos que llamar a la policía —gruñó Clyde.

Jax tensó la mandíbula y no apartó los ojos de mi cara. Tenían un brillo que daba algo de miedo, una rabia intensa, explosiva que asomaba cerca de la superficie.

—Sé lo que estás pensando, hijo —anunció Clyde—. Pero tienes que llamar a tu amigo Reece. Esto no es algo de lo que debas encargarte tú.

¿Qué? ¿Jax iba a intentar encargarse de aquello? Entonces caí en la cuenta. Siempre se me olvidaba que él no era como Cam y Jase. No es que ellos tuvieran nada malo, pero Jax era diferente, más rudo, y había visto cosas que Cam y Jase ni siquiera podrían comprender. No era ellos, de modo que cabía la posibilidad de que se encargara de ciertas cosas.

Me rodeó el cuello con más fuerza al ayudarme a levantarme y después tiró de mí contra su pecho. Un escalofrío me recorrió el cuerpo.

—Llamaré a Reece.

Por encima del hombro de Jax, vi que había mucha gente fuera del bar. La mitad de la clientela, al parecer, pero lo que era más importante, mis amigos. Teresa estaba boquiabierta. Jase y Cam parecían cabreados, y la pobre Avery tenía una expresión en la cara que indicaba que no tenía ni idea de lo que pasaba.

Hasta Brock estaba fuera, y por la expresión de su cara parecía dispuesto a usar algo de sus maravillosas artes marciales mixtas de ninja.

Entonces Teresa echó a correr hacia mí con los puños cerrados a sus costados.

—¿Qué diablos está pasando, Calla?

Cerré los ojos con fuerza. Era imposible ocultarles más mi pasado o mis problemas.

Cuando entré en el dormitorio de Jax, en su casa, era tarde. Ni siquiera sabía qué hacía allí arriba. No me estaba preparando para acostarme, porque la planta inferior se encontraba llena de gente, como había estado después de que el inspector Anders y su equipo llegaran al Mona's, me tomaran declaración e hicieran todo eso que empezaba a convertirse en un proceso aterradoramente familiar.

Era peor que Mo no fuera un nombre que le resultara conocido al inspector Anders. Evidentemente, aquello tenía que ver con mamá, por lo que no carecían de pistas, pero Mack permanecía escondido en alguna parte y nada, ni una sola prueba, conducía al misterioso Isaiah.

Teresa, Jase, Cam y Avery estaban abajo, junto con Brock. Mis amigos ya conocían mi drama, en parte por lo que yo les había contado y en parte por haber estado presentes cuando había llegado primero Reece y después su hermano pequeño.

Lo que me llevó al verdadero motivo por el que estaba allí arriba. No sabía por qué me encontraba en el dormitorio de Jax mientras todos los demás seguían abajo.

El castillo de naipes se había derrumbado más deprisa de lo que me había imaginado. Gracias a lo que oyeron decir a Reece y a su hermano, y a lo que tuve que contarles después, sabían que era muy probable que mi madre estuviera por ahí y que estaba envuelta en mogollón de mierdas que me habían salpicado a mí. Lo único de lo que no se había hablado fue del incendio, pero aquello era lo menos importante de mi historia llegados a ese punto.

De modo que sí, sabía por qué estaba sentada en el borde de la cama de Jax, incapaz de bajar y mirar a mis amigos a la cara. Pensaba quedarme ahí arriba, rodeada de la fragancia de Jax y de las imágenes de todas las cosas picantonas que habíamos hecho allí, en la cama, en el suelo… en el cuarto de baño.

Sí, iba a quedarme allí arriba para siempre. Parecía un plan decente, legítimo. Tal vez podría convencer a Jax para que me trajera comida dos veces al día por lo menos. En ese caso, el plan era todavía mejor.

—¿Calla?

Levanté la cabeza y la giré hacia la puerta abierta. Mi espalda se irguió. Teresa estaba en el umbral. Y no estaba sola. Avery la acompañaba.

—Jax nos ha dicho que podíamos subir —explicó Avery mientras Teresa abría más la puerta empujándola con la cadera—. O sea, que no hemos llegado aquí deambulando.

Seguro que era cosa de Jax. Era verdad que llevaba un buen rato allí arriba.

—Lo siento —dije, concentrando mi atención en los dedos de los pies—. He perdido la noción del tiempo.

—Es comprensible. Has tenido una noche de locos —dijo Avery en voz baja.

Teresa entró y se dejó caer en la cama a mi lado.

—Al parecer, has tenido una vida de locos.

Hice una mueca.

Avery dirigió a Teresa una mirada que le pasó resbalando por encima de la cabeza.

—Te estás escondiendo aquí arriba —comentó Teresa.

Torcí los labios, y ese gesto me dolió. Cuando me había mirado antes al espejo me estaba saliendo un cardenal en la mandíbula y tenía el labio inferior cortado cerca de la comisura derecha.

—¿Tan obvio es?

—Bueno… —respondió encogiéndose de hombros.

Inspiré hondo. No podría esconderme allí arriba, tenía que actuar como una adulta. Lo que era una mierda.

—Lo siento, chicas. Sé que os he mentido a todos, y realmente no tenía una buena razón para hacerlo.

Teresa ladeó la cabeza mientras Avery se quedaba junto a la cama, toqueteándose con los esbeltos dedos el brazalete que llevaba en la muñeca izquierda.

—Así que… no eres de la zona de Shepherdstown, ¿verdad?

Sacudí la cabeza, avergonzada. No me había sentido así desde que tenía seis años y había escupido un chicle en el pelo de una niña que iba a salir al escenario antes que yo. No tenía intención de lanzarlo al montón de rizos castaños, pero mamá estaba al lado del escenario y al darse cuenta de que todavía llevaba el chicle en la boca, había adoptado esa expresión de madre competidora y yo había entrado en pánico.

—He estado en Shepherd desde los dieciocho años y, para ser sincera, lo siento como mi único hogar —comenté, mirando a Teresa. Ella me observaba atentamente—. Ya sé que eso no justifica la mentira, pero es que… nunca sentí que esto fuera mi casa, por lo menos en mucho tiempo.

—Pero ¿y cuando dijiste que ibas a visitar a tu familia durante las vacaciones? —preguntó Teresa tras asentir despacio con la cabeza—. Por lo que he entendido antes, llevabas años sin venir aquí.

—No vine a casa. —Me ardían las mejillas—. Estuve todo ese tiempo en un hotel.

Teresa frunció el ceño.

—Oh, Calla… —murmuró Avery con los ojos llenos de compasión.

—Ya sé que suena estúpido. De verdad que solo lo hice porque quería irme un tiempo y esa era la única opción. Estuvo bien, la verdad. Y sé que decir que mi madre estaba muerta es terrible, y que seguramente pensáis que soy una persona horrible.

—Pues la verdad es que no. —Teresa se giró hacia mí mientras estiraba la pierna que se había lesionado primero al bailar y después, de nuevo, cuando el novio de su compañera de habitación la había empujado y había acabado para siempre con los sueños de Teresa de bailar profesionalmente para una escuela de ballet de élite—. Calla, no conozco todas las razones por las que no nos hablaste sobre tu madre ni sobre tu vida aquí, pero por lo que he oído este último par de horas, comprendo por qué no querías hacerlo.

—Lo comprendemos del todo —coincidió Avery. Sentí que se encendía una pequeña llama de esperanza en mi pecho.

Teresa me empujó cariñosamente la rodilla con la suya.

—Pero espero que sepas que sea cual sea tu pasado o lo que sea, no vamos a juzgarte. Puedes ser sincera con nosotras.

—Puedes creer lo que te decimos —añadió Avery—. Somos las últimas personas que te juzgarían.

Mis ojos se dirigieron de la una a la otra, y se miraban de una forma que no acabé de entender. Entonces Avery también se sentó a mi lado y se pasó nerviosa una mata de pelo rojo tras la oreja.

Inspiró entonces con tanta fuerza que pude oírlo; miró a Teresa una vez más y finalmente sus ojos se posaron en mí. Se me tensaron los músculos del abdomen, consciente de que lo que iba a contarme era algo importante. Lo llevaba escrito en la cara, por otro lado, pálida.

—Cuando era más joven, fui a una fiesta que un chico mayor del colegio daba en su casa. Era majo y coqueteé con él, pero las cosas se descontrolaron. Fue realmente malo.

Oh, no, por favor. Una parte de mí ya sabía adónde llevaba aquello, y alargué la mano para cubrir la suya y apretársela con cariño.

Ella apretó los labios, y supe que lo que iba a contar era duro, más duro que cualquier otra cosa que tuviera que admitir alguna vez.

—Me violó —dijo Avery en voz baja, tan baja que apenas pude oírla, pero lo hice, y noté una opresión en el pecho a modo de respuesta—. Hice lo correcto. Al principio. Se lo expliqué a mis padres y a la policía, pero sus padres y los míos eran socios del mismo club de campo y ofrecieron mucho dinero a mis padres para que yo guardara silencio. Además, había una foto mía de esa noche, antes de que pasara aquello, sentada en su regazo. Y había bebido. A mis padres les preocupaba lo que diría la gente sobre mí en lugar de sobre lo que me habían hecho, así que acepté. Cogí el dinero y eso me carcomió por dentro, Calla. Me hizo sentir como una mierda.

Las lágrimas me escocieron en los ojos cuando apartó la mano de mí y se quitó despacio el brazalete. Giró la muñeca, y yo aspiré, sobresaltada, aunque enseguida deseé no haberlo hecho. Vi la cicatriz. Sabía lo que significaba.

Avery sonrió débilmente.

—Eso no es lo peor. Como no hubo denuncia, ese chico siguió haciendo lo que me había hecho a mí.

—Dios mío —exclamé en voz baja con ganas de abrazarla—. No es culpa tuya, cielo. Tú no le obligaste a hacerte esas cosas a ti ni a nadie más.

—Lo sé. —Su sonrisa se volvió algo más firme—. Lo sé, pero tuve parte de responsabilidad en ello. Y la razón por la que te lo estoy contando es porque me pasé años sin explicar a nadie lo que me había ocurrido y, cuando conocí a Cam, me costó mucho abrirme y decirle la verdad. Casi lo perdí porque no lo hacía. —Inspiró otra vez—. ¿Qué quiero decir? Me avergüenza haber intentado quitarme la vida y haber cedido ante mis padres, pero he llegado a un punto, con terapia, en el que entiendo por qué hice esas cosas y que no me convierten en una mala persona ni hacen que no sea tan buena amiga de los demás si no me abro.

—No —susurré, conteniendo las lágrimas—. No eres una mala persona.

Teresa carraspeó antes de hablar con voz espesa. Cuando la miré, volví a ponerme tensa.

—Cuando estaba en el instituto, mi novio me pegó. Más de una vez. Muchas veces, en realidad.

Madre mía.

No me lo podía creer. Nunca me dio la impresión de que Teresa fuera alguien que permaneciera en una relación abusiva, pero en cuanto finalicé ese pensamiento, me di cuenta de que la estaba juzgando.

—Yo era joven, pero la verdad es que no es la mejor excusa para estar con un chico que me pegaba. Me inventaba historias cada vez que los cardenales eran visibles, pero un año, justo antes de Acción de Gracias, mi madre me vio y me resultó imposible seguir ocultando lo que estaba pasando. Lo peor no fue que yo estuviera en una relación abusiva, sino lo que eso le hizo a mi hermano. Se le fue la olla, Calla. Fue a casa de mi novio. Cam se enfrentó con él y… y llegaron a las manos. Cam le dio una paliza tan grande que el tío terminó en el hospital, y mi hermano, detenido.

—Menuda mierda —exclamé con los ojos como platos.

Teresa asintió con la cabeza.

—Cam se metió en un buen lío, y yo viví haciéndome preguntas mucho tiempo. ¿Y si no me hubiera quedado con él? ¿Y si se lo hubiera contado a alguien? ¿Habría acabado Cam estando a punto de perderlo todo? Porque perdió mucho. Un semestre de la universidad. Lo expulsaron del equipo de fútbol y también tuvo que superar lo que había hecho. Cargué con mucha culpa por eso. Todavía lo lamento ahora.

—Estoy segura de que Cam no te culpa —dije.

—No lo hace. —Fue Avery quien contestó—. Nunca lo hizo.

—Eso es porque mi hermano es realmente formidable —dijo Teresa con una sonrisa temblorosa en los labios.

Alargué el brazo y le apreté la mano con cariño mientras se me humedecían los ojos.

Avery se apretujó contra mi costado.

—Igual que Jase. Él también es formidable.

Solté una tenue carcajada.

—Y tenía secretos. Secretos muy grandes e importantes de los que no puedo hablar porque son cosa suya, pero yo estuve mucho tiempo sin saber nada al respecto, y cuando se sinceró entendí por qué se guardaba algunas cosas para sí mismo. —La emoción se reflejó en la bonita cara de Teresa mientras proseguía—. Lo importante de todo esto, Calla, es que todos nosotros tenemos cosas sobre las que hemos mentido, cosas que nos avergüenzan y cosas que desearíamos haberle contado a alguien mucho antes de lo que lo hemos hecho.

—Pero contárselo a alguien, confesarlo todo... —Avery sonrió de nuevo cuando la miré. Ella me apretó la mano y me di cuenta de que, a través de mí, estábamos todos conectados en ese momento—. No quiero soltar ningún tópico ni parecer tremendamente cursi, pero lo cambia todo.

—Sobre todo cuando se lo cuentas a tus amigos —añadió Teresa en voz baja.

Apreté los labios y asentí un par de veces con la cabeza, sin saber muy bien con qué estaba de acuerdo. Seguramente con todo, pero necesité medio minuto para encontrar lo que me había permitido explicárselo a Jax sin el tequila de por medio.

Les hablé de mamá, de verdad. Cómo era antes y cómo era en ese momento, y les expliqué lo que había motivado el cambio. El incendio. Les hablé de Kevin y de Tommy, y de mi padre, que había renunciado a todos nosotros. Les hablé de las cicatrices, de todas ellas, y lo hice llorando como una bebé que acaba de tirar su chupete al suelo y nadie se lo recoge. De hecho, las tres estábamos dando un gran recital de sollozos, pero hubo algo purificador en el hecho de abrirme y confiárselo todo después de que ellas me hubieran contado historias íntimas e impactantes. También había algo purificador en las lágrimas.

Cuando terminé, las tres estábamos abrazadas y por fin me

sentía como lo que Jax decía que era: valiente, porque me había costado mucho contárselo. Daba igual que Jax lo supiera, y ellas comprendían que no importaba cuántas veces lo hubieras contado a alguien: puede que fuera algo más fácil, pero seguía siendo duro.

Mientras nos abrazábamos me di cuenta de algo muy importante. Era triste haber tardado veintiún años en darme cuenta de ello, pero la familia no era solo cuestión de sangre y de ADN. La familia era mucho más que eso. Igual que pasaba con Clyde, a pesar de que Teresa o Avery no tenían ningún parentesco conmigo, eran mi familia.

Y lo que era igual de importante, incluso con los ojos hinchados y las lágrimas resbalándome por las mejillas, me sentí lo que Jax había dicho de mí, lo que había sentido cuando me había desnudado para él.

Me sentía valiente.

Teresa se separó sorbiendo ruidosamente y se secó las lágrimas de debajo de los ojos con los lados de sus dedos índices.

—Y ahora que ya hemos tratado todo esto, ¿a quién hemos de dar una patada en el culo para mantenerte lejos de los problemas de tu madre?

26

Todo el mundo se marchó de casa de Jax cuando apenas faltaba una hora para que amaneciera. Teresa y los demás planeaban visitar Filadelfia al día siguiente, pero, por más que quería pasar tiempo con ellos, no era una buena idea, y dio la impresión de que al inspector Anders le daría algo si iba de acá para allá en la ciudad.

Lo que era una auténtica mierda, porque echaba de menos a mis amigos, y en más de un momento me pregunté si mi vida sería así a partir de entonces, sin poder hacer cosas por culpa de esa amenaza que pendía sobre mi cabeza.

Tenía que haber alguna opción. No sabía cuál, pero no estaba segura de cuánto tiempo más podría seguir así sin que se me fuera la pinza.

Sin embargo, Jax había tenido una idea brillante; desayunar tarde o almorzar temprano con todos antes de que fueran a la ciudad y regresaran después a Virginia Occidental. Así que podría verlos... entre esas cuatro paredes.

Eso era mejor que nada.

Acababa de ponerme mi habitual ropa de dormir cuando por fin, horas después, estaba a solas con Jax. Él se encontraba en la puerta del dormitorio con una expresión indescifrable, la mandíbula tensa y los labios muy apretados.

Sentí un nerviosismo repentino en mi interior, mezclado con cierta inquietud. A pesar de todo lo sucedido, no se me había olvidado que tuvimos una discusión que había quedado sin resolver, pero esta no era la más importante de mis preocupaciones.

Aquella discusión corría ahora a ocupar esa posición, apartando el resto de cosas a codazos. Daba igual que lo de Aimee no fuera, ni con mucho, tan importante como todo lo demás.

La intensidad que reflejaba la imponente cara de Jax me mantuvo inmóvil mientras él avanzó acechante hasta plantarse justo delante de mí. Nuestras miradas se encontraron y tragué saliva con fuerza cuando levantó una mano. En lugar de tocarme la mejilla izquierda, algo a lo que me había ido acostumbrando poco a poco, me rozó con la punta de los dedos la parte inferior de mi mandíbula derecha y la comisura de mi labio cortado.

—¿Te duele? —preguntó.

Sacudí ligeramente la cabeza.

—No. En realidad, no.

El tono de sus ojos se oscureció al dejar caer la mano.

—No tendría que haber pasado.

Bueno, eso no iba a discutírselo.

Se pasó una mano por el pelo.

—Ni siquiera me di cuenta de que te habías ido —soltó—. Te habían puesto una pistola en la espalda y yo estaba ahí, no tan lejos, y ni siquiera me había dado cuenta. Tendría que haberlo sabido.

—Oye. Espera un segundo. Esto, nada de esto, es culpa tuya, Jax. Tú estabas ocupado en la barra, y me alegro que no vieras que estaba pasando —le dije—. Podrías haber resultado herido.

La incredulidad nubló su expresión.

—¿Que yo podría haber resultado herido? Tú resultaste herida, Calla, ese cabrón te pegó, ¿y tú estás preocupada por mí?

—Bueno, sí… y por el bar lleno de gente a la que amenazó

con disparar. —En cuanto dije esas palabras, entendí que no importaba. Si acaso, lo cabreó más. Me alejé de él para dejarme caer en la cama—. Estoy bien, Jax. En serio.

—Has tenido que morder a una persona. Has puesto la boca en la piel de un hijo de puta y lo has mordido para defenderte. ¿Cómo coño vas a estar bien?

—Dicho de ese modo, no estoy segura.

Movió la mandíbula al acercarse y arrodillarse delante de mí.

—Te prometí que nadie te haría daño.

—Jax...

—Y te lo han hecho. —Me rodeó la parte posterior de las rodillas con las manos y me las separó mientras se inclinaba hacia mí. Me estaba mirando el brazo, y mi mirada siguió la suya. Ahí también tenía un cardenal—. No me siento bien por ello. Me jode la cabeza... solo de pensar lo que podría haber ocurrido. Ya he pasado por esto antes.

Al principio no pillé lo que estaba diciendo y, cuando lo hice, sacudí la cabeza.

—Esto no es como lo de tu hermana.

Jax no dijo nada.

—Lo sabes, ¿verdad? No soy responsabilidad tuya. No de ese modo —insistí—. Y tampoco lo era Jena.

Desvió la mirada con la mandíbula apretada.

—Y aunque lo fueras...

—Calla —me advirtió.

Lo ignoré.

—Aunque hubieras estado en casa, Jax, no podrías haber hecho nada.

—Basta... déjalo.

—No. —No iba a retroceder en este asunto—. Se habría tomado una sobredosis aunque hubieras estado en su cuarto con ella. Que hubieras estado allí no habría cambiado nada. De un modo u otro, habría encontrado una forma de hacerlo.

—¿Cómo sabes eso? —preguntó, volviendo a mirarme.

—Porque yo también he pasado por ello. —Le sostuve la mirada—. No hubo nada que yo pudiera hacer para cambiar el rumbo de mi madre, y eso que lo intenté. Lo intenté un millón de veces. En el fondo sabes que habría ocurrido lo mismo con tu hermana.

Pasaron varios segundos antes de que soltara un suspiro estremecedor.

—No sé, Calla. Eso… sí, eso es difícil de aceptar.

—Lo sé. —Madre mía, ya lo creo que lo sabía, y también sabía que no había mucho que pudiera decir para acabar con la culpa que Jax pudiera sentir. Era algo que le llevaría mucho tiempo y que tendría que hacer por sí mismo.

—Creo que tienes que quedarte aquí unos días —dijo después.

—Ya me estoy quedando aquí, ¿no? —solté con el ceño fruncido.

—No quería decir eso, nena. —Me acarició las marcas de dedos que tenía encima del codo—. Mantente alejada del bar hasta… bueno, hasta que esto se acabe.

—¿Qué? —Aparté el brazo y él levantó el mentón para volver a fijar sus ojos en los míos—. No voy a esconderme en esta casa ni en ninguna parte. Y no es porque no me dé cuenta de lo que está pasando, pero es que necesito el dinero.

Me rodeó de nuevo la parte posterior de las rodillas con las manos.

—Calla… —dijo.

—De veras que necesito el dinero. Debo más de cien mil pavos, Jax. No estoy ganando mogollón de pasta, pero algo es algo. No puedo permitirme relajarme en el Programa de Reubicación de Jax.

Entrecerré los ojos.

Soltó una risita y parte, no toda, de la ira desapareció de su expresión.

—Me gusta cómo suena ese programa.

—Estoy segura de ello —repliqué con sequedad—. Solo... tengo que ser más precavida, estar más pendiente de lo que me rodea. Verás, estoy segura de que Mo no parecía demasiado inofensivo en el bar. Tengo que prestar más atención.

—Yo también —dijo con firmeza.

Iba a negarlo, pero supuse que no tenía ningún sentido. Todavía había cierta dureza en su semblante, y recordé la furia casi asesina en sus ojos cuando estábamos en el bar.

Mientras lo observaba, algo cambió en sus ojos. El color seguía siendo oscuro, pero era más cálido, más intenso. Era tarde. O temprano. Según cómo se mirara. Y había mucho de lo que teníamos que hablar, concretamente de Aimee, con una «i» dos «es», y de su «tienes que confiar en mí» como solución a que ella le metiera mano como si fuera un pedazo de carne.

Sí, realmente teníamos que hablar de eso.

Pero al verlo mirarme supe lo que estaba pensando, pude sentir lo que estaba pensando. Y después de que casi me secuestraran y de sincerarme por fin con Teresa y Avery, lo último que quería hacer a las cuatro y pico de la mañana era hablar sobre Aimee y sus manos sobonas, y sobre cómo eso hacía que quisiera transformarme en un canguro rabioso y arrancarle la cabeza de los hombros de una patada.

Tenía que hablar con él. Era muy serio, y él tenía razón, en otoño íbamos a estar a kilómetros de distancia y debía confiar en él.

Y lo hacía.

Más o menos.

Mi cerebro suspiró, literalmente suspiró.

Pero entonces soltó un suspiro de felicidad cuando las manos de Jax subieron por mis muslos hasta llegar al dobladillo de mis pantalones cortos. Sus labios esbozaron esa media sonrisa tan sensual.

Muy bien.

Podíamos hablar después.

Sin dar a mi cerebro la oportunidad de discutir que eso era mala idea y que estaba dejando de lado el poder femenino o lo que fuera a cambio de algo de acción en la cama, sujeté los costados de su camiseta y tiré hacia arriba. Sin decir nada, Jax se echó hacia atrás y levantó los brazos. En un segundo estaba descamisado y le había puesto las manos en su pecho firme y áspero, y una vez más me pregunté cómo había podido estar tanto tiempo sin saber cómo era tocar el pecho de un hombre, el pecho de Jax con los dedos.

Agaché la cabeza y Jax se acercó a mí. Nos encontramos antes de que yo hubiera recorrido la mitad de la distancia que me separaba de él. El beso fue dulce, fue prudente y tierno. El roce suave de sus labios me llegó hasta el pecho y me oprimió el corazón.

Dios mío, estaba totalmente colada por él.

Me deslizó las manos por los costados en busca de mi camiseta y me la quitó. Estaba desnuda de cintura para arriba, y el aire fresco me recorrió la piel caliente mientras Jax se levantaba y me ponía las manos en los hombros. Me besó suavemente la comisura del labio y su boca resiguió después la piel magullada de mi mandíbula mientras me tumbaba boca arriba. Noté el cosquilleo del vello de su pecho en mi pecho mientras su boca descendía por mi garganta. Como tenía las manos apoyadas en sus brazos, sentí cómo se le flexionaban los bíceps al incorporarse.

Sus labios se posaron entonces en uno de mis pezones y mi cuerpo cobró vida. Arqueé la espalda y mis labios emitieron un gemido suave.

—Eres muy sensible —me dijo contra mi pecho—. Es muy fácil ponerte caliente y a punto.

Tenía razón.

—¿Perdona? —solté.

—Solo tú te disculparías por eso —comentó con una risita. Jugueteó con el pezón endurecido con la lengua y yo le clavé las uñas en la piel. Pasó a apoyarse en un solo brazo y empezó a usar su mano en mi otro pecho, lo que me llevó a la tierra feliz de Calla, especialmente cuando noté que la tenía dura contra mi muslo.

Su mano abandonó mi pecho y se deslizó por mi estómago, y la sensación me recorrió las venas. Cuando llegó al bajo vientre, metió la mano por debajo de la cinturilla de los pantalones cortos. Grité cuando succionó con intensidad y con fuerza, como si pudiera sacarme de mi propio cuerpo.

Y tuve la impresión de que podría hacerlo.

Me mordisqueó la piel sensible y después se incorporó, apartándose para sentarse y sujetarme los pantalones cortos y las braguitas. Me los quitó y después se acabó de desnudar. Se marchó y regresó con un paquete de condones en la mano. Una vez se encargó de eso y su cuerpo volvía a estar sobre el mío otra vez, empezó desde el principio, besándome suavemente la comisura del labio, desplazándose por mi quijada magullada y por mi cuello hasta mi pecho izquierdo y, después, el derecho.

Se me escapó un gemido con la espalda arqueada.

—Jax...

—Joder —dijo con una voz ronca y grave mientras sus caderas se movían contra las mías y yo separé los muslos para aceptarlo, llena de deseo.

Cuando empezó a apartarse, supe que iba a demorarlo, a alargarlo y a volverme loca, pero no iba a permitirlo.

—Ni de coña —susurré; jadeé en realidad—. Te deseo. Ya.

—La paciencia compensa, nena —comentó con una ceja arqueada.

—A la mierda la paciencia.

Se rio entre dientes, pero su risa acabó en un gemido cuando alargué la mano entre nosotros y se la puse en la base de su polla.

—Joder, nena, hoy estás realmente impaciente.

Se la rodeé con los dedos mientras el nuevo empujón que dio con las caderas me permitió echar un vistazo a sus sexis músculos a ambos lados de ellas.

—Puede que un poco.

Una de sus manos descendió por mi cadera, por mi muslo, y cuando me levantó la cadera puse su polla justo donde yo quería. Me introdujo la punta y todo se centró en lo más profundo de mi ser. Moví la mano y le rodeé el cuello con el brazo.

Más fuerte que yo, se contuvo. Sonrió satisfecho.

—Jax —susurré.

Ahí situado, se deslizó apenas unos centímetros mientras agachaba la cabeza hasta dejarla muy cerca de la mía.

—¿Quieres esto?

—Es una pregunta tonta.

—Oh, ¿lo es? —Me acarició el pecho con un pulgar, me cogió un pezón entre sus dedos y la exquisita sensación que me provocó me hizo gritar.

—No es justo —jadeé.

—No sé muy bien qué pensar cuando dices que la pregunta es tonta. —Bajó la cabeza para dejar una ristra de besos a lo largo del hombro mientras seguía jugueteando con mi pezón hasta que tuve los pechos pesados e hinchados. Me mordisqueó la piel—. ¿Sigue siendo una pregunta tonta?

—Sí —me obligué a mí misma a decir mientras liberaba mi otra pierna. Le rodeé con ella la cadera y tiré de él con las dos piernas mientras empujaba mis caderas hacia arriba.

El aire le siseó entre los dientes al penetrarme hasta el fondo. Tenerlo totalmente dentro de mí era una sensación que jamás podría olvidar.

—Nena —gimió—, creo que tienes ganas de mí.

Las tenía.

Y él no se movía. No, señor. Tenía un dominio brutal de sí

mismo. Estaba completamente quieto, dentro de mí hasta el fondo, y yo había perdido del todo la paciencia. Balanceé las caderas y ambos gemimos a la vez.

—Dios mío, realmente quieres esto ya. —Me besó donde me latía el pulso—. Estás preparada.

—Lo estoy —dije con las mejillas ardiendo.

Jax agachó la cabeza para recorrerme el centro de los labios con la lengua hasta que los separé para él. Me besó apasionadamente, aunque sin dejar de ser consciente del corte que tenía en el labio, y después alzó la cabeza.

—¿Estás conmigo?

Recordando que me había dicho eso antes, la primera vez, asentí con la cabeza y susurré:

—Sí.

—Pues sigue conmigo —dijo tras besarme otra vez.

Antes de que pudiera cuestionarlo, se deshizo de la sujeción de mis piernas y salió de mí. Mi quejido de protesta se perdió cuando me sujetó las caderas y me puso boca abajo.

Me quedé inmóvil.

El pelo se me había resbalado por encima del hombro y tenía la espalda, la peor parte de mí, completamente expuesta. Aunque él ya la había visto, esto era diferente, muy diferente. Quise incorporarme, volver a ponerme boca arriba, pero él me cogió por las caderas y me puso de rodillas. Tenía su frente apoyada en mi espalda, y el pánico se mezcló con las mil emociones más que estaba sintiendo.

—Sigue conmigo, nena —me dijo en la nuca.

—Jax... —Perdí la capacidad de hablar cuando me penetró desde detrás.

La sensación fue diferente, más plena y más tensa. Yo estaba a cuatro patas y él estaba dentro de mí. No podía respirar. La sensación era intensa, abrumadora, profunda.

—¿Sigues conmigo? —preguntó.

Seguía con él. No me lo podía creer. Pero sí. Estaba totalmente con él.

Me acarició el hombro con una mano.

—¿Calla?

—Sí —susurré—. Estoy contigo.

—Genial —murmuró.

Y lo hizo dándome caña.

Me penetró profundamente y deprisa, reduciendo el ritmo cada dos empujones para apretujarse más contra mí. En esa posición, desde detrás de mí, no se parecía nada a las otras veces. Me invadió una oleada distinta de emociones. Hundí los dedos en el edredón mientras mis caderas se elevaban espontáneamente hacia atrás, contra él.

—Oh, Dios mío —susurré. No sabía gran cosa sobre el sexo y cada vez que lo había practicado con él me había sorprendido, pero jamás se me había ocurrido que pudiera ser así.

Su murmullo de aprobación me recorrió el cuerpo, y entonces me rodeó la cintura con un brazo y selló su cuerpo con el mío. Me puso la mano entre las piernas para presionarme el centro de mi entrepierna con el pulgar. Fue demasiado y lo fue todo. Mi cuerpo se estremeció con un placer intenso que creció tan deprisa que me aturdió, y aguanté sus embates mientras mis movimientos se volvían frenéticos para empujar a mi vez contra él.

—Nunca ha sido así —me gruñó en el cuello—. Con nadie. Solo contigo.

Me quedé sin respiración y me perdí en esas palabras, en el modo en que su cuerpo se movía detrás del mío, con un frenesí rápido y hermoso, y pronto la habitación se llenó de los sonidos de nuestros cuerpos al chocar y de nuestros jadeos y gemidos. El ritmo entre nosotros había desaparecido, lo mismo que su control férreo, y la tensión fue en aumento. Noté que Jax estaba cerca del clímax por la forma en que se sacudía y se movía dentro de mí.

—Nunca así —me gruñó al oído.

Alcancé el éxtasis. Mi cuerpo se aferró a él con los brazos, con las piernas, con todo mi ser, mientras echaba la cabeza hacia atrás y gritaba. La presión de mi interior explotó y me zarandeó el cuerpo mientras él gruñía con cada empuje portentoso. Mis brazos cedieron. Golpeé la cama con la mejilla y él me siguió. Su peso era abrumador, y siguió haciéndome suya rodeándome una pierna con un brazo para levantármela y poder empujar contra mi ser.

La sensación, el ruido que Jax, que nuestros cuerpos hacían, me puso de nuevo a tope, y esta vez grité su nombre y él empujó con más ímpetu que antes hasta que emitió un gruñido fuerte y sensual en mi oído al correrse.

Solo entonces redujo el ritmo, de modo que su cuerpo parecía deslizarse por su cuenta mientras se producía su clímax y las réplicas del mío me siguieron sorprendiendo con cada sublime sacudida.

No sé cuánto tiempo pasé moviéndome aún con él en mi interior antes de que retrocediera, se separara de mí y se marchara para deshacerse del condón. No me moví. Era incapaz de hacerlo. Tenía los músculos aletargados. Estaba donde me había dejado cuando regresó a la cama y no lo ayudé en absoluto cuando me tapó con la sábana ni cuando me puso de costado y me apretujó contra su cuerpo.

—¿Estás bien? —preguntó.

—Ajá —murmuré adormilada.

—¿Te he hecho daño? —quiso saber tras una pausa.

—No. Ha sido maravilloso.

Me besó la parte posterior del hombro.

—Te ha gustado —soltó.

No era una pregunta, no del modo en que lo dijo, pero murmuré otra vez:

—Ajá.

La risa entre dientes de Jax me rozó la nuca mientras él tiraba de mí hacia atrás contra su cuerpo hasta que no quedó el menor espacio entre nosotros.

—¿Sigues conmigo?

—Sigo contigo.

27

Despatarrada en la cama boca abajo, con un brazo metido bajo la almohada en la que descansaba la mejilla y el otro doblado a mi lado, me desperté despacio sintiendo una caricia muy suave que me recorría la cadera y la curva de mi trasero.

Me moví, inquieta, abrí los ojos parpadeando, y me cegó al instante la brillante luz que se colaba en el dormitorio. Cerré los ojos con un gemido y traté de acurrucarme. No parecía tener los huesos unidos a ningún músculo, lo que de algún modo era una sensación agradable. Lo mismo que la insinuación de una presión que describía dibujos ociosos en mi piel.

Nunca había dormido boca abajo antes y la verdad era que ni siquiera recordaba haberme quedado dormida. Supuse que fue en algún momento después de que Jax me hubiera rodeado con los brazos y mi siguiente respiración.

Mi cuerpo seguía como si me hubieran dado una paliza en el mejor sentido posible. Tanto que...

Entonces abrí los ojos de golpe.

Cuando se adaptaron a la luz, lo único que vi fueron las puertas del armario de Jax y me imaginé que él era el responsable de lo que parecía el trazado de un ocho en mi nalga derecha, a no ser que algún artista se hubiera metido en la cama conmigo.

Tenía la espalda desnuda.

Joder, las sábanas estaban revueltas alrededor de la parte superior de mis muslos, y estaba segura de que Jax podía ver el revoltijo de mi piel, igual que la última vez, cuando me había dado la vuelta y me había tomado desde detrás. Tener la espalda a la vista la noche anterior no me había… parecido del todo mal porque dudaba que Jax estuviera prestando atención.

Me puse tensa y solté el aire, temblorosa, preparándome para rodar sobre mí misma, lo que le permitiría verme las tetas. Y, aunque ya no me acomplejaba tanto mostrarle la parte delantera de mi cuerpo como la trasera, estaba segura de que las sábanas arrugadas me habrían dejado una marca en la piel, lo que, encima de todo lo demás, no sería nada sexy. O sea, que estaba bastante segura de que, en aquel momento, yo era lo contrario a una persona sexy.

—No.

Fijé la vista en el armario, planteándome fingir que seguía dormida, pero lo descarté porque era una idea tonta, así que decidí hacerme yo la tonta.

—No, ¿qué?

La mano de Jax me rodeó la cadera desnuda.

—No te escondas. Sé que te estás preparando para darte la vuelta. No lo hagas.

Cerré los ojos y me obligué a mí misma a quedarme quieta. Pasados unos segundos, volvió a dibujarme caras sonrientes en el culo, o lo que fuera que estaba haciendo. Era como si me estuviera perforando la piel descolorida y áspera con la mirada, como si estuviera quitando las capas con su visión de rayos X.

—Tienes un culo precioso.

Oh.

—Hablo en serio. Tu culo es precioso de verdad, nena —prosiguió, y yo alcé las pestañas a la vez que fruncía el ceño—. Eres una de esas mujeres que han nacido con un culo bonito. Ninguna cantidad de ejercicio permite conseguir un culo así.

—Tienes razón —dije pasados unos segundos—. Creo que han sido los Big Macs y los tacos los que me han permitido conseguir este culo.

La carcajada grave de Jax me hizo esbozar una sonrisa antes de notar que pasaba una pierna sobre la mía y que su pene caliente y duro presionaba el susodicho culo precioso—. Pues no dejes nunca de comer Big Macs y tacos.

Me mojé al instante. Del todo. No sé si era la sensación de tenerlo tan cerca de mi parte más delicada o el hecho de que acababa de decirme que no dejara nunca de comer Big Macs y tacos. En cualquier caso, estaba preparada.

—Eso puedo hacerlo —comenté con voz gutural—. Comer Big Macs y tacos.

Me plantó un beso en el hombro mientras me separaba los muslos con la rodilla y deslizaba su mano entre su cuerpo y el mío.

—Tendríamos que levantarnos pronto.

Puede que gruñera algo ante esa negativa.

Su risita me acarició el hombro.

—Son casi las diez. No tengo ni idea de cuándo van a venir tus amigos.

—Tenemos tiempo —le dije, aunque no tenía ni idea de si lo teníamos o no.

La mano de Jax avanzó entre mis piernas, y meneé las caderas cuando sus dedos se abrieron paso entre la humedad.

—Joder, cariño, eres insaciable. Me encanta. Eres un amor.

Mi corazón hizo una pequeña danza de la felicidad al oírle usar la palabra «amor», aunque seguramente no significara nada.

Su mano desapareció y esperé que se separara de mí para coger un condón, pero no se movió, y pasados unos segundos empecé a sentir que dibujaba otra vez líneas en mi piel. Me apoyé en los codos y me volví para mirarlo.

Dios mío, solo él podía tener un aspecto tan rematada y ridículamente sexy después de dormir apenas unas horas, con los pelos de punta y una barba incipiente en la cara. Por un instante me quedé ensimismada mirándolo, hasta que me di cuenta de que me estaba contemplando la espalda. En serio. Se me tensaron los hombros hasta que, pasado lo que me pareció toda una vida, su mirada se encontró con la mía.

Y dije lo que necesitaba decir.

—Esto no me gusta.

—¿Por qué, nena? —soltó, muy serio.

Por la forma en que lo había dicho, supe que la pregunta era sincera, y por alguna razón, eso hizo que se me formara ese maldito nudo en la garganta. Extendí los brazos y volví a apoyar la mejilla en la almohada.

—Es fea —susurré.

—¿Sabes qué veo cuando te miro la espalda? —preguntó tras apartarme unos cuantos mechones de pelo de ella.

—¿Que se parece a los montes Apalaches en un mapa? —bromeé, pero fracasé estrepitosamente al intentar hacer gracia.

—No, cariño. —Inspiró hondo—. Voy a ser sincero, ¿vale? No voy a quedarme aquí sentado y a decirte que lo que estoy viendo ahora mismo es fácil de mirar.

Madre mía. Se me cayó el alma a los pies y pensé que iba a vomitar.

—Pero no es por los motivos que crees —prosiguió, y entonces lo sentí. Había puesto una mano sobre la peor parte de mi espalda. Todo mi cuerpo quiso retorcerse por instinto, pero no pude hacerlo, porque él estaba prácticamente encima de mí—. Cuando te veo la espalda, en lo que pienso es en el dolor que tuviste que soportar. No sé qué se sentirá, pero a mí la metralla me desgarró la piel, y estoy seguro de que eso fue algo ínfimo comparado con lo que tú sentiste. Cuando la bomba explotó en el desierto, vi a soldados, amigos míos, ardiendo en llamas.

Cerré los ojos, aunque sus palabras me hicieron revivir imágenes que no quería, pero que tenía que ver.

—Sé que ninguna cantidad de analgésicos puede aliviar esta clase de quemaduras, y tú sobreviviste a eso. Eso es lo que pienso cuando las veo. Y también pensó en cómo estas putas cicatrices han determinado tu vida. Cómo te han hundido a pesar de que sigues siendo una de las chicas más hermosas que he visto nunca, y estas cicatrices no afectan a eso en absoluto. No son nada comparadas con tu sonrisa, tus bonitos ojos azules o tu precioso culo.

Oh, Dios mío.

No había terminado.

—¿Sabes qué más veo? —prosiguió—. Un recordatorio físico de lo fuerte que eres, Calla, de lo puñeteramente fuerte que eres. Esto es lo que veo cuando te miro la espalda. Un mapa de lo valiente que eres, de tu fortaleza y tu coraje.

Oh, Dios mío.

Se me humedecieron los ojos. Se me había vuelto a hacer ese nudo de emoción en la garganta y mis lágrimas estaban a punto de desbordarse e inundar la tierra.

—Y esta mierda no es fea. —Su voz se había convertido en un susurro.

Me apoyé en los codos y me volví para mirarlo. Vi su cara borrosa.

—Jax…

—Esta mierda es hermosa a su manera, pero, aun así, es puñeteramente hermosa.

Se me escaparon algunas lágrimas y supe que iba a echarme a llorar, porque era lo más perfecto que había oído nunca. Lo único que pude decir fue penoso:

—Gracias.

Esbozó su media sonrisa.

Quería decir más cosas e iba a llorar más, así que fue una suerte que le sonara el móvil, porque estaba a unos segundos de decirle que lo quería y que quería ser la madre de sus hijos. No ser la madre de sus hijos enseguida, sino más adelante. Imaginé que era demasiado pronto decir algo así, pero, Dios mío, lo amaba.

Jax pasó de su teléfono mientras me ponía boca arriba.

—Creo que lo comprendes. —Apoyó un brazo en la almohada para secarme las lágrimas con su otra mano—. Por fin.

Había un punto de comprensión pequeño y frágil, pero que ahí estaba, arraigado en mi estómago como una semillita que acababa de germinar. Necesitaba amor y cuidados, pero yo estaba empezando a comprenderlo.

—Sí —sonreí. Entonces agachó la cabeza y me besó la mejilla izquierda justo cuando empezó a sonarle el móvil otra vez. Se retiró y dirigió una mirada iracunda a la mesita de noche.

—Tendrías que cogerlo —comenté con voz pastosa.

Jax no parecía querer hacerlo, pero se separó de mí con una palabrota y cogió el móvil.

—¿Qué? —dijo al contestar la llamada.

Yo acababa de recostarme de nuevo en la almohada, dispuesta a rememorar de un modo algo obsesivo todo lo que me había dicho, cuando de repente Jax se incorporó.

—¿Qué?

El tono de su voz me provocó una gran inquietud y reaccioné. Me senté, cogí las sábanas y me tapé con ellas hasta el pecho.

—Sí, soy Jackson James. ¿Qué ha pasado? —Tras un breve silencio se puso de pie, de modo que le veía el firme trasero. Se volvió para mirarme con la mandíbula apretada—. Sí. Gracias. Sí.

—¿Qué pasa? —pregunté en cuanto colgó.

—Tienes que levantarte y vestirte, cariño —dijo mientras recogía sus vaqueros y sus calzoncillos del suelo.

Como el tono de su voz no dejaba margen a la discusión, supe que pasaba algo e hice lo que me pedía. Aparté las sábanas y me levanté. Jax ya llevaba puestos los vaqueros cuando se plantó delante de mí.

Me quedé sin respiración al ver la expresión de sus ojos. Oh, no. Se me aceleró el corazón.

—Es mamá, ¿verdad? Han encontrado su ca...

—No, cariño, no es tu madre. —Me cubrió las mejillas con las manos y fijó sus ojos en los míos—. Es Clyde. Y es grave. Ha sufrido un infarto.

Una de las razones por las que quería ser enfermera era que odiaba los hospitales. Eran un pozo de desagradables recuerdos de pesar, dolor y desesperación. En cierto sentido, hacerme enfermera era una forma de superar ese odio y ese miedo. Pero por razones más obvias aún, no estaba pensando en mi futura carrera profesional y los odiaba entonces más de lo que había hecho en mucho tiempo porque estaba a punto de tener otro recuerdo horroroso vinculado a un hospital.

Estábamos en la sala de espera de la unidad de cuidados intensivos, donde llevábamos media hora por lo menos. Al entrar nos dijeron que el médico de Clyde vendría a informarnos pronto, pero no habíamos visto a nadie.

Eso no podía ser bueno.

No había nadie en la sala aparte de Jax y de mí, y estaba agradecida por ello, porque apenas podía mantener la compostura. Cuando Teresa había llamado para decir que estaban a cinco minutos de la casa de Jax, me había olvidado por completo de ellos. En cuanto le expliqué lo que ocurría, me dijo que vendrían al Montgomery Hospital, pero yo les pedí que no lo hicieran y me comprometí a mantenerlos al corriente. Para empezar, quería que disfrutaran de su día en Filadelfia y, en segundo lugar, si estuvieran conmigo, me derrumbaría.

Iba a derrumbarme de todos modos.

Caminaba de un lado para otro por la sala blanca con sillas y sofás de color marrón. Solo sabía que era un infarto grave. Clyde estaba en el quirófano. Eso era todo.

—Creo que tendrías que sentarte, cariño —sugirió Jax.

—No puedo. —Pasé ante la hilera de sillas. Jax se inclinó hacia delante y apoyó los brazos en sus muslos.

—Tranquilízate, estas cosas suelen llevar mucho rato, ¿no?

Asentí distraídamente con la cabeza, crucé los brazos sobre mi pecho y seguí andando.

—Sabía que le pasaba algo, especialmente ayer por la noche. Se ha estado llevando mucho la mano al pecho y tenía la cara muy colorada o de lo más pálida. Y sudaba…

—No lo sabías, Calla. Ninguno lo sabíamos. No puedes culparte de esto.

Tenía razón, pero había visto el aspecto que tenía Clyde la noche anterior cuando apareció y ahuyentó al secuestrador. Sacudí la cabeza mientras la ira me acechaba como una sombra en la noche más oscura.

—Maldita sea mamá —solté furiosa.

Jax se enderezó.

Lo miré un instante antes de desviar la mirada.

—Sé que debe de tener mucho estrés por el bar y porque ella se ha ido. ¡Tú también tienes mucho estrés, coño! Has estado llevando el bar por ella y ¿a cambio de qué? ¿El salario mínimo y las propinas?

Sus rasgos adoptaron una expresión extraña mientras se pasaba la mano por la barba incipiente de la mandíbula.

—Ayer por la noche casi me secuestran por su culpa, y Clyde estaba ahí. No le va bien esta clase de estrés. ¿Ves lo que le ha hecho? —Me detuve, descrucé los brazos y cerré los puños. La ira me envenenó la sangre al decir—: La odio.

—Nena… —comentó Jax parpadeando.

—Sé que no tendría que hacerlo, pero no puedo evitarlo —añadí sin respiración—. Mira lo que ha hecho a todo el mundo. Y ¿para qué? Sé que su vida ha sido dura, ¡porque yo lo viví! ¡Estaba allí con ella, Jax! Yo también lo viví, pero…

—Probablemente no estaríamos donde estamos hoy. Lo sabes, ¿verdad? —dijo en voz baja—. Ella nos ha dado esto.

«Ella nos ha dado esto».

Cerré la boca con los hombros tensos. Lo miré a los ojos y después desvié la mirada. El pecho me ardía de tanto como me dolía. Entonces ese sentimiento venenoso se desvaneció con la misma rapidez con la que me había entrado en la sangre.

—Sí, ella nos ha dado esto —susurré.

—No la odias.

Cerré los ojos para contener las lágrimas de frustración.

—Lo sé —dije.

Lo cierto es que a veces quería odiarla, porque entonces me daría igual lo que le pasara y lo que hubiera hecho con su vida. No me preocuparía lo que las drogas le estaban haciendo. No me preocuparía si tenía un techo sobre su cabeza o ropa limpia que ponerse. No me preocuparía y, maldita sea, preocuparse dolía.

Cuando esa emoción que había estado allí mucho antes que entonces, que esa semana o incluso que ese año empezó a crecer en mi interior, retomé el camino de nuevo de un lado para otro para eliminarla. Me concentré en otra cosa.

—¿Por qué te han llamado a ti?

—Soy su contacto de emergencia, supongo.

Lo que significaba que yo no lo era. No era el contacto de un hombre que prácticamente había ayudado a criarme. Era estúpido sentirme culpable por no ser el contacto de emergencia de Clyde, pero sabía que si hubiera estado más allí, habrían podido ponerse en contacto conmigo. Me aterraba saber que aquello podía haber pasado sin que nadie me avisara.

Entonces tuve una revelación que me impactó con la fuerza de un obús.

La había estado gestionando mal. Mi vida. Del todo mal, porque habían sido mis elecciones las que prácticamente habían puesto fin a mi relación con un hombre que había sido el único

modelo bueno en toda mi puta vida. Podía haberme manteni-
do en contacto. Podía haber venido de visita. Joder. Tal vez, si lo
hubiera hecho, a mamá le habría costado más dejarme sin blanca. Vete tú a saber. Pero había salido pitando a la primera oportunidad que tuve. Sabía que Clyde no me culpaba por ello, pero
aun así… Me dije a mí misma que detestaba el bar, pero mis recuerdos más felices habían sido en él. Me mentía a mí misma.
Un montón.

Puede que llevara un mapa de mi coraje, valentía y fortaleza
en la espalda, pero estaba segurísima de que no me había portado de esa forma desde hacía mucho tiempo. No desde que mamá
me birló el dinero y conocí a Jax.

Me flaquearon las rodillas, y no tengo ni idea de cómo no acabé con el culo en el suelo.

Madre mía.

—Se va a poner bien, cariño —me aseguró Jax.

—Si no hubiera regresado este verano y él hubiera tenido un
infarto, yo no me habría enterado. —Me detuve delante de él—.
Jax, nunca lo habría sabido, ¿y si se muere? ¿Y si esta hubiera
sido mi última oportunidad para verlo?

Con el semblante tenso, me pasó un brazo por la cintura y me
sentó en su regazo. Me cubrió la mejilla con su otra mano.

—Si algo le hubiera pasado a Clyde, yo me habría puesto en
contacto contigo, cariño.

Se me volvieron a llenar los ojos de lágrimas.

—Pero ¿cómo? No me conocías ni sabías cómo encontrarme. Habías oído hablar de mí, que es distinto.

Esa expresión asomó de nuevo a su cara, pero deslizó la mano
hacia mi nuca y me acercó la mejilla a su pecho.

—Te habría encontrado, cariño, pero ahora estás aquí y eso
es lo único que importa.

Me acurruqué contra él, lo rodeé con los brazos sin estrechar-
lo demasiado e hice algo que no había hecho en años. Recé; recé

con todas mis fuerzas para que Clyde se pusiera bien. Me sentí un poco una farsante por rezar, pero lo hice.

Me quedé así hasta que la puerta se abrió y me separé, esperando ver al médico, pero quien entró fue Reece, vestido de uniforme. Estaba de servicio. Me puse tensa. Él debió de ver la expresión de mi cara, porque me tranquilizó de inmediato.

—Me he enterado de lo de Clyde. Solo he venido a ver cómo está.

—Está en quirófano —le expliqué—. No sé nada más.

—Conozco a Clyde desde hace un par de años —comentó Reece después de sentarse a nuestro lado—. Es un hombre fuerte. Saldrá de esta.

Inspiré con dificultad y Jax me pasó la mano por la columna vertebral.

—Gracias.

Reece no lo dijo, pero se sentó como si planeara quedarse un rato, lo que me hizo sentir reconfortada y confusa. Cuando la puerta volvió a abrirse al cabo de unos diez minutos vi entrar a Teresa seguida de mis amigos, y me sentí abrumada.

Observé cómo se acercaban hasta donde estábamos sentados.

—¿Qué estáis haciendo aquí?

—Teníamos que venir —respondió Teresa, y se sentó delante de nosotros. Alargó la mano y me apretó el brazo con cariño—. Queríamos asegurarnos de que estabas bien.

Cam y Avery adoptaron nuestra misma postura enfrente de nosotros, con ella en su regazo recostando la cabeza en el pecho de él.

—Ninguno de nosotros se sentía bien.

—Queríamos estar aquí contigo —intervino Jase, que se sentó en el asiento al lado de Teresa.

Abrí la boca, lloriqueé una especie de «gracias» y giré la cabeza para hundir la cara en el cuello de Jax. Él me sujetó con más fuerza y me dije a mí misma que no tenía que llorar, porque era tonto, pero como en aquel momento estaba superemocionada, me quedé así hasta que me noté los ojos un poco secos y pude darles de nuevo las gracias. Me tranquilicé y conseguí mantener y seguir la conversación que tenía lugar a mi alrededor.

A lo largo del siguiente par de horas, Roxy y Nick aparecieron a horas diferentes y se quedaron hasta que tuvieron que regresar al bar. Roxy había evitado a Reece, pero cuando ella se fue, él se había levantado misteriosamente y se había marchado también. Eso me dio que pensar. Todo el mundo que trabajaba en el bar se presentó en algún momento. Me reconfortó en el alma comprobar que tanta gente se preocupaba por Clyde.

—También se preocupan por ti —me susurró Jax cuando se lo comenté en voz baja.

Y tenía razón. Como de costumbre. Estaba empezando a resultar algo engorroso.

La puerta se abrió poco después. Me dio un vuelco el estómago al comprobar que era la doctora. Empecé a zafarme para levantarme, pero Jax me sujetó con más fuerza y lo único que pude hacer fue girarme hacia ella.

—¿Cómo está? —pregunté con el corazón martilleándome a toda velocidad.

Con la indumentaria sanitaria azul y pinta de estar exhausta, la mujer mayor se pasó una mano pequeña y delicada por el cabello canoso.

—¿Es familiar suyo?

—Sí —contesté al instante. Aunque no fuera de mi sangre, Clyde era de mi familia.

—¿Todos ustedes son familiares suyos? —preguntó, recorriendo la sala de espera con sus ojos castaños.

—Sí, todos somos familiares suyos —respondió entonces Jax antes de ponerme la mano en el abdomen—. ¿Cómo está?

Se dirigió hacia una silla vacía en diagonal a nosotros y juntó las manos entre las rodillas.

—Ha superado la cirugía —anunció.

—Oh, gracias a Dios —susurré, recostándome de nuevo en Jax.

—Todavía no está fuera de peligro —siguió explicando, y supe, por mi formación, que lo siguiente que dijo era serio—: Ha sufrido un infarto grave debido a varias obstrucciones. Le hemos colocado stents, porque normalmente...

La recuperación solía ser más rápida con stents que con un baipás. A medida que la médica proseguía, dos partes de mi cerebro funcionaban independientemente una de otra: el lado clínico y el personal. Pero la cuestión era que Clyde había superado la cirugía y, aunque se trataba de una intervención importante y sabía que las cosas podían ir horriblemente mal a partir de este punto, que hubiera salido bien de quirófano era muchísimo. Tenía ganas de llorar de alivio.

—Ahora está dormido y es probable que lo esté el resto del día. Necesita descansar. —La médica se levantó con una leve sonrisa—. Si todo va bien y se encuentra con fuerzas, mañana podrá visitarlo uno de ustedes.

Me puse de pie y esta vez Jax no me lo impidió.

—Gracias. Muchísimas gracias.

—Deberían irse a casa a descansar un poco —dijo sin dejar de esbozar ese leve sonrisa—. Si hay algún cambio entre ahora y mañana, les informaremos, ¿de acuerdo?

Cuando la médica se marchó, me volví y Teresa estaba ahí. Me rodeó con los brazos y yo le devolví el abrazo.

—Son buenas noticias —comentó—. Realmente buenas.

—Lo sé —dije asintiendo con la cabeza mientras contenía las lágrimas—. Clyde es fuerte. Saldrá de esta. —Me separé de ella despacio, sorbiendo con la nariz, y le sonreí. Jax estaba de pie a mi lado y me cogió de la mano, entrelazando sus dedos con los míos. Me dio un apretón cariñoso—. Gracias —dije otra vez, embargada de emoción al volverme hacia mis amigos—. Gracias.

Avery me sonrió y bajé los ojos hacia su cintura por alguna razón. No sé por qué, pero vi que seguían siendo la pareja más adorable del mundo; la mano más menuda de Avery estaba en la de Cam, con las palmas en contacto y los dedos de él alrededor de los de ella.

Igual que Jax sujetaba la mía.

28

Clyde no se encontró lo bastante bien como para recibir una breve visita hasta el lunes por la tarde. Jax tuvo que quedarse en la sala de espera mientras una joven enfermera me acompañaba a su habitación.

Verlo acostado en aquella cama estrecha, con su cuerpo antes grande y corpulento convertido en un envoltorio frágil y cubierto de tubos y cables, me conmocionó.

Me temblaron las piernas cuando parpadeó despacio, y tuve que tragarme la emoción que me oprimía la garganta. Me senté en la pequeña silla que había al lado de su cama. Alargué la mano y puse mis dedos sobre los suyos.

—Hola.

Sus labios esbozaron una sonrisa débil, cansada. Estaba terriblemente pálido.

—Chiquitina…

Me quedé sin respiración.

—¿Cómo te encuentras? —pregunté.

—Preparado para… correr una maratón.

Solté una carcajada temblorosa. Pasamos unos segundos mirándonos, y tuve que volver a tragar saliva con fuerza.

—Tienes que ponerte bien.

—Estoy en ello. —Su débil sonrisa titubeó.

—Tienes que ponerte bien para que, cuando empiece la facultad y venga a casa los fines de semana, puedas prepararme tacos —le dije—. ¿Vale?

—¿A casa? —murmuró con las cejas arqueadas unos milímetros.

Asentí, preocupada por si el infarto le había afectado algo más que el corazón.

—Sí, cuando venga a casa quiero que tú… —Se me apagó la voz al entenderlo.

A casa.

Había llamado casa a aquel lugar.

Hacía años que no lo llamaba casa, porque no había sentido que lo fuera desde que mamá empezó a ir cuesta abajo y papá se largó. Abrí la boca sin pronunciar palabra, no sabía qué decir. Lo más extraño era que no quería corregir lo que había dicho, porque aquel lugar… aquel lugar volvía a ser mi casa.

Vaya.

No tenía ni idea de qué hacer al respecto.

Clyde esbozó una sonrisa exhausta que le dejó al descubierto los dientes y que se desvaneció enseguida.

—Chiquitina, jamás… pensé que volvería a… oír eso.

—Yo… yo jamás pensé que volvería a decir eso. —Caray. Se me llenaron los ojos de lágrimas y me pregunté si sería este el verano en que empezara a tomar Prozac. —Pero es…

—Es verdad. —Inspiró hondo e hizo una mueca—. Eso es bueno, chiquitina. Es… realmente bueno.

Le apreté los dedos con cariño y me incliné hacia él.

—Lo es —susurré.

Y no mentía. Realmente lo era. Se me aceleró el corazón en el pecho cuando me sequé la mejilla con el dorso de mi otra mano.

—¿Lo notas? —preguntó Clyde en voz baja.

—¿Qué? —Mi voz era ronca.

—Que te estás quitando un poco ese peso… de encima. ¿Lo notas?

—Sí, tío Clyde, lo noto —respondí con labios temblorosos mientras asentía con la cabeza.

Inspiró hondo otra vez y le costó un mundo girar la mano. Me devolvió el apretujón de los dedos con la presión de un niño pequeño, y eso fue duro de ver.

—Tu madre… ella te quería, chiquitina. Todavía te quiere. Lo… sabes, ¿verdad?

Asentí con la cabeza con los labios apretados. Lo sabía. A pesar de las cosas terribles que hacía, sabía que me seguía queriendo. Era solo que necesitaba un subidón más de lo que necesitaba mi amor o me necesitaba a mí. Esa era la triste realidad de una drogadicta.

Me soltó y cerró los ojos. Me quedé sentada con él un par de minutos más.

—Tienes que descansar. Volveré más tarde.

Asintió despacio con la cabeza, pero cuando estaba a punto de marcharme abrió los ojos y rodeó mi mano con la suya.

—A ese chico… le importas desde… —Se le apagó la voz y yo me quedé inmóvil, medio sentada y medio de pie. Entonces habló otra vez—: Es un buen chico, chiquitina. Jackson ha sido siempre perfecto para ti.

—¿Ha sido siempre? —pregunté.

Pero no obtuve respuesta. El tío Clyde estaba fuera de combate. Sus palabras me dejaron desconcertada. Por el modo en que había hablado era como si Jax llevara mucho tiempo en mi vida y no era así. Aunque, claro, Clyde estaba bajo los efectos de unos analgésicos muy fuertes. Me quedé unos instantes más contemplando cómo su pecho ascendía y descendía, asegurándome de que estaba vivo e iba a ponerse bien. Le di un beso en la mejilla y salí de la habitación.

Recorrí el pasillo, pasé por el control de enfermería y me dirigí hacia la sala de espera.

El inspector Anders me esperaba apoyado en la pared. No pude evitar ponerme tensa al verlo.

—Hola —dijo, y reduje el paso. Eché un vistazo a las ventanas de la sala de espera. Estaba vacía.

—Jax ha ido al piso de abajo a comprar una bebida de una de las máquinas expendedoras —explicó el inspector Anders—. Volverá enseguida. Le dije que yo la esperaría. La llamé al móvil y, como no contestó, llamé a Jax.

—Oh. —Crucé los brazos y levanté los ojos hacia él, feliz de no estar pensando en lo atractivo que era como la última vez. Mierda. Ahora lo estaba pensando. El traje le quedaba de lujo. Desvié la mirada con ganas de darme a mí misma un puntapié en los dientes—. Me dejé el móvil en la camioneta.

—¿Cómo está Clyde? —preguntó.

Inspiré hondo y volví a concentrarme.

—Ha estado despierto un ratito y he podido hablar con él. —No soportaba lo que dije a continuación—: Pero está muy débil, y sé que tiene mucho dolor, pero bueno… saldrá de esta.

—Es un hombre fuerte. Yo también creo que saldrá de esta.

Asentí y crucé los brazos para protegerme del frío del hospital.

—Inspector Anders…

—Llámame Colton.

¿Colton? ¿Se llamaba Colton? Había pasado toda mi vida sin conocer a nadie que se llamara así. Me pareció que le quedaba bien ese nombre fuerte y sexy.

—Muy bien, Colton. ¿Querías saber cómo estaba Clyde o…?

—En parte, y también quería ver cómo estabas tú e informarte de que seguimos trabajando en este caso.

—¿No hay malas noticias, entonces?

—No, Calla —respondió con una expresión de compasión en

la cara—. De hecho, no hay noticias, ni buenas ni malas. No hemos podido localizar en nuestros archivos policiales a nadie que encaje con la descripción que nos diste, y Mack sigue manteniendo un perfil bajo, pero eso es bueno. Me refiero a la última parte.

—¿Y eso? —Fruncí el ceño.

Echó un vistazo a su alrededor y señaló la sala de espera con la barbilla.

—Entremos ahí.

Vaya por Dios.

Crucé la puerta que él me sujetaba abierta y me senté en la primera silla. Él se sentó delante de mí y se desabrochó la chaqueta del traje.

—Hemos estado haciendo muchas visitas a Isaiah. No tenemos nada que lo inculpe, lo que no es ninguna sorpresa, y aunque tiene las manos limpias, sabemos que las tiene metidas en toda esta mierda, ¿me sigues?

El misterioso Isaiah atacaba de nuevo.

—Sí.

—No le gustan las cagadas ni los cabos sueltos. Ahora mismo, Mack representa ambas cosas y está haciendo que la policía se le eche encima. Además, Isaiah no debe de estar demasiado contento con la desaparición de la droga —explicó con los ojos puestos en mí—. Mack se ha buscado con creces lo que pueda hacerle Isaiah. Está en la misma situación que…

—¿Que mi madre?

—Sí —contestó sin dejar de mirarme a los ojos—. Detesto decírtelo, pero sí.

Suspiré y me pasé las manos por los vaqueros. Eso no podía discutírselo. En absoluto.

—Si sabes algo de tu madre, tienes que decírnoslo —prosiguió—. Sé que será difícil, pero corre peligro. Nosotros somos, literalmente, el menor de sus males. ¿Entiendes lo que te digo?

No estaba segura de si podría hacer eso, entregar a mi madre a la policía, así que desvíe la mirada. Sabía que sería lo correcto si mamá volviera de repente, pero a pesar de que quería decir que podría hacerlo, no sabía qué haría si se diera el caso.

El inspector Anders se puso de pie, y supuse que la conversación había terminado. Se detuvo en la puerta, con la cabeza ladeada.

—Te está pasando algo bueno aquí, ¿verdad?

Aunque me pareció extraño que dijera eso, me limité a asentir con la cabeza.

—Pues tómate en serio lo que te he dicho sobre tu madre, Calla. Sé que es de tu sangre. Sé que la quieres. Y sé que estas cosas son difíciles, pero no dejes que te arrebate lo bueno que te está pasando.

No pude quitarme de la cabeza las palabras del inspector Anders durante toda la tarde y parte de la noche. Traté de no pensar en ello cuando Jax y yo fuimos a tomar una cena tardía en un pequeño restaurante del pueblo ni cuando pasamos la velada relajándonos en su salón. Todo aquello era mucho con lo que lidiar, y resultaba agotador, tanto mental como emocionalmente.

Eran casi las ocho de la noche, y acababa de darme un atracón de Twizzlers. Al volver de tirar el paquete a la basura me pasé una mano por el pelo, aunque era probable que siguiera lleván-dolo alborotado, y pasé ante el sofá.

Desde donde estaba sentado, Jax se inclinó hacia delante y me puso las manos en las caderas para sentarme a su lado.

—Creo que voy a pasar de la despedida de soltero de Dennis —comentó.

Dios mío, se me había olvidado por completo que era la noche siguiente.

—¿Por qué?

Levantó un hombro mientras él me recorría las caderas arriba y abajo con las manos.

—Con todo lo que está pasando con Clyde y contigo, creo que lo último que tengo que hacer es ir a un club de estriptis.

—Estoy segura de que con todo lo que está pasando, te iría bien tomarte un respiro. Pero no vayas a ninguna de las habitaciones privadas —bromeé.

—Los jueves por la noche son bastante concurridos, cari, y no me parece…

—Tenemos el bar y la cocina controlados. Y te prometo no dejarme secuestrar ni hacer ninguna locura.

—¿Me lo prometes? —preguntó con una ceja arqueada.

—Sí, todo irá supermegabien.

—No creo que eso sea algo que tú puedas controlar —sonrió satisfecho.

—Estaré bien si me quedo detrás de la barra. Además, Nick estará ahí. Y ya le has dicho que vaya el jueves para cubrirte. Estaremos bien.

—Tú estás bien, desde luego.

—Jax —suspiré.

Con una sonrisa pícara en los labios, tiró de mí hacia su regazo y yo me senté a horcajadas de sus muslos. Me gustaba hacer eso. Mucho. Pero no iba a distraerme.

—Ve, ¿vale? Yo estaré en el bar y tú vendrás a recogerme antes de que cerremos. Estaré bien.

—Pero ¿y si quiero traer a una chica a casa conmigo? —preguntó recostándose en el respaldo del sofá.

—Pues no sé. Por lo que cuenta Katie, esas chicas se untan mucho con aceites. Puede que te cueste aferrarte a una de ellas.

Jax echó la cabeza hacia atrás y soltó una carcajada.

—Muy buena.

Entonces se me ocurrió algo.

—¿Y si está bailando Katie?

—Iré a descansar al cuarto de baño —respondió sacudiendo la cabeza.

—Es muy sexy.

Me rodeó las caderas con los brazos y separó las piernas para que me acercara más a él.

—No es eso. Es solo que es Katie… y no quiero verla así.

Sonreí de oreja a oreja y confié en que volviera a ir vestida de hada.

—¿Vas a ir, pues?

Me subió una mano por la columna vertebral, la enredó en mi cabello y después tiró de mi cabeza hacia sus labios.

—Voy a ir.

—Estupendo.

Me mordió el labio inferior.

—Puede que seas la única chica del mundo que acaba de decir «estupendo» al hecho de que su chico vaya a un club de estriptis.

¿Mi chico? Me quedé un poco absorta en esas palabras, por lo que no le comenté que creía que había mogollón de chicas a las que no les importaban los clubs de estriptis, porque me estaba besando, despacio y con ternura.

Cuando separó su boca de la mía, sus labios me rozaron la curva de la mandíbula. El cardenal de aquella chapuza de secuestro había empezado a desaparecer, pero él me besó ahí y mi corazón ejecutó una pequeña danza.

Me aposenté en sus brazos mientras él zapeaba. No pasó demasiado rato antes de que se me cerraran los ojos. Me adormeció el movimiento regular de su mano por mi columna vertebral. Era raro. Jamás pensé que permitiría a nadie tocarme así, ni siquiera vestida, y sin embargo ahí estaba, reconfortada por una caricia que me habría horrorizado no hacía demasiado.

Habían cambiado muchas cosas.

Cuando decidió ver un partido de béisbol, dejó el mando a distancia y su mano acabó en mi pelo.

—Reece llamó antes, cuando estabas en el ordenador con lo de la universidad.

Abrí los ojos, pero no me moví. Estaba demasiado cansada para esa clase de esfuerzo.

—¿Qué quería?

—Tenernos al corriente sobre Mack. Reece y Colton creen que está escondido, sobre todo desde que han estado atosigando a Isaiah, lo que tampoco presagia nada bueno para Mack —dijo, y se enrolló mi pelo en los dedos.

—Sí. El inspector Anders me comentó algo así ayer, cuando habló conmigo. —Tenía la mano en su pecho y empecé a describir un círculo con el dedo—. Es una locura. Es como si todos ellos supieran que el tal Isaiah tiene las manos manchadas, pero no hicieran nada.

—No pueden, cariño. Isaiah es inteligente. No deja rastro, de modo que no hay nada que lo inculpe. Por eso está cabreado con Mack. La ha cagado con tu madre y con Rooster, al que evidentemente liquidó…

—¿No pudo hacerlo Isaiah? —pregunté.

Jax me pasó el cabello por encima del hombro.

—No creo. Él no es tan burdo. Y es inteligente. No tiraría un cadáver a un porche delantero a plena luz del día. A él le va más lo de los zapatos de cemento.

—¿Conoces bien a Isaiah? —pregunté estremeciéndome.

—Todo lo bien que lo quiero conocer y nada más. —Puso una mano en la curva de mi trasero y se quedó ahí—. Ha ido al Mona's unas cuantas veces. Creo que para echarle un vistazo al local.

—Eso es horripilante.

—Es Isaiah. —Me dio unas palmaditas en el trasero—. En fin, si Mack se ha escondido, es muy probable que toda esta mierda se haya acabado para ti.

Eso era lo que el inspector Anders había dicho también, pero la verdad era que no tenía la impresión de poder pasear tan tranquila por la calle principal ni nada de eso.

—¿Han encontrado a Ike? —quise saber.

—No.

—¿Crees que… le ha pasado algo a él también?

—No lo sé. Con la clase de vida que lleva esa gente, no es raro que desaparezcan. Podría no tener nada que ver con esto.

Eso esperaba. Bueno, esperaba que quienquiera que fuese Ike, no hubiera acabado mal. No lo conocía, jamás lo había visto, pero, aun así, una vida humana era una vida humana.

—He estado pensando —dijo Jax mientras desenredaba con cuidado sus dedos de mi pelo—. Cuando vuelvas a Shepherd, estarás en una residencia de estudiantes, ¿verdad?

—Este año viviré en los apartamentos Printz —respondí, asintiendo con la cabeza—. Antes tenía permiso para hacerlo. Supongo que lo sigo teniendo, pero la Printz es una residencia de estudiantes con apartamentos de dos o tres dormitorios.

—¿Y hay privacidad?

—Sí. Como en un edificio normal de pisos, pero más agradable. —Reí.

—Eso está bien, porque vamos a necesitar privacidad.

Me mordí el labio inferior, pero eso no impidió que mi sonrisa se ensanchara.

—Ah, ¿sí?

—No quiero estar en pelotas contigo en la cama y que haya alguna chica en otra cama a un par de putos metros de nosotros, cariño.

—Buena observación —comenté y solté una risita.

Solté una puta risita. Qué tonta era.

—Si sigo con mi horario como ahora, podría ir los domingos y quedarme contigo unos días. —Me cogió de nuevo un mechón de pelo y lo volvió a soltar—. Y, a lo mejor, cuando tus estudios te lo permitan, podrías venir a pasar aquí el fin de semana.

Levanté la cabeza para mirarlo a los ojos.

—Para trabajar, me refiero, claro.

Solté una carcajada y él sonrió.

—Puedo hacer eso. —Su sonrisa se ensanchó—. Creo que te gusto, Jackson James —dije.

Jax arqueó una ceja.

—Vaya, ¿por fin lo estás pillando? —dijo.

Le di un empujoncito en el pecho con una mano y él se rio entre dientes.

—No. Creo que te gusto de verdad.

—Como acabo de decir, ¿lo estás pillando por fin?

—Lo que tú digas.

Me besó la comisura de los labios.

—Es una suerte que tengas un culo tan precioso.

Le di una palmada en los pectorales, pero él me sujetó la muñeca y se llevó mi mano a su boca. Me besó el centro de la palma.

—Sí, nena, me gustas de verdad.

Fijé mis ojos en los suyos.

—Tú también me gustas de verdad.

—Lo sé —murmuró indolentemente.

—Engreído.

—Seguro de mí mismo.

—Arrogante —susurré, y lo besé antes de volver a acomodarme sobre su pecho. No quería que viera cómo lo de que me gustaba de verdad pasaba a ser que lo quería de verdad.

La conversación se terminó cuando volvió a prestar atención al partido de béisbol y yo me relajé por completo, acurrucada en sus brazos. Jamás pensé que estaría así con alguien, especialmente con alguien tan maravilloso como Jax.

Y, de modo extraño, tenía que agradecérselo a mi madre.

En algún momento me quedé dormida, y cuando él se dispuso a ir a la cama, simplemente apagó la tele, me cogió en brazos y se puso de pie.

—Puedo andar —protesté.

—Te tengo —susurró mientras sus brazos me sujetaban con más fuerza.

Me gustó cómo sonaba eso, y fue muy bonito que lo hiciera. Cuando le rodeé el cuello con un brazo y cerré los ojos, me permití a mí misma ponerme sentimental y me derretí por dentro.

A pesar de todo, tenía suerte. Muchísima suerte.

Jax me llevó arriba y me ayudó a desnudarme, lo que me encantó. Terminé llevando solo una de sus camisetas. Me arropó en la cama y se fue abajo a cerrar con llave. Poco después estaba en la cama conmigo, con su pecho contra mi espalda, una pierna entre las mías y un brazo alrededor de mi cintura.

Los labios de Jax me acariciaron la nuca, y antes de volver a caer en brazos de Morfeo, lo oí decir sin motivo alguno:

—Eres preciosa, nena.

Cuando me desperté, supe que algo era diferente. Jax no estaba detrás de mí, acurrucado lo más cerca que podía. Me volví hacia su sitio, capté la tenue fragancia de su colonia y parpadeé hasta que mis ojos se adaptaron a la penumbra.

La luz de neón verde del reloj de la mesita de noche decía que eran las tres de la madrugada.

Me incorporé para echar un vistazo alrededor de la habitación. No se veía luz por debajo de la puerta cerrada del cuarto de baño, pero la del cuarto estaba abierta. Esto le pareció raro a mi cerebro adormilado. No recordaba que ninguna de las veces que había compartido la cama con él se hubiera levantado en mitad de la noche. Vale, tampoco llevábamos demasiado tiempo compartiendo la cama.

Me quedé ahí sentada un instante mientras mi mente empezaba a ponerse en marcha. Sabía que mucha gente que había combatido en el frente tenía problemas para dormir, y Jax me había contado que, cuando regresó, le costaba hacerlo. La preocupación me despertó del todo. ¿Estaría pasando una mala noche? Como no llevábamos demasiado tiempo durmiendo juntos, era posible que fuera algo habitual y yo no lo supiera.

Aparté las sábanas y me levanté de la cama. Su camiseta se me acomodó al cuerpo y se estiró hasta los muslos cuando avancé hacia la puerta entreabierta. Entonces oí su voz.

—Ahora no.

Acabé de abrir la puerta y recorrí la breve distancia hasta lo alto de la escalera con el ceño fruncido. Desde allí podía ver toda la escalera y la puerta principal. Estaba abierta, aunque no había nadie en ella.

Entonces oí la segunda voz.

—Sé que tendría que haber llamado.

El corazón se me paró en el pecho… se me paró como si se hubiera topado con una pared de ladrillos. Era, sin lugar a dudas, la voz de una mujer. En su casa. A las tres de la madrugada.

No escuché la respuesta de Jax, si es que la hubo, pero volví a oír a la chica:

—Estaba fuera y te echaba de menos, vida mía. Te he echado mucho de menos.

Oh. Dios. Mío.

Alargué la mano para sujetar la bola de madera labrada que había en lo alto de la barandilla para no perder el equilibrio. Tenía que estar soñando. No eran las tres de la madrugada y no había ninguna chica, cuya voz me era vagamente familiar, en casa de Jax diciéndole lo mucho que lo había echado de menos y llamándolo «vida mía». Ni de coña.

Entonces oí a Jax, pero solo alcancé a distinguir fragmentos de lo que estaba diciendo: «… ahora no es un buen momento… a ninguna hora… llama antes, pero…».

La sangre se me heló en las penas.

Por lo que pude oír, era bastante obvio. Llama antes de venir, porque podría haber otra persona. Un segundo después mi teoría se confirmó.

—¿Hay alguien aquí? —La mujer levantó la voz.

416

Oh, Dios…

Entonces oí a Jax alto y claro.

—Baja la voz, Aimee.

No era raro que la voz me sonara.

¿Aimee? ¿La hermosa exreina de belleza con los dientes perfectos, con la que había tenido un lío y que le sobaba las tetas en el bar? ¿Tal vez un lío no tan lejano en el tiempo?

Necesitaba sentarme.

—¿Es eso un bolso? —preguntó Aimee—. ¿Qué coño, Jax? Tienes a alguien en casa. ¿Quién es? ¿Y sabe ella que la última vez que pasé por el pueblo estuvimos juntos? ¿Lo que, por cierto, fue hace un mes?

Se me cayó el alma a los pies. ¿Un mes? Hice un rápido cálculo de cuánto había pasada desde que regresé casa y lo cierto es que el resultado no me devolvía el alma a su sitio.

—Mierda, Aimee, fue hace más de un mes —soltó Jax, con la voz también más alta—. Mira, sabes que me importas…

—¿En serio? —replicó Aimee.

«Sabes que me importas».

Cerré los ojos de golpe. Hacía un par de horas estábamos en la cama, él me abrazaba y me decía que era preciosa, y unas cuantas horas antes me ha había dicho que le gustaba de verdad y estábamos haciendo planes para cuando estuviera de vuelta en Shepherd, y en ese momento Aimee con dos «es» estaba en su casa, y habían estado juntos hacía un mes, y ella le importaba. Abrí los ojos. Los tenía húmedos. La puerta principal seguía abierta.

Eso estaba pasando. Estaba realmente pasando.

Noté un dolor en el pecho, un dolor físico, y solté la barandilla para ponerme la palma de la mano entre los senos.

Entonces Aimee se situó al pie de la escalera.

—Me cago en… —Se le apagó la voz a la vez que se le desorbitaban los ojos—. No. Esto no puede estar pasando.

Bueno, por una vez, Aimee y yo estábamos de acuerdo en algo, porque yo pensaba exactamente lo mismo.

—¿Estás con ella? —soltó con la voz aguda mientras volvía la cabeza en la otra dirección. Me pregunté si podría girarle del todo, como a la niña de *El exorcista*—. ¿En serio? ¿Calla Fritz?

Me estremecí.

La madre que me parió, me estremecí de verdad.

Porque capté a la perfección la expresión de «¿qué cojones?» de su cara y la sorpresa de su tono de voz. Lo pillaba. Jax estaba bueno hasta tal punto que era casi irreal. Podía hacer que a cualquier chica se le cayeran las bragas con solo dirigirle una media sonrisa y hacerle un gesto con el dedo para que se acercara. Yo tenía una cicatriz gigantesca en la cara y algunas más. Y mi madre era conocida por ser adicta al crack. No era exactamente el tipo de persona con quien la inmensa mayoría de gente se imaginaría a Jax. En serio que lo pillaba, porque era natural desear emparejar a una persona perfecta con otra persona perfecta.

Jax apareció en mi línea de visión. Descamisado. Con todos los músculos a la vista. Por alguna razón, eso fue lo que me afectó más. Que estuviera medio desnudo con Aimee en su casa, que hubiera tal nivel de intimidad entre ellos. Aunque eso era algo obvio, coño, porque habían estado follando como locos en algún momento no demasiado lejano.

—Tienes que marcharte —dijo Jax sin mirarme—. Ya.

Aimee pasó de él. Levantó un brazo esbelto y bronceado para señalarme.

—Estarás de coña, ¿no? ¿Ella? A ver, sé que a los tíos os gusta enrollaros de vez en cuando con una barriobajera, pero ¿en serio?

Otro golpe directo al pecho, pero, caray, ese comentario tan desagradable me encendió como una chispa en un charco de gasolina, y pasó.

Exploté.

29

Pero ¿qué coño dices? —Las palabras me salieron disparadas como un cohete. Bajé las escaleras y me planté justo delante de la cara de Aimee antes de tener tiempo de pensarlo siquiera—. En primer lugar, lo de barriobajera no se lleva, algo que seguramente sabrías si no te frieras el cerebro tomando rayos UVA o decolorándote el pelo por encima de sus posibilidades para tenerlo de ese color. —Le toqué un mechón y ella dio un paso atrás. Avancé, más que furiosa—. Sí, el mío es natural. Y, en segundo lugar, yo estoy por encima de ti.

Palideció un poco bajo el bronceado y entonces se le ruborizaron la cara y el cuello.

—Perdón. ¿Te parece mejor que diga «chusma»?

Jax salió de su estupor y vi que avanzaba.

—Ya es suficiente. Aimee, te...

—¿Chusma? —lo interrumpí, cerrando los puños. Jax se equivocaba. Aquello distaba mucho de ser suficiente—. ¿A quién cojones estás llamando chusma?

Me recorrió con la mirada desde la parte superior de mi cabeza despeinada hasta mis piernas desnudas.

—¿A la puta que tengo delante de mí vestida solo con una camiseta? —soltó con desdén.

Jax se abalanzó hacia mí, me rodeó la cintura con un brazo para apartarme de ahí y me empujo lejos de ella. Se plantó entonces delante de Aimee.

—Discúlpate ahora mismo, joder —le ordenó.

—¿Por qué tendría que disculparme? —gritó.

—Que te disculpes, coño. Hablo muy en serio, Aimee —dijo con la mandíbula apretada y los músculos de la espalda tensos.

Aimee debió de captar su ira, porque se empequeñeció un poco, como una mala hierba sepultada en un ramo de putas rosas.

—Jax —susurró.

Al oírla pronunciar así su nombre, como si no se pudiera creer que me estuviera defendiendo a mí en lugar de a ella, se me fue la pinza. No iba a permitir que me ignoraran. Me acerqué a Aimee desde el otro lado hecha una furia.

—¿Sabes qué? No hace falta que te disculpes. No necesito tus puñeteras disculpas. Lo cierto es que estarías encantada de ser tú quien llevara su camiseta y durmiera en su cama. Te mueres de celos.

Me fulminó con la mirada, pero yo estaba en modo arpía.

—Yo he sido esa chica, cielo, y durante muchísimo más tiempo que tú.

Toma ya.

Pues sí. Zasca. Ahí me había dado. Y la ira se arremolinó en mi interior, mezclándose con el dolor que me había desgarrado el pecho.

—¿Sabes qué, Aimee? Llámame chusma. Me la suda. No soy yo quien va al bar todas las noches para ofrecerse a un chico que está con otra. Y no soy yo la que cree que ganarse la vida es ser una «chica del ring». Yo voy a la universidad. Voy a ser enfermera. Estoy haciendo cosas con mi vida, ¿sabes? Y, bueno, si eso me convierte en chusma y en una puta, estoy muy orgullosa de serlo.

Soltó una carcajada áspera.

—¿Cómo? ¿Te crees que eres especial para él? —Antes de que pudiera contestar, añadió—: ¿Que eres la única?

—Aimee —avisó Jax en voz baja.

—Porque no lo eres —soltó con brusquedad—. Su cama es como la estación de tren de Filadelfia, sobre todo ahora.

Algo me atravesó el pecho. No... no sabía eso, y al mirar a Jax no vi en su cara nada que me lo negara. Exhalé con fuerza.

—Pues supongo que tú también eres una de tantas.

Le centellearon los ojos. No sabía si la había herido o si algo de lo que le había dicho había hecho mella en ella.

—Al menos yo no tengo tu cara, zorra.

Vale. No le había hecho mella.

Moví los pies, aunque, para ser sincera, no sabía qué iba a hacer, si iba a introducirla en el arte de las bofetadas épicas o si iba a clavarle una rodilla a Jax en la entrepierna, pero él se volvió hacia mí. Me pasó un brazo alrededor de la cintura y me levantó del suelo mientras giraba el cuerpo de modo que yo me quedé mirando la pared, y él, a Aimee. Alargué el cuello para verla.

—Largo —le dijo poniéndole un dedo delante de las narices.

La palidez de Aimee aumentó bajo su bronceado.

—Pero...

—Que te largues, Aimee, joder.

Inspiró hondo y sus ojos azules se volvieron vidriosos. Entonces se le contorsionó la cara, y puede que yo fuera la mayor idiota del mundo, pero había una parte diminuta de mí que se sintió mal por ella, porque reconocí el dolor que le había hecho torcer el gesto.

Yo lo había sentido apenas unos minutos antes.

Aimee parpadeó, contuvo sus lágrimas y tragó saliva con fuerza.

—Lo he pillado. Sea lo que sea esto. Lo he pillado.

Me pregunté qué coño había pillado.

—Ya hablaremos después, amor —se despidió sonriente, como si él no acabara de echarla de su casa.

Y se marchó indignada.

Pero ¿qué cojones? Hostia.

Jax cerró la puerta de un puntapié y se giró para dejarme en el suelo. Empecé a zafarme de él, pero el brazo con el que me rodeaba la cintura tiró de mí hacia su pecho.

—Suéltame —le pedí, sujetándole el brazo.

—De acuerdo —me murmuró al oído—. Lo admitiré. Verte pelearte así con ella me ha puesto.

Mi furia se desató y se mezcló con el dolor que sentía en lo más profundo de mi ser.

—Suéltame, Jax.

—Sobre todo, verte ahí de pie, acalorada, con mi camiseta. Sí. Me ha puesto muchísimo —prosiguió, y mi ira pudo más que mi dolor.

Una mano dejó mi cintura para situarse en mi bajo vientre. Hizo presión y, cuando mi trasero se apretujó contra él noté que, efectivamente, aquello lo había puesto. Ahí tenía la prueba, y como mi cuerpo era tonto de remate, reaccionó. Sentí mariposas en el estómago y un cosquilleo en la zona idiota situada entre mis muslos.

Y eso me cabreó todavía más.

—Te lo advierto, suéltame, Jax —repetí, apretándole los brazos con las manos.

—¿Está mal que esto también me ponga? Porque la verdad es que lo hace —soltó tras apoyar su barbilla en mi hombro.

Se me fue la olla y chillé lo bastante fuerte como para despertar a los vecinos:

—¡Que me sueltes, coño!

Jax bajó los brazos como si yo fuera una patata caliente, y me giré hacia él respirando con dificultad. Nuestras miradas se encontraron. La diversión de su voz había desaparecido del todo de su expresión. Él me miraba. Yo lo miraba. En esos instantes rememoré lo que había oído cuando estaba en lo alto de la escalera y lo que había sentido al ver la expresión de Aimee cuando me vio en lo alto de la escalera.

—Calla… —me llamó con los labios tensos.

Mis pies se movieron hacia atrás. Necesitaba espacio. Necesitaba tiempo para pensar en todo lo que acababa de pasar.

Él dio un paso adelante y yo seguí reculando hasta que mi pierna chocó con el brazo del sofá. Jax se detuvo a poca distancia de mí.

—No sé lo que estás pensando ahora mismo, pero me aventuraré y te diré que lo que ha pasado no es lo que estás pensando.

—No me digas —repliqué mientras mi corazón se estrellaba contra mis costillas.

—No tenía ni idea de que iba a presentarse aquí esta noche. No ha estado en mi casa en…

—¿Un mes? —terminé por él—. ¿Un mes entero?

La tensión de sus labios aumentó.

—Hace más de un mes, Calla. No sé el tiempo exacto, pero no ha estado aquí desde que tú llegaste. Tienes que creerme. Prácticamente he pasado todas las noches contigo desde que estás aquí.

—No todas las noches.

—Todas las noches desde que regresaste al pueblo —insistió, y tuve que admitir que eso era cierto—. Tú y yo no estamos juntos cada minuto del día, pero no me fastidies. Tampoco es que tenga todo el tiempo del mundo para andar por ahí tirándomela.

Eso también era cierto.

—Pero te la estabas tirando hace poco más de un mes.

—Antes de que tú vinieras aquí, Calla.

¿Importaba eso? Sabía que no debería. Ni siquiera estaba en el pueblo y no podía cabrearme a quién se tiraba antes de que nos conociéramos, pero, maldita sea, me cabreaba. Estaba furiosa y celosa. Era lo bastante mujer para admitir lo irracional que era mi ira al respecto, pero había algo más.

—Para ser alguien con quien no sales, estaba terriblemente

enfadada porque había una chica en tu casa, Jax. Se ha presentado en mitad de la noche como si tuviera derecho a estar aquí.

—Calla…

—Y todas las noches que ha estado en el bar se ha pasado el rato encima de ti y tú la dejas. —Volví a cerrar los puños—. La primera vez que mis amigos te vieron, te estaba sobando.

—¿Ya estamos de nuevo con eso? —preguntó con la frustración reflejada en el rostro.

—¡Sí! —grité—. Ya estamos de nuevo con eso, amor. Ya sabes, con todo eso de «tienes que confiar en mí» y básicamente lidiar con el hecho de que tienes encima una chica delante de mí y de mis amigos.

—Nunca dije que tuvieras que lidiar con ello, Calla.

—Ah, ¿no? —solté una carcajada áspera—. No es así como recuerdo que acabó la conversación.

Jax inspiró y un músculo le palpitó en la mandíbula.

—De hecho, la conversación acabó porque tú te fuiste. No me diste la oportunidad de decir nada más ni de explicarme siquiera.

—¿Qué es lo que hay que explicar? Estaba encima de ti, muchas veces, ¡y tú le sonreías! —Tenía la sensación de que me iba a explotar la cabeza en los hombros—. ¿Y se supone que yo tengo que confiar en ti y aceptarlo sin más? ¿Incluso cuando se presenta en tu casa a las tres de la madrugada como si este fuera su lugar y no tiene ni idea de que estás saliendo con alguien?

—Permíteme que te corrija —gruñó—. No le importa que esté saliendo con alguien.

—¡Y se ha ido de aquí como si todavía estuvierais enrollados! —proseguí, presa de la ira.

—Calla…

—¡Has dicho que ella te importaba! —En cuanto esas palabras salieron de mi boca fui consciente de lo ridículas que sonaban. Me dirigí hacia la zona del comedor. Supe que me había seguido, aunque no le oí hacerlo —. Has dicho que ella te importaba. Te he oído. También he oído que le decías que no era un buen momento y que tenía que llamar antes de venir aquí.

—Espera un instante. —Su voz se volvió grave, demasiado calmada—. No sé qué crees que has oído o a qué conclusión absurda has llegado, pero no me jodas, Calla. Tiene que llamar antes de venir a mi casa, y las tres de la madrugada no es un buen momento.

Me giré como una exhalación con el corazón acelerado.

—O sea que, si te hubiera llamado antes y yo no hubiera estado aquí, ¿habría sido un buen momento, Jax?

—¿Estás hablando en serio? —Retrocedió con los hombros tensos.

—¿Y tú? —repliqué con los puños temblorosos—. No sé si te das cuenta o no, pero no soy yo la que tiene chicos que se presentan a cualquier hora de la noche o me soban las tetas. Y no me has oído decirle a ningún otro chico que me importa cuando es evidente que quiere echar un polvo conmigo.

Jax desvió la mirada y se pasó una mano por el pelo alborotado.

—Sí, bueno, antes pensaba que Aimee era buena chica, ¿sabes? Nunca fui en serio con ella y, para ser sincero, nunca tuve la sensación de que ella fuera en serio conmigo. De modo que sí, me importa. No quiero que le pase nada malo. Y sigo sin quererlo, pero después de lo de esta noche, me estoy replanteando lo de que es buena chica. —Dejó caer la mano y volvió a mirarme a los ojos—. Que me importe no es lo mismo. Calla. Y siento mucho…

—¿Por eso tienes tantos cepillos de dientes? —solté.

—¿Qué?

—Cepillos de dientes —repetí, señalando la escalera detrás de él—. Tienes todas esas cajas de cepillos de dientes sin abrir en el cuarto de baño. ¿Los tienes para las chicas con las que estás? ¿Uno para mí, uno para Aimee y otro para quien sea?

Se hizo un silencio absoluto entre nosotros mientras me miraba boquiabierto. Tan silencioso que podría oírse el canto de un grillo.

—Pues sí que hablas en serio —dijo, y eso no hizo nada para tranquilizarme—. En primer lugar, tengo tantos cepillos de dientes porque mi madre me regala uno cada cumpleaños y cada fiesta. Siempre lo ha hecho. Es una puta tradición, y yo los guardo.

Oh.

Bueno, eso sonaba bastante creíble.

—En segundo, ninguna chica, ni una sola puñetera chica, salvo tú, ha usado uno de esos cepillos de dientes. Ni siquiera Aimee. Cuando estaba con ella, cuando estaba con otras chicas, las follaba, ellas me follaban, puede que alguna pasara aquí la noche, pero todas se iban por la mañana o antes, y no usaron nada mío. Ni siquiera la puñetera ducha.

La verdad era que no quería oír lo que hacía al follar con nadie.

—No quiero parecer un capullo, y sé lo que esto debe parecerte, y lo siento, de verdad, porque lo último que necesitas es lidiar con que ella haya estado aquí. Y comprendo que no tienes demasiada experiencia con estas cosas —prosiguió. Me ruboricé, porque lo que decía era verdad. Tenía veintiún años y ninguna experiencia con los chicos—. De modo que comprendo, y estoy intentando tomarme con mucha calma, el hecho de que no veas la diferencia entre las chicas con las que he echado un polvo y tú.

—No quiero saber nada de las chicas con las que has echado un polvo —solté, diciendo en voz alta lo que había pensado antes—. Pero ya que lo has sacado a colación, ¿qué es eso de que tu cama es una estación de tren?

Atisbé algo en su semblante cuando retrocedió. No entendí por qué parecía dolido, ya que era la última persona que tendría que sentirse mal.

—Sí, bueno. No estoy particularmente orgulloso de algunas de las cosas que he hecho en el pasado, como beber e irme a la cama con cualquiera. Fueron malas decisiones, pero esa mierda… esa mierda forma parte del pasado.

Madre mía.

Entonces caí en la cuenta. Eso era lo que nunca me había contado sobre lo que había hecho al regresar a Estados Unidos, cuando no podía desconectar su mente. El alcohol y el sexo van de la mano. Sentí algo de culpa.

—No quiero oírlo.

—Pues vas a oírlo, Calla, ya que es tan importante que estamos discutiendo por eso en mitad de la puta noche. —Su voz seguía siendo serena, pero sus ojos estaban tan oscuros que casi parecían negros—. Solo voy a decirte esto una vez. He estado con las personas suficientes como para distinguir la diferencia entre lo que tenía con ellas y lo que tengo contigo. Tú no eres una de ellas. Tú no eres Aimee. Tú no estás siquiera en su categoría.

Me estremecí, tiesa como un palo.

—Oh, no, no te lo tomes como si acabara de insultarte. Tú no estás en su categoría porque no estoy jugando a nada contigo. ¿Me entiendes? Lo que tuve o no tuve con ellas no tiene nada que ver con lo que está pasando contigo, ¿de acuerdo? —Continuó antes de que pudiera contestar—. Y quería que habláramos sobre lo que había pasado en el bar cuando llegaron tus amigos, pero casi te secuestran y después Clyde tuvo un infarto, por lo que no ha habido un buen momento para hablar de eso.

De nuevo, tenía razón, y no soportaba eso. En serio.

—Pero vamos a hablar de eso ahora, terminaremos la conversación que tendrías que haberme dejado zanjar cuando me dejaste plantado. —Avanzó hacia mí. Vaya, estaba cabreado. Me obligué a mí misma a no moverme—. Tenías razón.

Parpadeé.

—Tendría que haber hecho más para asegurarme de que Aimee captaba la idea de que no me interesa y que no me gusta. Cada vez que me tocaba o que me tiraba la caña, retrocedía. No me quedaba quieto y se lo permitía. Pero sí, es obvio que no hice lo suficiente. Y ni siquiera me di cuenta de hasta qué punto, porque jamás se me ocurrió que fuera a presentarse aquí. Y no solo eso, sino que cuando me he dado cuenta de lo dolida y avergonzada que estabas, me he sentido fatal por ello. Me sigo sintiendo fatal. No ha habido demasiado tiempo para decírtelo o para mostrártelo siquiera, pero es así. —Hizo una pausa con sus ojos oscuros e intensos clavados en los míos—. Nunca quise que te sintieras avergonzada de mí ni de nada de lo que hago, pero lo estabas, y lo lamento muchísimo. De verdad. Y te aseguro que no volverá a pasar.

Algo de mi rabia empezó a disiparse. Me aferré a ella, intentando mantenerla cerca de mí, porque la ira me había permitido superar muchas cosas, pero lo que había dicho era lo adecuado. Y tenía razón. Habían pasado muchas cosas entre el sábado y entonces. Tantas que ni siquiera me paré a pensar en el modo en que Aimee se había comportado en el bar hasta que se presentó en su casa esa noche.

—¿Tienes algo que decir? —preguntó.

Lo tenía. Podía decir muchas cosas. Me estaba ofreciendo ese momento para llevar todo aquel follón a un lugar racional, pero no dije nada, porque había una parte de mí que seguía enfadada y todavía estaba dolida y avergonzada por todo eso y más cosas. Y quería ser una arpía. Así que me lo quedé mirando en silencio.

—Genial —replicó.

Se me puso la carne de gallina. Tenía que abrir la boca. Tenía que decir algo.

Entonces él dio otro paso más y se situó justo delante.

—Voy a decirte algo más, Calla. Tu vida no ha sido normal. No ha sido una verdadera vida.

Y entonces fue cuando recuperé el habla.

—¡Tengo una vida!

—¿La tienes? ¿En serio? —me desafió—. Porque estoy bastante seguro de que no has hecho lo que se dice nada en absoluto en lo que a vivir se refiere. Lo único que tenías eran tus tres efes. ¿Qué cojones es eso? En serio.

—¿Cómo sabes eso? —pregunté, flipando.

—El tequila, nena. Te pusiste de lo más habladora.

¡Mierda! Estaba claro que se acordaría de eso. Y ahora mi vergüenza no tenía límite. Le había confiado lo de mis tres efes, que eran patéticas. Y, maldita sea, tenía razón en lo de que no había vivido de verdad. Pero eso no hacía que resultara más fácil oírlo.

—Soy el primer chico al que has besado o con el que has estado —dijo.

—Oh, gracias —respondí sarcástica. Ahora estaba firmemente aferrada a mi ira.

—No estás entendiendo lo que quiero decirte —aseguró, sacudiendo la cabeza—. No es algo de lo que tengas que avergonzarte. Solo digo que no has dejado que nadie se te acerque, y me apuesto lo que quieras a que ha habido chicos que han querido hacerlo y nunca te diste cuenta. Como te he dicho, no tienes demasiada experiencia con estas cosas.

—Creo que eso lo he pillado. Lo has dicho suficientes veces.

O ignoró prudentemente ese comentario o ya había terminado conmigo, porque dijo:

—Pero se acabó lo de tener paciencia con esta mierda.

—¿Qué estás diciendo? —pregunté soltando el aire despacio mientras los músculos se me agarrotaban.

—Es evidente que no confías en mí, pero eso no es lo más jodido de todo esto, Calla. Es evidente que no tienes buena opinión de mí si realmente crees que me parecería bien estar planeando echar un polvo con una chica mientras tengo a otra en mi casa, en mi cama, con mi camiseta puesta, y también es evidente que no me conoces en absoluto.

Entonces, cuando me estremecí, fue por un motivo diferente.

—Y eso duele —soltó.

Me sostuvo la mirada mientras yo respiraba hondo, con dificultad. Luego se volvió y se marchó. Vi cómo se dirigía hacia la escalera y subía. Después oí cerrarse de golpe una puerta.

No sé cuánto tiempo estuve allí plantada antes de rodearme el cuerpo con los brazos. Cerré los ojos, más confundida que enfadada. ¿Cómo habíamos pasado de tener yo razón y haber actuado él mal, a estar él cabreado conmigo y dejarme fuera? Yo no había hecho nada malo.

¿O sí?

¿Había sacado conclusiones precipitadas? No había oído todo lo que le había dicho a Aimee. Solo había oído fragmentos de la conversación. Y se había disculpado por lo del sábado por la noche. Había dicho que no volvería a pasar, pero ¿compensaba eso lo que había pasado? No lo sabía. Ese era el problema. No lo sabía.

Solo Dios sabe el rato que me quedé allí antes de armarme de valor y subir la escalera despacio, sin hacer ruido. Al llegar al rellano esperaba ver la puerta del dormitorio cerrada, pero estaba abierta.

La que estaba cerrada era la del otro cuarto. Iba a acercarme a ella para llamar, pero me detuve en seco, paralizada por la indecisión. Me quedé fuera, con los brazos cruzados sobre mi pecho, sin saber qué decir si llamaba y él me abría. Todavía se arremolinaban en mi interior los restos de una ira intensa, mezclados con la vergüenza y la confusión.

Agucé el oído para escuchar el movimiento en el interior del otro cuarto y me pareció oír que unos pasos se acercaban a la puerta. Me puse tensa ante la expectativa de que esta se abriera, pero pasados unos instantes comprendí que eso no iba a pasar.

Me mordí el labio inferior, cerré los ojos, esperé otro par de segundos y me volví, y como lo cierto era que no sabía qué otra cosa hacer, entré en el dormitorio principal y me metí en la cama.

Me puse en mi lado y aguardé, mirando el reloj de la mesita de noche. Los minutos pasaban despacio. Luego me tumbé de cara a la puerta abierta. Aquello no estaba bien, yo acostada en su cama mientras que él estaba enfadado conmigo, y yo, furiosa con él.

Tragué saliva con fuerza, pero el nudo de la garganta no se movió, y cuando volví a parpadear, se me llenaron los ojos de lágrimas. Lo mismo que las mejillas. Cogí su almohada y me la acerqué al pecho mientras cerraba los ojos. Me sentía vacía por dentro allí acostada, intentando entender cómo había salido todo tan mal y cómo se suponía que podría arreglarlo.

En algún momento mis pensamientos se entrelazaron y debí de quedarme dormida para sumirme en un sueño en el que yo estaba en esa casa siguiendo a Jax, llamándolo, pero sin conseguir captar su atención ni alcanzarlo. Cuando ese sueño terminó, soñé que tenía su mano en mi cabeza, que me acariciaba y me pasaba con cuidado el pelo por detrás de las orejas. Y sentí el roce de sus labios en mi mejilla.

Fue tan real que, al despertarme, cansada y con cara de sueño, casi creí que estaría a mi lado en la cama, que el espacio a mi lado no estaría frío, pero lo estaba. Todavía tenía su almohada contra mi pecho, y Jax no estaba allí.

No quería levantarme.

Tenía la impresión de haber dormido apenas unos minutos. Me dolían los ojos y tenía la garganta y la boca muy secas. Notaba un dolor en las sienes. Al instante empecé a pensar en lo que había pasado entre nosotros y con Aimee. A la luz de la mañana podía admitir que Jax tenía razón. Yo no tenía demasiada experiencia con nada de eso. No conocía la diferencia entre los distintos tipos de relaciones, no en primera persona. Lo único que sabía era lo que había visto de mis amigos.

Jax tenía razón en muchas cosas.

Yo me había molestado con razón con él el sábado, pero no le di la oportunidad de explicarse y se había disculpado. Y él no tenía ningún control sobre Aimee. Tampoco era que la hubiera invitado a su casa.

Estreché la almohada con fuerza.

Ahora que mi ira se había apaciguado, también podía admitir que no había oído todo lo que él había dicho la noche anterior, en plan admitirlo del todo, y aparte de no haber hecho lo suficiente para detener las insinuaciones de Aimee, Jax no había hecho nada malo.

De hecho, la noche anterior me había defendido.

Se había disculpado y admitido sentirse fatal.

Y me lo había explicado todo.

Tenía que hablar con él sin gritar, sin hacer ningún drama, y escuchándolo.

Solté la almohada, salí de la cama y caminé descalza hacia la puerta. Salí al pasillo. El otro cuarto estaba abierto, pero él no estaba dentro. Fui hacia la escalera, la bajé y recorrí el salón silencioso rumbo a la cocina.

Tampoco estaba ahí.

Se me aceleró el corazón y se me revolvió el estómago mientras me giraba despacio. ¿Dónde estaba? La casa no era tan grande como para que no pudiera encontrarlo, por el amor de Dios. Mis ojos se posaron en las ventanas delanteras. Corrí hacia ellas, separé las finas cortinas color hueso y eché un vistazo a través de las persianas. El aire se me agolpó en los pulmones cuando recorrí el aparcamiento una vez y luego otra. Su camioneta no estaba allí.

No estaba allí.

Jax se había ido.

30

No sabía qué hacer ni qué pensar.

Jax se había marchado sin decirme nada. No había ninguna nota ni un mensaje de texto o de voz en mi móvil. Se había ido de casa sin despertarme y, aunque no parecía que eso fuera gran cosa, el día anterior él estaba muy molesto.

Me senté en la esquina del sofá. Casi podía oír lo que me había dicho. Que no se podía creer lo que yo pensaba de él y que no lo conocía.

Me clavé las uñas en la palma de las manos. Se había puesto realmente furioso, se había ido a la cama así, o había hecho lo que fuera que había hecho en el otro cuarto, y había dicho algunas auténticas estupideces. Sabía que las palabras no podían desdecirse, no podían retirarse.

¿Había llegado la cosa a ese punto?

¿Era esta su forma de acabar con la relación?

Oh, Dios mío.

¿Y si se había marchado y quería que yo ya no estuviera en su casa al regresar? Y ahí estaba yo, sentada en el sofá, todavía con su camiseta puesta, como una tonta. Era totalmente posible. Él estaba cabreado porque yo había insinuado que se estaba enrollando con Aimee.

Me puse de pie de un salto y me aparté el pelo de la cara con manos temblorosas. Jax era un buen chico. De verdad. No querría montar una escena. Joder, había sido amable con Aimee hasta que ella me había insultado. Seguramente querría que me fuera y ya está.

Madre mía, él me había defendido y yo había sido tan… tonta.

Subí corriendo la escalera, me quité su camiseta y me dejé caer en su cama. Me vestí deprisa, me hice un moño sin cepillarme el pelo siquiera y metí todas mis cosas en mi descomunal bolsa de viaje.

Al cerrar la cremallera de la bolsa llena a reventar, me paré un momento. La vocecita que tenía en la cabeza me advirtió que no corriera tanto, que pensara, porque podría estar reaccionando de modo exagerado, pero el puto miedo a estar ahí cuando él volviera y no quisiera que yo estuviera en su casa era demasiado.

Cuando iba a salir, me giré y cogí su camiseta, con la que había dormido. Ni siquiera sabía por qué lo hacía, pero la cogí y me la llevé conmigo mientras recogía el bolso y me iba de su casa.

Un millón de cosas me daban vueltas en la cabeza mientras conducía. Al principio no estaba segura de adónde iba, pero después supe dónde me estaba guiando mi subconsciente.

A casa de mamá.

No sé cómo llegué, porque no recordaba el trayecto. La casa estaba en silencio, más caliente de lo normal porque no había estado allí para poner el aire acondicionado. Dejé la bolsa de viaje en el sofá y saqué el móvil.

No tenía llamadas ni mensajes de texto, y no sé por qué pensé que tendría. El corazón me latía a toda velocidad, tenía el estómago revuelto y quise llamar a Teresa. Necesitaba hablar con alguien, pero ella no conocía a Jax.

Di un par de vueltas al sofá antes de pulsar el nombre de Roxy en mi lista de contactos. Contestó al tercer tono.

—Hola —dijo, con la voz ronca de dormir.

—Perdona —respondí muerta de la vergüenza—. Es temprano, ¿verdad? Ya volveré a llamarte.

—No pasa nada —carraspeó—. ¿Va todo bien?

Estuve a punto de decir que sí.

—No.

—¿Es por tu madre o por Clyde? —La somnolencia había abandonado su voz.

—No. No es eso. Es… —Me humedecí los labios—. Creo que Jax y yo hemos roto.

—¿Qué? —gritó después de una pausa.

Me dejé caer en el sofá.

—Verás, estábamos juntos. Supongo. No nos llamábamos novios el uno al otro, no habíamos hablado de ello.

—Yo diría que la gente no habla de ello, amiga. Simplemente pasa. Vosotros dos estáis juntos, fijo.

—Él decía que era mi chico, de modo que sí, pero entonces, ayer por la noche… —Se me apagó la voz. Volvía a tener ganas de vomitar—. No sé. Se ha ido.

—¿Qué quieres decir con eso de que se ha ido?

La sensación de malestar me subió al pecho.

—Cuando me desperté, ya no estaba, y no ha dormido conmigo ayer, esta noche.

—¿Dónde estás? —preguntó de repente.

—En casa.

—¿En la de Jax?

—No. En la de mi madre. No podía quedarme en la suya. Ni siquiera sé si quiere que me quede y no deseaba estar allí cuando regresara por si ese era el caso. —Sujeté el móvil con fuerza—. De modo que estoy… estoy en casa de mamá.

—¿Crees que eso es buena idea? —soltó, y su voz cambió como si se estuviera moviendo deprisa—. ¿Con todo lo que está pasando?

El corazón me dio un vuelco brutal. Joder.

—Soy idiota. Idiota no, lo siguiente. Soy gilipollas. Ni siquiera se me ocurrió pensar en eso. —Mierda, no se me había ocurrido pensar en eso ni por asomo. Me puse de pie de un salto y corrí hacia la puerta principal para asegurarme de que estaba cerrada con llave—. Realmente soy demasiado idiota para vivir.

—Vale. Estás estresada. No piensas con claridad. No eres demasiado idiota para vivir. O tal vez solo un poquito —contestó. Su voz sonó más lejos—. Te he puesto en altavoz. Me estoy vistiendo. Quédate donde estás. Voy para allá. Pásame la dirección.

—No tienes por qué hacer eso —comenté con los ojos como platos.

—Claro que sí. Soy tu amiga. Tienes problemas de chicos y casi te secuestraron hace unos días. Este es, sin duda, el deber de una amiga, así que voy para allá. No te muevas de ahí, cierra con llave las puertas y esconde a los niños. Llegaré enseguida.

—¿Acabas de citar a Antoine Dodson? —me sorprendí, soltando algo entre un resoplido y una risita.

—Puede. —Roxy alargó la palabra—. Estaré ahí en quince minutos como máximo, ¿vale? Solo tengo que cepillarme los dientes y tal vez el pelo.

—Muy bien. Aquí estaré.

No creo que pasaran ni veinte minutos, lo que me hizo preguntarme dónde viviría, porque no lo sabía, y lo rápido que conducía, pero entró en mi casa vestida con unos vaqueros cortos y una camiseta de tirantes extra grande que apenas le cubría el sujetador deportivo, y con el pelo recogido en un moño más alborotado que el mío. Estaba increíblemente adorable, de un modo que yo no podría esperar si fuera vestida así.

También llevaba una caja blanca que dejó caer en la mesita del salón.

—He comprado dónuts —anunció—. Necesitamos ingerir grasas para mantener esta conversación.

No creía que pudiera comer sin vomitar, pero era superamable por su parte. Se sentó en el sofá y se inclinó hacia delante para abrir la tapa y dejar a la vista un surtido de bollos. Cogí en la cocina unas servilletas de papel que habían sobrado de alguna comida rápida y me reuní con ella en el sofá.

Ya se había zampado medio dónut recubierto de chocolate.

—Cuéntamelo todo.

Solté el aire retenido y me senté a su lado para explicárselo todo, empezando por lo de Aimee, algo de lo que ella era muy consciente, y terminando por lo de esa misma mañana. Hasta le hablé de lo de hacer planes para cuando volviera a la facultad. Al acabar, me sorprendí a mí misma cogiendo un dónut glaseado.

—Muy bien. —Se hizo con un cuarto dónut, y me pregunté dónde habría puesto los otros tres—. Empecemos con lo de Aimee. Esa chica no entiende que ningún chico pueda rechazarla, y estoy convencida de que sabe que está loco por ti, porque todo el mundo lo sabe. Joder. Se ve.

—¿Se ve?

Roxy sonrió tras dar otro bocado a un dónut.

—En cuanto apareciste, Jax puso sus ojos en ti, en sentido literal y figurado. Es de lo más obvio —explicó.

Sentí un calorcito en todo el cuerpo mientras la idea me bullía en la cabeza. Me gustó saber que la gente pensaba eso. Y me sentí más bien tonta, porque seguramente no era tan formidable para los demás como para mí.

—Ya sabes que me he fijado en cómo Aimee ronda a Jax —prosiguió—. He estado perfeccionando mi mirada asesina con ella desde que llegó al bar. Por desgracia, no funciona.

Esbocé una sonrisa mientras me metía un pedacito de dónut en la boca. Su mirada asesina tampoco estaba funcionando con Reece.

—Jax no le da pie. Tengo que admitir que podría hacer más para asegurarse de que ella capta el mensaje, pero no le corresponde. Para nada. Pero es un buen chico. —Cogió una servilleta para limpiarse los dedos—. Cuesta mucho sacarlo de quicio. Ya lo has visto. Y es muy agradable con las mujeres. Simplemente lo educaron bien.

—Pues sí —susurré.

—Pero tú también estás en tu derecho de que todo esto te mosquee.

—¿Sí? ¿Verdad?

Asintió con la cabeza.

Gracias a Dios, no estaba completamente loca ni del todo equivocada.

—Yo me pondría como una fiera con ella si se presentara en mitad de la noche en casa de mi chico, si es que lo tuviera, pero bueno. Seguramente también me pondría como una fiera con él y me llevaría algo de tiempo superarlo, pero...

Me recosté en el sofá y me acerqué las rodillas al pecho.

—¿Viene ahora la parte de «ahí la cagué»?

—Sí. Y no. —Roxy sonrió y se volvió hacia mí—. Esta es tu primera relación y tu primera pelea. Es de esperar que sea tu única relación, pero no va a ser tu última pelea, eso seguro. Es probable que esto pase muchas veces.

Lo sabía. Pero se me había olvidado porque era idiota.

—Básicamente acusaste a Jax de ser un mujeriego mientras estaba contigo, de modo que estará cabreado, pero va a seguir estando loco por ti. Y si deja de estarlo, es que no te renta estar con él. Pero Jax no es así. Se le pasará y vais a estar bien.

Me mordisqueé el labio inferior y dejé que sus palabras rebotaran en lo que me rondaba por la cabeza. Todo lo que había dicho era razonable, y eso despertó mi esperanza.

—¿Crees que tendría que llamarlo?

—Creo que tendrías que darle algo de tiempo —sugirió—. Nunca está de más dejar que el chico acuda a ti, ¿verdad? Los dos obrasteis mal y tienes que recordar que tú no fuiste la única que la cagó.

—Tienes razón. —Suspiré y eché la cabeza hacia atrás hasta recostarla en el sofá—. ¿Crees que he hecho bien yéndome esta mañana?

—Hummm… —Se recolocó las gafas—. Bueno, si no te estuvieran pasando todas estas locuras, seguramente no habría importado. Es probable que Jax no esté contento, pero te verá esta noche.

—No. Va la fiesta. Nick y tú trabajáis esta noche, ¿recuerdas?

—Mierda —gimió, desmoronándose contra el brazo del sofá—. Se me olvidó por completo.

—¿Habías hecho planes? Porque estoy segura de que nos arreglaremos sin ti esta noche.

Roxy se rio.

—Necesitaría tener una vida para hacer planes, pero había pensado descansar, leer y atiborrarme de comida basura hasta bien entrada la madrugada como cualquier soltera sexy de veintidós años.

Solté una carcajada.

Su sonrisa se ensanchó y nuestros ojos se encontraron cuando alargó la mano para darme palmaditas en el brazo.

—Todo va a ir bien —me aseguró.

Le devolví la sonrisa. Había estado a punto de sufrir una crisis nerviosa por la mañana, pero ahora me sentía mucho mejor, como si todo fuera a ir realmente bien.

—Gracias —dije.

—Si no, estoy segura de que tu madre tiene una libretita negra por aquí y probablemente conozca a alguien a quien podamos contratar para que le dé una paliza.

—Madre mía —exclamé riendo.

Soltó una risita mientras se acurrucaba contra el brazo del sofá. Era tan menuda que apenas ocupaba la mitad.

—Podemos llamarlo Plan B.

—¿Cuál es el Plan A?

—Te presentas en su casa llevando puesta solo una elegante gabardina negra y, cuando abra la puerta, te lo tiras.

—Me gusta el Plan A —comenté sacudiendo la cabeza mientras soltaba una nueva carcajada.

—Y seguro que a él también.

El miércoles por la noche estaba hecha un manojo de nervios. Se me habían instalado en el estómago y apenas pude retener el medio sándwich de ensalada de pollo que había almorzado tarde con Roxy después de que visitáramos a Clyde.

Por todas esas cosas de chicas, me había tomado mi tiempo al arreglarme para mi turno mientras Roxy me esperaba. Me había ondulado el pelo, maquillado los ojos con pericia y pintado los labios con un tono más claro que el carmesí. Sabía que seguramente los chicos de la despedida de soltero se pasarían por el bar en algún momento, lo que significaba que Jax estaría con ellos. No había intentado ponerme en contacto con él hasta que estuve en mi coche, y Roxy, en el suyo. Le había enviado un mensaje de texto rápido diciendo que esperaba verlo aquella noche. Después, asustada como una niña pequeña con un monstruo en el armario, había dejado caer el móvil en mi bolso y había puesto música. No miré si me había contestado hasta llegar al bar.

Ninguna respuesta.

—No pasa nada —me dije a mí misma mientras bajaba del coche y me dirigía al local. El corazón me latía con fuerza.

No hubo ninguna respuesta a las seis.

No hubo ninguna respuesta a las nueve.

Y, para acabar de joderlo todo, Aimee brillaba por su ausencia en el bar. De acuerdo, puede que hubiera pillado finalmente el mensaje, pero el corazón me seguía latiendo a toda velocidad y empezaba a pensar que tal vez Roxy se hubiera equivocado esa mañana. Tal vez Jax había cambiado de opinión.

—¿Estás bien? —preguntó Roxy después de que hubiera servido un Appletini que no estaba segura de haber preparado bien.

—Sí —contesté, a pesar de que estaba totalmente paranoica. Me observó con atención.

—No has sabido nada de él, ¿verdad?

Sacudí la cabeza con la mandíbula apretada.

—Calla, yo no...

La puerta se abrió y dirigí la mirada hacia ella mientras el corazón me brincaba como había hecho cada vez esa noche. No era Jax.

Katie entró tranquilamente con unos tacones que podían hacer las veces de zancos, pero no se tambaleaba con ellos. No, señor. Se acercó majestuosa a la barra y le dio unas palmaditas en el hombro a una mujer.

—Este sitio es mío.

Suspiré.

Roxy rio en voz baja.

La mujer debía de estar acostumbrada a Katie, porque murmuró algo entre dientes y dejó libre el asiento. Katie se dejó caer en él y se subió la brillante camiseta tipo tubo por encima de los pechos.

—Un whisky. Solo.

—¿Has tenido una mala noche? —pregunté con las cejas arqueadas.

—June, una de las chicas, está ensayando una nueva rutina —explicó con los ojos entornados—. La danza del vientre. Y eso que no puede marcarse un hip hop sin que los hombres salgan huyendo como si acabaran de llegar sus mujeres.

—¿Y qué tal se desnuda? —preguntó Roxy.

Hasta Nick parecía estar escuchando desde donde se encontraba, al otro lado del pozo de hielo.

—Vete a saber. Tiene unas buenas tetas y un culo bonito. El caso es que no puedo más.

Sonreí de oreja a oreja mientras le servía el trago y deslizaba el vaso hacia ella. No se me cayó ni una sola gota.

—Caramba, mira eso, ya eres una verdadera camarera —comentó Roxy.

Nick resopló.

Les dirigí a ambos una mirada y, entonces, la puerta se abrió. Giré la cabeza tan deprisa que me sorprendió no sufrir un latigazo. Me quedé sin respiración y casi se me cayó la botella de whisky.

Reece fue el primero en entrar, con unos vaqueros gastados y camisa, muy guapo.

—Maldita sea —gimió Roxy—. En serio. Estaba segura de que esta noche no tendría que verlo.

Le lancé una mirada.

Katie resopló levantando el vaso.

—Yo pasaría varias noches largas con él —comentó y se bebió el whisky de un trago—. Madre mía —soltó.

Joder.

Entró otro par de chicos. Vi a su hermano mayor y, aunque me sorprendió encontrar a Colton con ellos, tenía sentido. El futuro marido era policía. El corazón empezó a bailar en mi pecho; Jax tenía que estar con él.

Katie se volvió para mirarlos.

—¿Lo veis? ¡June los ha ahuyentado incluso a ellos! —exclamó alzando las manos.

La puerta se cerró y el grupo risueño de hombres fue a sentarse a una mesa libre cerca de las mesas de billar. Se me cayó el alma a los pies.

Jax no iba con ellos.

—Estaban en el club, ¿verdad? —me oí a mí misma preguntar.

—Sí. No se han desmadrado. —Katie se examinó las uñas un momento y después alzó la vista con los ojos azules llenos de compasión.

Oh, no.

Di un paso atrás y choqué con Sherwood, quien, como un puto fantasma, se había metido detrás de la barra y estaba haciendo algo con los vasos.

Roxy me miró con el ceño fruncido.

—Calla… —dijo.

Dudaba mucho de que Katie se hubiera caído de la barra vertical y hubiera desarrollado habilidades de superestríper, pero me estaba mirando como si supiera exactamente qué me tenía nerviosa.

—Jax estaba con ellos —dijo.

No era ninguna sorpresa. Sabía que estaría con ellos.

Roxy se acercó más mientras escudriñaba el bar. Captó la atención de Nick, y este fue a atender a un cliente.

—Muy bien —susurré. No sé muy bien cómo me oyó por encima del ruido.

Katie se chupó el labio inferior, pintado de rosa brillante.

—Los chicos se lo estaban pasando bien, aunque Jax no parecía demasiado contento y, entonces, puede que una media hora antes de que yo viniera aquí, apareció Aimee.

Sentí la peor clase de sensación en mi pecho.

—Fue realmente raro, porque Aimee nunca había puesto un pie en el club.

Claro que no, porque Aimee estaba allí porque Jax estaba allí.

—Unos diez minutos después de que ella apareciera, Jax se marchó—. Los ojos de Katie se encontraron con los míos—. Y Aimee se marchó también, justo detrás de él. No estoy diciendo que estuvieran juntos. Sino que se fue literalmente detrás de él.

Oh, Dios mío.

—Calla —dijo Roxy tocándome el brazo—. Aimee está a un paso de ser una acosadora. Sabes que Jax no le pidió que fuera allí.

La miré, pero no estuve segura de verla. El vacío de antes había vuelto.

—No me ha contestado el mensaje de texto que le envié antes de venir a trabajar. Le escribí, pero no me ha contestado.

—Vale. Eso no significa nada —soltó Roxy enseguida.

¿De veras? Aimee se presentó en casa de Jax ayer por la noche. Él la echó, pero su conversación fue algo dudosa. Tuvimos una gran pelea. No durmió conmigo, se había ido cuando me he despertado, no ha intentado ponerse en contacto conmigo en todo el día y no me ha contestado. Nada de esto tenía buena pinta.

Me ardía la garganta.

Mientras estaba allí de pie, algo poderoso se me escapaba del cuerpo, como la sangre de una puñalada estratégicamente situada para matarte poco a poco.

—Vosotros dos sois más que amigos. No me lo has dicho, pero lo sé —comentó Katie dándose golpecitos con un dedo en la sien—. Lo sé.

—Katie —suspiró Roxy.

—Te dije que tu vida iba a cambiar —prosiguió Katie—. ¿Recuerdas? Te lo dije. No dije que fuera a ser fácil.

Me la quedé mirando.

Por suerte entró un montón de gente que llenó el bar, por lo que no tuve ocasión de contestarle y me puse a servir bebidas de una forma casi obsesiva. Ni siquiera me di cuenta de que Katie se iba.

Roxy intentó hablar conmigo varias veces, pero la evité, porque sabía que quería hablarme de Jax y yo no podía hacerlo. No podía. Preparé tres tés helados Long Island y sonreí. Cobré. Gané propinas. Y después preparé mogollón de Jägerbombs para la mesa de Reece, ya que Roxy estaba de repente ayudando a Gloria.

Reece no mencionó a Jax.

Yo tampoco.

Para cuando él y los chicos se marcharon apenas faltaba una

hora para cerrar y yo solo quería irme a casa y meterme en la cama. Puede que no fuera lo más inteligente que podía hacer. Hubo un momento en que Roxy mencionó que podía quedarme con ella, pero yo necesitaba estar sola. Estaba dispuesta a correr el riesgo de estar sola, porque lo que fuera que había empezado antes a escaparse de mí lo seguía haciendo.

Al echar un vistazo más a la puerta, me temblaron los labios y el dolor gélido del pecho llenó el vacío que me carcomía las entrañas. Noté que crecía en mi interior. Iba a desmoronarme, lo que sería la guinda del jodido pastel.

Me giré hacia Roxy y Nick e inspiré hondo.

—¿Os importa que me adelante y me vaya?

Roxy asintió con la cabeza.

—Sí. Podemos arreglárnoslas, pero…

—Muy bien. Gracias. —Me abalancé hacia ella, le di un abrazo rápido y pasé delante de los dos para recuperar el bolso del despacho. Cuando salía, Nick estaba rodeando la barra.

—Puedo llevarte —sugirió.

—No —respondí enseguida moviendo la cabeza hacia la izquierda—. He venido en mi coche. No hace falta.

Nick miró a Roxy, lo que interpreté como la señal para largarme antes de acabar yendo a casa con uno de los dos y terminar llorando en uno de sus hombros. Salí deprisa del bar. El olor a lluvia impregnaba el aire nocturno.

Me detuve, saqué el móvil del bolso y le di al botón. La pantalla se iluminó. No había llamadas perdidas. No había mensajes de texto.

Solté una carcajada sardónica y áspera al levantar la cabeza mientras guardaba el móvil de nuevo en el bolso. Mis dedos estaban deseando llamarlo mientras contemplaba el aparcamiento lleno al otro lado de la calle. La camioneta de Jax no estaría allí, por supuesto, porque él se había ido unos segundos antes que Aimee y no se había presentado en el Mona's esa noche. No había intentado ponerse en contacto conmigo y no había contestado mi llamada.

No tendría que haber dejado que Jax se acercara a mí.

No tendría que haberme enamorado de él.

No. Eso no era verdad.

Me sequé las lágrimas y crucé el aparcamiento. El WalMart que había calle abajo estaba abierto. Iba a gastarme parte del dinero que había atesorado en una cesta llena de comida basura y helado. Después me iría a casa y comería hasta que dejara de importarme. Y mañana…, bueno, todavía no sabía qué haría. Estaba cerca de mi coche cuando oí que me llamaban por mi nombre.

—¿Calla?

Los ojos casi se me salieron de las órbitas. Me giré, rodeando con los dedos la correa de mi bolso. De espaldas a la calle busqué incrédula con la mirada hasta dar con el origen de la voz.

Estaba de pie bajo la farola parpadeante del aparcamiento. Incluso bajo aquella tenue luz pude ver su descolorido pelo rubio de bote con las raíces muy oscuras, su cara demacrada y su figura flaca. Llevaba la ropa arrugada. Una vieja camiseta que le colgaba de los hombros delgados. Unos vaqueros muy ajustados, pero anchos de rodilla para abajo.

Dio un paso hacia mí y yo retrocedí un paso. Su sonrisa era tensa y crispada.

—Cielo…

No me lo podía creer.

Mamá estaba justo delante de mí, con aspecto de estar colocada y llamándome cielo. Yo estaba literalmente clavada en el suelo, estupefacta. Ni siquiera sabía qué decirle, porque había mil cosas que quería gritarle, pero no me vino nada a los labios.

—¿Estás bien? —Eso fue lo que le dije.

Abrió la boca, pero lo que fuera que dijo se perdió en medio de un ruido ensordecedor, como el de un motor acelerando a tope. Giré la cabeza para mirar detrás de mí. Un coche de cuatro puertas con los cristales tintados entraba a gran velocidad en el estacionamiento y se detenía debajo de la señal. La ventanilla del conductor bajó.

Unas chispas rasgaron la noche.

Se oyó un estallido.

Mamá gritó, y me pareció que chillaba mi nombre, pero hubo más estallidos, como si un montón de tapones de corcho saltaran a la vez, y más chispas. Fui consciente de que eran disparos cuando se produjo una explosión de cristales a mi alrededor. Hubo impactos de metal cerca de mí, demasiado cerca de mí, y el bolso se me escapó de los dedos mientras yo me disponía a gritar.

El sonido jamás salió de mis labios, porque me quedé sin respiración cuando un ardor extraño prendió en mi estómago, brusco y repentino, tan intenso que me dejó sin aliento.

Bajé la vista mientras me tambaleaba hacia atrás hasta chocar con un todoterreno. Me pareció oír gritos, pero la cabeza me daba vueltas de una forma muy extraña. Me temblaban las manos cuando me presioné con ellas el costado. Noté algo cálido y mojado.

—Mamá —gruñí, y noté que mis piernas cedían. No recordaba haber caído, pero me dolía la parte posterior de la cabeza, aunque no tanto como el abdomen. Estaba mirando el cielo; las estrellas se movían como si estuvieran lloviendo—. ¿Mamá?

No hubo respuesta.

31

Cuando volví a abrir los ojos no estaba mirando las estrellas, ni siquiera una luz brillante. Miraba el techo, un techo falso blanco con una iluminación suave, tenue. Lo demás estaba en penumbra. Miré hacia la pared de enfrente y vi una cortina azul claro. No pensaba con claridad y me sentía rara, como si flotara, pero sabía que me encontraba en un hospital. Tenía la sensación vaga de tener algo en la mano derecha. Desplacé despacio la vista hacia el lugar donde descansaba en la cama. Era una vía venosa.

Efectivamente, un hospital.

Oh, sí, exacto, me habían disparado. De hecho, me habían disparado con una pistola. Real.

Joder, qué mala suerte tenía.

Intenté incorporarme, pero el dolor sordo se volvió intenso y me atravesó el vientre con tanta brusquedad que me quedé sin aire en los pulmones. Las paredes me dieron vueltas como si tuviera un mal viaje.

Un movimiento a la izquierda de mi cama agitó el aire a mi alrededor y una mano se posó con cuidado en mi hombro. Parpadeé para volver a enfocar la mirada mientras alguien me obligaba a recostar de nuevo la cabeza en el sorprendente montón de almohadas.

—Un par de segundos despierta y ya estás intentando sentarte.

El monitor cardiaco registró la aceleración repentina de mi corazón al volver la cabeza a la izquierda. Mis latidos eran irregulares.

Jax estaba sentado en una silla junto a la cama y tenía un aspecto… tenía un aspecto horroroso. Lucía unas sombras oscuras debajo de unos ojos que normalmente eran del color del whisky caliente. La barba incipiente que le cubría la mandíbula estaba más poblada de lo normal.

Pero sonrió cuando mis ojos se encontraron con los suyos.

—Aquí estás —dijo con voz ronca y pastosa.

—Me llevé tu camiseta.

—¿Qué? —preguntó con el ceño fruncido.

No sé por qué había dicho eso. Sabía que en ese momento unos fármacos de lo más agradables recorrían mi organismo, así que les echaría la culpa a ellos.

—Me llevé tu camiseta al irme de tu casa porque quería tener una parte de ti si decidías que ya no querías volver a verme.

Se enderezó en la silla y me miró con los labios separados.

—Me siento rara —admití—. Creo que me han disparado.

—Te dispararon, cariño. En el estómago —corroboró con una expresión tensa.

Me humedecí los labios secos.

—Suena mal —solté. Sabía que podía ser grave. Estudiamos las heridas de bala durante una semana en una de mis asignaturas.

—De hecho, has tenido suerte. El médico ha dicho que la bala no ha dañado ninguno de los principales órganos vitales. Una entrada y salida limpias —explicó en voz baja—. Tuviste una hemorragia interna.

—Oh. Eso es malo.

Ladeó la cabeza y cerró los ojos.

—Sí, cariño, eso es malo.

Parecía tan preocupado, tan... No sé, afectado, que creí que tenía que tranquilizarlo.

—No me duele demasiado.

—Lo sé —murmuró—. Te están administrando analgésicos. Yo... maldita sea. Calla. —Se inclinó hacia delante hasta poner su cara tan cerca de la mía que capté la tenue fragancia de su colonia—. Oh, cariño... —Sacudió la cabeza y la oscuridad de sus ojos rozó una intensidad atormentada. Puso una mano en mi mejilla izquierda y noté el temblor que la zarandeaba—. Sé que tendrás preguntas, pero hay algo que tengo que decirte, ¿vale?

—Vale.

—Ayer, cuando te despertaste y yo me había ido, no era lo que pensaste.

Las últimas veinticuatro horas empezaron a reproducirse en mi cabeza, reunidas como en un libro ilustrado cuyas páginas pasaban lentamente.

Había sido un día de mierda.

—Tenía que salir temprano para ir al centro a probarme el traje para la boda. Tendría que haberte dejado una nota, pero seguía cabreado por lo de la noche anterior. Me marché pensando que estarías allí cuando regresara y que hablaríamos, pero Roxy me llamó.

—Ella... ¿te llamó? —Lo miré con el ceño fruncido.

—Sí. —Dirigió la vista hacia mi cara y luego la bajó. Juraría que estaba mirando cómo se me movía el pecho, como si se estuviera asegurando de que seguía respirando—. Me llamó de camino a tu casa porque le preocupaba tu seguridad. De modo que sabía que te habías ido y, sí, estaba enfadado por eso. Creía que estábamos de acuerdo. —Soltó una carcajada sardónica, áspera—. Llamé a Reece para informarle de que estabas en tu casa. Enviaron un coche para seguirte.

Ni siquiera me había dado cuenta. Es verdad que, al parecer, no era la persona más observadora del mundo; tal vez tendría que replantearme mi carrera de enfermera.

Me acarició la mandíbula con el pulgar y volvió a mirarme a los ojos.

—Ayer me pasé todo el día furioso contigo, con nosotros, conmigo mismo.

Bueno, eran cosas que no me apetecía nada oír en aquel momento, pero tuve la sensación de que tenía que sacar todo lo que necesitara decir, así que me quedé callada y lo miré.

Un músculo le tembló en la comisura de un ojo.

—Todo el día —repitió sacudiendo la cabeza de nuevo—. Todo un punto día desperdiciado en chorradas. Tendría que haber aprendido la lección. Viví esa clase de arrepentimiento con mi hermana, ¿sabes? Me pasé tanto tiempo enfadado con Jena que, cuando ya no estaba, ni siquiera podía calcular las horas perdidas que podía haber pasado estando ahí para ella.

—Jax —susurré. Sentía una opresión en el corazón.

Apoyó el peso en el otro brazo, con cuidado de no perturbar nada en la cama y de no hacerme daño, aunque no estaba segura de cuánto podía sentir en ese momento.

—La cuestión es que estaba enfadado, pero eso no cambia lo que siento por ti ni lo que quiero de ti. No soy perfecto, ni mucho menos, y me he portado como un gilipollas. Podía haberte llamado y asegurarme de que lo entendías. Podía haberte devuelto el mensaje de texto. No lo hice. Pensé que tal vez ambos necesitábamos algo de espacio para calmarnos y así, cuando habláramos, lo haríamos bien. Y ayer por la noche, cuando fui al club, apareció Aimee.

Entonces recordé eso también y tuve de nuevo esa sensación nauseabunda, aunque, por suerte, más mitigada que antes.

—Eso me cabreó todavía más. Me largué. Ella me siguió fuera. Discutimos en medio de un puto aparcamiento. Y te juro que hasta la ruptura más terrible con alguien con quien había tenido una verdadera relación fue más fácil que hablar con ella. Aimee ya no será ningún problema pero, maldita sea, fue más tiempo desperdiciado. Después volví a mi casa. Planeaba ir al bar a recogerte antes del cierre. No se me ocurrió que fueras a marcharte antes, pero iba a ir a buscarte. Solo que no llegué a hacerlo.

Cuando prosiguió, su voz ronca y el dolor tan real que reflejaba me llegó al alma.

—Me estaba preparando para ir. Tenía las putas llaves en la mano, Calla. Prácticamente había salido por la puerta. Estaba pensando en enviarte un mensaje cuando me sonó el móvil. Era Colton. Estuve a punto de no contestar, porque sabía que seguirían de juerga y no estaba de humor para esa mierda, pero contesté. Me dijo que acababa de llamarlo uno de sus hombres para decirle que había habido un tiroteo en el bar y que alguien había resultado herido. No sabía nada más y, joder, nena, mi corazón… hizo lo que hizo cuando recibí la llamada por lo de mis padres. Fue una sensación horrorosa, como si no estuviera de pie, aunque lo estaba. Traté de llamarte y, cuando no contestaste, lo supe… simplemente lo supe, porque si había habido un tiroteo en el bar, me habrías cogido la llamada si hubieras podido.

—Estoy bien —susurré con firmeza, porque me pareció que necesitaba oír eso, pero ignoró mis palabras.

—Cuando llegué al bar, joder, vi tu coche tiroteado y tú no estabas. Ni tampoco Roxy… —Pareció serenarse mientras me ponía una mano temblorosa en la mejilla—. Fue Nick quien me dijo que eras tú. Estaba fuera. Habló conmigo antes que la policía. Solo sabía que te habían disparado y que estabas inconsciente cuando llegó la ambulancia. Calla, yo… no puedo expresar con palabras lo que sentí en aquel momento ni lo que sentí mientras venía hacia el hospital. Solo sabía que ayer la había cagado. —Su pecho se elevó con una inspiración profunda—. Podía haberte perdido. Realmente podía haberte perdido, coño.

Y si no hubiera tenido esta ocasión de hablar contigo ahora mismo, si me hubieras sido arrebatada y hubiera dejado escapar la oportunidad de pasar el día de ayer contigo, estando a tu lado, amándote, jamás me lo habría perdonado. Así que, ¿sabes qué, Calla? Voy a dejarme de gilipolleces. Y espero que estés conmigo en esto pero, aunque no lo estés, tengo que decírtelo y no voy a lamentar hacerlo.

Empecé a respirar con dificultad, no en el mal sentido de la palabra, pero sabía que iba a pasar algo importante. Me ardía la garganta, y no porque la tuviera seca. Y los ojos también. Los tenía humedecidos, porque una palabra destacaba por encima de todas las demás palabras profundas que había dicho. «Amándote».

—Tengo que decirte que te quiero, Calla —soltó, y me sorprendió que el monitor no detectara la sensación de que el corazón se me había parado un instante—. Hablo muy en serio. Te quiero. Amo tu forma de pensar, aunque a veces sea molesta de cojones, e incluso entonces, sigue siendo adorable. Amo que haya mogollón de cosas que nunca has vivido y que vayas a vivirlas conmigo. Tener ese honor. Amo tu fortaleza y todo lo que has sobrevivido. Amo tu valentía y amo que prepares fatal los combinados, pero que a nadie le importe, porque eres genial.

Se me escapó una carcajada suave de sorpresa.

—Es verdad que preparo fatal los combinados —reconocí con voz temblorosa.

—Y tanto. Es verdad. Estoy seguro de que tus Long Island podrían matar a alguien, pero no pasa nada. —Sus labios esbozaron media sonrisa sin dejar de sostenerme la mirada ni un segundo—. Amo tu sentido del humor y que no hubieras comido nunca sémola. Hay tantas cosas que amo de ti que sé que estoy enamorado de ti. Así que puedes quedarte todas las camisetas mías que quieras, cariño.

Volví a quedarme sin respiración. Abrí la boca para hablar, pero al principio no me salió ninguna palabra. Había demasiadas cosas que quería decirle. Quería enumerar todo lo que yo amaba de él, pero solo alcancé a decir:

—Estoy enamorada de ti.

Jax inspiró con fuerza con los ojos muy abiertos, y me di cuenta de que no esperaba que yo fuera a decir eso. Era idiota si no lo pensaba, pero era el idiota al que yo quería, así que lo dije otra vez, y entonces se movió para acercar sus labios a los míos, y ese beso…, madre mía, reconocí ese beso, porque me había besado antes así y contenía el mismo amor que cada vez que me había besado de esa forma.

Y entonces, tal vez porque Jax me quería, porque estaba enamorado de mí y yo estaba enamorada de él, o quizá porque acababan de dispararme y estaba muy medicada, me eché a llorar.

Jax murmuró algo en mis labios y me secó las lágrimas con los pulgares. Era imposible que se metiera en aquella cama conmigo, así que se decantó por la mejor alternativa. Acercó la silla todo lo que pudo y extendió la parte superior de su cuerpo hacia el mío, pasándome un brazo por los hombros mientras descansaba la mejilla en la almohada al lado de la mía. Pasó un rato antes de que mi llanto cesara y le dedicara una sonrisa. Logré poner mi brazo derecho en movimiento y le coloqué la mano en la nuca para acariciarle despacio el cabello con los dedos mientras él me explicaba con todo lujo de detalles cómo planeaba demostrarme, cuando me pusiera bien, lo mucho que me amaba, con tanto lujo de detalles que, sin duda, se me puso la cara colorada como un tomate, pero, caray, así tenía algo que esperar con ilusión.

Pasó un buen rato, tanto que me pregunté cómo había logrado que el personal le dejara quedarse en mi habitación, pero me daba igual. Estaba allí y eso era lo único que importaba.

—Hay algunas cosas de las que tenemos que hablar, pero pueden esperar a que salgas de aquí, ¿entendido? —me dijo cuando los dos estábamos empezando a estar cansados.

Ya me había dicho lo que necesitaba tanto oírle decir, podía esperar a oír el resto. Asentí con la cabeza y noté que me pesaban los párpados. Y entonces, cuando llevaba despierta vete a saber cuánto tiempo, recordé.

—Dios mío. —Intenté incorporarme otra vez, pero Jax me sujetó con suavidad los hombros contra la cama.

—¿Qué? —La preocupación se reflejó en su voz—. ¿Qué pasa?

Le sujeté la muñeca con la mano derecha.

—Mamá —dije—. Mamá estaba allí, Jax. Estaba en el aparcamiento. ¿Resultó herida?

Se me quedó mirando un momento y sacudió la cabeza.

—¿Mona estaba ahí? —preguntó con el ceño fruncido.

—¡Sí! Estaba fuera, esperándome, pero llegó un coche y alguien empezó a disparar. ¿Le dieron?

—Muy bien. Necesito que te calmes. —Me cubrió de nuevo la mejilla con la mano—. Es la primera vez que alguien menciona a tu madre, cariño. Nadie sabe que estaba allí.

Lo miré, desconcertada.

—Espera —solté—. Estaba allí. Hablé con ella. Me llamó cielo. Estaba allí, Jax.

No dijo nada.

El cerebro me iba a mil.

—Estaba allí cuando empezaron a disparar, y oí cómo el coche se iba…

—La policía encontró el coche que cree que usaron abandonado a unos kilómetros del bar —me explicó—. No sé a nombre de quién está, pero creen que seguramente era robado. Estoy seguro de que nos darán más información después.

—Pero… pero eso no tiene sentido.

—Cariño —dijo tras mirarme a los ojos y besarme la mejilla—, yo… lo siento.

Iba a preguntarle por qué se estaba disculpando, pero entonces comprendí. Lo pillé. Se estaba disculpando porque mi madre se había presentado en el bar, me había visto y yo la había visto, alguien que estaba cabreado con ella había abierto fuego y me había dado, y... y mamá tenía que haberlo sabido.

—Sabía que me habían herido. —Sacudí la cabeza y parpadeé despacio.

Jax me pasó el pulgar por debajo del labio mientras la incredulidad se apoderaba de mí. Recordé haberla llamado y no haber obtenido respuesta.

—Me dejó allí, Jax, en un aparcamiento, sangrando de una herida de bala destinada a ella. Me abandonó.

—Cariño —dijo Jax en voz baja—. No sé qué decir.

Porque ¿qué coño vas a decir en un caso así? Mi propia madre me había dejado desangrándome en un aparcamiento. Cielo santo, ¿le importaba yo algo? Me temblaba el labio inferior. Jax se acercó de nuevo a mí y extendió sus dedos en mi mejilla para volver mi cabeza hacia la suya.

—Te quiero —me dijo tras unir sus labios a los míos.

Cerré los ojos y asentí despacio con la cabeza. Jax apoyó su frente en la mía, sujetándome de la única forma que podía hasta que el agotamiento pudo por fin conmigo y borró todo lo muy bueno y todo lo muy malo.

Los siguientes dos días que estuve en el hospital mi habitación parecía un local de moda. El inspector Anders vino y se fue más de una vez, lo mismo que Reece. Roxy me trajo a escondidas unos dónuts que no estaba autorizada a comer todavía, aunque no tuve el valor de decírselo, y Nicky parecía más melancólico que nunca. Me sentí culpable. Se había ofrecido a llevarme a casa y quizá si hubiera aceptado su oferta, mamá no habría intentado acercarse a mí y yo no estaría tumbada en una cama de hospital a punto de perder la cabeza de tanto estar encerrada.

El tiroteo había salido en las noticias, y Cam se había enterado de alguna forma o Teresa me había estado llamando al móvil hasta que finalmente Jax le había contestado, no sé cuál de las dos cosas había sucedido o si había sido una combinación de ambas, pero mis amigos, que Dios los bendiga, regresaron al pueblo en cuanto supieron que me habían disparado y allí estaban. Se hospedaban en un hotel situado a unas manzanas del hospital y se lo estaban tomando todo con mucha calma. Jase había bromeado incluso dándome las gracias por hacer que las vacaciones de verano fueran interesantes para todos ellos, pero yo sabía que estaban muy preocupados, sobre todo cuando Teresa dijo que quería que volviera a casa, a Shepherd, lo antes posible. Pero tampoco me vi con ánimos de decirle que eso no solucionaría nada.

Resultó que Clyde estaba en el mismo que yo, y se encontraba lo bastante bien como para levantarse durante periodos cortos de tiempo. Entonces venía a mi habitación y se armaba un cacao, y acababan llevándole a su habitación antes de que le diera otro infarto.

Durante todo este tiempo, Jax apenas se movía de mi lado. Se tomó unos días libres durante los que Nicky y Roxy dieron el callo para echar una mano en el bar. Jax debía usar una especie de truco mental Jedi de chico sexy sobre el personal sanitario, porque conseguía quedarse toda la noche en mi habitación y yo sabía que eso estaba prohibidísimo, pero no lo cuestionaba. Esas largas horas en mitad de la noche, cuando no podía dormir y lo único que quería hacer era largarme de allí, él estaba a mi lado. Hablamos de cosas importantes, como aquella por la que nos habíamos peleado, y después de cosas estúpidas, como adónde iríamos si hubiera un apocalipsis zombi o cuáles eran nuestros realities favoritos. Yo admití que seguía viendo *Toddlers & Tiaras* y que podía estar algo colada por los hermanos de *La casa de mis sueños*, y él era fan de *Pesadilla en la cocina* y *Pesadilla en el bar*, y estaba más que algo colado por Robbie Welsh, de *Transportes imposibles*. Me quedé dormida cuando empezó a hablar de su equipo favorito de fútbol americano, y cuando me desperté un rato después, él se había dormido en lo que debía de ser la postura más incómoda conocida por el ser humano. Estaba en la silla, pero había apoyado la cabeza en los brazos cruzados en la cama, a mi lado. Tenía la mejilla vuelta hacia mí, y yo debía de haber llegado a un nivel excepcional de depravación, porque no sabía cuánto rato estuve contemplando cómo sus pestañas aleteaban mientras dormía o simplemente mirándole la cara.

Fue así dos noches. La mañana del tercer día me iban a dar el alta, con la condición de que me lo tomara con calma. Las enfermeras me habían dado permiso para lavarme el pelo mientras Jax iba a casa a buscarme algo de ropa. Los baños con esponja no acababan de cumplir su cometido, pero la rabiosa cicatriz encima de las cicatrices descoloridas y la punzada de dolor si me movía demasiado deprisa o respiraba demasiado hondo me recordaba que tenía que ir con cuidado.

Ni siquiera entonces podía creerme que me hubieran disparado.

Mis amigos seguían en el pueblo y no tenía ni idea del tiempo que planeaban quedarse, pero sabía que me visitarían al día siguiente, porque me habían ordenado que no hiciera nada las primeras veinticuatro horas, así que supuse que habían convertido su segundo viaje en unas minivacaciones.

Mientras el médico me examinaba, con Jax de vuelta esperando junto a la puerta, me vinieron a la cabeza los pensamientos que había estado evitando desde la primera noche en el hospital.

Mamá.

Cerré los ojos cuando el médico me tomaba la tensión.

Mi madre, alguien de mi propia sangre, me había dejado tirada en medio de un charco de sangre. Eso dolía como tener un clavo oxidado en el corazón. O más de uno. Daba igual las excusas que pusiera o lo asustada que estuviera, no había justificación para ello. Era difícil de superar una revelación tan dura, porque hasta el momento en que me di cuenta de que me había abandonado no comprendí que todavía albergaba la esperanza de que algún día volviera a ser como era antes del incendio, las muertes y las drogas.

Ya no tenía ninguna esperanza.

Había hecho lo correcto al hablar con el inspector Anders. Le había contado que había visto a mi madre, lo que no le hizo demasiada gracia. Tampoco a mí me entusiasmaba hablar de ello.

En ese momento no podía permitirme pensar en ella, porque a pesar de que había recibido un disparo muy chungo y de que estaba endeudada por su culpa, seguía viva y tenía muchas cosas por las que sentirme agradecida.

Giré la cabeza para mirar a Jax mientras el médico me quitaba el manguito de presión. Me guiñó un ojo y yo sonreí.

Realmente, estar a punto de morir ponía las cosas en perspectiva.

Me autorizaron para marcharme e hicimos una parada en la habitación de Clyde antes de dirigirnos a casa de Jax. Nos dijeron que Clyde recibiría el alta a finales de semana, puede que al día siguiente si las pruebas eran positivas.

Cuando llegamos a casa de Jax, fui hasta el sofá y me dejé caer en él, cansada de un puto trayecto en coche.

—¿Estás bien? —preguntó arrodillado delante de mí.

—Sí, solo estoy cansada —respondí asintiendo con la cabeza—. Pero no tengo sueño.

No parecía convencido.

—¿No te duele el estómago?

—Solo si hago alguna tontería —sonreí.

Sus ojos buscaron los míos y después puso una mano en el brazo del sofá para levantarse. Me acarició los labios con los suyos.

—¿Crees que podrás comer algo? Han dicho dieta blanda, ¿verdad? ¿Qué tal sopa de fideos con pollo?

—Eso estaría bien.

Retrocedió con los ojos todavía nublados por la preocupación. Cogió una de esas mantas supercómodas del respaldo del sofá y me tapó con ella.

—Quédate aquí —pidió.

Cuando se marchaba, saqué la mano de debajo de la manta y le sujeté el brazo.

—Gracias —dije.

Arqueó las cejas.

—¿Por qué?

—Por todo.

Le temblaron un poco los labios. Luego se agachó para besarme otra vez.

—No tienes que darme las gracias por nada, cariño. En todo caso, es al revés.

—¿Y eso? —Fruncí los labios, desconcertada.

Antes de responder me quitó ese gesto de los labios y me provocó una serie de escalofríos en el bajo vientre.

—Estás sentada aquí, en mi sofá, y no hay nada que pueda superar eso.

Guau. Me derretí por dentro, lo que era otra razón para estar agradecida por tenerlo a mi lado. Me acurruqué bajo la manta cuando se fue a preparar la sopa. Nos la comimos mientras veíamos un maratón de *La casa de mis sueños*, lo que hizo que quisiera comprarme una casa vieja y pedirles que la reformaran para dejarla impresionante. Aunque puede que el hecho de que fueran unos gemelos la mar de sexis tuviera algo que ver con ello.

Hacia media tarde, alguien llamó a la puerta. Yo estaba tumbada en el sofá, con la espalda apoyada en el pecho de Jax, y casi me había quedado dormida. Alargué el cuello y vi que había fruncido sus carnosos labios.

—¿Esperamos a alguien? —pregunté.

Sacudió la cabeza mientras quitaba con cuidado el brazo de debajo de mis hombros.

—No te muevas, ¿vale?

Asentí con la cabeza y me incorporé con cuidado después de que él me hubiera pasado prácticamente por encima. Rodeó el sofá para dirigirse hacia la puerta y echó un vistazo por la mirilla.

—¿Qué cojones?

La inquietud se apoderó de mí de repente y me puse de pie de un salto, lo que hizo que me tirara la herida. Puse la mano sobre ella.

—¿Qué pasa? —pregunté.

Jax ladeó la cabeza mientras oí una voz apagada procedente del otro lado de la puerta. No distinguí lo que decía, pero pasados unos instantes, Jax se giró de golpe. Me quedé de piedra al ver que se acercaba a un arcón del salón, lo abría y sacaba de él una pistola. La inquietud se elevó a un nivel completamente nuevo.

A pesar de que sabía que tenía un arma y de que ya se la había visto antes, me flipaba verlo empuñarla.

—Jax...

—Todo está bien —dijo tras detenerse donde yo estaba. Me puso la mano libre en la nuca para inclinarme la cabeza hacia atrás y besarme deprisa—. Es solo por precaución.

En mi opinión, nada estaba bien cuando un arma era una medida de precaución, de modo que el corazón me latía con fuerza cuando volvió hacia la puerta y giró la llave. Se me tensaron los músculos cuando abrió la puerta, sujetando el arma a plena vista.

—Me importa una mierda quién sea, si hace un movimiento que no me gusta, no saldrá vivo de esta casa —advirtió Jax en voz baja haciéndose a un lado.

Hubo un instante de silencio antes de que respondiera una voz de hombre.

—Me gustaría pensar que soy lo bastante inteligente como para evitar que uses el arma que tienes en la mano.

—Y yo soy lo bastante inteligente como para saber que seguramente tiene mi casa rodeada y que, si no le hubiera dejado entrar, habría encontrado la forma de hacerlo.

Joder, ¿qué coño estaba pasando?

Se oyó una masculina risa grave.

—Puede que eso sea cierto, pero no he venido aquí a causar problemas Jackson. He venido a ponerles fin.

Oír esas palabras fue como si echaran hielo por la espalda.

Jax se quedó allí plantado un momento y luego asintió bruscamente con la cabeza.

Un segundo después entró un hombre en la casa. Y lo hizo deslizándose como un rey, coño. Con un traje gris oscuro, evidentemente confeccionado a medida para que se ajustara a sus caderas estrechas y sus anchas espaldas, y el pelo negro reluciente peinado hacia atrás, lo que realzaba su frente alta y sus pómulos. Ese hombre rezumaba dinero y poder.

Se detuvo en cuanto entró y posó los ojos color castaño oscuro en mí. No pude evitar el escalofrío que me provocó su mirada aguda y penetrante.

Maldiciendo entre dientes, Jax cerró la puerta y se volvió hacia nosotros. Se metió el arma en la parte posterior de los vaqueros con un suspiro. Yo estaba clavada en el sitio, respirando superficialmente mientras el hombre esperaba a que Jax regresara a mi lado y me rodeara la cintura con un brazo cuidadoso y protector.

El hombre avanzó y se detuvo a menos de medio metro de nosotros.

—Calla Fritz —dijo alargando una mano—, es un placer conocerla por fin.

Mi mirada se desplazó de su cara atractiva hacia la mano que tenía delante de mí. Se la estreché débilmente y la solté de inmediato.

—Hola. ¿Y usted es…?

Entonces sonrió, mostrando una hilera perfecta de dientes blancos.

—Hay quien me llama señor Vakhrov.

Señor ¿qué? No tenía ni idea de cómo se deletreaba ese nombre, ni tampoco podría repetir lo que había dicho.

—Pero otros me conocen como Isaiah.

32

Abrí tanto los ojos que tuve la impresión de que se me iban a caer de la cara. Joder. ¿Ese era Isaiah? ¿Y estaba delante de mí, en casa de Jax? ¿Y Jax lo había dejado entrar en la mencionada casa?

El pánico me clavó sus dedos gélidos en el costado mientras yo giraba la cabeza de golpe hacia Jax. Su brazo me sujetó con más fuerza.

—No pasa nada —me tranquilizó—. Isaiah nunca hace en persona el trabajo sucio.

Mi mirada volvió hacia él.

La sonrisa de Isaiah se ensanchó, y eso me acojonó de verdad.

—A veces hago una excepción. Pocas, pero las hay.

Bueno, eso no me tranquilizó lo más mínimo.

—¿Puedo? —preguntó Isaiah señalando con el mentón la gastada butaca reclinable. Cuando Jax asintió con la cabeza, se sentó.

Estuve a punto de reírme, porque parecía totalmente fuera de lugar sentado en una butaca que había vivido tiempos mejores, vestido con un traje que sin duda costaba más que todos los muebles del salón juntos. Pero reírme me habría hecho parecer una loca, y ya tenía la sensación de estarlo. El hombre al que posiblemente mi madre debía millones y que podría tener algo que ver con el nuevo agujero que había en mi cuerpo estaba sentado delante de mí.

Sin separar su brazo de mí, Jax me llevó al sofá para que me sentara. Luego fue al grano.

—¿Qué pasa, Isaiah?

El hombre ladeó la cabeza. La sonrisa seguía ahí, pero no le llegó a los ojos. El legendario Isaiah era más joven de lo que me había imaginado para ser un señor de la droga y de vete a saber qué más. ¿Tal vez treinta y pico?

—En primer lugar —empezó, desabrochándose la chaqueta del traje. Noté que Jax se ponía tenso a mi lado, pero Isaiah juntó las manos—. Me gustaría disculparme por el comportamiento de Mo.

¿Mo? ¿Quién era…?

—¿El individuo que intentó secuestrarme?

—No soy fan de la palabra secuestro, querida.

¿En serio? ¿Cómo quería que lo llamara?

—Mi colega tenía que acompañarla a verme, y no bajo presión, pero tenía que hablar con usted. Por desgracia, quiso cumplir su tarea con demasiado entusiasmo.

—¿Demasiado entusiasmo? —repetí como una tonta.

—La pegó —recordó Jax en un tono seco—. Yo no lo llamaría «demasiado entusiasmo».

Isaiah asintió con la cabeza.

—Eso ya está solucionado. Aborrezco la violencia contra mujeres inocentes.

Arqueé las cejas a tope. ¿Mujeres inocentes frente a…?

—Tenía que hablar con usted sobre lo que ha estado pasando. Mo solo tenía que llevarla a verme. Eso era todo, y le pido sinceramente disculpas por lo que hizo esa noche —insistió Isaiah—. Como he dicho, eso ya está arreglado. Del mismo modo que otro problema suyo está… o estará pronto… arreglado.

—¿Qué problema? —pregunté con la espalda rígida.

Isaiah me miró un momento, se recostó en el asiento y cruzó las piernas mientras ponía un brazo en el de la butaca.

—Tengo muchos negocios, señorita Fritz, algunos que puede que usted desconozca y otros sobre los que podría usted especular, y tengo más responsabilidades aún. Además, tengo una imagen que mantener y, cuando algo amenaza mi imagen…, bueno, me tomo esas situaciones muy en serio.

Me encontré a mí misma asintiendo con la cabeza, aunque no sabía muy bien adónde quería ir a parar. Pillé lo que estaba diciendo sin decirlo realmente. Dicho de otro modo, tenía negocios legales y otros no tan legales, como yo ya sabía.

—Cierto colega mío era responsable de una transacción muy importante. Externalizó parte de esa responsabilidad a personas en las que, francamente, no tendría que haber confiado —explicó, sosteniéndome la mirada con sus ojos oscuros. Sabía a la perfección que hablaba de Mack, de Rooster y de mi madre. También sabía cuál era esa transacción—. Cuando esta transacción salió mal… —Dicho de otro modo, cuando se fue al carajo porque el Individuo Grasiento robó la heroína—, mi colega era el único responsable de ello, y era muy consciente de lo mucho que detesto que las cosas salgan mal.

Me estremecí, pensando que no quería ser nunca la causante de la decepción de Isaiah.

—Mi colega no solo fue incapaz de salvaguardar la transacción, sino que también perjudicó mi imagen. No pasan cuarenta y ocho horas sin que un miembro de nuestro estimado cuerpo de policía me respire en la nuca. —Esa sonrisa fácil, aunque fría, desapareció de su semblante, y su expresión se volvió glacial—. Y cuando mi colega se dio cuenta de eso, dejó de comunicarse, por lo que deduzco que pensó que la mejor forma de rectificar esta situación era amenazándola a usted, que era inocente en todo este asunto, y tomando medidas por su cuenta. Al parecer, creyó que eliminar a las personas a quienes había externalizado su propia responsabilidad me satisfaría de algún modo. Se equivocaba.

Oh. Vaya.

—¿Me está diciendo, entonces, que no ha tenido nada que ver con que Mack se metiera con Calla o que le dispararan hace unos días? —preguntó Jax.

—Como he dicho, Jackson, aborrezco la violencia de cualquier tipo contra mujeres inocentes. Mi colega estaba desesperado. Metió la pata. Siguió metiendo la pata, haciendo que me resultara muy difícil continuar con mis negocios sin interferencias, sin olvidar su impacto en usted, señorita Fritz. Me alegra sinceramente verla sentada aquí hoy. Sé que esto podía haber terminado de una forma mucho más triste.

De nuevo me encontré a mí misma asintiendo con la cabeza y preguntándome si todo aquello estaría pasando de verdad. No sabía muy bien por qué a Isaiah podría importarle lo que me pasara a mí y, sinceramente, es probable que no le importara y que fuera más bien que no quería verse arrastrado por lo que Mack estaba haciendo.

—Dicho esto —prosiguió Isaiah, que sonrió de un modo espeluznante—, mi colega ya no será ningún problema.

—¿Qué? —parpadeé.

Jax me quitó el brazo de los hombros y su mano acabó rodeando la mía.

—¿Está diciendo lo que creo que está diciendo?

—Lo que estoy diciendo es que ya no supondrá ningún problema —respondió Isaiah inclinando la cabeza—. Ya no va a tener que preocuparse por que alguien se presente en el Mona's o en su casa, ni por recibir disparos desde un coche.

Me lo quedé mirando.

Jax me apretó la mano.

Sabía muy bien lo que estaba diciendo, una vez más sin realmente decirlo. Mack ya no sería ningún problema para mí, y como al parecer Isaiah nunca había sido un problema, lo que mi madre había hecho dejaría de tener por fin consecuencias para mí y, básicamente, yo seguiría en pie.

Pero tenía que saberlo.

—¿Significa eso que Mack...?

—Lo hemos entendido —me interrumpió Jax apretándome la mano otra vez. Yo le lancé una mirada, pero él tenía los ojos puestos en Isaiah—. ¿Es eso todo?

Isaiah desvió la vista hacia él.

—Sí —respondió pasado un instante.

—Entonces, no me gustaría ser maleducado, pero...

—Siempre me ha gustado tu franqueza, Jackson —dijo arqueando los labios.

—Me lo tomaré como algo bueno.

Isaiah se limitó a levantarse con una sonrisa y a abrocharse la chaqueta.

—Os deseo buena suerte a ambos en el futuro. No hace falta que me acompañes. —Se alejó del sofá, pero se detuvo delante de la puerta y se volvió hacia nosotros—. Una última cosa, señorita Fritz.

—¿Sí? —El corazón volvía a golpearme las costillas.

—Si ve a su madre o tiene noticias suyas, por favor, hágale saber que no es bienvenida en este condado ni en este estado —soltó en voz baja—. Como he dicho, no me gustan los cabos sueltos.

Y se marchó.

—Madre mía —susurré.

Jax se levantó enseguida y se agachó para besarme la frente antes de dirigirse a toda prisa hacia la puerta principal. Echó un vistazo fuera y la cerró con llave. Se volvió hacia mí, alargó el cuello y suspiró.

—En fin —dijo.

—No sé qué decir —comenté, sacudiendo despacio la cabeza—. Básicamente acaba de decirme que todo va a estar bien y luego ha amenazado a mi madre, ¿verdad? O sea, ¿es esto lo que acaba de pasar?

—Sí, exacto. —Jax se acercó a mí y se puso en cuclillas para colocarse a la altura de mis ojos—. Esto no me lo esperaba.

Solté una carcajada y me estremecí.

—Yo tampoco. Quiero decir, guau. Ha sido algo sacado directamente de una película de la mafia. ¿Has…?

Le sonó el móvil en el bolsillo. Se incorporó, lo cogió, echó un vistazo a la pantalla y soltó un taco antes de contestar la llamada.

—¿Sí?

Vi cómo se giraba y se acercaba a la ventana del salón.

—¿En serio? —Se pasó la otra mano por el pelo y luego dejó caer el brazo—. Bueno, no puedo decir que lo sienta demasiado.

Fruncí el ceño. ¿Qué diablos estaba pasando ahora? Cogí la manta, hice con ella una pelota gigante y la abracé contra mi pecho.

—Muy bien. Sí, tenemos que hablar. Mañana está bien. Tengo que regresar al bar mañana por la noche. —Se giró hacia mí—. Sí, Calla va tirando. Se pondrá bien. —Otra pausa—. De acuerdo, ya hablaremos, tío.

Colgó y esperé lo más paciente posible que regresara a mi lado.

—Bueno, eso ha sido rápido. En plan muy rápido.

—¿Qué?

Se sentó, me rodeó con los brazos y tiró con cuidado de mí hacia su pecho, con manta y todo. Agachó la barbilla y me miró a los ojos.

—Era Reece. Es probable que mañana venga a verte su hermano.

—¿Por qué? —pregunté con esa conocida sensación de ansiedad recorriéndome las venas.

Sus ojos escudriñaron los míos un segundo.

—Acaban de encontrar el cadáver de Mack en una carretera de condado. Con una bala en la cabeza. Al estilo de una ejecución.

—Joder... —murmuré entre dientes—. Madre mía. —No dijo nada mientras me apartaba el pelo de la cara, y estuvimos callados un buen rato hasta asimilar la noticia. No sabía qué sentir. Mack me había disparado, ¡me había disparado! Me había amenazado. Y es probable que no le importara si yo seguía viva o acababa muerta mientras él intentaba «arreglar» las cosas con Isaiah, pero aun así, en ese momento estaba muerto y no me pareció correcto sentirme bien por ello. Así que no sabía qué sentir—. Ha sido rápido —solté como una estúpida.

—Sí.

—De modo que Isaiah realmente...

—No acabes esa frase. —Me puso un dedo en los labios un segundo—. No queremos saberlo todo y no queremos seguir por ahí, Calla. Así de simple. Negación plausible, y joder, no vas a cargar con esta mierda en tu conciencia, ¿vale? Eso no ha sido cosa nuestra.

—Ya sé que no es cosa nuestra —repliqué bajando la vista—. Mack no está donde está por mi culpa. Lo está por lo que hizo. Es solo que... no sé qué sentir al respecto.

Me rozó la frente con los labios.

—No tienes que sentir nada, salvo un poco de alivio, cariño. Estás a salvo. Eso es lo único que importa, coño.

Asentí con la cabeza y entonces lo asimilé de verdad.

—Se ha acabado —susurré.

Sus brazos me sujetaron con más fuerza mientras me acariciaba la mejilla con los labios.

—Sí, cariño, se ha acabado.

Me desperté con la sensación más agradable del mundo, una sensación tan buena y tan apetitosa que al principio pensé que tenía que estar soñando. Pero no. O, mejor dicho, era un sueño, pero de la clase que se viven.

Parpadeé al abrir los ojos y me mordí el labio inferior cuando agaché la cabeza para mirarme el cuerpo.

Unos ojos cálidos color chocolate, llenos de picardía juguetona, se encontraron con los míos.

—Buenos días —soltó Jax con una voz ronca que me retumbó en un punto muy, pero que muy sensible.

Tenía que ser plena noche o muy de madrugada, porque todavía estaba oscuro al otro lado de la ventana. La luz de la mesita de noche se hallaba encendida, y yo estaba destapada y tenía la camiseta de Jax que me había puesto para dormir, la misma que había robado unos días antes, subida hasta la cintura. Tenía la cinturilla de mis braguitas algo bajadas, lo suficiente para que no hubiera nada entre su boca y yo.

—Buenos días —jadeé, y antes de que pudiera decir nada más, avanzó sobre mí y me besó con tanta suavidad, con tanta ternura, que se me hizo un nudo confuso en la garganta. Levantó la cabeza, me besó de nuevo, esa vez en la punta de la nariz, y volvió a desplazarse hacia la parte inferior de mi cuerpo.

Metió los dedos bajo la cinturilla de mis braguitas y tiró de ellas hasta que me quedé sin ellas y fueron a parar a algún lugar desconocido. Alzó la vista entre mis muslos y me miró a través de unas tupidas pestañas.

—¿Prometes portarte bien? —preguntó.

—¿Yo? ¿Me estás pidiendo que te prometa portarme bien?

Se puso todo el labio inferior entre los dientes y respondió:

—Tienes que estarte quieta, nena. No quiero que se te salten los puntos. —Bajó la mirada hacia mis partes íntimas y se relamió los labios. La madre que lo parió, casi me corrí ahí mismo—. Tendría que esperar a que estés al cien por cien, pero estoy hambriento de ti y no puedo.

Unos escalofríos me recorrieron el cuerpo.

—¿Te estarás quieta? —preguntó mirándome de nuevo de nuevo.

No podía prometérselo, pero asentí con la cabeza. Me sostuvo la mirada un momento más y entonces alargó el cuerpo y me plantó un beso justo encima del ombligo, en la piel cicatrizada.

Ni siquiera me desconcertó.

Jadeante, observé cómo me rodeaba el ombligo con la boca hasta que sacó la lengua, describió un círculo en la piel con ella y volvió a meterla en la boca. Solté un grito ahogado cuando siguió besándome y lamiéndome como si quisiera saborear cada centímetro de mí. Se tomó su tiempo en mi abdomen, y cuando llegó a mi entrepierna eché la cabeza hacia atrás en la almohada.

Primero me tocó suavemente con el dedo. Obligué a mi cuerpo a quedarse quieto, aunque mis caderas se sacudían ligeramente de un modo que no afectaba para nada a mi abdomen. Movió otra vez el dedo, rodeó con él la zona sensible entre mis muslos y me lo introdujo.

Gemí, aferrada a la sábana bajera, pero él no había terminado y deslizaba el dedo despacio hacia fuera y hacia dentro. Se me aceleró la respiración cuando noté sus labios en la parte interior de mi muslo y, después, su lengua. Iba despacio, tan despacio que cada caricia de sus labios y de su lengua me reclamaba como suya.

Se me escapó un sonido ahogado cuando utilizó la lengua en lugar del dedo y mis caderas se menearon otra vez. Antes de conocer a Jax, jamás se me había ocurrido que me gustaría hacer algo así. Me parecía demasiado impropio, demasiado íntimo, pero, madre mía, qué equivocada estaba. Aquello era asombroso. Quizá fuera porque se trataba de Jax. Quizá todos los hombres tuvieran una lengua que era literalmente un arma de seducción masiva asegurada. Fuera como fuese, me arrancó cada jadeo, cada gemido gutural y suspiro entrecortado hasta que ya no podía emitir ningún sonido ni respirar en general.

Se movió para pasarme un brazo por encima de las caderas y mantenerme quieta. Pareció notar que me acercaba al clímax. La tensión y el calor aumentaron en lo más profundo de mi ser hasta explotar en un instante, con un estallido de sensaciones turbadoras que inundaron todas mis terminaciones nerviosas con un torrente inmenso de placer. Las réplicas de los estremecimientos me sacudieron el cuerpo mientras él reducía el ritmo y, finalmente, levantaba la cabeza y me besaba la parte interior del muslo primero y justo debajo del ombligo después. Cuando se levantó, alargué la mano hacia la cinturilla de los pantalones cortos que llevaba puestos. Inspiró con fuerza cuando mis dedos lo rozaron a través del nailon.

—Calla —me advirtió.

—Puedo devolverte el favor —comenté tras humedecerme los labios.

—No lo he hecho por eso.

—Lo sé. —Rodé sobre mí misma con cuidado para tumbarme sobre el costado sano y me lo encontré allí, con el cuerpo apoyado en un brazo. Tenía la boca tan cerca que seguí adelante y lo besé, y enseguida me quedé absorta en el sabor de su cuerpo mezclado con el del mío.

Jax sabía besar. Eso era algo que averigüé de inmediato. Le gustaba hacerlo, lo disfrutaba a conciencia y se le daba de coña. Cuando me besó, volví a alargar la mano entre los dos. Puede que el sexo estuviera descartado el siguiente par de días, simplemente por precaución, pero eso no significaba que no pudiera usar la mano. O la boca.

Le tiré de nuevo de los pantalones cortos, pero él me sujetó la muñeca.

—Calla, car... —me gruñó en los labios.

—No soy ninguna inválida, Jax. Quiero hacerlo.

No se movió durante lo que pareció ser una eternidad. Después me cogió la mano y me la deslizó por debajo de la cinturilla de sus pantalones cortos. Bueno, me alegraba ver que se había subido definitivamente al carro.

Su cuerpo se estremeció cuando le rodeé el pene con la mano. Me soltó la muñeca para deslizarse los pantalones cortos por los muslos con los dedos mientras yo le besaba el cuello.

Más relajada, lo empujé con la otra mano hacia abajo y se tumbó boca arriba. Luego me miró. Le recorrí el cuerpo con los ojos y empecé a mover despacio la mano. Dios mío, era guapísimo. Cada centímetro de piel áspera, cada músculo y cada imperfección.

Sacudió las caderas cuando le pasé el pulgar por la punta, y sonreí al recordar cuando me enseñó eso y lo mucho que le gustaba.

—Dios mío, Calla —gimió incorporándose y enredando sus dedos en las puntas de mi pelo—. Me estás volviendo loco.

—Pero si no he hecho nada —repliqué con una sonrisa enorme.

—Oh, ya estás haciendo más que suficiente. Eres… —Sus palabras terminaron en un gemido enorme, porque me había deslizado hacia abajo y le había puesto encima la boca—. Joder, Calla…

Había notado una ligera incomodidad al deslizar mi cuerpo, pero nada importante, que ni de coña me disuadió de lo que quería hacerle. Se lo recorrí con la boca, y la mano que Jax tenía en mi pelo me sujetó la nuca. Me acarició con el pulgar la base del cráneo mientras yo levantaba la cabeza, lamiéndolo y chupándolo hasta que empezó a dar pequeños empujones, apenas controlados, con las caderas. Su mano me sujetó con más fuerza la nuca y noté cómo le palpitaba la base, las ligeras pulsaciones. Empezó a respirar de forma entrecortada, y cuando utilicé toda la intensidad que pude, que seguramente no sería demasiada, soltó un grito ronco.

En el último momento me separó de él y me levantó. Los puntos del costado protestaron solo un poco. Seguía rodeándolo con la mano y noté su clímax mientras arqueaba la espalda y me sujetaba con fuerza los brazos. Vi cómo flexionaba y tensaba los músculos, se le marcaban los tendones del cuello y la tensión se le reflejaba un momento en su atractiva cara a la vez que sus caderas se iban deteniendo y él se sosegaba, respirando con dificultad.

—Joder, Calla. —Me subió hasta él y me besó con tanta pasión que sentí un creciente calor entre mis muslos y en mis venas. Me tumbó boca arriba, suavizó su beso y apoyó su frente en la mía—. Eres perfecta, ¿sabes?

—No, no lo soy —repliqué, aunque sonreí, porque me gustaba que lo pensara.

—Como quieras. Pero si lo digo yo, es verdad. —Solté una carcajada suave cuando se separó de mí—. Enseguida vuelvo —dijo. Se marchó un momento para ir a buscar una toallita húmeda. Nos lavó a los dos y, cuando terminó, rodeó mi cuerpo con el suyo.

—¿Hora de dormir? —pregunté.

—Ajá —contestó con una risita que me conmovió.

—¿Qué hora es, por cierto? —Sonreí a la penumbra.

—No sé —contestó besándome el hombro—. Me da igual.

—¿De modo que me has despertado en mitad de la noche solo para…?

—Ya te digo.

Solté otra carcajada y me acurruqué envuelta en su calor.

—Te quiero —dije.

Su pecho se elevó bruscamente contra mi espalda y me dio unos besos lánguidos en la garganta y la mejilla.

—Yo también te quiero —respondió.

—¿Estás segura de que vas a estar bien? —preguntó Teresa mientras me soltaba tras darme un abrazo—. Podemos quedarnos. A Jase le parece genial.

Eché un vistazo a Jase, que estaba apoyado en la pared, en casa de Jax. Se había pasado la última hora mirando a Teresa como si quisiera comérsela de postre, por lo que dudaba de que le pareciera genial. Sonreí a mi amiga.

—Estoy bien. Voy a relajarme y a mirar la tele el resto de la noche. Además, no creo que Jax trabaje el turno entero. Me dijo que estaría de vuelta hacia medianoche.

—Estaremos despiertos hasta tarde —intervino Jase—. Así que, si necesitas cualquier cosa, llama.

—Seguro que lo estaréis —respondí con ironía.

Con una sonrisa de oreja a oreja se separó de la pared y rodeó la cintura de Teresa desde detrás. Me guiñó un ojo antes de agachar la cabeza y besarle la sien.

—Venga, amor mío, vámonos.

Teresa puso las manos sobre sus brazos mientras él empezaba a andar con ella hacia atrás, hacia la puerta.

—¡No te olvides de lo de mañana! Si a Jax y a ti os apetece, podemos ir todos a comer fuera antes de que nos vayamos, ¿entendido?

—No se me olvidará. —Seguí a un Jase de aspecto bastante desesperado hasta la puerta. Habían estado horas conmigo después de que Cam y Avery se hubieran ido para hacer lo que fuera que las parejas adorables hacen en su tiempo libre—. No pasará nada. Pasáoslo bien.

—Lo haremos —dijo Jase, cuya sonrisa pasó a ser realmente pícara.

Teresa puso los ojos en blanco cuando él la sacó casi a rastras de la casa, pero en el último momento se zafó de él, regresó corriendo hasta el umbral y me volvió a abrazar.

—Me alegro de que todo vaya bien —susurró. Después se giró sobre sí misma con la pierna buena y dio un salto desde lo alto del pequeño tramo de peldaños de cemento. Jase, que estaba al pie, soltó un taco mientras la recogía y se tambaleaba un paso hacia atrás.

—Dios mío, vas a provocarme un infarto.

Teresa se rio como una tonta y le rodeó la cintura con las piernas. Cuando él se giró para dirigirse hacia su coche, Teresa me saludó con la mano por encima de su hombro. Yo agité los dedos de vuelta, pensando que iban a ser unos duros contrincantes para Cam y Avery.

Cerré la puerta y regresé al sofá. Algo cansada después de pasar la mayor parte del día con mis amigos y con Jax, me tapé con la manta y me acurruqué. No tardé demasiado en quedarme dormida y lo hice, por cursi que parezca, en una nube de pensamientos felices.

Había sido un buen día, excelente incluso. Había sido normal, mi nueva clase de día normal, lleno de carcajadas, sonrisas, conversación y besos, muchos besos tiernos y no tan tiernos. Podría acostumbrarme a eso y lo haría. Me costaría tener que volver a Shepherd, pero haríamos que lo nuestro funcionara. Esa nube de felicidad seguiría siendo esponjosa y fabulosa.

No sabía cuánto rato había dormido, pero me sacó de mi sueño la suave caricia de unos dedos fríos en mi mejilla. Abrí los ojos, esperando ver a Jax a mi lado, pensando que había dormido más rato del que había pasado en realidad.

Pero no era Jax quien estaba sentado a mi lado.

Con el corazón en la boca, me incorporé tan deprisa que me tiraron los puntos de la herida del estómago.

—Oh, Dios mío —exclamé con una mueca de dolor.

Mamá estaba allí.

33

La miré sin decir nada, lo que debió de ser una puta hora antes de recuperar el habla.

—¿Cómo has entrado aquí? —pregunté. Alargué el cuello para ver si Jax estaba por alguna parte, pero, al parecer, ella y yo éramos las dos únicas personas que había en la casa. Puede que no fuera la mejor pregunta con la que empezar. Me había pillado desprevenida y estaba totalmente estupefacta.

Se levantó y se separó del sofá. Me fijé en que llevaba la misma ropa que la última vez que la había visto. Cuando inspiré hondo, el corazón…, Dios mío, me dolió como si alguien hubiera metido la mano en mi pecho y me lo hubiera estrujado. Olía como si no hubiera visto una ducha en días.

Dios mío.

Se frotó el brazo derecho con la mano izquierda mientras echaba un vistazo alrededor.

—Me he colado dentro.

—¿Cómo?

—Por la puerta trasera. Tiene una de esas cerraduras antiguas. Sin cerrojos de seguridad. La he forzado.

—¿Has… has forzado una cerradura? —Cuando asintió con la cabeza, me limité a mirarla—. ¿Sabes forzar una cerradura?

Asintió otra vez con la cabeza y dejó de frotarse el brazo, pero se tapó con la mano la parte interior del codo.

—Cielo, no tengo…

—Me dejaste tirada. —Salí de mi estupor y me puse de pie mientras ella volvía bruscamente la mirada hacia mí.

Parpadeó deprisa.

—Tengo que decir…

—Me la suda lo que tengas que decirme. —Eso era cierto. Por terrible que fuera, era del todo cierto—. Me dispararon. ¿Te diste cuenta de eso?

—Cielo…

—¡Deja de llamarme así! —chillé cerrando los puños con fuerza—. Contesta mi pregunta, mamá. ¿Te diste cuenta de que me habían disparado?

Entreabrió los labios, pero no habló. En lugar de eso agachó la cabeza y empezó a rascarse el brazo derecho.

Sentí un creciente dolor en la garganta, como si me hubiera tragado una pastilla amarga. Miré a mi madre, y fue como ver un fantasma.

—Sabías que me habían disparado y me dejaste tirada en el aparcamiento, sangrando. Estuve varios días en el hospital. Tuve una hemorragia interna. ¿Te importa siquiera?

Levantó el mentón y sus ojos llorosos se encontraron con los míos una fracción de segundo, antes de que desviara la mirada.

—Tú me importas, Calla. Te quiero. Eres mi hija. Es solo que… Es que…

—¿Te importa más tener un subidón? —Solté una carcajada atormentada—. Es la historia de mi vida y de tu vida. Las drogas han sido siempre más importantes.

Al principio no dijo nada, y después dijo lo que muy en el fondo sabía que diría.

—Mis pequeños ya no están, Calla. Kevin y Tommy, los dos…

—¡Están muertos! —grité con lágrimas en los ojos. El aire me vibró en los pulmones cuando todo… todo me salió—. Están muertos, mamá. Llevan muertos mucho tiempo. Y ¿sabes qué más? Papá también se marchó hace mucho tiempo, coño. Tú no eres la única persona de este puñetero mundo que los perdió. Y da igual la cantidad de mierda que te metas en el cuerpo, eso no va a traerlos de vuelta.

Sus piernas dieron marcha atrás como si pudiera huir de lo que le estaba diciendo, pero no era la primera vez que lo oía de mis labios. Aunque sabía que iba a ser la última. Estaba lanzada. Años y años de frustración, decepción y dolor acumulados en mi interior explotaron como una botella agitada.

—Me robaste, mamá. ¿Lo recuerdas? Me vaciaste la cuenta, acumulaste más de cien mil dólares de deuda a mi nombre, ¡y ahora tengo que pedir ayuda económica para terminar mis estudios!

Mamá se estremeció.

—No solo eso, sino que casi me matan por tu culpa. Podría estar muerta… muerta en el sentido de ser un puto fiambre, mamá. —Retrocedió de nuevo, aunque no podía ser la primera vez que eso se le pasaba por la cabeza—. Clyde tuvo un infarto por culpa de la gente cabreada contigo que se estaba metiendo conmigo. Casi se muere.

Movió los labios, pero no la oí.

—Has puesto mi vida patas arriba. Otra vez.

Echó un vistazo alrededor del salón de Jax y sacudió la cabeza. Unos mechones greñudos de pelo cayeron sobre sus demacradas mejillas cetrinas.

—Pensaba… Pensaba que podría recuperar el dinero.

—Sí, robando la heroína a Isaiah. Bueno, eso no salió bien, ¿verdad? —Respiraba con dificultad y el corazón me latía con furia. Sentía una profunda tristeza—. Ha estado aquí, ¿sabes? Ha dicho que no puedes permanecer en este estado. ¿Sabes lo que eso significa, mamá?

—Me marcho —dijo en tono áspero mientras apartaba la mirada de mí y recorría con ella las paredes. Estaba nerviosa como un ratón acorralado—. Me he puesto en contacto con unos en Nuevo México. Pero quería verte antes de irme.

Se marchaba, y sonaba definitivo.

Muy bien.

Vaya. Eso me flipó más de lo que creía, lo que era una estupidez.

Imaginaba que tendría que pasar. Su única otra opción era quedarse, lo que equivalía a una muerte segura, al estilo de Mack. Vi cómo describía despacio un círculo al azar delante de mí, clavándose las uñas mugrientas en el brazo. Apreté los labios para reprimir lo que habría sido un sollozo.

—Estás colocada ahora mismo, ¿verdad?

Aceleró el ritmo en el pequeño círculo que estaba trazando.

—No estoy colocada. Solo necesitaba algo, cielo. Las cosas no van bien.

Cerré los ojos e inspiré hondo. La rabia crecía en mi interior, carcomiéndome como un cáncer. Era un veneno que llevaba intoxicándome desde pequeña. Eso no era nada nuevo, pero al abrir los ojos y verla rascándose el brazo mientras deambulaba por el salón, me sentí de repente demasiado exhausta para seguir aferrada a la ira. Tras esa noche no volvería a ver jamás a mi madre. Se habría ido. El último par de años había sido como si estuviera muerta, pero ahora sería más real todavía. Antes sabía que estaba aquí, o al menos, en los alrededores. Sin embargo, después de esa noche no iba a tener ni idea de dónde estaría. Si resultaba herida o le pasaba algo peor, no habría ningún Jax ni ningún Clyde para llamarme. Jamás lo sabría. Se habría ido en serio.

Me senté y solté el aire.

—Lo siento —dijo.

Alcé la mirada. Ella estaba más cerca, todavía caminaba de

un lado para otro sin dejar de rascarse lo que seguramente serían marcas de pinchazos.

—Lo sé —respondí tensa.

Se detuvo para mirarme como un cervatillo delante de un camión en marcha, y reanudó el paso. Con el ceño fruncido, me giré para ver cómo avanzaba hacia la mesa de comedor, que dudaba que Jax hubiera usado alguna vez.

Había en ella un par de hojas de papel.

Con manos temblorosas, las recogió y se volvió hacia mí. Volvió a caminar hasta pararse detrás del sofá.

—Esto es… tuyo.

—¿Qué es? —Me levanté y me acerqué a ella con el ceño fruncido.

Se secó el sudor de la frente con el dorso de un brazo consumido, y eso que la casa de Jax parecía un congelador.

—Es mi forma de devolverte tu vida.

La miré fijamente, sin tener ni idea de qué podía querer decir con aquello. Entonces alargó el brazo para entregarme las hojas. Me preparé para cualquier cosa, las cogí y les eché un vistazo rápido.

Después los revisé con calma.

Resultaron ser solo tres hojas; una de ellas, la más larga, estaba doblada. Cuando la desdoblé, me quedé sin respiración.

—Mamá…

—Es tuya. La casa —dijo. Levanté los ojos y la vi pasarse las dos manos por las mejillas—. Nunca ha estado hipotecada. Nunca he pedido un préstamo sobre la casa. No… no la he tocado.

No tenía ni idea. Supuse que habría una hipoteca de la que habría muchas mensualidades impagadas y que estarían a punto de embargar la casa en cualquier momento. Me alucinaba que no la hubiera usado como fuente de fondos adicionales. Miré el documento para asegurarme de que las palabras no habían cambiado. Pues no. Seguía siendo una escritura. Seguía estando firmada por mamá y un hombre cuyo nombre no reconocí.

—Solo tienes que firmarla, pero está hecho. —Se alejó y se detuvo otra vez—. La casa es tuya. Véndela. Te darán por lo menos cien de los grandes por ella.

Me temblaron las manos y tuve la sensación de que el suelo se movía bajo mis pies. Me costaba asimilarlo. La casa era mía; si aquello era legal, la casa era mía. Podía venderla, recuperar casi todo el dinero, puede que incluso todo, para devolver la deuda. Mi vida volvería a estar donde estaba, solo que mejor, más brillante, porque había muchas más cosas en ella entonces.

La miré de nuevo. Un nudo de emoción me oprimía todo el pecho.

—Mamá, no sé qué decir.

—No me des las gracias. Hagas lo que hagas, no me des las gracias. —Tragó saliva con fuerza—. Las dos sabemos que no me lo merezco.

Me temblaba el labio inferior.

—Mamá.

—Te quiero, cielo. —Dio un paso adelante y se quedó a un brazo de distancia de mí, pero volvió a retroceder enseguida—. Sé que no lo parece, pero te quiero. Siempre te he querido. Siempre te querré.

Cerré los ojos mientras inspiraba temblorosa.

—Estoy muy orgullosa de ti —susurró.

Mi cuerpo se balanceó y abrí los ojos de golpe. Estaba allí de pie, mirándome mientras retrocedía despacio, alejándose de mí, y supe que podría abrazarla. Puede que fuera la última vez que la viera en toda mi vida. Tendría que abrazarla. Era mi madre y, por más que la odiara a veces, la quería. Siempre la querría.

Pero no me dio opción.

Se alejó de mí y regresó hacia la puerta. Supe que era su forma de decirme que no la tocara. Se marchaba. Con el corazón en la garganta, contemplé cómo abría la puerta, la misma que había forzado.

Y entonces pensé en el Mona's.

—Espera —la llamé, sujetando los papeles contra mi pecho. Supe que no era tanto mi preocupación por el bar lo que me había llevado a llamarla. Estaba demorando lo inevitable—. ¿Qué pasa con el Mona's, el bar?

—¿Qué pasa con él, cielo? —preguntó con el ceño fruncido.

Vale. Dudaba que se hubiera olvidado de él.

—El bar, mamá. ¿Qué vas a hacer con él? Si me has dejado la casa, ¿me has cedido el bar también? —Porque ese bar solo pasaría a mis manos en caso de que ella muriera, y estaba claro que yo no quería decir ni pensar eso.

—El bar ya no es mío, cielo —contestó sacudiendo la cabeza—. No lo es... desde hará un año más o menos.

El suelo volvió a moverse.

—¿Qué?

—Lo vendí por... —Soltó una carcajada débil, sardónica—. Eso da igual. Lo vendí y está en buenas manos, cielo.

Se me erizó el vello de la nuca y se me puso la carne de gallina. Pensé, de repente, que debería sentarme.

—Y tú estás en las mismas buenas manos. Siempre creí que... tú y Jackson erais perfectos el uno para el otro. Es un buen chico. Sí, un hombre realmente bueno. Su amor es fuerte y se preocupa, se preocupa de verdad —prosiguió mientras yo alargaba la mano para sujetarme al respaldo de una silla—. Jackson ha sido bueno para el bar. Se encargará de él como hasta ahora.

Inspiré con fuerza.

—¿Jax es el propietario del bar?

Mamá asintió con la cabeza y sujetó el pomo de la puerta.

—No quiero esa clase de vida para ti —respondió—. Tú vas a ser enfermera, ¿no? Vas a marcar la diferencia en la vida de otras personas. Vas a hacer cosas buenas. Ese es tu... tu camino.

Parpadeé. Espera. ¿Qué?

—¿Cómo sabes eso?

—Tengo que irme, cielo. —Al abrir la boca, el pelo greñudo volvió a caerle sobre las mejillas—. Pórtate bien. Sé que lo harás, pero pórtate bien y… y sé feliz. Te lo mereces.

Entonces se marchó, salió por la puerta como un fantasma y yo me quedé ahí, atrapada entre demasiadas emociones como para moverme siquiera. Mamá se había ido. Se había ido de verdad, y antes de hacerlo me había dado el mundo.

Y también había sacudido una gran parte de él hasta los cimientos, ahora agrietados.

Me sentía como una idiota.

Reuní los documentos que mamá me había dado, me los llevé hasta el sofá y cogí mi móvil de la mesa de centro. Ojalá tuviera mi coche. La luna trasera se había hecho añicos y habían aparecido unos cuantos agujeros innecesarios en la carrocería durante la versión pensilvana del O.K. Corral, de modo que mi coche estaba en el taller por segunda vez y dudaba que esas reparaciones fueran a ser gratis. Aunque nada de eso importaba en aquel momento. Solo quería salir de allí. Tenía que hacer algo, porque la cabeza me daba vueltas y sentía una presión creciente en el pecho.

Eran casi las once. Jax llegaría pronto a casa. Mientras dejaba de sujetar el móvil con fuerza, me planteé enviarle un mensaje o llamarlo. Pero volví a dejar el teléfono en la mesita de centro.

Qué poco observadora y qué estúpida era, coño.

Todo tenía sentido ahora, y lo cierto era que tendría que haberme dado cuenta de que mamá ya no tenía nada que ver con el bar. El estado en el que estaba, el hecho de que iba como una seda y todo el papeleo legal de ese despacho decían a gritos que había otra persona al mando. Y Clyde me había dicho que no tenía que preocuparme por el bar. Era evidente que no.

Mamá se lo había vendido a Jax y él no me lo había dicho. Ni tampoco Clyde, aunque no me acostaba con Clyde ni estaba enamorada de él; así pues, que Jax no me confiara ese detallito sin importancia parecía mucho más importante.

No sabía qué pensar. Ni siquiera comprendía por qué no me lo había contado, especialmente aquella primera vez que estuve en el despacho y revisé los documentos pensando que tenía todo el derecho del mundo a hacerlo cuando, al parecer, no tenía ninguno en absoluto.

Me restregué la cara con las manos y miré la escritura de la casa de mi madre, ahora mi casa, que me permitiría librarme de las deudas que mamá había contraído en mi nombre. Eso solucionaba el principal problema que se cernía sobre mí, el que nunca olvidé, pero en el que traté de no pensar porque me habría vuelto loca, pero entonces… entonces estaba eso.

Jax me había mentido.

No sabía qué sentir al respecto y estaba sintiendo demasiado, porque mamá había estado allí y se había ido para siempre, y Jax me había ocultado algo muy importante. Mi confianza estaba maltrecha. Estaba rota, apenas se sostenía.

Si me había mentido sobre eso, si me había ocultado eso, ¿sobre qué más me habría mentido o qué más me habría ocultado? Me parecía una pregunta razonable. Sabía por experiencia que cuando una persona ocultaba cosas a los demás, había más cosas escondidas en las profundidades de su ser.

Yo era un ejemplo perfecto de ello, coño.

Eché un vistazo al móvil, bajé las manos y me incliné hacia delante para recogerlo de la mesa. Entonces hice algo que no había hecho nunca en el pasado.

Me sentía algo mal por haber llamado a Teresa, porque era tarde y no sabía si habría interrumpido algún mano a mano con Jase dado lo arrugada que estaba la ropa que él llevaba puesta y lo enmarañado que tenía ella el pelo.

Pero como una verdadera amiga, contestó la llamada. No solo eso, sino que ella y Jase habían ido en coche a casa de Jax a recogerme y me habían llevado con ellos a la suite que compartían con Cam y Avery.

Era más de medianoche, la puerta de la suite estaba abierta, y yo, sentada allí con ellos. Acurrucada en uno de esos incomodísimos sillones floreados, les conté lo que acababa de pasar.

Avery parecía alucinada.

Cam, que estaba sentado detrás de ella en el suelo, rodeándole la cintura con un brazo y el cuerpo con sus largas piernas, no parecía demasiado contento con las últimas revelaciones; sobre todo con la parte de que Jax era propietario del bar que yo creía que algún día sería mío.

Teresa lucía una expresión pensativa en la cara.

Jase estaba recostado en la cabecera de la cama y su rostro era inexpresivo, pero fue el primero en decir algo aparte de «qué coño» y «joder».

—Las personas tienen sus motivos para mantener en secreto algunas cosas —comentó—. No estoy diciendo que eso lo justifique ni nada de eso, pero tienes que dejar que se explique.

—Tío, esto no es algo que debas mantener en secreto —intervino Cam entornando los ojos.

—Sí, no hace falta que me digas nada sobre las cosas que no deberían mantenerse en secreto. —La mirada que Jase dirigió a Cam me llamó la atención. Había algo en ese intercambio—. Pero las personas tienen sus motivos. Jax parece un tío genial y no se lo ocultó simplemente por gilipollas.

—Jase tiene razón —dijo Teresa antes de que Cam pudiera responder—. A ver, no está bien que te ocultara esto. Es importante, pero tiene que haber un motivo.

Asentí con la cabeza y bajé la vista hacia el móvil, que descansaba en mi regazo. Hacía unos veinte minutos que Jax me había llamado. Yo no le había contestado, pero le había mensajeado de vuelta diciéndole solo que estaba con Teresa. Él había respondido, pero no me había permitido a mí misma leerlo. Me había vuelto a llamar, y yo había silenciado el móvil. No era la actitud más madura del mundo, pero todavía no tenía ni idea de qué decirle, ni siquiera de qué pensar.

Pero Teresa y Jase tenían razón. Todos teníamos nuestros secretos y todos habíamos contado mentiras. Era lo bastante mujer como para admitir que yo había contado algunas mentiras importantes a mis amigos, y ellos dejaron que me explicara y me habían perdonado.

Solo tenía que aclararme las ideas. Habían pasado demasiadas cosas en muy poco tiempo. Dudaba de todo.

—Le importas de verdad —me recordó Avery, y mi mirada se desplazó hacia ella. Me pregunté si leía los pensamientos además de ser una pelirroja preciosa—. Cuando te hirieron, no hubo quien lo separara de tu lado.

—Lo sé —susurré.

—No —dijo—. Verás, tu amiga Roxy nos contó lo que había hecho mientras estabas en urgencias. Montó un buen pollo cuando no quisieron explicarle cómo estabas porque no era familiar tuyo.

—¿Qué? —El corazón me dio un vuelco.

Avery asintió con la cabeza.

—Casi lo echaron. Fue uno de sus amigos policías quien finalmente lo tranquilizó y habló con los médicos. Le importas de verdad, Calla, de modo que tiene que haber una razón para que…

La interrumpió una llamada a la puerta del hotel que me hizo enderezar la espalda. Era muy tarde, por lo que era raro.

—¿Esperáis a alguien? —pregunté.

Cam se separó de Avery y se puso de pie.

—Pues no, pero me apuesto un beso a que sé quién es.

Teresa me miró con los ojos abiertos como platos y a mí se me aceleró el pulso. Desdoblé las piernas y sujeté el brazo del sillón.

Cam echó un vistazo por la mirilla.

—Sí. Yo tenía razón.

Oh, vaya.

Empecé a ponerme de pie, pensando que tal vez tendría que haber contestado al teléfono o algo, porque ahora tenía la inquietante sospecha de que sabía quién era.

Cam abrió la puerta y se hizo a un lado, de modo que vimos quién estaba en el umbral y que mis sospechas eran correctas.

Era Jax, y la expresión de su cara, la tensión de sus labios y alrededor de sus ojos oscuros me dijeron que sabía que yo lo sabía.

Que yo lo sabía todo.

—Adelante —murmuró Cam cerrando la puerta cuando él entró.

Jax pasó a su lado con la mirada puesta en mí.

—Tenemos que hablar —me dijo.

Me levanté con el móvil en la mano y el corazón latiéndome con fuerza.

—Sí, tenemos que hablar —coincidí.

—¿Soy el único que se está preguntando cómo ha sabido que ella estaba aquí, en este hotel? —preguntó Cam mientras regresaba donde estaba Avery.

—No hay demasiados hoteles cerca del hospital —contestó sin dejar de mirarme—. Y tengo amigos que pueden averiguar lo que sea muy deprisa.

—Bueno, eso da un poco de mal rollo —murmuró Cam entre dientes mientras alargaba un brazo para ayudar a Avery a ponerse de pie.

Jax tenía los hombros echados hacia atrás, tensos.

—Lo sé —aseguró.

—Tal vez tendríamos que… —Parpadeé.

—Estoy seguro de que ya lo saben, porque has acudido a ellos y no a mí, de modo que van a escucharlo también.

Oh, dos veces vaya.

Cam y Avery, que se deslizaban con sigilo fuera de la habitación, se detuvieron en seco junto a la puerta de su suite. Al echar un vistazo a Jase y a Teresa, supe que les habría gustado tener palomitas para poder compartirlas.

—Podemos ir fuera, Jax.

—He ido a casa y tú no estabas —explicó, y siguió hablando—: Teniendo en cuenta todo lo que ha estado pasando, me he quedado jodido. Sí, sé que estamos bien, pero aun así, te habría agradecido un mensaje de texto o algo para avisarme.

—Oye. Espera —solté—. Te he dicho que estaba con mis amigos.

—Después de que llegara a casa y viera esos documentos en la mesita de centro —me corrigió con los ojos casi negros. Maldita sea, tenía razón, así que cerré el pico y él prosiguió—: Has visto a tu madre. He sabido al instante que eso tiene que haberte alterado y también he visto que te ha dejado la casa. Eso está bien. Me alegro mucho.

Eché un vistazo alrededor de la habitación, con las mejillas ardiendo mientras mis amigos nos miraban con sumo interés, incluidos Cam y Avery.

—Pero sé que no es por esto por lo que ahora mismo estás en esta habitación de hotel en lugar de en mi cama.

Oh. Dios. Mío. Me puse coloradísima.

Teresa apretó los labios y se le iluminaron los ojos.

Era el momento de cortar de raíz el rumbo que había tomado esa conversación. Quería que lo habláramos delante de mis amigos, pues íbamos a hablarlo delante de ellos.

—Eres el propietario del Mona's. Lo eres desde hace más de un año, y ¿jamás se te ocurrió que deberías decírmelo?

Inspiró hondo antes de hablar:

—Planeaba decírtelo. Iba a…

—¿Te referías a esto cuando me dijiste en el hospital que tenías que hablarme de algo? Has tenido tiempo para contármelo. Muchísimo tiempo antes de eso, ¡como cuando fui al bar y me puse a hurgar en el despacho!

Jase volvió la cabeza hacia Jax, como si la pelota estuviera entonces en su lado de la pista.

No me contestó de inmediato, lo que estaba bien, porque me estaba preparando para soltar una avalancha de palabras, de preguntas y puede que también algunos tacos, pero cuando él habló, por segunda vez en una noche, todo mi mundo se sacudió.

—Hace más de un año que te conozco —soltó, y se le relajaron los hombros, como si se hubiera quitado alguna clase de peso de encima—. No estoy hablando de conocerte a través de lo que Clyde o tu madre me contaban. Te conocía. Te había visto antes de que tú supieras que yo existía.

Abrí la boca, más que confundida.

—¿Qué?

—La primera vez que te vi fue la primavera pasada, hace más de un año. Estabas delante de tu residencia de estudiantes e ibas andando a clase —explicó. De repente tuve la sensación de que necesitaba sentarme. Todo lo que había en la habitación quedó en un segundo plano. Solo estábamos él y yo—. Estuve allí con tu madre. No fue la última vez. Cada par de meses, cuando Mona se pasaba uno o dos días sobria, quería verte. De modo que la llevaba porque sé… sé lo que es no tener esa segunda oportunidad. Ya lo sabes. Así que la llevaba. Una vez estabas fuera de otro edificio hablando con ella. —Señaló a Teresa con la cabeza—. Estabais con otro chico, los tres, hasta que apareció Jase.

Santo cielo, me fallaban las piernas. Hice memoria; era muy probable que estuviera hablando de Brandon.

—La última vez fue esta primavera. Estabas sola, sentada en un banco, delante de lo que creo que era la biblioteca. Estabas leyendo. Y ninguna de las veces que llevé a tu madre, llegó hasta el final. No tuvo el valor de intentar hacer las paces por todo lo que te había hecho, pero quería hacerlo. No lo hizo porque parecías muy feliz. —Soltó el aire despacio—. Siempre parecías puñetera- mente feliz. Sonreías. Te reías. Tu madre no quería cargarse eso.

Di un paso atrás y vi que me costaba mantenerme en pie.

—En cada viaje me hablaba de ti y era real, ¿sabes? No iba puesta ni estaba jodida. Así es como lo supe todo. No fue Clyde ni tampoco cuando iba pedo, a pesar de que algunas veces tam- bién me hablaba de ti entonces, pero sobre todo hablaba de ti cuando estaba sobria. Se enteró de que estudiabas enfermería y no le sorprendió. Una vez me dijo que habías estado muy unida a las enfermeras durante tu estancia en el hospital.

Cerré los ojos ante esa avalancha de emociones. Lo que mamá había dicho era verdad. Estuve muy unida a las enfermeras, y ahora sabía cómo mamá se había enterado de que estaba estu- diando enfermería. Había ido a Shepherd con Jax.

—Y todas esas veces que fue, ¿lo hizo para hablar conmigo? —pregunté con un hilo increíblemente débil de voz.

—Sí. Reconocía sus defectos y sus cagadas más de lo que na- die se imagina —aseguró. Cuando abrí los ojos, él seguía mirán- dome—. Nunca quiso la vida del bar para ti. Sabía que las pro- babilidades de que ella fuera a estar aquí mucho tiempo no eran altas. Cuando supo que yo me quedaría con él bar y que lo ha- ría funcionar, me lo vendió. No quería que lo tuvieras ni siquie- ra como opción.

Realmente necesitaba sentarme.

Jax no había terminado.

—No te lo conté porque no sabía cómo te tomarías que tu madre hubiera ido a verte. Vuestra relación no era demasiado buena, y como explicártelo igual me hacía quedar como un per- vertido, era algo que no me apetecía demasiado hacer, pero pen- saba hacerlo.

—De pervertido, nada —susurró una impresionada Teresa.

A Jax le temblaron los labios un instante antes de volver a concentrarse en mí.

—Cada vez que te veía, tenía la sensación de… tenía la sensación de conocerte un poco mejor. Nunca había hablado contigo, pero verte siempre sonriendo o riendo… o estando tranquila… —Sacudió la cabeza y mi corazón tuvo un espasmo—. Había algo en ello que… me atrajo, Calla. Joder. Me enamoré de ti antes de que tú supieras siquiera mi nombre.

Oh, santo cielo. Se me saltaron las lágrimas y su cara se volvió borrosa.

—Tendría que haberte contado lo del Mona's. Iba a hacerlo aquel día, en el despacho, pero cuando dijiste que lo venderías, no pensé que te importara. Y cuando me di cuenta de que, aunque nunca lo dijeras, el bar significaba mucho para ti… —Dio un paso adelante que todos los presentes en la habitación siguieron con la mirada—. No sabía cómo darte la noticia. La verdad es que había estado barajando la idea de quedármelo. El local me dio un propósito cuando volví a casa después de estar a la deriva, pero no me parecía bien. No estando tú aquí. No conociéndote de verdad.

Tragué saliva con fuerza, pero el nudo que tenía en la garganta siguió ahí.

—Te quiero, Calla —añadió mirándome a los ojos—. Que sea el propietario del bar no cambia eso. Si lo hace, no quiero tener nada que ver con él. Solo te quiero a ti.

Sin dejar de mirarlo, fui incapaz de articular palabra. Todo lo que me había dicho se me arremolinaba en la cabeza. Estaba abrumada.

—Calla —susurró.

Sacudí la cabeza sin saber qué decir.

—Di algo, cariño. No quiero renunciar a ti, pero tienes que decir algo para evitar que salga por esa puerta.

Me vinieron a los labios mogollón de cosas que quería y necesitaba decir, pero ninguna salió de ellos. Era como tener pánico escénico. Estaba paralizada y había tanto silencio en la habitación que habría jurado que todo el mundo podía oír lo fuerte que me latía el corazón.

Jax soltó el aire con dificultad mientras me sostenía la mirada y después se volvió y se marchó. Salió por esa puerta y yo me quedé allí plantada, contemplando cómo se iba, viendo cómo la puerta se cerraba.

No dije nada.

Me quedé realmente allí plantada.

Y vi cómo se marchaba.

34

Madre mía —dijo Avery, sentándose en la punta de la cama. Levantó la vista hacia mí—. ¿Se enamoró de ti antes de que tú supieras siquiera su nombre?

—Calla... —intervino Teresa, que me estaba mirando también con los ojos llorosos, abiertos como platos.

Jase volvió la cabeza hacia mí con las cejas arqueadas.

—Si me gustaran los tíos, me desnudaría después de esto.

Parpadeé. Hummm...

—Y yo le regalaría el anillo —añadió Cam, dirigiéndose hacia donde Avery estaba sentada.

Parpadeé otra vez. Oh.

—Yo tengo una relación feliz con el amor de mi vida, de modo que no te ofendas por lo que voy a decir, Jase, pero estoy a punto de hacer ambas cosas —resopló Teresa—. Dios mío, amiga, eso ha sido precioso. Ha sido real. Ha dolido oírlo, y vas tú y le dejas marcharse de aquí.

Era lo que había hecho.

Le había dejado marcharse de allí.

—Calla —dijo Teresa en voz baja.

La miré sacudiendo la cabeza.

—¿Qué estoy haciendo? —solté.

—No lo sé —respondió—. Pero creo que sabes lo que tienes que hacer.

Sí. Dios mío, realmente sabía lo que tenía que hacer. El bar. Los secretos. Lo que fuera. Todo daba igual.

—Soy tonta, joder —aseguré.

Cam arqueó las cejas.

Entonces salí pitando, sujetando el móvil como si me diera la capacidad extra para correr delante de un T. Rex. Abrí la puerta de golpe sin mirar atrás y salí como una exhalación. Jax no estaba ahí, claro. Corrí pasillo abajo, pasé por delante del ascensor y enfilé las escaleras. La suite estaba en la segunda planta, y nunca he bajado unos peldaños tan deprisa como entonces sin partirme la crisma.

Para cuando llegué al vestíbulo y pasé corriendo ante el sobresaltado recepcionista, los puntos del costado hacían que me doliera todo el abdomen. Crucé la puerta a la carrera como en la escena de una película cursi de Hallmark e inspiré para recuperar el aliento.

—¡Jax! —grité, saliendo lanzada de debajo del toldo del hotel. Escudriñé el aparcamiento con los ojos, pero no vi su camioneta. La parte delantera estaba abarrotada—. ¡Jax!

No obtuve respuesta ni de allí abajo ni de las estrellas. Aminoré la marcha al llegar al borde del aparcamiento y respiré hondo al empezar a trotar por el pasillo, observando los coches. ¿Se había ido? Se me cayó el alma a los pies y me paré de nuevo, me agaché y me presioné el costado con la mano.

Bueno, me presioné el costado con el móvil.

Lo llamaría. Madre mía, qué tonta era. Podría haberle llamado desde el principio. Me enderecé y me puse a darle a la pantalla cuando el corazón se me paró de golpe.

—Calla.

Me giré de golpe. Al ver a Jax de pie a unos metros de mí casi se me cayó el móvil. No me paré a pensar en hacer algo ni en convertirme en otra estatua tonta.

Las sandalias casi se me salieron de los pies al correr directamente hacia él, pero no me detuve. No. Choqué contra su firme cuerpo y le rodeé los hombros con los brazos, envolviéndolo de tal modo que podría haberme hecho pasar por una manta con mangas.

Jax estuvo un segundo sin moverse y después sus brazos me rodearon el cuerpo.

—Te quiero —le dije—. Quédate el Mona's. Es tuyo. Y sí, tendrías que habérmelo contado, pero te sigo amando. De verdad.

Se separó de mí, de modo que pude ver su semblante ensombrecido. Cuando no dijo nada, empecé a divagar.

—Soy tonta. ¿Vale? Hay una larga lista de tonterías que he hecho en el pasado, así que me quedé allí plantada. Pero debo decir en mi defensa que últimamente han pasado muchas locuras y tú acababas de admitir que me habías visto mucho antes de que yo supiera que tú existías. Eso solo ya es mucho que procesar. Y habías dicho que te enamoraste de mí antes de conocerme, y ahora todo ha cobrado sentido para mí, porque no lograba entender cómo podías ser tan comprensivo conmigo cuando acababas de conocerme, pero resulta que tú…

Interrumpió mi retahíla de palabras con sus labios, con un beso que no tenía nada de tierno. Era intenso, apasionado, absorbente, y no una seducción lenta. El beso me marcaba, me reclamaba como suya, y cuando su lengua se movió sobre la mía, gemí en su boca.

Cuando terminó el beso, sus labios rozaron los míos al hablar.

—Solo tenías que decir que me querías. Nada más.

Solté una carcajada.

—Te quiero, Jackson James. Te quiero. Te quiero…

Me rodeó de nuevo con sus brazos y el gruñido grave que le salió del pecho me acalló. Nuestras miradas se encontraron.

—Necesito estar dentro de ti. Ahora mismo.

Quizá al día siguiente me sentiría avergonzada, porque los ojos del recepcionista fueron de mí a Jax y, después, al brazo con el que él me sujetaba la cintura. El hombre mayor se limitó a sonreír y a asentir con la cabeza.

Pedimos una habitación.

En la primera planta.

En cuanto Jax cerró la puerta de un puntapié al entrar, se me echó encima. Me puso las manos en las mejillas para inclinarme la cabeza hacia atrás y besarme apasionadamente. Cuando nos separamos, alargué la mano hacia su camiseta, pero él me sujetó las muñecas.

—Antes de que esto vaya a más, tenemos que aclarar unas cuantas cosas.

—Muy bien —asentí—. Dilas.

—Siento no habértelo contado. La cagué. Tienes derecho a estar enfadada conmigo.

Muy bien. Lo había pillado.

—Tienes razón, pero yo he contado una mentira peor a mis amigos durante mucho más tiempo. Tú no eres la sartén y yo no soy el cazo. Me gustaría que me lo hubieras contado, y lo cierto es que el Mona's me importa más de lo que creía, en eso tenías razón, pero es tuyo, Jax. No es mío. En realidad, nunca ha sido mío, pero en cierto modo... lo sigue siendo gracias a ti. Lo es.

La dureza de su mandíbula se suavizó.

—¿Lo dices en serio? Porque si tú...

—Lo digo en serio. —Quería tocarlo. Desnudarme. Mostrarle lo muy en serio que hablaba—. Es tuyo.

—Hay una cosa más —dijo tras cerrar un momento los ojos—. Te quiero, pero si vas a seguir conmigo, tienes que implicarte del todo. Tienes que estar conmigo, Calla. Cuando pase algo, no me dejes fuera. Acude a mí. Y lo hablamos. ¿Entendido?

—Estoy implicada del todo —dije apretando los labios mientras asentía con la cabeza.

—Eso es…

—Pero eso no significa que no vaya a hacer tonterías. Que vaya a saber siempre cómo reaccionar o que no vaya a necesitar tiempo para asimilar las cosas —aclaré, y me apresuré a añadir—: Y hago muchas tonterías con regularidad. En plan todo el…

—Cari —murmuró, sonriente—. Lo pillo.

—¿Estamos bien? —pregunté esbozando una sonrisa.

En lugar de decir que lo estábamos, me enseñó lo bien que estábamos. Nos quitamos la ropa en un tiempo récord. Resultó que llevaba protección en la cartera, algo que me hizo arquear las cejas.

—Nunca salgo de casa sin uno —bromeó.

—Bésame ya —pedí sacudiendo la cabeza.

Estábamos desnudos y en la cama, con las manos y las bocas ávidas. Él prestó una atención adicional a mi nueva cicatriz y después me puso la cabeza entre las piernas mientras yo sepultaba los dedos en sus sedosos mechones. Justo antes de llegar al clímax, desplazó su cuerpo hacia mi cabeza y se situó entre mis piernas.

—Iré con cuidado —dijo, mordiéndome el labio.

—No quiero que vayas con cuidado.

—Esta es una de esas tonterías —comentó esbozando media sonrisa.

—Cállate. —Le rodeé las piernas con las mías para acercarlo más a mí.

Soltó una risita, pero me penetró y ya no había nada de lo que reír. Fue tan despacio y tan suave como nuestra primera vez. Él se movió con más cuidado de lo normal y yo me olvidé por completo de la herida de mi costado. Arqueé la espalda y agité las caderas, que se movieron contra las de él.

Me cubrió un pecho con una de sus manos, y sus dedos juguetearon con mi pezón mientras descansaba su peso en el brazo que tenía apoyado junto a mi cabeza. Yo lo estaba rodeando entonces con las dos piernas y le clavaba los talones en la espalda, apremiándole a moverse más deprisa.

—Qué impaciente eres. —Me besó una de las comisuras de los labios y después la otra antes de intensificar el beso.

Y entonces se movió más deprisa.

Su mano abandonó mi pecho y encontró la mía y, tras entrelazar nuestros dedos, empujó con fuerza, lo que nos conectó aún más. Dijo mi nombre al oído, y me retumbó por todo el cuerpo. Sentí una oleada de calor y de sensaciones mientras presionaba mi pecho contra el suyo, tan cerca que notaba los latidos de su corazón.

Entonces alzó la cabeza, fijó sus ojos en los míos y la presión creció en mi interior. Lo sujeté con fuerza.

—Así, muy bien —dijo con voz áspera.

Mis gemidos, cada vez más fuertes, se unieron a sus gruñidos y nuestro ritmo se volvió febril. Me moví más deprisa, apretujando mis caderas contra las suyas. Dejé de pensar, embelesada, y grité su nombre al correrme en medio de unas sensuales oleadas de placer. Él lo hizo también enseguida y hundió su cabeza en mi hombro.

—Me parece que te gusto —dije con la voz ronca y pastosa mientras todo mi cuerpo se estremecía.

Él se rio entre dientes en mi cuello y nos hizo rodar para dejarnos tumbados de costado, mirándonos a la cara.

—Eres rara.

—Sí. —Le puse una mano en la mejilla—. Lo soy, pero me quieres.

Me rodeó las muñecas con los dedos y se llevó mi mano a los labios para besarme la palma.

—Sí, te quiero.

Tuve despierto a Jax la mitad de la noche, hablándole y besándolo, y haciendo que ambos deseáramos que hubiera llevado más condones en la cartera. Nos quedamos dormidos cuando faltaban pocas horas para que amaneciera. Cuando noté que me besaba la mejilla por la mañana, tuve la impresión de que habían pasado minutos en lugar de horas.

—Hay que levantarse, dormilona —dijo. Hecha un ovillo, murmuré algo sobre necesitar dormir más, pero él fue despiadado y me tiró con cariño del pelo—. Hoy tenemos planes.

Abrí un ojo. Luego abrí el otro al darme cuenta de que estaba vestido y sentado en la cama.

—¿Por qué llevas la ropa puesta?

—Porque si no fuera vestido, acabaría pasando de ser responsable y te penetraría sin protección.

Bueno.

Lo había soltado tal cual.

—Tengo que empezar a tomar la píldora —le dije, cerrando otra vez los ojos.

Jax soltó una fuerte carcajada.

—Estoy totalmente de acuerdo con eso, pero ahora tienes que levantar tu precioso culo.

—Buuu.

—Tenemos planes, cari, y debemos dejar la habitación, ir a casa, ducharnos y, si te levantas ahora, nos quedará tiempo suficiente para follar como locos.

Abrí los ojos otra vez. Me gustaba cómo sonaba eso.

—¿Qué planes tenemos?

—Unos planes geniales. Hoy no trabajaré en el bar, y tú y yo vamos a hacer algo divertido. Así que levántate. —Me dio una palmadita en el trasero al ver que no me movía—. Tus amigos también están esperando.

—Ah, ¿sí? —Eché un vistazo a la habitación como una idiota y agradecí que no estuvieran sentados allí con nosotros.

—Vamos a ocuparnos de otra de tus primeras veces.

Me apoyé en un codo y sujeté la sábana.

—¿Mis primeras veces?

Sonrió de oreja a oreja. Sus ojos tenían un cálido y bonito color whisky.

—Sí, ¿recuerdas ese montón de cosas que nunca habías hecho? Tenemos que empezar hoy a hacerlas si quiero tener la más ligera esperanza de tachar algunas antes de que vuelvas a Shepherd.

Caray. Mi corazón hizo una especie de voltereta en el pecho. Jax me separó los dedos de la sábana y me destapó hasta la cintura. Yo estaba demasiado atareada mirándolo para detenerlo o para importarme tener la mitad del cuerpo al descubierto. Me pasó un pulgar por el pezón endurecido y me distrajo.

—¿Por cuál empezamos? —pregunté.

Agachó la cabeza para besarme el lugar donde había estado su pulgar.

—Vamos a ir a Hershey Park.

—¿Hershey Park?

Levantó la cabeza y me puso esa mano errante en la nuca.

—Sí, cariño, es un parque de atracciones. Nunca has estado en uno. Y cuando me tropecé con Jase en el vestíbulo y le comenté que quería llevarte, se han apuntado todos.

Inspiré, pensando que sonaba divertido.

—¿Vas a llevarme a un parque de atracciones?

Asintió con la cabeza.

—Mírate —sonrió—. Ya estás a punto de echarte a llorar.

—Cállate —susurré conteniendo las lágrimas—. Es solo que… eres increíble, Jax. De verdad.

—No —murmuró.

—Has recordado mi lista de estupideces. —Me senté y él hizo lo mismo. Me incliné para apoyar mi frente en él—. Esto hace que seas increíble.

Me rodeó la cintura con su otro brazo y me sentó en su regazo. Me aferré a él con los ojos cerrados. Me vino algo a la cabeza, algo que Jax había dicho una vez. Y había tenido razón también entonces. Las circunstancias eran un asco y una locura, pero tenía que agradecerle a mi madre tener eso, tener a Jax. Nuestra relación resultó ser una luz de esperanza en medio de una nube lúgubre y oscura.

—¿Sigues conmigo? —preguntó en mi boca.

Esbocé una sonrisa y le acaricié con los dedos el pelo de la nuca. Con el corazón henchido, se me volvieron a llenar los ojos de lágrimas, pero no las derramé, y aunque lo hubiera hecho, habrían sido lágrimas de felicidad, porque daba igual dónde estuviera, allí o de vuelta en Shepherd, estaría con él. Sabía eso igual que sabía que inspiraría otra vez después de espirar.

—Sigo contigo —aseguré.

Jax sonrió mientras el brazo que me rodeaba la espalda me sujetaba con más fuerza.

—Esa es mi chica —dijo.

AGRADECIMIENTOS

Nunca me ha resultado fácil escribir los agradecimientos, porque estoy bastante segura de que siempre se me olvida alguien, y creo que esta es como la vigésimo séptima vez que lo hago. Cabría pensar que ya lo domino. Pues no, pero intentaré algo distinto esta vez, y voy a empezar a nombrar personas como en una especie de lista.

Un gran, enorme agradecimiento a quienes forman parte del lado empresarial de todo esto: Kevan Lyon, Taryn Fagerness, Brandy Rivers, Tessa Woodward, Molly Birckhead, Jessie Edwards, KP Simmon, Caroline Perny, Shawn Nicholls, Pam Spengler-Jaffee y a todo el equipo de gente maravillosa de HarperCollins, William Morrow y Avon.

Un agradecimiento especial a Katie (¡katiebabs!) por dejarme poner su nombre a una bailarina exótica que se cayó de una barra vertical resbaladiza, se golpeó la cabeza y se convirtió en una estríper con superpoderes. De… ¿de nada?

Quiero dar otras gracias inmensas a quien creó un Tumblr para las cejas de Theo James y dijo que «tenía unas buenas cejas», porque la verdad es que… sí. También podría darle las gracias a él porque es evidente que me inspiré en sus atributos físicos para Jax. Eso no es horripilante, ¿verdad?

Estaría meciéndome en algún rincón si no fuera por Laura Kaye, Sophie Jordan, Tiffany King, Jen Fisher, Vi (¡VEE!), Damaris Cardinali, Trini Contreras (¡Ahí va, ahí va, mi zapato ya no está!), Hannah McBride, Lesa Rodrigues, Stacey Morgan, Dawn Ranson, mi marido y mi familia, Tiffany Snow, Valerie Fink, y es aquí cuando sé que se me están olvidando personas.

Por último, aunque no menos importante, quiero dar las gracias a los blogueros, reseñadores y lectores que elegirán este libro. Nada de esto sería posible sin vosotros. Os daría un abrazo a todos si pudiera.

«Para viajar lejos no hay mejor nave que un libro».

EMILY DICKINSON

Gracias por tu lectura de este libro.

En **penguinlibros.club** encontrarás las mejores
recomendaciones de lectura.

Únete a nuestra comunidad y viaja con nosotros.

penguinlibros.club

 penguinlibros